兴安杜鹃

王江　著

内蒙古出版集团
远 方 出 版 社

图书在版编目(CIP)数据

兴安杜鹃/王江著.—呼和浩特：远方出版社, 2013.4
ISBN 978-7-80723-931-4

Ⅰ.①兴… Ⅱ.①王… Ⅲ.①长篇小说—中国—当代 Ⅳ.①I247.5

中国版本图书馆CIP数据核字(2013)第057542号

兴安杜鹃

作　　者　王　江
责任编辑　王　福　蔺　洁
封面设计　张燕红
版式设计　韩　芳
出版发行　内蒙古出版集团　远方出版社
社　　址　呼和浩特市乌兰察布东路666号
（电话 0471—2236466　邮编 010010）
经　　销　新华书店
印　　刷　内蒙古爱信达教育印务有限责任公司
开　　本　710×1000　1/16
字　　数　410千
印　　张　26
版　　次　2013年4月第1版
印　　次　2014年8月第2次印刷
印　　数　1—500册
标准书号　ISBN 978-7-80723-931-4
定　　价　36.00元

内容简介

此书以“文革”刚刚结束，改革开放拉开序幕的时代为背景，讲述了主人公孤身一人在大兴安岭林区闯荡，最终通过不懈努力，闯荡出自己的一片天地，就像兴安杜鹃一样，在严寒的高山上，在严酷的挑战中也能绚丽绽放。故事也反应出在当时的时代背景下机遇与挑战并存的时代特点。

目录

目录

引　子

每当人们回首童年往事时，都会想到故乡。故乡的山水是那么亲切，故乡的亲人是这样可爱。故乡啊！故乡！你给人们留下了难以忘怀的记忆。无论走到哪里，只要想起故乡，就会令人心情激荡，浮想联翩。每当中秋月圆之时，远离故乡的游子心中，都会产生无限的乡愁，会更加思念故乡的亲人。难怪古人云："人是故乡好，月是故乡明。"

汪洋的故乡诺达县，坐落在松嫩平原中部，是个经济比较落后的农业县。诺达是蒙语"朋友"、"伙伴"的意思。诺达县的历史比较久远，从商周至唐末，境内就生活着黑龙江省三大族系之一的秽貊族。辽金至清，秽貊人湮灭，这里成了满蒙等族的天下。清初，诺达一带为杜尔伯特草原的游猎场。光绪二十七年，中东铁路从杜尔伯特境内穿过，设诺达站。清光绪三十二年正月初八，黑龙江将军奏准，于蒙属杜尔伯特旗和黑龙江将军属地交界处，设置诺达厅，厅属驻双安镇，隶属黑龙江分巡道。中华民国成立后，于诺达厅北境东集镇设东集镇稽垦局，办理荒务。1913年2月，诺达厅改为诺达县，由黑龙江省直辖。1914年6月，诺达县改隶龙江道。同年11月，将诺达县所属东集镇稽垦局辖区划出，设置林甸设计局。1927年11月，将诺达县喇嘛甸车站以西地区划归泰康设计局管辖。1929年2月，将其改为黑龙江省直辖，时为二等县，东北沦陷后，初隶黑龙江省，1934年12月划归滨江省管辖。1937年将此区改为正亚街。同年5月，伪县公署由正亚街迁至诺达站。1946年诺达站初隶松江省，同年8月划归黑龙江省管辖。1947年2月至9月，归黑嫩联合省第三专区管辖，黑嫩联合省分开后，改隶嫩江省。1949年5月，黑、嫩两省合并，归黑龙江省管辖。1956年划归嫩江专区管辖。1960年经国务院批准，将肇达县划归松花江专区。

谙达草原属世界三大优质草原之一，境内地势平坦，植被构成以驰名中外的羊草为主，是亚洲东部特有的建群植物种，素有“世界明珠”之称。这里羊草中的粗蛋白含量比国内外同类型牧草高出2%~3%。用这种草喂养的牛羊，生长快，产奶量高，乳脂率高，肉质鲜美，口感好，所产的牛奶和牛羊肉远近闻名。另外，境内还有芦苇、天然气、石油等资源。谙达县面积3586平方公里，人口40多万，由汉、蒙、满、回、朝鲜等14个民族组成。县城的规模不大，城区方圆约五公里，滨洲线呈南北方向贯穿县城。县城与省城相距200多公里，与大庆油田毗邻，与黑龙江省第二大城市相距260公里，交通十分便利，地理位置优越。这里土地肥沃，水草丰美，牛羊成群，可是，在那个特殊的年代里，这里经济落后，生活比较贫困，人们普遍生活在贫困线以下。

第一章

读书无用

初秋季节，秋高气爽，气候宜人，来自西伯利亚的季风，送走了夏日的酷暑，带来了久违的清凉，这是一年中最最舒适的季节。在这舒适的环境中，让人感到心情十分舒畅。

坐落在县城东南角的县城第一中学，是一座建于建国初期、具有一定规模的学校。按理说，气候凉爽的秋季正是学习的最佳季节。但是，校园外的高音喇叭在不停地播放革命歌曲和无产阶级革命理论，高音喇叭的声音远远高出校园的读书声，严重干扰着学校的教学秩序，影响着学生们的学习。尽管学校对此很反感，但没人敢出面与这些单位交涉，他们只有忍气吞声，敢怒不敢言。在这个黑白颠倒的年代，没人敢冒天下之大不韪，背负“反对无产阶级文化大革命”的罪名。

年轻的数学教师周伟，三十多岁，身材高挑，长方脸，浓眉大眼，鼻直口方。他性格直爽，富有正义感。他的教龄虽然还不到十年，讲课却非常认真。由于外界噪音的干扰，大部分学生的注意力都不集中，有的望着窗外胡思乱想，有的低头搞小动作，还有的交头接耳，甚至有人打瞌睡，课堂纪律很差。周老师反复提醒学生们注意听课，可收效甚微。尽管如此，他还是认真履行教师的职责，耐心地为学生们讲课，然后又布置了课堂作业。他认真地巡视了一遍大家的作业情况后，神情黯淡地回到讲台，眉头紧蹙、语气沉重地说：“同学们，我很遗憾，刚才这堂课，我顶多算讲给了一个人。全班只有汪洋同学的答案是正确的，这个结果令我非常失望，也是我的失职！

同学们，你们现在正是学知识、受教育的年龄，我劝你们端正学习态度，不要受外界的干扰，把精力集中到学习上来。多学一些文化知识，对你们的成长和人生道路都很重要。我真心希望你们成为品学兼优的好学生！另外，我建议，让汪洋同学担任数学课代表。”

周老师话音刚落，同学们不约而同地把目光转向了坐在教室北墙倒数第二排，个头高挑，眉清目秀的汪洋身上。汪洋在众人的注视下，脸一下就红了，像做错了什么事似的，不好意思地低下头。

“周老师，我看汪洋当数学课代表不合适。他出身不好，咱们无产阶级的文化阵地怎能让‘右派’子女任课代表呢？”班长封德水首先表示反对。他性格好动，嘴尖舌快，爱耍小聪明，是个无理辩三分的人。他提出的反对理由，听起来冠冕堂皇，似乎很充分，其实另有隐情。原来的数学课代表刘淑敏是个漂亮的女生，他暗恋刘淑敏已经很久了，无奈刘淑敏对他很冷漠，他想借此机会讨好她。

封德水的话深深刺痛了汪洋，他眼里含着委屈的泪水，满面羞愧地趴在课桌上。

“同学们，伟大领袖毛主席教导我们‘有成分论，但不唯成分论，重在表现。一个人的家庭出身无法选择，但走什么路是可以选择的。’‘学生以学为主，兼学别样，学工，学农，学军。’你们的首要任务是学习。我认为汪洋同学作为可以改造好的同学，是可以当数学课代表的。我提议汪洋任数学课代表，请同学们举手表决。”

周老师的话有理有据，驳的封德水哑口无言，只好随着其他同学举手表示赞同。

放学铃声响了，同学们随着拥挤的人流涌出学校，在门前分成若干支流，三五成群地相互追逐打闹着，向县城的各个角落散去。

汪洋家在县城的东郊，与学校相距约两公里，途中需穿过县城的主要街道，还要穿过铁路道口。他几乎每天都与和他居住相邻的同学结伴而行，有性格憨厚的包玉柱，性格开朗的柳刚，还有能说会道、善于察言观色的周思远，以及甄亚凤、谭丽梅、刘淑敏等几个女同学。另外，还有调皮淘气的麻有志、老实稳重的李青山等其他班级的同学。他们既是小学同学，又是中学同学，彼此相处得很好，经常在一起玩耍。

汪洋和包玉柱、周思远、柳刚沿着贯穿县城的大道结伴而行。周思远笑着对汪洋说：“哎，汪洋，周老师真有眼光，让你当数学课代表，真是选对人了。你给我们讲讲，那道题是怎么做的。我算了好几遍，却还是错了。”

汪洋放慢了脚步，有些不好意思地说：“我也讲不太明白，只不过是瞎猫碰上死耗子而已。”

“拉倒吧，不肯讲就算了！你学习那么好，岂有讲不明白之理！你没听人说过吗，谦虚过度就是虚伪。”周思远不以为然地反驳道。

“我不是谦虚，更不是虚伪，我是真讲不出要领，你就不要挤兑我了。”汪洋停下脚步诚恳地向他解释。

“我说小诸葛，你就不要逼他了，那道题太难了，我在课堂上想得脑袋都疼了，结果也没算对。汪洋是实在人，再说，他也没必要和咱们撒谎。”柳刚笑着为汪洋解围。

“我说你们是不是闲的啊，学习好有什么用?！这年头又不兴考学。我看与其在学习上费脑筋，还不如学点技术，将来或许有用。”包玉柱说出了心里话。

“你说的有道理，学点技术是正事。不过，我最大的理想是当兵，到解放军这所大学校去锻炼自己，争取入党、提干，说不定将来还可以当将军呢！”柳刚用手比划着说。

“你就别做美梦了，当兵谈何容易啊！国家政策规定，必须在农村锻炼两年的人才容许当兵、招工或保送上大学。我们以后的出路只有一条，那就是到农村去‘修理地球’。”周思远悲观失望地说道。由于他说的过于沉重，其他人都没有再吭声，他们各自想着心事，低着头快步往家赶。

汪洋家在距离火车站三百米的一个三岔路口，三间干打垒住房，院墙是一米五高的土墙，还有两扇刷着黑漆的木板门，院门旁长着一棵五六米高的白杨树，院墙的东面是两间仓房。大门与房门之间是用砖头铺的甬道。甬道的西面有一片用玉米秸秆围的小菜园，父亲每年都要在这里种一些时令菜蔬。菜园的四周种着一些花草，把小院点缀得生机盎然。住房的东头是猪圈和厕所，房西是鸡舍和鸭窝。整个小院被收拾得井井有条，展现出房主人的精明能干。

汪洋的父亲原本在五金公司工作，身材健硕，方脸、浓眉、高颧骨，面部轮廓分明，头发粗硬，头顶上有一绺头发经常站立。他性格内向，为人忠厚老实。他是初中文化，是公司的后勤管理员，管理公司后勤以及职工食堂。后勤工作比较繁琐，但他勤劳肯干，兢兢业业，深得公司领导的信任。本来他的工作一帆风顺，可是，三年自然灾害期间，他却因一念之差，栽了个大跟头。由于当时粮食短缺、物资匮乏，他不忍心看到父母和孩子挨饿，就偷拿单位的食品，以解决家中的困境。没想到被人发现了，单位对他进行隔离审查，父母为他担惊受怕、寝食难安，妈妈更是忧心如焚，整日以泪洗面。

汪洋当时只有三岁，尚不懂人事，对大人的处境一无所知，整日只是吵闹着要吃要喝，还不时地追问妈妈为什么爸爸不回家。面对孩子的追问，妈妈只好对他撒谎说：“爸爸到外地出差，很快就会回来。”

一天夜里，汪洋在睡梦中，被一阵窃窃私语声惊醒，传来的是父亲的声音。屋内没有开灯，他借着微弱的月光，发现父亲正站在炕沿前，低声与妈妈说话。若是往日，他早就会一下跳起来，扑到父亲的怀抱里，而今天他却感到了异样，静静地听着父母以及爷爷奶奶小声地说话。他隐约听到父亲向他们嘱咐着什么，又教他们如何应对调查人员。尽管他听不大清楚具体内容，但从大人们说话的语气上，他感觉到事情的严重性，以至于他躲在被窝里，始终没敢出声。

自那以后，他不再缠着妈妈找爸爸，也不再为饥饿而哭喊吵闹，仿佛一夜之间变得乖巧懂事了。

后来，汪洋得知，那天夜里，父亲是趁看守人员的疏忽而偷偷潜回家中，与家人统一了口径，使调查人员找不到证据，从而减轻了他的罪责。即便如此，父亲最后还是被定为“右派分子”，下放到农村劳动改造。

从此，父亲背负着沉重的十字架，在饱受歧视和屈辱中艰难地生活着，子女们也受到了牵连，被打成了另类，命运也因此而改变。

汪洋的母亲身材均匀，肤色较黑，长脸型、单眼皮、大眼睛、细眉毛、直鼻梁、薄嘴唇，留着齐肩短发，心地善良，性格开朗，勤俭持家。由于小时候家贫，母亲无法上学，仅有的一点文化得益于政府的扫盲班。她心灵手巧，善于精打细算。尽管上有年迈的公婆，下有三男二女五个子女，生活负担很重，但她还是利用有限的收入，把家庭生活安排得合理有序。每到过年，她都会给孩子们每人做一套新衣服、新鞋。对老人的饮食起居，妈妈更是竭尽全力，悉心照料。而且，她与人友善，与亲朋好友、街坊邻居相处得都十分融洽。

汪洋刚走进家门，就被母亲叫住：“小洋，你快点到水产商店去买几斤鱼回来，你舅舅来了。”妈妈边说边递给他五角钱和一个柳条篮子。

汪洋答应着跑进屋，看到舅舅坐在炕沿上与父亲说话，就上前亲热地问候舅舅。然后，他放下书包，转身跑到外屋，接过母亲递过来的筐和钱，快步跑出家门。

对他来说，舅舅的到来是件令人非常高兴的事。舅舅每次来都会给他们带来好吃的水果和点心，而且母亲也会改善伙食，他们顺便跟着解解馋。由于他们居住在扎龙保护区的边缘地带，县城周围布满了河汊和湖泊，水产资源十分丰富，因而商店里的水产品种类很多。汪洋自幼受父母的熏陶，养成了节俭的好习惯。他花了三角二分钱，买了四斤当地俗称“嘎牙子”，然后快步跑回家。

舅舅在齐齐哈尔市第一机床厂工作，无论体形还是长相，都与母亲相似。为了招待远道而来的舅舅，妈妈不仅炖了鱼，炒了鸡蛋韭菜，还特意炒了两个青菜。说实话，除了过年过节，母亲还从来没有这么奢侈过。

吃饭的时候，父亲坐在炕桌旁陪舅舅喝酒。汪洋兄妹几个被母亲叫到外屋。那时候，家里来客人时，孩子不但不能上桌，还不能在一边看客人吃饭。这样做一来是准备的菜肴没有那么多，二来也是出于讲究礼貌以及对客人的尊重。其实，就是怕客人看到孩子们贪婪的馋相而影响客人的食欲。

母亲为他们盛了一盘鱼，外带一个青菜和两个小咸菜，他们围着锅台，吃得十分高兴。只有年幼的妹妹抵不住诱惑，在盛饭时乘人不备，偷吃了一块放在锅里以备再次添菜的鸡蛋。母亲看见，瞪了她一眼，她不好意思地笑了笑，做了个鬼脸，母亲也心疼地笑着原谅了她。汪洋一边开心地吃饭，一边好奇地竖起耳朵，用心听爸爸和舅舅的谈话。

爸爸高兴地陪着舅舅喝酒，不时地为他夹菜。舅舅十分健谈，几杯酒下肚之后，他们的话也多了起来。家里人说话，没有那么多顾忌，话题也很广泛，他们从老百姓的衣食住行，逐渐涉及到目前的形势。父亲忧心忡忡地说：“现在形势可真够乱的，你看学生不好好上课，工人不安心做工，农民也无心种地，不知道这种状况要到什么时候。”舅舅听后，用几分安慰和劝解的口吻说：“姐夫，你不必担心，‘九·一三’事件之后，国家的形势开始有所好转了，尤其是邓小平复出之后，中央下发了九号文件，并任命万里为铁道部部长。国家要从铁路开始，逐步对各行各业进行整顿，相信很快就会见成效的。”

“那可太好了，就是不知道能整顿到什么程度。”爸爸抑制不住内心的兴奋，说道。

“至于什么程度，目前还很难说，但这次整顿的力度很大。邓小平这个人坚韧不拔，不达目的他是不会罢手的。”舅舅说话时，怀着一种崇拜的语气。

“舅舅，你听没听说学校要如何整顿？我们学习文化还有用吗？”汪洋忍不住走进屋问道。

“关于学校的问题，目前还没有明确的说法，但不管怎么说，学习文化知识很重要，无论到什么时候都有用！”舅舅语重心长地劝慰他。

“去，上一边玩去，小孩子家瞎打听啥。”父亲瞪了他一眼，摆手示意他离开。就在他转身之际，父亲又把他叫住，不放心地叮嘱道：“刚才的话，出去不能乱说，以免招来不必要的麻烦。”

“知道了，我不会乱说的，你就放心吧。”汪洋郑重地回答，然后退到外屋。

“兄弟，不瞒你说，我现在和你姐很闹心。孩子们眼看长大成人了，目前又是这种形势，他们的出路都被堵死了。你帮着想个办法，把孩子拉帮出去，只要能脱离农村，干什么工作都行。”爸爸心事重重地说。

“姐夫，你不必着急上火，车到山前必有路。我听说，大兴安岭林区用人比较多，工作也相对好安排，我有个朋友为了安排子女就业，主动要求到林区工作，听说他的几个子女都安排了工作。等有机会我打听一下，看他是否肯帮忙。不过，我听说林区的生活条件很艰苦，就怕孩子们吃不了那份苦。”舅舅劝解父亲说。

“兄弟，你千万要上心，如果这事儿真能办成，那可真是谢天谢地了。条件艰苦点怕什么，总比窝在农村一辈子强。”父亲喜出望外地说道。

在那个年代，小伙伴们爱打扑克牌、弹玻璃球或成帮结伙到野外去打鸟，而汪洋一般都不参加，他从小就知道帮家里干活。那时候经济落后，每个家庭都很拮据，所以，家家都在想办法搞一些副业以贴补家用。由于境内水草丰美，有着一望无边的芦苇荡，人们就充分利用这得天独厚的资源，用芦苇编织成苇席、苇帘子等，卖到收购站换成现钱，以解柴米油盐之需。

汪洋自幼就精力充沛，睡眠时间比同龄人要少两个小时。他聪慧伶俐、心灵手巧，八岁时就学会了编织苇席的全套技术，而且编织的速度很快。寒暑假时，他一天就能编织一领十尺长、五尺宽的苇席，这个速度相当于一个手快的成年人。这不但让父母对他另眼相看，邻居们也纷纷夸他聪明能干。

他的另一爱好就是看书学习。他从看画报和小人书开始，待年纪稍长后开始读小说。他善于思考，求知欲非常强，自幼就喜欢听大人谈今论古。无论是童话还是寓言故事，无论是现代还是古代故事，也无论是中国还是外国的文学作品，他都如获至宝。他在读书时，精神特别专注，对周围发生的一切毫无察觉，对身边人说的话也充耳不闻，有时叫他都没反应。他的情绪经常被故事情节而左右，每当读到令人高兴的情节时，他会情不自禁地突然放声大笑；而读到人物悲惨的境遇时，他就会忍不住泪流满面。为了充分利用时间，他经常边吃饭边看书，以至于光顾看书而饭菜却一口没动。他看书已经到了痴迷的程度，小伙伴都戏称他“书迷”。可是，他现在最大的苦恼是无书可读。如今，许多小说都成了“毒草”，变成了“禁书”。远在“文革”开始时，一些胆小怕事的人就把所谓的“禁书”付之一炬了。有些胆大的人冒险把书转入地下，小心谨慎地收藏起来，不敢轻易拿出来示人。因此，喜欢读书的汪洋经常为找不到书读而苦恼。

汪洋不但喜欢读书，而且记忆力超群，虽然没达到过目不忘的程度，但是，只要是他读过的书，书中的主要人物和故事情节他都能记住。他没事时，总是模仿说书人的口吻，绘声绘色地给小朋友们讲精彩的故事，还经常能够赢得他们的阵阵喝彩。久而久之，他成了伙伴心中有影响力的人物。

按理说，处在中学时代的汪洋，原本该过着无忧无虑的生活，但是最近一段时间，他心里始终有个挥之不去的阴影，使他一直无法释怀。在那个特殊的年代，流行着“知识越多越反动”和“读书无用论”的口号，再加上毛主席的“五七指示”，号召广大城市青年到广阔天地、大有作为的农村去劳动锻炼，接受贫下中农的再教育。在上山下乡运动的推动下，城镇户口的毕业生都要到农村去安家落户，何况自己原本就是农村户口，出路更是只有一条——回乡种地当农民。城镇户口的知青还有个盼头，他们在农村锻炼两年后，还有招工、当兵、保送上大学的机会。自己是农村户口，而且父亲又是被监督改造的“右派分子”，无论是招工还是当兵，都与自己无缘，更别说保送上大学了。自己只能去农村与土坷垃打交道，一辈子“修理地球”，这样的话，学习还能有什么用呢？他在心里反复问自己，却无法得到满意的答案，而这让他对自己的前途感到十分悲观。

舅舅和父亲的谈话说中了他的心事，所以他才忍不住上前插话。舅舅的话给他带来了启示，在他心里激起了层层涟漪。尽管他的前途仍旧渺茫，对所向往的大兴安岭也知之甚少，但这些还是让他在困惑中看到了一丝希望。

“汪洋，走啊！上学去。”门外传来柳刚的喊声，打断了汪洋的沉思。他抬头看了一下墙上的挂钟，已经是下午一点钟了。他急忙进屋和舅舅道别，拎起书包跑出门去。

自从听了舅舅的话，汪洋便多了一份心事，他幻想着自己有朝一日能到大兴安岭去工作，这让他在苦闷和黑暗中看到了一丝光亮。于是，他想方设法地搜集有关大兴安岭的情况，并在包玉柱和周思远的撺掇下，报名参加了学工培训班。随着对大兴安岭的向往以及课外活动的增多，他的思想重心发生了偏移，逐渐对学习懈怠了，反而兴致勃勃地学起了木工技术。

在学校的木工班学习了一段时间后，他掌握了木工的基本要领，并在师傅的帮助下，制作了锯、刨、斧、凿等简单的工具，并且可以对损坏的桌椅进行简单的修理。

这天，临近放学时，周思远把汪洋和包玉柱叫到一边，用商量的口气对他们说：“我看咱们班有两把椅子坏了，放学后，咱们几个留下来修理一下，你们说行不？”

“行，没有问题。”汪洋和包玉柱点头表示同意。

放学后，校园里安静了下来，汪洋他们留在教室里，拿出工具准备修理椅子，却被周思远叫住：“你们俩先别着急，等我出去看看有没有人，然后咱们再动手。”

“咱们是做好事，又不是做坏事，难道还怕被人看到？”包玉柱有些不理解地反驳道。

“我知道是做好事，但你们今天得听我的，千万等我回来再动手修理！”说完，周思远笑着离开了教室。

“他这葫芦里到底卖的是什么药啊？整的神神秘秘的。本来是做好事，怎么弄的像做贼似的。”包玉柱望着他的背影，有些生气地对汪洋说道。

“我也没弄明白他想干啥，反正只有两个破椅子，一会儿就修完了，咱们就等他回来再修吧。”汪洋坐在椅子上来回摇晃着劝道。

等了大约五分钟，周思远带着小跑回到教室，低声对他俩说：“快，快，使劲敲，声音越大越好。”然后，他急忙操起斧子，用力敲打着椅子，汪洋和包玉柱也紧随其后，教室里顿时响起了一阵“砰砰嘣嘣”的响声。

不一会儿工夫，教室的门被推开，教导室主任走了进来。他是个身体发胖的中年人，有些秃顶，戴着近视眼镜。见他进来，周思远带头停了下来，讨好地说：“主任，您还没下班呀！”

“这就下班，你们这是在干什么？”主任的眼睛不好，边往他们跟前走边问道。

“主任，我们看见班上的桌椅坏了，想利用放学时间修理一下。”周思远答道。

“好，好，你们是在做好事，值得表扬！你们都叫什么名字？”主任笑着问他们。

“主任，这都是我们应该做的，不需要表扬。”周思远谦虚地回答。

“你们不必谦虚，做好事就应该得到表扬嘛！告诉我你们的名字，这又不是什么坏事，有什么可隐瞒的。”主任再次说道。

“主任，我们做好事从不留名，既然被您看到了，我只好实言相告了。我们是木工培训班的，他叫包玉柱，他是汪洋，我——我的名字就不必说了，反正我们做好事又不是为了受表扬，说不说名字都无所谓。”周思远似乎有些不情愿地说道。

“这种做好事不留名的精神实在可嘉，但既然我看到了，就一定要表扬，而且还要在全校进行表扬。你告诉我，他叫什么名字？”主任指着周思远问汪洋。

周思远装作不经意地转过身来，对他使了个眼色。汪洋会心一笑，接着主任的话头说：“主任，他叫周思远，做好事一向不留名。”

“这就对了嘛，表扬好人好事可以树新风、立正气，你们真是好样的。”主任面带笑容，满意地离开了教室。

“你说怎么会这么巧，偏让主任给看到了。”包玉柱高兴地说。

“你真是笨，你看不出这一切都是周思远的杰作吗？”汪洋笑着提醒他。

“哦，我说怎么这么巧呢！你可真有心。”包玉柱恍然大悟地拍着头说道。

“你说咱们做好事为了啥？做了好事谁都不知道，那有多傻啊！我是看着主任走到跟前才让你们开始修理的。你们看着吧，咱们明天就会受到学校的表扬了。”周思远自信地说道。

汪洋和包玉柱信服地直点头，从心底里佩服周思远心眼儿灵活。

果然如周思远所料，第二天，他们的事迹受到了学校的表扬，而且他们的名字还上了学校的光荣榜。他们感到有些沾沾自喜，周思远更是十分得意。接着他又如法炮制，领着他们又为别的班级修理了几次桌椅，又多次受到不同程度的表扬。汪洋热衷于此，对学习失去了兴趣，致使他的学习成绩明显下降。

周老师看在眼里，急在心上。一天课间休息时，周老师在操场上找到了汪洋，对他说道：“汪洋，我有点事儿找你，放学后到我家里去一趟。”

“行，我一定去。”汪洋痛快地答应了。他和周老师很熟，以前他经常到周老师家里去，有时是问难题，有时是应邀去帮助周老师干些零活。他每次去，周老师夫妇都很热情，时间长了，汪洋也就不再拘束，显得很随意了。

放学后，汪洋如约来到周老师家。他进门就对周老师说：“老师，我来了，有什么事呀？”

周老师的爱人陶老师是汪洋的物理老师，身材娇小，姣美动人，她为汪洋倒了一杯茶水。周老师今天与往日不同，表情显得很严肃，他开门见山地说：“汪洋，我今天找你来，是有关你最近的学习情况。你现在是怎么了，上课精力不集中，学习成绩明显下滑。你能告诉我，是什么原因导致你学习成绩下降的吗？”

“周老师，让你费心了，其实原因很简单，我心里不想学。”汪洋没有回避，而是直截了当地说出了心里话。

“为什么不想学，总要说出个理由吧。”周老师略感意外地追问。

“没有什么理由，就是觉得学习没什么用。如今，学习既不能解决就业问题，又不能凭着学习成绩招工、当兵、考大学，你说学习有什么用？”

“汪洋，你说的都是实情，我也有同感，但是你还小，目前的任务就是学习。你好好想一想，如果一个人没有文化，那是一件多么可怕的事情。一个没有文化的人，是不可能有所作为的，更别说干出什么丰功伟业了。”

“周老师，你说的有道理，但是，我今后的出路只有回乡当农民，当一个整日与土坷垃打交道的人，这能有什么作为？又岂敢奢望去干什么惊天动地的大事！”

“汪洋，你不必如此悲观，请你相信我的话，无论到什么时候，文化知识都会有用的，即使暂时用不上，将来也一定会用上的。你切莫因灰心丧气而荒废了学业，否则将来你会后悔的。”

“好吧，周老师，我听你的。我今后一定努力学习，决不让你失望。”

“这么想就对了。这是我上大学时，因为学习成绩优秀，学校奖励我的一支笔，我一直珍藏着。今天我把它送给你，希望你好好学习，争取将来做一个对社会有用的人。”周老师说着，从他的写字台里拿出一支深蓝色的钢笔。这是支英雄金笔，比一般的钢笔粗实，这种笔非常贵重，市场上很难买到。

“不，不，周老师，我怎么能收这么贵重的笔呢，你还是留着自己用吧。”汪洋急忙摆手，身子向后退缩着推让。

“汪洋，这是周老师的一片苦心，你就收下吧，切莫辜负了周老师对你的期望。”陶老师在一旁相劝，并从周老师手中拿过笔，硬塞到了汪洋的手上。

“老师，谢谢您送给我这么贵重的笔，这是您对我的鞭策和鼓励，我以后一定会好好学习，决不辜负老师的期望。”汪洋双手捧着这支饱含深情厚意的笔，声音颤抖地表达着内心的无限感激之情。

汪洋从周老师家出来时，夜色已经降临，瑟瑟秋风让人感到几分凉意。他沿着昏暗的路灯，快步往家走。来到家门口时，他远远看到门口停了一辆马车，一个身材粗壮的身影正从车上卸柴草，从身形举止来看，是父亲无疑。他连书包都没放就忙着上前帮着卸车。

“你快回屋写作业，我一会儿就干完了。”卸车的人停下来，关切地对他说。

“哥哥，原来是你呀！我还以为是爸爸呢。”汪洋颇感意外，带着几分惊喜，拉着哥哥的手。哥哥一年前高中毕业后，回乡当了农民。经过这一年多的劳动锻炼，他的身体比以前壮实多了，而且身形也愈来愈像父亲了。

哥哥的性格比较开朗，从小就十分懂事。由于父母忙于操持家务，有时顾不上照看孩子，哥哥就分担了照看弟弟妹妹的事情。他领着弟弟妹妹玩游戏，给他们讲故事，给他们穿衣、喂饭，哄他们睡觉，照看得十分周到。汪洋对哥哥的感情非常深，从小就像个“跟屁虫”，对哥哥十分依赖。无论遇到什么难事，他都把哥哥当成挡箭牌和主心骨，哥哥也尽心竭力、在所不辞。特别是遇到个别的孩子欺负他时，哥哥总是挺身而出，与对方理论，甚至动手打架，即使吃亏了也从无怨言。

哥哥前段时间为生产队打草，吃住在野外，有一个月没回家了，汪洋十分想念他。今日一见，更是格外亲热，任凭哥哥怎样劝说，汪洋还是坚持跟哥哥一起把柴草卸完、码成垛，才和哥哥一起回到屋里。

通过一年多的劳动，哥哥晒得面部黝黑，皮肤也粗糙了许多，昔日那个肤色细腻、充满稚气的书生已不复存在，取而代之的是有几分沧桑感的农民。汪洋对哥哥的处境感到悲哀和不平，可是他又无可奈何，只是在心里暗自悲伤罢了。更让他感到可怕的是，他仿佛从哥哥的身上看到了自己未来的影子，他担心自己会重蹈哥哥的覆辙，他不敢想象自己若干年后会变成什么样子。自己的出路究竟在哪里？他时常在心里问自己，难道就甘心像父亲和哥哥一样在农村终此一生吗？！这个念头一直困扰着他，而看到哥哥的变化后，这个念头变得愈加强烈了。

继哥哥之后，姐姐又走上了这条路。残酷的现实更让汪洋对前途感到迷茫与彷徨，他仿佛掉进了无底的深渊，看不到自己的出路。沉重的心理负担折磨得他心事重重、郁郁寡欢。

本来汪洋对学习已失去了信心，但周老师的鼓励又让他重新燃起了学习的热情，通过一段时间的刻苦努力，他的学习成绩又赶了上来，周老师感到很欣慰。为了继续激励他，周老师把他单独叫到办公室，对他学习上的转变给予了肯定，同时，又提出了让他争取早日加入团组织的要求。

“老师，我早就有加入团组织的想法，以前也曾写过入团申请书，但都石沉大海。老师，你说像我这种家庭出身不好的人，能有什么希望入团啊！”汪洋心灰意冷地道出了苦衷。

“汪洋，我了解你的家庭背景，也同情你的处境。不过，虽然家庭出身无法选择，但走什么路是可以选择的。”周老师耐心地劝解。

“老师，话是这么说，可是，现实却相差甚远。我早就被团组织打入另册了，哪怕我比他人多付出数倍的努力，团组织也不会吸收我的。”汪洋出于对周老师的信任，直接说出了自己的真实想法和面临的窘境

“你不要过于悲观失望，更不要有思想包袱，要轻装上阵，以实际行动积极向团组织靠拢，我相信团组织一定不会把你拒之门外的。”周老师用肯定的语气鼓励他。

汪洋受到周老师的启迪，回到家，苦思冥想，连夜写了一份情真意切的入团申请书。

入团申请书

敬爱的团组织：

我是出身于“右派”家庭的子女，出生在反动家庭是我一生中最大的不幸。自幼耳濡目染，无形中接受到反动思想的熏陶，我的身上留下了反动的烙印，沾染上了许多错误思想。我痛恨自己的家庭出身，更为出生在这样的家庭而感到羞耻。通过学习毛主席著作和广大革命师生的帮助及教育，我深刻地认识到反动家庭的危害性和危险性。我要在灵魂深处闹革命，与家庭的反动思想和反动言论进行坚决地斗争，彻底和反动家庭划清界限，肃清流毒，洗心革面，重获新生！

生活在伟大的毛泽东时代，让我感到无比的幸福和自豪！尽管家庭出身无法选择，但走什么路是可以选择的。今后我要认真学习马列主义、毛泽东思想，以最高指示为指南，虚心向广大工农兵学习，坚持不懈地努力改造自己的资产阶级世界观，坚定不移地在无产阶级革命道路上奋勇前进。我要一辈子听毛主席的话，永远跟共产党走，全心全意为人民服务，与工农相结合，在三大革命的斗争中经风雨、见世面，接受战斗风雨的洗礼！我要发扬“一不怕苦，二不怕死”的大无畏革命精神，虚心向英雄人物学习，要像无数先烈那样，在祖国和人民最需要的时候，义无返顾地冲到斗争的最前线，用自己的鲜血和生命，捍卫无产阶级革命政权，力争把自己改造、锻炼成一名合格的无产阶

级革命事业的接班人！

中国共产主义青年团，是中国共产党的后备军，加入共产主义青年团是我梦寐以求的理想和最大的心愿，我愿意在革命斗争的洪流中接受组织上的任何考验。请团组织和广大革命师生监督我的实际行动吧！

致以战斗的敬礼！

申请人：汪洋

一九七三年十一月二十五日

第二天早上，汪洋惴惴不安地把入团申请书交给了团支部书记封德水的手上。封德水本来就对汪洋有成见，嫉妒他学习成绩比自己好，更嫉妒他受周老师宠爱。对于汪洋要求入团的事，尽管他心里不情愿，但是，周老师事先已经和他谈过吸收汪洋入团的事情，他不敢违背周老师的意见，只好违心地召集组织委员周思远、文化委员刘淑敏等人开会，讨论汪洋的入团事宜。团支部成员们审阅了汪洋的入团申请书，被这份饱含真情的申请书所感动。综合汪洋平时的表现，团委们认为汪洋具备入团的资格。封德水却提出了反对意见，他的理由是汪洋的家庭出身问题。封德水认为他这样出身不好的人，具有一定的思想根源，不能光看表面现象，要透过现象看本质，因此，对他的入团申请一定要慎重，对他的考察也要更严格。尽管周思远据理力争，但由于封德水的坚决反对，汪洋的入团请求还是没有通过。

周老师得知了讨论结果，出面找封德水谈话。在周老师的干预下，封德水只好按照组织程序，把汪洋的入团申请及团支部意见上报学校团委。尽管封德水勉强同意汪洋的入团申请，但他仍心有不甘。在上报学校团委的同时，他特意找到驻校工宣队曹队长，不但对汪洋入团的事情提出反对意见，还顺带告了周老师一状，说他一贯包庇反动家庭出身的学生，还干涉团支部的正常工作。

按理说工宣队无权干涉学校团委的工作，但是，在这个黑白颠倒、是非不清的年代，一切正常的事情都无法实行，反而许多不正常的事情却被认为是合情合理的。在提倡工农兵占领文化阵地、工农兵领导一切的形势下，工宣队的权力凌驾于学校其他部门之上。曹队长当时就找到学校领导，要求审查周老师的错误行为，并责令周老师停止工作，接受检查，交代错误。周老师对这无端的指责心里不服，就找到曹队长据理力争。他列举了汪洋在学习方面以及积极上进的各种优异表现，并表示，汪洋的家庭出身问题也是按照党的一贯政策执行的，对出身不好的子女进行帮助和教育，而且，事实证明，汪洋是属于可以教育好的子女。

曹队长见无法制服周老师，就反过来找汪洋谈话，问他加入共青团的动机是什么。汪洋已经听说周老师因为自己入团的事情受到了牵连，心里倍感不安，如今面对曹队长的问话，他是极力歌颂革命的大好形势，十分坚决地表示自己的革命立场和决心。曹队长见没有得到想要的结果，便心生一计——以入团为诱饵，要汪洋揭发父亲的反动罪行以及周老师的反动言论，并说这是组织对他的考验。汪洋想到父亲含辛茹苦地把自己养大，自己怎么能违心地去揭发他呢！再说，自己也没觉得父亲的所作所为有什么不对的地方，更别说反动罪行了。对一直关爱自己的周老师，自己就更不能说假话了。且不说周老师平时对自己的关心和爱护，就拿入团这件事来说，周老师也没什么过错，而如今却被无端停止工作、接受检查，汪洋心里为周老师鸣不平。其实，周老师只不过实事求是地说了真话，就被别有用心的人诬陷。原本就是自己连累了周老师，此时，自己又怎么能忘恩负义、落井下石呢！于是，他非但没有检举父亲和周老师，反而极力为周老师开脱责任。

由于汪洋不肯揭发父亲和周老师的罪行，曹队长觉得很没面子。他本想借机打倒周老师，以此向上级领导邀功请赏，可是汪洋不肯检举周老师，而他又苦于没有直接证据，也就只好不了了之，恢复了周老师的工作。曹队长为此事十分恼火，因此迁怒于汪洋，不但以立场不坚定、不能与反动家庭划清界限为借口，勒令学校革委会和团委取消了他的入团资格，同时还煽动封德水等人组织学生，对汪洋进行帮助教育。面对封德水等少数同学的无端指责，汪洋虽然心里不服，但又不敢公开反驳，只好违心地写检查。可曹队长和封德水等人却总说检查不深刻，一再逼他重写。被逼无奈，他一连写了五份检查，才勉强通过。经过这番折腾，汪洋再也不敢奢望加入共青团了，情绪也更加消沉，变得沉默寡言，好像一下子成熟了许多。

光阴似箭，岁月如梭，转眼间，只剩下一个学期就要毕业了，学校按照学生的家庭情况填报毕业去向。有的同学的哥哥姐姐已经下乡，按政策可以留城安排工作；有的同学到家长单位的知青点儿去落户；有的同学到县城附近的公社去插队……而等待汪洋的早已成定局，像他这样的农村户口加上“黑五类”家庭的出身，没有任何选择余地可言，出路只有一条——回乡种地，一辈子当农民。学习成绩的好坏已毫无意义，招工、当兵、保送上大学也都将与他无缘，他似乎有一种被欺骗的感觉。尽管汪洋早有心理准备，可残酷的现实即将来临，他还是感到难以接受，他不甘心就这样任由命运摆布。可是，他看不到出路，陷入了痛苦和绝望之中。

第二章

青梅竹马

在同学当中，汪洋与柳刚的关系最为密切，他们住得很近，长辈们平日交往频繁、相处融洽。柳刚的父亲是话剧团演员，母亲是被服厂工人。柳刚有一个妹妹和一个弟弟，妹妹比他小两岁，名叫柳霞。柳霞长得很漂亮，皮肤细腻，圆圆的脸蛋，长长的睫毛，还有一双水汪汪的大眼睛，忽闪忽闪的好像会说话。她开朗活泼、能歌善舞，走路蹦蹦跳跳的，嘴里经常哼着歌儿，整天乐呵呵的，仿佛从没遇到过什么愁事。

汪洋和她家是前后院，中间只隔一道院墙，两家的孩子为了省劲儿，时常翻墙而过。久而久之，墙头被爬出一个豁口，抬腿就能迈过去。双方家长对此视而不见，也没有堵上院墙豁口的想法，如此一来，更加方便了孩子们的往来。

柳刚的父亲正直严谨，不苟言笑，对子女非常严厉。他的母亲窦阿姨为人随和，心地善良，是天生的一付热心肠，邻里之间有什么难处，她都乐于帮忙。她经常帮助大家做衣服，每当过了元旦，她就开始忙碌起来了，几乎每天都要忙到深夜，一直到除夕。每年这段时间都累得她腰酸腿疼，人也累瘦一圈儿。尽管十分辛苦，窦阿姨却毫无怨言，年年如此。

汪洋全家人的衣服几乎全让窦阿姨包了，尤其是汪洋的。每当他穿上窦阿姨缝制的新衣服，心里都觉得美滋滋的。因为他从小就文静听话，深受窦阿姨喜爱，加上他与柳刚要好，经常到柳刚家去玩，有时还在那儿吃饭，所以柳霞把他当成亲哥哥，还时常缠着他讲故事。小时候柳刚出去玩，嫌她累赘，不愿意带她一起玩，汪洋却能迁就她，总是劝柳刚带着她，而且在她玩累时，汪洋还经常背她。她对汪洋的依赖程度，甚至超过了柳刚。

有一次，长辈们和柳霞开玩笑，问她长大要嫁给什么人，柳霞竟脱口而出："我就找汪洋哥哥。"汪洋在一边羞得满脸通红。此事为大家留下了笑料，人们经常就此话题与汪洋开玩笑。

随着年龄的增长，他们也都情窦初开了，当别人拿他们开玩笑时，他们都感到有些不好意思，彼此也有意无意地拉开了距离，再也无法像童年那样毫无顾忌地玩耍了。可是，在他们的心里，彼此都多了一份思念和牵挂。他们只要几天见不到面，心里就会想得慌，总要找借口见上一面才放心。

柳叔叔在话剧团工作，每次上演新节目时，家属们都会获得免费入场票。柳叔叔每次要免费票时，总要留出汪洋的票。每次看演出，柳霞总是有意无意地坐在汪洋的身边，还不时地和他探讨剧情，评价演员的表演水平。久而久之，这形成了一种惯例，似乎理当如此，谁也没觉得有什么不妥。

那个年代文艺界萧条，除了八个样板戏，能看到的节目少得可怜，偶尔演出新节目，人们的热情不亚于过年。小伙伴们对汪洋这份特殊的待遇，既羡慕又嫉妒。

柳霞性格活泼开朗，能歌善舞，加上她那美丽的容貌、优美的身段以及清脆洪亮的嗓音，在舞台上如鱼得水，是学校毛泽东思想宣传队的文艺骨干。尤其是她扮演的小铁梅，无论是动作还是唱腔，都是惟妙惟肖，每次演出都会赢得观众的阵阵掌声。平时在学校里，她就格外引人注目，面对观众的掌声和众多男生的追捧，她的虚荣心更是得到了极大的满足。

处在青春期的少男少女，对爱情的概念有些模糊，只是对异性充满了朦胧的好奇，汪洋也不例外。他对柳霞的感情发生了变化，从关心爱护发展到思念和牵挂，有时连看书都会走神，脑海里时常闪现出柳霞的影子。每当他在书中看到主人公历经痛苦和磨难，最终如愿以偿，过上甜蜜幸福的生活时，他都会不自觉地把书中的故事情节与他和柳霞做比较，幻想有朝一日，自己与柳霞也像书中的主人公一样，拥有美好幸福的未来。他不止一次的梦到和柳霞过着甜蜜幸福的生活，甚至还会从梦中笑醒。每当看到她和男生开心地说笑时，他的心里就觉得难受。朋友们拿他和柳霞开善意地玩笑，他嘴上虽然矢口否认，心里却美滋滋的，感到非常幸福。

于是，他到柳霞家串门的次数更勤了，有时甚至一天好几次。如果见到了柳霞，他就感到满足和兴奋，若是看不到她，就情绪低落，干什么事都打不起精神。汪洋喜欢读书，对男女之间的爱情比较早熟，他不得不承认，自己心中暗恋着柳霞。

在那物资极度匮乏的年代，平时粗粮淡饭，聊以果腹，不挨饿就是最大的满足，至于营养就更谈不上了。只有过年过节才能吃上几顿好饭，所以那时的孩子特别想过年。过年时，孩子们可以尽情地吃喝、随心所欲地玩耍，难怪当时流行一句话："看把你高兴的，赶上过年了。"

从进入腊月开始，孩子们就开始盼望着过年，大人们开始精心置办年货。他们精打细算，尽量把年货置办得丰盛一些。从腊月二十三的小年开始，过年就进入了倒计时。空中偶尔传来爆竹声，散发出淡淡的火药味，更散发着浓浓的年味。

商店里悬挂着《智取威虎山》、《红色娘子军》、《红灯记》等样板戏的英雄人物剧照，以及扬子荣、李玉和、洪常青等造型的年画。春联都是用毛主席诗词或其他革命口号代替，很少有贴福字和挂签的。人们凭票去肉店买猪肉，去副食品商店买冻梨、冻柿子。为了购买食品，人们早早就在商店门前排起长队，生怕晚了买不到了。孩子们用平时积攒起来的零用钱去买鞭炮，然后藏在不易被人发现的地方，过年时才拿出来放。有的孩子按自己买的鞭炮数量，计算着日子放，总也舍不得全拿出来，结果省来省去，初一、十五都过去了，他们只好将鞭炮保存起来，留到来年春节再放。

在孩子的无限渴望之中，终于盼到了腊月三十。汪洋一大早就起床了，跟在哥哥身后，忙着往院门、房门、仓房门上贴春联、福字，就连猪圈、鸡舍、鸭窝也都贴上诸如"肥猪满圈"、"金鸡满架"等吉祥喜庆的横幅。父亲则亲自下厨，一改往日节俭之习气，倾其所有，精心烧制年夜饭。

下午二三点钟，一桌代表家庭最高生活水准的菜肴准备就绪。吃饭前，父亲先在爷爷奶奶的遗像前摆上几样祭品，并用两只瓷酒杯斟满酒，点燃，以此来祭奠逝世的老人。在酒精的蓝色火焰中，父亲领着全家人给遗像磕头。汪洋和兄弟姐妹们都虔诚地跪在地上，毕恭毕敬地磕三个头。年幼的弟弟妹妹此时无心理会这祭奠的仪式，他们的心思都在诱人的饭菜上了，他们是流着口水、耐着性子应付这种每年必须进行的祭奠仪式。

一直等到酒杯中的酒火儿熄灭，祭奠仪式才算结束。父亲才领着全家人开始吃饭。哥哥姐姐以及汪洋首先向父母敬酒，祝福父母身体健康，新年快乐。父母也祝愿孩子们在新的一年里健康愉快地成长。急不可奈的弟妹们此时无暇旁顾，把心思全都用在了吃喝上。他们敞开肚皮，挥舞着筷子，尽情地吃着平时难得一见的饭菜，直到肚皮溜圆，撑得弯不下腰才恋恋不舍地放下筷子。

在那年月，平时缺乏营养，过年时孩子们一下子吃这么多油腻的食物，胃无法承受，一时难以消化。食物在胃里发酵变质，打嗝时常散发出难闻的酸臭味，跑肚拉稀的事也司空见惯。

吃饱喝足之后，天色已黑，弟弟妹妹点上灯笼，到亲戚或要好的伙伴家去玩耍，汪洋则信步来到柳刚家。窦阿姨忙于为亲友赶制衣服，耽误了做饭时间，因此，他家此时刚开始吃饭。他们对汪洋热情相让，唯独柳霞含笑不语，而是用关切的目光望着他。当他们两人目光相对时，汪洋不由得面色一红，心头一阵乱跳。他急忙收回目光，不好意思地低下头。为了掩饰自己内心的慌乱，他赶紧找了个借口，逃也似的快步离去。

回到家中，姐姐和母亲正忙着剁馅、和面，准备除夕吃的饺子，他赶紧上前帮忙。他十多岁就学会包饺子了，每逢过年，他都与母亲、姐姐一起包饺子。汪洋一个人擀饺子皮，姐姐和母亲俩人包饺子。尽管他累得头上直冒汗，可还是供不应求，姐姐想要替换他，他却不肯，姐姐和母亲心疼他，只好放慢包饺子的速度。母亲每年都会特意准备几个硬币包在饺子里，今年当然也不例外。过年都有这个讲究，谁吃到钱币就表示谁有福气，孩子们更是以吃到钱币为荣。他们全家人忙碌了两个多小时，终于包完了饺子。

哥哥领着弟弟妹妹们，拿出各自珍藏的鞭炮到屋外去燃放。此时，震耳欲聋的鞭炮声早已响成一片，远处不时有五颜六色的焰火飞上夜空，姹紫嫣红，火树银花，分外壮观。弟弟妹妹高兴地拍着手，兴奋地欢呼雀跃。

在母亲的连连催促下，孩子们意犹未尽地回到屋里，父亲已经坐在桌旁开始喝酒了，母亲已将热气腾腾的饺子端上了桌。虽然胃里的食物还没消化，可他们依旧狼吞虎咽地吃着，母亲则在一边不时地提醒他们留意钱币。

"妈，你看，我吃到了一个。"妹妹首开纪录，举着钱币高兴地喊着。

接下来父亲又吃到了一个，而后又轮到哥哥。弟弟此时已吃饱了，但他不甘心，坚持着又吃了一个。"哎呀，怎么还没有！"他失望地说。

"老儿子别着急，来，妈给你夹一个。"母亲夹了一个饺子，放到弟弟的碗里。弟弟咬了一口，高兴地喊道："我也吃到了，我也有福！"他这才如愿地放下了筷子。

母亲会心地笑了。其实，她在包饺子时，事先在放钱币的饺子上做了标记，以此来满足孩子们的兴趣。

吃完了年夜饭，孩子们轮番给长辈磕头拜年。以前爷爷奶奶在世时，孩子们都给他们磕头拜年。现在，尽管爷爷奶奶已经过世，而且社会上已不流行磕头拜年了，可是，他们家的老规矩却没有改变。父母高兴地接受孩子们的磕头，然后分别发给他们压岁钱。

礼毕，一家人开始守岁。母亲端来了一盘糖果、一盘葵花瓜子和一盆放在凉水里浸着的冻梨、冻柿子。冻水果须在冷水里融化一段时间才能吃，可弟弟心急，伸手从盆里拿出个冻梨，不管不顾地吃了起来。没想到，他劲使大了，牙都咯疼了，却只是把冻梨啃破了点儿皮，留下了几道牙印罢了。在母亲的劝说下，他才有些不舍地把梨放回盆里。那时候家庭生活困难，人们买不起带包装的贵重糖果，只能买廉价、裸露的糖果，以及廉价的冻水果。即便如此，孩子们还是如获至宝，吃得十分香甜。

由于夜里守岁，汪洋和弟妹们凌晨三点多才睡觉。早上被母亲叫醒时，已是上午九点多钟了。他们急忙爬起来，简单洗漱一下，换上了新衣服新鞋，饱餐一顿饺子之后，一起出去拜年。

汪洋和兄弟姐妹们先是到直系亲戚家去拜年，亲戚们对前来拜年的孩子们表示欢迎，拿出糖果招待他们。年纪大的孩子基本都吃一块了事，只有年纪小的，不但当场吃，出门时还要抓上几块。这些额外的收获，让孩子们对拜年充满了兴趣。

拜完了亲戚后，汪洋就和兄弟姐妹们分手了。他顺路来到周思远家，恰逢周思远出门拜年未归，他给其父母拜年后，来到了柳刚家。

柳刚家只有他父母在家，柳刚带着弟妹们出去拜年未归，汪洋按礼数依次向柳叔叔和窦阿姨拜年。窦阿姨一边答应，一边让他坐下吃糖果。由于没见到柳霞，汪洋心里有一种失落感。他与其父母说了几句话，刚欲起身告别时，门外传来了一阵跑动声，柳刚和弟妹们回来了。他和柳刚见面后，相互给对方拜年，他的弟妹也懂事地给汪洋拜年，唯独柳霞例外，只是对汪洋抱以一笑，没有说话。

窦阿姨以为柳霞忘了，就提醒她："小霞，你怎么不给汪洋哥拜年呢？"

没想到柳霞听后，故意笑着说道："他也没给我拜年呐，我们俩是互不赊欠，正好扯平。"

"看你说的，汪洋哥不是比你大嘛！"窦阿姨嗔怪地瞪了她一眼。

"他才比我大几天哪！凭什么非要我给他拜年不可！要拜就互相拜，要不就都不拜，否则我就吃亏了。"柳霞看着汪洋，故意笑着和母亲撒娇。

"柳霞妹妹，过年好！"汪洋知道她是故意找机会与他说笑，就抢先给她拜年。

柳霞却仍没有回拜，而是笑着说："你拜也白拜，反正我是不给你拜年，有招你就想，没招你就活该。"柳霞说完，笑着跑回了卧室。

"这孩子，真是越大越不懂事。"窦阿姨望着她的背影数落道。

这时，周思远和包玉柱推门进来，他们也是来拜年的。包玉柱同汪洋一样，鞠躬行礼，向柳刚的父母拜年，周思远却跪地磕头，显得很庄重。周思远是邻居们公认最懂礼貌的，自然讨长辈们喜欢，所以柳叔叔和窦阿姨对他比较亲热，与他唠起家常。包玉柱对此有些反感，就对柳刚说："咱们呆着多没意思，打扑克呗？"

"行，上我屋里去玩。"柳刚爽快地答应了。

包玉柱拉着周思远来到柳刚的屋里，围在桌子旁玩"对主"。柳刚和周思远一伙，汪洋和包玉柱一伙，四个人玩得不可开交。柳霞闻声，也过来凑热闹。她站在柳刚和汪洋的中间，斜眼偷瞥哥哥的牌，然后指点汪洋出牌，所以汪洋他们升级比较快。柳刚发现妹妹吃里爬外，生气地把她撵出屋去。

柳霞出去一会儿，又转了回来，担心哥哥责备，她站在汪洋的对面看热闹。汪洋在柳刚洗牌时，下意识地抬头看了柳霞一眼，发现柳霞也正目不转睛地看他，目光相对时，俩人都有些不好意思，不由自主地同时低下头。汪洋的心里不由得涌上一股暖流，心中砰砰地狂跳不止。

汪洋抵不住诱惑，趁其他人不注意，又偷偷地把目光投向柳霞，柳霞还是用深情的目光凝视着他。当目光再次相对时，他们没有躲避，而是彼此会心一笑。汪洋好似喝了琼浆玉液一般，一种从未有过的幸福感袭上心头。

他怕引起其他人的注意，强迫自己把目光转向一边。好在他们仨的注意力都集中在扑克牌上，没人留意他们俩的亲昵举动。

欢乐的时光总是十分短暂，转眼间，春节就在人们的留恋中悄然流走，人们的生活又恢复了昔日的平静。

学校开学了，这是他们学生生涯的最后一个学期。由于毕业的去向早已成定局，汪洋也已无心学习，他在沮丧和迷茫中度过了备受煎熬的日子。

世界上的事情就是那么无奈，无论你喜不喜欢，该来的总是要来的。

毕业的日期到了，汪洋的心情反倒平静了许多，对他来说，这似乎是一种解脱。与其承受心灵中的痛苦折磨，莫不如早点从这沉重的思想压力中解脱。

毕业的当天下午，学校召开了毕业生上山下乡动员大会，学校领导和工宣队代表分别讲话，无非是鼓动学生到农村和边疆去接受再教育。学校宣传队为他们表演了节目，柳霞的演出依旧精彩，可是掌声却没有以往热烈，同学们的心情都比较压抑，他们为自己的前途和命运担忧，无心欣赏节目。汪洋每次观看柳霞的演出，心情都比较激动，可此时却有一种苦涩的感觉，他有一种预感，这种美好的时刻，自己已无缘享受了，无情的命运将使自己与柳霞的距离愈来愈遥远。

学校领导告诉同学们到教导处去领毕业证，代价是五元人民币。汪洋没有去领，他觉得毕业证对自己毫无用处，犯不上浪费父母辛苦挣来的钱。他带着满腹惆怅，怀着依依惜别的心情，最后看了一眼昔日的教室，心灰意冷地独自离开了校园。

接下来的一段时间，是汪洋一生中最黑暗的日子。昔日的同学纷纷找门路离家而去。他先是送包玉柱到乡下去插队。包玉柱的一个亲戚在乡下当公社书记，只要一有机会就能把他抽回城里安排工作。然后，汪洋又送走了周思远。周思远的姐姐原来在东北某兵工厂，后来由于中苏关系紧张，按照“备战备荒”的指示，迁到大西北的三线工作，她来信让他去，说能在那里为他安排工作。

柳刚的理想是当兵，但是按规定必须在农村劳动锻炼两年，他只好到父亲单位的知青点去熬两年。柳刚下乡的知青点在郊区，距县城只有三十里。当时对上山下乡工作十分重视，县知青办和父母所属单位的领导为下乡的知青召开了隆重的欢送会。会场上彩旗飞舞，锣鼓喧天，负责运送知青的卡车上插着彩旗，车厢上贴着“广阔天地，大有作为”、“扎根农村干革命，誓叫全球一片红”等标语，场面十分热烈。尽管大部分知青心里都是极不情愿到农村去受苦的，然而，迫于形势，他们也只好接受命运的安排。欢送仪式结束了，知青们在亲友的簇拥下登上了卡车。别看知青们在场上佯装笑脸，显示出一付踌躇满志的神情。当他们单独面对送行的亲人，面对心情沉重的父母百般叮嘱时，他们再也控制不住自己的情绪，各个神情悲戚、满面愁容，有些女孩子甚至掩面痛哭、泣不成声，仿佛生离死别一般。

汪洋置身在送行的人群中，对他们的处境深表同情，却又有几分羡慕。这些人到了农村，必定吃苦受累，可是，日后还有招工、当兵，甚至是保送上大学的希望。而自己只能步父兄的后尘，悄无声息地回到农村，在贫困、落后、愚昧的环境中，面朝黄土背朝天地终老一生。如此看来，自己岂不是比他们的命运更加悲惨！

原本他们事先商定好，由汪洋和柳霞随车送柳刚去知青点，他俩对此行都暗自欢喜，尤其是柳霞。她和汪洋站在一起，旁若无人地亲热交谈，甚至冷落了即将离家的哥哥。没想到，父亲临时改变了主意，把已经挤上车的柳霞强行叫了下来。柳霞不解地看着父亲，父亲却没做任何解释，而是再次叮嘱了柳刚几句。车子缓缓驶离了会场，汪洋提着柳刚的行李和日用品，陪在柳刚的身旁。他望着柳霞渐渐远去的身影，心里顿生一种失落之感。他一路上想着心事，闷闷不乐地把柳刚送到知青点，帮他安排妥当之后，怀着复杂的心情与柳刚珍重道别，然后随同其他送行的家属一道，在依依惜别中乘车返回。

随着好友的纷纷离去，汪洋的心情也低落到了极点。他整日愁眉苦脸、寝食难安，为自己的处境感到烦恼。按说他该顺从命运的安排，像父兄一样，到所在的生产队去当农民，可是，他心有不甘。每当想到要在条件艰苦的农村生活一辈子，他的头就会莫名其妙地疼痛。那时，城乡差别比较悬殊，农村的经济核算实行工分制。由于经济落后，工分贬值，父亲辛苦劳作一天，只有几角钱的报酬，而这在当时的形势下，还算比较好的。据说，有的地方年终结算竟出现工分倒挂的现象，辛苦干了一年，不但没有挣到钱，相反还得往回返钱，而且，出工越多，返的钱就越多。面对如此残酷的现实，你说人们还有什么指望?

相反，如果能在城里谋一份工作，情况就大不一样了。城里的人不但有固定工资、吃商品粮、享受公费医疗、有节假日和星期天，老了还享有退休金。能在城里有一份固定的工作，端上“铁饭碗”，是人们梦寐以求的。但是，这个愿望对汪洋来说，无异于天方夜谭，是可望而不可及的。

目前，唯一能给他带来慰藉的，只有柳霞。自从柳刚下乡后，汪洋时常应柳霞之邀，帮她干一些体力活。柳霞的热情和真诚，就像一股暖流，注入了汪洋的心田，使处于困境和绝望中的他感到温暖和安慰，只有和她在一起时，他才能暂时忘记痛苦和烦恼。

这天傍晚，汪洋正在家中看书，门外突然传来柳霞的喊声。汪洋闻声出来，问她有什么事，她像变戏法似的从口袋里拿出两张电影票，高兴地对他说：“天大的好消息！今天演《闪闪的红星》，我在学校好不容易搞到了两张票，我连我弟弟都没告诉，直接来找的你！”

“太好了，什么时间开演？我换件衣服来得及吧？”《闪闪的红星》是新排的电影，汪洋早就从广播里听说了，只是没有机会观看，如今柳霞搞到了电影票，自然是大喜过望。

“你还换什么衣服，咱们是去看电影，又不是看你！别磨蹭了，赶紧走吧，一会儿电影开演了。”柳霞心急火燎地拉着他的衣袖就走。

他们一路小跑来到了电影院。由于上演新电影，闻讯赶来观看的人很多，有许多没搞到票的也在电影院门口徘徊，打算碰碰运气。汪洋和柳霞费劲儿地挤过拥挤的人群，在众人羡慕的目光下，带着几分优越感，迈进了电影院。

以前他们和家人看演出时，都很自然地坐在一起，因为有大人们相伴左右，他们并没有觉得有什么不妥。这次，俩人单独来看电影，反倒有些不自然。坐下来之后，他们好半天没有说话，就连无意间的肢体相碰，他们都像触电般迅速地躲开。汪洋觉得能和柳霞单独看电影，让他感到无比激动，有一种与情人幽会的感觉。同时，他也感叹爱情的伟大和神奇，爱情能把两颗不同轨道的行星成功地并入一条轨道。汪洋只觉得手足无措、脸红心跳，有一种前所未有的幸福感，让他忘记了一切不愉快。他就像喝了一杯香甜的美酒，尽情地陶醉在爱情的幸福之中。

虽然柳霞没有汪洋那么拘谨，但她的心也砰砰乱跳，如有小鹿在撞她。这毕竟是自己的初恋啊！此时此刻，她觉得自己是世界上最幸福的人，她多么希望幸福的时光停留下来，让幸福相伴一生！

然而，幸福的时光总是十分短暂的，散场的铃声把他们拉回到现实生活中。他们随着人流，带着几分意犹未尽的遗憾，走出了电影院的大门。

汪洋和柳霞一起看电影时，被多事的人看到了，有关他们早恋的话题就不断地扩散，而且越传越广、越传越离谱。有人说他们做了见不得人的丑事，还有人竟说汪洋是癞蛤蟆想吃天鹅肉。更让他们没有想到的是，不知哪个多嘴的竟把那些造谣中伤的话，添枝加叶地告诉了柳霞的父母。本来她的父母对此话将信将疑，但是又觉得无风不起浪，决定从侧面向女儿了解事实的真相，没想到柳霞不但承认了与汪洋一起看电影，还坦诚自己喜欢汪洋。柳霞的话，不啻于晴天霹雳，震得她的父母目瞪口呆，他们简直不敢相信女儿的话是真的。

出于对女儿的爱护，他们对女儿反复讲人生的道理，说他们两个之间地位和条件相差悬殊，根本不是一路人，是无法走到一起的，并一再强调他们之间根本就不是爱情，而是青春期对异性的好奇而已。

柳霞性格天真率直，对父母苦口婆心地劝说不置可否，父母逼问急了，她竟拔腿就走。她还是一如既往地与汪洋保持联系，只是由于父母的干涉和限制，她与汪洋见面的机会相对少了，这让她觉得很痛苦。

汪洋从柳霞的口中得知了其中的原委，让他既感动又有些悲伤。他静心细想，觉得柳家人的做法不无道理。可怜天下父母心，哪个父母不盼望自己的儿女婚姻幸福，生活快乐呢！既然命运注定自己要到农村去吃苦受累，而柳霞却有希望留城安排工作，彼此相差悬殊，自己又岂敢渴望得到柳霞的爱情。别说这不对等关系会遭到家庭的反对，就连他自己也难以承受来自家庭和外界的舆论压力。他清楚地知道，凭自己目前的处境，即使再努力，也不会得到她父母的认可，更不可能给她带来幸福。除非他想办法改变自己的命运，与他们的地位相等，到那时候自己才有权力去追求属于自己的爱情，否则一切都是空谈。目前，他只有忍痛割爱，采取冷处理的方式解决他们的情感纠葛，要尽力与柳霞保持距离，以免她的家人担心，也防止外人乱传闲话。

父亲背负着“右派”的罪名下放到农村劳动改造，既然是改造，注定要干脏活、累活。生产队安排他去积肥，就是沿着城里的大街小巷掏厕所。这种活计又脏又累，其他人都不愿意干，自然就落在了父亲的头上。

父亲忍辱负重，不敢有丝毫怨言，一干就是十余年，即使后来得了哮喘病，也没有变换工作。汪洋心疼父亲，上学时就利用寒暑假替父亲去掏厕所。他怕有人看见会嘲笑他，就戴着大口罩，把自己遮得严严实实。刚开始接触黄糊糊、臭气熏天的粪便时，他恶心地直吐，但还是咬牙坚持了下来。

如今毕业在家，他主动接替了父亲的工作，全天候去掏厕所。因为以前是偷偷摸摸的去干，所以没有人知道，而如今他整日赶着马车走街串巷去掏厕所，即使戴着口罩也难免被人发现。每当他赶着积肥车经过时，人们都会掩着鼻子纷纷避开。

一天中午，汪洋赶着积肥车路过一条街道时，竟与柳霞迎面相遇了。当时，她与几个同学一起说笑着往家走，见到积肥车过来，同学们纷纷掩鼻躲避。柳霞已经看出来那人是汪洋了，觉得有些难为情，连头都没敢抬，掩着鼻子低头匆匆而过。

这件事让汪洋觉得很难堪，觉得自己的自尊心受到了伤害，同时更加意识到自己与柳霞之间存在的巨大差异。

自从知道汪洋积肥之后，柳霞对汪洋的态度变化非常明显，不但接触时间少了，平时见面也不愿意过多交谈，而且至少保持两三步的距离。尽管汪洋掏厕所时总是穿着工作服，而且每次回家都会彻底清洗一番，身上根本就闻不到一点儿臭味，可柳霞只要一看到汪洋，就会联想到他积肥的摸样，总感觉他身上有股厕所的味道。

柳霞的态度让汪洋十分难受，他心里明白，他们之间别说恋爱，就连作朋友也是不可能的了。他现在别无选择，唯有牺牲自己的感情，结束这份处于萌芽状态的初恋，把这段初恋深埋心底，作为未来的美好回忆。

第三章

举步维艰

说句心里话，柳霞的行为深深地伤害了汪洋，他曾为此心灰意冷，意志消沉，几乎丧失了生活的勇气。但是，他是个不服输的人，痛定思痛之后，他没有继续消沉下去，而是重新燃起了生活的勇气，把柳霞给他带来的伤害转变为激发斗志的动力，他决心通过努力来改变自己的命运，即使碰个头破血流也决不后悔！

当人们遇到什么为难之事，或在两难之间无法抉择时，往往会求助于神灵。汪洋的父母没有什么文化，爷爷奶奶又十分迷信，汪洋自幼受封建迷信的影响，对这些事情也是半信半疑。

甄亚凤的姥姥是个笃信迷信、相信神灵的人，她精通相面、算卦。年轻时常为人算卦相面，后来因为“文化大革命”，她被打成“牛鬼蛇神”，受到批判。人就是个奇怪的动物，别人越是限制，她就越想做，而且心心念念，难以割舍。她迫于压力，不敢公开为人算卦，但每当有人找上门时，她总是有求必应，欣然效力，而且不取分文。

汪洋此时正处于前途未卜、无路可走的低谷时期，他希望能有人为他指点迷津。于是，他找到已留城工作的甄亚凤，求她帮忙让姥姥给他算卦相面。这是一举两得的事，既成全了姥姥的爱好，又满足了同学的要求，甄亚凤自然是满口答应。

按照相约的时间，汪洋在黄昏时来到甄亚凤的家。姥姥年近七十，鹤发童颜，颇具几分仙风道骨。她把汪洋叫到跟前，点燃蜡烛，详细看了他的面相和手相，然后开口说道：“从面相和手相来看，你这孩子有福，只是手脚大。”“我的手是大点儿。”

汪洋插话。

“我姥姥说的不是你手大脚大，而是指你能花钱。”甄亚凤在一旁笑着纠正。

“你手大说明能花钱也能挣钱，一辈子都不缺钱。你再报一下生辰八字。”

“我是1957年8月18日的生日，时辰是凌晨2点多。”汪洋如实说道。

姥姥听后，掐指算了一下，说道：“57年生的，属鸡，生日时辰也好，男占2、5、8，女占3、6、9，你是57 年生的，占一个5，又占两个8，时辰是丑时，你又属鸡，正是公鸡打鸣时刻，注定你一生勤奋，衣食无忧，婚姻幸福，命里该有两男一女，好命啊！好命！”姥姥振振有词地说道。

汪洋被姥姥说得心里高兴，又赶忙问：“姥姥，你说我将来能干啥工作？在什么地方能有发展？”

“你有官运，但是官星不大，反正将来不用干体力话，只是动动脑子就行了。这主要是你家的老人行善积德，你家的祖坟风水好，祖坟的地势是后面高、前面低、中间低洼，四面八方往中间聚财。至于在什么地方有发展，有道是人往高处走，你最好是往北走，而且越远越好，那样才能有贵人相帮，保你心愿满足。”姥姥一边掐着指头，一边晃着脑袋解说道。

汪洋听得心花怒放，姥姥算得真准，他家坟地确实如姥姥所说，可是，她怎么就能算出来呢？！简直神了！汪洋对姥姥佩服得五体投地，故此，他对姥姥的话深信不疑。其实，他有所不知，这些都是算卦的基本常识。一般的风水先生都讲究坐北朝南，前低后高，而算卦的和风水先生都属于同行，说法也大致相同。汪洋不知其中奥妙，故此觉得她算得非常准。至于命好、有福、有官运，那更是取悦于人的话。你想啊，尽说难听的话，还有人肯上门算卦吗？！算卦之人尽说一些两头堵、模棱两可的话，怎么解释都没毛病，以防日后有人找上门来算账。

汪洋算过命后，认定自己应该往北面走，而北面就是大兴安岭林区了。于是，他悄悄地给舅舅写了一封信，询问有关大兴安岭的情况，并请求舅舅帮忙联系。

汪洋居住的地方，处于松嫩平原腹地，地势平坦，水草鲜美。县城的西北方向五十多公里就是著名的绿色草原军马场所在地。汪洋的姨妈就在军马场工作。姨夫是个转业军人，在军马场所属连队当连长。六个表兄妹只有表哥和表姐上班，其他的都还在上学，表哥比汪洋大两岁，表姐与他同岁，只是生日比他大三个月。汪洋与表哥的感情很深，以前表哥上学时，每到假期都要到他家来玩几天，有时表哥回家也带他去姨妈家玩，汪洋也多次随父母到姨妈家去串门。由于姨妈的住地是在西北方向，汪洋顺着算命的思路，自然而然地想到去姨妈家碰碰运气。恰好表哥出差，顺便来汪洋家看望他们，见汪洋情绪低落，就关切地询问他原因。汪洋和表哥感情一向很好，就把自己失恋和前途未卜等烦心事向表哥倾诉了一番。表哥对他的处境十分同情，劝解道："你别着急上火了，人生哪有一帆风顺的。反正你在家没什么事，跟我走吧，看我爸能否帮你在军马场安排一份工作。"

"表哥，能行吗？我家可是农村户口啊！"汪洋忧心地说。

"我知道，以前我们场里也有人通过各种途径帮农村的亲戚安排工作。咱们回去跟你姨夫说说，让他想办法帮你办一下，如果能行，不就解决了你的工作问题。"

"行，表哥，我听你的。"汪洋似乎在黑暗中看到了一丝光亮，便对父母说出了自己的想法。父母看汪洋心事重重、整天闷闷不乐的，生怕他憋出毛病，就同意让他去姨妈那里试试，即使安排不了工作，出去散散心也能调解一下心情。

对于汪洋的到来，姨妈当然是热情招待。表哥跟姨夫说了汪洋的想法，姨夫也答应帮忙试试看。汪洋似乎看到了希望，心情也轻松了许多。担心他闲着无聊，表哥就带着他到草原上去牧马。

夏日的松嫩平原，正是碧草如茵，鲜花盛开的季节，置身在鸟语花香的草原上，汪洋的心情豁然开朗，美丽如画的自然景色，让他暂时忘记了痛苦和烦恼。

表哥担负着放养军马的任务，早上他和表哥同骑一匹马，把马群赶到草原深处。马群四散开吃草，表哥和其他几位放牧员骑马在马群四周巡视，及时把离群的马匹圈拢回来。当马群吃饱停下休息时，表哥就与附近连队的牧马人进行骑马比赛。看着表哥骑着骏马驰骋在辽阔的草原上，汪洋不由得怦然心动，跃跃欲试。他向表哥提出学习骑马的要求，表哥笑着牵过一匹白马，说："这匹马最老实，你就放心骑吧。"

汪洋平生第一次骑马，怯生生地模仿表哥骑马的动作，略显笨拙地认镫上马，心想等自己坐稳后再吆喝马儿起步，可没想到他尚未坐稳，马儿就快速向前跑去，将他颠向马鞍的一边，他一只脚脱离了马镫，而另一只脚却还套在马镫里。他心里一着急，急忙侧身抱住了马脖子。好在这匹马性情温顺，又驯养有素，它感觉骑手有异，就立刻停下了脚步。饶是如此，汪洋还是吓出一身冷汗。

尽管出师不利，汪洋却没有放弃。在表哥的指点下，他逐渐掌握了骑马的要领和坐骑的习性。经过几番试骑，他终于可以像表哥一样，骑着骏马，随心所欲地奔驰在辽阔的草原上了。他的身体随着骏马的频率不停地摇摆，令他感到十分惬意。突然，他觉得下身一热，一股液体从体内喷射而出，一种从未体验过的愉悦袭上心头，让他感到毛孔扩张，浑身上下无比舒畅。他疑惑地勒紧马缰，放慢了速度，细细品味，猛然醒悟，这是自己成年的象征，这就是人们戏说的“跑马”。他由此联想到男女之间的性爱，顿时感到一阵脸红心跳，像做了什么见不得人的事，觉得惶恐不安。

他觉得身心有些疲惫，仰面朝天地躺在地毯般的草地上休息。草地散发着沁人的芳香，远处传来鸟儿的歌唱，蔚蓝如洗的碧空上飘着朵朵白云。它们形状各异，飘忽不定，时而像奔跑的骏马，时而又像散落的羊群，一会儿像波浪，一会儿又像鸟儿在飞翔，给汪洋带来了无限的遐想。

休息过后，再次骑上马，他心里自然而然地又想到了刚才那舒服的感觉。他虽然感到有些龌龊，但欲望就像打开的潘多拉的匣子，原始的冲动和诱惑驱使他再次扬鞭策马，刻意重温了一遍幸福的感觉。

黄昏时分，夕阳西下，天边的最后一抹晚霞即将从地平线消失，牧马人驱赶着马群来到机井前摆放的水槽子跟前，马儿争先恐后地低头饮水。待到马群喝完水，将它们驱赶到马圈里，牧马人一天的工作才宣告结束。

汪洋跟在表哥身后，把坐骑牵到马厩里，将马鞍子卸下，交给值夜班的人，然后才放心地下班回家。一排排砖瓦结构的家属宿舍在距马圈一里之遥的北面，此时，家家户户的烟筒里冒出了缕缕炊烟。

姨妈正在灶台前忙着做饭，汪洋懂事地过来帮忙，却被姨妈叫住：“不用你帮忙，饭马上就好。你快去洗把脸，一会儿就吃饭。”

汪洋答应着同表哥来到外屋，俩人洗完脸回到屋里，姨妈已将饭菜做好，表姐正往餐桌上摆放餐具，汪洋帮忙把饭菜端到桌上。他们刚端起饭碗，姨夫推门进来了。姨夫的工作很忙，他每天早上六点起床上班，一日三餐都在连部的食堂吃，晚上还经常开会，回家时间一般都是八九点钟，有时十点多，而且经常是不醉不归。姨夫昨天到团部开会，刚从团部回来就直接让车把他送回家了。汪洋一边起身问候，一边到厨房为姨夫取来餐具，并为他盛上饭。姨夫望着桌上的西红柿炒鸡蛋和大头菜炒青椒丝，笑着说：“哎，今天的菜不错，给我把酒拿来，我喝两杯。”

表姐站起来为他取来酒瓶和酒盅，并把酒盅斟满，姨夫高兴地端起酒盅一饮而尽，口中连称“好酒”。汪洋拿起酒瓶又为他倒满，他操起筷子吃了一口菜，然后又仰脖干杯。坐在一旁的姨妈瞪了他一眼，没好气地说：“你整天放着正事不办，就知道喝酒。”

汪洋已经来了十几天了，姨夫却始终没有正面提起过他工作的事儿。姨妈是个急性子，也知道汪洋心里十分着急，又见姨夫像没事人似的喝酒，就忍不住数落他。

姨夫为人随和，脾气很好，听了姨妈的话，依然笑着说：“你这可是冤枉我了，你说我什么正事没办？”

“你还好意思说我冤枉你! 我问你，小洋的事你办了吗？”姨妈有些生气地逼问他。

“小洋的事我能不放在心上吗？！这回我到团部开会，还特意找了劳资科的刘科长，他说像小洋这种情况，必须是孤儿，年龄不能超过十八周岁，而且要提前申请报上级批准。这种情况的，一年才有几个指标，确实是不好办。”姨夫放下筷子，点上烟斗，向姨妈解释道。

“那你就按孤儿给他上报，反正他又不满十八岁，有什么不好办的。”姨妈为他出主意。

“你说的倒轻巧，咱们两地之间相距仅百里之遥，一旦派人去外调，露馅就全完了！”姨夫慎重地说。

“那你说怎么办？”姨妈有些气馁地问他。

“这事不能操之过急，我再托托人，想个妥善可行的办法。小洋，你也别着急，先安心在这里待一段时间，我一定想办法帮你。”姨夫劝道。

“姨夫，让您费心了，我不着急。”其实，汪洋听了姨夫的话，心里感到很失望，但他还是礼貌得感谢姨夫。

姨妈听姨夫这么一说，心情沉重地打住了话题。姨夫又喝了一盅酒，从口袋里掏出一张表格，高兴地对表哥说：“这是保送上大学的表格，咱们全团才十几个名额，我好不容易才托人搞到手的。你吃完饭赶紧填好，明天就往上交。听说这回是省财经学校招生，是千载难逢的好事，你千万要填仔细，万一填错了就耽误大事啦！”

“真的？！太好了，我终于可以脱离马背的生活，走进高等学校的大门了！”表哥抑制不住内心的激动，高兴地一把抢过表格，如获至宝地捧在手中，欣喜若狂地在地上直转圈。

意外的喜讯让全家人都沉浸在喜悦之中。汪洋分享着表哥的喜悦，同时也为自己的处境感到忧伤。他想不明白，为什么自己和表哥的命运会有如此大的反差，自己连表哥厌烦的工作都无法得到。命运为什么如此不公，自己的出路究竟在哪里？他心情苦闷，陷入了绝望的谷底。

接下来的几天，姨妈家为表哥上学的事情忙得不亦乐乎，汪洋也强装笑脸，跑前跑后地帮表哥收拾行装，准备上学的相关事宜。

在全家人的企盼中，终于等来了表哥开学的日子。由于军马场不通铁路，表哥必须到汪洋所居住的县城去坐火车。汪洋一来是为了给表哥送行，二来也因为自己的事遥遥无期，在姨妈家长期待着也不是办法。于是，他就以送表哥为借口，告别了姨妈家，陪表哥一同回到了县城。

送走表哥之后，由于迟迟没有接到舅舅的回信，汪洋只好再次给舅舅寄信，询问去大兴安岭的事情是否有希望。

信寄出去没几天，很快就接到了舅舅的回信。舅舅在信中说林区需要人，但是汪洋这种情况不好安排，主要是没有城镇户口，而解决农转非户口难度非常大。舅舅嘱咐他说如果去，就得做好两手准备，一是要吃苦，暂时做临时工，看以后能否有机会解决户口问题；二是如果始终没有机会，最终就只能是无功而返。总之，这件事情是希望不大，去留与否，让他自己拿主意。舅舅在信的背面，附上他朋友的地址和工作单位，以便他拿定主意后，去林区时能够找到舅舅的朋友。

汪洋接到信后，思想激烈地斗争，心里也很矛盾。此时，他是进退两难，如果不去，只能在农村生活一辈子。可是，柳霞对自己的疏远及冷淡，主要是自己的家庭和社会地位与她不匹配。难道自己就这样眼睁睁地看着这段美好的初恋就此夭折吗？这是自己最不愿意看到，也是最怕看到的结局。可是，如果执意前去，又恐难以如愿。如今，自己已是被生活逼到绝境了。难道自己就甘愿让人瞧不起，甘心在农村生活一辈子，甘心失去柳霞吗？不能，绝对不能！不蒸馒头也要蒸（争）口气。我要通过自己的努力去改变命运，要让那些瞧不起我的人看看，我汪洋不是无能之辈！我要理直气壮地面对柳霞，要让她为我感到骄傲和自豪！我虽然不能像古人那样挂印封侯、光宗耀祖，但也要风风光光地衣锦还乡。如果没有尝试，怎么会有成功呢？如果我努力了，也尝试了，即使不成功，也不会留下遗憾。一个人无论做什么事，都要有恒心，要坚持不懈、拼搏到底。不管前途如何艰辛，即使充满荆棘和坎坷，我都要背水一战，到大兴安岭去闯一闯，不达目的誓不归！再说，算卦的说了，自己往北走能遇到贵人。她算得那么准，自己还有什么可犹豫，还有什么理由不去拼一拼呢！

他拿定了主意，并把想法告知了父母，却遭到了父亲的反对。父亲语重心长地对他说："既然你舅舅的朋友无法给你安排工作，咱们去了又有什么意义呢？你还年轻，没出过远门，对社会一无所知。如今社会那么乱，你的识别能力又差，万一遇到坏人，学坏了怎么办？别看咱们家里穷，但祖祖辈辈都是本分人，没有任何劣迹行为。人活着不管穷富，主要是得有个好名声，一个人不能衣服没穿坏，让人给指戳坏了。我看你还是死了这条心，老老实实在农村种地算了。人活着哪有不吃苦的道理，那么多人在农村都能生活，偏偏你就不能？"

"爸，我不是怕农村生活艰苦，主要是觉得在农村没出息。如果让我在农村窝窝囊囊地过一辈子，莫不如让我去死！"汪洋依然固执己见。

父子二人谁也说服不了谁，最终闹得不欢而散。

由于父亲反对，眼看计划就要落空，汪洋心里十分焦急。他向哥哥倾吐了心里的苦闷，以及自己坚决去大兴安岭的决心。

哥哥自己已经身陷农村，非常理解弟弟的苦衷，尽管他也担心弟弟孤身一人去人地生疏的大兴安岭，会遇到难以想象的艰辛和困境，但见他主意已定，知道他自幼就有主见，凡是认准的事情，从未半途而废过。于是，哥哥去跟父亲讲情，说："既然他的主意已定，我看还是让他试一试吧。凭他那聪明劲儿，即使在林区无法立足，也不至于有什么大的闪失。万一他有幸在林区安排了工作，岂不是改变了他一生的命运。

我和妹妹已经无法回头了，他却还有一线希望，何不让他去试一试呢？实在不行了，他就会主动回来了。您就同意他去吧，我担保他不会学坏，更不会干什么坏事。”

父亲在哥哥的劝说下，终于同意了汪洋的想法。母亲虽然心疼儿子，担心他在外面吃苦受罪，但她还是含泪为儿子准备了行装。

随着启程日期的临近，汪洋对柳霞的思念愈加强烈。在思念的痛苦中，他想在离别之前与她见上一面，哪怕只是简短的告别，自己也能安心北上了。说实话，假如没有柳霞，他是不会下这么大的决心的。他想通过自身的努力，证明自己不是无能之辈，他想在柳霞面前赢回尊严。他不想贸然到柳霞家去讨没趣，只想单独见上柳霞一面，与她说说心里话。他曾经多次在清晨和傍晚，趴在自家的墙头上，想与她单独见面，可她不是呆在屋里，就是与家人结伴而行，这让汪洋感到很郁闷。他甚至与自己打赌，认为能否见到柳霞，是自己此番成功与否的赌注。如果见到她，此行就能成功；假如不能单独见到她，自己就会失败。工夫不负有心人，就在汪洋为没有机会与柳霞见面而烦躁不安、几乎动摇了自己的决心时，柳刚的突然回家给他带来了转机。柳刚这次是特意请假回来取东西的。汪洋来看望柳刚时，柳霞虽然看到了汪洋，却一直待在卧室没有出来，这让汪洋感到很失望。汪洋和柳刚乍一见面都显得有些别扭，但很快就被多日不见的思念所取代。汪洋先是打听了柳刚在知青点的生活及工作情况，可能是怕父母担心，柳刚对知青点的生活显得很满意。柳刚也关心地问汪洋对未来有何打算，汪洋趁机故意提高声音，讲了自己去大兴安岭的决定。

柳家人颇感意外，但对汪洋的想法还是表示赞同，唯有窦阿姨对他未来的处境表示担心。他们似乎忘记了曾经发生的不快，纷纷地加入了汪洋所说的话题之中，柳霞也忍不住过来旁听。再次见到柳霞关切的目光，汪洋倍感亲切，而自尊心驱使他故意不用正眼去瞧她，以示自己的清高。

柳刚原本只请了一天假，但为汪洋推迟了一天，以专门为汪洋送行。其实，柳家人对汪洋一向很好，若不是发生了柳霞和汪洋的小插曲，他们之间根本就不会存在什么不愉快。窦阿姨特意用当时最流行的的确良为他赶制了一件白衬衣，这件衣服在当时十分贵重。柳刚还给他送来了一个印花的单人床单，这让汪洋十分感动。他从柳家人的转变中看到了希望，也更加坚定了自己的信念，对未来充满了信心。

虽然汪洋对此次北上下了很大决心，但心里依然患得患失，无法预知自己的将来。说句心里话，他之所以做出这个冒险的决定，就是凭着年轻好胜和无畏的激情，幻想着通过自身的努力改变自己的命运，闯出一片属于自己的天地。这里既包含着改变现实的强烈愿望，又搀杂着与柳霞赌气的成分。他想以超乎常人的行动改变自己的命运，并以此获得柳霞的芳心，所以他才不计后果，毅然决然地前去冒险。

因为上述原因，汪洋非常低调，除了自家人和柳家人以外，对其他亲朋好友都刻意隐瞒了他将北上的消息。他之所以这么做，主要是怕别人对他这种不切合实际的做法产生非议，怕有人说他一厢情愿、异想天开，更怕自己的理想一旦落空，无颜面对家乡父老。

故此，他离开家乡时，没有任何亲友送行。

在一个初秋的傍晚，汪洋到火车站提前买了车票，发车时间是午夜十二点四十。他回到家里，把时间告诉了父母，然后来到厨房烧了一锅热水，在厨房内用心地洗浴一番。父母见时间尚早，就劝他先睡一觉，并告诉他不必担心，到时间叫他。

汪洋躺在床上，只觉得头脑发乱，心里有些惶惶不安，不管如何努力，都无法入睡。隔壁房间不时传来父母的低语和叹息声，他知道父母对他的担心和牵挂，不由得心头一热、鼻子发酸，不禁流下了不舍的泪水。

不知过了多久，蒙眬之中，他突然听到一阵雷声，随之就是急促的风雨声。正是雨季，天气说变就变，傍晚时还是晴天，此刻却下起了大雨。

距开车时间还有半个小时，没等母亲叫他，他就起身收拾东西了。父母见外边的雨下个不停，心疼地劝他改天再走，汪洋却倔强地没有同意。父母欲亲自到车站送行，他也坚决劝止了。最终，由哥哥送他上车。在父母的叮嘱声中，汪洋含泪告别了父母，怀着无限的感慨，离开了温暖的家，毅然投身于风雨之中。

由于天气的缘故，车站里的旅客较为稀少。汪洋与哥哥在候车室等了一会儿，站务员就通知旅客进站了。他们随着上车的人流穿过检票口，在风雨中焦急地等待火车到站。

远处隐约闪现出一束微弱的灯光，随着距离的拉近，灯光变得愈来愈明亮，犹如一把利剑，刺破了漆黑的夜空。列车从远处呼啸而至，强大的气流吹乱了飘洒的雨幕，列车逐渐减速，缓缓地停靠在站台上。

上车的旅客蜂拥地挤到车门前，不待下车的旅客下完，就迫不及待地往车上挤，列车员费了好大劲，才劝住了混乱的局面。担心哥哥下不来车，汪洋没有让哥哥送他上车。他把装着香瓜和西红柿的背包斜挎在肩上，这些东西是特意带给舅舅朋友的。他听说大兴安岭由于气候原因，很少能吃到新鲜的水果，因此就买了这些价格低廉而当地又短缺的瓜果当见面礼。他从哥哥手里接过帆布提兜，吃力地挤上车。上车后，他没有往车厢里面走，而是转身与哥哥告别。在哥哥的保重声中，列车启动，向下一个目的地驶去。

汪洋站在车门口，看着哥哥的身影消失在黑暗中，望着远处熟悉的景物被黑暗吞噬，一种背井离乡的愁绪油然而生。啊！故乡，我亲爱的故乡！无论我走到哪里，都忘不了养育我的故乡。故乡的亲人和朋友啊，你们给了我无尽的关爱和欢乐，留下了终生难忘的记忆！

再见了，亲爱的故乡！再见了，故乡的亲人！我将永远想念你们！

列车风驰电掣般地向前行驶着，把故乡的景物甩在身后，转眼间就消失得无影无踪，剩下的只有无尽的黑夜。汪洋恋恋不舍地提起东西，怅然若失地朝车厢里面走去。

因为是长途列车，又赶上雨夜，车厢里的旅客并不多。汪洋没走多远就找到了一个空座位。他把随身物品安放在行李架上，然后安心地坐下。

由于是深夜，旅客们大多进入了梦乡，尽管车身摇晃，睡得不安稳，但旅客们也大都趴在茶桌上假寐或靠在椅背上闭目养神。除了列车“咣当咣当”有节奏的行驶声和此起彼伏的鼾声，车厢里显得很安静，甚至能听到窗外时缓时急的风雨声。

因为是第一次出远门，又加上刚离开家乡，此时的汪洋没有一丝睡意，而是望着窗外的雨夜发呆。

第四章

旅途奇遇

黎明时分，列车逐渐减慢，列车进站的道岔多，列车与道轨摩擦的噪音随之加大，车身也不住地晃动。车厢内出现了一阵轻微的骚动，一部分旅客站起身来，开始整理自己的随身物品。此时，窗外的风雨已经停息，铁路两边的建筑多了起来，远处高大的楼房在晨曦中清晰可见。

列车正点到达了齐齐哈尔车站，这是全省第二大城市，上下车的旅客比较多，停车时间也比较长。有些旅客走出车厢，到站台上去透气，以缓解旅途的疲劳。汪洋不放心自己带的东西，没敢离开车厢。他对这座城市并不陌生，舅舅就住在这里，他曾随父母来过几次，对这座城市的印象比较深。此时，途经此地，他的脑海里又呈现出在舅舅家做客的情景。若不是此行情况特殊，他真想下车去看望一下舅舅，顺便在这美丽的城市玩两天。可此时他已无暇旁顾，只能遥望城市的轮廓来满足好奇心。

自从“九号文件”下达以后，经过全面整顿，铁路运行的秩序已明显好转。旅客们不但按规定购买车票，而且上下车也主动排队，不再一窝蜂似的抢上抢下。列车基本能正点运行，减少了列车误点而带来的麻烦。

列车完成了又一次吞吐旅客的任务，继续朝着远方的目的地驶去。

经过一阵忙乱，上车的旅客找到了各自的座位，安顿好携带的行李，车厢里又恢复了平静。

由于汪洋一夜未曾合眼，此时有些疲倦，但他担心物品有失，不敢趴在茶几上睡觉，只能靠着后背闭目养神。随着车身轻微而有节奏的晃动，他迷迷糊糊地进入了梦乡，却突然一激灵醒来，警觉地抬起头向行李架望去。

就在汪洋这似睡非睡的状态中，时间不知不觉地走过，太阳已经升到了半空。雨后的阳光格外强烈，透过车窗照在他的脸上，他冒出了细密的汗珠。车厢里变得闷热起来，旅客们相继打开车窗，一阵阵凉爽的风儿带着田野的清香扑面而来，顿时让人精神一振，旅途的疲劳也减轻了许多。

车上的旅客在陆续吃早餐，汪洋起身去了一趟厕所，回来后感觉肚子有些饿，才想起自己从昨天晚上到现在，已有十几个小时滴水未进了。于是，他站起身来，从行李架上取下帆布提兜，拿出母亲为他准备的几张发面饼。母亲还给他煮了几颗鸡蛋和几颗咸鸭蛋。虽然面饼因为放得时间长而发硬了，汪洋却吃得十分香甜。他吃了一张饼、一颗咸鸭蛋，感觉嗓子发干，有些口渴，但他没舍得吃背包里的瓜果，而是拿着刷牙的塑料杯子，来到车厢边的水龙头前，一口气喝了两杯凉水，回来时又带了一杯。接着，他又就着凉水吃了一张饼和一颗鸡蛋。吃饱喝足后，他心满意足地把食物包裹起来，重新放进提兜里。

列车又陆续停靠了几个车站，车上的旅客多了起来。旅途寂寞，大家坐在一起闲聊，车厢里变得很是嘈杂。坐在汪洋旁边的是一个个子不高、体型偏瘦的小伙子，他睡醒一觉后，就主动与汪洋搭讪："兄弟，你到哪去？"

临行前，父亲一再嘱咐他，出门在外尽量不要和陌生人交谈，以免上当受骗。此时出于礼貌，他还是回答道："我去林海市。"

"林海市是个好地方，你到那里去干啥？"小伙子似乎没有觉察出他的冷默态度，继续问他。

"我是去串亲戚。"汪洋没有对这个饶舌的年轻人说实话。

"你的亲戚在什么单位工作？"

"在林业局工作。"汪洋依旧用最简捷的话语回答。

"林业好啊，林业挣钱多。你没听人说：'林大头，铁小抠'吗？林业局的人都有钱，不像我们煤矿，吃的是阳间饭，干的是阴间活，又脏又累又危险，简直就不是人干的活！"小伙子摇着脑袋，忿忿不平地发牢骚。

没想到他的话引起了坐在对面的一位中年人的不满。他的穿着打扮很像领导干部。他看了小伙子两眼，用严肃的口气说："年轻人，你这种怕苦怕累的思想可要不得，你是生在新社会、长在红旗下，在毛泽东思想教育下成长起来的革命青年。你要树立正确的世界观和人生观，要懂得我们所做的一切工作都是为人民服务，都是为党和人民做贡献，哪有什么贫贱和高贵之分。"

那个小伙子虽然心里不服气，但中年人的话义正言辞，且有很强的政治意义，他张了张嘴，却无力反驳，无奈之下，只好低着头暗自生气。他与汪洋的对话也就此中断，汪洋感到一种轻松和解脱。

他怕那个小伙子再和他闲聊，就从提兜里拿出已经读过的《金光大道》，挑选其中精彩的章节，饶有兴致地读了起来。他这一招果然见效，彻底摆脱了这个令人厌嫌、多嘴多舌的家伙。

中午时分，列车驶进了博克市，不知什么原因，列车在站外停了下来。别看搏克市不大，名头却很响。搏克市不仅是个比较大的停车站，更是进入大兴安岭林区的门户。沿着搏克市再往前走，才算真正踏入了大兴安岭林区。

旅客们都很焦急，列车却迟迟不肯开动。旅客们纷纷向列车员询问停车的原因，以及何时才能开车，列车员也连连摇头，说不出原因。

列车停了一个多小时，终于等来了列车播音室发布的准确消息："旅客同志们，前方的铁路桥被洪水冲垮，相关部门正在组织人员全力抢修，希望广大旅客不要着急，耐心等待。列车播音室将随时通报抢修情况。由于突发情况耽误了您的行程，请您谅解！"这意外的消息立刻引起了旅客的议论和不安。他们担心停车时间长了食物短缺，就纷纷涌向列车售货处，想购买一些食品备用，谁成想，售货处的物品早就被抢购一空了。人们在失望之余，只能企盼列车早一点开车。

过了一会儿，列车播音室的广播再次响起，人们的议论停止了，大家都十分认真地听着。"广大旅客同志们，由于前方铁路桥损毁严重，虽经全力抢修，仍无法在短时间内通车。根据上级指示，旅客们须下车步行到搏克市车站等候。车票依然有效，具体发车时间请听车站的广播通知。希望旅客们发扬团结互助、尊老爱幼的革命精神，互相帮忙，共同克服困难。广大旅客同志们，由于自然灾害造成了您的旅途不便，列车的全体工作人员向您表示深深的歉意，请广大旅客理解并支持我们的工作。”

一石激起千层浪，列车上的通知立刻在旅客中间引起了一阵慌乱。他们一边咒骂着，一边无奈地起身收拾好东西，依次下车。一些年轻力壮的旅客主动搀扶行动不便的老人，抱起年幼的孩子，在列车员的引领下，汇集成长长的人流，沿铁路线向车站进发。

汪洋背着筒兜，一手提着帆布提兜，腾出另一只手搀扶着一位年迈的老大爷，随着人流缓慢地向前移动。

停车的位置距离车站足有一公里。旅客们一路相互帮衬着迤逦而行，用了一个多小时的时间，大家陆续到达车站候车室。

汪洋吃力地把老大爷搀进候车室，累得满头大汗。此时，候车室里早已人满为患，尽管车站临时增加了一些长条椅子，但还是无法让所有滞留的旅客都坐下来休息。在好心人的帮助下，汪洋为老人找了个座位，老人对他连连道谢，他则一笑付之。将老人安顿好后，他找了个靠墙的角落，将东西放下，坐在帆布提兜上休息。

在人们的焦急等待中，时间一分一秒地缓慢行进，度过了漫长的一个小时，又熬过另一个小时。直至天黑，人们也没有等到通车的消息。

由于不知道具体通车的时间，汪洋的晚饭没敢吃太多，只吃了一张饼和一颗鸡蛋。吃过东西之后，他感到口渴，只好提着东西，穿过拥挤的人群，来到水龙头旁喝了两杯凉水，又顺便去了一趟厕所。好在他平时喝惯了凉水，否则此时非闹肚子不可。

等他再次返回到原先坐的墙角时，已有人占下了。他背着东西在旁边站了一会儿，感觉有些累，想到这样站下去也不是长久之计，就到座椅的缝隙间找寻。他不敢奢望能找到座位，只是希望能找到一个大点的空地，能放下东西，坐在兜子上休息。他在人群中踅摸了一大圈也没能找到空地，最后只好沮丧地放弃了。他在人流中挤出一个狭小的空隙，将帆布提兜放在地上，又把长筒兜子放在帆布提兜上，自己不断地变换着站姿，缓解自身的疲劳。

汪洋身边的椅子上坐着一位高个子青年，长得眉清目秀、鼻直口方。自从汪洋站在他身旁，他就用眼神不住地打量汪洋。汪洋遵循父亲的教诲，本着出门在外不和陌生人交往的原则，故意把脸扭向一边，不去看对方。

“请问这位兄弟，你到哪儿去？”没想到那个年轻人用手拉了一下他的衣角，十分友好地问他。

汪洋此时无法回避，只好转过脸来应付道：“我去大兴安岭。”

“去大兴安岭？请问你从哪里上的车？”年轻人还是不停地打量他，继续问道。

汪洋见他态度很友好，似乎没有什么恶意，就如实地说：“我从谙达上的车。”

“请问你的家住在谙达吗？”年轻人面带微笑地再次问道。

“对，我家就住在那儿。”汪洋肯定地回答。

“那么，你姓什么？”年轻人进一步细问。

汪洋迟疑了一下，有些勉强地告诉他：“我姓汪，请问你有什么事？”

“你是不是叫汪洋！”年轻人有些激动地站起身来问他。

“我是叫汪洋，你怎么知道？”汪洋颇感意外。自上车以来，他从未向人吐露过自己的姓名，对方是如何知道的？他禁不住好奇，向对方反问。

“你家是不是住在铁道东，两条路的交叉口上，三间土房、黑大门，门旁有一棵大杨树。对了，你家还有一条大黄狗，对不对？”年轻人惊喜地拉着他的手说道。

“你说的很对！请问你是谁？！”汪洋简直有些不敢相信自己的耳朵，谨慎地再次追问。

“我是你表哥，我叫江群，家住蒿城。我去过你家，难道你把我忘了？！”年轻人自我介绍后，有些嗔怪地说。

“啊！我想起来了，你是姑妈家的表哥！怎么这么巧，咱们竟会在这里碰到！”汪洋一扫冷淡的神情，十分惊喜地抓住表哥的手问道。

“哎，说来话长，咱们先不说这些，你一定站累了吧！来，你先坐下休息一会儿，等一下咱们再细说。”表哥把他硬拉在座位上，自己则站着陪他继续说话。

汪洋经过刚才的仔细端详，确认对方就是自己的表哥。他的母亲与汪洋的父亲是表兄妹，表哥几年前曾随表姑到过他们家。当时自己还是个十多岁的孩子，表哥也不过十四五岁，他俩好几年未见，此时都已长成大小伙子了。根本想不到他们会在他乡相见，彼此都显得很激动，同时也都非常意外。

汪洋首先把此行的目的向表哥诉说了一遍，表哥对他的想法未置可否，只是点头表示理解。而后，表哥问他是否吃过饭了，得到汪洋的肯定答复后，表哥就开始向汪洋介绍起自己经历。

“你知道我家也是住在农村，加上出身不好，上学时政治上受歧视，还经常受人欺负，我只能忍气吞声，敢怒而不敢言。后来，我跟一个远方亲戚学了一些功夫，本想摆脱受人欺负的境况，没想到却招来了祸端。有一次，我和弟弟去车站扒树皮，与人发生了争执，对方蛮不讲理，还动手打伤了弟弟，我情急之下使出武功，将对方打伤了。当时他头破血流，昏死过去，加上有人喊“打死人啦”，我就以为真的将他打死了，吓得连夜出逃，来到大兴安岭林区，靠在深山老林里做临时工养活自己。从那时起，我开始了东躲西藏、担惊受怕的逃亡生活。没想到，受伤的人没死，只是一时昏厥而已，害得我不仅担惊受怕了两年多，还就此辍学了。幸亏不久前，我从侧面了解到真相，才敢堂而皇之地回家。真是造化弄人，一切都是那么不可思议，命运对我竟然如此不公。”

“没想到咱们几年未见，你的遭遇竟会如此曲折。这几年你一定吃了很多苦，那你现在干什么呢？”汪洋对表哥的遭遇深表同情，并关切地问他今后有何打算。

“哎，既然命该如此，我也就认命了。反正回家也没有什么前途，我索性就在大兴安岭混了，反正我早已习惯了这种流浪的生活。”表哥有些伤感地说。

“那里的生活条件怎么样，用人单位多不多，工作好安排吗？”汪洋目前最关心的就是大兴安岭的情况。

“生活条件比较艰苦，但用人单位多，要想找个临时的工作也比较容易。”

“干临时工有啥意思啊，我说的是正式工作，好不好安排？”

“正式工作不太好安排，主要是受户口限制。要想安排正式工作，首先就要想办法解决农转非问题，没有城镇户口，任何单位都不会接收你的。”江群这两年混在大兴安岭林区，对这里的情况了如指掌。

“我也知道城镇户口是个难事，难道就没有什么解决办法吗？”汪洋仍然充满希望地问表哥。

“也不是一点办法都没有，就看你有没有特殊关系。如果你的人硬，解决农转非还是不成问题的。”

“什么样的关系才叫特殊？‘硬’指的是哪方面？”汪洋急于了解这方面的情况。

“‘关系特殊’就是有当领导的直系亲戚，能真心为你办事。‘人硬’就是为你办事的人有能力，在要害部门工作，譬如公安局、知青办、复员军人安置办等。”江群扳着指头数着。

“看来我是没什么希望了，咱们家哪有这么厉害的关系啊！”汪洋有些沮丧。

“也不能说没有希望，但这不是着急的事，需要时间去想办法，说不定什么时候就会遇到贵人相助。总之，在大兴安岭林区安排工作比在内地还是相对容易的。好啦，咱们不说这些闹心的事儿了，既然咱们兄弟在此地巧遇，理应说点高兴的话题。兄弟，你先坐着别动，这个提包是我的，你看好东西。我出去一下，马上就回来。”江群见汪洋情绪有些低落，及时地转变了话题。

不大工夫，他兴冲冲地回来了，手里提着个酒瓶，外带一个烧鸡和其他两样下酒的小菜。他高兴地对汪洋说：“兄弟，咱们是‘他乡遇故知’，我真是太高兴了。来，咱们喝酒庆贺一下。”

“表哥，我不会喝酒。”汪洋推辞着。有生以来，他还从未喝过酒呢。

“兄弟，你如今也算是走上社会了，如果连酒都不会喝，今后还怎么在社会上混？抽烟和喝酒是最起码的事儿，也是交朋友的一种手段。来，陪我少喝点。喝酒没什么难的，高岗下坡往下倒呗。”江群一边劝说，一边拿出水杯倒满酒。

汪洋一是觉得表哥说的有道理，二是盛情难却，三是见到表哥心里高兴，同时也解除了旅途的忧虑，他不必再担心遇到坏人。他顺从地接过酒杯，试探地喝了一小口，只觉得一股辣味直冲肺腑，感觉肚子发热，脸上露出难受的表情。表哥见他如此，急忙撕下一个鸡腿递到他手里，笑着说：“来，你先吃口菜压压酒，刚开始喝酒都这样，经常喝就没事了。”汪洋急忙吃了一口鸡肉。在表哥的劝说下，他又喝了一口，这次反应没有那么大了，他巴嗒巴嗒嘴细品了一下，感觉喝酒也不过如此，便放心地和表哥喝了起来。

受困于旅途之中，滞留在人生地不熟的地方，汪洋的心情本来很郁闷，可他做梦也没想到，竟会偶遇多年未见的表哥，他的心情不由得豁然开朗，别提多高兴了。他把表哥当作靠山，放心大胆地与表哥喝酒。因为心里高兴，也可能是父亲的遗传，他初次喝酒就喝了二两多。酒足饭饱之后，他趴在椅子上呼呼大睡起来。

一觉醒来，已是黎明时分，他揉揉眼睛，抻了个懒腰，觉得浑身轻松，旅途的疲劳一扫而光。他见表哥站在身旁，知道表哥站了一夜，他深感内疚，连忙起身为表哥让座。表哥推辞着，但汪洋声称自己去上厕所，强行将表哥按在座位上，表哥这才坐了下来。

在漫长的等待中，旅客们又度过了一白天，却依然没有通车的消息。有表哥相伴，汪洋心里有安全感，所以没觉得怎么着急，更没觉得特别寂寞，反而很开心。他把香瓜和西红柿拿出来让表哥吃，表哥只吃了几个西红柿，让他把香瓜收起来，说："在大兴安岭，这些东西都很紧缺，咱们别浪费了，还是留下来做见面礼吧。你第一次到人家去，日后还要仰仗人家帮忙，理应给人家留下好印象。"

汪洋觉得表哥说的有道理，便听从他的劝告，把瓜果收了起来。他们的吃喝及其他事项都是表哥出面张罗，他只是乐享其成，无忧无虑，饿了就吃，困了就睡。没遇到表哥之前，他的精神高度戒备，生怕遇到坏人，甚至不敢和陌生人交谈。如今有表哥在，他不但免除了担忧，还从表哥的举止行为中学到了宝贵的社交经验。

虽然只是初秋季节，处在林区边缘的搏克市在夜晚降临时，还是显得寒气逼人。汪洋还没到大兴安岭，就领略了高寒禁区的厉害。为了驱寒，也为了消磨时间，表哥又张罗了两个下酒菜，拿出昨天喝剩下的半瓶酒，俩人一边细酌慢饮一边闲聊。

"表哥，这些年你是怎么生活的，一定遭了不少罪吧？"汪洋若有所思地问。

表哥听了他的话，没有急于回答，而是端起酒杯喝了一口酒，又用手抹了一下嘴巴，然后才苦笑着说："兄弟，你想想，一个逃亡在外的人，能不遭罪吗？不瞒你说，当年我隐姓埋名、担惊受怕地在深山老林里出苦力，吃苦遭罪就不用提了，当时连死的心都有。"

"真不容易，你在林区都干什么活？"

"我干的活可多了，采伐、归楞、抬大木头、装车、修路、修桥……这么跟你说吧，林区的脏活、累活、危险活，我几乎都干遍了。"

"我听说林区挣钱容易，你也挣了不少钱吧？"

“林区是挣钱容易，却抢不到咱们临时工的头上。那些既轻巧，又没危险，还挣钱的活，都是正式职工的。临时工干的都是受累、危险，还不挣钱的活，而且处处低人一等，还要受正式职工的歧视。总之，林区的临时工就不是人干的活。兄弟，你听我一句劝，只要有一条活路，就千万别到林区去做临时工。”提起往事，表哥又想起了那噩梦般的经历，表情也显得有些痛苦与沉重。他怕汪洋重蹈自己的覆辙，故此真心奉劝他。

望着表哥痛苦的表情，汪洋知道，他一定经历过无数苦难，对表哥的劝告他也铭刻在心。

对于滞留的旅客来说，等待就是一种煎熬。尽管汪洋有表哥相伴，免去了诸多担心，但是随着第二天清晨的来临，而通车时间仍遥遥无期，他的心情也变得十分焦虑。表哥倒是很沉得住气，像个没事人似的笑着劝他：“兄弟，别着急，急也不起作用。既来之，则安之，咱们就安心等待吧。我相信铁路部门一定会尽全力抢修的，今天说不定就能通车。”

“但愿如此吧，今天再不通车，我可真受不了了！”汪洋无奈地说道。

又经过了漫长而痛苦的等待，下午四点多，候车室的广播终于传来了通车的消息，候车室里顿时响起了一片欢呼声。

饱尝等待之苦的旅客都盼望着早一点赶到目的地，他们按照各自的车次，争先恐后地挤向检票口。汪洋和表哥提着东西，随着涌动的人群来到了站台上。当列车进站时，表哥把东西交给汪洋，嘱咐他看好东西，不必急于上车，而他则空手抢先一步，拼力挤上了列车。

他上车之后，在靠车窗的位置占了两个座位，然后打开车窗，让汪洋将物品从窗口递上车。当汪洋挤上车时，车厢里早已人满为患，过道上都站满了旅客。汪洋费力地挤到表哥跟前，坐到表哥占的座位上，周围站着的旅客都投来羡慕的目光。

汪洋心里暗自佩服表哥，如果不是他空手抢先上车，怎能占到座位，那样的话，他们也会像后挤上车的旅客，站在过道中挨挤受累。试想一下，假如你在长途旅行中一连站上几个小时，该是啥滋味？此时能有个舒适的座位，怎能不让人觉得幸福呢。

在人们的企盼中，列车终于启动了。通过两天的接触，汪洋对表哥佩服得五体投地，觉得表哥身上值得学习的东西太多了。他在想自己什么时候能像表哥一样，处事从容不迫、办事经验老到，能在社会上立足呢。

列车开出二十多分钟就进入了林区，铁道线的弯道多了起来，行驶的列车经常因弯路而形成弓型，坐在中间的车厢里能看到车头和车尾，这种现象在平原地区非常少见。随着弯道的增多，车速也有所减慢，铁路两旁是起伏的山峦和茂密森林。表哥告诉他这已经进入了大兴安岭林区。汪洋第一次看到山峰，感到特别新鲜。他一边贪婪地看着窗外的山峰和树林，一边兴奋地指点着向表哥好奇地问道：“表哥，这山可真大，那松树可真高啊！这就是原始森林吧？”

表哥被他的兴奋情绪所感染，用很自豪的语气向他介绍说：“咱们才刚刚进入林区，这只是大兴安岭的边缘地带，还没真正进入原始森林。”

“这么大的山，那么高的树，还不是真正的林区？那么大兴安岭到底有多大呀？”汪洋有些疑惑地问表哥。

“大兴安岭到底有多大？这么说吧，我们看到的只是冰山一角，大兴安岭北起黑龙江右岸的漠河，南至内蒙古中部的西拉木伦河，西南端与阴山山脉首尾相接，全长一千二百公里，总面积二十五万平方公里。你说大不大吧？!”

“大！真是太大了！表哥，你给我讲一讲有关大兴安岭的故事好吗？”

“好吧，反正没事做，我就给你讲一个大兴安岭和甘河的传说吧。话说在远古时代，还没有大兴安岭这个名字，可是，人们都知道这是个非常美丽的地方。山上松柏苍翠挺拔、白桦亭亭玉立、白杨苗条俊秀，满山遍野的青草碧绿如茵，上面镶嵌着五颜六色的鲜花。这迷人的景色吸引着成群的野兽和飞鸟，它们在这美丽的山林中尽情地嬉戏欢唱。

“生活在这里的鄂伦春人感到无比幸福，因为大森林赋予他们的实在太丰富了。他们热爱这富庶的山区，希望他们的子子孙孙永享美好平安的生活，因此，猎人给这里的群山起名兴安岭，祝愿他们的部落、森林和山岭永远兴盛平安。

“从山峰上倾泻下来的泉水和瀑布，在山脚下汇聚成一条蜿蜒曲折的河流。河流贯穿森林，把甘露送到猎人面前。这又清澈、又甘甜的河水，人们喝了心情舒畅，野兽喝了膘肥体壮。为此，猎人就送给它甘河的美名。

“有个魔王对这里垂涎三尺，想独霸这美丽富饶的地方，将这里变成自己的天堂。它看不惯人们的幸福生活，听不惯人们纵情欢笑，它要驱逐住在这里的人们，赶跑这里的野兽，不许百鸟在这儿歌唱。它想出一条毒计——焚烧兴安岭。它放声连连怪叫，霎时间浓烟四起、火光冲天，这里变成一片火海。面对这突如其来的大火，人喊马叫、鸟兽四散，美丽的兴安岭变成了一座黑山。猎人们见家乡被恶魔付之一炬，都义愤填膺，难道就这样眼巴巴地让恶魔把兴安岭糟蹋成这样子？！难道就这样眼睁睁看着恶魔夺走我们的幸福？！不，勇猛无比的鄂伦春人决不屈服于恶魔的淫威！

“于是，众多英勇的猎手聚集起来，他们与恶魔展开了激烈的战斗。众猎手发出雷鸣般地呐喊，一齐跺脚，使山川摇晃震动，吓得恶魔不敢冲向众猎人，只好仓皇后退，最后葬身于自己燃放的火海之中。

“虽然报了仇、除了害，猎人们却高兴不起来。兴安岭已经变成了一片焦土，甘河也被熊熊烈焰烤干了。鄂伦春人的生活失去了保障，人们开始到处流浪。

“猎人们的壮举感动了苍天。就在人们为寻找幸福而四处奔波时，东方升起了一轮鲜红的太阳，金灿灿的光芒驱散了密布的浓烟，万物恢复了昔日的生机。接着，天上下起了甘霖，浇灭了火海，树木抽出了嫩芽，甘河水也开始流淌，百鸟在湛蓝的天空飞翔，百兽在原野上追逐，这里又变成了幸福的天堂。鄂伦春人怀着感激的心情，回到了世代生活的故乡。”

表哥兴致勃勃地讲着，不光汪洋听得入神，就连周围的人也安静下来，十分感兴趣地听他讲故事。直到江群讲完，周围还是一片肃静。

“这个传说太美好了！除了传说，大兴安岭一定还有数不尽的自然风光和宝藏吧？”汪洋意犹未尽地问。

“你说对了，在纵横千里的大兴安岭之中，不光有落叶松、白杨、白桦、柞树、云杉等形成的茂密森林，还有叠嶂争秀的山峦、独具风格的高山平湖、雄浑壮美的森林飞瀑和奇异的矿泉。另外，这里还有熊、鹿、罕达罕、野猪、狍子、猞猁、紫貂、雪兔、飞龙等十几种珍禽异兽。此外，还有红豆、都柿、牙疙瘩等野果及灵芝、党参、黄芪、桔梗、芍药等几十种珍贵的中草药。大兴安岭不光有宝贵的森林资源，地下还蕴藏着金、煤、铁、铅等丰富的矿产资源。大兴安岭可谓是资源丰富，百宝遍地。”表哥为了满足他的好奇心，如数家珍地向他介绍了一番。

听完表哥的介绍，汪洋很激动。虽然刚刚踏上大兴安岭，还没有机会看清大兴安岭的风貌，可是因为表哥的介绍，他被大兴安岭的神奇折服了，他已深深地爱上了这片寄托了自己美好愿望、承载着未来梦想的热土。

第五章

寄人篱下

午夜时分，列车速度开始减慢了，表哥告诉汪洋，前面的停车站就是甘河，距离林海还有两站地，自己在甘河林业局做临时工。表哥担心他人地生疏，提出送他到林海。汪洋谢绝了表哥的好意，一是怕耽误表哥的工作，二来也是想单独闯一闯。汪洋想，如果自己连这点事都需要帮忙的话，将来怎么面对光怪陆离的社会，如何在社会上立足呢?！

分别在即，汪洋和表哥有些难舍难分，表哥一再叮嘱："到了人家里，一定要约束自己，要谨言慎行，少说话、多干活，手脚勤快些，要懂得察言观色、揣摩对方的心理，要让他们高兴。只有他们真心喜欢你，才肯真心为你办事。无论遇到什么困难，都不要打退堂鼓，更不能半途而废。有志者事竟成，只要你立下恒心，勇往直前，就能实现自己的理想。如果遇到什么困难，就到甘河来找我，你可以到贮木场找运材司机捎信，或者直接去林场找我。我一定会竭尽全力帮助你的。"表哥说完，又把自己的联系方式告诉了他。

汪洋从表哥的话语中，体会到了亲情的温暖。他频频点头称是，同时也把舅舅朋友所在单位和家庭住址告知表哥，以便日后联系。

列车停稳后，汪洋依依不舍地把表哥送下车。表哥站在车下，挥手与他告别，直到列车启动才转身离去。汪洋则眼含热泪，怀着一种失落感，目送着表哥的身影消失在夜幕中。

列车继续行驶了两个小时，终于到达了大兴安岭林管局所在地、林区的行政和经济文化中心——林海市。汪洋拎着东西，随着下车的人流走出车站。他站在车站的广场前，仔细地打量着这座让他向往已久而又十分陌生的城市。凌晨，站前广场上空荡荡的，街道两旁的路灯发出昏暗的灯光，只能看到周围建筑的轮廓，满怀欣喜的汪洋感到有些失望。

按原计划，列车本来是白天到达，他可以在上班时间去单位找舅舅的朋友。可是，现在由于列车中途滞留，打乱了到站时间，汪洋错过了与舅舅朋友见面的时机。虽然汪洋知道他的家庭住址，但自己人地生疏，又是凌晨，连行人都难以碰到，更别说问路了。

无奈之下，汪洋转身走进了候车室，准备在那里坐到天亮。候车室里只有为数不多的旅客，大都靠在椅子上打瞌睡。汪洋在一个椅子上坐下，心里盘算着明天去单位见舅舅的朋友时该如何称呼、应该注意些什么。既然是舅舅的朋友，那么也应该叫舅舅，对他的家人也应该按照舅舅的称呼以此类推。不知舅妈是个什么样的人，好不好相处，对自己的到来是否会高兴。汪洋患得患失地想着。突然，他想起舅舅曾说过朋友的爱人在铁路客运段后勤食堂工作，经常上夜班。自己何不去碰碰运气呢？

于是，汪洋向候车室值班人员询问，得知客运段后勤食堂就在车站附近。汪洋按照指点的方位，没费什么周折就找到了。进门后，迎面碰到一个穿着白色工作服、戴白色工作帽的中年妇女，汪洋礼貌地问道："阿姨您好，请问何书峰的爱人是在这里工作吗？"

中年妇女怔了一下神，思考着说："何书峰的爱人？噢，你说的是在林业局工作的何书峰吧？"

"对，他是在林业局工作。"汪洋肯定地回答。

"他爱人正在上班，请问你是她什么人，找她有什么事？"中年妇女在回答他的同时，不停地用疑问的眼神打量他。

汪洋心中一阵高兴，连忙客气地说："我是她的亲戚，从外地来的，麻烦您帮忙找一下她，可以吗？"

"外地来的亲戚，好吧，你等一下。"中年妇女说完就走进屋里去了。

工夫不长，一个四十多岁，身材适中的妇女走了过来，她边走边大声问道：“谁呀？谁找我？”汪洋急忙迎身上前，面带微笑地说：“舅妈，是我找您。我是王永杰的外甥，汪洋。”

“啊！你就是汪洋啊，永杰已经来信说了你的事，我和你何舅都欢迎你。你怎么才来呢，坐哪趟车来的？”何书峰的爱人短发，圆脸，生得模样清秀，慈眉善目，听闻是汪洋，就面带笑容，亲热地问他。

“舅妈，我刚下车，冒昧地来打扰您，真不好意思。”汪洋客气地说。

“你这孩子，怎么这么客气？我们家老何跟你舅舅是什么关系！只是多个脑袋差个姓，关系好的跟一个人似的，你来了就别客气，把我们当成你的亲舅舅、舅妈。”舅妈爽快地笑着对他说。

汪洋听她这么一说，心里的担心就地减轻了许多。他赶忙接过话头说：“谢谢舅妈，以后给您和舅舅添麻烦了，如有不当之处，请您和舅舅多指教。”

“你就放心吧，我们把你当亲外甥，有什么事必然替你操心。来，我帮你拿东西，跟我到屋里去。我还有事儿没做完，我先给你找个地方休息一下，等我忙完了咱们一起回家。”说完，她伸手帮汪洋提起提兜，汪洋急忙说不用，她却提起就走。汪洋只好顺从她的意愿，跟在她身后来到她的工作室。

“李淑贤，来的是你什么亲戚？”有个同事问道。

“是我外甥。”她高兴地笑着回答。汪洋被她说得心里暖乎乎的。说来惭愧，直到此时，他方知她的名字叫李淑贤，她却对自己如此热情，让他心存感激。

舅妈把汪洋领到休息室，让他先休息一会儿，并给他倒了一杯开水，然后就到工作室去做事了。汪洋坐在椅子上，虽然他已经几天没休息好了，但此时他却没有休息。自己初来乍到，要用行动来赢得舅妈的好感。再说，出门在外，比不了在家那么随便，苦点累点在所难免。于是，他起身来到工作室，主动帮舅妈干活。舅妈和同事们都劝他去休息，但他却坚持帮他们干活。舅妈和同事们的工作是为餐车准备米饭和一些熟食，汪洋专挑重活、脏活干，一直跟着忙到天亮，才把所有的活计干完。

临下班前，舅妈和同事们开始吃饭。舅妈特意为汪洋准备了一份饭菜，给他用大碗盛了米饭，外带一碗手撕瘦肉，还有一小碗辣椒炸酱。说实话，汪洋只有过年时才能吃上这么好的饭菜，面对诱人的饭菜，他禁不住直咽口水，但他却推辞说不饿。舅妈在一边偷偷地给他使眼色，舅妈的同事也纷纷劝他，他这才端起碗。若是在家里，面对这么可口的饭菜，他一定会狼吞虎咽、不管不顾的大吃起来。如今，他在心里一再提醒自己，千万要注意吃相，尽量吃得斯文一点，别让舅妈的同事笑话自己好像没吃过饭似的。

他故意细嚼慢咽，把一大碗米饭都吃光了，还故意剩下了几块肉。虽然他没有吃饱，可当舅妈起身欲为他添饭菜时，他却声称自己已经吃饱了。

汪洋的所作所为果然收到了预期的效果，不仅舅妈对他感到满意，就连她的同事也夸他勤快懂事。第一次见面，汪洋就给舅妈留下了好印象。

下班了，舅妈要帮汪洋提东西，他却一再声称东西不重，自己年轻力壮的没问题。他一边说着，一边麻利地背上背包，提着帆布提兜，抢先一步走出大门。

回家的路上，舅妈不时的介绍途经的主要标志建筑，与他聊家常。

“我在你舅舅家见过你妈妈和爸爸，你妈妈人真好，我们很谈得来。他们的身体都好吧？”她问汪洋。

“谢谢舅妈关心，他们身体都很好，他们也让我代问您和舅舅好。”其实，汪洋并不知道父母曾与她见过面，出于礼数他才如此回答。

“当初我们和你舅舅是近邻，两家相处得非常融洽。若不是为了解决孩子们的就业问题，我才舍不得离开城市，来到这山沟里遭罪呢！”舅妈感慨地说。

“舅妈，这里的生活虽说艰苦，可我听舅舅说，哥哥姐姐都安排了工作，放弃城市生活与哥哥姐姐们的就业问题相比，我看还是划算的。”汪洋一半是劝慰她，一半是有感而发。

“那倒是，孩子们好歹有个工作，总比到农村去受苦强。”舅妈说到这里，又感到很满足。

他们一路上闲谈着，不知不觉中到家了。舅妈家是单位的家属房，是砖瓦结构的连脊房，一栋房子住六户，他们住着两间房，靠东山墙。房山头有一块空地，院落是用一人多高的木板围起来的栅栏，还有一个涂着黑漆的院门。舅妈拿出钥匙，透过院门中间留的活动方孔，伸手在里面打开门锁，拉开铁门闩，推开大门，领着汪洋来到房门前。

此时天色尚早，家里人尚未起床，舅妈推开房门，把汪洋让进屋内。房子的格局是一间厨房和一间卧室，由于他们家人口多，居住不方便，就把厨房从中间隔开，一分为二，前面当厨房，后面当卧室。进门后，她一边帮汪洋把东西放在厨房的桌子上，一边高声对屋内喊道："老何，快点起床，你看谁来啦！"

"你可真烦人，大早晨也不让人睡个安稳觉。谁来了值得你这么高兴。"随着屋内的回答声，一个穿着内衣裤的四十多岁瘦高个男子从里面的卧室推门走了出来。

"老何，这是永杰的外甥。汪洋，这是你何舅。"她为双方做了介绍。

"何舅，您好！"汪洋恭敬而礼貌地向他问好。

"好，好，你什么时侯下车的，怎么找到你舅妈了呢？"何书峰高兴地拉着汪洋的手问。他是林管局机关的一位普通干部，为人忠厚，老实随和，不善言谈，是个典型的好人。

"他是半夜下的车，到食堂找到我，等我下班才一起回来。"舅妈告诉他。

"怪不得呢！你知道她上夜班吗？"何书峰有些纳闷地问他。

"听我舅舅说过，舅妈在客运段后勤食堂工作，经常上夜班。我是抱着试试看的想法去找舅妈的，没想到恰好舅妈上班。"汪洋对何书峰解释说。

"你别说，这小子还真有心劲儿。"何书峰拍着他的肩膀赞许地说。

"别站着说话了，赶紧都进屋里，咱们坐下来慢慢聊。"舅妈把他们叫进里屋，让汪洋坐在床上。里屋也是一分为二，隔出两个卧室，外间是他们住，两个女儿住在里间。汪洋的到来惊动了何家的孩子们，他们先后从睡梦中醒来，首先起床的是住在外屋的何强。

"何强，这是你王叔的外甥，叫汪洋。好像是何强比你大，何强二十，汪洋今年多大？"何书峰指着大儿子向汪洋介绍，并询问他的年龄。

"何舅舅，我今年十八岁。"汪洋一边回答，一边起身来到何强的跟前，亲热地与何强握手说："大哥您好！""汪洋，你别客气，快坐吧。来，抽支烟。"何强拉着汪洋的手让他坐下，随手递给他一支烟。汪洋连忙摆手说："谢谢大哥，我不会吸烟。"

何强身高一米七五，面色白净，五官均匀，眼睛不大，眉毛细长，眉宇间透出一股精明劲儿。听汪洋说不会吸烟，就自己点了一支。就在这时，门口出现一个十来岁的男孩子，他圆圆的脑袋，短头发，唇红齿白，眼睛大而有神，小脸儿胖乎乎、红扑扑的，特别可爱。他似乎有些害羞，两眼怯生生地望着汪洋。

“何平，快进来，这是你汪洋大哥。”舅妈招手把小儿子何平叫进屋。汪洋上前把他抱起来，让他坐在自己的身边，笑着问他：“弟弟，今年几岁了？”

“我今年十一岁，大哥，你叫什么名字，今年几岁？”他见汪洋十分友好，也就消除了陌生感，大着胆子说道。

“我叫汪洋，今年十八岁。弟弟，跟我来，我给你带了点儿吃的东西。”他一边与何平说话，一边拉着他的手来到外屋，打开背包，把香瓜和西红柿拿了出来。由于途中滞留了两天，西红柿有些发软，香瓜倒还是很新鲜。舅妈嗔怪地说：“你这孩子，花钱买这些东西干啥，你们农村的生活也不富裕。”

“舅妈，没花多少钱，这是我的一点心意。舅妈，你找东西把它收起来吧。”汪洋听到她说农村困难，心里感到有些自卑，故此诚心诚意地说。

其实，她根本就没有这层意思，只是汪洋有些多心而已。在物资匮乏的林区，能吃到这样的瓜果，还是比较稀罕的。她当时就洗了几个瓜和一些西红柿，端到了屋里。

听见有好吃的东西，睡在里边卧室的二女儿也闻声起床了。一个十三四岁的姑娘穿着内衣、披散着头发、趿拉着鞋就跑了过来，不管不顾地伸手拿起一个瓜，另一只手抓起两个西红柿，扭头就往里屋跑。

“何娟，这么大的孩子还风风火火的，来客人了都不知道打招呼，就知道吃。”舅妈一把将她拉住，教训着。

“哎呀，我刚才都听到了，他不就是叫汪洋嘛，还介绍什么？！”说完，她挣脱了妈妈的手，返回屋里去吃瓜果。

“你就知道吃，一点礼貌都不懂。”里屋传来了训斥声。

“我吃东西关你啥事，你少说我！我怎么不懂礼貌了？！”何娟不讲理地反驳。

“你真是不可救药，我懒得理你。”随着说话声，从屋里走出一个衣着整齐的姑娘，她年龄与汪洋相仿，肤色细腻，圆脸大眼，与舅妈有几分相像。她不待旁人介绍就来到汪洋身边，大方地说：“我叫何敏，欢迎你到我家来。”

“她是我的大女儿，和你同岁。你俩谁生日大？”何舅在一旁补充道。

“我是农历八月十八的生日。”汪洋如实回答。

“我是十月二十的生日，你比我大，我又多了一个大哥。”何敏说话直率，举止端庄大方，行为礼貌得体，与妹妹形成强烈的反差。汪洋不由得在心里感叹道：“真是一母生九子，九子各不同。”

舅妈趁着他们说话的功夫，麻利地做好了早饭。由于汪洋已经吃过了，何强领他到屋里去休息。何强和弟弟住一个小火炕，能睡三四个人。汪洋躺在炕上，想着心事，一时无法入睡。早饭之后，舅舅、何强、何敏分别去上班了。看到何敏年纪比自己小就已经有了正式工作，汪洋心里很是羡慕。何娟和何平出门去上学了，只有舅妈在卧室休息，家里一下子安静下来，汪洋也在这安静中渐渐进入了梦乡。

由于连日旅途疲劳，汪洋睡到中午才被舅妈叫起来吃午饭。

下午，他本想干点家务活，却被舅妈劝回去继续睡觉，一直到下午五点多他才睡醒。

因为汪洋的到来，舅妈晚饭特意多做了几个菜为他接风。何书峰还特意拿出一瓶酒，他劝汪洋喝酒，汪洋却声称不会喝。舅妈赞同地说：“不会喝酒是好事。你看汪洋，既不吸烟，又不喝酒，多好！不像你们爷俩又抽又喝的，浪费钱不说，对身体也没好处。”

何书峰没有与之分辩，而是笑着对汪洋说：“其实抽烟没啥好处，既浪费钱，又对身体有害，抽烟的人都明白这个道理，可就是戒烟比较难。至于喝酒嘛，少喝点对身体有好处。中医说酒能舒筋活血，少喝养人，多喝伤身，只要不喝过量就行。再说，喝酒也是社交的一种手段，遇到亲朋好友聚会的场合，如果你不会喝酒，那有多尴尬啊。你现在不会喝就算了，等将来走上社会就要锻炼着喝酒，应付社交场合。”

他没有继续劝注洋喝酒，而是一边发表言论，一边为自己和儿子倒上。他端起酒杯，郑重其事地说：“汪洋，既然你不会喝酒，就以茶代酒吧。咱们爷俩第一次见面，舅舅为你接风，我代表全家欢迎你。我和你舅舅是过命之交，以后，你就把我当成亲舅舅，把这里当成自己家，千万不要拘束。我在家里排行老二，你就管我叫二舅，管她叫二舅妈，何强就是你大哥。何敏、何娟、何平你们仨听着，以后，汪洋就是你们的哥哥了，谁也不许对他不尊敬。汪洋，你刚到，先安心待两天，过几天我再托人帮你找点活做。至于安排正式工作，目前比较困难，得慢慢地寻找机会。”说完，他象征性地与汪洋的水杯碰了一下，把酒一口喝干了。

汪洋陪着喝了一口茶水，站起身说：“谢谢舅舅和舅妈的热情款待，我十分感激你们，以后就给你们添麻烦了。我年轻，不懂事，有什么不对的地方，还请舅舅舅妈多担待。”

“你这孩子，怎么还这么客气，你二舅不是说了嘛，以后这里就是你的家，饿了你就吃，困了你就睡，有什么力所能及的活你就干，总之，咱们家不把你当外人。我和你二舅都是实在人，家里没那么多讲究，你不要拘束，随便一点。弟弟妹妹年幼无知，有时说话不礼貌，你千万别往心里去。”舅妈是热心肠，她为了打消汪洋的拘束和顾虑，把话说得很直白。

晚上，汪洋、何强、何平住在厨房里边的卧室。经过一天的接触，何平与汪洋已经混熟了，对他不再陌生，而是缠着他讲故事。讲故事是汪洋的强项，在家里时，他就以能讲故事而著称。于是，他为何平绘声绘色地讲起了《精卫添海》、《女娲补天》、《阿拉丁神灯》、《阿里巴巴与四十大盗》、《白雪公主和七个小矮人》等中外故事。不但何平听得津津有味、乐不可支，就连何强都听得着迷。

汪洋闲着无事，就主动承担了担水、劈拌子等家务活。林海市地处山区，地势起伏不平，受地理条件的限制，许多建筑都依山而建。何家就建在半山坡上。由于地势高，山坡上打井困难，所以居民只能到山脚下的机井去担水。汪洋挑着水桶，在何平的引领下，顺着山坡走了二百多米，来到了统一供水的机井房。汪洋担起满满的两桶水往家走。汪洋在家时，经常到距家三百米外的车站水井担水，按理说担水的活儿对他来说不算啥。可如今步步上坡，就显得比在家时费力许多。刚走了一半的路，他就累得气喘吁吁，头上冒出了细密的汗珠。何平劝他歇息一下，可汪洋感觉还能坚持，就用唯心的想法来预测自己的未来。假如自己把水一口气挑到家，他就能在林区落下户，能够安排工作，如果中途停下来休息，就前功尽弃了。由于事关前途，他在唯心主义思想的驱使下，咬牙坚持着，一鼓作气，把水挑到了家。他放下水桶的瞬间，心里感觉特别痛快，由于预测成功，他对自己的未来又增添了信心。

第二天，汪洋抽空写了一封家信向父母报平安。

爸爸妈妈，近日一切均好吧！

我已平安到达，何家人对我很好，并答应帮忙，你们不必挂念。另外，途中巧遇表姑家的表哥江群，一路上也多亏他多方照顾。他在大兴安岭做事，所在地甘河与林海市相距一百余公里。他让我有困难就去找他。他的头脑精明，社会经验丰富，我打心底佩服他。同时，我也感到非常幸运，因为，他是一个可以信赖的人。都说万事开头难，没想到我的第一步竟如此顺利。一个好的开头，必定有一个完满的结果。但愿幸运之神永远眷顾于我，让我的梦想变成现实，那样，我将心满意足，此生足矣。总之，此行一切顺利，你们就静候佳音吧。

望父母保重身体！祝哥哥姐姐、弟弟妹妹平安快乐！

儿：汪洋

1975年7月25日 于林海

自从汪洋离开家，父母就时刻牵挂于心，不知他旅途是否平安，会否遇到麻烦。他们食不知味，彻夜难眠，几天之内便苍老了许多。直到收到了汪洋的来信，见他如此顺利，他们那颗一直悬着的心才放了下来，心中的忧虑也有所减轻。

何强比汪洋大两岁，由于参加工作早，接触的事物比较多，人也显得很成熟，看问题很有见地。他对汪洋的印象很好，也十分同情他的处境。汪洋来的第三天，他就带着汪洋到市区的主要街道和商店转了大半天，以便汪洋尽快熟悉这座山城。每当有熟人见面打招呼时，他总是对人介绍说汪洋是他姑妈家的表弟，这让汪洋感到很亲切、很温暖。因此，汪洋把他当成主心骨，有什么事情都愿意和他商量。

何敏在铁路列车段当五七工，在餐车上做服务员。当时，铁路被人称作“铁饭碗”，所以人们都是尽量把子女往铁路系统安排。她对汪洋很尊重，也很关心。有一天，汪洋正准备洗衣服，何敏恰好下班回家，她急忙过来，挽着袖子说：“来，我帮你洗。”汪洋觉得有些过意不去，急忙说道：“那怎么行呢，我自己会洗。再说，你上班那么忙，我怎么能给你添麻烦呢。”汪洋护着水盆推辞。

何敏一把抢过水盆，边洗边说：“你有啥不好意思的，平日全家人的衣物也都是我洗，还差你一个人啊！再说了，你一个大小伙子，怎么能洗干净呢？以后你有换洗的衣服就放在一边，等我洗衣服时，捎带着就给你洗了，千万别客气。”她的话让汪洋深受感动，心里觉得热乎乎的。

何平和汪洋相处得很好，他只要有时间就缠着汪洋讲故事，就像个跟屁虫。他对汪洋的依赖程度，甚至超过了何强。

唯有何娟对汪洋不太友好，时常对汪洋冷言冷语。她放学回来，恰好碰到姐姐为汪洋洗衣服，就撇着嘴说：“你一个大闲人，却让我姐给你洗衣服，真好意思！”

“何娟你闭嘴！我愿意洗，用不着你瞎说。”何敏厉声训斥她。

“我帮你说话，你却反过来说我，真不知好赖。”何娟生气地嘟囔着，扭身进屋了。

“汪洋，你别和她一般见识，她就这德行，不懂事。”何敏对汪洋劝解道。

“没什么，我不会和她计较的。”汪洋嘴上对何敏如此说，心里却觉得有些难受。

有一次吃午饭，汪洋见饭少，就故意吃得很慢，而且只吃了一碗饭就放下了碗筷。二舅妈见状，劝他再吃点，汪洋声称已经吃饱了。何娟在一旁说：“他整天什么也不干，吃那么多有啥用。”

“你这孩子，怎么和汪洋哥说话呢，真不懂事！”舅妈生气地责怪她。

“他又不是我亲哥，我才不管他叫哥呢。”何娟不服气地狡辩。

“你这孩子，越说越不像话。汪洋来到咱们家，就是你亲哥，你再敢说三道四的，我撕烂你的嘴！”二舅妈厉声训斥道。何娟见妈妈真生气了，吓得没敢作声。

“汪洋，她岁数小，不懂事，你千万别往心里去。”二舅妈劝慰汪洋。

“舅妈，你放心吧，我不会介意妹妹的话，更不会计较。”汪洋怕二舅妈生气，急忙说自己不会计较，而他的心里却感到十分难受。何娟的话深深地刺痛了他，他心里产生了一种寄人篱下的悲哀。他决心尽快想办法找事做，这样在家吃闲饭，不是长远之计。

他把找事做的想法对舅舅舅妈以及何强讲了，二舅说：“我正托人为你找临时工作，由于现在是采伐的淡季，用人单位少，需要等些日子。”

何强却提出：“我看汪洋不一定非去干临时工，既受累又不挣钱。莫不如让汪洋跟人学木匠，既挣钱又不受罪。”

“我看行，我在学校时曾学过木工，会做一些简单的木工活儿。我自己单独干恐怕不行，如果有人领着，应该没问题。”汪洋表示同意。

“你既然有木工基础，那就好办了。隔壁龚叔的弟弟就是现成的人选，他的手艺很好，你就和他一起干吧。”何强向他提议。

“我的木工手艺不精，人家能同意吗？”汪洋有些担心。

“你放心吧，龚叔和咱们家不是一般的关系，他弟弟曾经也说过要找个帮手，我和他说，他准同意。”何强蛮有把握地说。因为他在业余时间也喜欢干些木工活，打一些简单的家具，还学会了为家具刷油漆的手艺，所以，他和龚叔的弟弟关系很好。

林区有丰富的木材资源，居住在这里的人们不用花钱就能搞到优质的木材，故此家家都充分利用这有利的条件。他们打家具、铺地板、盖仓房以及做院落的栅栏，都是清一色的木材，就连平日烧饭取暖用的也是木材。这里木材的浪费现象十分严重，但是由于当时形势混乱，管理上不去，因而这种令人痛心的浪费现象一直持续到“文革”结束才得以纠正。

由于这里打家具成风，因此，手艺精湛的木工非常受重视，许多来自外地的木匠成了抢手货。他们被人请到家中，好吃好喝招待着，好烟好酒侍奉着，就是要让他们为自己打出样式新颖、结实耐用的家具来装点门面，以抬高自己的身价。

来自河北的龚唯汉与何书峰既是好朋友，又是近邻。他的弟弟也来自河北农村，会木工手艺，因为家中生活困难，就前来投奔哥哥。他的个头不高，身体壮实，是个典型的车轴汉子，别看他其貌不扬，木工手艺却很好。他做出的家具既美观又大方，样式也新颖，上门找他打家具都得排号。他每天忙得不可开交，早就想找个帮手，他曾见过汪洋，对汪洋的印象很好，又听何强介绍了汪洋的情况，就立即满口答应了。

何强把这个消息告知汪洋，汪洋自然是求之不得，舅妈却觉得木匠活儿是重体力活，担心他吃不消。何强坚决支持汪洋干木匠活，他对母亲说："木匠手艺现在很吃香，既能挣钱，又有助于与人交往。反正现在一时找不到门路，无法安排汪洋的工作，暂时当个木匠也不错。再说，这只是权宜之计，将来若能安排工作，咱们就不干木匠活儿了。"舅妈见他说的有道理，又觉得眼前没有更好的安置办法，只好同意了他们的想法。

第二天，汪洋就跟着龚师傅来到了雇主家。龚师傅试过他的基本功，对他的技术比较满意，放心地将一些活计交给他，汪洋在干活的过程中，遇到难题，就虚心请教龚师傅，龚师傅也耐心地传授。一个多月下来，汪洋的手艺有了质的飞跃。

雇主中午和晚上管饭，汪洋晚上回到何家住，早饭需要在何家吃。他每天早早就起床了，先是挑两担水，然后劈烧柴，帮舅妈干一些力所能及的家务活。吃过早饭后，他就随着龚师傅去雇主家干活。雇主家的伙食很好，也不用顾虑饭是否够吃。由于日子过得轻松，他的心情又好，人胖了，脸白了，身体也比以前壮实了。

一次偶然的情况下，他无意间听到二舅妈和二舅说家中的粮食不够吃，让他想办法到农场去买点粮食。汪洋的心情再也无法平静了。他知道，每人的口粮都是定量供应的，谁家都不宽余，平白多了自己一张嘴，必然会出现粮食短缺的问题。为了减轻何家的负担，他考虑再三，决定不吃早饭了。人家能够收留自己，就应该感谢不尽了，怎么能再给人家添麻烦呢？！古人曰："天将降大任于斯人也，必先苦其心智，劳其筋骨，饿其体肤，空乏其身，增益其所不能。"不吃苦中苦，难为人上人。自己若想改变命运，吃苦遭罪在所难免，一顿早饭不吃又算得了什么呢！于是，他对舅妈谎称雇主家提供早饭，早饭前他就出门，到附近转一圈。闻着周围人家传出的阵阵饭香，他直咽口水，心里不由得一阵酸楚，感叹自己生不逢时，命运不好。

约莫到了时间，他来到雇主家干活。由于没吃早饭，木工的活计又累，他身体发虚，一个劲儿出虚汗。为了充饥，他只好喝水，以减轻饥饿感。他不时地偷看钟表，盼着早点吃午饭。吃中午饭时，他吃的比往日多，以致雇主准备的饭不够吃。

晚饭时，他又多吃一碗，撑得胃难受，出现了消化不良的现象，夜里睡觉时不停地打隔、放屁，发出难闻的发馊的臭味。他怕何强和何平反感，只好起身到外边去溜达，直到胃里的食物消化的差不多了，才敢回来睡觉。

都说习惯成自然，此话有一定的道理。汪洋接连几天不吃早饭，身体慢慢地适应了，上午的饥饿感和乏力感也逐渐消失了。

大兴安岭的冬天来得特别早，九月下旬，天空中就飘洒起雪花，气温骤降到零度，人们只好穿上棉衣御寒。雪后初霁，阳光特别刺眼，照在身上暖洋洋的，气温又开始回升，人们也只能脱下棉衣。可是，到了夜晚，依然寒气逼人。早晚的温度相差十几度，难怪有人形容大兴安岭的天气是“早穿皮袄午穿纱，守着火盆吃西瓜”。

最近一段时间，风闻相关部门要清查外来人口，汪洋有些担心，生怕会清查到自己的头上。同时，他也希望这只是传闻而已。他抱着侥幸的心理询问何强，结果证实他的消息并非是空穴来风。何强单位已经开会传达了清理外来人口的文件，这次行动比较严格，凡是外来人口，都在清理之列。汪洋听后，心里非常害怕，一旦自己被清理回乡，岂不是前功尽弃，徒劳一场。

何家人也为此而担心，他们一起商量对策。二舅说：“现在的形势很紧，我们单位也传达了相关文件，一旦查出外来人口，一律由民兵指挥部遣送回乡。我看目前最好的办法，就是出去躲一躲，只要躲过这阵，就没事了。”

“躲一躲倒是个好办法，可躲到哪里合适呢？”二舅妈忧心忡忡地说。

“我有个表哥在甘河林场做临时工，不行我到他那里去躲几天？”汪洋猛然想起了江群，急忙说出了自己的想法。

“不行，现在整个林区都在搞清查，他是个临时工，目前恐怕自身难保，躲到他那里无疑是自投罗网。”二舅否决了他的办法。

“实在不行我就先返回家去，等清查完了再回来。”汪洋为了不让二舅为难，无奈地提出了暂时回家的打算。

“那怎么行呢，你要是回家去躲避，与被清查出来有什么区别。”二舅断然否决了汪洋的打算。他觉得汪洋一旦回家，容易让王永杰产生误会，好像自己容不下汪洋似的。

“这也不行，那也不中，到底该怎么办呢？”舅妈愁眉不展地说。

何强一直坐在旁边没说话，这时突然拍了一下大腿说道：“历年来，清查工作都是虎头蛇尾，我估计今年也差不多，民兵指挥部那帮人也就是清查那么几天，风头一过就拉倒了。一般情况下，白天不会有事，主要就是怕晚上民兵指挥部的人查夜。我看不如这几天晚上，让汪洋到咱们房上的黑天棚里躲一躲，等查过了就没事了。”

“这个办法倒是行得通，可就是天气越来越冷，黑天棚里又脏又黑，汪洋怎么受得了这份罪啊！”二舅妈担忧地说。她心地善良，对汪洋又特别好，不忍心看着他遭罪。

“舅妈，你别担心，黑点冷点我不怕，就按大哥说的办！”汪洋表明了态度。

“哎，这年头，真是太难了，没办法，只好让你受罪了。”舅妈眼圈发红地说。

何强说：“事不宜迟，汪洋今天晚上就到黑天棚里去吧，以防夜长梦多。万一让他们查着就完了。”

“行，我去收拾行李，何强，你跟汪洋拿着手电，到房上去清理一下。老何，你把大皮袄找出来，给孩子盖上，遮挡风寒。”舅妈对丈夫和儿子吩咐道。

何强领着汪洋，搬着梯子来到房山头，顺着排气窗户爬进黑天棚。黑天棚上面铺着一层厚厚的锯末，散发着一股难闻的霉味。汪洋此时也顾不了那么多了，他和何强在人字架子的空隙中，选了一个离出气孔较远，又背风的位置。借着手电的光亮，用手将锯末划拉平整，然后顺梯子返回。

舅妈为他准备好了行李，还特意带了一块塑料、一个毡子，外带一个羊皮大衣。何强和汪洋怕被人看见，没敢用手电，而是抱着东西摸黑来到房山头，顺着梯子爬上房，进到黑天棚里面，何强才打开手电。他们先铺上塑料，又放上毡子、铺好被褥，把大衣盖在被子上。待一切安排就绪，何强关心地问：“你害不害怕，不然我和你做伴吧。”其实，汪洋心里很害怕，但他又不好意思让何强陪自己受罪，就急忙感激地说：“大哥，谢谢你，我不害怕，你就放心地回去吧。”何强见他如此说，也就不再坚持，嘱咐了几句，把手电给他留下，便回到屋子里去休息了。

汪洋打着手电，只把外衣脱下，连袜子都没脱，穿着内衣钻进被窝。被窝里冷冰冰的，他不由得激灵一下，打了个冷颤。关上手电后，黑天棚里黑黝黝的，借着排气窗的微弱光亮，隐约看到远处竖立着许多诡异的黑影，他心中悚然一惊，心砰砰乱蹦。他有些颤抖地打开手电，向远处的黑影照去，发现只是人字架子上的立柱和斜拉杆，他松了一口气，关上了手电。

汪洋自幼就胆小，再加上经常听奶奶讲鬼怪的故事，使他对鬼神一类的传说感到格外恐怖，尤其害怕死人以及棺材和墓地。他经常做噩梦，梦到死人或怪物追他，每次他都是在极度恐惧中被吓醒，以至他十几岁了都不敢单独在屋里睡觉，不敢走夜道，甚至夜里不敢上厕所。随着年龄的增长和知识的增加，虽然他不再相信鬼神这一套了，胆子也大了许多，但他还是惧怕黑夜。如今形势所迫，他只好硬着头皮，仗着胆子睡在黑天棚里。自己在家时何曾受过如此惊吓啊！哪曾遭受过这样的罪！想到伤心处，他一阵心酸，差点流下眼泪。

就在他在恐惧中胡思乱想时，突然，远处传来一阵“噗噗楞楞”的响声。他战战兢兢地打开手电，却没有任何发现，声音也戛然而止。他更加惊慌，觉得脑壳发麻，头发竖立，身上直冒冷汗。

他开着手电，照了足有十几分钟，却一直也没有发现什么响动。他害怕电池没电，明天不好向何家人交代，只好强挺着关上手电，在黑夜中忍受恐惧的煎熬。

就在这时，远处又响起了刚才的动静，同时又夹杂着“吱吱”的叫声，汪洋从叫声中分辨出是老鼠的声音，他的心里又增添了心病。他特别害怕老鼠，他想如果老鼠在自己睡着的时候爬到身上来，非把自己吓得半死不可。在万般无奈之下，他只有把身体全部用被子裹住，只留一条缝隙透气，以防老鼠的光顾。

过了很长时间，相同的声音再次从远处传来，他从被窝的缝隙中向外看去，只见不远处有两个幽灵般的绿光时隐时现，逐渐向他身边移动。难道这就是传说中的鬼魂和幽灵吗？他的脑海中顿时闪现出死去的爷爷奶奶以及其他熟悉的死人，仿佛他们就在自己的周围晃动。他的心一下子提到了嗓子眼，精神紧张得几乎要崩溃了。极度的恐惧攫取了他的整个神经，他手脚僵硬，浑身颤抖。他下意识地打开手电，不顾一切地向发绿光的方位照去，只见一条黑影嗖的一声，从他身旁窜了过去，同时传来两声猫叫，他这才反过神来，原来是猫捉老鼠时发出的响动。他一下子从极度紧张中松懈下来，浑身乏软无力，才发现自己已经惊出了一身的冷汗。

由于天气寒冷，再加上刚才吓出的一身冷汗，汪洋感到浑身发冷。为了抵御寒冷，他蜷缩着身子，整个身体都盖在羊皮大衣下，才感觉暖和一些。

他的精神始终处于高度紧张的状态，一听到老鼠的叫声和响动，他就打开手电，这样反反复复折腾了一夜，饱受痛苦和恐惧的双重折磨。好不容易盼到了天亮，听到下边有人走动和说话的声音，他才敢从被窝里伸出头来，发现因为天气寒冷，透气的缝隙口上挂了一层白霜。他伸了一下发麻的四肢，觉得有些腰酸腿疼，但他顾不得这么许多，急忙从被窝里爬起来，穿上外衣，抱着行李，顺着梯子下来，才从可怕的噩梦中暂时解脱出来。

当他一脸疲惫地回到屋子，二舅妈正在做早饭，一见到他，就关切地问道："怎么样，冷不冷，睡的好不好？"

"还行，不算太冷，睡的还可以。"汪洋违心地回答。他不想让舅妈担心。

由于汪洋一夜未合眼，白天干活时，头脑昏昏沉沉的，提不起精神，若不是龚师傅及时指点，好几次他都差点把活做错。龚师傅关切地问他是不是身体不舒服，他摇着头说没什么，自己只是没有休息好。龚师傅问他休息不好的原因，汪洋却避而不答，搪塞着没有吐实情。

午饭后，他坐在椅子上睡了约半个小时，精神才得以恢复。他的精力一向很充沛，以前在家看书时经常熬通宵，白天也并不觉得疲劳。所以，他休息了半个小时，就恢复了体力，下午再没有出现精神溜号的现象。

黑夜又一次降临，汪洋怀着无奈和畏惧的心理，极不情愿地爬上了黑天棚，再次置身于黑暗和恐惧之中，重新开始了炼狱般的煎熬。

情形依旧，一切如昨，汪洋躲在被窝里，反复打着手电，驱赶着臆想中的鬼魂和吓人的老鼠，在恐惧中度过了前半夜。由于昨夜未眠，白天又干了一天木工活，他的精神和身体都已经透支了，他进入了迷蒙的睡眠状态。当他一觉醒来时，已经天光大亮，面对清晨的阳光，他觉得黑暗和老鼠并没有想象中那么可怕。

经过几天的折磨，汪洋心头的恐惧感似乎也没有那么强烈了，对老鼠的叫声和跑动声，反应也没有那么强烈，觉得不是特别害怕了。随着恐惧感的淡化和心情的逐渐放松，他没等到午夜，就进入了梦乡。虽然他睡的并不踏实，睡梦中也数次从响声中惊醒，但他已经见惯不惊，很快就再次入睡了。

在这种恶劣的环境中艰苦地生活，他付出了身体的磨炼和精神上的痛苦。但让人欣慰的是，他的付出终于有了回报！当他在房上住到第五天时，睡梦中他被一阵激烈的犬吠声吵醒。他急忙侧耳细听，远处传来了杂乱的脚步声和说话声，在静谧的夜晚听得十分清晰。汪洋虽然躲在房上，但心中未免有些忐忑不安。声音由远而近，渐渐地来到了住宅跟前，同时还传来一阵敲门和叫喊声。从他们的话语中，汪洋证实了自己的猜测，来人正是民兵指挥部的查夜人员。汪洋听到了何强向来人询问，以及对方粗暴的回答。他们声称是民兵指挥部的人，前来检查是否有流动的外来人员。何强问明了来意，开门把他们让进屋里。虽然底下根本听不到汪洋的喘息声，但他还是屏息静气，一动也不敢动地听着下边的声音。那帮人对照何家户口核对家庭成员，确认无误后，很快就离开了何家。汪洋听到对方的脚步渐渐远去，他才长长地舒了一口气，那颗一直悬着的心也随之放了下来。

清晨，汪洋还没有从黑天棚里下来，龚叔就来到何家，说龚师傅昨晚被民兵指挥部的人抓走了，要求何书峰帮忙想办法要人。当他听说汪洋躲在黑天棚里，没有被抓走，就连拍大腿，感到追悔莫及，连声责怪自己太大意，没把这当回事，否则，让弟弟也到房上去躲几天，不就没事了。何书峰安慰他别着急，并答应帮忙，龚叔这才匆忙离去。

汪洋得知了龚师傅被抓的消息，在为龚师傅着急的同时，心里也不由暗自庆幸，自己虽然受了几天罪，却躲过了一劫。

汪洋来到雇主家，打算说明龚师傅被抓的情况，让他们等几天，可又觉得活已过半，龚师傅不知什么时候才能回来。自己没事做，还要在何家吃闲饭，还得面对何娟的脸色和冷言冷语。于是，他临时改变了主意，谎称龚师傅有急事需耽误几天，由他自己来做剩余的活计。主人见他终日忙碌，以为他也是成手木匠，就没有细问，任由他独自去完成剩下的活计。

别看汪洋嘴上说很有把握，其实他心里也没底。虽然跟龚师傅干了三个多月，学了很多手艺，但没有单独制作过家具，只是为龚师傅打下手而已，如今自己挑大梁，心里总是觉得底气不足。但是，面对两难的境地，他是箭在弦上，不得不发。他只有硬着头皮，一边琢磨一边做活，有几次做错了，他只好偷偷地返工，不但耽误了工时，还浪费了一些木料，好在主人家并不知情，免去了许多口舌。

尽管龚叔多方求人帮忙，龚师傅最终还是和其他自流人员一道，被统一遣送回老家，并被当地政府严加管制，暂时失去了到外地的自由。

经过了半个多月的努力，汪洋完成了成套的家具。虽然质量差了一点，但外行却看不出来。他把何强找来，帮他为家具刷上油漆。何强在刷油漆前，用酒精泡漆片，在底色上多刷了三遍，而且每次刷漆片前，还用水磨砂纸打磨一遍，故此刷出来的家具，显得特别亮，都能照出人影来。这让主人家特别的满意。在完工时，主人还特意多做了几个鸡鱼之类的好菜款待他们，喝酒时还为汪洋预备了一瓶色酒，劝酒的同时，还不断夸他手艺好，结算工钱时，不但丝毫没有为难他，反而还多给了他五元钱。汪洋不由得沾沾自喜，觉得自己付出的辛苦总算没有白费。

他和何强来到龚叔家，汪洋拿出工钱的三分之二交给了龚叔，顺便打听了一下龚师傅的情况。

汪洋和何强回到家中，把剩下的工钱如数交给了二舅妈，二舅妈百般推辞，坚决不收，但最后还是抵不过汪洋，答应暂时替他保管，把钱收了起来。

晚上，何强对汪洋说："汪洋，我看以后你单独给人做家具得了，这样挣钱多实惠！"

"大哥，我刚学习了这么短的时间，手艺还不行，万一给人家做坏了就麻烦了。"汪洋底气不足地说出自己的忧虑。

"你有什么好怕的，今天那家人不就很满意吗？你脑袋灵活，也基本掌握了木工的要领，模仿能力又强。你就听我的，放心大胆的去干，最坏也就是浪费一些木料而已，可在咱们林区，谁会在乎木料啊！要不这样，咱家有木料，我妈早就想做一套家具了，你就先拿自己家练练手。"何强想出了这个两全其美的主意。

"那怎么行呢，万一做坏了怎么办？"汪洋心里没底。

"做坏咱们再重做，反正木料多的是。你就听我的，保证没事。"何强一再为他打气。

"那好吧，我听你的，先试试再说。"汪洋在何强的鼓励下，终于下定了决心。

在何家做家具期间，汪洋多次受到何娟的奚落和污辱。她瞧不起汪洋，嫌他是农村人，笑话他说话土，又嫌他吃的多。甚至有时刚端起饭碗，她就用蔑视的眼光看他，汪洋的自尊心受到了极大的伤害。他有时只吃半饱，就放下了碗，由于活比较累，他又时常吃不饱，饿的实在难受。他曾在家里没人时，偷吃剩饭，但又不敢多吃，怕何家人回来发现。说实话，他对何娟是又恨又怕，她那刻薄的话语和轻蔑的眼光就像一把利剑刺进他的胸膛，他伤心极了。

然而，让汪洋感到欣慰的是，他凭着灵活的头脑以及善于在模仿的基础上创新，又有何强的出谋划策，他苦干了近一个月，终于为何家做出了一套样式新颖、美观漂亮的家具。再加上何强上油漆的手艺好，这套家具受到了何家人和亲朋好友的认可，闻名前来找他做家具的人也多了起来。

第六章

峰回路转

转眼汪洋已来到大兴安岭五个多月了，春节即将临近，他把最后一份木匠活干完已经到了腊月二十三，他收拾起木工工具，准备回家过年。尽管此间何家人多方想办法，以期解决他的户口问题，但由于难度太大，一直没有眉目。虽然汪洋心里着急，自己却无能为力，只有耐心等待何家人的消息。他有生以来第一次离开家这么久，平时忙忙碌碌的还不怎么想家，如今春节将至，对父母和亲人的思念愈加强烈了。虽然工作的事情还没有着落，自己无颜见家乡父老，但是，无比强烈的思乡之情驱使他怀着矛盾的心情，带着何家人为他准备的猴头和木耳，踏上了回乡的列车。

何敏在这趟列车上当餐车服务员，汪洋不但没买车票，还受到了特殊待遇，被安排到卧铺车去休息。汪洋第一次坐卧铺，有一种高人一等的优越感。睡了一觉之后，何敏叫他去餐车吃饭。何敏把几张印有不同符号的餐券塞到他的手里，并悄悄地告诉他："吃饭的时候，不管我给你端什么饭菜，你都别吱声，只管吃就是了。"

汪洋虽然不明白其中的含义，但还是点头答应了。吃饭时，何敏像对待其他旅客一样，为他端来了几样可口的饭菜，同时把餐券收回。汪洋记着她的嘱咐，也没客气，装出一付理所当然的样子，尽情地饱餐了一顿。原来，这是何敏精心安排的，她利用工作之便，将用过收回的餐券拿出几张交给汪洋，重新使用了一次。这样不但汪洋吃的好，而且对她也没有任何影响，是两全其美的方法，头脑笨的人是想不出这个主意的。

饱餐之后，汪洋又回到卧铺车厢去睡觉。当他再次被叫醒时，列车已经驶入了家乡的地界。何敏让他收拾东西，告诉他再有十几分钟就到了。近乡情更切，汪洋离开家乡这么久，虽然时常想家，但都没有此时这么强烈。他望着铁道两旁熟悉的景色，心里急切地盼望着列车开的再快一点，恨不得立刻就见到久违的亲人。

列车终于到站了，何敏帮他提着东西，把他送下车。由于事先他已写信回家了，家里人知道自己回来的日期，哥哥姐姐还有弟弟妹妹早早就来到车站接他。相见之情溢于言表，哥哥接过他的东西，弟弟和妹妹拉着他的手，相拥着把他接回家。

母亲见到他，高兴地直抹眼泪，父亲则问他孤身在外的处境如何。汪洋怕父母担心，只拣好的说，至于受苦遭罪的事儿只字不提。说到何家人，汪洋更是感激不尽。他告诉父母，何家人不但对他特别好，而且在他回家时，舅妈还把他挣的工钱一分不少的交给了他，同时还准备了一些山货，让他带回家来过年。

“这样好的人家真是难遇啊！以后你可千万不要忘了人家的大恩大德！”父亲手托着儿子交给他的二百多元钱叮嘱着汪洋。汪洋连忙点头称是。也难怪父亲如此感慨，那时候生活水平比较低，普通工人每月工资也就是三十多元钱。二百多元是个什么概念？相当于一个普通工人半年的工资，这对一个贫困家庭来说，无疑是一笔不小的财富。

由于工作的事情没有着落，汪洋此次回来过春节表现的很低调。他没有到其他亲友家去探望，只是带了几样山货前去看望柳刚的父母。一来是为了答谢柳刚给他送行以及送给他礼物的情谊，二来，也是最主要的，就是想见上柳霞一面。柳家人听说他的工作没有头绪，对他的处境表示同情，宽慰他慢慢来，不要着急。柳霞见到他，态度不冷不热，既没有对他的处境表示关心，更没有久别重逢的喜悦，这让汪洋感到很失望。

从柳刚家回来，姐姐见他闷闷不乐，关心地问道：“你怎么啦？为什么不高兴？”

“没什么，就是有点心烦。”

“是不是为了柳霞而心烦？”

“……”汪洋低头摆弄手指，没有回答。

“你不回答我也知道，不过我劝你，还是放弃这段感情吧！你们俩从性格到生活方式都有很大的区别。咱们是本分的人家，找对象娶媳妇儿要找本本分分的、能持家过日子的人，而不是像她这种整天唱歌跳舞、感情不专一、乱交朋友的人。”

“姐姐，我也知道我和柳霞之间有距离，她喜欢唱歌跳舞也是事实，但说她感情不专一、乱交朋友，我却不认可。”汪洋反驳道。

“二弟，咱们是亲姐弟，我是不忍心看你为她痛苦才劝你放弃她的，更何况你现在只是单相思。有些话我憋在心里很长时间了，本不打算告诉你，怕你承受不了，但今天既然说起这件事了，我就告诉你吧。你离开家这半年多时间，我看她早就把你忘了。这半年来，经常有男同学到家里去找她，我看这种人靠不住。再说，她现在对你这样不冷不热的，你是剃头挑子一头热，人家心里跟本就没有你。万一将来你的工作没有着落，那你连想都别想，你跟她就是做普通朋友都不可能，更别说做恋人了！即使将来你在那边有工作，又能怎么样？像她这种嫌贫爱富的势力小人，就是将来和你结婚成家了，我看也不会有什么幸福可言的。如果你遇到什么灾难，她是绝对不会与你患难与共的。你没听说‘夫妻本是同林鸟，大难来时各自飞’吗？古往今来，有多少自认为恩爱的夫妻尚且如此，何况是这种摇摆不定的人！我看长痛不如短痛，为这种人牵肠挂肚、如此痛苦，实在是不值得。你听姐姐一句话，趁早死了这条心吧！”姐姐出于气愤，几乎是一口气说完这番话的。

“姐姐你别说了！我不信！不信！”汪洋用近乎发狂的声音，歇斯底里地喊道，然后就摔门跑了出去。他出门直奔柳霞家，想当面问问她，证实一下姐姐所说的话是否属实。可是，当他来到柳家门口时，他又犹豫了。他想：我该怎么去问她呀，以我们目前的关系，我有什么权力去干涉她的私生活？我是她什么人啊？我径自去问，岂不是自讨没趣么。再说，凭自己目前的状况，有什么资格去追求爱情呢？想到自己的处境，他不由得神情黯淡，心灰意冷。他知趣地返回家中，心事重重地躺在了床上。

这双重的打击使他的情绪更加低落。除了大年初一他与兄妹们一起去亲戚家拜年，其他时间，他就是闭门在家看书，柳刚和包玉柱等好朋友来找他出去玩，他也婉言谢绝了。闷闷不乐地在家里过完了春节，刚过正月十五，他就告别了父母，再次踏上了北上的行程。

春节过后，龚师傅再次从家乡偷跑了出来。由于汪洋已能独立作业，而且他年轻力壮、干活速度快，又有创新意识，而龚师傅手艺虽然好，但观念守旧、干活有些磨蹭，因而他们的合作关系也发生了变化。他们活多时分开，活少就合伙一起干，工钱对半分，两下各不吃亏。

汪洋凭着自己的努力，在大兴安岭找到了生存之路。雇主家为了讨好他们，做出的饭菜都超出了正常的生活水准，报酬也非常可观，月收入可达百元以上，这在当时是非常高的经济标准，但他却依然情绪低落，心里一直牵挂着农转非的事情。如果户口问题解决不了，他就很难在大兴安岭地区站住脚，无论到什么时候，自己都属于被清查的“盲流儿”，更别指望在林区安家落户、找工作了。

何家人对他的事也很着急，何书峰几乎托遍了所有的关系，终因事情太难办而难以如愿。有一次，他和朋友交谈，得知自己外地的一个朋友与地区知青办副主任是亲戚，他急忙给朋友写了一封信。不久，朋友回信，证实了他所说非虚，同时还在信中说儿子秋天结婚，让他帮忙搞些木料给儿子打家具。何书峰在回信中不但爽快地答应帮他搞木料，并有意提及自己的外甥木工手艺很好，看他是否需要帮忙。朋友正为找不到好手艺的木匠而发愁，这真是求之不得的好事，岂有不同意之理!

何书峰与汪洋商量，想让他前去为朋友做家具，以便从侧面和他的亲戚攀上关系。一旦攀上知青办副主任的关系，解决他的农转非户口就不成问题了。汪洋正为工作问题没有头绪而苦恼，此时听说有一线希望，犹如一个濒临死亡的溺水者，抓住了一根救命的稻草，岂能轻易放过，他立即满口答应。

于是，何书峰准备了足够的木料，并利用何敏的工作之便，把木料放在行李车上捎给朋友，汪洋也随车一同前往。

此行恰好途经汪洋的家乡。汪洋从春节离开家乡到现在已经数月，对家中的父母十分想念。当他听说列车要在家乡的车站停留八分钟，他抑制不住思念之情，毅然下车，一路飞奔到家。此时，父母尚未起床，他来不及进屋细说，只是敲打着窗户，站在外边告知父母自己此行的目的，然后又急忙赶回车站。当他气喘吁吁地跑进车站，开车的铃声刚好响起，何敏正焦急地站在车门口，翘首以望。他急忙登上列车，随即列车开始启动。何敏埋怨他不应该下车，万一落下，岂不耽误了正事。汪洋对她的抱怨非但不计较，反而报以理解，一笑了之。

对于汪洋的突然出现，父母感到十分意外，他们似信非信，仿佛置身于梦中。以前他们经常在梦中梦到儿子突然回家，这和梦中的情形几乎一摸一样，若不是全家人都听到了汪洋说话，他们简直不敢相信这一切是真的。他们在惊喜之余，又对来去匆匆的儿子充满了爱怜和牵挂。儿子今年尚不满二十岁，条件好的家庭里，还把他这么大小的孩子当作不懂事的孩子来娇生惯养，可他小小的年纪却要为生活的艰辛而到处奔波。他们整日牵肠挂肚，夜里经常失眠。虽然儿子在信中总说在外面一切都好，可是他的良苦用心，父母却都是心知肚明的，这是儿子怕他们牵挂而不说实话。他小小年纪，孤身在外，过着寄人篱下的生活，艰辛程度可想而知，岂有不遭罪吃苦的道理。本来安排子女就业问题是父母应尽的责任，而如今却要强加在儿女的头上，他们心中充满了痛苦和自责，觉得是自己失职，有愧于儿子。他们饱受牵挂和自责的双重折磨，可是自己却无能为力，丝毫帮不上儿子的忙。如今，他们唯一能做的，就是在心里为儿子默默祈祷，企盼苍天保佑儿子平安，早日得遇贵人相帮，满足他的心愿。

汪洋又坐了两个小时的车，来到了何舅朋友丁伟的所在地。丁伟亲自来接站，他四十多岁，个头不高，戴着一副近视眼镜。汪洋头戴单军帽，上身穿着蓝色毛料和涤纶混纺的中山装，下穿青色涤纶筒裤，脚穿一双白色的回力牌球鞋。这身行头除了军帽是何强给他的，其他几样都是去年过春节时，汪洋托何敏帮他购置的。大兴安岭林区为了解决上海知青回家过春节的难题，特意开通了林区至上海的临时列车，何敏当时被临时抽派到列车上当餐车服务员。因为上海服装很受推崇，汪洋就托何敏买了这套衣服。据说上衣料是日本进口的，这套衣服档次很高，价格也不菲，一共花了六十多元钱。

话说丁伟乍见之下，觉得有些不可思议。在他的印象中，汪洋应该是一个上了年纪、打扮土气的人，没想到他穿戴时髦，又如此年轻，他有些怀疑朋友说的话是否属实。他抱着试试看的想法，将信将疑地把汪洋接回了家。

等到开始干活，他见汪洋从容不迫、胸有成竹的样子，就觉得自己有些多虑了。如果他的手艺不精，朋友也不会让他千里迢迢来帮他做家具了。一个月的时间倏忽而过，让他感到意外和欣喜的是，汪洋竟为儿子做出了一套样式美观的新式家具。这让他对汪洋刮目相看，没想到他小小年纪竟有如此好的手艺。他为了感谢汪洋，在其临行时，诚心诚意地要给他工钱。可是，因为汪洋另有所图，又有二舅的关系，他坚决地回绝了，坚持分文不收。在丁家人的一片感谢声中，汪洋离开丁家，返回了大兴安岭。

人过留名，雁过留声，汪洋精心制作的家具，不仅让丁伟非常满意，同时也受到了亲朋好友的高度赞扬，其中也包括前来参加婚礼的丁伟的姐姐和姐夫的欣赏。值得一提的是，丁伟的姐夫就是大兴安岭地区的知青办副主任。

他们不敢相信这套样式新颖、美观大方的家具是出自一个年轻人之手，而且是来自大兴安岭林区，这让他们对这套家具更多了一种特殊的好感。何书峰前来参加婚礼，丁伟介绍他与姐姐和姐夫认识。在交谈中，丁伟的姐姐特意向他打听了汪洋的情况，说自己也想找这个手艺精湛的小木匠做一套家具。何书峰当即答应了，还乘机说了汪洋的难处，想求他们帮忙。姐姐本来就对汪洋有好感，再加上丁伟在一旁一个劲儿说好话，姐姐点头承诺了要帮汪洋的忙。何书峰达到了目的，心里暗自替汪洋感到高兴。

何书峰回到家中，把丁伟姐姐答应帮忙的事情告知汪洋，汪洋自然高兴万分。何书峰觉得事不宜迟，在他回来的第三天，就主动与丁伟的姐姐取得了联系。她邀请何书峰晚上领着汪洋来家中吃饭，由于何书峰有求于人，自然是婉言谢绝了，同时约定在晚饭后去拜访。

汪洋按捺不住心中的喜悦。为了能给他们留下好印象，他刻意洗了头，换上了一身体面的衣服，随着二舅来到了丁伟的姐姐家。

丁伟的姐姐在卫生局工作，她性格开朗，长的也很漂亮。一见面，她就连声夸汪洋这么年轻，还有这样好手艺，能做出如此美观漂亮的家具。汪洋第一次到有身份和地位的家庭做客，又有求于人，心里感到有些局促不安。对于丁阿姨的夸奖，他很谦虚地表示过奖，同时也说了几句得体的客气话，其余的时间只是坐在那里听大人们说话。

丁伟的姐夫施瑞林，身材瘦长，性格稳重，说话不紧不慢的，很有领导风范。当谈及汪洋的事情时，他没有直接表态，而是婉转地说："欢迎你的到来，既然你舅舅和小伟是好朋友，你到家里来就别拘束了。家里来往的客人比较多，为了避免影响，有人问你时，你就说是到姑妈家来走亲戚的。记住，不要说你家在农村，就说住在齐齐哈尔，以免他人说闲话。”

汪洋怀着敬畏的心理，一边认真地听他说话，一边不住地点头答应。他暗自敬佩施瑞林有水平，考虑问题周全，同时也告诫自己：他就是自己的贵人，自己一定要牢牢把握住这次难得的机遇，说话要注意尺度，做事要有分寸，一定要小心谨慎，切莫粗心大意，以免影响到自己一生的命运。

几天后的一个上午，汪洋如约来到施瑞林家。他们家住在市区中心的机关家属宿舍，三间砖房，中间开门。一进门是餐厅，后面是厨房，东边一间是施瑞林的卧室兼客厅，西边的一间一分为二，前边是三个女儿的闺房，后边是两个儿子的卧室。施家的大女儿施玉芬在地区医院当护士，二女儿施玉芳在铁路列车段当乘务员，三女儿玉梅和两个弟弟玉树、玉宇，分别上中学和小学。

由于是星期日，施家的人基本都在。汪洋一一和他们见过面。按照施瑞林的嘱咐，汪洋对丁阿姨称呼姑妈，对施瑞林称姑父，对两个大女儿称表姐，其他的则称为表妹或表弟。

为了欢迎汪洋的到来，午饭时，丁阿姨专门做了野鸡炖桦树蘑、炒狍子肉、鲇鱼炖茄子、猪排骨炖豆角，外加一盘哈尔滨红肠以及一个凉菜。

施瑞林拿出一瓶五粮液劝汪洋喝酒，汪洋连忙站起身来说不会喝，他也就没有继续相劝。他独自喝着五粮液，吸着牡丹烟，一副悠闲自得的神情。他的眉宇间透出一股威慑力，让人感到不寒而栗、不怒而威。别看他只有四十五岁，资历却很老。他十六岁就参加了东北民主联军，还参加过解放战争和抗美援朝。他曾数次负伤，多次立功授奖，从文书作起，一直当到团参谋长，后因身体原因，转业到地方工作，历任副县长、县委副书记、县长等要职。在“文革”时，因爱人的家庭成份高，而受到株连靠边站，但是他却没有受到迫害。造反派对一个经历过枪林弹雨洗礼、战功卓著、历史清白的革命功臣，想不出什么办法来对付他，而且他不畏惧权贵，仗义执言，敢讲真话。就在造反派感到头疼的时候，恰好林区需要人，他们就把施瑞林调到了林区，并将他降级使用，使得他一个正处级干部，当了区区一个知青办副主任。他心里有怨气，抱着做一天和尚撞一天钟的想法，对工作敷衍了事，无所用心。他对现在的形势悲观失望，甚至对他的信仰产生了质疑。以往对组织坚定不移的忠诚信心都逐渐减退，他在失望中消磨了意志，在玩世不恭中学会了享受生活。

丁家的姐妹们在饭桌上很随便，一边吃饭，一边说笑。汪洋处在这陌生的氛围中，有一种自卑感，觉得自己低人一等，显得有些拘谨和无所适从。面对美味佳肴，他却很少夹菜，而是一味地低头光吃米饭。丁阿姨见他有些生分，就一边为他夹菜，一边笑着对他说："汪洋，你怎么不吃菜呀？我跟你说，咱们家没那么多讲究和规矩，你就随便一点，把这里当成自己的家，该吃你就吃，该喝你就喝，千万不要客气。"

"姑妈，谢谢您！我吃很多了，没有客气。"汪洋急忙把咀嚼的食物咽了下去，停住筷子，谦恭地回答。

"你姑妈说的对，一个大小伙子有啥不好意思的，千万吃饱了，别客气。"施瑞林面带微笑地对他关切地说。

"姑父，我知道，谢谢您的关心！"汪洋礼貌地点头答道。

"你们俩可真偏心，怎么不让让我啊？"三女儿玉梅调皮地做着鬼脸，挑父母的理。

"你吃得这么开心，还用我们让啊，再让我看你该消化不良了。"丁阿姨笑着说她的宝贝女儿。因为她曾因贪吃而胃痛过，所以她才故意逗她。其他的人都知道这个典故，也跟着一起笑了起来。施玉梅则不以为然，装出一副无所谓的样子，故意大声地吧嗒嘴，摇头晃脑地向众人示威。

午饭之后，汪洋和他们商量做家具的事宜，施瑞林说："你给丁伟家做的那套家具我很满意，就是缺少一对沙发，不知道你会不会做？"

"沙发我倒是没做过，不过只要有样子，我就保证能做好。"汪洋信心十足地回答。

"军分区的魏副司令，曾是我的部下，他家有一对沙发，样式很好看，我不妨领你去看看。"施瑞林告诉汪洋。

"行，没问题，有样子就好说了。"汪洋对自己的模仿能力还是很有信心的。

施瑞林十分喜欢沙发，觉得这是身份的象征，一般讲究的人家都有沙发。听闻汪洋很有把握，他都没顾上午休，当即就领着汪洋出门，前往军分区去看沙发的样式了。

军分区离他的家不足五百米，他们很快就来到军分区的大门口，门两边有哨兵站岗。施瑞林一边低头和汪洋说话，一边往里走，忽略了哨兵的存在。

“那两个人！站住！你们是干什么的？”站岗的哨兵粗暴地将他们拦住。

“啊，对不起，小同志，我去找人办点事。”施瑞林停住了脚步，抱歉地解释道。

“找人办事就能直接往里闯啊，你知道这是什么地方吗？”哨兵仍然不依不饶。

“这位小同志，我来找你们首长办事，难道能不知道这里是军分区吗！”尽管施瑞林有些动气，但还是耐着性子说道。

“你还知道这里是军分区呀！我还以为你把这里当成公园了呢。你也这么大岁数了，怎么一点规矩都不懂。”哨兵竟然出言不逊。

“你这小同志，怎么说话呢！军分区有什么大不了的，你怎么还没完没了了？施瑞林有些生气地说。

“你这口气可真大啊！军分区都没放在眼里。你一口一个小同志的叫着，不知道的还以为你是我们首长呢。你是干什么的？说不清楚今天就别想走！”

“叫你小同志怎么啦，老子扛枪打仗的时候，你还没出生呢！”施瑞林被哨兵的态度彻底激怒了。

“我告诉你，再敢无理取闹，我就把你扣起来。”哨兵的态度十分强硬。

汪洋在一边看得十分生气，忍不住说道：“解放军同志，请注意你的身份，别给伟大的人民解放军抹黑。”哨兵被他驳斥的无力反击，气得干张嘴却说不出话来。

在施瑞林的印象中，汪洋是寡言少语、老实本分的，没想到他竟然能说出如此有力度的话。这句话，看似简单，却绵里藏针，直击对方的软肋。寥寥数语，就让态度粗暴的哨兵哑口无言，足见他思维敏捷，具有临场发挥的雄辩能力，是个可造之才，如果好好历练一下，将来堪当大用。他赞许地看了汪洋一眼，心里对他又增添了几分好感。通过这件事，他对汪洋刮目相看，奠定了他们之间的感情基础，也为日后他们的特殊关系埋下了伏笔。

这时，从值班室跑出一个身穿四个兜上衣的值班干部。他先制止哨兵说：“注意你的态度。”然后对施瑞林立正行礼，说道：“对不起，同志，请问你是哪个单位的，到这里有什么事？”

“这是我的工作证，我找你们魏司令员办点事。”施瑞林的口气也软了下来。

值班员仔细看了他的工作证，急忙再次敬礼，向他道歉：“首长，对不起，刚才哨兵的态度不好，请您原谅！”

“他这也是执行公务，我能理解，以后多注意点态度就行了。”施瑞林大度地说。值班员亲自把他俩带到魏副司令员的家里。魏副司令身材魁梧，一见到施瑞林，急忙立正行礼，高兴地喊道：“老首长，您怎么亲自来了，有事打个电话不就行了吗！”

“你魏司令的门槛这么高，亲自来都差点进不来呢，打电话就更不好使了。”施瑞林笑着和他打哈哈。

“怎么回事，难道还真有人敢挡老首长的驾？”魏副司令神色严肃地转头问值班员。

值班员再次行礼报告：“报告首长，刚才这位首长进门时与哨兵发生了一点误会，我已经批评过他了。”

“这怎么能行呢！你怎么带的兵，回去一定要严肃地批评教育！”魏副司令板着脸训斥值班员，他是觉得对不住老首长。

“行了，你就别小题大做了，我岂能和哨兵计较呢。”施瑞林笑着劝阻。

“那好吧，既然老首长发话了，这事就算了。不过你要严格要求他们，时刻注意自己的形象，不要再发生类似的情况了。”魏副司令摆手示意他离开。值班员再次分别向他们敬礼之后，才转身离去。

“老首长，您亲自驾临，不知有什么指示？”魏副司令亲自为他们让座、倒茶，然后恭敬地问道。

“我来也没什么大事，这是我的妻侄。”施瑞林指着汪洋向魏副司令介绍。然后又对汪洋说：“汪洋，这是你魏叔叔。”

“魏叔叔好！”汪洋急忙站起身来，彬彬有礼地向他问好。

“我这个妻侄来我家串门，他会做木匠活，我寻思他闲着没事，想让他给我做一对沙发，就领他来看你的沙发样式。”施瑞林说明了来意。

"好说，好说，咱们到这边坐，让他看吧。"魏副司令拉着施瑞林的手，坐到一边的椅子上喝茶唠嗑。汪洋则仔细地看了沙发的结构，并用笔记下沙发的尺寸和样式。

当他们离开时，魏副司令亲自把他们送到大门口。门口的哨兵已经换岗了，他们见到魏副司令，急忙立正敬礼，魏副司令挥手示意。他一直目送着施瑞林转过街角，才转身回去。

完成了所有的准备工作，汪洋便开始动手做家具了。开始时，汪洋每天早来晚归，住在何家。后来丁阿姨见他来回跑，比较辛苦，就在儿子的房间临时加了一张床，让他吃住在家里。他干活的场地设在餐厅。每天施家人上班后，汪洋就开工，等他们回来了，他就停下来。汪洋怕施家人嫌屋子脏，因此，每天在施家人回来前，他就提前把刨花和锯末都装到麻袋里，把屋子收拾干净。同时，他也特别注意自己的个人卫生，生怕施家人嫌弃自己邋遢。他不但早晚洗漱刷牙，而且每天临睡前必须洗脚，内衣和袜子更是换得特别勤。另外，无论施家有什么活，他都抢着干，且从不多言多语。他的细心和懂事，赢得了施家人的好感。

当时的知青办权力非常大，企业招工或是知青返城安排工作，都由知青办说了算。可以说知青办手里，操着知青的生死大权，决定着每个知青的命运。别看施瑞林只是知青办的副主任，却是个举足轻重的人物。由于他的资历老，性格又耿直，他说的话或做出的决定，就连那个靠造反起家的主任也不敢轻易更改。所以，登门来求他帮忙的人很多。求人帮忙就难免送礼，但是他为人正直，不肯收取钱财，至于一些老部下、老朋友送的烟酒或土特产等，他也就只好勉强收下。故此，他家的烟酒和土特产享用不尽。

每到星期天或节假日，登门到访的客人很多。按照丁阿姨的吩咐，当他们在家休息时，汪洋就停下木工活，换上干净衣服，同施家人一道休息。他除了抽时间到何家去探望或陪施家人出去游玩，有时也独自去逛街，日子比较清闲，心情也很愉快。

汪洋在施家的这段时间，饱尝了山珍海味，什么飞龙、野鸡、熊掌、罕鼻子，还有龙虾、螃蟹、大马哈鱼等都有。有些东西，他以前别说是吃，就连听都没听说过。他在施家增长了许多见识，在与施家人交往的过程中，也学到了许多宝贵的社交经验。

汪洋用了两个多月的时间，使出了浑身解数，精心细做，为施家制作了大衣柜、五斗橱、高低柜、写字台，四把椅子、一个橱柜、两张双人床、一张单人床、一对沙发和一个茶几。沙发很完美，沙发面是黄绿格相间的竖麻绒，显得既高贵又典雅。待到何强刷完油漆，家具的质量显得更加优良，家具的表面清晰，都可以照出人影来。汪洋重新铺设了室内的地板，地板上刷了三遍铁锈红颜色的油漆，然后又打上一层蜡，地板的光洁度甚至不亚于桌面。而后，他又重新粉刷了房屋。望着装饰一新的居室，施瑞林和丁阿姨非常满意。

在竣工时，施瑞林嘱咐丁阿姨做了一桌好菜，特意把何强及其父母请来。他和何书峰、何强喝白酒，丁阿姨陪着李淑贤喝果酒，并为汪洋拿出一瓶竹叶青，一再劝他喝酒。汪洋盛情难却，只好顺从地喝了一杯。施瑞林却不肯答应，又劝他喝了三杯，方才罢手。由于相处的时间长了，施家人与何家人十分融洽，彼此间不再感到拘束，尤其是施玉芬对何强特别有好感，在酒桌上不避嫌地为他夹菜。两家人都看在眼里，笑而不语。施玉梅却忍不住调侃道："姐姐，你也忒偏心了吧！汪洋哥出了那么多力，你也不给他夹点菜，何大哥只不过刷了几回油漆，你就一再给他夹菜，真让人想不明白。"

施玉芬听后，脸色一红，不好意思地瞪了妹妹一眼，说："你赶紧吃饭，瞎说啥！我是离何大哥近，出于礼貌，顺便给他夹了点菜。如果你看着气不过，你就给汪洋夹菜好啦。"

"我不像你那么大方，刚见几次面，怎么说也得含蓄点儿啊。"施玉梅反唇相讥。

"就你那德行，还知道含蓄？说不定背后比我还大方呢！"施玉芬故意把话头往妹妹身上引，以此分散大家的注意力。她们的说笑，引来众人一阵开怀大笑。

施玉梅只有十六岁，还是个高中学生。她个头高挑，长相漂亮，性格开朗，心地善良，活泼好动，还喜欢开玩笑。汪洋知道她的性格，根本不介意她说的话，只是当作玩笑而已。她晚上时常到弟弟的房间听汪洋讲故事，随着时间的推移，她对汪洋的好感逐渐演变成了崇拜。他才比自己大几岁，知识却那么丰富，知道的事情那么多，讲起故事来绘声绘色地，非常动听。施玉梅情窦初开，正处于天真浪漫、无忧无虑的花季，对未来充满了无限美好的遐想！汪洋渊博的知识和优良的品质，在她的少女情怀中留下了难以忘怀的印迹。

经过两个多月的朝夕相处，汪洋与施家人建立了深厚的友谊，结下了不解之缘，也因此彻底改变了自己的命运。更让他意想不到的是，在友谊的温床上，也同时播下了爱情的种子，若干年后，他竟收获了人生最美好的姻缘。

忙完了所有活计之后，汪洋离开了施家，继续做木工赚钱。他在忙碌之余，时常想念表哥江群，不知道是什么原因，表哥一直没有跟他联系。如今，自己的事情有了着落，他就利用空暇时间，按照表哥留下的地址，满怀欣喜地前去探望，没想到却扑了个空。汪洋经过多方打听，得知表哥早已离去，至于具体去向和详情，却不得而知。无奈之下，他只好怏怏而返。

寒来暑往，春去秋来，转眼又是收获的季节了。在严寒即将到来之际，家家户户都在储备越冬的蔬菜。在国庆节期间，汪洋特意停了几天工，先后帮着何家和施家购买了土豆、白菜、大萝卜、胡萝卜等，还帮着他们渍酸菜，忙得不亦乐乎。

如今，施家人已把他当成家庭中的一员了，他在施家也很随便，早已没有了当初的拘束感。他在施家十分受欢迎，尤其是玉树和玉宇，见面就缠着他不放，施玉梅也在背后一再撺掇，他们就更加来劲儿了，天一晚就留他住下，就是为了听他讲故事。施瑞林和丁阿姨对此也听之任之，从不干涉。

有一天，晚饭之后，玉树兄弟又像往常一样，拉着汪洋的手要他到房间去讲故事，却被施瑞林给制止住了。他摆着手对儿子说："你们别闹，先出去待一会儿，我和你汪洋哥有事要说。"施瑞林在家中有绝对的权威，他的话就是圣旨，从未有人敢反驳。兄弟俩顺从地乖乖离开。

丁阿姨在厨房收拾卫生，屋里只剩下他们俩。施瑞林对汪洋说："汪洋，你的户口已经差不多了，估计元旦前准迁证就能批下来了。不过，我今天不是说户口的事，而是想征求你的意见，是否愿意当兵？"

"当兵当然好啦，可是我能去吗？"汪洋原本以为只是说他的户口问题，没想到却是让他去当兵，故此他惊喜地问道。

施瑞林用十分肯定的口气说："能去，我就是地区征兵办公室副组长，而且前来招兵的是我的老部队。只要你同意，我和部队的领导说一声就行，你连体检都不用，直接就可以发军装入伍了。根据你的性格，是个当兵的料，你到部队好好磨练一下，将来会非常有前途的。假如你不想长期留在部队，服役期满后就可以复员。凭我在部队的关系，最起码也能保你入党、提干，而且复员后工作任你挑选，想到政府机关或公安局都没问题。”

“姑父，说心里话，我做梦都想当兵。可我的家庭出身不好，当兵的政审又严，我怕通不过部队的政审，担心一旦被人查出来，会给您惹麻烦。”汪洋以前一直没对施家人提起自己的出身，他不是故意隐瞒，而是羞于说出口，此时到了关键的时候，他只能实话实说了。同时，他还有一个顾虑，就是他的户口还没解决。他怕自己去当兵，万一这两年再有什么变故，户口的问题落空了，那岂不是前功尽弃了。

“我没想到还有这码事，哎，该死的成分可真是害死人！不过你别急，我再想想其他的办法，实在不行就帮你重新建档案，把姓名和家庭出身都改了，这样就可以应对政审这一关了，只要你严格保密就一定没事。”施瑞林颇感意外，但他还是尽自己最大的努力帮忙。

“姑父，谢谢您的关爱，我怕万一出事，岂不是连累您了。我看还是放弃吧。我想好了，无论什么行业，只要勤奋努力，都会有出息的。”

“你说的也有道理。不过，说句心里话，你不当兵真是可惜了。”施瑞林有些惋惜。

这次当兵对汪洋来说，是一次绝佳的机会。假如他当初能到部队当兵，凭他的实干精神，加上施瑞林的关照，他一定会在部队有所作为的，而他的人生轨迹也会截然不同。但处在当时的情况下，他最关心的还是户口的事情，根本无瑕顾及仕途上是否有发展，所以他只能忍痛割爱。

在人生的道路上，经常会有幸运之神降临，会碰到许多意想不到的机遇，但是由于条件的限制，只能眼睁睁地选择放弃。命运有时竟会开玩笑，同时把两种选择摆在你的面前，无论你如何选择，都将为你留下这样或那样的缺憾。人生就是如此，充满了无奈和未知的变数。

呼啸的北风伴着漫天飞舞的大雪，寒冷的冬季再次来临。素有高寒禁区之称的大兴安岭气温骤降，已经达到零下三十多度了。

由于汪洋制作的家具备受亲朋好友的青睐，这段日子，找他做家具的都是与施家有关系的熟人。这天下午三点多，他在丁阿姨的同事家做家具，正当他乒乒乓乓地低头干活时，房门突然被推开了，施玉梅夹带着一股冷气走了进来。施玉梅身穿米黄色棉袄，黑色筒裤，脚穿军用女皮靴，戴一副军用皮手套，脖子上围着一条红围脖，扎着马尾辫，脸冻得红扑扑的。她长长的眼睫毛衬托出两只美丽的大眼睛，犹如清澈的泉水。她进门就笑着抱怨说："你可真实在，累得直出汗也不知道休息一会儿。"

汪洋放下工具，没有理会她的责备，而是搬了一个干净的凳子让她坐下，然后笑着问道："这么冷的天，你来有什么事吗？"

"咋的，非得有事啊！没事就不能来看看你？"施玉梅调皮地笑着说。

"我不信，如果没事，你会顶风冒雪的特意来看我？"汪洋揶揄地笑着说。

"不信拉倒，我就愿意顶风冒雪的来看你，显得心诚啊。"施玉梅晃着头，故意气他。

"别闹了，快说什么事吧。"汪洋听她说的过格，不敢接她的话茬，而是正色问道。

施玉梅却不理会他态度的变化，依然顽皮地说："我大冷天来看你，你就这个态度，太没良心了吧！"

"好、好，我错了，谢谢你来看我，这样总行了吧。"汪洋知道和她逗嘴不是对手，急忙点头认错。

"恩，这个态度还差不多。我是受爸爸的委托，让你晚上回家，好像是什么准迁证的事。"施玉梅得意地对他说。

"啊，那可太好了，你先回去吧，我一准回去。"汪洋兴奋地说。

"我早就知道，一说完正事，你准撵我走，真没良心。"施玉梅假装生气，瞪了他一眼，撒娇地抱怨。

"对不起，你别生气，我不是撵你走，我还有点活，必须抓紧干完了。"汪洋见她生气，赶紧向她解释。

"你以为我真生气？我是逗——你——玩——"施玉梅得意地拉着长声，发出银铃般的笑声，出门而去。

汪洋望着她那美丽的身影，心中涌起了一阵甜蜜的涟漪。过了许久，施玉梅那银铃般的笑声还在他脑海里回响。他从施玉梅联想到柳霞，心想如果柳霞在自己身边该有多好啊！她一定会为自己高兴，分享自己成功的喜悦的。

剩下的两个小时里，汪洋就像一头饥饿的猛兽眼看着猎物来到了嘴边，一种即将成功的喜悦，搅得他心神不宁，坐立不安。自己一年多所遭受的种种磨难，如今终于有了回报，真是苍天不负有心人。一种难以抑制的渴望和冲动，强烈地刺激着他那脆弱的神经，他的心理承受能力几乎达到了极限。他时而想笑，时而想哭，始终处于亢奋状态。

晚上，他无心吃饭，撂下手里的活计，连工具都没顾得上收拾，匆忙赶到施家。施家恰好在吃晚饭，丁阿姨关切地让他吃饭，由于没有食欲，他谎称已在雇主家吃过了。施瑞林正在喝酒，点头与汪洋打招呼，然后继续喝着，表情和往常没有区别。汪洋心里有些没底，甚至怀疑是不是顽皮的施玉梅在搞恶作剧，编谎话戏弄他。为了掩饰自己失望的表情，他来到玉树兄弟的房间，随手抄起一本放在床柜上的书，心神不宁地胡乱翻看着。

玉树兄弟吃完晚饭，急忙跑回屋来央求汪洋讲故事，施玉梅也凑过来旁听。汪洋心里有事，根本无心讲故事，但推辞不过，只好勉强答应了。他稳定了一下心神，心不在焉地讲了起来。他一边讲，一边留意着屋外的动静，生怕漏掉施瑞林叫他的声音。由于心里有事，无法静心，故事讲的情节紊乱，前言不搭后语，毫无逻辑性，听的姐弟三人索然无味，几乎失去了耐心。施玉梅则不断地挑着毛病，责备他不专心。

就在这时，屋外传来了陌生人说话的声音。汪洋停住话头，询问施玉梅来访者是何人。施玉梅让玉宇去看看，玉宇答应着推门出去。他很快就返回来了，说是公安局的刘叔叔。汪洋以前曾听丁阿姨说过，刘叔叔是施瑞林的老部下，答应帮忙为他办户口。此时汪洋不由得心中一喜，知道他是为自己的事情而来，顿时松了一口气。施玉梅早已猜出他的心思，知趣地劝弟弟不要缠着汪洋。她一边和他低声说话，一边关注着父亲的动静。

大约过了半个多小时，屋外传来了刘叔叔起身告辞的声音，施瑞林送走了客人，转身回到屋里。走到餐厅时，他冲着儿子的房间叫道：“汪洋，你过来一下。”

“哎，来啦——”汪洋嘴里痛快地答应着，人已随声来到了施瑞林的房间。

汪洋进屋后，一眼就看到沙发的茶几上有一张折叠的纸，他已猜想到这就是他的户口准迁证。果不其然，丁阿姨面带喜色地让他坐下，施瑞林顺手拿起那张纸，面带笑容地递给他，说：“你刘叔叔刚才把准迁证送来了，你收好了。”

“谢谢姑姑、姑父，你们对我的恩情，我终生难忘，以后我一定会竭尽全力报答你们的！”汪洋手捧着梦寐以求的准迁证，心情无比激动，双手微微颤抖，说着发自内心的感谢话。

“汪洋，我们一直把你当成自己的孩子一样看待，你怎么还这么客气呢？”丁阿姨笑着纠正他的话。

“姑姑，您批评的对，我一高兴就不知该说什么好了。我今后一定要像儿子一样孝顺您二老。”汪洋急忙认错。

“哎，这就对了，报答不需要了，但孝顺还是应该的。”丁阿姨对他的回答十分满意。

“你抓紧时间回家一趟，尽快把户口迁过来，我找机会给你安排工作。”施瑞林特意叮嘱他。

“行，我把手里的活干完就启程回去。”汪洋小心翼翼地把准迁证放进了贴身的口袋里。

“姑姑、姑父，我今天就不住这里了，我想去舅舅家告诉他们这个好消息。”汪洋征求他们的意见。

“行，你就快去吧，免得他们惦记你。”丁阿姨理解地说。

从施家出来后，汪洋抑制不住内心的激动，几乎是一路小跑来到了何家。他进门后，急忙告诉舅舅、舅妈，以及何强、何敏等人这个好消息，并掏出准迁证给他们过目。何家人当然都为他感到高兴，唯有何娟撇着嘴不屑一顾地说：“一个破准迁证就把你们乐成这样，好像拣了金元宝似的。”

“小娟儿，你怎么说话呢？这孩子越大越不懂事了！”舅妈生气地数落道。

以往遭到何娟的奚落时，汪洋总是采取忍让的态度，尽管心里难受，却从不跟她计较，可今天他却有一种解脱的感觉。他不但不生气，反而笑着和她调侃：“娟妹妹，在你的眼里，准迁证不是什么好东西，可对我来说，这却是改变命运的救命符，比金元宝还金贵呢。”

何家人依次看过准迁证，又交到汪洋的手中。舅妈关心地问他：“你打算什么时候回家去迁户口？”

“还得十天八天的，我必须把丁阿姨同事的活干利索了，中途停下多不礼貌啊。”汪洋为难地回答。

“我看你还是好好跟人家解释一下，及早启程回家。这件事宜早不宜迟，早办完早省心，以免夜长梦多。”何强向汪洋提出忠告。别看他年轻，考虑事情却很周全。

汪洋觉得他说的有道理，当即决定采纳他的建议。他打算明天就去跟雇主解释一下，先把活儿停下来，及早回家去办户口。

晚上，由于汪洋的心情过于兴奋，导致他无法入眠。他躺在炕上，翻来覆去想着心事，许多难以忘怀的往事在他脑海中不断涌现。他从挨饿的童年，想到了父母的艰辛，从上学受歧视，联想到苦涩的初恋，以及自己愤然离家出走，来到大兴安岭所遇到的酸甜苦辣。

如今自己总算可以扬眉吐气地回家，在亲朋好友面前好好的风光一把，让所有瞧不起自己的人看看，自己终于凭着自身的努力，解决了农转非户口的问题了。对于现在的他来说，工作更不成问题，可以说是信手拈来，如探囊取物般轻松。这下看柳家人还有什么可说的，不主动把柳霞送给我才怪呢，他十分自信地想着。他恨不得插上翅膀，一下子就飞回故乡，与亲人共同分享自己的快乐。

第二天，汪洋早早来到雇主家，他没有对雇主讲出实情，而是谎称家中有急事，需要回家一趟，可能要耽搁几天工期。尽管雇主心中很不情愿，但碍于丁阿姨的面子，只好同意了。

于是，汪洋利用上午的时间把零星活干完，把屋子收拾利落。下午，他到农贸市场购买了一些山货。他回到何家，收拾好随身携带的衣物。何敏告诉他过两天她出乘，但汪洋此时归心似箭，等不得乘坐何敏的免费车了。他向何敏问清车次，连夜赶到车站，兴冲冲地登上了回家的列车。

第七章

好事多磨

列车行驶了近二十个小时，傍晚时分，终于到达了汪洋的家乡。他怀着一种功成名就的喜悦，随着下车的人流在检票口前排队，准备出站。就在这时，他竟在接站的人群中，意外地看到了柳霞的身影。她是如何知道自己回来的消息而前来接站呢？尽管心存疑惑，但久别重逢的喜悦让他感到特别的激动，一股幸福的暖流涌上心头。他刚想大声呼喊，却发现柳霞快步走向一个刚下车的高个小伙子。她伸手接过对方的背包，亲热地拉着手。汪洋被眼前的这一幕惊呆了，他简直不敢相信自己的眼睛，怀疑看错了人。他不由自主地往前走了两步，用手揉了揉眼睛，想仔细地看清楚。可现实就如此残酷，借助检票口的灯光，他把眼前的一幕看的千真万确，那正是自己日思夜想的初恋情人，而那个男子他也看清楚了，是他同学单涛的弟弟单利。他瞠目结舌地僵在那里，眼睁睁地看着柳霞挽着单利的胳膊离去。这意外的发现，证实了姐姐说的话，也彻底打破了他的幻想。他万万没有想到，自己日夜思念、青梅竹马的恋人，竟然如此薄情寡义，枉费了自己的一片苦心，也辜负了自己的深情厚意。这突如其来的打击，犹如一盆冷水浇在他的头上，他的心凉到了极点，满怀的喜悦之情顿时消失的无影无踪。他的心中，犹如打翻了调料瓶，五味杂陈。

他像被人施了定身法，呆呆地站在那里，一直目送柳霞的身影消失在远处的黑暗中，方才打起精神，一步捱一步地挣扎着往家挪。从车站到家三百米的距离，他竟用了十几分钟，这是他平时两个往返的时间。

他强忍心中的痛苦，推开家门，发现家中来了很多亲朋。细问之下，方知家中恰好杀年猪。正在喝酒吃饭的父母和亲人们对他的突然归来颇感意外和高兴，母亲更是喜极而泣，用衣角抹着眼泪。年长的亲戚则关切地询问他在外边混的怎么样。汪洋没有多说话，而是从贴身口袋里掏出户口准迁证。

父母和亲朋好友的惊讶程度不亚于一次小型的地震。他们一边欣喜地传看准迁证，一边对他大加赞赏，纷纷夸他有能力、有出息，没有在外边白混，终于靠自己的本事办成了常人难以办到的、足以改变一生命运的农转非户口的事情。

亲人们众星捧月般地把他让到饭桌前，轮番向他劝酒，表示祝贺。汪洋因为看到柳霞背叛自己的一幕，十分苦痛，同时受父母和亲朋的喜庆情绪所濡染，带着失恋的痛苦，赌气般地大口吃肉。杀猪菜肥而不腻，香味四溢，他一边吃着，一边频频与亲朋把酒对饮，直到喝的醉眼朦胧，步履蹒跚，依然不肯罢手。他之所以这么喝酒，一是回到家里心情彻底的放松了，想释放一下压抑已久的感情，二是被亲友夸的有些飘飘然，三是因为柳霞的背叛，心中痛苦而借酒浇愁。他喝得酩酊大醉，把身不牢，被人搀扶到床上，呼呼大睡，亲朋好友方才散去。

翌日，当他从睡梦中醒来时，已是早上八点多钟。由于宿醉未醒，他觉得头疼脑胀，昏昏沉沉，脚底发软。刷牙时，感觉一阵恶心，直想呕吐，他只好草草洗漱完毕，吃了一碗稀粥，又重新躺到床上。

父亲征求了他的意见后，带着准迁证，出门前去派出所，为他办理相关的户口迁移手续。

中午时分，父亲在全家人的期盼中回到了家。进屋后，他的脸上非但没有笑容，反而露出愁苦的表情。母亲见状忙问：“事办完了吗？你怎么不高兴呢？”

“别提了，人家派出所不同意迁户口，你说我怎么能高兴的起来啊！”父亲沮丧地说。

“他们为什么不同意，你没和他们好好说说吗？”母亲焦急地说。

“我好话说了三千六，人家管户籍的倒是没说什么，就是派出所所长不同意，我有什么办法。”父亲无奈地说。

汪洋听闻父亲的话，不由得大吃一惊，一下子从床上爬起来，急忙对父亲说：

“他们不同意迁出的理由是什么？难道准迁证有问题吗？”

“他们说准迁证没有问题，因为咱们家是农村户口，发来的准迁证是城镇户口，他们说不合符手续，所以不给办理。”父亲照着派出所的解释答复。

“那可怎么办啊！如果办不成，岂不是白费力了。”母亲六神无主地自言自语。

“爸、妈，你们先别着急，只要准迁证没有问题，就没什么大不了的。咱们托人去派出所了解一下具体情况，再想想其他的办法。”汪洋虽然心里着急，但更怕父母着急上火，故作镇静地劝解道。

于是，父亲发动了所有的关系来疏通，并找到了派出所所长，可所长李仪却始终坚持原则，说什么也不肯办理。汪洋在万般无奈之下，只好返回大兴安岭去求助，看施瑞林能否有什么好办法。

汪洋做梦也没想到竟会出现这样意想不到的结果，眼看成功在望，却节外生枝，一切努力都付之东流。经历了先喜后忧，功败垂成的打击，他忍受着从成功到失败的逆差，承受着心理上的巨大压力，真是乘兴而来，败兴而去。汪洋默默地收拾着行装，父母为他准备了芸豆、粟米等土特产。全家人的脸上都布满愁云，情绪低落到了极点，一种失望和惋惜的气氛笼罩在他们的心头。

汪洋一路上心情沉重，郁郁寡欢，暗自为自己的坎坷命运鸣不平。为什么有的人命运那么好，事事如意，一帆风顺，而自己却命运多舛，饱受苦难，连遭打击？！命运为什么如此不公！难道自己付出的努力和艰辛还不够吗？难道自己就是命中注定没有工作，注定要在农村受一辈子苦吗？我不相信命运不能改变，也绝不屈服于命运的摆布，我要与命运抗争到底，决不放弃！若不成功，唯有一死而矣！

因为承受着巨大的心理压力，汪洋在车上既没有吃喝，也没有闭眼休息。下车后，他拖着疲惫的脚步，来到了何家，心情沮丧地把事情的大致经过讲给他们听了，何家人也为他感到惋惜。汪洋把从家中带来的土特产一分为二，准备给何家与施家各一份，可是二舅妈却百般拒绝，不肯收下。她心情沉重地说：“孩子，你不用想那么多，咱们还得求施家人办事，你把东西都送给施家吧。只要把你的事情办妥了，我比吃什么都高兴。”

舅妈的话，说的汪洋心里热乎乎的，他带着全部的土特产来到施家。见到施瑞林后，他把事情的来龙去脉详细地述说了一遍。施瑞林听后，点了一支烟，边吸边说道："怎么会这样呢？按说他们没有理由不给办理啊！别说咱们发的准迁证没有问题，即使有问题也与他们无关啊。你别着急，没什么大事。你们县委谭书记是我的老战友，我给他写封信，一准没问题，你就放心吧。"

施瑞林的话让汪洋吃了一颗定心丸，他的忧虑顿时减轻了许多，心中重新燃起了希望。他把这个好消息告诉给何家，何家人也为他感到高兴。

第二天晚饭后，施瑞林把汪洋叫到屋里，交给他两封信，自信地告诉他说："这两封信你收好，一封是我写给你们县委谭书记的，另一封是你刘叔叔写给战友的，他的战友是你们县公安局的王副局长。你回去以后，先去找王副局长，据我的推断，只要找到王副局长，这事儿就能办妥，万一实在不行，再去找谭书记。这次我保你万无一失。"

汪洋接过两封信，口中连连称谢："谢谢姑父，让您为我操心啦！"

"你这孩子，谢啥！咱们父子爷们之间，还客气什么？"施瑞林慈爱地笑着说。

汪洋怀揣着两封救命的信，满怀希望地再次踏上回家的列车。在车上，他忍不住偷看了两封信。施瑞林写的信内容是这样的：

想念的老战友：

近来身体还好吧。上次给你捎去的鹿心血，不知对你的心脏是否有疗效。老伙计，你千万要注意休息，保重身体，不要把革命的本钱赔掉。你要是敢背着我去马克思那里报到，我可轻饶不了你。

老伙计，我有个表侄是你的臣民，我安排他到我处工作。他回去办理农转非户口，事关孩子的前途，特写信给你，请你关照一下，帮忙解决问题。

有时间来玩，咱们再比试一下，看谁的枪法准，谁打的猎物多。

代问嫂子及孩子好！

施瑞林　草於家中

刘叔叔的信写的比较简单。

老弟：

近来一切均好吧！今有一事相求。我有一个亲戚回乡办理农转非户口，手续健全，但是不知何因，当地派出所不予以办理，望你过问一下，帮忙办理。

兄 刘西尧

汪洋虽然觉得自己偷看信件的行为不光彩，但事关自己的命运，他也顾不得那么许多了。看完信后，他的心里更加有底了，因为从信中的内容可以看出他们的关系不一般，他们一定会真心帮忙的。

回到家后，他把施瑞林的话向父母转述了一遍。父母听闻，脸上的愁云顿消，心情也敞亮了许多。

第二天上午，汪洋和父亲来到公安局，找到了王副局长的办公室。汪洋轻声地敲门，随着屋内传来的请进的声音，汪洋和父亲推门而入。屋内有一张写字台、一个书柜，墙上挂着几面锦旗，靠墙边有一个长条椅子。写字台旁坐着一位四十多岁，身材魁梧、长相英俊的警官。

"请问您就是王局长吧？"汪洋礼貌地上前问道。他为了表示尊重，故意去掉了"副"字。

"我是，请问你有什么事？"警官用眼打量着，客气地问他们。

"王局长，您好！我是大兴安岭公安局刘西尧的亲戚，这是他捎给您的信。"汪洋说话的同时，从怀里掏出信，双手递过去。

"哦，是刘兄的亲戚啊，快请坐。"王副局长接过信后，立刻转变了态度。他起身，热情地为他们父子让座，然后才坐下来看信。

王副局长看完信后，又把准迁证要过去看了一下，然后说道："准迁证没有问题，你说一下具体情况。"

"派出所所长说我是农村户口，不符合户口迁移条件，坚持不给办理。"汪洋如实说道。

"乱弹琴，办的就是农转非户口，怎么说不符合条件呢？你们先坐一会儿，我去打个电话。”王副局长说完，起身到隔壁房间去打电话了。

汪洋随后也跟了出去，他站在门外，侧耳细听他们打电话的内容。只听王副局长对着话筒说：“李所长吗，我是王成杰。我想问一下，汪洋的户口迁移为什么不给办？难道是他的准迁证有问题吗？”

对方回答的声音太小，汪洋无法听到。只停留了一分钟后，王成杰的声音再次响起：“既然准迁证没有问题，人家办理的又是农转非户口，咱们有什么理由不给予办理呢？”

可能是对方解释原因，王成杰又停了一会儿，然后又接着说：“你不要管那么多，人家是通过正常渠道，又不违背户口管理政策。咱们履行的是正常手续，即使将来有什么问题，也是由对方负责，与咱们无关。你抓紧时间办理一下，把结果告诉我。”

汪洋听到这里，知道大功告成了。唯恐王成杰出来看见他，他急忙转身，返回屋内。

王成杰很快就回到了屋内，坐在椅子上，对他们父子说：“我已经跟所里说好了，你下午就抓紧时间去办理吧。”

“谢谢，谢谢，真是太感谢您了！”父亲激动地站起身来，连连点头，表示感谢。

“王叔叔，给您添麻烦了，谢谢您的帮忙。”汪洋上前与他握手，并表示感谢。

“你们不必客气，我和刘西尧的关系是多个脑袋差个姓，理应帮忙，再说，又不违背原则。你回去后代我向刘西尧问好，让他有时间过来玩儿。”

“一定代到，一定代到！王叔叔，我们就不打扰您了。”汪洋拉着父亲与王成杰告辞。王成杰起身把他们送到门口，与他们握手告别。

为了稳妥起见，汪洋通过熟人，打听到户籍民警秦德凯的家庭住址，趁着中午的时间，他带上一包木耳和一包猴头菇来到户籍民警的家。他向秦德凯说明了来意，秦德凯告诉他，由于王副局长的介入，李所长已经通知他给予办理了。汪洋说了一些感谢的话，并留下山货。秦德凯一再推辞，汪洋放下东西就走了，秦德凯追到门外，见他走远，只好被动地收下了东西。

下午，刚到上班的时间，汪洋就来到了派出所。他径直来到户籍室，秦德凯热情地为他让座，并破例为他泡了一杯茶水，然后着手为他办理户口迁移的手续。在填写家庭成分时，他不知是有意还是无意，没有在成分一栏中写上“右派”，而是用笔轻划了一道斜横。这一横大有讲究，如果是在原户口簿上，根据户主的家庭成分，划横道表示与户主等同。如今他单独迁出，这样体现不出家庭成分，除非通过外调才能了解到真实的情况。汪洋当时心中暗自窃喜，日后他在填写履历时，也依此画葫芦，故意混淆事实，以达到隐瞒家庭成分的目的。这一招果然奏效，在参加工作后，他受益匪浅。由于没有家庭成分的羁绊，在政治上他免遭歧视，工作上深受领导的重视。

从派出所出来后，汪洋脚步轻盈地走在家乡的街道上。他觉得眼前的街道变窄了，两旁的房屋变矮了，脚下的路也变短了，甚至觉得天空也低了许多。他高兴地哼着歌曲，心中的喜悦之情无以言表，他对未来充满了无限的憧憬！此时，他就像羽翼丰满的雏鸟，渴望到辽阔的天空中展翅飞翔。

在汪洋为户口问题而往返奔波时，一年一度的征兵工作再次开始。尽管柳刚下乡时间不足两年，但由于他表现突出，领导破格批准他报名参军。当兵的体检工作非常严格，柳刚虽然对自己的身体很自信，但为了确保万无一失，他还是提前托人到医院进行了全面检查。体检的结果让他喜忧参半，身体的各个器官均属正常，但是血压却偏高。柳刚担心无法通过体检这一关，就四下打听有关降血压的办法。有人告诉他说吃苹果降血压，还有人说喝醋管用。柳刚是事急抱佛脚、有病乱投医，不管这些办法是否科学，一律采纳。他每天坚持吃苹果、喝醋。在体检的前一天，他到医院一量血压，没想到竟把血压弄低了。他情急之下，又忙着讨升血压的办法。有人告诉他喝红糖水和跑步能够提升血压，他又一律照办。

在体检前，他早晨喝了一碗红糖水，又跑步到医院，在排队等待体检时，他患得患失，担心血压再升高，就急忙跑到附近的国营饭店，向好心的服务员要了半碗醋，一口气仰脖喝了下去。他怀着惴惴不安的心情接受了体检，直到他看到医生量过血压，在体检表上写下“血压正常”，他那颗一直悬着的心才落地了。

柳刚最终如愿以偿，被批准入伍当兵。在等待出发的日子里，亲朋好友都纷纷向他表示祝贺，并送礼物留念。汪洋自从无意间发现柳霞和单利的关系后，伤心地没有再登柳家的门，如今好友当兵远行，于情于理他都应该前去表示祝贺。于是，他花了二十四元钱买了一双皮鞋，又买了一个绸缎面装饰的精致的笔记本。他在笔记本的扉页上题诗一首：

青山常在，
绿水长流。
朋友之谊，
万古千秋。

汪洋把礼物送与柳刚，并把自己办妥农转非的事儿告诉了他。柳刚特别喜欢他送的礼物，当场就试穿了皮鞋，并大声诵读了笔记本上的题诗。柳霞也亲热地凑过来与汪洋说话。汪洋见到柳霞，仍然难以控制内心的激动，他的心头一阵狂跳，呼吸急促，脸色发红。柳刚见此情形，借故离开，想为他们创造单独说话的机会。汪洋虽然感激柳刚的好心，可在车站所看到的那一幕，让他至今耿耿于怀，甚至觉得恶心。久别重逢的甜蜜和伤心欲绝的痛苦交织在一起，他失去了单独面对柳霞的勇气。他无法原谅柳霞对自己的背叛。自己为她吃了那么多的苦，遭了那么多的罪，没曾想，她竟然移情别恋，无情地抛弃了自己的感情。如今，她以为自己不知情，还在继续欺骗着自己的感情，是可忍孰不可忍！以前，他多么渴望能和她单独在一起啊！而如今单独相聚，却让他觉得特别别扭和尴尬。他无法忍受这种煎熬和折磨，急忙借故起身告辞。尽管柳家人一再挽留他吃饭，可他却头也不回，快速地离开了柳家。

因为急于回去落户，再加上柳霞的原因，汪洋没有等柳刚启程，就返回了大兴安岭。

汪洋下车后，直奔施家。他把户口迁移证及粮食关系交给施瑞林，把事情的经过向施瑞林述说了一遍，并把施叔叔写给谭书记的信原物奉还，说："这是您写给谭书记的信，我考虑事情已经办妥了，就没有去麻烦他。"

施叔叔接过信，放在茶几上，点头夸奖他说："你做得对，既然用不着，也就没必要再把信交给他了。"

汪洋在回来的第二天，便急忙去丁阿姨的同事家，继续给他做剩余的木匠活。他原本对人家说耽误几天，没想到往返了两次，早已过去半个多月了。他们见面后，汪洋急忙解释，由于不得已的原因，耽误了十多天，他真诚地向他们道歉。尽管雇主之前见他一去不回，心里很着急，也向丁阿姨打听过多次，询问他什么时候回来。如今见他态度诚恳，况且已经既成事实了，也就不好意思多说什么了。

俗话说："人逢喜事精神爽。"汪洋解决了农转非户口，没有了后顾之忧，干活也特别有劲儿。本来需要十几天工时的活，他八天就干完了。

为了感谢刘叔叔，汪洋又费时一个月，精心为他家制作了一套家具。距离过年还有半个月的时间，他便决定提前回家了。在临行时，施叔叔为他准备了四瓶酒、两条烟，并把家中的海鸥牌照相机借给了他。刘叔叔也给他拿来两对飞龙，还有木耳、榛蘑等山货。他满载而归，欢天喜地的回家过年。

此时，虽说他还没有工作，但是，最主要的户口问题已经解决，工作已经不成问题了。汪洋一下子变成了焦点人物，家乡父老对他投来羡慕的目光，见面都夸他有出息。汪洋也有些飘飘然，整日炫耀地挂个照相机，出入于亲朋好友家，为其照相。他的虚荣心得到了极大的满足。

除夕，他用从大兴安岭学来的厨艺，兴致勃勃地做了一道飞龙汤。虽然他学艺不精，只是依据基本要领，依样画葫芦。但家人第一次喝到飞龙汤，都齐声夸奖飞龙汤味道鲜美。汪洋告诉家人，飞龙鸟是珍稀的鸟类，属于国家二类保护动物，当年是供奉慈禧太后的贡品，寻常老百姓根本就吃不着。

由于柳刚当兵，远离家乡，不能回家过年，汪洋年前给柳叔叔送去了一些山货，初一又登门拜年。尽管柳霞对他的态度很亲热，汪洋却对她很冷淡，他现在已经决定放弃这段感情了。柳霞对他依旧心存好感，尤其见他如此风光，更是旧情难忘，她几次借故到汪洋家，想和他单独谈谈，可汪洋总是故意躲开。

后来，他觉得躲避不是办法，不如快刀斩乱麻，当面和她说清楚，来个彻底了断。于是，在一个黄昏时刻，当柳霞再次找他时，他没有躲避，而是对她婉转地说："柳霞，我明白你的意思，但是我们之间天南地北的，是根本无法走到一起的，我劝你还是忘了我吧。"

"汪洋，请你相信我，我对你的感情是最纯真的。距离远怕什么，不管你走到哪里，我永远都不会背叛你的。”柳霞动情地表白。

汪洋几乎被她的真情告白所打动了，可他的脑海里浮现出他曾经看到的，柳霞与别人亲热的那一幕，心里就有一种说不出来的厌恶。男人的占有欲和狭隘使他无法说服自己。他内心深处对她还是有感情的，因而他不忍心说出真相，不想让她难堪。于是，他态度坚决地说：“谢谢你在我最困难的时候，给予我最真诚的友谊，我将终生难忘，我会把你当成亲妹妹。我们当初相爱就是个错误，咱们之间是注定不会有结果的，你还是把我忘了吧。”

“怎么会这样呢？你不是说过一辈子只对我一个人好，永远也不会离开我吗？”柳霞似乎受到莫大的委屈，伤心地质问他。

“那时我们太小，不懂爱情的真正含义，那些话只不过是单纯的戏言而已。如今我们经历了社会的磨练，心理基本成熟了，考虑问题也不再像原来那么单纯了，更不能一厢情愿，不顾现实。我问你一句话，你要如实回答。假如我不去林区，现在还在农村生活，整日与土坷垃打交道，还有可能去干掏厕所之类的脏活儿、累活儿，如果是那样，你还能接受吗？还会坚守当初的誓言吗？”

汪洋的话让柳霞感到很为难。她看了汪洋一眼，嘴唇翕动了几下，最后还是选择了沉默，只顾低着头，双眼下意识地看着自己的脚尖。

“既然你不愿意回答，我也不勉强你了。我们都不是小孩了，无论做什么事，都不可能脱离现实，我家的生活条件你是清楚的，即使我以后参加了工作，也是要尽最大努力去照顾父母和弟妹的。柳霞，现实生活是残酷的，我们的思想意识和思维方式也要随着形势的变化而变化。但是，我们为人处事要讲良心，不能只图自己一时的快乐，去欺骗和伤害他人的感情。”

“汪洋，你这话是什么意思？你是说我不忠于咱们之间的感情，做了对不起你的事吗？请问你有什么证据？”柳霞情绪有些激动，急头白脸地质问。

“若要人不知，除非己莫为。你伤没伤害我，你自己心里有数。咱们都是成年人了，每个人都是要为自己的错误付出代价的。我不想伤害你，更不想让你难堪，我祝你永远幸福。再见！”说完，汪洋转身快步离去，留下了十分伤感的柳霞，独自面对西下的夕阳发呆。

表姑得知汪洋曾与江群旅途相遇的消息，专程来到表兄家，向汪洋打听江群的下落。自从江群离开家后，唯一的线索就是与汪洋在旅途中相遇，然后又给家中写了一封信，告知他已安排了正式工作，并给青梅竹马的女朋友写了一封绝情信，从此便与家里失去了联系。直到年前，他们接到了他寄来的汇款，汇款地址竟是鹤城。不知道他是否遇到了什么大的麻烦，让他如此躲避家人，故意隐瞒行踪。表姑是想看看汪洋是否知道他的下落，结果却得到汪洋也找寻不见他的答复，表姑十分失望。她决定过完春节后，就让表姑父前去鹤城寻找。同时，她一再叮嘱汪洋，回去后要多方打听江群的下落，一有消息马上告诉他们，省的他们日夜牵挂。汪洋自然是满口答应了，同时也劝慰表姑说："表哥的社会经验丰富，轻易不会上当受骗，而且他又汇钱回来，说明他不会有什么大事。他可能是遇到什么不得已的事情，暂时无法回家，相信他日后一定会与家中取得联系的，您尽管放心好了。"姑妈听了他的劝解，觉得他说的有一定的道理，心中的忧虑减轻了一些。

过了正月十五，汪洋起身返回大兴安岭。他一边继续做木工活赚钱，一边耐心地等待分配工作的消息。

第八章

心满意足

在殷切的企盼中，时间过得十分缓慢。汪洋每天都盼望着早一天等来分配工作的消息，以致他无法专心干木匠活。同时，他也暗自下定决心，只要有了工作，他便从此不再干木匠活了。一直等到七月中旬，汪洋终于盼来了分配工作的消息。施叔叔告诉他，有两个分配方案供他选择。一个是留在本地的铁路系统当五七工，另外一个是到林管局所辖的林业局。征求他的意见时，施叔叔特意强调说："留在铁路当五七工，好处是生活条件好，在他们身边，有事能照应，就是转正的机会少。如果到下边的林业局工作，生活条件比较艰苦，但是转正的机会多，凭我的关系，用不了一年半载就能转正，到时候再调回来。你自己考虑一下，想好了去哪里，我给你办手续。"

汪洋一时拿不定主意，就找何强商量。何强思考了一下，然后对他说："依我看，你还是去下边的林业局，先转正了再说，别像小敏似的，在铁路干了两年多了，还没有转正呢！只要转正了，要想调回来，还不是施叔叔一句话的事。"

"大哥，你说的有道理，我听你的，到下边林业局去。可是，这么多林业局，我到哪个林业局去好呢？"汪洋对何强十分信服，故此下定了去林业局工作的决心。

"我看你就去甘河，一是离林管局近，回来方便，二是气候好，一般的农作物都能生长，生活条件相对好一些。"何强认真地分析去甘河的好处。

"行，我就去甘河。"汪洋痛快地答应下来。他之所以欣然同意，还有一个原因，就是表哥江群也在甘河。他去那里工作，还能顺便找寻一下表哥的下落。

按照汪洋的意愿，施叔叔为他办理了去甘河林业局的手续。舅妈为他准备行李，又特意把二舅的羊皮大衣送给了他，以便他冬季抵御寒冷。丁阿姨还送给他一个铺床的毛毡。临行前，施家和何家分别为他举行了欢送酒宴，丁阿姨和舅妈一再叮嘱他参加工作后应该注意的事项。两家的兄弟姐妹对他也是恋恋不舍，浓浓的亲情令他十分感动。

甘河市地处大兴安岭南麓，与松嫩平原相接，是进入大兴安岭林区的门户。甘河市原来只是鄂伦春人的狩猎点，美丽温顺的甘河水像一条洁白的哈达，在境内静静地流淌。故此，在开发大兴安岭林区时，这里因其河流而得名。

由于甘河市背靠茫茫林海，面对辽阔的松嫩平原，这里的温差小、无霜期长，阳光充足、土地肥沃，适合各种农作物生长。国家在开发林区的同时，对农业和地下蕴藏的煤炭进行了合理的开发。由于这里地理条件好、资源丰富，当地政府采取多项并举的政策，仅短短的十几年，甘河市已由原来不知名的小山村发展成一座初具规模的新兴城市。市区内有林业局、农场管理局、煤矿、面粉厂、浸油厂等大型企事业单位，由蒙、汉、回、朝鲜、鄂伦春、鄂温克等十几个民族组成，常住人口多达十八万。

由于施叔叔的关照，汪洋被分配到林业局基建工程处所属的砖厂，能留在甘河市内工作，这是件很让人羡慕的事情。这批知青大多都被分到条件比较艰苦且比较偏远的林场或正在开发中的农场去了，留在市里工作的很少。

汪洋在填写档案时，没有如实填报家庭情况，不但刻意隐瞒了家庭出身，而且还在父亲的工作单位一栏里，填写了父亲下放前的单位。他十分珍惜这份来之不易的工作，这是自己忍辱负重两年，靠自身努力所争取来的结果。面对全新的环境，他兴奋的睡不着觉，对未来充满了无限的憧憬，踌躇满志地准备在事业上施展自己的抱负。尽管如今所获得的一切都有赖于他的木工技术，但此一时彼一时，由于身份和地位的改变，他已对繁重的木工活感到了厌倦。他要把走上工作岗位当作人生的分水岭，要把以前自己所承受的一切苦难通通忘掉，要以全新的面貌展示在同事面前，以免被人轻视。所以，在填写特长一栏时，他写上了喜欢文学，用这个文雅而又受人尊重的特长替代了木工。他的这一做法取得了预想的效果，使他在未来的工作中受益匪浅。

去知青办报到之后，知青们纷纷按照自己分配的单位，登上了迎接的卡车。卡车上插着红旗，车厢上贴着“热烈欢迎知识青年上山下乡”、“广阔天地，大有作为”、“扎根边疆干革命，誓叫全球一片红”等标语。分到砖厂的知青有三十余名，男女各半，前来迎接他们的是位身穿军装、披着军大衣的年轻人。他军装的领口依稀可见领章的痕迹，其装束让人一眼就能看出是转业军人。他自称姓敖，声称自己是砖厂的民兵连长。他拿着花名册，在逐一点完名字后，就招呼知青们上车了。由于他们带着行李，加上前来陪同的家长，车上显得很拥挤。临开车时，敖连长一再嘱咐车上的人把牢护栏，叮嘱司机慢行。好在路途只有两公里，虽然车速很慢，但也只用了十分钟就到达了地处郊区的砖厂。砖厂办公室门前站着欢迎的人群。他们下车后，老员工们纷纷上前帮他们提行李，引导他们来到了寝室。所谓的寝室，只是一个简陋的大房间，用木板钉成了两个相对的通铺，知青们被依次安排了床铺。刚放下行李，敖连长就通知他们去开会。

会场就设在食堂的餐厅，虽然条件简陋，场面却布置得热烈而隆重。餐厅内外贴满了标语，主席台是用餐桌临时搭并的。餐桌上面铺着墨绿色的军用毛毯，主席台上方有一个横幅，写着“热烈欢迎知青战友大会”。横幅下方并排悬挂着毛泽东和华国锋的画像，两边分别竖立着党旗和国旗。

知青们鱼贯而入，坐在会场的前排。会议由砖厂的副书记韩世杰主持。他很年轻，大约只有二十六七岁，个子不高，留着平头，身穿蓝色中山服，上衣口袋里插着一支笔，下衣袋里揣着笔记本，眉宇间透着精明，表情严肃，举止沉稳老练。他首先向新到来的知青表示欢迎，愿他们在工作中认真学习马列著作和毛泽东选集，努力改造世界观，肃清“四人帮”的流毒，争取做一名合格的无产阶级革命事业的接班人。

接下来，单位的团委书记林毓敏和民兵连长敖福成以及老工人代表相继发言，内容和韩世杰所说的大体相似，无非是一些欢迎和勉励的话。然后，知青代表郝妍发言，她声音洪亮，顿挫有致。在学校时，她就担任团委书记。她在发言中表示，一定要向老同志学习，虚心接受再教育，发扬大无畏的革命精神，在新长征路上再立新功。

最后，党支部书记兼厂长黄国臣做总结报告。黄国臣今年四十出头，身高一米七三，五官端正，棱角分明。他颧骨高，眼眶突出，眼睛深邃，眉毛整齐，鼻梁高挺，显得很是精明强干。他身披军大衣，端坐在主席台正中间，讲话之前，端起茶杯喝了一口水，用目光巡视了一下会场上的人群，然后才面带微笑，敞开洪亮的嗓音讲道：

“各位新来的知青战友们，你们好！我代表党支部以及砖厂的全体职工，向你们的到来表示热烈的欢迎，并致以最崇高的战斗敬礼！”

会场上响起了一片热烈的掌声。

“亲爱的战友们，你们的到来，为我们增添了新鲜的血液。我相信，有你们的加入，我们的事业将会蒸蒸日上，前景会更加美好！

“下面，我着重介绍一下我厂的具体情况。我们厂原有职工三十八人，配有汽车一台、胶轮拖拉机一台、推土机一台、柴油发电机一台、制转机两台，主要的任务就是生产红砖。去年我们超额完成了生产任务，并被林业局评为‘优秀党支部’和‘先进集体’。虽然今年的雨量大，对红砖生产造成了一定的影响，但是，有我们广大职工的齐心努力，我们还是有信心圆满的完成生产任务。

“我们砖厂是非常有发展前途的。我们今年不但要完成红砖的生产计划，冬天还要向局里申请采伐任务，我们还可以利用水资源发展水产养殖。距厂房不足一里地，就有一个天然湖泊，水系与甘河相连，只要在入口处建个闸门，就可以修建成一个养鱼池。以前，由于人员不足，限制了企业的发展，如今，你们加入了这个战斗集体，我们就可以同心协力、甩开膀子大干一场了！下面我就详细介绍一下我们的发展规划……”

黄国臣满怀激情地对未来的发展规划讲了一个多小时，为企业规划出了一个美好的蓝图。他的讲话富有感染力，会场上鸦雀无声，大家都听得十分认真，尤其是新来的知青们，更是听得聚精会神，对未来充满了信心。

“……希望你们在今后的工作学习中与老职工搞好团结，互帮互学。老职工要以身作则，搞好传帮带，关心和爱护新知青们的政治前途，帮助他们熟练掌握生产技能，早日成为工作进步、思想先进的革命事业的接班人。最后，我衷心祝愿你们工作顺利、政治进步、生活快乐、身体健康！对你们的到来再次表示最热烈的欢迎！”

他的讲话，再次赢得了全体与会者的热烈掌声。

开完欢迎会，职工们七手八脚地忙着把桌子摆放回原位，新来的知青及其相送的家长们都被邀请到餐桌前就座。老职工们忙得不亦乐乎，有的摆放碗筷，有的帮忙往桌上端菜。食堂管理员搬来一箱河北产的武邑大曲，由于这种白酒度数高，酒劲大，人们喝后经常头痛，再加上酿酒的主要原料是地瓜，所以人们俗称它“地瓜蒙”。但是，在那个物资匮乏的年代，这种酒也是紧俏商品，管理员在每桌上放了两瓶。由于食堂提前做好了准备工作，还有一些职工帮厨，所以菜肴很快就端了上来。饭菜很丰盛，猪肉炖粉条、小鸡炖蘑菇、牛肉炖土豆以及红焖鱼等，另外还有手把肉。厂领导为了欢迎他们，特意杀了一只羊。

各级领导热情相劝，家长和大部分男知青都不同程度地喝了酒，甚至有些女知青也端起了酒杯。汪洋自然是会喝酒了，他毕竟在社会上闯荡了两年，有一定的社会经验了。他知道人与人交往，第一印象非常重要，也最为深刻。初次见面留下的印象，三五年都难以改变，因此，第一印象的好与坏，往往能够决定一个人的前途，即使通过长时间的深入了解，会改变原有的印象，但却时过境迁，为时已晚了。自己现在是刚参加工作，必须给单位的领导和老职工留下一个好印象。所以，任凭其他人如何相劝，汪洋都声称不会喝酒，滴酒不沾。其他新来的知青却没有那么多顾忌，他们喝得很高兴，有的甚至喝醉了，被人搀扶着离开了餐桌。

饭后，餐厅里一片狼籍，酒足饭饱的知青们纷纷返回寝室收拾自己的床铺去了。汪洋却主动留下来，帮着食堂的工作人员清理餐厅，然后又帮着刷洗餐具，一直跟到所有工作都做完了，他才离开。他的行为给相关领导和老职工们留下了深刻的印象。他用自己的经验和智慧，赢得了大家的好评。

他回到寝室时，知青们都已安顿好了各自的床铺，正在相互交谈着。见他进来，有几个人停止了交谈，主动和他打招呼。汪洋一边友好地应答，一边来到自己的床铺前，打开行李开始铺床。“来，我帮你铺。”说话的是一个身材高挑，长相英俊，穿一件铁路制服的小伙子。汪洋急忙有礼貌地说：“谢谢！你叫什么名字？”那个小伙子一边帮他解行李绳，一边有些腼腆的说：“我叫谌伟，谌是言字旁加个甚至的甚，伟是伟大的伟。你叫什么名字？”“我叫汪洋，汪洋大海的汪，海洋的洋。”

“你的名字挺大气的。来，认识一下，我叫林忠瑜，双木林，忠诚的忠，周瑜的瑜。”说话的人体形稍胖，皮肤较黑，宽额长脸，下巴有些突出，浓眉鹞眼，上唇留着浓密的胡须，显得很成熟。他在说话的同时，礼貌地与汪洋握手。

这时，又有两个人过来帮忙。一个是高个头，头发自然卷，浓眉毛，眼睛虽小，却很有神，高颧骨，圆下颏，穿着米色夹克衫和黑色裤子，穿着打扮很讲究。他大大咧咧地对汪洋说：“我叫何爱民，家住本地，蒙古族。以后有啥事，你尽管吱声。”

“谢谢，以后短不了给你添麻烦。”汪洋点头回敬。

紧接着，其他人又陆续过来和他正式见面。其中有面皮白净，中等身材，不苟言笑，说话办事一本正经的赵坤；有体形健壮，四方大脸，少言寡语，性格木讷的陈宦章；有个头矮小，幽默活泼的许嘉。还有调皮好动的邵富、不苟言笑的高永江、说话办事稳重的刘杰以及一说话就脸红的扬川民等。在他与众人打招呼时，谌伟和何爱民已帮他把行李铺齐整了。寝室里一共十六个人，他们在汪洋回来之前，已相互介绍认识了。现在汪洋也陆续和剩下的人正式见面，并对他们有了初步的了解。他们当中只有谌伟、林忠瑜、和爱民、赵坤是二十出头，其他那些年纪只有十七八岁。彼此认识之后，林忠瑜掏出一包大前门，依次向众人敬烟。汪洋和谌伟，还有其他几个人摆手称不会吸，其他的人则客气地接过来点上吸着。林忠瑜吸着烟说道：“各位兄弟，我们都是来自五湖四海，为了一个共同的目标走到一起来了。今后，我们就工作生活在一起了，希望大家互帮互学，搞好团结，共同进步。如果大家有什么困难需要我帮忙，我一定竭尽全力，在所不辞。”

“林大哥说的对！咱们既然有幸相聚在一起，彼此就应该多照应。甘河这地方乱，你们刚来，最好不要单独出门。万一遇到地赖子，看你不是本地人，他们就会欺负你，硬逼着你请他喝酒。如果你不顺从，他就会动手打你，弄不好会抢走你的钱。所以，你们上街一定要小心噢！”何爱民是本地人，对当地的事情比较了解。

“这些地赖子这么邪乎啊？他们都叫啥名啊？你认识他们吗？”谌伟好奇地问。

“当地出名的有吴老达子、钱黑子，还有号称大兴安岭第二的邵柏，近两年又出来个武功好、为人仗义的群哥。这些人里面，除了群哥，其他的我都见过。这些人都是打架不要命的主儿，在本地赫赫有名，可以说一跺脚地面就乱颤，都是响当当的人物。另外，还有一些小混子，咱们更惹不起。他们打架斗殴、明抢暗偷、调戏妇女，什么损事都干。”何爱民扳着手指数着。

“既然如此，今后咱们还是小心为妙，没事尽量少上街，千万别招惹他们，以免吃亏。”林忠瑜以老大哥的身份嘱咐大家。

他的话引起了众人的共鸣，他们纷纷表示要搞好团结，互相帮忙。他们就共同的爱好和兴趣，毫无顾忌地亲热交谈着。不知不觉中，他们逐渐产生了好感，拉近了相互之间的距离，感情也快速升温。此时，他们消除了初次相逢的陌生感，俨然是多年未见的好朋友了。他们聊得十分起劲，直到午夜时分才逐渐结束谈话，相继进入了梦乡。

汪洋躺在被窝里，耳边传来了此起彼伏的鼾声，他却毫无睡意。虽然生活条件和工作环境与他的想象有差距，但他却没有任何怨言，反而感到很满足。这份姗姗来迟的工作，彻底改变了他一生的命运。从今往后，自己就是端铁饭碗的城里人了，这是他花费了数年心血，饱受寄人篱下之苦所换取的成果。今天是个值得纪念的日子，也是他生命中的一个分水岭，以往那些不堪回首的往事，就如同滚滚东逝的江水，一去不复返，现在展现在自己面前的，是全新的生活环境和社会地位。这一切是多么的来之不易啊！自己一定要倍加珍惜！他抚今追昔，思绪万千，直到黎明时分才渐渐睡去。

“嘟——嘟——”汪洋在睡梦中被一阵急促的哨声惊醒。他急忙披衣坐起，用手揉了揉眼睛，发现敖连长正站在门口，一个劲儿地吹哨子催促他们起床。汪洋这才想起来，昨天晚上敖连长通知过他们，早上六点起床训练。他急忙穿好衣服，都没顾上叠被子，就随同寝室里的人跑到篮球场上集合去了。

隔壁的女知青们动作没有男知青快，敖连长和男知青们等了好一会儿，她们才稀稀拉拉地到齐。在敖连长的指挥下，男女各站一排，按个头列队。敖连长迈着正规的步伐，走到队伍的前面。他扫视了一眼，发现队伍有些松散，严肃地发出口令：“全体都有，向左看齐。”由于知青们在学校都接受过军训，所以都按照口令，快速把队形排列整齐。敖连长又继续发出口令：“向前看，立正，稍息。”敖连长满意地点了点头，然后才缓和了声音，说道：“同志们，毛主席教导我们说：‘加强纪律性，革命无不胜。’从今天开始，每天早上六点半到七点是早操时间，大家务必遵守出操时间，不准迟到或缺员。迟到一次予以口头批评，迟到两次者严重警告，迟到三次者写检查，没有特殊情况不许请假。这是检验你们组织纪律性是否合格的标准，希望大家认真对待，把训练当作一项政治任务来完成。大家有没有信心？”“有！”众人异口同声地高声回答。

接下来，敖连长开始了常规训练。他从演练队形开始，从正步走到齐步走，最后带领大家围着操场跑步，一边跑一边喊口令：“一二一，一二一，一二三四。”他还不时带领大家喊着口号：“提高警惕，保卫祖国。一不怕苦，二不怕死……”

整齐的跑步声伴随着高昂的口号声回荡在厂区的上空，同时也把家属区的孩子们吸引了过来。

早饭后，郝妍通知他们到会议室进行政治学习，团委书记林毓敏主持学习。林毓敏是六九年的天津知青，是林业局树立的知青扎根边疆一辈子的先进典型。她为了表示自己的决心，三年前毅然与敖连长结婚。如今他们的女儿已经两岁了，寄养在天津家里，由她的父母抚养。她的事迹受到了上级组织的重视，不但被树立为典型，而且还让她入党、提干，担任了厂党委委员兼团委书记。

她先组织大家学习了中央关于揭批“四人帮”的重要文件，以及粉碎“四人帮”以来所取得的各项成果。而后，她又结合当前形势，详细讲解了揭批“四人帮”和抓纲治国的重要性。

下午，她组织大家对当前形势进行了讨论，大家也都畅所欲言，积极发言讨论。临下班前，她要求大家各自回去写一份学习心得。

晚饭后，每个人都趴在床铺上忙着写学习心得，寝室里安静了许多。汪洋由于喜爱文学，写个学习心得对他来说是小事一桩。他几乎是不假思索、一挥而就，洋洋洒洒地写了三篇稿纸。

坐在他身旁的谌伟搜肠刮肚地想了写，写了划，划了又写，折腾了好一阵儿，才憋出了几行字。他见汪洋笔走龙蛇，毫不费力就写完了，急忙凑过来求助：“汪洋，你真厉害，这么快就写完了，借我看看行吗？”

“行，你尽管看好了。”汪洋痛快地把心得递给他。

“好，好，写的真好！”谌伟一边看，一边不住声地点头叫好。

“哎呀，汪洋，你写的太好啦！我怎么这么笨，怎么就写不出来呢？借我抄一抄好吗？”谌伟看完后，没有把心得还给他，而是有些不好意思地求他。

“这个办法好，等你抄完，再借给我们抄一抄。”还没等汪洋回答，其他几位也提出了同样的要求。汪洋见他们如此要求，心里虽然不情愿，但又不好拒绝，唯恐拂了众人的脸面。他略加思索，用商量的口吻说：“你们想抄也行，但我觉得，大家的心得不能千篇一律，更不能雷同，你们说对不对？”

“你说的确实有道理，可是我们写不好，还有的字不会写，就这样稀里糊涂地交上去，该有多丢人呐！”谌伟感到难为情。

“你们看这么办行不行，我把大概意思讲给你们听，其实写心得并不难。咱们主要是根据学习内容，深入揭批‘四人帮’的反动本质，肃清‘四人帮’的流毒，歌颂抓纲治国的大好形势，结合自己的想法即可。你们按照这个思路写，如果遇到不会写的字，我这里有字典，你们拿去查一查。如果实在有困难，最后我再帮着你们修改修改，这样总可以吧？”众人见他说的诚恳，只好听从他的意见，各自回去接着写。汪洋对谌伟给予特别关照，让谌伟抄了一部分，自己又口授了一些内容，谌伟对此感到非常满意。其他人虽然多费了一些脑力，但得益于汪洋的帮助，对自己所写的东西也感到很满意。他们在对汪洋表示感谢的同时，对他的为人和才华感到由衷的钦佩。

为期三天的政治学习结束之后，他们就在敖连长的带领下，到工地去参加劳动了。此时正是制砖生产的高峰，由于各个工序都已经安排好了人员，他们每天就只是干一些力所能及的活，帮着码砖垛、装卸车、清理场地等。由于没有具体工作，日子过得相对轻闲，汪洋有了充裕的时间去看书。他自从来到大兴安岭，因为生活所迫，根本无暇读书。如今，他生活和工作均有了着落，终于可以静下心来专心读书了，这让他感到非常满足。

这天上午，工地没什么活，十点刚过，他们就提前下班了。他们一路上说笑着往宿舍走，路过门口宣传栏时，看见林毓敏正在写板报，他们都好奇地驻足观看。宣传栏上方写着醒目的大字“热烈庆祝中国人民解放军建军五十周年”，侧面分别写着“向解放军学习”和“向解放军致敬”。板报宣传的内容主要是南昌起义的经过，以及相关人士撰写的歌颂解放军的文章。林毓敏写得一手好行书，字迹俊秀流畅，笔画之间透出几分妩媚，让人看了赏心悦目。他们一边欣赏，一边不由得连声夸奖。

此时，板报已接近尾声了。林毓敏听到他们的夸奖，停下笔，转身对众人谦虚地说：“过奖，过奖。”当她看到汪洋时，就用征询的口气问道：“汪洋，听说你很有才气，咱们的板报刚好余下一块空地儿，你写点东西帮我填满好吗？”

“林姐，不好意思，我的水平有限，写不来。”汪洋客气地推辞。

“林姐，你别听他瞎说。我看过他写的学习心得，很有水平！他一定行的！”谌伟在一旁作证。“对，对，我们都知道他能写。林姐，你算找对人啦，就让他写！”其他人也齐声附和，跟着帮腔。

“汪洋，既然你有这个能力，就别谦虚啦。再说，出宣传板报属于政治任务，作为一个知识青年，庆祝八一建军节、歌颂亲人解放军是理所当然的，你还推辞吗？”

“林姐，我不是推辞，确实是我能力有限。既然你们如此信任我，我只好勉为其难了。”

“哎，这就对啦。不过，这个空儿不大，只能容下一百多字。不管你是写散文还是诗歌，注意一定要精炼。”

“好的，晓得了，我回宿舍去写。不过，我先声明，我的写作能力有限，一会儿我写完了您审查一下，能用就用，不能用就拉倒。无论怎样，你们可不能笑话我！”

说完，汪洋转身快步回到宿舍，找出纸笔，趴在箱子上，开始认真地构思。他想，自己初来乍到，要在领导和同事面前留下个好印象，同时又是在众目睽睽之下，决不能掉以轻心，一定要写出点水平来。可是，说时容易做时难，篇幅有限，写什么格式好呢？纪念文章受篇幅限制，没有太多发挥的余地，散文诗也无法突出重点，莫不如写首七律吧，既精炼，又不受篇幅的限制。虽说自己对韵律掌握的不是那么准确，在真正的行家看来，一定会有一些毛病，但是单位的人不一定懂，更别说让他们挑毛病了。对，就这么办！于是，汪洋经过构思，又经过数次删改，最后，带着几分得意的神情走出了宿舍。

此时，知青们大多都没有走，他们在等着汪洋的作品，以图先睹为快。汪洋在众人的注视下，反倒有些不自然了，只觉得气息粗重，脸上发热，脚步有些机械的来到了宣传栏前。汪洋有些忐忑地把手稿交给林毓敏，不好意思地说：“时间有限，来不及仔细推敲，您先看看能用不。”

林毓敏面带微笑地接过稿子，认真地看完，用肯定的口气夸奖：“好、好！想不到你竟会作诗，写的太好啦！”其他人听闻，纷纷往前挤，想看个究竟。林毓敏连忙把稿子举起来，对众人高声说：“大家别挤，耐心等一下，容我把诗写在宣传栏上，大家再一起欣赏，好吗？”“好，我们听你的。”众人答应着，退到一旁。林毓敏手握粉笔，在黑板上飞快地写着：

七 律

庆祝中国人民解放军建军50周年

亿往昔血雨腥风，挽狂澜“八一”枪声。
功勋大驱倭赶蒋，炮火中华夏光明！
固边防钢铁长城，除“四害”再立新功。
党领导战无不胜，跟领袖继续长征。

林毓敏在黑板上写一句，众人跟着念一句，直至把整首诗抄录完，最后她署上了汪洋的名字。

“想不到这小子还会作诗，真了不得！”林忠瑜由衷地赞叹，其他人也应声附和。他们转过身来，却早已不见了汪洋的身影。趁众人读诗时，他悄无声息地离开了。

其实，他心里明白，自己对古体诗并不精通，只是平时喜欢读古体诗，时间长了，他就照葫芦画瓢，模仿起来了。他刚才写的那个，与其说是诗，莫不如说是顺口溜或打油诗更为贴切。他作诗纯属滥竽充数，经不起行家的推敲。

汪洋写诗的消息迅速传开了，凡是经过宣传栏的人，都好奇地停下脚步，看汪洋写的诗，并对他赞不绝口。从此，汪洋给人们留下了有才华的好印象。一时之间，他声名远播，众人皆知，不仅风靡了全厂职工，也引起了领导的重视。

红砖生产一直持续到十月底才结束。接踵而来的是林区的采伐工作。冬季是林区木材生产的黄金季节，林业局所属的各单位都尽最大的努力，积极投入到木材采伐的工作中。由于砖厂目前尚不具备大规模的采伐能力，林业局只是在相距较近的四方山林场给他们划分了一片作业区，也没有给他们规定硬性的木材生产指标，采伐多与少，视生产能力而定。

厂领导十分重视这次采伐任务，成立了木材生产指挥部，黄国臣亲自任总指挥，韩世杰和敖连长分别任副指挥。他们在知青中进行了动员，号召他们踊跃报名参加。由于刚参加工作，知青们都积极上进，想给领导留下好印象，再加上他们都没亲历过采伐，对木材生产感到很新鲜。因此，不但男知青们争先恐后地报名，女知青们也不甘落后，纷纷报名请战。厂领导根据工作需要和知青们的自身条件，挑选了汪洋、谌伟、林忠瑜、邵富、刘杰等十名男知青，郝妍、樊桂兰、于颖等三名女知青，另外还有二十余名老工人，他们一起组成了采伐队。在上山采伐的前夕，厂领导特意召开了冬季采伐动员大会，会上宣布了参加采伐人员的名单，榜上有名的知青都非常高兴，而名落孙山者却把嘴撅得老高，纷纷找厂领导理论。厂领导苦口婆心，费了好大劲才安抚住了他们的情绪。

采伐队分乘两辆卡车，冒着零下二十多度的严寒，在白雪茫茫的原野中，沿着崎岖的山路，向四方山林场进发。尽管车上的人都头戴羊毛绒安全帽，身穿羊皮袄，脚穿套毡袜的棉胶鞋，但仍然无法抵御严寒的侵袭，他们冻得手脚发麻，直流青鼻涕。郝妍、樊桂兰、于颖三名女知青此时却享受着特殊照顾，坐在驾驶室里，免受寒冷之苦。车上的人尽量挤在一起，以抵御寒冷。汽车在山路上颠簸了一个多小时，到达目的地时，车上的人已瑟瑟发抖，说话都有些不连贯了。他们下车后，不停地搓手、跺脚，活动着有些僵硬的身体，以此来驱除体内的寒气。

身体恢复正常后，在敖连长的安排下，他们卸下行李和给养，搬到暂时借的空房子里。然后他们开始用木板钉床铺，支起了取暖的铁炉子。铁炉子是废汽油桶改制的，改制的过程很简单，把汽油桶顶部凿掉三分之二，在上面凿开锯齿状的圆孔，安插炉筒子。老工人找来了桦树皮，引燃了干燥的烧柴，炉膛内发出“劈劈啪啪”的响声，窜出了通红的火苗，驱赶着室内的寒气，屋内渐渐地暖和起来。就在他们安排住处时，负责后勤的郝妍等人已做好了饭菜。他们坐在暖和的屋子里，吃着可口的饭菜，脸上带着满足的笑容，相互说笑着，早已忘掉了路上挨冻的滋味。

第二天上午，敖连长带着他们到山场去实习。他们踏着半尺厚的积雪，在茂密的丛林中费力前行，脚下的积雪发出“吱吱哑哑”的声音。汪洋初次进入白雪皑皑的山区，看什么都感觉新鲜。他贪婪地欣赏着大兴安岭的雪景，时而侧耳细听远处啄木鸟敲击木头的声音，时而驻足观看雪地上出现的动物足迹，不知不觉中落在了队伍的后面，直到听到敖连长的喊声，他才快步赶上。他们在雪地里跋涉了足有两公里，才来到了山场。敖连长开始教他们如何伐树、如何辨别倒树的方向等基本常识，以及相关的安全事项，并当场进行了伐木示范，然后又让他们逐个演练了一番，让其熟悉采伐的要领。

回到住地后，韩士杰召集所有人员开会，对木材生产进行了具体部署。他把生产第一线的人员分成了三个组，老工人两个组，负责采伐原木，新来的知青一个组，专门采伐杨木杆，由敖连长负责安全及技术指导。因为知青们没有采伐的经验，出于安全角度考虑，才做出如此安排。韩士杰在会上反复强调安全生产的重要性，特别告诫他们不要独自上山，以防迷路而出现意外，一定要在安全生产的前提下，保质保量地完成木材生产的任务。

会后，敖连长领来了采伐工具，每个人配备一把六十公分长的弯把锯，每组还配备大斧和钢锉。领到工具后，敖连长开始指导他们锉锯技术。汪洋有木匠的功底，对锉锯技术了然于胸，但为了隐瞒自己当过木匠的事实，他佯装不懂，与其他人一起认真地听敖连长讲解。在领取工具时，他特意挑选了前端薄、后端厚，用指轻弹，发出清脆声音的锯片。有经验的人都知道，这种声音清脆的锯片材质好，锋利耐用。他找来一段桦木树杈，精心地制作了一个锯柄，用四寸的铁钉铆牢，并用烧红的钢筋将手柄烫平整，然后又找来玻璃片刮削，最后用砂纸磨光。他制作的锯柄，酷似手枪的形状，不但样式美观，还结实耐用，握着很顺手。安装好锯把，他用刀锉将锯齿打磨锋利，锯起木头来既省力又轻快。敖连长夸他心灵手巧，一学就会，汪洋表面不置可否，心中却暗自得意。

经过几天的精心准备，采伐工作正式开始了。敖连长要求他们两人一组，一个使锯，一个使大斧，俩人相互配合，并为他们划分了作业区域，让他们相互之间保持一定的距离，以免放树时伤及对方。

汪洋和谌伟一组，他按照伐树的程序，先看好树倒的方向，在树干上锯了三分之一，然后又在相反方向，高出先前的锯口两公分，“哧哧”地锯着。由于他有木工基础，伐树时显得很轻松，站在身旁的谌伟，双手用力地往前推倾斜的树干。随着“哗啦”一声响，一棵十多米高，直径十三四公分粗的杨树，带着风声倒地了。

紧接着，汪洋又顺利地放倒了第二棵树。汪洋的成功感染了谌伟，他感到好奇，跃跃欲试地对汪洋说道："这也没啥难的，来，把锯给我，我也试试。"汪洋笑着把锯递给他。他接过锯，弯腰开始伐树，由于掌握不了要领，用力不均匀，动作比较笨拙，不但锯口常常跑偏，而且还有些夹锯。汪洋从他手中拿过锯，重新开了个锯口，一边做示范，一边指点着说："锯木头时不要着急，更不要用力过猛，要拉一下是一下，尽量把锯拉送到位，这样既省力，又不跑偏。还有，你的姿势也不对，不能弯着腰，而是要蹲下，这样既快又省力，不信你试一试。"谌伟接过锯，按照汪洋的指点，蹲下身来，用力地锯起来。虽然没有汪洋那么熟练，却也事半功倍。最终，他使用蛮力将树伐倒了。

谌伟坐在倒在地上的树干上喘粗气，并且赌气地用锯背砍了两下。汪洋让他歇息一会儿，自己则继续伐树，很快又伐倒了两棵。他们坐在伐倒的树干上休息，谌伟一边吸着烟，一边信服地说："我可真佩服你的智商，干啥都这么有窍门，我的脑袋跟你比起来，简直笨死了。"

"你这话岂不折杀我也，我可承受不起。"汪洋半开玩笑半认真地和他打哈哈。

"我没开玩笑，都是心里话。人的智商很重要，智商高的人，干啥像啥，一看就会，而智商低的人，一学就走样，干学学不会。咱们伐木就是个很好的例子。"谌伟习惯地晃动着身子，手指着伐倒的树木说道。

"其实这和智商没关系，无论什么事情，都有一定的规律，只要我们用心学习，仔细揣摩，就能找到解决问题的办法和窍门了。"汪洋若有所思地答道。

"你说的虽然有一定的道理，但我还是认为，智商是关键。"谌伟依然固持己见。

休息完毕，谌伟从汪洋手中要过锯，打算再次试着伐树。由于他已经掌握了基本的动作要领，这次基本没费太多力气，速度也快了不少。望着自己的劳动成果，他的脸上露出了得意的笑容。

敖连长不放心地挨个巡视，当来到汪洋的身边时，见他们已放倒五棵树了。他亲自在一旁，看完汪洋伐树的过程，连声夸奖他们学得快，之后便放心地离去了。

初次尝试的成功以及敖连长的夸奖，使谌伟倍受鼓舞，信心大增。汪洋知道他从未干过这种活，每当他伐倒一棵树后，汪洋就会让他休息，自己接连伐倒两棵，才肯让谌伟替换一下。他们彼此替换着，干得特别起劲。

中午下班时，他们总计伐倒了十六棵树，这个数量已经是非常可观了。其他几个组虽然有敖连长的亲自指导，但是伐的数量也不及他们，林忠瑜小组伐倒了九棵，刘杰小组只伐倒了五棵。敖连长把他们召集到一起，总结了各个组的采伐情况，同时，对汪洋和谌伟提出了表扬。

在回去的路上，汪洋看见山坡上生长着一种低矮的植物。在严寒中，它的枝干呈紫红色，上面残留着稀疏的，深绿色的椭圆形叶子，枝桠上残留的花蕾在阳光的照耀下，格外显眼。他急忙向敖连长询问："敖连长，这是什么植物？"

敖连长脱口答道："啊，你说的是达紫香花，在咱们大兴安岭十分普遍，随处可见，学名兴安杜鹃，别名满山红、达紫香、达达香，属杜鹃花科。它的生命力非常顽强，历经过风霜雨雪的侵袭后，它依旧傲然挺立。最难能可贵的是，每年早春，山上的冰雪刚开始融化时，它就会开出鲜艳的紫红色的花朵，花冠呈漏斗状，每个花枝顶上能开出一至四朵花。它生长在山坡上，每当春天来临时，到处都能看到一簇簇、一丛丛、一片片的紫红色的鲜花，故此人们称之为满山红。至于达紫香的来历，还有一个美丽动人的传说呢！"

"什么传说？敖连长，你讲给我们听听好吗？"汪洋等人一致向他请求道。

"好吧，既然你们都想听，我就给你们讲讲吧。"敖连长整理了一下思路，继续讲道。

"话说康熙年间，沙皇老毛子为了扩展地盘，经常派遣军队到大兴安岭来烧杀抢掠，害得祖祖辈辈生活在白银纳部落的鄂伦春人生活不得安宁。尤其是男人们出门打猎时，只剩下老人妇女和孩子在家，就会更加担心老毛子来祸害人。他们没有办法，只好经常搬家，以躲避老毛子的骚扰。同时，他们还增加了戒备，让年轻的女孩子轮流值班，一旦发现情况，立即通知大家。

"这天，轮到达紫香姑娘值班，这天夜里静得出奇，好像预示着会有什么事情要发生似的。年仅十七岁的达紫香，警惕地睁大美丽的眼睛，仔细地观察着远处的动静。天快放亮时，突然一只山鸟被惊起，达紫香赶紧奔向飞鸟惊起的地方去察看。

"借着曙光，她仔细地察看，发现远处有密密麻麻的人群，足有三四百老毛子兵。他们趁着黎明时分，人们熟睡之际，悄悄地奔向白银纳部落。情况非常紧急，达紫香顾不得个人的安危，一边往回跑，一边高声为乡亲们报信：'老毛子来了，乡亲们快跑呀！'老毛子兵听到达紫香的喊声，蜂拥着朝她追来。达紫香不是打马快跑，而是跑跑停停，故意把老毛子兵引诱过来，给乡亲们争取时间。老毛子追得快，达紫香就快跑，老毛子慢她也慢，气得老毛子放弃了活捉她的想法，纷纷向她射击。达紫香临危不惧，依然边跑边喊。她身中数弹，鲜血染红了裙袍，可是她还是继续奔跑着。最终，她的鲜血洒满了高山、平原……

"幸亏她舍命报信，乡亲们才得以幸免。

"第二年春天，在她洒过鲜血的地方，长出了一种奇特的植物，花是粉红色的，叶子是绿色的。这种花，无论是花、叶，还是根茎，都可以做药材，而且包治百病。人们知道，这是美丽的姑娘在地下惦记着乡亲们呢。

"为了纪念勇敢善良、舍生忘死的姑娘，人们就把这种植物叫达紫香，也称兴安杜鹃花。这便是达紫香花的由来了。"敖连长绘声绘色地讲着，知青们听得津津有味。

谌伟好奇地问道："敖连长，你说这是真事，还是传说啊？"

敖连长听后，笑着看了他一眼，带着几分得意的口吻说："至于是事实还是传说，我也说不清，不过在鄂伦春人中，都是信以为真的，而且世代相传。不过，这种花的生命力确实特别顽强，它不怕严寒冰雪的侵袭，即使是冬天，只要你把它移到室内，它就会发芽开花。不信啊，你可以掰下几枝，回去把它插在罐头瓶子里，泡上水，它就能开出鲜艳的花朵来。"

"真的吗？我采几枝试试。"汪洋饶有兴致地跑到近处的山坡上，折了几枝，准备回去试一下。

在回去的路上，他们经过一个村落，敖连长指着山村对他们说："这个村子叫马家点儿，这里的人很难斗。我曾经在这里清理过流动人口。每当清理流动人口时，他们就采取打游击的办法，赶着牛羊，带着值钱的东西上山，并派人严密监视清理人员的动静，直到确信清理人员撤离后，他们才回到家中。受他们的影响，附近的村子也都纷纷效仿他们，并按电影《地雷战》中的叫法，管他们叫马家河子。"

“这么说，还应该有高庄、赵庄了？”林忠瑜饶有兴致地抢话问道。

“还真让你说对了！离这里三十多里地有一个赵家点儿，百里之外还有个高家点儿，这三个地方合称高庄、赵庄和马家河子。他们对付清理人员都有一套办法。”

“他们可真有意思，竟用当年八路军对付小鬼子的办法来对付清理人员。”汪洋觉得好笑，也忍不住插话。

“这里有意思的事多了，还有比这更稀奇的事呢！就这个村子的马老三家，今年春天老母猪发情，不知怎么的跑到了山上，被野猪给配了，下了一窝小野猪崽。你们说是不是更有意思。”敖连长笑着说。

“这简直太好玩了！他家住哪儿啊？你领我们去看看呗。”邵富拽着他的胳膊央求道。

“好吧，我现在就带你们去。”敖连长痛快地答应了，领着他们向村东头走去。

大约走了二百米，他们来到了村头的一个院落前。所谓的院落，就是两间简陋的条加泥土房，周围用杨木杆围起一圈稀疏的栅栏。随着狗叫，屋里走出一个三十多岁的男子。他一边吆喝狗，一边走到门口，不知什么原因，乍见这帮不速之客，他显得有些紧张。待武振铎说明来意之后，他才稳定了情绪，把他们领到猪栏前。

在木桩围成的猪栏里，一头黑色的母猪正懒洋洋地晒太阳，它的身边有十多个一尺多高、二尺多长，长脑袋、尖嘴巴，身体细长、毛色棕黄，头部到脖颈有棕黄相间条纹的杂交小猪。这些小猪有的正在拱地，有的在撒欢跑动，还有的依偎在母猪的身边。见到有人来了，母猪警觉地抬头看着，而小猪们却纷纷站立起来，瞪着小眼睛警觉地张望着。邵富觉得好玩，顺手拿起一根木棍，捅了一下跟前的小猪。没想到那个小猪却腾的一下，纵身窜出一人多高的猪栏。母猪呼的站立起来，其他小猪也惊的四下逃窜。主人不悦地瞪了邵富一眼，急忙跑着关上大门，以防小猪走失。

“真不好意思！我们大家一起帮你抓吧？”敖连长来到主人跟前，抱歉地说。

“不用，这杂交猪机灵的很，别说抓它，就连靠近身边都难。”主人笑着回答。

“那可如何是好啊？万一跑丢了咋办。”敖连长担心地说。

“没事，它恋帮，等一会儿消停了，就会自己回来了，到时候只要打开猪栏门，它就会主动钻进去。以前也有过类似的情况，你不用担心。”主人蛮有把握地告诉他。

听他如此说，敖连长才放心地与他告辞，领着众人离去了。

虽说山上的生活比较艰苦，伐木工作也比较累，但这一切对汪洋来说，不但不觉得苦，反而觉得很庆幸。因为山上太阳落得早，下午四点左右就黑天了，五点钟就开饭。饭后无聊，他们有的聚在一起打扑克，有的没完没了地喝酒，还有的讲黄段子。

汪洋正好利用这空闲的时间看书。他自己带了几本书，看完后，又和其他人交换着看。山上没有电，只能点蜡烛照明，而蜡烛又是定量的，仅限公用。汪洋为了看书方便，用罐头瓶自制了柴油灯，放在自己的床铺前。他每天专心致志地看书，有时看到十点多，有时甚至看到午夜。由于柴油燃烧时冒黑烟，他的鼻孔经常被熏得很黑，早晨起来，吐出的痰都是黑色的。虽然他知道这样对身体有害，但为了满足看书的爱好，也顾不了那么许多了。

几天的伐木工作下来，汪洋和谌伟不但在数量上遥遥领先，而且谌伟的伐木技术也趋于成熟了。指挥部决定让汪洋任青年组的副组长，协助敖连长负责青年组的采伐工作，并对人员进行了调整。汪洋和谌伟分开，把干活较差的分给了谌伟，把赵坤分给了汪洋。这次人员的调整，不仅促进了整体采伐技术的提高，还提高了生产数量。

自从汪洋把达紫香浸泡在罐头瓶里之后，几乎每天下班他都要欣赏一番。敖连长的话一点也不假，由于室内温度高，这些从冰天雪地里采回来的枝条，很快就呈现出生机。先是枝条变得柔软了，然后枝条的尖上发出了嫩芽，又逐渐长出对称的嫩叶，慢慢地又长出了紫红色的花骨朵。汪洋经心地呵护着，盼望它早日开花，点缀这银装素裹、百花凋零的冰雪世界。

早晨，天色刚刚放亮汪洋就起床了。他精力充沛，每天只需五六个小时睡眠就足够了。当他从外边散步回来，路过摆放罐头瓶的窗台时，突然闻到了一股淡淡的花香。他急忙低头看，意外地发现达紫香开出了紫红色的花朵。汪洋惊喜地大声喊道："快来看呐，达紫香开花了！"

他的喊声惊动了梦中的知青们，他们有的急忙起身观看。何爱民是当地长大的，对这种事早已司空见惯，当他明白汪洋喊叫的原因时，不由得低声嘟囔了一句："少见多怪。"然后将头用被角蒙住，继续睡觉。

至于赵坤等人，则完全没了睡意。他们围着达紫香花，一边嗅着，一边品评着。赵坤赞叹地说：“达紫香花可真有性格，它不但不怕冰雪严寒，而且，只要温度适宜，就能随时开放，真是‘俏也不争春，只把春来报。待到山花烂漫时，她在丛中笑’啊！”

汪洋对他的话深有同感，这也是自己喜欢达紫香花的原因。它默默地生长在无人问津的山坡上，躯体矮小，毫不起眼。但它的意志无比坚强，不惧风雪冰霜，在恶劣的气候条件下，不屈不挠，勇敢地与命运抗争。在群山刚刚泛青、春天即将来临时，它傲然绽放，把美丽带给人间，默默无闻地充当着报春的使者，以它特有的美丽，迎接万紫千红的春天。

“哎，你怎么光看着花发愣啊！看傻了？”谌伟笑着用手扒拉了汪洋一下，他才从沉思中醒过神来。他笑了笑，没有回答。

接下来的几天，汪洋采回来的达紫香花开满了枝头，室内弥漫着浓郁的花香，给冰雪覆盖的大兴安岭带来了生机和希望。

自从担任了副组长，汪洋就整日忙碌起来了。他在山场上不但要照常伐树，还要操心其他组的安全和生产等事宜。每天下班后，他还要帮其他人员伐锯、掰料，差不多得忙到七八点钟，这些工作占用了他的读书时间，他只好推迟就寝时间，常常是午夜之后才入睡。尽管睡眠时间少，但他的精力却非常充沛，每日依旧照常工作，丝毫不觉疲倦。

十二月中旬，山场接到厂部的通知，临时抽调汪洋、许嘉、谌伟、郝妍等人回去排练节目，参加林业局举办的文艺汇演。

抽调下山的人员都很高兴，而留在山上的知青们却有怨气。邵富气不过，前去找敖连长理论。敖连长给他讲了一通革命工作分工不同的大道理，尽管他心里还是很不服气，却无力反驳，只好垂头丧气地回到了宿舍。

宿舍里，抽调下山的人员正忙着收拾行装。小个子许嘉一边收拾行李，一边兴奋地哼着歌儿：“如今的四方山，与往年不一般，不一呀般。再不是旧模样，是林区的好江南……”

“看把你美的，还自己编词编曲唱上了。”邵富心里有气，故意拿话噎他。许嘉正在兴头上，对他的话非但不生气，反而笑着说：“是不是没抽调你回去，你心里不服气呀？我跟你说，搞文艺得有文艺细胞，我会编词作曲，汪洋会写诗，你说你会啥呀？”

“说你胖，你还喘上了！埋汰你都听不出来？告诉你，我不但能编词作曲，作诗也不在话下。”邵富不服气地说。

“反正吹牛皮不用上税，你就可劲儿吹吧。”许嘉语气轻蔑地晃着头说。

“你不相信是不？我现在就作诗，你听好了！四方山上雪花白，今天走，明天来。敞篷车，吹透怀，冻成冰棍就地埋。你看我厉害不，张口就来，不像汪洋，作诗还得用笔写，多费劲啊！”邵富一本正经地说。

“哈哈——”邵富的滑稽，引来了众人一片哄笑，就连他自己也憋不住笑出声来。

参加文艺会演的知青乘坐运材车回到厂部，留守的知青们像迎接久别重逢的亲人一样，热烈欢迎他们归来。

第二天，他们就投入到紧张的排练之中，具体的排练工作由团委书记林毓敏负责。她根据每个人的特长安排了相应的节目，郝妍独唱，谌伟、何爱民、林忠瑜、陈唤章表演三句半，汪洋和小个子许嘉搭档说相声，另外还有舞蹈、小合唱等节目。

汪洋说的相声叫《女皇的美梦》，内容是揭露“四人帮”篡党夺权的野心及其丑恶嘴脸。他对相声的认知仅限于从收音机里听过的侯宝林、马季、唐杰忠、杨振华、金炳昶等相声名家的相声。另外，他曾与施叔叔一家人在地区文化宫看过侯耀文、石富宽的演出。相声表演对汪洋来说是个空白，但是他特别喜欢相声，这次也是他主动要求表演相声的。他信心十足，热情高涨，仅用了两天时间，就把台词背熟了。他根据自己的印象，极力模仿相声演员的语气和动作，最大限度地把表演技巧糅合到自己的表演之中。

元旦前一天，他们的节目基本准备就绪了。上午，厂领导亲自对节目进行了观看和审查，除了对部分节目提出了少许的改动意见，其他的节目都获得了通过。

下午，演出队停止排练，在林毓敏的指挥下，他们在厂门上挂起了红灯笼，升起了国旗。她领着汪洋和邹洁重新布置了宣传栏。宣传栏的左上角和右上角各画了两个灯笼，中间画了一面党旗，党旗两边是“喜迎新年”四个醒目的美术字。

“汪洋，受党支部委派，让我写一封慰问信，我现在忙着布置板报，没有时间，你能否帮忙写一下。”林毓敏手里扬着几张稿件和他商量。

“林姐，我的水平有限，担心写不好，你还是找别人写吧。”汪洋有些难为情地挠着脑袋低声说道。

“你就别推辞了。你既会作诗，又会写文章，我看写慰问信也没问题，有嘛大不了的?！”林毓敏操着天津方言鼓励他。

“林姐，既然你都这么说了，那我就回去写写试试。”汪洋向她询问了具体的内容，转身打算返回宿舍。林毓敏担心宿舍有人打扰他，就特意把他叫到了自己的办公室，让他静心写。

他先写了一份草稿，又修改了数次，用了两个多小时才最后定稿。

他把慰问信交到林毓敏手里，谦虚地说：“林姐，我从未写过这类东西，写的不好，请你帮着修改一下吧。”

林毓敏拿过来仔细地看了一遍，高兴地说：“不错，真不错！你很有写作的天赋，将来可以在文学方面有所发展嘛。”

“林姐，我是诚心地向您请教，还望您不吝赐教。”汪洋有点不好意思，红着脸说。

“你就不要谦虚啦，我说的是真心话，确实很好，没必要改动。我现在就把它抄录在板报上。”林毓敏说完，立马转身，拿起彩色粉笔，唰唰地在黑板上快速地写了起来。许嘉和其他知青也凑到宣传栏前看热闹。林毓敏写一句，许嘉就饶有兴致地大声朗读一句。

慰问信

全体上山下乡的知识青年同志们：

“风雨送春归，飞雪迎春到。”

在欢庆伟大胜利的凯歌声中，我们送走了光辉灿烂的一九七七年，满怀激情地跨入了战斗的一九七八年。值此辞旧迎新之际，我们代表全厂职工，向你们表示亲切的慰问，并向热情关怀你们健康成长的广大工人、贫下中农和积极送子上山下乡的革命家长致以深切的革命敬礼!

过去的一年，在华主席抓纲治国战略决策的指引下，你们高举毛主席的伟大旗帜，抓纲治国，继续革命，排除“四人帮”的干扰破坏，坚定不移地走与工农相结合的道路，在“三大革命”运动中冲锋陷阵，为社会主义革命和社会主义建设做出新的贡献。特别是在深挖猛批“四人帮”的斗争中，你们紧跟以华主席为首的党中央的战略部署，立场坚定，旗帜鲜明，积极投身于这场两个阶级的生死大搏斗之中，经受了考验和锻炼，取得了胜利。实践证明：你们不愧是用毛泽东思想武装起来的无产阶级的新一代，你们是社会主义革命和社会主义建设中一支最积极、最有生气的力量。

在新的一年里，希望你们再接再厉，乘胜前进，在以华主席为首的党中央领导下，更高地举起毛主席的伟大旗帜，坚定走与工农相结合的道路。你们要树立扎根边疆干一辈子革命的思想，紧跟以华主席为首的党中央的战略部署，积极投入到揭批“四人帮”的第三个战役中，在斗争中认真学习马列主义、毛泽东思想，彻底揭发批判被“四人帮”毒害的青年和破坏毛主席“青运”路线的滔天罪行，把被“四人帮”颠倒了的路线是非、理论是非、思想是非真正搞清楚。你们还要积极贯彻“抓革命，促生产”的方针，认真学技术、学业务，做个“又红又专”、大干社会主义的闯将，为完成抓纲治国八项战斗任务做出新的贡献。在斗争中，你们要按照革命接班人的五项条件，严格要求自己，在斗争中磨练自己，努力把自己培养成无产阶级革命事业的接班人。

同志们，我们正处在承前启后、继往开来的重要历史时期，社会主义革命和社会主义建设的高潮正在兴起，让我们在揭批“四人帮”的伟大斗争中，在实现四个现代化的斗争中，树雄心、立壮志，勇往直前，把火红的青春贡献给无产阶级的壮丽事业!

中共甘河林业局砖厂党支部

一九七八年元月

许嘉读完了全文，众人不由自主地鼓掌叫好，汪洋则不好意思的红着脸低下头。此时，他的心里好似喝了香甜的美酒，美滋滋的。

第九章

排忧解难

元旦，文艺汇演如期举行，职工俱乐部里座无虚席。林业局的主要领导均在前排就座。各单位的节目五花八门，尽管都是业余演员，但是大家都很卖力气，演员们精彩的表演赢得了观众的阵阵掌声。

汪洋无暇观看演出，他和许嘉在后台进行最后的排练。当剧务告诉他们做好准备，快要轮到他们上场演出时，他感到一阵紧张，心砰砰乱蹦，显得有些手足无措。郝妍见他有些怵场，急忙过来劝他不要紧张，并拉着他一边观看演出，一边和他说闲话，以此来分散他的注意力，缓解他的紧张情绪。她的办法果然奏效，汪洋的紧张情绪逐渐平息了下来。在台上表演时，望着台下黑压压的人群，他显得有些慌乱，动作有些机械，表情也略显拘谨。随着演出的进行，他很快就进入了角色，按照平时排练的要求，模仿着江青的语调和动作，表演得惟妙惟肖，同时还夹杂着几分滑稽的动作，起到了一定的喜剧效果。美中不足的是，中间许嘉一时忘词而出现了卡壳，幸亏汪洋及时提醒了他，才得以继续。即便出现了小意外，他们的演出依旧换来了观众的开心大笑和热烈掌声。

演出完毕回到后台，他才如释重负地出了一口长气。此时，他才发现，自己的后背早已被汗水浸湿了，刚才由于精神太过集中，根本没有感觉出来。

整场演出中，郝妍的独唱最受欢迎。她用手风琴伴奏，自拉自唱，清脆悦耳的嗓音伴着悠扬的琴声，更是醉人。她演唱了两首歌曲，让现场的观众都为之折服了。她赢得了连续不断的掌声，并在观众的强烈要求下，连续返场三次，一共唱了五首歌曲，方才满足了观众的要求。

演出结束，观众意犹未尽地走出俱乐部，演员们则拿着道具从后门陆续离场。汪洋起身离开后台，刚走了几步，就听到郝妍叫他："汪洋，来，帮我拿一下手风琴。"

"行，没问题。"汪洋答应着，转身接过手风琴背在肩上，郝妍则提着背包，里面装着舞蹈表演时用的红绸子和她的演出服。他们离开俱乐部，一起往单位走。

汪洋单独和她走在一起，感觉有些不自在，因此，他低着头，加快脚步往前走。郝妍快走了两步，追上他，嗔怪地说："汪洋，干嘛走这么快？等等我不行啊！"

"啊，不好意思，我一向走路快。"汪洋嘴上解释着，但还是放慢了脚步，与她并肩而行。

"汪洋，祝贺你们的相声演出成功！"郝妍笑着向他表示祝贺。

"你别埋汰我啦，这是硬赶鸭子上架呢，秃子当和尚，将就材料。我们的相声和你的歌声相比，简直就是一个天上，一个地下，不可同日而语。"

"你可真会说话，感动得我都快落泪了。"郝妍开着玩笑。

"郝妍，我没和你开玩笑，说的都是心里话。你的歌唱得确实动听，让人感到心旷神怡。而且你台风好，不怯场，不像我一上台就紧张，手脚都不知道该往哪放。"汪洋敛容正色地夸奖道。

"谢谢夸奖。其实我刚开始唱歌时，并没有这么自信。记得我第一次上台演唱时，紧张得不但忘了歌词，还差点哭鼻子。后来，在母亲的开导和熏陶下，我才逐渐适应了舞台环境。我告诉你一个秘密，刚才在台上唱《芝麻开花节节高》的人，就是我母亲。她虽然是个医生，但却偏爱唱歌。我父亲是个科长，性格比较古板，不太喜欢文艺，但又拗不过母亲，只好顺从了我们母女的意愿。哎，你的父亲是做什么工作的啊？他喜不喜欢文艺？"

"我……我的父亲只是个普通工人，不喜欢文艺。"汪洋表情有些不自然，语气迟缓地对她撒谎。他不想让人知道自己的家庭背景，以免被人瞧不起。

郝妍丝毫没有注意到他的表情，只是自顾自地说："难怪你上台时有些紧张，主要是缺乏锻炼，演出次数多了就习惯了。"

“你说的有道理，家庭熏陶很重要。家长是孩子的第一任老师，日常生活的耳濡目染会直接影响到子女的爱好。”汪洋点头，由衷地答道。

“那么，你喜欢文学一定是受父母的熏陶了，否则你的文学功底不会这么好。”郝妍顺着他的逻辑问道。

“说来惭愧，我父母的文化程度都不高，我喜欢文学，纯属个人爱好，不像你既有遗传基因，又受家庭熏陶。你的嗓音这么好，具有一定的音乐天赋，难怪你的歌儿唱得这么好。”汪洋不愿意过多的谈及自己的家庭，故意转移了话题。

“其实唱歌没啥难的，只要嗓子好就行了。不像你，既会写文章，又会做诗，靠的是真才实学。我们都非常喜欢你的诗，就连黄厂长对你的评价也很高呢！你一定会受到重用的。”汪洋知道郝妍的父母跟黄厂长很熟，所以，他并不怀疑她的消息来源，暗自庆幸自己通过努力，终于给单位的领导和职工留下了好印象。

他俩边走边谈，不知不觉就到了单位。其他的演出人员早已回来了，见他们俩一路走来，都用异样的目光注视着他们。汪洋感到很难为情，而郝妍却毫不在乎，坚持让汪洋把手风琴送到女寝，并大方地让他坐在自己的床铺上休息。面对众多女性疑问的目光，汪洋面红心跳，觉得浑身不自在。他急忙找了个借口，逃也似的离开了女寝。

得知他与郝妍单独回来，林忠瑜、谌伟等人都善意的与他开玩笑，汪洋自然是矢口否认。可是，他的内心却对这个美丽漂亮、活泼大方、能歌善舞的姑娘产生了好感。

元旦过后，领导通知知青们重返山场。汪洋也同其他人一样，简单收拾好行装，准备启程。就在临行之际，林毓敏突然来找他，让他去办公室，说是韩书记找他谈话。

汪洋怀着满腹的疑惑来到了韩书记的办公室。韩世杰热情地让他坐下，并亲自为他倒了一杯茶。坐下来后，他首先问起了汪洋的家庭出身和政治面貌。汪洋不知他出于何意，就按照自己填写的档案情况做了回答。

韩世杰听闻他不是团员，有些惋惜地说：“你怎么会不是团员呢？你在学校时没有争取过吗？”

“争取了，由于表现一般，没有被批准。”汪洋低声回答。

“不要紧，你这么优秀，不是团员太可惜了。你回去抓紧写份入团申请书，我们把你列为了重点培养对象，只要你的家庭出身没问题，团组织会尽快吸收你入团的。”韩世杰自信地对他说。

“谢谢韩书记对我的信任，我一定努力，争取早日加入团组织。”汪洋言不由衷地回答。其实，他根本不想入团，他担心组织外调，暴露自己的家庭出身。

韩世杰赞许地看了他一眼，高兴地说：“谢什么，团组织的大门就是为你们这些进步青年敞开的。一个人只有积极向组织靠拢，才会有前途。我这次找你谈话，是代表组织正式通知你，经厂党总支研究决定，任命你为后勤管理员。这是组织对你的信任，希望你努力工作，认真负责，不断进步。”

“韩书记，我的能力有限，又没有工作经验，干不好怎么办啊？我还是干点力所能及的工作吧，以免辜负了组织的期望。”汪洋内心高兴，但表面仍是故作推辞。

“这是组织的决定，你必须无条件服从。没经验不要紧，人都是‘学而知之’，没有‘生而知之’。只要你用心去做，保准能干好。实践出真知，经验是逐步积累而成的。我相信你的能力，你一定能胜任这份工作，而且会干得非常出色。”韩书记耐心地开导他。

“既然是组织的决定，我只能服从了，还请韩书记在工作中多多指导。”汪洋似乎有些不情愿地答应了下来。

“这就对了，年轻人就应该有股闯劲儿。你回去准备一下，下午就办交接，明天正式开始工作。”韩世杰干脆利索地对工作进行了安排。

听闻汪洋要担任后勤管理员，知青们都十分羡慕，当然，其中也不乏嫉妒者。汪洋暗自高兴，庆幸自己的努力终于有了回报，在工作中迈出了坚实的第一步。

汪洋在相关领导的监督下，顺利地办完了交接手续。他坐在前任的办公桌前，心中颇为得意。自己能够在众多的知青中脱颖而出，得益于自己的社会经验，也有赖于自己的努力。自己一定要把握好这一难得的机遇，发挥自己的聪明才智，在工作中做出突出的成绩，展示一下自己的能力。但他转念一想，自己不能太过张扬，一定要低调做人，更不能太过要求进步，一旦组织外调，自己的家庭成分暴露了，就会前功尽弃。

世上的事，大凡都是说起来容易，做起来难。上任一个星期，就在他踌躇满志，准备干出一番成绩时，却遇到了麻烦。这天中午，他坐在办公室里算流水账，食堂炊事员范春丽突然推门而入。她生气地对汪洋大声嚷道："汪洋，你赶快找领导换人吧，我再也不干这伺候人的活了。"

"怎么啦？你先坐下消消气，有啥事慢慢说。"汪洋站起来，把她让到椅子上坐下，向她询问原因。

范春丽也是新来的知青，性格直率，心直口快，在食堂卖饭。她稳定了一下情绪，依旧气愤地说："你说我能不生气吗？高亚军嫌伙食不好，把碗和发糕都摔了，还冲我发火。你说我招谁惹谁了，干嘛要受这份窝囊气！你赶紧找领导，换人得了。"

"好啦，你别生气了，他不是冲你。我一会儿就去找他谈谈，让他给你赔礼道歉，这小子太不像话了。"经过汪洋的好言相劝，范春丽的情绪平静了下来。汪洋把她劝回去后，起身去找高亚军了解情况。

此时，高亚军正躺在床上生闷气，见汪洋来找他，就急忙从床上坐了起来。汪洋坐在他身边，语气平和地说："亚军，食堂的伙食不好，是我的责任，有什么事你和我说，怎么能到食堂去吵闹呢？再说，我刚接任管理员，没有工作经验，你应该多帮助和支持我……"

高亚军拦住了汪洋的话头，不好意思地说："汪哥，对不住，你刚上任，我就和食堂吵架，给你添麻烦了。不过，我不是不支持你的工作，更不是故意拆台，而是食堂的伙食太差了，天天吃粗粮，谁受得了啊！"

"亚军，食堂的伙食确实有些差，我一定会想办法解决的。不过，你不应该和范春丽吵架，更不应该摔碗，这样影响多不好啊，也不利于团结。再说，咱们都是一个车皮来的，更应该搞好团结才是。一会儿你去找范春丽把话唠开了，向她道个歉。大家整日低头不见抬头见的，省着彼此别扭。"

"行，汪哥，我听你的。"高亚军脸上多云转晴，痛快地答应了。

汪洋平息了他们的矛盾后，心情非但没有轻松，反而更加沉重了。他清楚地知道，不解决细粮短缺的问题，他的工作就难以搞好。按供应标准，细粮只有三分之一，这就意味着就餐职工每月有二十天吃粗粮，如果不解决细粮问题，就无法改善食堂的伙食，不改善伙食，职工就有意见，就会产生矛盾。既使自己再卖力气，也会遭到职工们的埋怨，更不要说做出成绩了。

解决细粮问题是当务之急，但却让汪洋大费脑筋。他刚到此地，人生地不熟，也没有关系，若想找人托关系特批细粮，根本不可能。他有心去找前任帮忙，可是前任正为他的顶替而生气呢，连话都不和他说，自己现在去找前任帮忙，岂不是自讨没趣。正当他为细粮之事发愁时，只见郝妍摇摆着苗条的身姿，步履轻盈地推门而进。她笑靥如花，用调侃的口吻说："我的大诗人，一个人坐在这里发什么呆啊？莫不是在构思什么新作不成？"

"你别拿我寻开心了，我现在愁都愁不过来，哪有心情做诗啊。"汪洋有些郁闷地回答。

"什么事能难住我们的大诗人？说来听听，或许我能帮忙。"郝妍依旧笑容可掬地问。

汪洋感觉她话里有话，立刻想到她家住本地，父亲又是商业局的科长，说不定她真能帮忙批到细粮。于是，他急忙说出了苦衷："郝妍，你也知道，因为食堂的伙食不好，职工们都有意见，而我人地生疏，没能力搞到细粮。你头脑聪慧，精明伶俐，快点帮我想想办法吧。"

"我当是什么大事呢，原来是为了细粮发愁啊？我这个人就是心软，见不得别人愁眉苦脸的样子。这样吧，我回去求求老爸，看他能否找人帮忙批点细粮。"郝妍十分轻松地说道。

"那真是太感谢了！请你代表我好好求求郝叔叔，如果能批到细粮，那可就帮了我大忙了。"汪洋听闻能批到细粮，高兴地连连作揖。

"你这个人说话欠妥啊，我代表你去求我老爸，那咱们是什么关系呀？我能代表你？"郝妍歪着头，调皮地笑问道。

"咱们……咱们是一个战壕里的战友，又是阶级兄妹，你代表我有何不妥。"尽管郝妍伶牙俐齿，说的话让汪洋面色一红，一时语塞，但他思维敏捷，反应极快，后面几句反驳的话，几乎是脱口而出。

"不愧是搞文学的，反应就是快。好啦，不和你开玩笑了，说正经的，其实，我之前就已经求过我老爸了，他答应过几天帮忙找人批点细粮，你就放心吧！”

“简直是太好了，再次谢谢你和郝叔叔！以后有机会，我会跟叔叔当面道谢。不过，你一定要抓紧，我担心时间长了，职工的意见会更大。”

“我明白，一定勤催我老爸，让他尽量抓紧。可你也不能太心急，毕竟是求人办事，又不是我老爸说了算，而且，这种事情也挺难办的。也就是我这个宝贝女儿求他，否则我老爸是不会放下面子，违心地去找人走后门的。我看不如这么办，咱们先用粮票到食品厂买点烧饼和面包，适当的改善一下伙食，你说行不？”

“行是行，可食品厂的食品也限量啊，人家是不会大量卖给咱们的。”汪洋为难地说道。

“你不必担心，食品厂是归我老爸管辖的，厂长江叔叔是我爸的老部下，这事都不用我老爸出面，我就能搞定。”郝妍自信地说。

“你真是太伟大了，就按你说的办，咱们下午就去。”汪洋兴奋地抓着她的手直摇晃，脸上的愁云一扫而光。

午饭后，汪洋和郝妍坐着马车前往食品厂。拉车的是一匹铁青色的瞎马，说来有些不可思议，尽管它双目失明，但听力极好，且性情温驯，肯卖力气，也非常遵循驭手的指挥，驾车拉货丝毫不比健康的马逊色。

他们来到食品厂，郝妍找到了年近四旬的江厂长，他们受到了江厂长的热情接待。郝妍说明了来意，江厂长当即满口答应，并叫来车间主任了解生产情况。车间主任说每天都是按指标生产，没有多余的现货。江厂长当即下令，让他们加大任务量，下班前务必赶制出二百个烧饼和一百个面包。车间主任答应着急忙回去布置生产任务。郝妍得知需等到下班，就与汪洋起身告辞了。为了消磨时间，郝妍提议去逛街。汪洋把马拴在厂内的树上，然后陪着郝妍去逛街。郝妍叮嘱他要把钱看管好，甘河市内的社会秩序很乱，不但时常有酗酒打架的，而且还有可恶的小偷，甚至还有一些社会无赖，光天化日之下就敢在大街上公开抢掠他人财物。汪洋听她说的如此厉害，就把钱从背包里悉数拿出，谨慎地放在贴身的内衣口袋里。他们依次到百货商店、副食品商店、土特品商店逛了一遍，天色已经渐渐发暗了。郝妍看了一下手腕上的进口手表，已经接近四点了，他们急忙向食品厂赶去。

到了食品厂，他们又等了半个小时，车间才把所有的食品赶制出来。汪洋到财会室将账结清，江厂长已经指挥手下，把食品装上了车。临行时，汪洋恭敬地再次表示感谢：“江叔叔，谢谢您！让您费心了。”江厂长摆着手说：“不必客气，妍儿是我看着长大的，就跟自己的孩子一样，买点食品不算啥。今天时间仓促，只能赶制出来这么多了，以后再需要就来找我，我一定尽量满足你们的需求。”

“太好了，江叔叔，给您添麻烦了。”汪洋连忙感激地说。

“不客气，你们也快走吧，天都黑了。”江厂长把他们送到大门口，然后骑上自行车回家了。

汪洋和郝妍摸着黑往回赶。由于瞎马无法看清路，只能靠驭手指挥，可是天太黑，汪洋也看不清路，他们只好放慢速度，慢慢地往回走。他们出来了一下午，又逛了街，此时早已饥肠辘辘，面对诱人的美味食品，他们已顾不得形象和卫生，拿着烧饼大口地吃了起来。郝妍吃了一个烧饼和一个面包，汪洋则吃了两个烧饼外加一个面包。俩人吃完后，汪洋瞪大眼睛，在黑暗中注视着道路，小心地赶着马摸索前行。郝妍则紧靠在他身边，帮着看路，不时得提醒他注意坑洼。虽然只有短短的两公里路，他们却走了将近一个小时。回到单位，食堂早已开过晚饭，好在他们已在路上吃过了，才不至于饿肚子。汪洋喊来炊事员，把食品放进库房，然后各自回寝室休息去了。

在郝妍的帮助下，厂里不但可以隔三差五地买到食品，而且，她父亲又找人特批了一部分细粮，暂时缓解了食堂的难题。汪洋十分感激她，有事也喜欢与她商量，郝妍也乐于帮忙，有事没事总去他办公室，还时不时的帮他洗衣物。汪洋也是投之以桃，报之以李，经常帮她干些力气活，由于往来频繁，彼此的关系自然比其他人显得亲密一些。

第十章

情有独钟

韩世杰曾在农场工作过三年，那里的熟人很多，还有几位场领导曾是他的同事。因此，为了解决厂里的细粮问题，他亲自领着汪洋前去他工作过的农场，联系购买面粉的事宜。农场每年生产几十万斤小麦，购买少量的面粉对他们农场来说，根本就不算回事。因此，农场的领导不但满口答应了他们的要求，还设宴热情款待了他们。

在酒桌上，汪洋有幸结交了与自己年纪相仿的供销科副科长巴建华。巴建华是蒙古族，身高一米七五，英俊潇洒，举止沉稳，说话彬彬有礼，尤其让人羡慕的是穿着一身灰色西装，白衬衣，还扎着一条紫色的领带，显得温文而雅，与众不同。俩人一见如故，彼此频频举杯相劝。汪洋虽然不胜酒力，但盛情难却，破例饮了十几杯高度白酒。尽管已呈醉态，但他在酒桌上依旧头脑清醒，极力保持自己的形象。在回去的路上，他数次下车呕吐，然后就呼呼大睡，直到单位，兀自未醒。

第二天早上八点多了，汪洋还未起床。韩世杰前来看他，见他宿醉未醒，笑着说："你昨天表现得很好，他们都被你的酒量镇住了。咱们共事这么长时间了，我从未见你喝过酒，你是寻常看不见，偶尔露峥嵘啊！"

汪洋一边起身下床为韩世杰让坐，一边苦笑着说："韩书记，你就别羞臊我了。我是为了搞到面粉而高兴，再说人家如此热情，看你的面子，好酒好菜招待咱们，如果我不表现的积极一点，一是你脸上无光，二来以后我们还要和他们打交道，有求于人，只好竭尽全力，舍命相陪了。只是没想到巴建华那么能喝，喝酒就像喝凉水似的，干喝不醉，和他的酒量相比，我真是小巫见大巫，不在一个起跑线上。”

“呦嘿，这顿酒没白喝呀，喝出心得体会来了。我告诉你吧，巴建华的酒量在农场那是赫赫有名的，喝到高潮能达到二斤。一般人不敢和他较量，没想到你竟敢和他拼酒，真是英雄出少年啊，佩服，佩服！”韩世杰笑着与他打趣。

“韩书记，你就别寒碜我了，什么英雄出少年啊，我顶多也就是初生牛犊不怕虎，不知深浅，让你见笑了。”

“扯淡，我见什么笑啊，我高兴还来不及呢。以前我们一见面，他们就逼我喝酒，每次我都被他们灌得找不到北。你昨天的表现太棒了，不但给我长了脸，还给我报了仇。你不知道，昨天除了巴建华，其他人全都让你给镇住了，当时我心里别提多高兴了。”

“你是出气了，我却醉得一塌糊涂。我昨天也不知是怎么了，就觉得和巴建华投缘，和他喝酒别提多痛快了！我根本没想喝不喝醉，只想陪他喝个痛快。”

“你这叫酒逢知己千杯少，相见恨晚呗。别说，你们俩还真有点像，无论是体形还是兴趣爱好，都有相同之处。他也是个品质优良的好青年，你们好好相处吧，我相信你们一定会成为好朋友的。”

“能交上这样有素质的朋友，我是求之不得，可是，我和他只是一面之交，彼此并不了解，怎么能成为好朋友呢？”

“我曾代表组织对他外调，故此，对他的情况比较了解。他是个非常优秀的青年，不但有上进心，工作干得非常出色，而且勤奋好学，工作之余总是书不离手。他的人生道路很曲折。他家原来在兴安盟，就是乌兰浩特。他的父亲巴图是内蒙古草原骑兵部队的连长，性情刚烈，为人正直，好打抱不平，对一些看不惯的事情，他都敢仗义直言，甚至当面顶撞。他说话不讲究方式方法，经常让对方感到难堪，也因此得罪了不少人。有些老战友、老同志知道他的脾气秉性，不跟他计较，可是一些小肚鸡肠的人却对他怀恨在心，总想找机会报复他。恰恰他又是一个心胸坦荡的人，与人争吵过后，他从不记恨，吵过闹过就忘了，人家有什么困难，他还是一如既往地去帮忙，至于人家对他是否有想法，他从未考虑过。

“1959年庐山会议之后，彭德怀因为反对大跃进，向毛主席上‘万言书’，结果被打成‘反党集团’，蒙受了不白之冤。当时彭德怀的老部下以及一些有正义感的人都暗自为他鸣不平，可在当时的政治高压之下，人们是敢怒不敢言。可是，巴图却在一次批判‘彭德怀反党集团’的会上，对一些人全盘否定彭德怀的功绩提出了不同看法。他列举了彭德怀从红军时期到抗日战争、从解放战争到抗美援朝的种种功绩，还特别提到了毛主席为彭德怀作的诗‘山高路远坑深，大军驰骋纵横，谁敢横刀立马，唯我彭大将军。’他还反问对方，如果彭德怀没有功劳，毛主席为什么要写诗称颂他。虽然对方被他问得哑口无言，但在当时的政治背景下，他敢冒天下之大不韪，公开为彭德怀歌功颂德，这还了得？！他的这番言论被别有用心的人汇报到上级党委，他从此便开始倒霉了，先是停职检查，后来是撤职查办，再后来被开除军籍，最后被遣送回老家接受劳动改造。

“尽管巴图是受处分遣送回乡接受监督改造的，但是，家乡的父老乡亲们丝毫没有歧视他。相反，大家把他当成家乡的骄傲和主心骨，平时谁家有个大事小情，都喜欢和他商量，让他帮着拿主意。乡亲们的信赖让巴图的心里感到很畅快。

“可是，好景不长，不久，‘文化大革命’开始了。当地的造反派组织把他抓去，对他进行了残酷地批斗，说他是‘彭德怀反党集团’的人，硬逼着他交代反党罪行，还诬陷他从部队返乡时，偷回一把驳壳枪，准备伺机对无产阶级专政发动进攻。面对这些无中生有的罪名，巴图刚正不阿，据理力争，结果招来了更残酷的迫害。

“由于他态度恶劣、顽固不化，致使他的罪行升级，被逮捕入狱，在监狱里蹲了五年。

“自从父亲入狱后，生活的全部重担就落在体弱多病的母亲身上。母亲每日拖着病体，咬牙坚持着去生产队参加劳动，为的是挣工分换粮食来养家糊口。当时，年仅十岁的巴建华就担负起做饭挑水等家务，同时还要照顾年幼的弟弟妹妹。为了减轻母亲的负担，他还抽出时间去野外搂草打柴，沿街去捡废品，换钱补贴家用。即便如此，他们家的生活还是难以维持，多亏了好心的乡亲们，他们纷纷伸出援手，接济他们一些粮油、牛奶、奶酪、奶豆腐，年节时还送一些牛羊肉等食物，这样他们才得以勉强度日。

“如此贫困艰苦的生活一直持续到他十六岁。‘九一三’事件发生后，父亲的一位老领导被解放出来工作，得知了巴图一家人的遭遇，深感气愤。他派人去把巴图保了出来，然后又把巴建华接到部队去当兵。

“他被安排到中蒙边境二连浩特市管辖的一个叫红格尔的地方，在那边部队的一个边防雷达站。饱经苦难的巴建华怀着一颗感恩的心来到部队。他工作认真，训练刻苦，积极要求上进，很快就从新兵中脱颖而出，第一年就当了班长，第二年立功受奖，第三年入党提干。他的吃苦耐劳、聪明才智在部队得到了充分的发挥，若不是后来发生了意想不到的事情，他在部队的前途可谓是一片光明。

“巴建华当兵的雷达站地处锡林格勒草原深处，非常偏僻，又远离城镇，条件十分艰苦。部队里清一色男兵，生活单调寂寞，有人形容战士们的生活就像一锅温开水。

“而后来，技术员乌兰的到来使雷达站泛起了波澜。蒙古族姑娘乌兰个头高挑，体态优美，鸭蛋形脸庞，一对弯弯的柳叶眉，长长的睫毛加上两只明亮的大眼睛，忽闪忽闪地好像会说话似的。她性格开朗，举止大方，无论走到哪里，她那银铃般的笑声和百灵鸟似的歌声就飘到哪里。她就像一朵含苞欲放的美丽的格桑花，在充满阳刚之气的绿色军营里格外引人注目。她那美妙动人的歌声撩拨着战士们的心弦，乌兰成了他们心中的偶像，也成了他们择偶的标准。有的战士的对象来信，人们就会问：‘你的对象漂亮吗？有乌兰好看吗？’有的人明知自己的对象没有乌兰漂亮，但为了在战友面前争面子，就违心地说和乌兰差不多，战友们就会嘲笑他自不量力，美化自己的对象。有的人对象寄来相片，大伙儿就会抢着欣赏。假如有人说长的还行，有点像乌兰，对方就会感到很满足，会引以为荣，拿着对象的相片到处炫耀。相反，如果有人说：‘长的还行，可是与乌兰相比，那可差远了。’对方就会一把抢回相片，躲到一边去生闷气儿。

“那些没有对象的年轻军人们，按奈不住骚动的心，纷纷向乌兰示好，有事无事地总往乌兰的宿舍跑，假借各种名义向她献殷勤。还有一些认为自身条件好，渴望得到乌兰的芳心，就采取各种方式，大胆地去追求乌兰。他们想尽一切办法向乌兰发起爱情攻势。

“巴建华虽然心里对乌兰有好感，但他却克制住了自己的欲望，理智地置身事外，没有加入众多的追求者的行列。

“面对战友们的爱情攻势，乌兰不为所动。但是，她体谅战友的心情，既没有刻意冷淡哪个人，也没有直截了当地拒绝谁，而是一如既往地与他们保持纯洁的战友情谊。她的举动让追求者既失望又心有不甘，同时，他们也感到纳闷儿，为什么她对每个追求者都这么不冷不热的？到底她心中的白马王子是谁呢？战友们百思不得其解。

“在众多的追求者当中，不乏青年才俊，也不乏德才兼备的佼佼者，可为什么乌兰一个都不认可呢？难道是她的心气太高，还是不想过早的谈恋爱，或者她根本就不想在军营里寻找自己的另一半。战友们不停地揣摩着她的真实想法。但是，他们有所不知，别看她表面嘻嘻哈哈，无忧无虑的，好像没有什么心事，其实，她的心里早就喜欢上了一个人。可是，那个人除了正常的工作，对她没有任何表示，这让她感到非常失落。人就是奇怪的动物，越是得不到的东西，就越觉得珍贵，也就越想得到。

“隆冬时节的塞外草原，滴水成冰，寒风呼啸，整个草原都变成了银装素裹的冰雪世界。

“一天早上八点多，巴建华接到值班同志的报告，说雷达的信号出现了故障。巴建华急忙与乌兰前去检修。乌兰检修了两个多小时，发现是雷达的传输系统出现了毛病，传感器上的一个零件坏了。雷达站是边防部队的眼睛，如果雷达出现了故障，边防部队就成了瞎子和聋子，因此，边防站的雷达一刻也不能停止工作。好在，目前雷达尚能运转，只是信号不稳，还可以勉强维持。乌兰提出去后勤基地领取零件，站长当机立断，命令巴建华亲自驾车，陪同乌兰一起去领取零件。

“巴建华二话没说，立刻驱车前往一百多公里外的后勤基地。由于道路曲折不平，他们赶到后勤基地时已经下午两点了，他们把零件装上车，便马不停蹄地往回赶。

“刚走了一半的路程，天公不作美，本就阴沉的天空开始飘起了雪花儿。呼啸的北风夹杂着漫天飞舞的大雪，湮没了远处的原野，将天地融合为一体，到处都是白茫茫的一片。

“在这风雪迷漫的原野上，能见度低，加上路况不好，巴建华打着大灯，小心翼翼地向前行驶。雪越下越大，道路不时被风雪覆盖，巴建华只好下车挥锹铲雪，乌兰也下车帮忙。好在路面封得不严重，他们清理后，车子还能继续前行。他们就这样，一路上走走停停，行进速度十分缓慢。

“午夜时分，大雪终于停歇了下来，可随之而来的是气温的骤降。当他们行至距雷达站二十公里处的一个地势低洼的拐弯路段时，大雪再次将路面封住。俩人只好下车，再次清理路面的积雪。

“奋力清理了一阵儿，巴建华驾车全速往前猛冲，大约行进了三十米，车子再次被挡住了。巴建华不死心，他加大油门，奋力往前冲，可是，车轮只是原地打滑，机器轰鸣着，却无法前进一步。他只好挂倒档，想往后倒车，可是没想到，刚才车子的冲力使车轮陷在二尺多深的积雪里。此时，车子前后封堵，无法动弹。

“他们再次下车清理积雪。可是由于积雪太厚，加上大风仍旧不停地往低洼地刮雪，积雪越来越厚，他们根本清理不迭。俩人早晨在雷达站吃的饭，中午急着赶路，只在车上吃了备用干粮，到后备仓库领完零件就着急往回赶，也没顾上吃饭。按以往的时间计算，他们最多晚上七点就可以到达雷达站了，没想到突遇大雪，耽搁了行程。他们一路上断断续续地清理路上的积雪，加上带的干粮和水早已用光，此时的他们已是饥肠辘辘，筋疲力尽了。由于身体严重透支，在极度疲劳的状态下，他们连挥动铁锹的力气都没有了。最后，他们只好无奈地放弃清雪，回到车上取暖。

“此时，温度已经下降到零下三十多度了。他们被困在车上，只能靠发动车辆来取暖，眼看油箱的指示针已经到了底线，巴建华不敢再发动机器了，只好各自裹紧大衣御寒。在寒风刺骨的野外，车子一旦熄火，车内的温度就会随之下降，皮大衣根本抵御不了寒风的侵袭，一会儿工夫，他们就冻得浑身打颤，手脚发麻。巴建华只好再次发动车子取暖，没想到启动了不到五分钟，车子突然颤抖了几下，而后戛然而止。巴建华又努力发动了两次，却只有启动机的声音，他知道燃油耗尽了，心中悚然一惊，意识到了问题的严重性。在这寒风呼啸、滴水成冰的冬夜，失去了取暖的设备，等待他们的只有死亡。在这生死存亡的时刻，巴建华虽然感到了死亡的恐惧，但他还是毅然脱下了军大衣，给瑟瑟发抖的乌兰盖上。乌兰明白他的用意，坚决不同意。巴建华很有信心地对她说：‘我让你盖，你就盖上，我有办法御寒。’乌兰心疼地摇着头说：‘你别骗人了，在这冰天雪地里，你拿什么御寒！’

“‘你上学时没学过斧子和皮大衣的故事吗？我今天就用这个办法取暖。’说完，他跳下车，顶着寒风，围着车子奋力跑动。这一招开始很见效，他的体内散发出了热量，他感觉暖和了许多。可是，时间一长，他的体力消耗殆尽，再也无力跑动了，只好挣扎着回到车内。

“他冻得脸色发青，嘴唇发紫。在这生死攸关的时刻，乌兰再也顾不得那么多禁忌了，她心疼地把他拉进大衣内，用自己身体仅有的热量为他取暖。

“这是巴建华生平第一次如此接触自己母亲以外的女性，他嗅到了女性的芳香，心情不由得一阵激动，感觉浑身发热。他下意识地想挣脱出去，可乌兰却用力将他紧紧搂住，最后，他只好顺从了乌兰的意愿。同时，巴建华十分清楚，在目前的条件下，这是最好的办法，也是求生的唯一办法。

“时间在一分一秒地缓慢流逝，处在危急时刻的乌兰和巴建华，此时殷切地期盼着战友能够知道他们的危险处境，能够前来救援。

“由于长时间熄火，车内的温度与外面差不多了，他们只有尽量往一起挤，相互用身体的热量抵御寒冷。

“随着时间的推移，他们的身体逐渐不听使唤了，大脑开始麻木，意识变得模糊了。他仿佛不感觉那么冷了，相反，觉得身体有些发热，睡意向他袭来。在巴建华残存的意识中，他预感到危险已经来临，他知道自己一旦睡过去，就可能永远醒不过来了。虽然四肢已经不听使唤了，但他还是努力把手指放到嘴里，用尽力气咬自己的手指，想以此唤醒自己的意识。可是，他的手指却毫无反应，大脑也逐渐失去了意识，死神正一步步向他逼近。

“雷达站的同志们见巴建华和乌兰迟迟未归，担心他们的安危，急忙与后勤基地联系。后勤基地的同志说他们下午三点就返程了。望着漫天飞舞的大雪，雷达站的领导猜想他们一定是在路上遇到麻烦了。他们把这一情况及时报告给上级领导，要求他们帮忙查找，同时，他们也出动车辆，沿途前去接应。

“他们沿着道路向前搜索，走走停停，清除路上的积雪。用了近一夜的时间，在黎明时分，搜救的同志们借着微弱的晨曦，终于发现了停在积雪中的车辆。当战友们奋力挖开积雪，来到他们身边，大声呼喊他们的名字时，却发现他们袒胸露怀，紧紧地拥抱在一起，已经冻僵，失去了知觉。

“战友想把他们分开，分别送去救治，可他们的身体已经冻僵，无法分开。救援人员费了好大的劲儿，才将他们从车里一起抬下来，用一个担架费力地将他们抬上救护车。好在，边防部队的医护人员对救治冻伤有一套办法，他们一边送他们去后备医院，一边在车上为他们救治。经过全力抢救，终于把他们从死亡线上救了回来。

“由于救治及时，他们都没有留下后遗症，这让大家感到十分欣慰。可是，在雷达站以及整个边防部队，却传出了流言蜚语，说他们道德品质败坏，在车里干了见不得人的丑事。还说他们早就有了不正常的男女关系，这次是因为在路上寻欢作乐才耽搁了时间，造成了事故，这是败坏军纪。人们对乌兰和巴建华的看法也来了个一百八十度的大转弯，说他们假正经，是伪道士，还说他们满嘴仁义道德，其实满肚子的男盗女娼，甚至说乌兰就是淫娃、荡妇。其实，这种造谣中伤的始作俑者是那些乌兰的追求者，他们是吃不到葡萄说葡萄酸，才用这些不堪入耳的话来诽谤他们。谣言愈传愈广，最后竟传到后勤基地领导的耳朵里。基地领导下令调查此事，他们派出调查组前往医院，找躺在病床上的乌兰和巴建华调查事情的经过。

“后勤基地政治部派出一名女干事调查此事。她在病床前跟乌兰询问事情的经过，乌兰如实地述说了全部过程。当问及她与巴建华的关系时，她说只是战友关系。女干事婉转地问她为什么俩人会拥抱在一起，她很坦然地说：‘在当时的情况下，只有俩人挤在一起才能相互取暖，才能延长生命，等待战友的救援。’

“‘你们是谁先提出来的？’女干事进一步追问。

“‘是谁提出来很重要吗？我们谁也没提，只是我看他把军大衣盖在我身上，自己出去跑步，试图以此增加体内的热量。结果他体力消耗过大，冻得手脚不听使唤了，是我强行把他拉进大衣里，相互用体温取暖的。否则他会冻死的。’

“‘这么说，是你主动让他与你拥抱在一起的？’

“‘我更正一下，我们不是拥抱，而是相互用体温取暖！’

“‘不管你怎么解释，意思都一样。’

“‘怎么会一样呢？拥抱是代表暧昧和亲密，而相互用身体取暖是为了抵御寒冷，是纯洁的战友情谊，两者之间有着本质上的区别，怎么能混为一谈呢？’乌兰感到很气愤。

“‘你别激动，我这也是奉命行事，受组织委派来调查此事，希望你认真对待，配合我们的调查工作。’

“‘好，好，我配合，有什么话你尽管问好了。’乌兰赌气地回答。

“‘那么我问你，既然你们是纯洁的战友情谊，拥抱在一起是为了相互取暖御寒，可为什么要袒胸露怀呢？这你怎么解释？’

“‘袒胸露怀？我什么时候袒胸露怀啦？’乌兰一脸茫然。

“‘救援人员救你们的时候，你们的上衣已经全部解开了，彼此都露出胸怀，紧紧地拥抱在一起。救援人员无法把你们分开，只好把你们一起用担架抬到救护车上。这是在场人员有目共睹的，你又如何解释？’

“‘根本就没有这种事，他们胡说八道！’乌兰气愤地大声喊叫。

“女干事见乌兰情绪激动，就停止了询问，可是，她心里却认为乌兰是丑事被揭穿才如此恼羞成怒。其实，是她没有生活常识。人在危险来临，尤其在近乎绝望的时候，精神极端焦虑，神经紊乱，往往会产生错觉。例如在沙漠迷失方向的人，往往会看到海市蜃楼。据说冻饿将死的人在临死前往往会看到自己喜欢的食物，会看到火，会幻想自己处在温暖的环境中，甚至会感觉很热，以至于会脱掉衣服，正如《卖火柴的小女孩》中所描述的情节。这是人在产生错觉之后无意识做出的行为，清醒后根本想不起来。故此，乌兰对那些一无所知，感到十分委屈。

“巴建华也同样被询问了，他非常坦然地讲了事情的经过，同样也是对袒胸露怀的事情感到茫然，无法说清楚。

“调查组把调查结果报告给上级领导，由于他俩的讲述基本一致，都对袒胸露怀的事拒不承认。因此，领导认为他们是攻守同盟，故意隐瞒事实，避重就轻，企图蒙混过关，这是给人民军队抹黑，破坏了人民军队的光辉形象。领导对他们的态度很气恼，决定对他们严肃处理。

“自从调查组介入了此事，有关他们的传言四起，说他们会受到严厉处理，弄不好会双双开除军籍。巴建华听闻，感到很委屈，就提笔给上级领导写了一封申述信，再次说明情况，希望相关领导能够辨明是非，取消对他们的处分。可他万万没想到，当他伤愈准备归队时，等到的竟是政治部领导的谈话，内容竟然是让他们双双转业。

“尽管巴建华据理力争，但领导却不为所动，告知他这个决定是基地党委开会做出的，任何人都无权更改。巴建华虽然舍不得离开部队，但他不忍心乌兰也跟着倒霉，于是，他决定把责任都揽到自己身上，以保住乌兰的军籍。他说与乌兰拥抱是自己的主意，至于袒胸露怀，更是他趁乌兰昏迷的时候，为了满足自己的欲望而乘机与她亲热，一切都是在乌兰不知情的情况下发生的，与乌兰无关。

“负责谈话的领导让他在材料上签字画押，并迅速反映给主要领导。主要领导鉴于巴建华已全部承认，且事情与乌兰毫不相干，便撤消了对乌兰的处理，同时认为巴建华认错的态度较好，对他网开一面，为他保留了党籍，只是解除了军籍，转业到地方工作。

“由于巴建华的父亲被安排到甘河地区的粮食局工作，巴建华转业后，便来到了甘河农场。由于他是部队转业干部，又是共产党员，到农场后，他被任命为供销科科员后因工作积极努力，头脑灵活，工作也卓有成效，就被提升为副科长。

“且说乌兰伤愈归队，得知巴建华为了保住她的军籍，把责任都揽到了自己身上而被开除了军籍，转业到地方工作，她深受感动。她本来就暗恋巴建华，如今他竟然为了保全自己的名声和军籍，甘愿背负骂名，离开他心爱的军队，这是多么了不起的行为啊！同时，她又想到，在危险来临时，巴建华为了保全她的生命，毅然把皮大衣给了自己，而他则用消耗体力的办法来取暖。在那样恶劣的天气下，谁都知道保护体内的热能对生命有多重要，他的举动无疑是饮鸩止渴，是想把生的希望留给她，是在刻意保护她。

“滴水之恩，涌泉相报，何况是自己喜欢的人，又是在生死关头甘愿用生命保护自己的战友，自己就更不能辜负他的一片诚心了，这样的人如果不去爱，还有什么人值得去爱呢！她坚定了自己的决心之后，毅然决然地向领导提出了转业申请。刚开始，领导坚决不同意她转业，可她的态度坚决，甚至用泡病号的办法相抗，领导以开除她的军籍相威胁，她也毫不妥协。最后，领导只好同意她转业。

“她转业后，并没有回到父母身边，而是来到大兴安岭找到巴建华，向他表示了爱意，并要求同他结婚。面对如此美丽漂亮的姑娘的大胆表白，巴建华自然是喜出望外。他在部队时就很喜欢乌兰，但是，与众多的追求者相比，他觉得自己不具备追求她的实力，万一追求不成，反而留下笑柄。没想到乌兰早就对他心有所属，更没想到，风雪中遇险是坏事变成了好事，促成了他们之间的情谊。虽然他被迫转业，但是，他也因祸得福，收获了真正的爱情。这真是应了那句古话：‘祸兮福之所倚，福兮祸之所伏。孰知其极？’

“这就是我所知道的巴建华，你想和他做朋友，我看是找对人了。你尽管放心的和他交往，我敢保证，他决不会让你失望的。好啦，我把所知的情况都告诉你了，你说吧，怎么感谢我这个伯乐啊？”韩世杰与巴建华的关系很好，他对巴建华和乌兰的为人也十分赞赏，如今见汪洋对自己的朋友有好感，他觉得自己脸上也有光，所以如此详细地向汪洋介绍自己的朋友。

第十一章

今非昔比

农场之行，彻底解决了食堂的后顾之忧。汪洋每月去一次农场购买所需的面粉。随着交往次数的增加，他与巴建华的关系也迅速升温。他俩年龄、兴趣、爱好相同，大有相见恨晚之感，心里相互佩服对方，已经变成了无话不谈的好朋友。

春节前夕，巴建华为汪洋搞了一些精粉。他除了单位所需，自己还花钱买了几袋，利用何敏出乘之便，把精粉运回家，解决了家中缺少细粮的状况。

由于全力以赴为食堂和山场准备食物，汪洋一直忙到腊月二十八才安排妥当，连夜乘车赶回家过年。

他提前运回了面粉，家里还杀了猪，回家的第二天，他领着弟妹们上街，分别为他们以及家中的亲人买了衣物，还置办了一些年货，又特意为弟弟多买了一些鞭炮，因此，今年的年货准备得非常丰富。为家人准备了这么多东西，可是他自己却穿着工作服过年，父母不忍心，想为他添置一件新衣服，他说自己喜欢穿工作服。虽然父母知道他是为了省钱，但也体谅他的一片孝心，就没有再坚持。

尽管与柳霞的关系已不复存在，而且柳刚当兵不能回家，但汪洋还是带着猴头和木耳等礼物去柳家拜访。柳家人对他的到来自然是表示欢迎，特别是窦阿姨，显得十分热心，拉着他的手，详细打听他的工作和生活情况。他对柳霞显得很生分，只是礼节性地客套了几句就不再理睬她了。柳霞用幽怨的目光看着他，他却有意回避，视而不见。柳霞觉得留下有些尴尬，便心灰意冷地回卧室了，汪洋也带着复杂的心情起身告辞了。

过年了，汪洋陪着家人其乐融融的欢度春节，觉得十分开心。昔日的好友纷纷找他玩耍，他们轮番请客，吃着可口的饭菜，喝着酒，听他讲大兴安岭的奇闻逸事，大家都感到十分高兴。

欢乐的时光匆匆而过，转眼到了初五，汪洋的单位初六上班，因此他必须提前一天赶回单位，安排职工们的后勤工作。他恋恋不舍地告别了家人和好友，踏上回程的列车。

三月下旬，采伐工作已接近尾声，采伐人员开始陆续往下撤。与此同时，制砖生产的前期准备工作也随之展开，老工人们忙着检修机器，新来的知青有一些帮着打下手，剩余的一律去清理砖窑、收拾场地。

为了扩大生产，厂领导决定增加一条输送带，以提高生产效率。根据实际情况，需要挖掘一条长二十米、宽三米的斜坡土坑，斜坡的最深处达两米，另一边则与地平面齐平。为了加快进度，也为了提高知青的积极性，工地调度王志方以六十元的价格将工程承包给林忠瑜、何爱民、赵坤等六人。工资照开，还有额外的收入，他们的干劲自然是十足的，不到两天时间就完成了工作。

在验收时，王志方百般挑剔，不肯验收。眼看到手的钱要泡汤了，知青们气得在背后直骂。后来经敖连长从中协调，王志方提出得让他们请客。林忠瑜等人知道王志方不肯验收的原因是想从中揩油，只好违心地答应了。

他们找到汪洋，说明了其中的原委。汪洋很生气，但是为了要回计件工资，也就答应了为他们准备酒菜。

晚饭之后，林忠瑜等人陪着王志方在餐厅里喝酒。知青们心里有气，不怀好意地轮番给王志方敬酒，想灌醉他。王志方不知是计，加上他又喜欢喝酒，自然是来者不拒，喝得十分高兴。只用了一个小时的时间，他就喝醉了，连板凳都坐不住，直往桌子底下出溜。知青们趁机踢了他几脚，以此泄恨。尽管王志方喝醉了，神志有些不清醒，但对知青们打他还是有感觉的，他借着酒劲儿高声叫骂他的叫骂声惊动了住在办公室的会计林文成。他年近五十，独身一人，因患风湿病导致行动不便。他是个很有正义感的人，听到叫骂声，便费力地赶了过来。问明原因，他气愤地指着王志方的鼻子骂道："你他妈的真不是人，小青年们远离父母，独身在外，生活多不容易啊！他们凭力气挣点钱，你还有脸让他们请客，简直就是没人味！你还耍酒疯，四十多岁白活了，我都替你害臊！你别在这丢人现眼了，赶紧回家去。"

此时的王志方醉得不省人事，根本听不进去话，不仅赖着不肯走，嘴里还嚷着要喝酒。林文成见他不听劝，生气地让知青们将桌子撤掉，然后带着大家离开，将他一人反锁在餐厅里。王志方待在冷房子里，开始时还不停地骂，骂累了就趴在桌子上睡着了。半夜时，他被冻醒了，想推门回家，却没想到门被反锁上了。此时，他已酒醒，知道知青们是有意如此，自己就是喊破嗓子也白费，他只好在黑暗中摸索着打开气窗，费了很大劲儿才从三十厘米见方的气窗中爬了出来。回到家中，他感觉浑身哆嗦、鼻子不通气、身体发烧，急忙吃药。他在炕上一直躺了两天才见好转，可他这是哑巴吃黄连，有苦说不出。这次，他领教了新知青们的厉害，从此不敢造次。

星期日，谌伟、林忠瑜、赵坤、何爱民几人闲着没事，相约去逛街，恰好汪洋去街上办事，他们便结伴而行。五个人穿戴整齐，一路说笑着来到了市区。何爱民告诫同伴："街面上很乱，商店里时常有小偷光顾，你们要把自己的钱揣好，以免被窃。"

"咱们这么多人怕什么？就算是真有小偷也不敢掏咱们，如果有事，哥儿几个一齐上，把他打个半死，然后再送到派出所去。"林忠瑜不以为然。

"林大哥，你不知道，凡是小偷出来作案，他的身边都跟着几个把眼放哨的。而且，他们都和当地有名的地癞子有关系，咱们根本惹不起。"何爱民摇着头说道。

"既然如此，大家还是把钱揣好了吧。"林忠瑜听他说完，态度来了个一百八十度的转变。

他们一边走，一边唠嗑，不知不觉就来到了商业中心。他们警觉地相互照应着，逛了几个商店，各自购买了所需的物品。从商店出来，见路边有一家照相馆，林忠瑜提议："咱们哥儿几个留个影呗。""我看行。"何爱民首先响应，汪洋和赵坤也表示同意。他们走进照相馆，迎面走过来一位年轻的姑娘，笑容可掬地问道："同志，照相吗？"

"这话问的，不照相进来干什么？"林忠瑜笑着反问。

"大哥，是单照还是几位一起照？"

“我们一起照。”汪洋回答。

“请问你们照几寸的？”

“你们说照几寸的好啊？”汪洋回过头来征求他们的意见。

“我看三寸的就行。”赵坤说道。

“同志，照三寸的，多少钱？”汪洋问道。

“价格表上写着呢，你们自己看吧。”女服务员手指了一下墙上的价格表。

汪洋等人顺着她的手指，看见价格表上写着一寸相片一元，三寸相片三元，带三张照片，加洗一张五角钱。汪洋抢先开票缴款。他们照一张三寸的，另外加洗两张，共计四元钱。汪洋告诉她在照片上写上“献给未来的回忆”。然后，他们在女服务员的引导下来到照相室。汪洋和谌伟的个子高，就坐在前排，赵坤等三人站在后排。照相师傅为他们摆正了姿势，只听“啪”的一声，闪光灯一闪，照相师傅喊了一声“好”，便摆手让他们起来了。

从照相馆里出来已经接近中午了。何爱民看了看手表说：“已经中午了，咱们下饭店去，我请客。”

“下饭店我同意，但却不能让你自己花钱，我看咱们还是均摊吧。”林忠瑜首先表明了态度。

“咱哥儿几个啥关系！我请大家吃顿饭有啥呀！再说，我三姨在饭店上班，我去吃饭便宜，你们别想那么多，尽管跟我去吃就行了。”

见他如此说，众人也不再坚持，高兴地和他来到国营饭店。何爱民找到了三姨，她白白胖胖，可能与在饭店工作吃得好有关系。何爱民介绍他们与三姨认识，三姨亲切而随和，没说什么客套话，只是亲热地让他们坐下。何爱民掏出拾元钱交给三姨，汪洋等人也纷纷掏钱。三姨没有接他们的钱，而是转身离去。过了一会儿，三姨拿着饭牌回来，还找回何爱民三元钱。她低声嘱咐：“小民儿，一会儿给你们上菜，你们只管吃，别乱说话。”何爱民心领神会，点头答应了。

就在他们等菜的时候，旁边桌子吃饭的两个年轻人见他们一共买了七元钱的菜牌，用眼角的余光不住地朝他们打量。其中有一个身体键壮，肤色发黑，脸上长着疙瘩。这个面色凶狠的高个子不知出于什么目的，顺手丢给他们拾元钱，轻蔑地说：

“哥们儿，拿去买菜吃吧。”

对方的举动让何爱民觉得受到了侮辱，他不假思索地把钱撇了回去，回敬道：“哥们儿，谢谢你的好心，我们不需要！”

“哥们儿，别不好意思，下饭店别太寒酸了。”高个子不阴不阳地说。

“我们既然来下饭店，就有钱买得起饭菜，用不着你施舍。”

“你就别说大话了，你们一共就买了七块钱的菜牌，还自称有钱，你们的钱在哪儿，拿出来让我瞧瞧。”

何爱民听闻顿时语塞，他的口袋里只有十几元钱，无法拿出手。汪洋气不过，冲动地从上衣口袋里掏出了一沓公款，足有二百元。他用力地把钱放在桌子上，生气地说：“你们不要隔着门缝瞧人，这些钱吃顿饭足够了吧？”

高个子见汪洋掏出这么多钱来，不由得暗自得意，脸上却不动声色。那个一直没有说话，身材单薄、面皮白净的同伴一见到钱，眼里顿时露出了贪婪的目光，就像饿狼见到鲜肉一般。原来他们是窃贼，故意用话激何爱民等人，从中探知他们是否有钱，以便伺机下手。汪洋对社会上的这一套不了解，出于气愤，便亮出了钱财，结果正中对方的计策。

“哼，真是狗眼看人低，山林大了什么野兽都有。”何爱民见汪洋亮出钱来，底气顿时足了起来。

“朋友，挺有货呀，借哥们点花呗。”高个子对何爱民的话不但不生气，反而口气平静得很。

“咱们不认不识的，我凭什么借给你。”汪洋一边说话，一边将钱装进口袋里。

“你不认识我不要紧，我的大哥吴老达子总该听说过吧？如果他跟你借钱，你们不会是这个态度吧！”他的话软中带硬，汪洋等人不由得神情紧张起来。

“哼，你少拿吴老达子吓唬人，我和他是同学，别说是你们，就是他今天亲自到场，也会给我面子的。我明白地告诉你，这几位是我的朋友，也是群哥的人，我想你们不至于诚心与群哥作对吧。”何爱民坐着未动，显得胸有成竹。其实，他并不认识所谓的群哥，虽与吴老达子是小学同学，但早已多年不来往了。他知道群哥的名气大，故此把汪洋等人说成是群哥的人，以此来震慑对方。

“你们是群哥的人？我怎么从未见过呢？请各位朋友报个蔓儿，改日我定当登门拜访。”高个子对他的话将信将疑，不过态度有所缓和，还特意用江湖上的行话和他们盘道。

何爱民不懂蔓儿是什么意思，只好含糊其词地回答：“我量你们也不敢与群哥作对，登门拜访就免了吧。”

“你连江湖行话都不懂，还敢自称是群哥的人！我这个人就不信邪，做事一向独来独往。我不管你们是不是群哥的人，今天如果不把钱留下，休想迈出这个门槛。”矮个子语气凶狠地说道。

“既然你们不相信我们是群哥的人，那咱们就走着瞧。不过，我警告你们，今天休想从我们手里拿走一分钱。”赵坤年轻气盛，见形势五对二，即使打起来，自己这边人多，也不会吃亏，所以态度强硬地回答。

“好，有种！咱们别坐在这里干磨嘴皮子，最好找个地方比划一下，让我们见识见识你们的本事。”高个子认定这些人与群哥无关，故此才敢如此叫嚣。说话的同时，他人已起身，手伸进口袋，口袋里显然有匕首一类的刀具。

话说到这个地步，气氛遽然紧张，汪洋等人也只能硬着头皮迎战。何爱民与赵坤站起身来，手抄凳子，怒目而视，眼看一场械斗在所难免。就在双方剑拔弩张之际，隔壁的包间里传出声音：“什么人如此放肆？竟敢驳我的面子！”随着说话声，从包间里走出几个年轻人来，为首的人身材健美、长相英俊，身披米色风衣，里面穿着一套蓝色毛料中山装，脚穿棕色皮鞋，举止潇洒，眉宇间带着一股霸气。他面带笑容，但又令人不寒而栗。

他的突然出现，令双方都感到十分惊讶，僵在那里，一时间无语。汪洋知道此人一定是何爱民所说的群哥，他却觉得声音有些耳熟，急忙抬头望去。这一看令他大吃一惊，又感到十分意外。眼前这位大名鼎鼎的江湖人物，分明就是自己的表哥江群。他不禁失声叫道：“表哥，原来是你啊！”

那个年轻人颇感意外，闻声细看，十分惊喜地说：“兄弟，怎么会是你呢？你怎么会到甘河市来呢？”

“我分到甘河林业局工作已经半年多了，没想到咱哥俩竟会在这种场合见面。”

汪洋激动地说。

“我也没想到！你一切都好吧！”江群关切地问起他的近况。没等汪洋回答，表哥的同伴便抢先问道：“群哥，这是谁呀？”

“来，我给你们介绍一下，这是我的表弟，汪洋。”江群指着汪洋，把他一一介绍给同伴认识。汪洋也把何爱民等人介绍给表哥认识。那两个存心闹事的家伙见此情景，不由暗自叫苦，想趁众人不备，溜之大吉。没想到，他们刚一挪步，就听江群厉声喝道：“你们两个混蛋，竟敢在光天化日之下抢钱，闹完事还想溜，简直无法无天了！我看你们是活得不耐烦了。”

“群哥，小人该死，我们就是有天大的胆，也不敢与群哥您过不去啊。怪兄弟眼拙，没看出他们是群哥您的人，以为他们假借您的名义唬人。群哥，小人有眼无珠，冒犯了您的神威，您大人不见小人怪，饶了我们吧！”矮个子连鞠躬带作揖，就差没下跪磕头了。

“饶了你们？哼，说的真轻巧。”江群生气地说。

“表哥，反正没出啥大事，我看就饶了他们吧。”汪洋息事宁人地劝表哥。

“既然我兄弟讲情，今天就饶了你们。以后再发生类似的事情，我绝不轻饶！还不赶快滚蛋。”江群不屑一顾地挥手说道。他俩就像获赦的战犯一般，嘴里说着感谢的话，忙不迭地仓皇而去。

“兄弟，咱哥俩就是有缘。来，这几位朋友都过来，今天我做东，一来庆祝我们兄弟相逢，二来与各位朋友喝个认识酒。”江群豪爽地将汪洋等人请进包间，吩咐手下人把他们的剩菜撤下，重新点了一桌丰盛的酒菜，并把何爱民的菜退掉了。

何爱民等人都是初次见到传说中的江群，未免有些诚惶诚恐。尤其是何爱民，更是觉得不安。他举起酒杯，面带愧色地说：“群哥，我们久闻您大名，也非常敬佩您的为人，今天冒用您的威名，是想吓住那两个人，还请您不要怪罪！”

“兄弟，四海之内皆兄弟，在家靠父母，出门靠朋友。既然你和我兄弟是好朋友，也就是我的兄弟。承蒙你们如此看重我，我高兴还来不及呢，岂有怪罪之理。以后你们有啥事尽管吱声，只要是我江某人能办到的，我就一定责无旁贷。来，大家共同举杯，为我们兄弟重逢，也为结识诸位好朋友，干杯！”江群豪气冲天，痛快地一饮而尽。其他人也不甘示弱，各自将杯中酒喝干。接下来，他们放开酒量，推杯换盏，相互敬酒，喝得十分尽兴。

酒足饭饱之后，江群留住汪洋，何爱民等人则一再感谢后告辞而去。汪洋跟着表哥乘坐朋友开的小车，来到了位于二马路边上的粮贸公司。表哥告诉他，自己在这里工作，住在单位的职工宿舍，车子在大门口没停，只是按了下喇叭，就直接开到了宿舍门口。

"江大哥，还用车不？"他的朋友问道。

"下午就不用了，晚上五点来接我吧，晚上咱们出去陪我弟弟喝酒。"江群一边掏钥匙开门，一边吩咐他。

这是一间单人宿舍，室内放着一张大床，床头及枕边随意地丢了几本书，旁边有一个文件柜，文件柜的上半部是玻璃门，里面摆放着一些书籍。另外还有一个办公桌和两把黑色的弹簧椅子，桌子上放着一部电话机以及暖瓶、水杯等用品。靠床边立着一个木制衣架，上面随意地挂着各种样式的衣服。虽然床上有些零乱，但是室内的家具摆放齐整，整体来说还算干净整洁，给人一种清新舒适的感觉。表哥让汪洋坐在床上，自己则转身去沏茶倒水。汪洋起身来到书柜前，细心地浏览着书柜里摆放的书籍，这些书以演义和传奇故事居多，有最近出版的新书，也有文革前保留下来的旧书，另外还有四大名著以及一些中外作品。这些书汪洋大多数都读过。

"兄弟，看来你也喜欢看书啊？"表哥将一杯茶水递给他，笑着说道。

"表哥，不瞒你说，我从小就喜欢看书，尤其喜欢文学作品。"汪洋转过身，接过茶杯，眼睛依旧看着书柜回答。

"你喜欢看什么书，尽管拿去看。"江群大方地说。

"表哥，没想到短短两年时间，你的变化竟这么大，若不是亲眼所见，我简直不敢相信这一切是真的。我曾经按你所留的地址去找过你，却被告知你已经离开了。你能告诉我这两年发生的事吗？"汪洋怀着好奇的心理问道。

"兄弟，即使你不问，我也会告诉你的。自从咱们分手之后，我依旧回到山上去干临时工。有一次，我搭运材车下山，没想到中途车子抛锚了，我便徒步回山场取配件。途中遇到了几个人被一群人追杀，我路见不平，出手相助，救下了被追打的人。

事后我并没有放在心上，可是没想到，那几个被救的人竟是甘河地面上赫赫有名的人物。他们通过各种途径打听到我的下落，开车把我请到市里，不光好酒好菜的盛情款待，还把我介绍给一位手眼通天的人物。他不仅帮我解决了农转非户口，还帮我安排了工作，并且提了干，社会上的朋友也给我面子，所以才有了今天你看到的一切。”

“你现在过得这么好，为什么还要刻意隐瞒行踪，不告诉家人呢？你知道吗，姑妈特别惦记你，她急得要命，到处打听你的下落。”

“一言难尽啊！我不告诉家里人，确实有不得已的苦衷。由于我的罪过，深深地伤害了青梅竹马的恋人，我无颜面对她的深情厚爱，而她却对我一往情深！无奈之下，我只好忍痛割爱，给她写了一封绝情信，并故意隐瞒行踪，以免她找到我。别看我现在表面风光，其实内心痛苦万分，简直是生不如死。因此，我每日只是醉生梦死，借酒浇愁，以此来消除内心的痛苦。”江群痛苦地流着眼泪，述说其中的隐情。

“既然她如此爱你，有什么事情和她当面说开不就行了，何必这么折磨自己呢？”汪洋同情地解劝道。

“兄弟，一失足成千古恨，我做的事情难以启齿，更是不可饶恕的罪过，还有什么脸面去乞求她的宽恕呢？希望你帮我严守秘密，既然命运注定我们有缘无分，我也就只好选择逃避，远离她。但愿随着时间的推移，她能把我忘掉，开始新的生活，找到属于她的幸福。那样，我就心满意足了。哀莫大于心死，如今我已万念俱灰，不再奢求美好的爱情了，只是活一天算一天，稀里糊涂地混春秋吧。”江群无限伤感地说着，此时他早已泪流满面，与在酒桌上威风八面的社会老大相较，简直是判若两人。

汪洋听着他的述说，也替他感到痛心，但又无法找到劝解的语言，只好默默地陪着他流泪。大约过了十几分钟，江群用力地甩了甩头，用手抹了抹脸，有些不好意思地苦笑着说：“你看刚一见面，就让你陪着我伤心。好了，不说这些让人伤感的话了，说说你吧。你是如何来到甘河的，又是如何参加工作的？”

当下，汪洋就把自己所经历的一切，毫无保留地向他述说了一遍。江群听后，也由衷得为他能够拥有如今的工作而高兴。

他们两个聊地尽兴，不知不觉已到了黄昏时分，门外传来了敲门声，是江群的朋友叫他们去吃饭。于是，他们整装出门，坐车来到酒店，江群的朋友早已在此恭候多时。酒桌上，他们轮番向汪洋敬酒，气氛异常热烈，他们一直喝到午夜时分，才各自抱醉而归。

酒后，江群的朋友开车将他们送回宿舍，他们本打算聊天，可一躺下，就各自响起了鼾声，一觉睡到了天光大亮。江群带他吃过早饭，汪洋又挑了几本书，江群便用车将他送回单位。临别时，江群再三叮嘱汪洋，一定要替他保守秘密，切莫把他的行踪透漏给任何人，然后才驱车返回单位上班。

第十二章

行之有愧

自从与江群相识，汪洋和他的同事，便底气十足了，他们再也不必担心社会上的那些混混儿找麻烦了。与此同时，汪洋也为自己有这么一位仗义豪爽、风光十足的表哥而沾沾自喜。

此时的汪洋真可谓是春风得意，由于郝妍的帮忙，解除了工作上的后顾之忧，在社会上意外遇到了表哥，从此又免去了在社会上受人欺负的境遇，他可以腾出更多的时间看书了。随着形势的好转，文艺战线上呈现出百花齐放的春天景象，在“文化大革命”中许多被禁锢、被打成“毒草”的文艺作品相继再版发行，同时又涌现出如小说《第二次握手》，话剧《于无声处》等许多新的作品。这些作品在国内引起了极大的反响，受到了广大读者的热烈追捧，激励着许多爱好文学的青年，热血沸腾地拿起笔，积极投身到文学创作之中。

这文艺蓬勃发展的伟大时代，激发了汪洋文学创作的梦想。虽然他知道自己的文化基础有限，但还是凭着满腔的热情投身于文学创作之中，开始了艰难的文学创作之路。

然而，文学创作谈何容易！就当他满腔热血地投入文学创作时，困难接踵而至。对于他这样毫无写作经验、文学功底差、没有生活阅历的初学者来说，文学创作是难上加难！他首先遇到的困难就是缺少工具书。说起来可怜，他当时的工具书就是一本《新华字典》。他拿起笔来苦思冥想几个小时，却写不出让自己满意的东西，主要是对许多词句的含义理解不透，认知程度模糊，故此对故事情节、周边景色以及人物塑造上都无法描写到位。由于没有工具书，无法正确地使用恰当的词汇，致使他的写作停滞不前。就在他为买不到工具书而苦恼时，意外得知会计林文成有一本《现代汉语词典》，他急忙找他去借。林文成孤身一人生活，性格有点古怪，得知了汪洋的来意，他先是找借口不借，汪洋耐着性子求他，他才勉强同意，答应给他借用三天。汪洋急于借阅，自然是满口答应了。

拿着词典，汪洋如获至宝，如饥似渴地对一些常用词语进行了参阅，对自己词句的使用进行了校对。三天时间倏忽而过，林文成找上门来催讨。尽管汪洋是万分不舍，也只能无奈地归还。

由于从中获益匪浅，汪洋愈发感到工具书对写作的重要性。他再次找林文成借阅，可是这次林文成却死活不肯借，汪洋说尽了好话，但仍然无济于事，只好悻悻而返。

借书无果，汪洋感到很失望。林文成的不近人情让他很生气，却又无可奈何。每当写作遇到疑难时，他对词典的需求就愈加强烈。他四下找人帮忙，并特意找到表哥，以期搞到词典，结果却大失所望。

为了再次借阅词典，他尽量讨好林文成，时常陪着笑脸与他唠家常，而他却不为所动，还时常当着他的面翻阅词典。每当那时，汪洋就恨不得劈手夺过来据为己有。

一天傍晚，汪洋再次来到林文成的宿舍，发现林文成没在屋，而那本让他日思夜想的词典就赫然放在床头，汪洋不由得怦然心动。他转身来到门口，向四下张望，走廊里空无一人。出于对词典的渴望以及人类自私和占有欲，他本能地拿起词典，快速地掖在怀里。他的心砰砰乱跳，一种犯罪感袭上心头，甚至产生了片刻的犹豫。然而，对词典的需求和欲望以及搀杂的几分报复心理，促使他忘记了做人的道德准则，装作没事人似的快步离开了林文成的宿舍。

林文成发现词典丢了，首先想到了汪洋，他气急败坏地前来质问他。做了亏心事的汪洋虽然心虚，但还是硬着头皮矢口否认。由于没有确切的证据，林文成只好骂骂咧咧地离去了。

望着林文成拖着步履蹒跚的病体离去，汪洋心中十分惭愧，更为自己的行为感到羞愧。他突然觉得自己有些卑鄙无耻，这不是君子所为，一种负罪感纠结在心头，使他无法释怀。直到若干年以后，他在书店买到了词典，怀着负罪的心理把词典送给了林文成，并真诚地向他赔礼道歉，求得了他的原谅，汪洋才放下了心里的包袱。

担心被人发现，汪洋把词典藏得十分隐秘，只有在夜深人静的时候才会偷偷地拿出来找寻所需的词句。自从有了词典的帮助，汪洋如虎添翼，写作的信心更足了。他经常写到半夜，甚至通宵达旦。由于长期熬夜，缺乏睡眠，他面色发黄，眼圈发黑，眼球充满了血丝。同伴们劝他注意休息，以免累坏了身体，但他却依然如此。

尽管他把业余时间全部投入到写作之中，但收效甚微。虽然他对自己的作品难以自我鉴赏，但是，只要把自己的手稿与所读的作品相比较，就能立见拙劣，让他倍感汗颜。他发现自己的作品不但结构松散，语言平淡得就像白开水，而且语法修辞也存在诸多问题，就连标点符号也不够准确。他写了撕，撕了又写，陷入了周而复始的恶性循环之中。

正当他为自己基础知识的缺欠而苦恼时，听闻林业局举办文化补习班，主要是帮助文化水平低的青年学习文化，单位一些好学的青年，如郝妍、谌伟、陈宧章等人都相继报名参加了。汪洋暂时放弃了写作，报名参加了文化补习班。他们每天晚上六点半上课，九点下课，下课后，无论男女，碰到就结伴而行。郝妍找到汪洋，郑重地提出要和他结伴同行，汪洋考虑到郝妍曾经对他有过帮助，就答应下来。

他们每天同去同归，关系也就显得比其他人亲密。他们的举动引来了同事们异样的目光，也招来了众人的非议。

林忠瑜和赵坤以及何爱民等人出于好奇，关上房门，对他来了个三堂会审，硬逼着他交代与郝妍的关系。汪洋说他们只是普通朋友关系，他们几个便把他按倒在床，抓他的腋下和肋骨，痒得他笑出眼泪，禁不住大声求饶，违心地承认与郝妍有恋爱关系。当他们一松手，汪洋就立刻改嘴不承认了。众人又一拥而上，再次对他抓痒，他被逼无奈，只好再次承认，而一旦脱离了众人的控制，他又立马改嘴了。众人拿他没办法，只好放弃，不再追问了。

五月初，制砖生产刚刚开始，何爱民和赵坤却接到通知，前去呼玛修国防大桥。临别前夕，汪洋等人特意备酒菜相送。他们相处近一年了，彼此感情深厚，如今分别在即，大家都依依惜别，不忍分离。汪洋借着几分酒劲儿，口占一首四言诗为二人送行。

送友寄情

爱民、赵坤二同志，奉命赴呼玛修建国防大桥，分别在即，不忍分离，写诗送行，以表其情。

古城呼玛，景色可观。
历代受欺，血迹斑斑！
而今熊罴，虎视眈眈。
战略重地，战备领先。
一声号令，大军万千。
架桥修路，固防戍边。
二君同去，任重道远。
暂时分别，莫生他念。
努力工作，勇挑重担。
捷报频传，胜利凯旋！

此诗一出，众人皆呼有才，好事者许嘉当即抄录，写于走廊墙壁之上。

送走了何爱民和赵坤，人们又开始了正常的生活。转眼一个星期过去了，许嘉写在墙壁上的诗随着风雨的侵蚀和不经意的摩擦变得模糊不清。

有一天，王志方饭后闲逛，偶尔发现了字迹有些模糊的诗句，偏偏他看到的是“历代受欺，血迹斑斑。而今熊罴，虎视眈眈。”等诗句。他的文化知识有限，对诗句的理解仅限于表面意思，再加上所看到的是断句，他认定这是“反动诗”。于是，他如获至宝，将这些诗句抄录下来，越级上报给林业局党委。由于当时执行“两个凡是”的路线，依然重视阶级斗争，所以林业局党委十分重视，立刻成立了以党委副书记为首，林业公安局副局长为辅的联合调查组，进驻砖厂，对“反动诗”展开了调查。一时间，风言四起，人心惶惶，砖厂出现了“反动诗”的事件很快就在社会上广泛传播开来。

调查组经过调查取证，很快就查清该诗系汪洋所作，于是，调查组上报党委。党委决定对汪洋严加处理，责成调查组召开全厂大会，公开事实，对当事人进行隔离审查，查清其动机以及政治背景。所有的这些安排都是秘密进行的。调查组刚来时，汪洋并没有当回事，随着调查的深入，他从人们异样的眼神中有所察觉了。人们就像躲避瘟疫似的与他疏远，就连几个要好的朋友也谨慎地与他保持距离。他从人们闲谈中捕捉到一些信息，了解到调查组是为了调查“反动诗”而来，但是具体情况却不清楚。他曾担心自己的诗句是否有问题，还认真地审视了一遍，他觉得并没有什么问题，便放下心来。由于调查组采取了严格的保密措施，直到开会前夕，汪洋还蒙在鼓里，对即将发生的事情一无所知，更没有意识到问题的严重性，每日依旧埋头于写作当中。

郝妍是局外人，理所当然地知道调查组的目的。调查组严令保密，任何人不得泄密，因此，她不敢把这一切告知汪洋，害怕惹祸上身，牵扯到自己的政治前途。眼见事态愈加严重，汪洋却像个没事人似的，她心里不由得暗自着急，替汪洋捏着一把汗。她内心十分矛盾，踌躇再三，难下决断。她一直通过各种渠道，密切地关注着事态的发展，直到从父亲的口中得知汪洋即将被隔离审查，她才心急如焚地找到汪洋，不顾被牵连的危险，把事实真相以及事态的严重性告诉了他。

汪洋听闻，有些半信半疑，他坚称自己的诗没有问题。郝妍虽然知道汪洋曾经写诗为林、赵二人送行，却没有看到诗的全部内容，只是从调查组口中知道了部分诗句。情急之下，她逼着汪洋把诗拿出来，她仔细地看了一遍，又对其中诸如“历代受欺，血迹斑斑。”等看似有问题的诗句进行讨教后，也觉得从整体来看，没有什么政治问题。于是，她建议汪洋去找调查组说明实际情况。

郝妍陪着汪洋走进调查组的房间，几乎所有人都感到惊诧。汪洋有些忐忑地把诗稿交给了调查组的负责人。这位戴着眼镜的党委副书记是个四十多岁的中年人，他拿着诗稿，十分仔细地看了一遍，然后神情严肃地问道：“这诗是你自己写的吗？是在什么背景下写的？出于什么目的？”

“是我写的，只是为了送两位同事去呼玛修大桥，以示离别之情。我在序中写的很明白，根本没有什么其他的目的。”汪洋如实回答。

“那么‘历代受欺，血迹斑斑’又怎么解释？”副书记指着诗稿继续发问。

“这两句是指中俄的《瑷辉条约》、沙俄对外兴安岭的占领以及他们对江东六十四屯中国边民的杀戮和掠夺。”汪洋谨慎地回答。

“‘而今熊罴，虎视眈眈’又怎么解释？”副书记接着发问。他的态度明显缓和了下来。

“熊罴是指‘苏修’，毛主席曾有诗曰：‘独有英雄驱虎豹，更无豪杰怕熊罴。’它们在中苏边境陈兵百万，前几年又挑起了珍宝岛事件，对我国不是虎视眈眈吗？”汪洋理直气壮地回答。

副书记听完他的解释，点了点头，没有说话。其他几位调查组成员对诗中的一些诗句又进行了盘问，汪洋也一一进行了解答。然后，副书记把诗稿留下，打发他们回去了。调查组通知会议推迟，然后又紧急召集相关人员开会，根据情况的变化，紧急商讨处理意见。最终，他们达成共识，一致认为该诗没有政治目的，也不存在反动思想，属于正常、健康的抒情诗，决定撤消调查，不予追究。

调查组宣布会议取消，然后驱车离去。望着渐渐远去的车辆，汪洋如释重负地吐了一口长气，心里对郝妍充满了感激之情。她在关键时刻，不顾个人安危，不怕连累，挺身而出，毅然告诉他事情的真相和严重性，并陪着他向调查组说明真相，化险为夷，真是患难之中见真情啊！

元旦文艺汇演让郝妍一炮走红，她的歌声受到了大家的喜爱，她也得到了相关领导的重视。她经常被林业局党委抽调，参加各种文艺演出。她那甜美的歌声、如花的容颜，征服了所有的观众。她的知名度愈来愈高，也招来了众多的崇拜者和追求者。他们有的写信倾诉仰慕之情，有的干脆登门求爱，当面表示爱慕之意。面对众人的追捧，郝妍开始还能保持平静，从容面对，拒绝回信或有意躲避上门的求爱者。可随着演出次数的增多和歌迷的狂热追捧，她的虚荣心也随之膨胀，渐渐地适应了这种生活环境。她刻意地打扮自己，烫起了波浪似的披肩发，还学会了化妆，与外界的交往也逐渐多了起来。她开始给歌迷回信，当然也包括求爱者。她也能够坦然地面对追求者，开始和他们交往，甚至应邀与异性朋友外出喝酒吃饭，而且时常深夜才回来。汪洋对她的变化很反感，尤其看见她与男士说笑，他心里就感到很不是滋味，好像有人偷走了心爱的东西。汪洋看在眼里，急在心上，也曾旁敲侧击地劝说了她几次，却无济于事，她依然我行我素。

有一次她喝醉酒回到寝室，由于酒精刺激她的中枢神经，让她兴奋地睡不着觉，大声唱起歌来。本来她的歌声颇受欢迎，同事们也都喜欢听，可如今大半夜唱个没完，影响大家休息，引起了大家的反感。好说好动的邵富高声骂道："大半夜的嚎啥，还让不让人睡觉了，你是卖唱的啊？"

歌声戛然而止，女寝那边安静了下来，同伴们以为邵富的骂声起了作用。万万没想到，随着一阵零乱的脚步声，房门被一脚揣开，只见郝妍头发凌乱、面色红涨，身穿着背心短裤，脚下穿着拖鞋，双手叉腰，闯进男寝怒声骂道："是谁不说人话？敢说姑奶奶卖唱！有种站出来，让我认识认识。"

众人被她的泼辣相惊住了，整个男寝顿时变得鸦雀无声，无人敢接茬。邵富此时则吓得缩进被窝里不敢出声。有些脸皮薄、怕羞的男生则用被子或双手遮住眼睛，也有不怀好意的人乘机用淫亵的目光投向她的敏感部位。

汪洋忙于写作，尚没有脱衣休息，见她酒后失态，急忙拿起一件外衣披在郝妍的身上，好言相劝道："郝妍，你冷静点，快回宿舍去，这样影响多不好啊。"

"你就知道说我，没听刚才骂的多难听啊，今天我和他没完！刚才骂人时那么有劲儿，现在怎么装聋作哑，变成缩头乌龟啦？！"郝妍似乎受到了天大的委屈，依旧不依不饶。

"好了，他是在和你闹着玩呢，别往心里去。你先回去休息，这事包在我身上，明天我一定让他当面给你赔礼道歉。"汪洋一边劝说，一边把她拉出男寝，劝回了女寝。

第二天，郝妍酒醒后，汪洋约她到办公室，俩人进行了推心置腹的长谈。虽然他们没有确定关系，但彼此都能感觉到对方的关爱，他们之间只差一层窗户纸没有捅破而已。郝妍虽然酒后意识模糊，但昨夜发生的事却依稀记得，对自己酒后失态感到追悔莫及，并且言之凿凿地向汪洋保证，以后一定要注意自己的行为，尽量减少与朋友外出聚会。

郝妍果然言而有信，不但言谈举止收敛了许多，装束也变得简朴了，对外界的邀请也一律拒绝。她对汪洋更加关心，几乎包揽了他的脏衣服，她还利用休息日，从家中给汪洋带好吃的，还有糖果和奶粉等营养品。郝妍的关爱让汪洋倍感温馨，俩人的关系也愈显亲密，他们的关系已经是公开的秘密了。

郝妍性格开朗大方，为人行事不拘小节，经常与异性开一些无伤大雅的玩笑，对汪洋更是无拘无束。汪洋每次见到她，心里就有一种难以抑制的激动，心止不住地砰砰狂跳。他们俩人经常亲密地在一起畅谈理想，憧憬美好的明天，汪洋感到十分幸福。每当郝妍离开自己的视线，他心里就有一种空落落的感觉，心心念念只想着郝妍，脑海里经常不自觉地浮现出她的影子。每当他见到郝妍与异性接触或说笑时，就会莫名其妙地产生一种患得患失的醋意。他知道自己已深陷爱河，也曾多次想向郝妍表达自己的爱意，但由于家庭地位悬殊，他有些犹豫。他知道一旦确立了恋爱关系，势必要涉及家庭状况，自己家庭出身不好，外加家境贫寒，万一郝妍知道了这些情况，因心里嫌弃他而出现变故怎么办？强烈的自卑感让他心存畏惧，迟迟不敢向她敞开心扉，更不敢与她有过分亲密的接触。然而，炽热感在快速膨胀，一次意外的情感碰撞，擦出了他们的爱情火花，就像引发火山的熔岩，冲天喷涌而出，彻底冲破了他们的防线，省略了语言表达爱情的方程式。

五月初是制砖生产的黄金期，全厂职工都投入到紧张的生产当中。职工们每天两班倒，日夜生产。工地上灯火通明，机器轰响，到处都能见到忙碌的身影，呈现出一片热火朝天的繁忙景象。

由于生产量大，人手不够用，厂里雇用了一百多名临时工。为了加强管理，提高生产进度，厂部压缩了非生产人员，把尽量多的人抽调到了生产第一线，汪洋因此变动了工作，到工地担任副带班长。工地生产由敖连长全权负责，郝妍和樊桂兰担任统计员，负责每天的生产进度。王志方担任带班长，汪洋任副带班长，他俩各带一个班组。临时工的劳动报酬按生产数量计算，实行多劳多得的原则，以此带动他们的生产积极性。

两个班次以早六点和晚六点为交接班时间，王志方负责白班生产，汪洋负责夜班。本来夜班的统计员是樊桂兰，郝妍特意与她调换，以便能和汪洋再一起。汪洋虽然没有经验，但是他肯动脑子，虚心向老工人请教，始终坚持在生产第一线。哪里有困难他就出现在哪里，哪道工序出现了窝工现象，他就及时帮助解决，什么脏话累活都抢着干。由于他身体强壮有力，别人拉四板水坯，他却拉六板，还依然跑得飞快。制砖机出现故障时，他总是及时抢修，尽量缩短时间，尽最大的努力增加生产量。故此，他们夜班生产的砖坯总是多于白班的产量。平常人们没有什么感觉，领工资时，区别就立刻显现出来了。同样的工作时间，得到的报酬却不一样，夜班人员的工资普遍比白班高，最多的高出二三十元，最少的也多出一二十元。

汪洋他们每月基本工资二十八元钱，加上高寒补助和补贴，也就是五十多元。临时工的计件工资远远高于他们的基本工资，夜班又多出二十多元，这在金钱的社会里，无疑是难以抗拒的诱惑力，惹得白班一些人前去找工厂的领导要求调班，得不到批准，他们还不死心，又前去找黄厂长。黄厂长问其原因，他们说是因为汪洋盯的夜班工资比白班高。黄厂长开始还有点不相信，亲自去财会查账，方知他们所说不虚。黄厂长想，一个刚参加工作一年，没有实际工作经验的小青年，竟能做出如此成绩，足见他的能力和才干不一般。以前经常有人夸汪洋能干，自己还有些不以为然，觉得他只不过是会写点东西，能作几首诗而已，放到工作上并不一定管用，现在看来，自己还真是小看了他。黄厂长惊叹之余，对汪洋也有了重新的认识，更加重视他了。

于是，他召开了班组长以上领导会议。在会上，他着重表扬了汪洋，同时，十分严厉地批评了王志方，说他一个有着多年工作经验的老同志，还是很有优势的白班，竟然在产量上输给了没有工作经验的青年人，这已经充分说明了问题。黄厂长责令他回去好好找原因，想办法把产量提上去。

会后，王志方垂头丧气地回到工地，但是，他没有去找自身的原因，而是一股脑的把怨气都撒在了汪洋身上。这天晚上，汪洋正领着夜班人员忙生产，只见王志方喝得醉醺醺地，踉踉跄跄地来到工地，当着在场工人的面骂道："他妈的，黄嘴丫还没褪净呢，竟敢欺负到老子的头上了。你别忘了，老子才是正班长，想跟我争高低，你还嫩了点儿。"

汪洋听出他是冲着自己而来，气愤地想与他理论。但是，见他满嘴喷着酒气，即使与他理论也说不清是非曲直，所以也就没有做声。在场的两位老工人见他喝酒闹事，好心上前相劝：“老王，你喝多了，说三道四的影响多不好啊，快回去吧。”

没想到他非但不听劝，反而用力地将他们推开，嘴里没好气地骂着：“你们少管闲事，没想到咱们这么多年的关系，你们竟然胳膊肘往外拐！哼！帮狗吃食的东西。”

“你这个人怎么不知好歹！我们好心劝你，你却狗咬吕洞宾，不识好人心！我们不管了！”两位老工人气愤地走开了。

“哪个需要你们管！老子今天就是想会会你！平时见到领导你不是挺能说会道的吗？现在怎么装哑巴了，有种站出来！”王志方依旧咄咄逼人地骂道。

汪洋见他不依不饶，知道他是借酒发挥，想找茬闹事，就生气地说：“王班长，你也是领导，咱们之间如果有什么矛盾，下班后解决，现在不要影响生产。”

“你少在我面前整事儿！我又没让你停工，影响什么生产？我一点都没冤枉你，都是你好显摆，有意讨好领导，害老子在大会上挨骂。这下你高兴了吧，得意了吧？”王志方指着汪洋的鼻子数落着。

“你别血口喷人！我怎么讨好领导了，难道我的产量有错吗？”汪洋据理力争。

“你少说这些冠冕堂皇的话，你不就是想借产量高，故意挖我的墙脚，想踩着我的肩膀往上爬么？我告诉你，没门！”王志方拔高声音嚷着。

“你不要以小人之心，度君子之腹。我是凭良心工作，怎么叫挖墙脚啊？工人们找领导调班，无非是想多挣点钱罢了，没有你想象的那么复杂。至于说我踩着你的肩膀往上爬，我告诉你，这个小班长我还真没瞧上眼。”汪洋义正辞严地反驳道。

他们的吵闹声惊动了正在砖窑上看火的敖连长，他快步来到跟前，见王志方酒后闹事，就气愤地命令两个身强体壮的工人将他强行送回了家。然后，他劝慰了汪洋几句，一场风波才得以平息。

第二天，敖连长将此事汇报给黄厂长，黄厂长当即就把王志方叫到了办公室，十分严厉地批评了他。王志方狡辩自己是酒后糊涂，并保证以后决不再犯。黄厂长让他写了检讨书，见他的态度还算诚恳，就让他继续回去工作了。

王志方经过此次批评，果然收敛了很多，在工作上有所抓紧，减少了工作中溜号、喝酒等现象，但是产量上却没有大的起色。一个月下来，他与汪洋的产量还是有差距，更加引起了班组人员的不满。他们再次找到黄厂长，强烈要求调换班组。

黄厂长考虑生产进度以及人心的稳定，断然决定，把王志方撤换掉，让他去负责烧窑工作。提拔汪洋为带班长，全权负责砖坯生产，并根据汪洋的建议，提拔谌伟为副带班长。汪洋和谌伟相互交流经验，互相帮助，通力合作，在工作中充分调动生产人员的积极性，挖掘他们的潜力，把生产搞的有声有色，产量均在原有的基础上有所提高，得到了领导的认可，也赢得了群众的赞赏。

汪洋每日忙于生产，除了在工作上与郝妍有所接触，根本无暇顾及儿女私情，他们已有一个多月没有单独在一起交谈了。平时他们在工地上见面，尽管匆忙，但只要是相视一笑，或者一个眼神，就彼此心领神会，感到十分幸福。

这天午夜，不知什么原因突然停电了，工地上顿时一片漆黑。他们通过电话联系电业局，被告知附近的变压器出现了故障，正在全力抢修。汪洋通知全体人员就地休息，等待来电。他担心有人坐在草帘子上吸烟会不慎引起火灾，就顺着码放砖坯的架棚中间的巷道，前去检查。

他凭着对工地的熟悉，在黑暗中缓步前行。当他检查到架棚巷道深处，接近堆放草帘子的棚子前，冷不防迎面与人撞了个满怀。随着对方的惊叫，他听出是郝妍的声音，就急忙说道："郝妍，别怕，我是汪洋。"

"原来是你呀，吓我一跳。"郝妍有些惊喜地说。

"你来这里干什么？"汪洋关心地问她。

"我是去上厕所。"郝妍似乎有些不好意思，然后又柔声问道："你不趁停电休息一下，黑灯瞎火的转悠啥？"

"我害怕有人在草帘子上吸烟，所以来检查一下，没想到会遇上你。"汪洋如实答道。

"你的心真细，我陪你一起去检查。"郝妍提议道。

"不用了，我已逐个检查完毕了。"汪洋告诉她。

"这电得停到什么时候？"郝妍关心地询问。

"看来还需要等一阵儿，变压器不是短时间能修好的，真是太耽误事了。"汪洋有些焦急地说。

“急也没用，来，我们坐这休息一下。你太疲劳了，我真担心你的身体吃不消。”郝妍一边心疼地说着，一边拉他坐在松软的草帘子上。俩人紧挨着坐在一起，彼此都能感觉到对方的体温。汪洋有生以来第一次与异性如此亲密的接触，感觉非常幸福和甜蜜，不免有些心猿意马，想入非非。郝妍的身体微微颤抖，汪洋误以为她冷，低声问她：“你冷吗？我脱下上衣为你挡寒吧？”

“你真傻！”郝妍撒娇地柔声说，并与他贴地更紧了。

汪洋从她的话中受到了启发，惊喜地张开双臂，将郝妍紧紧地抱住。郝妍此时就像乖觉的小绵羊，顺势瘫软在他的怀里。汪洋的心头颤栗着，浑身就像触电一样，一股幸福的暖流霎时流遍全身。在漆黑的夜色中，他听到了郝妍娇柔的喘息声，嗅到了吐气如兰的芳香，他情不自禁，充满无限激情地亲吻她的额头、腮边，直至疯狂的接吻。郝妍那滚烫的舌头，散发着诱人的香甜，像灵巧的蛇儿在他的口里游动，他紧紧含住，用力吮吸，不肯放松。初尝亲吻的甜蜜，使他如醉如痴，陶醉在幸福甜蜜的爱河里。

抚摸着郝妍柔若无骨的肌肤，汪洋虽然兴奋异常，却一再告诫自己不可逾越雷池。但面对异性的温柔和诱惑，理智在此时显得苍白无力，就像玻璃器皿一样，看似结实，一旦受到强烈的撞击，就会粉身碎骨。随着体内雄性荷尔蒙的急速膨胀，原始的冲动和对异性的好奇使汪洋失去了理智。他冲动地把手伸向郝妍的隐秘处，虽然担心会遭到拒绝，但此时却顾不了那么许多了。令他没想到的是，郝妍非但没有反对，还用性感的呻吟声来回应他的爱抚。她的温柔和顺从以及充满诱惑的呻吟声，极大地激发了汪洋对异性的好奇以及对性爱的渴望。他此时就像一个醉汉，被欲望之火烧得神魂颠倒，长期积压的欲望之火就像孕育已久的火山在顷刻间爆发。他意乱情迷地撕拽郝妍的衣服，郝妍则顺从的褪下衣裤。汪洋心头颤栗，手忙脚乱地开始交媾，急切之间无法找到准确的位置。在他胡乱冲撞之际，郝妍适时的引导他，使他顺利地驶入了温馨的港湾。他们置身在漆黑的旷野中，伴随着虫叫和蛙鸣，在激情的波涛中翻转起伏，在甜蜜和愉悦中鸾凤和鸣。郝妍那抑制不住的呻吟以及他初次做爱的幸福，给他带来了无限的快感！直到彼此情感达到和谐的顶峰，汹涌的岩浆喷涌而出，汪洋才从疯狂中清醒过来。他们相互拥抱着瘫倒在草垛上。

“郝妍，对不起，我刚才太冲动了。”汪洋有些内疚地说。

“我是心甘情愿的，你不必内疚，只要日后不辜负我就行了。”郝妍仍然处在兴奋之中，她的话打消了汪洋的愧疚。他在兴奋之余，急忙表白道：“郝妍，你放心，我一定不辜负你的深情，我会负责到底，一辈子都对你好。”

“我相信你，我也保证对你永远不变心。”郝妍郑重地表白，并再次与他热烈地亲吻。就在他们卿卿我我，难舍难分之际，远处忽然一片灯火通明，他俩吓了一跳，急忙翻身坐起，摸索着穿齐整衣服。郝妍用手梳理好凌乱的头发，两人相拥着朝制砖场地走去，直到灯光明亮处，他们才恋恋不舍地分开。为了不引人注意，郝妍示意汪洋快走几步，与自己保持距离，以免他人怀疑。他们装作没事儿人似的，与遇到的人打招呼，心情愉悦地快步回到工地。

汪洋快速召集各道工序人员到位，恢复了正常的生产。

天色渐渐发亮，在黎明的晨曦中，他透过忙碌的人群，捕捉到郝妍的身影，她正拿着文件夹统计产量。她偶尔抬头，发现了汪洋深情的目光，他们四目相对，深情注视，脸上洋溢着幸福的笑容。在朝霞的照射下，她那红红的脸庞就像盛开的玫瑰，显得特别美丽。望着她美丽的倩影，汪洋的心中涌出了幸福的暖流，回想昨晚这突如其来的幸福，他简直不敢相信这是真的。虽然他非常喜欢郝妍，两人也相处得十分融洽，彼此相爱，感情真挚，但是，他考虑到自己出身低微，又没有社会背景，所以迟迟不敢向她表白。没想到，他们竟会在意外的情况之下，以最原始、最直接的方式完成了爱情的全部过程。他万万没有想到，自己不但获得了美人的芳心，而且还让美人甘心以身相许，这真是他前世修来的福分。此时此刻，他觉得自己是世界上最幸福的人。

第十三章

趣闻逸事

说起个人经历，汪洋比同龄人坎坷，但是说到命运，他却觉得自己非常幸运。参加工作以前的经历虽然艰难曲折了一些，却为他积累了宝贵的社会经验，使他在工作上如鱼得水，在人际交往上能够把握分寸，张弛有度。尤其让他引以为豪的是，他参加工作还不满一年就事业有成，春风得意，同时又获得了甜蜜的爱情。他与郝妍的感情迅速升温，他们的恋爱关系也随之公开，有人和他们开玩笑，他们也不嗔怪，只是含笑默认。望着他们脸上掩饰不住的幸福甜蜜，让人既羡慕又嫉妒。

领导为了改善知青们的生活条件，将原来的大寝室改成了四人间，没有规定具体住宿的人员，谁想与谁住在一个宿舍都可以，只要满员就行。这样，大家就相互找投心对意的人一起住。汪洋和林忠瑜、谌伟、陈宧章搬进了一个宿舍。他们四个人爱好不同，性格各异。汪洋个性沉稳，喜欢看书学习；谌伟性格直率，做事严谨，性子比较急；林忠瑜心里有数，点子多，喜欢开玩笑；陈宧章沉默寡言，性格木讷，语言表达能力差，喜欢看书学习，一心想考大学以改变现状。别看他们性格不同，却相处得很好，住在一起都觉得很开心。

由于缺少娱乐活动，他们的生活单调而乏味，知青们以搞对象为乐趣，借此来排遣寂寞无聊的时光。知青们大多都处朋友、搞对象，没有搞对象的人都有各自的特殊原因。他们有的人不愿安于现状，不想在甘河林业局长期工作，有的想回去接父母的班，还有的因为性格内向，缺乏找对象的勇气，林林总总，情况各异。

谌伟家庭条件优越，人又高大帅气，颇受女孩子的青睐。可他心高气傲，对一般的女孩子根本看不上眼，又加上他是家中的长子，父母对他十分疼爱，总想把他调回身边，故此他没有加入搞对象的行列。树欲静而风不止，谌伟虽然无意搞对象，可却有人偏偏找上门来追求。

在大兴安岭林区，春秋两季的防火期是林区工作的重中之重，一旦发生火情，整个林区不管各行各业，都要全力以赴参加扑救行动。

五月中旬，伊里林场突发山火，林业局立刻组织人员上山救火。虽然是红砖生产的黄金季节，但是，火场就是战场，火情就是命令。厂领导立即组织精干的扑火队，汪洋、林忠瑜、陈宦章、谌伟、邵富、许嘉等人都名列其中，随同大部队一起上山扑火。

他们这支灭火队由林业局直属机关组成，共计一百多人，由林业局党委副书记马昆带队。扑火队乘车颠簸了一百多公里，傍晚时分，来到了火场附近，在一个不知名的山口下车了。远远望去，只见远处的山头冒着浓烟，空气中散发着树木烧焦的气味。各单位负责人清点完人数，按人头配发了给养，每人二十多斤饼干，另外还有几斤小米以及一些榨菜。马昆把大伙儿召集到一起，进行了简短的动员，讲了救火的注意事项，然后就带队乘着夜色直奔火场去了。远道没轻载，尽管汪洋年轻力壮，身体素质很好，可是背负三十多斤食物，在陡峭的山峦中长时间跋涉，他累得浑身冒汗，气喘吁吁。

虽然他们行进的速度很快，也曾接近火头，但是，由于火情比较严重，过火的面积大，且风势较大，火势蔓延得很快，因此，他们始终无法追赶到快速行进的火头，只能跟在大火的后面，沿途扑打一些零散的余火。他们就这样走走停停，一路追赶，折腾了一夜，待到天亮时，也没能接近火场中心，反而距离火头愈来愈远，最后竟失去了目标。天亮了，他们无法看到火光，只能看到远处的滚滚浓烟。奔走了一夜，他们都疲劳不堪，马昆下令停下休息。他们从附近的河沟里拎来水，就近找来干树枝点起了篝火。他们将小米放到水桶里，用粗木棒挑着水桶放在火堆上煮粥。煮熟后，他们各自用水缸子舀粥，折了树枝当筷子，就着稀粥，吃着榨菜，嚼着饼干充饥。

他们连做饭带吃饭，足足用了两个小时。饭后，救火人员正打算找个阳坡休息一下，马昆过来了，通知各单位领队清点人数上路。救火队员经过一夜的奔波，此时都十分疲惫，躺在地上不愿起来，在领队的反复劝说下，才极不情愿地列队前行。此时，浓烟已经远去，他们追赶了三个多小时，到中午时，竟又失去了目标。马昆让他们就地待命，点火做饭，他则带了两名负责人到附近的林场去与总指挥部联系，请示下一步的行动计划。

下午三点多钟，同他一起去的两位负责人回来了，同时还带回来一位骑马的林场护林员，他担任向导，而马昆不知是什么原因，没有回来。在向导的带领下，他们继续朝火场中心走去，由于向导骑马，只顾前行，而他们步行，加上已经走了一夜了，根本无法跟上向导的行进速度。有的人尽力追赶，有的人则甘心落后，有的干脆走走停停，气得直骂娘，队伍稀稀拉拉足有两三里地长。临时负责人见大伙无法跟上，便告知向导注意行进速度。又走了一段路，见众人实在走不动了，临时负责人只好招呼向导停下，将人员聚拢到一起，让大家休息半小时再继续前行。直到黄昏，他们才赶到火场，投入到艰苦的灭火行动中。

经过全体救火人员连日的浴血奋战，全力扑救，火势蔓延的速度减慢了，火势得到了控制。直到第五天，从指挥部传来的消息说山火已经全部扑灭了。听到这个喜人的消息，所有的救火队员都松了一口气。

汪洋等人没有扑过火，以为火灭了就可以下山了，没想到指挥部却命令他们就地清理、看守火场，以防死灰复燃，再度引起火灾。汪洋等人白高兴了半天，只好遵守命令，继续守在火场周围，耐心等待下山的命令。

七天后，确认火已彻底扑灭，全体参加救火的人员才得以下山。当他们头发凌乱、浑身沾满灰土地出现在人们面前时，人们几乎认不出他们了。厂领导特意安排后勤人员为他们烧了两大锅热水，他们在宿舍里彻底清洗了一番，从里到外换上干净的衣服，吃了一顿可口的饭菜，又美美地睡了一觉，才重新恢复了原有的精神面貌。

单位为他们放假三天，谌伟和许嘉等人一起回家了。由于工地太忙，汪洋第二天就去上班了。他在工地忙碌了一上午，中午下班后，快步赶回宿舍，准备取饭盒去食堂吃饭。当他推开房门时，不由得怔住了。他看到于颖正依偎在林忠瑜的怀中。见他进来，于颖慌忙推开林忠瑜，坐直了身子，脸上飞起两朵红晕，对汪洋羞涩地笑了笑便难为情地低着头。林忠瑜虽然有点不好意思，却没有羞色，而是带着几分得意的神色对汪洋说：“不好意思，让你看见了。我也不瞒你了，郑重说明一下，我和于颖已确定了恋爱关系。”

汪洋笑着调侃：“不好意思，打扰啦。你们做事可真隐密，已经确立了关系，还隐瞒得风雨不透，在下佩服！好了，不影响你们了，我去吃饭，你们继续。”汪洋一边说着，一边拿起饭盒快步离开了宿舍。

他买完饭菜，刚吃到一半，林忠瑜也与于颖先后来到了食堂。林忠瑜端着饭菜，挨着汪洋坐下，俩人没有说话，只是会心一笑。于颖恢复了常态，与女同伴们坐在一起，一边叽叽喳喳地说笑，一边吃饭。

吃完饭，汪洋先行回到宿舍，见谌伟的床铺上有一封信。他拿起来一看，发现是本地寄来的，信封背后写着“内有照片”的字样，且字迹端正娟秀，一看就是出自女人之手。“会是什么人给他寄来的呢？没听说他在本地有亲戚和熟人啊。”汪洋心里一边琢磨，一边拿着信好奇地翻看。就在这时，林忠瑜回到宿舍，见他拿着信端详，就凑过来说：“这是上午随报纸一起送来的，我顺便拿了回来。你没事看它干嘛？”

“你光顾自己搞对象了，也不说关心关心别人。你看这笔迹，显然出自女人之手，而且又来自本地。具我所知，谌伟在本地根本没有亲戚和熟人，即使有亲戚和朋友，也没必要在信中寄照片，此信岂不可疑？”汪洋拿着信分析道。

“啊！有道理，整不好是哪个女的写给他的情书，咱们打开看看吧。”汪洋的话激起了林忠瑜的好奇心。

“不行，如果谌伟回来，发现咱们偷看他的信，他肯定会生气的。”汪洋摇着头反对。

“我看没事，本地的信无非是熟人或朋友，即使他知道也没啥。来，把信给我，我看看到底是谁来的信。”林忠瑜不以为然地说着，同时伸手就要拿信。

汪洋双手护着信，说：“你先别急，我有个办法，既能看到信，又不让他察觉。”

“你可拉倒吧，哪有能看到信又不被察觉的办法！反正吹牛皮不用上税，你就可劲儿吹吧。”林忠瑜不相信地摇着头。

“我绝对不是吹牛，不信咱俩打赌。”汪洋语气肯定地说。

“赌就赌，你说赌什么吧？”林忠瑜也不肯示弱。

汪洋胸有成竹地说：“好，咱们就赌一瓶酒和一盒肉罐头，你敢不敢？”

“有啥不敢赌的，难道我还能输给你不成！咱们可说好了，既要看到信的全部内容，又不能损坏信封。”林忠瑜再次确定打赌的条件。

“你放心，如果有一样达不到，就算我输。”汪洋信心十足。

“好，咱们一言为定，不许反悔。”林忠瑜仍然不相信他能做到。

“男子汉大丈夫，吐口吐沫都是钉，绝不反悔。你就准备去买罐头和酒吧。”

“你还磨蹭什么？赶紧开始吧。今天我倒要看看，你用什么办法赢我。”

“好，现在我就让你开开眼，让你输个心服口服。”汪洋一边说着，一边找来一块毛巾。他用水将毛巾浸湿，然后把信封背面朝上放在桌子上，用湿毛巾在信封中缝上来回擦拭，待信封潮湿后，用薄刀片顺着中缝轻轻挑开。

“你他妈的是不是以前当过特务啊？否则怎么会有这种绝招啊！”林忠瑜看地惊呆了，不由得夸奖起来。汪洋笑了笑，没言语，从信封开口处将信和照片拿了出来。照片上是一位年轻貌美、清秀靓丽、面带甜蜜笑容的美女。

林忠瑜一边争看照片，一边由衷地说道：“这个女的可真漂亮，与郝妍不相上下。”

“你就别说没用的了，赶快买罐头和酒去吧。”汪洋得意地说。

“行，我认输，不过你先别急，看完信我就去买。”林忠瑜点头答应道。俩人打开信，只见信中写道：

谌伟：

你好！

我叫王秀丽，在机修厂工作，今年二十一岁，身高一米六二。冒昧地给你写信，实在是有不得已的苦衷。自从元旦汇演与你相遇，我就对你产生了好感，你那高大俊美的形象牢牢地印在了我的脑海之中，深深地打动了我的心。随着时间的推移，这种好感与日俱增，变得愈来愈强烈。我经过多方打听，终于得知了你的详细情况。我按捺不住内心的思念之情，终于鼓足勇气，提笔给你写信。我不顾少女的羞涩和矜持，大胆地向你表露心扉。你可能对我的举动不理解，也有可能误认为我轻浮或不正经，我可以直率地告诉你，我这么做不是不正经，而是不一般。为了追求美好的爱情，我豁出去了，不管你如何看待我的行为，希望你能理解一个少女追求幸福的心。我坚信自己绝不会看错人，我相信你是个有情有意的男子汉，不会让一个真爱你的少女失望，更不忍心让一个姑娘为你伤心流泪！我怀着忐忑不安的心，殷切地盼望你的回信。

爱你的人：秀丽

他俩偷看完这封求爱信，被王秀丽的大胆直着所折服，他们面面相觑，半天没言语。汪洋默默地把信和相片放回信封，找来胶水重新粘好，然后交给林忠瑜，让他收好。林忠瑜把信藏在枕头底下，由衷地赞叹道："谌伟这小子真行，竟有如此漂亮的姑娘主动追求他，真是艳福不浅。"

"你的于颖也很漂亮啊，你可不能站在这山望那山高，玩弄人家姑娘的感情啊。"汪洋故意逗他。

"你尽说屁话，我啥时候这山望那山高了！我倒是要奉劝你几句，以后要是小说写成了，千万不要把郝妍给甩了。"林忠瑜也笑着反驳。汪洋与郝妍的关系早已众所周知了，同事之间都以此为乐，相互开着善意的玩笑，彼此都不介意。

第三天晚上六点多，谌伟高兴地从家里回到单位。他一进宿舍就被汪洋和林忠瑜把背包抢走了，翻看里面是否有好吃的东西。他们从背包里找出了一包糖果，乐乐呵呵地吃了起来，其他宿舍的人听闻，也赶过来分享。林忠瑜见人多，抓了一把糖，想藏在枕头底下，结果无意中摸到了枕头下面的信，也没有多想，就随手交给了谌伟，说："谌伟，有你一封信。"

"我的信，谁来的？"谌伟接过信，一边问，一边撕信封。

"谌伟，你先别忙着看信，跟我来一下，我有话跟你说。"汪洋在一旁将他制止住。他知道谌伟的脸皮薄，担心众人知晓内容后会把此事当作新闻一样来传播，那样对他影响不好。谌伟见他一本正经，不像开玩笑，就把信顺手装在衣袋里，跟他出了宿舍。

林忠瑜此时方觉自己的做法欠妥，不好意思地伸了一下舌头，冲汪洋报以歉意地一笑。

汪洋把他领到办公室，谌伟有些不解地问汪洋："汪洋，谁来的信，你神神秘秘地把我领到这里，搞啥名堂？"

"谌伟，这是一封求爱信。我怕他们知道了影响不好，所以才把你叫了出来。"

"求爱信？谁的求爱信？你怎么知道？"谌伟有些不相信地追问。

面对他的追问，汪洋只好坦诚地向他承认错误，把自己出于好奇，与林忠瑜打赌，私自打开信封，以及偷看信的内容等经过，原原本本地告诉了他。谌伟听后十分意外。他顾不得埋怨汪洋，而是激动地打开信封，扫了两眼照片，便低头看信。他的手有点发抖，看完信之后，他又拿起照片，好奇地端详了半天，然后才开口问道："汪洋，你说我该咋办？"

"谌伟，这个姑娘很漂亮，从信中的话语和做事的方式来看，她一定是个性格开朗、有主见、敢爱敢恨的人。况且，她对你情有独钟，我看你可以考虑考虑。"

"你说的有道理，关键是我不想在甘河长住啊。我老爹正想办法把我往回调呢，他还说如果实在调不回去，他就提前退休，让我顶替接班。我妈一再叮嘱我不许搞对象，我自己也不想在这里处朋友。再说，她这种求爱方式我有点不认可。一个女孩子家，一定要温柔贤惠，矜持一点才对，像她这种性格的人，假使我和她相处了，万一哪天我调回去，又没有能力把她也调走，她岂能善罢甘休。到时候非闹个沸沸扬扬，满城风雨不可，我岂不是自讨苦吃。"谌伟把自己的打算向汪洋和盘托出。

"你考虑得很周全，也比较现实。不过，她也是一片真心。咱们得想个两全其美的方法，妥善地处理这件事情。"

"你的主意多，帮我想个办法，看怎么处理为好。"谌伟对汪洋一向信服，故此向他讨主意。

"我看你还是给她回信，把你的想法告诉她，这样既能让她死心，又不至于过分伤心。"

"我也不会写呀，又不能让你代笔，莫不如干脆不理她。她接不到回信，就会知难而退，死了这份心，你说行不？"谌伟语气坚决地说出自己的想法。

"这种冷处理的方法也可以，但就怕她不会死心，继续想办法来追求你。"汪洋说出了自己的担心。

“走一步算一步吧。反正我下定了决心，无论她采取什么方式，我都一概回绝，她也拿我没办法。”汪洋见谌伟的态度如此坚决，也不好再多说什么了。

接下来的日子，谌伟每天都在担心王秀丽不死心，再来信打扰他。可是，一连十几天过去了，一切都平静如常，谌伟的心也就渐渐地放了下来。寝室的几个人，时常拿这件事和他开玩笑，他也不在意。

这天中午，众人聚在食堂吃饭，郝妍坐在汪洋身边，把从家里带来的半饭盒鸡肉送到汪洋面前，没等汪洋动筷，谌伟和林忠瑜等人已抢先伸过筷子，顷刻间鸡肉就少了一半。郝妍笑着用双手护住，开着玩笑说：“你们这帮馋鬼，动作可真快，还没等人家吃呢，你们就给抢了。行了，给他留点儿吧。”

“郝姐，你就让我再夹一块吧。”陈宧章举着筷子央求道。

“不行，你都吃两块了。”郝妍笑着用手挡住饭盒。

“唉，咱们光棍儿命苦啊！有个知冷知热的人照顾就是幸福！”谌伟故意装出一副可怜相，用筷子敲着碗。

“你少装可怜，只要你愿意，好姑娘趋之若鹜！你就别假清高了，赶快找个知冷知热的人，你怕啥呀？非你不嫁的人大有人在，再说人家不是不正经，而是不一般。”郝妍笑着反驳。原来汪洋和她单独在一起时，忍不住把谌伟的事告诉了她。虽然汪洋叮嘱她不要说出去，但此时为了解气，郝妍想起了这句比较经典的话，顺嘴说了出来。她的话音未落，立刻引起了林忠瑜等人的笑声。谌伟顿时脸色通红，他知道一定是汪洋泄露给郝妍的，气得用眼睛直瞪汪洋。汪洋此时不好说什么，唯有低头笑着，故意躲避谌伟怨恨的目光。

其他寝室的人不知道就里，见他们几个笑得不亦乐乎，也不知所以然地跟着傻笑。谌伟的脸皮薄，以为大伙儿都知道了这件事，这下他真的生气了，把饭碗一扔，摔门而去。

众人见他如此，立刻止住了笑，面面相觑，不知他因何突然生气。汪洋气得瞪了郝妍一眼，急忙起身去追谌伟。郝妍自知失言，也跟了出去向谌伟赔礼道歉。

林忠瑜笑着没动身，而是把装鸡肉的饭盒挪到跟前，招呼已经站起身的陈宧章：

“你不用去，没啥事，谌伟一会儿就消气了。来，他们不吃咱们吃。”陈宧章实在，听他这么一说，果然坐了下来，大口地吃了起来。许嘉和邵富见状，也急忙凑了过来，三下五除二将鸡肉吃光了。

汪洋和郝妍一前一后来到宿舍，谌伟正坐在床铺上生闷气。汪洋赶紧向他承认错误，怪自己不应该把这件事告诉郝妍，郝妍也向他赔礼道歉，说自己不应该拿这件事开玩笑。谌伟见他俩一齐承认错误，也就消了气，有些不好意思地说：“其实，我生气不是因为你们与我开玩笑，而是不应该让大伙儿都知道，你说我多没面子啊。”

“谌伟，你误会了，我用人格向你保证，除了对郝妍说过，我绝对没有把这件事告诉其他任何人。”汪洋郑重地向他保证。

“谌伟，我也没向任何人说过。”郝妍也跟着保证。

“郝姐，对不起，是我错怪了你们，请原谅！”消了气的谌伟反过来向他们认错。就在这时，林忠瑜和陈宧章拿着餐具回来了，见谌伟和颜悦色的，林忠瑜就得意地对陈宧章说：“怎么样，我说的没错吧，我说没事就没事。”

望着他得意的神气，还有洗得干干净净的饭盒，汪洋忍不住问：“剩下的鸡肉呢？”

“你们都生气走了，我俩怕剩下了白瞎，都吃了。”林忠瑜故意轻描淡写地说道。

“你们这俩吃货，得了便宜还卖乖，真不是东西。”谌伟抱不平地说。

“这叫‘有福不用忙，无福跑断肠’，傻人有傻命！”林忠瑜摇头晃脑地说，神态有些滑稽，大家一起笑了起来。

持续的阴雨天迫使工地再度停工。汪洋早晨来到工地，领着几名值班的工人在工地巡视了一遍，指挥他们苫好了架棚上被风吹乱的草帘子，疏通了被淤泥堵塞的排水沟。

他忙完工作回到宿舍时，已经十点多了。宿舍里很安静，陈宧章趴在床铺上复习，谌伟躺在床上闭目养神。“林忠瑜干啥去了？”汪洋一边脱雨衣和雨鞋，一边问谌伟。“他能干啥，去找于颖鬼混呗。”谌伟懒洋洋地回答。汪洋躺在床上，从枕头底下拿出新买的《陈毅诗选》，专心地读着。谌伟见他俩一个学习，一个看书，便百无聊赖地望着窗外的细雨，嘴里悠闲地哼着歌儿：“面对着大青山，光棍发了言，光棍的日子多悠闲，光棍又喝酒，光棍又抽烟，光棍的零钱花也花不完……”

“笃笃笃……”一阵敲门声打断了他的歌儿。“谁呀？”谌伟漫不经心地问。

“谌伟，是我，你出来一下，有人找你。”门外传来樊桂兰的声音。

“谁找我？”谌伟依旧躺在床上问道。

“你别问了，赶快出来吧，见面你就知道了。”樊桂兰在门外催促他。

谌伟翻身下床，穿上鞋子，推门走出宿舍。他随着樊桂兰来到房头，只见一个身材修长，撑着花雨伞，穿着黄绿相间格子上衣、蓝色涤纶筒裤，脚穿米色雨靴的姑娘正微笑地站在那里。谌伟走到跟前，觉得有些面熟，可一时又想不起来在哪儿见过。就在他极力回想时，樊桂兰已返身离开了。那位穿着入时的姑娘抢先说道：“谌伟，你好吗？我是王秀丽呀。”

“王秀丽，啊！啊！想起来了，你找我有什么事？”谌伟恍然大悟，眼前正是给自己写信的那个姑娘。他有些慌乱，语气生硬地问道。

“谌伟，我给你的信收到了吧？你怎么不给我回信呢！”王秀丽笑容可掬，语气温柔，特意把雨伞往谌伟的头上移了一下，谌伟却下意识地躲开了。

“信是收到了，但你信中所表达的意思却是不可能的。”谌伟的态度不太友善。

“为什么不可能？难道是我不够漂亮吗？”尽管她依然面带笑容，语气中却带有几分抱怨。

“这与你漂亮不漂亮没关系，是我压根就不打算过早搞对象。”

“我可以等你，你说多长时间吧，即使等上十年八年，我也愿意！”王秀丽用手摆弄着衣角，语气坚定地说。

“你等多长时间都没用，我们之间是绝对不可能的。”谌伟语气冷默地说完，转身欲走。没想到王秀丽向前跨出一步，挡住了他的去路，目光哀怨地看着他，用近乎哀求的语气说：“我是真心喜欢你才不顾羞臊地来找你，想不到你竟如此绝情，太让我失望了！究竟是为了什么，你能给我一个充分的理由吗？”

“没什么理由，就是不想搞对象，希望你能够理解。”谌伟被她的诚意所打动，说话的口气也缓和了许多。

“我不管你怎么说，反正我是铁了心。我会心甘情愿地等下去，一直等到你接受我为止。”王秀丽声音哽咽，眼泪在眼圈里直转。

“除非太阳从西边出来，我才可能考虑这件事。我劝你还是趁早死了这份心吧。”谌伟担心她继续纠缠，毅然决然地说完后，急忙闪身，夺路而去。

王秀丽望着他的背影，一种屈辱和绝望的感觉袭上心头，她再也控制不住自己的情绪了，泪水夺眶而出。樊桂兰与她是同学，谌伟的情况都是樊桂兰提供的，而刚才，樊桂兰也一直躲在一旁观望，见状急忙过来相劝，她才勉强收住了泪水，情绪却十分低落。樊桂兰劝她去宿舍，等雨停了再走，她见女生宿舍门口有人指指点点的，似乎在议论什么，便谢绝了樊桂兰的挽留，踏着泥泞的土路，带着伤心和失望蹒跚而去。

在汪洋的追问下，谌伟告诉了他事情的经过，汪洋和陈宧章好奇地跑出去看，而王秀丽已离去了。他们只是在雨中远远地看到了一个缓慢移动的模糊的身影。他们有些失望地回到宿舍，发现谌伟的情绪也很低落，心情很是沉重。他刚才虽然态度非常坚决，但事后感到很内疚。他觉得她是无辜的，爱一个人是没有错的，这是她的权力，而自己的行为却深深地伤害了她的自尊心，让她伤心落泪而去，自己于心何忍。谌伟为了此事，好多天都开心不起来，他再次回家，催促父母尽快把他调回去工作。

处在青春期的青年男女们由于精力过剩，一般都好说好动，说笑打闹是常事，汪洋和他的朋友们也不例外。他们在工作之余，经常开些无伤大雅的玩笑，以此来调节生活的单调和乏味。陈宧章嘴笨，人又实在，林忠瑜经常拿他开心，尤其喜欢拿他考学说事。有时林忠瑜故意藏他的复习资料，让他着急，逼他拿好吃的东西交换，就连他去参加考试，林忠瑜都要跟他开个玩笑。

考试的第一天，陈宧章中午回来，汪洋关切地问他：“考得怎样？题难不难？”陈宧章摇头说：“考得不好，题比较难。”

“你感觉怎么样，能不能考上？”林忠瑜躺在床上笑着问他。

“够呛，不一定能考上。”陈宧章有些沮丧地回答。

“既然考不上，我看你下午就别去了。”林忠瑜一脸诡笑地逗他。陈宧章却信以为真，急忙说道：“那怎么行呢？万一其他科的题简单，我说不定还有希望呢！”

“你这个人怎么这么犟，明知考不上还去丢人干啥。”林忠瑜假装好意相劝。

“不行，我说啥也要考完，考不上我也认了。”陈宦章执拗地说。

“咱们是好朋友，我不能眼看着你丢人不管吧。你考不上，我们脸上也无光啊。我看这么办吧，干脆我们用绳子把你绑上，这样你就有借口，把考不上的责任推给我们，省着你丢人现眼。”林忠瑜说完，对其他人挤了挤眼睛，其他几个人心领神会，跟着起哄。大家一拥而上，将他按在床上，用行李绳绑住他的手脚。陈宦章着急地大声求饶，几个人佯装不理，直到看时间差不多了，汪洋又假意求情，才为他解开绳子，放他前去考试。

其实，汪洋也有心参加高考，上大学是他的理想，如今恢复了高考，给了他们这些被耽误的大龄青年最后的机会。他想起当年周老师对他的鼓励，觉得周老师看得很远，有先见之明。刚开始听到恢复高考的消息，他也曾找书本复习，可他转念一想，父母身体不好，家里的生活因为他挣了工资才有了改善，如果自己参加高考，即使考上了，也没有经济来源支持他上学，他们家的生活也会变得更加艰难。他反复思考之后，打消了考试的念头。

下午考完试，陈宦章回到宿舍后，林忠瑜又故意笑着问他：“下午考得怎么样？考题难不难？”这次他多了个心眼，装得很轻松地说：“下午的题一点都不难，考得非常好。”

“这么说，你肯定能考上了？”林忠瑜笑着说。

“能，肯定能考上。”陈宦章生怕他们再为难他，语气坚定地回答。

“既然能考上大学，我们就欢送你。来呀，哥儿几个，咱们帮他收拾行李，欢送他去上大学。”林忠瑜一边说着，一边用眼神暗示谌伟等人。他们心领神会，几个人七手八脚地把他的行李捆上、衣物装好，扛到外边拖拉机的拖斗车上。林忠瑜手里拿着脸盆，一边用手敲着，一边高声喊道：“各位请注意啦，报告给大家一个好消息，我厂的优秀学子陈宦章，以优异的成绩，考上了清华大学，大家赶快来祝贺啊！”其他宿舍的人不明发生了什么事，纷纷跑出来看热闹，见此情形，方知是林忠瑜等人搞恶作剧，大家都哈哈大笑。

那时候，林区的物资短缺，食品匮乏，知青们的生活比较艰苦。厂部的小卖店经营一些牙膏、毛巾、香皂等日用品，另外还有水果罐头、午餐肉罐头、凤尾鱼罐头，以及香烟、廉价白酒、色酒等。由于当时生活条件有限，罐头是奢侈品，平时根本舍不得吃，只有来了客人或遇到什么喜庆事儿时，人们才舍得享用。至于奶粉、糕点、糖果等高级食品，平时更是难得一见。家境好的知青每逢节假日回家，父母总是倾其所有，给孩子带一些食品。一个寝室的人，大多都相处得非常融洽，吃和用的东西不分你我，谁有好吃的东西，很快就会被瓜分一空，而且人人如此，相沿成习。

五一节放假，谌伟从家中带回一包吃的，其中有一罐头瓶肉炒咸菜、一包糕点，还有一袋奶粉。糕点被众人当场就分着吃掉了，而咸菜也是没吃上一天就见了瓶底。仅剩的一袋奶粉，谌伟舍不得，只给每人喝了一杯，就锁在箱子里了，任凭众人如何央求，他就是不肯拿出来。

一个下雨天，工厂无法生产，众人在寝室闲得无聊，林忠瑜就怂恿陈宧章出面，央求谌伟把奶粉拿出来。陈宧章心眼实诚，陪着笑对谌伟说："谌伟，求求你把奶粉拿出来给我们喝点吧。"谌伟晃动着身子，瞪了他一眼，没好气地说："你咋那么馋呢！一天到晚就知道吃，你是属猪的啊？"

陈宧章被他呛地无话可说，只好用求援的眼光看着林忠瑜。林忠瑜满脸堆笑地帮腔："谌老弟，你说咱们是不是比亲兄弟还亲？既然宧章都开口求你了，你怎么好意思驳他的面子呢，就分给大伙喝一杯吧。"

"你少忽悠我，都是你出的鬼主意，想喝奶粉，门都没有！别说管我叫兄弟，就是叫大爷，我也不会拿出来的，你们就死了这份心吧。"谌伟的态度十分坚决，同时还得意地晃着脑袋，任凭众人如何相求，他一概笑着回绝。众人还是不死心，想偷他的钥匙，但他早有防备，钥匙看得很紧，连睡觉时也不例外。一时之间，林忠瑜也拿他没办法。

由于接连不断的阴雨天，生产被迫停止，谌伟借机回家去了，寝室里只剩下汪洋、林忠瑜、陈宧章。三人闲着无聊，躺在床上唠嗑，说来说去，又旧话重提，说起了谌伟的奶粉。林忠瑜生气地说："谌伟这小子真是的，把奶粉锁在箱子里馋咱们，就是不让喝，你说多气人！"

"是挺气人的，可他死活不肯拿出来，咱们有啥法子。"陈宧章也随声附和。

"其实想喝奶粉也不是什么难事。我有一个办法，既能喝到奶粉，又不让他抓住证据，就看你们想不想喝了。”汪洋自信地看着他俩。

“我们都惦记这么长时间了，怎么不想喝！你就别卖关子了，有什么好办法赶紧说出来。”林忠瑜急忙催促道。

“既然你们俩都想喝，咱们就必须保密，不管谌伟如何追问，都不能承认。”汪洋绷着脸看着他们。

“你放心吧，我保证不说。”林忠瑜的态度非常坚决。

“我也保证，打死也不说。”陈宦章信誓旦旦地表态。

“你拉倒吧，我最担心的就是你！别说打死了，就是谌伟一吓唬，你就得乖乖地招供。”汪洋对他缺乏信心。

“你就放心吧，我要说出去是小狗。”陈宦章急得赌咒发誓。

“我看这么办，咱们仨如果谁说出去了，那个人就要买一瓶水果罐头，算给谌伟赔礼，你们说行不？”林忠瑜的提议得到了一致同意。于是，汪洋就让陈宦章去食堂借了一把菜刀，指挥他俩将谌伟的箱子搬过来。他用刀背撬下了箱子后身的一块木板，把奶粉拿出来，倒出半袋，每人均分，然后又将剩余的奶粉放了回去，把木箱按原样钉好搬回了原位。

“这个办法真妙，简直是天衣无缝！”林忠瑜由衷地赞叹。随后他又指使陈宦章找来开水，仨人美滋滋地把奶粉喝掉了。

两天后，谌伟从家中回来，把从家里带来的吃的分给他们吃。他们仨装作没事儿人似的，一边分享着他的食物，一边暗自祈祷奶粉的事谌伟不要发现。当谌伟往箱子里放东西时，一眼就发现奶粉少了半袋，他拿着奶粉反复琢磨，箱子完好无损，钥匙又从没离身，奶粉怎么会少呢？见他拿着奶粉沉思不语，陈宦章心虚，怕谌伟追问，想拔腿开溜，没想到反而引起了谌伟的怀疑，上前一把抓住他的衣领，假装生气地吓唬他说：“你干啥去，是不是想溜？今天你必须告诉我，你们是怎么把奶粉拿出来的，否则我饶不了你。”

“我什么都不知道，你放开我，我急着上厕所。”陈宦章找借口抵赖。

“你今天若不如实交代，就别想走出这个门，我憋死你！”谌伟用力抓住他不放。

“宦章，你是什么时候偷喝的奶粉，我怎么不知道啊？”林忠瑜在一旁幸灾乐祸，故意用话气他。

“你怎么能说这种话，奶粉又不是我自己喝的！你怎么反倒装好人了！”陈宦章气不过地骂道。

“我什么时候喝奶粉了，你不要冤枉好人。”林忠瑜装出一副委屈的样子，同时还向汪洋眨了眨眼。汪洋会意，急忙帮腔说道：“就是的，你要好汉做事好汉当，不要嫁祸于人。”

“我算看透了，你们俩都不是好东西，想让我一个人背黑锅，门儿都没有！谌伟，我告诉你，是汪洋想的招，他用菜刀把你箱子后身的木板撬开，拿完奶粉又原封钉好的。”

“我就知道是你们捣的鬼！说吧，怎么赔偿我的损失。”谌伟不依不饶地说

“谌伟，你想要什么赔偿，给你赔一瓶罐头怎样？”汪洋抢先说道。

“罐头，行啊，你们别骗我，谁掏钱买？”谌伟忍不住笑着问道。

“你放心，我们早有安排。宦章，赶紧去买罐头吧。”林忠瑜得意地笑着催促陈宦章。

“奶粉是咱们仨喝的，为什么我一个人买罐头？”陈宦章不服气地说。

“你别忘了咱们的约定，谁说出去，谁就买罐头给谌伟赔礼。”汪洋笑着提醒他。

“我是斗不过你们，原来你们早就算计好了！好，我自认倒霉。”陈宦章说着，推门出去，到小卖店买了一瓶苹果罐头，交到谌伟的手上。

“这还差不多，宦章，你去食堂借把刀，咱们打开一起吃。”谌伟的话音未落，陈宦章已应声出门了。一会儿工夫，他就连跑带颠儿地拎着菜刀回来了，谌伟接过菜刀，故作严肃地说：“鉴于你们犯下了不可饶恕的罪行，为了惩罚你们，本法官决定，此罐头由我全权支配，罐头汤由我一个人喝，任何人不得争抢，听清楚没有？”

“听清楚了。”仨人急于吃罐头，齐声响应。

谌伟拿起刀，在罐头的铁皮盖上刺了个十字形，又依次将四个尖角撬开，然后端起来就喝。其实，他只不过是说说而已，他也不好意思喝得一点儿不剩。他只喝了两

口，就把罐头瓶交给了汪洋，汪洋高兴地伸手去接，没想到林忠瑜却一把抢了过去，对嘴就喝。陈宦章见他抢先，心有不甘，也急忙过来争抢，林忠瑜赶紧躲闪，没曾想，嘴角被罐头盖的尖角划破了，立刻流出了鲜血。由于划伤了嘴角，林忠瑜很疼，用手顺势一抹，发现流血了，就把罐头瓶往桌子上一顿，生气地说："抢！抢什么抢！都给你，我不吃了！"见此情形，陈宦章有点傻眼了，慌忙赔不是，说："忠瑜，不好意思，我不是故意的。"林忠瑜低着头，用纸揩着嘴角的血，阴沉着脸，蹙着眉，没有吭声。

汪洋见状，赶紧劝道："忠瑜，你是老大哥，别跟这帮兄弟一般见识，犯不上为这点小事伤和气。林忠瑜虽然没有说话，脸色却缓和了许多。

谌伟在一旁连劝带逗地说："忠瑜，咱哥儿几个啥关系，你不说可以互相换媳妇吗？还能为这点小事生气？"其实，林忠瑜并非真生气，只是一时气恼而已，此时被谌伟的话逗乐了，脸色已恢复了常态。

"忠瑜，这罐头我不吃了，就当给你赔不是，给你补血了。"陈宦章见他多云转晴，半认真半开玩笑地说。

"你说的什么屁话啊，罐头能补血？今天你罐头照吃，将来你娶媳妇让她抱着枕头来找我。"林忠瑜又拿他寻开心。

"行，只要你高兴，让我咋地都行。"陈宦章痛快地答应了。

林忠瑜嘴角只是划破了一点皮，用纸按住，血就止住了。他们彼此说笑着，把罐头分吃干净，刚才的不愉快很快就被他们忘掉了。

第十四章

离情别绪

1979年的春天，是个不同寻常的、具有划时代意义的春天。随着阳光的普照，山上冰雪融化，杨柳泛青，神州大地到处都呈现出一片生机勃勃的景象。各种令人振奋的好消息接踵而来，首先是农村实行了包产到户，紧接着就是拨乱反正，为“文革”中蒙受不白之冤的老同志们平反昭雪。此后，又摘掉了“地”、“富”、“反”、“坏”、“右”的帽子，还取消了家庭成分的限制，让广大家庭出身不好的年轻人解脱了樊篱，彻底改变了受人歧视的不公正待遇。此外，历时十九天的科学大会揭开了解放思想、崇尚科学、重视文化的序幕。

面对着欣欣向荣的大好形势，汪洋欣喜万分。让他感到庆幸的是，父亲的问题终于平反了，而且父亲还恢复了工职。由于这么多年受到迫害，不得不从事繁重的体力劳动，父亲的身心都受到了很大程度上的破坏，已经无法回原单位工作了。无奈之下，父亲办理了病退手续，让汪洋的哥哥接班。他们家的生活有了保障，汪洋再也不必为家庭的经济困难而过分牵扯精力了。其实，他心里最高兴的是从此再也不用为隐瞒家庭出身而费脑筋了，他可以堂堂正正地在家庭成分一拦写上“工人”这两个字了。这在家庭出身好的子女看来，根本就不算什么事，可对汪洋来说，只有这件事才让他真正体会到了获得第二次解放的含义。他再也不用受政治歧视了，也获得了与他人公平竞争的权力，再也不必因女朋友询问自己的家庭情况而苦恼了。这是他生命中真正意义上的第二个春天，他摆脱了政治上的束缚，没有了家庭的后顾之忧。汪洋踌踌满志，准备甩开膀子大干一场，让自己的人生更加丰富多彩，也为自己交一份满意的答卷。于是，他以饱满的热情，投入到工作和学习当中。

在“学习张海迪”的口号声中，全国掀起了学习文化的热潮。各种技校、夜校、文化补习班犹如雨后新笋，层出不穷。山西大学首开先河，利用杂志《山西青年》，面向全国开办了刊授大学，消息传来，广大有志青年无不拍手称快，大家都踊跃报名。

深感知识匮乏的汪洋自然不会放过这难得的学习机会，他也报名参加了。他怀着激动的心情填写了入学申请表，然后又抑制不住心头的喜悦之情，在申请表的空白处，挥笔写下了一首五言诗：

山青报春早，刊授新风好。

甘露遍神州，桃李知多少？

他在欣喜之余，极力撺掇郝妍报名参加学习。郝妍不但拒绝了，同时还告诉他一个好消息。她的父亲在年初就已经通过关系，着手为她办理了调往市文工团的手续，目前已经基本就绪，不日就可调到文工团去当专业歌手了。汪洋为她高兴的同时，心里也有些许的失落。他担心郝妍地位的变化会影响他们之间的关系，但一想到他们有非同一般的关系时，就立即释然了。他们毕竟是有着深厚的感情基础，又有肌肤之亲的特殊关系，她岂能变心，自己是杞人忧天。

于是，他欣然接受了郝妍调往文工团的事实，高兴地为她打点行装，亲自把她送到文工团的宿舍。汪洋帮她整理好床铺，又到商店购买了一些日用品，晚上还邀她共进了晚餐，饭后送她回宿舍。由于宿舍里还有其他人，他们没有进宿舍，而是沿着街道相拥而行。一路上，他们相互诉说着绵绵不断的情话，不知不觉已是深夜，在郝妍的劝说下，汪洋才同意回去。临别前，他们再次久久拥抱，疯狂而热烈地亲吻，难舍难分。

随着拨乱反正工作的不断深入，在“文革”中出现的各种错误也逐渐得到了纠正。牵动亿万家庭长达十年之久，曾经轰轰烈烈的上山下乡运动就此划上句号。成千上万的知青怀着激动心情，纷纷加入了盼望已久的返城大潮之中。

然而，当时中央的主要负责人出于某种政治目的，对涉及“文化大革命”的事情以及一些较为敏感的政治问题，态度比较暧昧，行动迟缓，甚至还人为地设置了种种障碍，致使各种政策不能彻底落实。在知青返城的问题上，出台的政策更是百般限制，规定在当地成家的知青不得返城。于是，许多成家的知青只好采取离婚的手段，以达到返城的目的。他们大部分是假离婚，也有的是真离婚，一时之间，离婚率遽然上升，弄得许多本来恩爱的夫妻整日愁眉不展，哭哭啼啼。为了返城，无数幸福的家庭被无情的拆散了。

林毓敏和丈夫敖福成就是这一政策的受害者。本来他们夫妻感情很好，又生有一个漂亮、活泼、可爱的女儿，生活美满幸福。尽管敖连长心里一百个不愿意与妻女分离，但是为了满足妻子返回父母身边的愿望，也考虑到孩子今后的前途，最终还是忍痛与林毓敏办了离婚手续。他们说好了是假离婚，林毓敏也曾指天对地的发毒誓，保证一辈子不变心。敖连长把家中贵重的东西悉数打包托运，自己只留下被褥和随身穿的衣服。

离别的前夜，他们相偎相抱，倍加眷恋。林毓敏流着泪，一再表白终生不变的心迹，敖连长则陪着妻子伤心落泪。面对即将到来的离别，相聚的时光短暂而珍贵，他唯一能做的就是对妻子更加珍惜的爱抚，发泄般地疯狂做爱，好似要用有限的欢娱之情，去换取无限的离别相思之苦。他们就这样难舍难分，说一会，哭一会，又亲热一阵儿，整夜未眠，好似生离死别一般。

早上，敖连长为林毓敏包了她最爱吃的水饺，她却一口未动，始终流着泪，与前来送行的人依依惜别。厂领导特意用车将她送到车站。列车即将开动时，她更是情绪激动，把头探出车窗失声痛哭。敖连长也是泪流满面，一再嘱咐她保重身体。望着他们难舍难分、伤心欲绝的场面，前来送行的人为之动容，忍不住流下了伤心的泪水。

这个曾发誓在边疆扎根一辈子的典型人物终于如愿回到了家乡。她回到家乡后，开始还十分惦记敖连长，不但经常给他寄信，关心他的生活起居，还时常从天津给他寄一些短缺的物品。敖福成也利用春节假期去天津看望她们母女俩。正所谓久别胜新婚，他们久别重逢，比往日更加亲热，敖福成感到十分幸福和满足。

可是，随着时间的推移，他们两人的感情发生了微妙的变化。渐渐地，林毓敏的来信少了，一年也难得见到一个邮包，敖福成预感到，他们之间可能出现了危机，心里十分焦急。春节再次来临，他满怀期望地来到爱人身边，却没想到林毓敏的态度发生了很大的改变。她对敖福成的到来失去了往日的热情，对他不冷不热，就连他提出陪她们母女逛街的请求都没有得到满足。她的表现让敖福成大失所望，他知道，他们的感情已经随着生活环境的变化而发生了变化，已经走到了尽头。他实在舍不得离开她们母女，有心想挽回已经破裂了的感情，想找机会好好和她谈谈。可是，林毓敏根本不给他机会，不但不和他同住，就连吃饭也不肯与他同桌，故意躲着不跟他见面。敖福成面对她的无情，此时是万般无奈，却又无计可施。因为他们已经办理了离婚手续，虽然当初说好了是假离婚，但离婚的手续却真实有效。敖福成虽然后悔莫及，但为时已晚，只好默默离去。林毓敏没有去车站送行，唯一让他满足的是，她允许他带走女儿的照片。从此，他们彼此不再联系，但是敖福成的心里却一直惦记着她们母女俩，也幻想有朝一日林毓敏能够回心转意。他苦等了数年，等来的却是林毓敏再次成家的消息。他彻底死心了，只好再度找人成家，带着创伤开始了新的生活。

众所周知，知识青年上山下乡运动是特定历史时期的产物。当初成千上万的城市青年怀着激情，从城市来到边远的农村，长年累月与贫瘠的土地为伍，把他们青春的足迹湮没在历史的尘埃中，把青春年华和聪明才智荒废在无情岁月里。他们不但为此付出了辛勤的汗水和伤心的泪水，有的人甚至还为此流血牺牲，长眠在他们生活过的土地中，再也无法回到魂牵梦绕的故乡。他们是政治运动的牺牲品，也是这一代人的悲哀，更是中华民族的悲哀。

一个民族的复兴就像一艘远航的船，在前进中不可能永远一帆风顺，必定会遇到急流险滩或迷航，只有不惧风急浪高，意志坚定的舵手，才能指引航船到达胜利的彼岸。上山下乡运动好比海水一般，随着政治风浪的变化而变化，他们开始时像涨潮的海水，汹涌而来，如今又如同退潮的海水，黯然而去。

继林毓敏之后，一些家在上海、北京、天津、哈尔滨等城市的老知青也相继返回家乡，家比较近的新知青也开始想方设法地办理调转手续。谌伟的父亲在调转无望的情况下，只好提前办理退休手续，让谌伟接班进入铁路列车段当了列车员。家住鹤城的赵坤由于母亲思子心切，也向单位打报告申请提前退休，让他接班，回到鹤城。

汪洋出差到林海市，在何家意外地看到了施玉芬。见到汪洋，施玉芬显得有些不好意思，满脸含笑，低声和他打招呼。何强则大方地告诉汪洋他们正在谈恋爱。望着他们那洋溢着幸福和甜蜜的表情，汪洋由衷地为他们祝福。

他前去看望施叔叔及家人，施叔叔现在官复原职，担任人事局局长。汪洋在与施叔叔交谈当中得知，中央召开了十一届三中全会，决定以后不再抓阶级斗争，而是把全党、全国的工作重心转移到“四化”建设上来。会议彻底纠正了“文革”中的各种错误，决定为“文革”中受迫害的老干部平反昭雪，为所谓的“地富反坏右”一律平反。同时，为了更好地落实少数民族政策，中央决定把在“文革”中划分给周边各省的原属于内蒙管辖的一些区域，重新划归内蒙。其中，划给辽宁省的赤峰市、划给吉林省的通辽市、划给黑龙江省的海拉尔市一律划归内蒙古自治区管辖。林海市与甘河市也将进行区域划分，林海市依旧归黑龙江管辖，甘河市则划归内蒙，行政上彻底分家。

施叔叔征求他的意见，看他是否愿意调回林海市工作。按说这是好事，他如果调到林海市，在工作及其他各方面，施叔叔都会给予相应的关照。汪洋却有些犹豫，一是他在甘河林业局工作很顺心，二是出于虚荣心。在甘河没有人知道他的底细，没有人小瞧自己，而在林海，凡是熟悉他的人几乎都知道他是来自农村的小木匠。如果是那样的话，他在单位和社会上的地位就会矮人一头，自己会有自卑感。如果是在甘河市，他就不会有这么多顾忌，可以风风光光地在众人面前与他人一比高低，可以和他们公平竞争。再说，还有最根本的原因，那就是与郝妍的关系。他们虽然不在一个单位，却在一个地方工作，他怎么舍得离开呢?

何舅以及何大哥等人一致赞成他调回来，施叔叔还为他开了调令。汪洋不好意思明说自己处对象的事，只好怀揣着调令回到了单位。

他回来后，首先找到郝妍，征求她的意见。郝妍坚决不同意，说：“人家处对象的人想方设法往一起调，你可倒好，却想分离往外走，这样会给我们今后的生活带来许多麻烦的。”汪洋知道她是舍不得与自己分开，其实自己也不忍心与她分离，他犹豫再三，没有办理调转手续。

陈宦章去年高考落榜，但他不死心，还忙于复习，准备今年继续考。汪洋对调转之事主意不定，林忠瑜却坚决反对他调离，并劝道："汪洋，你调回林海有啥用，你的家又不在那里。你在单位干得这么出色，调走了多可惜啊！再说，你调走了，郝妍怎么办，万一你们的感情因此出现了危机，你该有多后悔啊。再说了，咱们哥们儿处得这么好，我真舍不得你走。你听我劝，就留在这里一起干吧！"

"我倒无所谓，只是我的亲戚们都愿意让我调回去。人家是关心我，对我好，我怎么能不领情呢？"汪洋为难地说。

"这是大事，亲戚们的意见只能作为参考，主要还是你自己拿主意。"林忠瑜和他的关系很好，他是真心实意地不想让他离开。

汪洋自己拿不定主意，特意前去找表哥征求意见。表哥也不赞成他调到林海去，理由与汪洋考虑的基本一样。在甘河没有人知道汪洋的底细，因此别人不敢小瞧他，而在林海就不一样了，虽然有亲戚的关照，但光靠别人帮忙是不行的，最终还是要靠自己的努力。没有自身的优势，在社会上就没有竞争力，就很难有所作为，更不要说出人头地了。

汪洋本来心里就犹豫，如今加上郝妍的反对和江群、林忠瑜的劝说，他放弃了调回林海市的打算，并把自己的决定告诉给施叔叔和何舅。见他主意已定，他们也不好再多劝说，只好尊重他的意见。

随着外地的知青陆续离去，单位里显得冷清了许多。汪洋他们住的宿舍在赵坤和何爱民回来时，曾挤了六个人，如今剩下四个。其他的宿舍仅剩下一两个人，呈现出人去楼空、令人伤感的凄凉景象。

郝妍虽然工作很忙，经常去外地演出，但她只要有空就会回来看望汪洋，而且还会带来一些好吃的东西。汪洋心里对她很感激，觉得自己是世界上最幸福的人。

七月中旬的一天中午，郝妍坐着小车来看汪洋。开车送她的是一个长相英俊，举止潇洒的小伙子，郝妍告诉汪洋，他是单位的同事，叫柳文杰。郝妍把他打发走后，从挎包里拿出一个足有砖头厚，方方正正的报纸包，笑吟吟地对汪洋说："哎，哥们儿，你看我给你带来什么啦！我担保你会乐得发狂的！"

"什么好东西值得你如此炫耀啊？"汪洋好奇地打开报纸，只见一本《辞海》赫然出现在他的眼前。

“哎呀！是《辞海》啊！真是知我者莫过于郝妍也！”汪洋惊喜地大声喊叫着，爱不释手地仔细翻看。这是一本刚出版的缩印本，由于数量有限，全国各大书店限量发行。这是汪洋梦寐以求的宝贝，没想到郝妍神通广大，竟然把它弄到手了，汪洋爱不释手，只顾低头翻看，把郝妍晾在了一旁。

“你这个人真是重物轻友，见到书比见到女朋友还亲！原来，在你眼里我还不如一本书，真让人失望。”郝妍用手指着他的额头，笑着与他调侃。汪洋这才从书中缓过神来，欣喜地问：“郝妍，真是太好了，我做梦都想得到这本《辞海》，你是如何弄到手的？”

“这是我父亲托人买到的，我知道你需要它，就强行要来送给你用啦！你说我够不够哥们儿？”郝妍面带着灿烂的笑容跟他炫耀着。

“够意思，太够意思啦！我感激的都无法用语言表达啦！你真是我的红颜知己啊！”汪洋怀着无比感激的心情由衷地说道。他的心中感到无比幸福，为自己能找到如此善解人意又美丽聪慧的恋人而自豪。

“你真会说话，我都被你表扬得飘飘然了。行啦，人不能光有精神食粮，还得有物质来满足身体的需求，我今天双管齐下，好人做到底。来，咱们共进午餐。”说着，郝妍从挎包里拿出几样熟食。汪洋见熟食比较多，就把躲出去的林忠瑜、何爱民以及陈宦章喊过来，与他们共同分享丰盛的午餐。他们几个假意推让了一番，就坐了下来，郝妍还特意把于颖也叫了过来。他们一边吃喝，一边开心地说笑，十分尽兴。

下午，汪洋特意请假陪郝妍，他们在寝室缠绵过后，郝妍找出他的脏衣服，让他去打水，准备给他洗衣服。汪洋建议到河边去洗，恰逢天气晴朗，风和日丽，郝妍欣喜地同意了。汪洋借来了自行车，郝妍坐在后车架上，汪洋将脏衣服挂在前把上，俩人沿着林荫小道，来到了柳树成荫的河边。这条河汊是甘河的支流，只有三十多米宽，且水流平缓，河水清澈。成群的鱼儿在水中相互追逐，尽情地畅游，碧空如洗的蓝天上飘着几朵美丽的白云。远处青山如黛，树木郁郁葱葱，湿润而清新的风儿拂面吹来，显得格外凉爽。河边的草地上绿草如茵，绿草丛中点缀着一簇簇、一丛丛五颜六色的野花，在阳光的照射下，打蔫的花儿就像羞涩的少女，花瓣儿收拢，护住花蕊。几只漂亮的蝴蝶在摇曳的花丛中翩翩起舞，给大自然注入了美感和生命的活力。

微风习来，浓郁的花香扑鼻而来，沁人肺腑。置身于美丽而神奇的自然风光里，让人心旷神怡。

郝妍坐在河边的石头上洗衣服，汪洋担心她着凉，拿起一件衣服给她当坐垫。郝妍感激地嫣然一笑，汪洋的心里就像喝了蜜糖，抑制不住激动，在她的腮边亲了一口，郝妍顺势倒在他的怀里，俩人就像粘糖似的，如胶似漆地粘在一起。汪洋心头狂跳，呼吸急促，抚摸着她的隐秘处。郝妍身体不由得一激灵，急忙把他的手挪开，眼睛扫视了一下四周，柔声劝道："你控制点，别胡来，在这无遮无挡的旷野中，让人看到了多丢人。"

汪洋在她的提醒下，收起了心中的欲念。为了熄灭心中的欲火，他起身脱去外衣，只穿着裤头，纵身跳入清凉的河水中，伸展臂膀，向对岸游去。郝妍担心地喊道："汪洋，注意点，别淹着。"

"你放心吧，我自幼在水乡长大，几百米宽的嫩江我都能游两个来回，这个小河沟算个啥。"汪洋在水中悠闲地仰泳，挥着手不以为然地答道。

"游泳好学吗？你教教我呗。"郝妍见他在水中悠闲自得，不由得好奇心大发，向他提出了学习游泳的请求。

"好学，我保你五分钟就学会。"汪洋一边往回游，一边轻松地说。

"既然这么容易学，我也试试，你快点回来教我。"郝妍站起身来，脱下外衣，穿着背心短裤，试探着走进水里。她那白皙如玉的胴体，优美的线条，丰满的前胸，披肩的长发，浑身都散发出诱人的青春气息。当她走到齐腰深时，汪洋已经快速地游到她的身边，将她紧紧抱住，情不自禁地在她的腮边亲了一口。

"你的老毛病又犯了，别闹了好吗？快点教我学游泳。"郝妍撒娇地笑着用手点着他的脑门说道。

"好吧，我现在就教你。你不要紧张，放松点。"汪洋顺从地撒开手，开始教她。他让郝妍身子前倾，用手托着她的下巴，带着她往前游。郝妍初次入水，难免有些紧张，她手脚并用，奋力划水。汪洋告诉她："你不必太紧张，要掌握动作要领，注意双腿与手臂的配合。你先站起来，我给你做示范。"

郝妍就像听话的小学生，站在水里，仔细看他的动作，然后重新练习。这次她模仿着汪洋的姿势，借助手托下巴的浮力，手脚相互配合，在水中轻轻划动，身子居然漂浮了起来。汪洋一边往前带，一边不住地鼓励她。待她初步掌握了要领后，汪洋趁她不注意，悄然把手撤开，郝妍的身体不但没下沉，还继续向前游着。当她发现汪洋已经撤手后，不由得惊呼一声，手脚停了下来，身体也随之往下沉，连喝了两口水。汪洋急忙上前将她拉起来，她挥舞着手臂，撒娇地在他的胸脯上捶打，嘴里不停地埋怨："都怨你，撤手了也不告诉人家一声，害得人家喝了好几口水，你真坏。"

汪洋一边躲闪，一边笑着解释："我不是有意害你，而是觉得你学得差不多了。你看我刚一撤手时，你不是游得挺好嘛！至于喝两口水，对学游泳的人来说，在所难免。这回你不必惊慌，按照动作和要领来练习，我保证你不会再喝水了。"

汪洋再次托着郝妍的下巴，按照刚才的方法，继续往前游。当郝妍的动作趋于熟练后，他提醒她注意游泳的要领，适时地放开了手。由于有思想准备，郝妍这次没有惊慌，继续按刚才的动作往前游，居然游出了五六米远才停了下来。她欣喜地大声喊道："我学会游泳了，我真的学会了！"

"学会游泳有啥大不了的，看把你高兴的。你说吧，怎么感谢我这个游泳教练？"汪洋歪着脑袋逗她。

"害得我喝水还没跟你算账呢，还想让我感谢，美得你！"郝妍故意气他。

"好啊，没想到你这么快就卸磨杀驴，看我怎么收拾你。"汪洋一边说着，一边去抓她，郝妍灵巧地躲开，并用双手推水击打他。汪洋也用同样的方法奋力回击，平静的水面上立刻水花四溅，形成了密集的水网，将他们的身影罩在其中。水面上传来汪洋和郝妍的欢笑声，在宽阔的河面上空回荡着。

在郝妍的奋力追击下，汪洋节节败退，逐渐向深水区退去，水已淹至前胸。就在郝妍得意大笑时，只见汪洋一下子就沉入了水里，刚才还喧闹的水面，顿时安静了下来。骤然失去了进攻目标，郝妍急忙凝眸四顾，空荡荡的水面上已是波涛不惊，失去了汪洋的身影。

她环顾一周，依然不见汪洋现身。她担心汪洋出事，急忙大声喊道："汪洋，你在哪里？快点出来，不要吓我。"

然而，水面上依然平静，根本不见汪洋的身影，宽阔的河面上只有她孤单的身影，她感到很害怕，他会不会真的溺水了。随着这个不祥的念头的产生，一种恐惧感霎时笼罩了她的全身。她惊慌地喊道：“汪洋，快点出来，不要吓我，我害怕！”她的话音未落，就觉得自己身边有人，还没等她反应过来，已经被汪洋从水中猛然抱了起来。

“你真坏，故意吓我，让人替你担心。”郝妍一边嗔怪地埋怨，一边撒娇地用拳头捶打他的前胸。汪洋却得意地放声大笑，把她从水中抱到岸上。汪洋把她放在松软的沙滩上，自己也在她的身旁躺下，尽情地享受着日光浴。下午三点多钟，正是阳光充足的时候，火辣辣的太阳照得皮肤发痒，让人感觉十分舒服。

汪洋望着郝妍那散发着青春气息的胴体，心头不由得一阵冲动。他情不自禁地将郝妍揽入怀中，在她的额头和面颊上狂吻，郝妍像一只温顺的小羊依偎在他的怀中，面色红润，洋溢着娇羞的笑容，任他百般亲昵。这一切无疑助长了汪洋的欲望，他抱着她走进了岸边的矮树丛，树丛中立刻传来了一阵急促的呼吸声和娇喘吁吁的呻吟声。

激情过后，他们依然亲密地拥抱着，喃喃地诉说着知心话，憧憬着未来美好幸福的生活。此时此刻，他们觉得自己是世界上最幸福的人。

欢乐的时光总是十分短暂，不知不觉已是夕阳西下了，他们起身收拾衣物，恋恋不舍地离开了河边。

他们回到宿舍，早已过了开饭时间，于是，汪洋骑车带着郝妍来到市内的一家饭店。他们点了几样可口的菜，外带一瓶白酒，俩人一边吃喝，一边说着浓情蜜意的情话。时间在他们的甜蜜中悄然流逝，直到夜色深沉，饭店打烊，他们才不得不离去。

从饭店出来之后，汪洋推着车，郝妍亲热地挽着他的胳膊。由于带着几许醉意，他们的步履有些蹒跚，身子有些摇晃。汪洋沿着灯光昏暗的大街送郝妍回到了宿舍，来到宿舍门前，郝妍却推辞说：“你就别进屋了，以免让人看见。”

“看见就看见呗，怕啥的。”汪洋不以为然地说。

“你不懂，这是文艺团体，不像工厂那么单纯。工厂里的人有话说在当面，有事摆在明处，这里却不同。别看表面上对你客客气气，背地里却勾心斗角，相互拆台，嫉妒心极强，恨不得把你搞倒搞臭。上次你送我来报到，就有人说三道四，甚至有关领导也问过咱们到底是什么关系。”

“咱们是正大光明地搞对象，关别人什么事，真是吃饱了撑的。”

“你怎么这么固执，我刚到这单位不久，不想为咱们的事弄的满城风雨，你就替我着想着想吧。”郝妍低声地央求他。

“行，我听你的，这破单位，表面看着挺好，没想到这么复杂。”汪洋点头答应着，手却拉住郝妍不放。俩人在墙角的隐蔽处恋恋不舍地缠绵在一起，久久不忍分开。直到时近午夜，在郝妍的劝说下，汪洋才忍痛目送她回到了宿舍。他依然站着未动，直到郝妍宿舍的灯光熄灭，他的身影仍然伫立在黑暗之中。他的思绪随着郝妍的离开而变得忧郁，心头的欢乐也随之而去，留下的只有无尽的思念和牵挂，同时还带有几分孤独和忧伤。一阵冷风袭来，他不由自主地打了个冷颤，才从思绪中清醒过来。他无奈地叹了一口气，推着自行车，频频回头张望着离开了。此时，已是夜深人静，街道上空无一人，汪洋在微弱的月光下，一路想着心事，患得患失地回到了宿舍。

工夫不负有心人，陈宦章经过努力，终于考上了一所中专学校，如愿以偿地开始了他的求学之路，从此彻底告别了林区。

紧接着，林忠瑜也同于颖一起调离，返回了林海市。望着空荡荡的宿舍和冷冷清清的厂区，一种人去楼空的孤独感萦绕在汪洋的心头，他甚至为自己当初放弃调回林海市而后悔，可一想到自己是为了爱情而做出的抉择，心里就感到了些许的平衡。尽管如此，在欢送他们的时候，汪洋的情绪依然很激动，借着几分醉意，举杯说道：“忠瑜，你真不够意思！你当初是怎么劝我的，你不是说咱们都不离开这里吗？如今你却食言，领着心上人先跑了，丢下我一个人孤苦伶仃的，你于心何忍啊。”

林忠瑜知道此事自己理亏，故此一时语塞，好在他能言善辩，急忙站起身来笑着解释：“汪洋老弟，你说这话有失公允。当初你想调离时，我确实反对过，可是凭良心说，我反对的理由不全是为了我自己啊，是为了你和郝妍的幸福考虑，是不忍心看你们俩将来分居两地，怕影响你们的感情。你非但不感谢我，反而怨我，我可真是好人难做啊。”汪洋望着他一脸委屈的神情，细想他说的确实也有一定道理。自己没有调离，郝妍的因素确实占有主导地位，再说，时过境迁，现在说这些也是于事无补，反倒破坏了送行的气氛。于是，他及时扭转了话题，心情沉重地说：“我刚才是开玩笑，主要是和你没有处够，心里不得劲。来，再干一杯，以后再见面就难了。”

“瞧你说的，怎么整的跟生离死别似的。以后见面有啥难的，咱们是什么关系，是真正的朋友，是同甘苦共患难的弟兄。咱们虽然分开了，感情却不能变，我这辈子交定你了。以后，只要你回林海市就到我家去住。如果你不去，让我知道了，我饶不了你。”林忠瑜的情绪也很激动。

“忠瑜，你放心，只要我回林海市就一定去看你，你把酒菜准备好就行了。”

“哎，这就对啦，这才是朋友该说的话。我们在一起三年了，彼此的交情自然不用说，我有个要求，你能满足我吗？”

“咱们是知己，有什么事尽管说，只要我能办到的，决不推辞。”

“其实也不算什么大事，我想让你给我作一首诗，留个纪念。”林忠瑜说话的同时，从兜里掏出了笔记本，递到他的面前。

“不行，不行，你这不是难为我吗？我可没有出口成章的本事。”汪洋连连摆手。

“兄弟，我不是难为你，我这是发自内心的想法。再说了，你是寡妇养孩子——有老底儿，就别推辞了。无论你写得好与坏，我都会好好珍藏的。”

“你都这么说了，我只有勉为其难了。但是，仓促之间，没有什么准备，各位千万别笑话我。”汪洋拿过林忠瑜的笔记本，从上衣口袋里掏出笔，凝神沉思着。众人停止了喧闹，生怕影响他的思路。

汪洋沉思片刻，便提笔在笔记本上飞快地写了起来。写完之后，他把笔记本递给林忠瑜，有些不好意思地说：“时间仓促，水平有限，各位切莫嗤笑。”

林忠瑜接过笔记本，大致浏览了一遍，忍不住高声朗读起来：

叹离别

惊闻离讯意彷徨，设酒饯行倍感伤。

相处三载春意暖，遽然分别秋风凉。

莫道从此相聚短，山水一脉永相连。

鸿雁频飞传佳讯，兄弟情谊万古存。

“好诗，好诗！”林忠瑜读完，不由得连声叫好，众人争相阅读，赞不绝口。

由于室友们相继调走，汪洋倍感失落，带有几分伤感，借酒浇愁，一再举杯相邀，与之畅饮。在他的带动下，众人推杯换盏，酒桌上气氛十分热烈。他们同寝三年，感情融洽，情谊深厚，在此离别之际，彼此都十分留恋以往那难忘的岁月，更加珍惜结下的深厚友谊。为了表达情意，他们一杯又一杯地相互劝酒，谁也记不清到底喝了多少杯，他们都醉得一塌糊涂，被人搀扶而散。

何爱民的父亲原来在哲里木盟商业局工作，在“文革”中被下放到甘河地区粮食局。如今落实政策，他携家返回原籍，何爱民也跟着调回哲里木盟第二毛纺厂工作。在何家举家搬迁时，汪洋特意请了两天假，帮他打包行李、托运家具。汪洋还赶往车站，为他们全家送行。临别之际，两人的情绪都很激动，他们相互拥抱，互道珍重，挥泪而别。

第十五章

爱的智慧

大部分的知青都返城了，造成各单位生产人员的严重短缺，林业局对此进行了及时调整，对几个人员短缺的单位进行合并。汪洋所在的砖厂直接划归基建工程处，砖厂由原来行政、经济独立的核算单位变成了工程处的直属单位。

砖厂归到工程处，原厂长黄国臣被调到木材厂任厂长，韩世杰被安排到工程处车队担任书记。黄厂长交代工作时，特意把汪洋推荐给工程处沈处长，并详细介绍了他的优点。沈处长对汪洋有了基本的了解，把他安排到汽车队材料股工作。车队的机械设备比较多，有十几辆汽车、五六台推土机和拖拉机。车队的主要生产任务是冬天采伐、运材和夏天筑路、养路。由于设备多，所需的零部件也多，汪洋每天跟着原来的材料员到林业局物资科和农场物资处去购买零件，还不时出差到林海市或齐市去购买紧缺的零件。有一次他还利用出差的机会，顺便回家住了两天。他在这里的工作不算忙，日子过得也很悠闲，他感到很满足。

车队的技术员彭宗元是个刚毕业的大学生，他就读于省交通学院，学的就是机械制造专业。彭宗元身高一米七八，身材健美，剑眉虎目，五官英俊，仪表堂堂，是个美男子。他为人正直，精明干练，作风踏实，是个不善于表达但注重实际的人。

由于刚合并在一起，彼此不熟悉，汪洋与彭宗元只是一般的同事关系，平时除了工作，没什么交往。

靠山吃山，靠水吃水，林业局所属单位，主要是靠采伐和卖木材维持经济运转，工程处也不例外，每年都有一定的采伐生产任务。每年除了完成林业局下达的生产任务，单位还要采伐一定数量的木材自用，这些自用木材由他们自主处理，卖给外地的单位。所得钱款一部分为职工搞福利、发奖金，剩余的补贴职工食堂以及日常招待费用。

这天下午，刚上班不久，大家接到办公室主任扬仪的通知：凡是工程处所属科室的男同志，一律到车站货运处参加木材装车。

汪洋和彭宗元等人跟随其他办公室人员，由沈处长亲自带队，乘车来到铁路货场装车皮。以往他们出售木材都是用吊车装的，因为临近采伐时间，处里的两台吊车正在检修，为木材生产做准备，而另一台吊车又出现了故障。可是，铁路的车皮有时间限制，一旦到了规定时间，即使是空车皮，他们也会挂走。因此，沈处长动员科室人员一起去货场人工装车，争取在规定的时间内把木材装上车。

韩世杰带领彭宗元及汪洋等十几人负责装一个车皮，另一个则由办公室主任扬仪带着十几个人装。抬木头搭档的一副杠，身高必须相等，否则个矮的就会吃亏。汪洋与彭宗元身高差不多，所以，他俩自愿抬一副杠。别看汪洋的身体不如彭宗元健壮，但他有木工基础，加上身体素质好，健康有力，抬起木头来显得很轻松。彭宗元没有经过劳动锻炼，又是初次干抬木头这样的重体力活，显得有些吃力，干了不长时间，就头上冒汗，直喘粗气。汪洋见状，把挂钩往自己这边挪，尽量让他那边的抬杠长一些，以减轻他的压力。生活在林区的人都明白这个道理，抬木头时，自己这边的杠子越长就越省劲儿，相反就越费力气。彭宗元发现汪洋的这一举动，不由得说了一声："谢谢！"汪洋摆了一下手，说："没事，我以前干过重体力活，你没经过劳动锻炼，当然会有点吃不消。"

汪洋一直让着彭宗元把整个车皮装完，然后，他们又帮着办公室主任扬仪装完了另一个车皮。通过这件事，彭宗元对汪洋产生了好感，汪洋也对年轻帅气、聪明能干、为人诚实的彭宗元非常敬佩，彼此都留下了非常好的印象。

沈处长见手下的人员如此卖力，提前装完了车皮，心里非常高兴，让办公室主任去国营饭店安排了三桌饭菜，犒劳大家。

由于对汪洋心存感激，彭宗元特意坐在他的身边，俩人边喝酒边聊天，谈得十分投机。沈处长由于高兴，频频举杯劝酒，让韩世杰和扬仪等基层领导带头喝酒。韩世杰和扬仪遵从沈处长的旨意，轮番站起来向各位敬酒。在座的科室人员见各位领导这么高兴，又亲自到跟前敬酒，也就放开了酒量，开怀畅饮。

汪洋和彭宗元都有点酒量，通过交流，他们发现两人的兴趣爱好基本相同，俩人惺惺相惜，大有相见恨晚之感。酒逢知己千杯少，他俩相互敬佩，且酒量相当，又都有心与对方结交，所以喝得十分高兴。酒后，他们又相互照应着回到宿舍。

彭宗元出生在乌兰浩特，父母都是教师，爷爷曾教过私塾。曾祖父是前清的举人，他们家族可谓是世代文化传承的书香门第。彭宗元自幼受家庭的熏陶，对诗词歌赋都很感兴趣，也非常喜欢读书，学习成绩也名列前茅。父母对他报有很大希望，认为他将来必定会在文学上有所成就。

可是，一个人的命运是不以人的意志为转移的，而是受大环境的影响而改变。就在父母为他的学习成绩而感到骄傲，对他报着望子成龙的希望时，一场浩劫改变了包括彭宗元在内的所有中国人的命运。当时，他读小学三年级，少不更事的他，被这突如其来的、铺天盖地的红色风暴击地目瞪口呆，他弄不明白到底是什么事让这个世界在一夜之间发生了如此天翻地覆的改变。

他的父亲从一位受人尊重的小学校长一夜之间成了“党内走资派”，被人挂着牌子、戴着高帽游街示众。以往备受推崇的唐诗、宋词、元曲以及一些文学作品，都成了“大毒草”。以往人们喜爱的文艺作品和文艺节目都变成了“封”、“资”、“修”的产物。人们喜闻乐见的演出团体被勒令停止演出，演员变成了“牛鬼蛇神”，就连他们的演出道具也被拉到市中心广场付之一炬，化为灰烬。

所有的这一切给他幼小的心灵蒙上了难以磨灭的阴影。

后来，父亲被关进“牛棚”，母亲领着他们兄妹艰难度日。学校已经停课了，“根红苗正”的孩子们跟在大孩子身后去参加各种革命活动。彭宗元他们由于受到父亲的牵连，没有资格去参加革命活动，母亲怕他们受人欺负，便让他们待在家中，没事不准出门。母亲每日为了生计而奔波，十分辛苦，但她每天都会抽出时间辅导孩子们的文化课。

刚开始时，彭宗元有抵触情绪，觉得学习没有什么用，因而学习很不用心。而母亲却谆谆善诱地开导他，想办法培养他的学习兴趣。由于母亲的督导，他们兄妹的学业没有荒废，彭宗元不但学完了小学的课程，还学习了中学的所有课程。后来，他随着上山下乡的浪潮插队到呼盟牧区，当了一名新牧民。

文革结束后，全国恢复了高考，彭宗元凭着母亲教的文化基础，在恢复高考的第一年就考入了省交通学院，开始了梦寐以求的大学生活。

由于彭宗元的文化基础好，因此学习成绩名列前茅，先当了班长，后当了学生会主席。他思想进步，大二就被吸收为中国共产党预备党员。他还爱好体育，篮球打得很好，是学院篮球队的主力队员。每次他上场比赛都会吸引很多女生前来捧场助威。他英俊潇洒，高大帅气，是众多女生心目中的白马王子。可是，他对女生投送的秋波视而不见，一副拒人于千里之外的神情，让众多的追求者感到失望和心寒。

开始，人们以为他是忙于学习，不想过早谈恋爱，对他更加敬佩，后来人们才发现，他之所以拒绝众人的追求，不是不想谈恋爱，而是心里早就有了意中人。他的意中人是被称之为校花的罗兰，他们已经相爱半年了，由于学校规定在校学生不许谈恋爱，他们只好偷偷地谈恋爱。但是，这个秘密早就被同学们侦察到了。

罗兰的父亲是省直机关领导，母亲是大学教授，哥哥在部队当连长，姐姐是医生，家庭条件非常优越。她是父母的掌上明珠，从小娇生惯养，养成了唯我独尊、好强任性的性格，不但在家中说啥是啥，在学校也仍然如此，就像一个高傲的小公主。她说话不管不顾，根本不考虑别人的感受。

自从和彭宗元谈了恋爱，彭宗元对她的这些毛病就不住地规劝，但是，江山易改，秉性难移，她这是从小养成的性格，想改变很难。所以，他们之间经常闹矛盾，甚至拌嘴吵架。虽然吵过闹过，但他们还是会和好如初，她也根本不把这些放在心上，因为彭宗元无论是长相、学识还是人品，都令她非常满意，唯一让她感到美中不足的是彭宗元的家庭条件。他是家中的长子，赡养父母的担子自然会落在他的肩上，而他又是一个有名的孝子，每个学期不但不向家里要钱，反而把补助费省下来寄给家里。虽然罗兰有些瞧不起他的寒酸样，但却被彭宗元品学兼优的品质和高大英俊的外表所打动，不顾一切地投入他的怀抱。

尽管彭宗元对罗兰的脾气秉性有些反感，看不惯她那种趾高气扬的样子。但是，他被她的美丽所吸引，对她的感情很深，因此，对她的缺点毛病，他只好采取迁就忍让的态度，不予她计较。

由于俩人时常闹矛盾，彭宗元也感到很苦恼。他的同班同学郁金凤比他大一岁，虽然没有罗兰长得漂亮，但她成熟稳重、善解人意、温柔贤惠。她来自鹤城，父母都是工人，她的穿着打扮很朴素，但朴素中却显出一种不施粉黛的自然美，

郁金凤对彭宗元很关照，就像姐姐关照弟弟一样。她经常利用休息时间帮他拆洗被褥、清洗脏衣物，最难得的是，她知道彭宗元生活节俭，担心他吃不饱，便每个月都省下一些饭票送给彭宗元。彭宗元开始还不好意思接受，但她称自己饭量小，每个月都用不了这么多，不用也是浪费，强行塞到彭宗元的手上，彭宗元也就只好接受了。从此，形成了惯例，郁金凤每个月都送给他饭票，他也心安理得地接受。他把郁金凤当成姐姐，有什么事都愿意和她说，就连他和罗兰相爱，以及后来闹矛盾，心里苦恼，他也都向她倾诉。郁金凤每次都耐心地劝解他，帮他拿主意。说来也怪，彭宗元每次和罗兰生气，都必向郁金凤诉苦，而每次在郁金凤的安抚下，他的心情都会变得舒畅起来。

临近毕业，彭宗元与罗兰的感情再次出现了危机，是因为毕业分配的问题。由于罗兰的父母根本不同意她和彭宗元谈恋爱，故此没有在毕业分配时帮他的忙，只是为自己的女儿托了关系。结果，罗兰分配到省城银行，彭宗元却被分配到林区工作。虽然罗兰舍不得与彭宗元分别两地，也曾央求父母想办法把彭宗元留在省城，但她的父母根本不理睬她的请求，反而劝她趁早分手。眼看彭宗元留在省城无望，自己又没有勇气与他到边远的林区去受苦，她只好忍痛，跟彭宗元提出了分手。

彭宗元与罗兰分手后很痛苦，他不吃不喝地躺在床上，陷入痛苦的泥淖中难以自拔。

郁金凤听闻此事，急忙来到他的寝室，见他这副伤心欲绝的神情，十分心疼。她拿出特意为他准备的奶粉，用开水冲了一杯，端到他跟前，劝他将奶粉喝下，然后劝解道："你们相处了这么长时间，你对她有感情，一旦分手，你觉得很痛苦，这我都能理解。可是，你想过没有，像她这种只知享受不能受苦的人，即使你们现在不分手，也不敢保证将来能够长相厮守，因此，你为这种人痛苦有所不值。就凭你的自身条件，何愁找不到称心如意的爱人。找爱人不能光图长相，还要看她的内涵，一个人如

果心灵不美，即使她的容貌再美丽，也不能给你带来真正的幸福。她真是身在福中不知福，假如换成我，我就会毫不犹豫地选择与自己相爱的人在一起。既然俩人相爱，就应该不离不弃，终生相随，无论享福还是遭罪，都无怨无悔，永不分离。”

“你就别给我吃宽心丸了，现在的人多现实啊，都愿意享福，谁愿意受苦遭罪啊！难道你愿意去边远的林区过艰苦的生活吗？”彭宗元不相信地反驳道。

“我不是给你吃宽心丸，我说的都是心里话。只要你能看得起我，我就跟你去！”郁金凤神情庄重地回答。

“你可想好了，千万别后悔。”彭宗元认真地追问道。

“想好了，绝对不后悔！你也想好了，我可不如罗兰漂亮。”

“其实，你比她漂亮。”彭宗元若有所思地说道。

“我有自知之明，你也别拿好听的话安慰我了。但是，我敢保证，无论将来生活多么艰苦，或是遇到什么挫折，我都会一如既往，永不变心。”郁金凤表白道。

“那咱们就说定了，我到林区后就向领导请示，把你调到林区，你可不能反悔！”

“说定了，决不反悔！”郁金凤态度十分坚决。

这时，有人回寝室，打断了他们的谈话，郁金凤又劝了他几句就回去了。彭宗元躺在床上，仔细琢磨郁金凤刚才说的话，越琢磨就越觉得她的话另有文章，她哪里是劝我啊，分明就是在向我表达爱意和决心。她虽然没有罗兰漂亮，但也相差无几，再说她无论从人品还是脾气秉性，都在罗兰之上，如果自己能够与这样的人生活一辈子，那真是莫大的幸福。想到这里，他再也躺不住了。他来到郁金凤的寝室，发现寝室里有其他人，就把她叫了出来，想证实自己的判断是否正确。没想到他刚开口，郁金凤就打断了他的话，她意味深长地说：“我知道你找我的目的，该说的话我都说了，再说就重复了。何去何从，你自己看着办，我这个人不喜欢听别人表白，而是更看重行动。好啦，我还有事，就不陪你了，你请回吧。”说完郁金凤转身回了寝室。

彭宗元从她的话里受到了启发，他怀着期盼回到寝室，心情也变得开朗了许多，不再为失恋而痛苦和烦恼。

接下来就是忙于毕业前的各种琐事，彭宗元本想在临行前再好好和郁金凤谈一次，可没想到，郁金凤却因为生病，提前回家了，就连她的毕业证和工作分配手续也是托家乡的同学带回去的。他们就这样不辞而别，各自去自己的工作岗位报到了。

彭宗元到林区报到后，心里一直惦记着郁金凤，而且随着时间的流转，他对郁金凤的想念愈加强烈。他现在满脑子想的都是郁金凤，觉得她才是自己最理想的爱人。他有心想给她写信表明自己的心迹，又怕自己说不清楚，也担心她拒绝。虽然当初她说的意思很明显，愿意和他在一起，也愿意跟他到林区工作。可是，自从毕业后，两人就没有联系过，她现在是怎么想的，是否还愿意跟他到林区工作，他都不得而知。他曾想过放弃，可心里又割舍不下，思来想去，他终于想出了一个特殊的办法，决定给她一个突然袭击。他决定去找有关领导，把她的工作调令开出来，他想通过这个方法试探一下她对自己是否真心，是否心甘情愿地到艰苦的林区来工作。如果她肯来，那一切都顺理成章，什么事都好说了；如果她拒绝，那就一切免谈，自己也就死了这份心，不再想她。

他是个遇事果断、想到做到的人，他找到劳动部门的领导，说他有个女同学想到林区来工作，问他们是否愿意接收。改革开放初期，各行各业都需要有知识、有文化的人才，尤其是在比较落后的林区，人才更是匮乏。听说有人愿意到林区工作，劳动部门的领导当即满口答应，立马开了调令。

彭宗元怀揣着调令，当夜就坐上火车前往鹤城。

翌日，上午八点多钟，列车到了鹤城。他根据当初毕业分配名单，几经询问，最终找到了郁金凤的工作单位。

对于他的突然到访，郁金凤感到十分惊喜，激动地拉着他的手问道：“宗元，你怎么来了？”

“想你了呗，来看看你！”彭宗元半开玩笑半认真地回答。

“哎呦，我有这么大面子，让你专程来看我？真是三生有幸啊！”郁金凤也用夸张的口吻调侃道。

“我不是和你开玩笑，真的是专程来看你的。”彭宗元认真地说。

“如果真的是专程来看我，我表示欢迎，也表示感谢！”郁金凤也正色作答，接着又关心地问：“你在林区工作还顺心吗？”

“工作还可以，就是一个人形单影只，觉得很寂寞。”彭宗元故意叹了一口气。

“那你就赶紧找个女朋友啊！有女朋友陪着，你就不会寂寞了。”郁金凤笑着逗他。

“我是有这个想法，只是不知道人家是否愿意！”彭宗元看着她说道。

“这么说你有目标啦，告诉我她是谁？”郁金凤着急地问他。

“这个人么，她是咱们的同学，而且你对她相当熟悉。”彭宗元故意卖关子。

“咱们同学？而且我很熟悉？会是谁呢？”郁金凤歪着脑袋思考着。

“你仔细想想！你怎么能聪明一世，糊涂一时呢！”

“我实在想不出来，你就快点告诉我吧。”

“这个人嘛，远在天边，近在眼前。”

“啊！呵，呵，原来你是拿我开心呐！这么大了还没正经。”郁金凤恍然大悟地笑着责备他。

“不，我说的全都是正经话，我今天就是专程来找你的。”

“专程来找我？我都让你说糊涂了，找我干什么？”

“找你跟我去林区工作。”

“跟你去林区工作？我是你什么人啊，凭什么跟你去呀？”

“凭什么？凭……凭……凭你曾经答应过我，你说过要跟我一起去林区工作的。”彭宗元脸色通红，着急地说。

“我什么时候答应你了，谁能证明？”

“证明……是没人证明，不过我的心可以向你证明，我是真心喜欢你的，也非常爱你！”彭宗元神情严肃，一本正经地表白。

郁金凤听后，脸上顿时现出幸福的红晕。她低着头，双手摆弄着衣角，低声说：“宗元，你说的是真的吗？我怎么有点不敢相信呢！”

“请你相信我，我说的都是心里话，不信你看，这是我为你办的工作调令，今天我就是专程来接你的。”彭宗元一边说着，一边掏出调令，送到她的面前。

郁金凤接过调令，仔细地看了一遍，然后面带羞涩地说：“宗元，事情来得太突然了，我一点思想准备都没有。你怎么不提前告诉我一声，让我先和家人商量一下。”

“告诉不告诉都是一码事，反正我是诚心诚意来接你的。不过，我先声明，我虽然爱你，但是绝对不强迫你，你如果愿意跟我走，就证明你也爱我，你就去办理相关的调转手续。如果你不喜欢我、不愿意跟我走，我也决不勉强！”

“宗元，你听我说，我不是不愿意，而是担心我的父母不同意。再说，这么大的事，我必须和他们商量，征得他们的同意啊。”

“有什么好商量的，是你跟我去林区，又不是他们。行不行给我个痛快话，行就去办手续，不行我转身就走，决不强求！”

“我真拿你没办法，做事怎么这么急啊，连商量的时间都不给人家！好，我豁出去了，我答应你，现在咱们就去办手续。”郁金凤知道他的自尊心极强，生怕他一气之下走掉，因此才如此痛快地答应了他，并拉着他的手前去办理调转手续。其实，郁金凤早就喜欢他，不过她很有心计，知道自己的长相不占优势，公开竞争恐怕不是罗兰等人的对手，她只有采取迂回的手段，从侧面去接近他，从生活上去关心他。她不但为他洗衣服，还特意节省饭票送给他，经常以朋友的角度去帮他排忧解难，尤其是彭宗元与罗兰闹矛盾时，她每次都从局外人的角度客观地评估他们的爱情。她乐观地感觉到，他们俩无论从脾气秉性，还是家庭背景，都不是一路人，更别说关系还不是非常的融洽，分手是早晚的事情。所以，她一直耐心地等待机会，果然不出所料，最终，他们因为毕业分配的问题分道扬镳了。

她是怀着幸灾乐祸的心情去劝慰彭宗元的，同时也借此机会向他表明自己的心迹。但是，她不知道彭宗元是否对她有意，担心他一旦拒绝了，会让自己很难堪，所以她没有直接表白，而是婉转地表达了自己的心意。当看到彭宗元去宿舍找她时，她知道彭宗元心里也喜欢她，不由得暗自欣喜。她为了吊彭宗元的胃口，借口母亲生病，提前回家了，这也是再次考验彭宗元，看他到底对自己的感情有多深。她回来后，几乎是天天盼着彭宗元来信，可是，她失望了，以为彭宗元放弃了自己。就在她度日如年、几近绝望的时候，彭宗元竟然用这种突然袭击的办法，直截了当地表达了爱情。她大喜过望，岂有不答应之理。

可是，当办完一切调转手续，她感到为难了。她知道自己自作主张，连招呼都没打就私自跟男朋友走了，父母一定会有想法，一定会反对的。但是，木已成舟，即使父母不同意也没办法，她担心的不是父母不同意他们的婚事，而是担心父母为此伤心生气。用什么办法才能做通父母的工作，既让他们同意，又不至于生气呢？她思考再三，决定去找大姐，让她出面去做父母的思想工作。

她领着彭宗元来到大姐家，向大姐说了他们的事情，大姐对彭宗元很满意，当即就同意回家去做父母的工作。她让郁金凤和彭宗元在她家等消息。

大约等了一个钟头，大姐回来了，她告诉妹妹，父母让他们回去，见面后再商量。他们跟着大姐回到郁金凤的家中，她的父母很客气地接待了彭宗元，然后，父亲陪着彭宗元唠嗑，母亲把她叫到了卧室。母亲责备到："你这个孩子，可真有主意，这么大的事，你也不先跟我们商量一下就私自做主，你说我们当老人的能不惦记你吗？"母亲说着，不由得落下了伤心的眼水。

"妈，你别伤心，事先没跟你们商量，是女儿考虑不周，我向你道歉！"郁金凤小心地向母亲陪不是。

"你这孩子，我不需要你的道歉，而是担心你将来吃苦遭罪。"母亲边说边擦眼泪。

"妈妈，你放心吧，宗元是个好人，是值得托付终身的人，我们在一起一定会幸福的。"郁金凤的态度十分坚决。

"孩子，我不怀疑你们的感情，我看这小伙子也是个实诚人儿。我是担心他这么英俊帅气，害怕将来有人勾引他，他变心把你给甩了。"母亲说出了自己的担心。

"妈，你就放心吧，学校那么多美女都没能把他从女儿手中抢走，更别说以后了。你要相信女儿的智慧和本事，如果没有智慧，你能找到这么好的女婿？"郁金凤非常自信地说。

"唉，行了，我该说的话都说了，听不听是你自己的事，主意还是你自己拿。做父母的也不能跟你们一辈子，以后你是享福还是遭罪，只有听天由命了。"母亲叹了一口气，无奈地说道。

就这样，彭宗元心满意足地带着心爱的女朋友回到了林区。他们来到林区后，生活很愉快，非常甜蜜，在筹备结婚的事宜。

第十六章

琢璞砺金

素有“高寒禁区”之称的大兴安岭，冬天来得特别早，九月下旬，天气骤变，漫天飘起了洁白的雪花，气温降到零度以下。城区内的几条小河也失去了往日的潺潺欢唱，变成了光滑剔透的冰面。冰面很薄，人走在上面，它就会发出不堪重负的“吱吱哑哑”的响声。好在小河的水很浅，最深的地方也只有一米多，不存在溺水的危险，因此，家长也放心地任由孩子们到冰上玩耍，以满足孩子们好动的天性和好奇心。他们放学后，结伴来到结冰的河面上，年纪大点儿的孩子穿着冰鞋溜冰，年纪小的滑冰爬犁，年纪更小的孩子则在岸边打出溜滑或抽陀螺，还有的孩子在光滑的冰面上相互追逐打闹，玩儿得不亦乐乎。以往寂静的河面上顿时热闹了起来，远远的就能听到孩子们开心的吵闹声和嬉笑声。

伴着冬季的来临，林区的木材生产也正式拉开了序幕。韩世杰所在的车队承担着工程处采伐和运输的主要任务，他主动请缨，担任工程处采伐队队长，还特意调汪洋来负责采伐队后勤管理工作。

经过几天的紧张筹备，上山采伐的准备工作基本就绪。按原定计划，韩世杰带领采伐队先遣人员先行出发上山建采伐点儿。出发前一天晚上，他指挥相关人员，把推土机装上汽车，安排另一辆汽车，装上采伐物资和后勤给养。

汪洋装完车，天已经黑了，他顾不上吃饭，向同事借了自行车赶往郝妍的宿舍，想在上山前和她见一面。郝妍不知道自己要上山采伐消息，自从上次河边洗衣服之后，他们就再没见面，汪洋曾找过郝妍数次，都没有见到她，每次都是门卫挡驾，说郝妍随团去外地演出或不在宿舍。那次欢送林忠瑜和于颖等人返城的聚会她也没参加。按理说她与于颖的关系相当密切，没有不参加的道理。汪洋虽然抱怨郝妍不近人情，但他也理解郝妍，知道她的工作性质不一样，经常去外地演出，平时又要忙于排练，时间有限，不参加欢送聚会也是情有可原。

这次，汪洋骑着自行车兴冲冲地来到文工团大门口，门卫告诉他郝妍去外地演出未归，汪洋只好无奈地离开。他是乘兴而来，败兴而归，带着遗憾，怏怏不快地回到宿舍。

第二天早上，天色刚刚放亮，韩世杰就率领采伐队先遣人员乘车前往一百公里外的采伐林班去建点儿了。

韩世杰与两名年龄大的老职工坐在汽车驾驶室里，汪洋和先遣队的其他人坐在车厢上。他们冒着零下二十多度的低温，顶着刺骨的寒风，朝目的地进发。

汽车沿着崎岖的山路颠簸前行。尽管车外的人穿着棉衣，披着羊皮大衣，脚穿裹着毡袜的棉胶鞋，头上戴着羊绒安全帽，全副武装，做好了御寒准备，没想到坐在车上不一会儿的工夫，他们就已经冻得瑟瑟发抖、面色发紫、手脚发麻了。为了抵御严寒，他们打开折叠帐篷盖在身上。他们躲在棉帐篷里，挤在一起，减轻了身体热量的散发，感觉身上暖和了许多。

汪洋闭眼抱膀，身子随着车子的颠簸而不住地晃动，他还在想着郝妍，还在为上山前没有见到她而感到遗憾。突然，他闻到一股烟味，他急忙睁眼查找，发现邓玉保正在吸烟，便当即劝止道："二保，你怎么在车上抽烟啊，快点掐灭了。"

邓玉保个头不高，体形适中，四方脸，浓眉大眼，性格内向，为人忠厚。他不以为然地说："这天太冷，抽烟暖和一下，现在又不是防火期，怕啥。"

"虽然过了防火期，但咱们车上拉着帐篷，容易着火。安全起见，你还是把烟掐了吧。"汪洋再次相劝。

邓玉保憨厚地笑了笑，使劲地吸了两口，顺从地把烟头掐灭了。他的乳名叫二保，父亲是车队的老司机，父亲的同事看着他从小长大，都叫他的乳名。他是接替父亲到车队上班的，人们仍习惯称呼他的乳名，时间长了，他也就认可了这个称呼。

汽车沿着防火公路行驶了三个多小时，上午十点，韩世杰让司机靠边停车。他从驾驶室出来，关切地对车上的人问道："弟兄们，辛苦啦，冻够呛吧？"

"还好，我们钻进了帐篷里，身上不算太冷，就是手脚冻得发麻。怎么不走了，到地方了吗？"汪洋从帐篷里探出头来说。

"没到，还有三十多里，前面没有路了，咱们必须穿过沟塘才能到达采伐的林班。沟塘里面遍布塔头墩子，必须用推土机开道，你们赶快下车活动活动，抽口烟暖和暖和，一会儿继续走。"韩世杰说完，转头朝后面运推土机的汽车走去。

汪洋等人跳下车，不停地跺脚，活动着身体。韩世杰指挥运推土机的汽车顺着山路朝前走了一百多米，选择了路边一块突出的岩石。岩石的高度与汽车轮胎相近，岩石上面山势平缓，与路面形成了台阶式平台，正好适合往下卸推土机。

司机邹兴华个头高挑，体形健美，长相英俊。他性格有些急躁，做事干净利索，驾驶技术过硬。他下车看了看地形，回到驾驶室，麻利地打方向盘倒车，车身打横停在路上，车尾不偏不倚，恰好对准岩石突出的部位。推土机驾驶员小梁启动推土机，小心翼翼地把推土机从车上开到了突出的岩石上，然后顺着缓坡开到路边。邹兴华完成了使命，驾车顺原路返回单位。

接下来的行程很艰难，沟塘子里没有路，推土机在前面开道，给养车跟随其后。沟塘子里的塔头墩子一个接着一个，一片连着一片，个头大的足有一米见方，小的也有五六十公分，而且冻得结结实实的，仿佛生了根。无奈之下，小梁只好加大油门，开足马力，在漫无边际的塔头墩子中开路。韩世杰等人跟在推土机后面，不停地把被推土机推开，但又翻滚回来的塔头墩子推走，清理出道路，便于给养车前行。他们行进的速度很慢，几乎与步行相当，两个小时过去了，前行了不足十公里。

众人累得筋疲力尽，饥肠辘辘，一个个气喘吁吁。韩世杰见状，对二保说："你赶紧去告诉小梁，让他先停下，大伙儿吃口饭再走。"他转身对汪洋说："你赶紧张罗开饭，抓紧时间补充能量，然后继续赶路。"

二保答应着朝前跑去，在推土机后面大声喊道："停车！停车！"由于推土机内噪音大，小梁根本听不见，二保弯腰从地上拣起土坷垃朝推土机打去，第一块打偏了，二保瞄准后又打出一块，恰好打在推土机顶棚上。小梁正在全神贯注地开车，听到响声，急忙降低油门，踩住刹车，从驾驶室里探出头，大声问道："干啥呀？"

二保跑到车前，喘着粗气说："你聋啊？我这么大声喊你，你都不停车。"

"尽说屁话，噪音这么大，我能听见吗？啥事，快说！别耽误我干活。"小梁没好气地顶了他一句。

"你还挺积极呢，领导让我告诉你，先停车吃饭，吃完饭再干。"

"哼，领导还行，知道关心老百姓的疾苦，我早就饿了。"小梁一边停车熄火，一边满意地说道。他跳下车，跟二保一起回到汽车跟前。

二保和小梁回来时，其他人已经拾来干树枝，点起了篝火。汪洋拿出熟食、面包等食物，还拿出一瓶白酒，对众人说："来，喝点酒，暖暖身子。"

"大家抓紧时间吃喝，切莫耽搁时间，如今天短，下午四点就天黑。现在一点多，咱们再有一个多小时就能赶到目的地，一定要赶天黑前把帐篷支起来，否则就遭罪了。"韩世杰嘱咐道。

众人围在火堆旁，一边吃东西，一边轮流喝酒。不到半个小时，大家都已吃喝完毕，韩世杰吩咐大家继续前行。

队伍又缓慢地行进了半个小时，韩世杰告诉大家，距目的地不足三公里了，众人顿时来了精神，动作也加快了，大家满心欢喜，盼望着早点到目的地。就在此时，推土机却突然熄火，停了下来。韩世杰和汪洋急忙上前询问原因，小梁一脸茫然，赶紧下车检查，然后着急地说："完了，油底壳撞坏了，这可怎么办呐？"

韩世杰急忙问道："怎么搞的，油底壳怎么会撞坏呢？"

面对责问，小梁低头不语，韩世杰探身检查车底，发现夹杂在塔头墩子中间有一块卧牛石，把油底壳撞坏了，黑色的机油洒了一地。原来，小梁误把石头当作塔头，感觉吃力时，他把马力加到最大，使推土铲滑过石头，巨大的撞击力把油底壳撞裂了。这时，其他人也围了过来，大眼瞪小眼地看着他。面对意外的变故，韩世杰没有责备小梁，他沉思了片刻，摇着头无奈地说："真是人算不如天算。汪洋，你带人把汽车上的帐篷和给养卸下，让司机驾车去奎勒河林场借零件。奎勒河林场距这里将近四十里地，往返最快也得四个小时，回来早就天黑了，夜里也无法修车，看来我们今天只有在野外过夜了。"

面对意外情况，众人只有接受现实了。汪洋当即领人上车，卸下帐篷和给养，韩世杰对司机叮嘱了几句，司机一边答应，一边朝后倒车，调转车头，前去林场求援。

韩世杰吩咐二保等人去附近拣干树枝，汪洋和小梁提着水桶、水舀子，拿着斧头，按照韩世杰指的大致方向，前去寻找水源。他们边走边仔细寻找，找了很长时间也没有找到，他们只好继续前行。走着走着，突然在脚下发现了冰面，他们心头一喜，急忙顺着冰面朝前走，在山沟里找到了一眼山泉。山泉的周围隆起圆形冰包，泉眼冒出拳头大的水柱，清澈的泉水汩汩流淌，向四周蔓延，但很快就结成了冰。

汪洋第一次看到山泉，既高兴又好奇，他听说山泉水清澈甘甜，此时顾不得天寒水凉，高兴地趴在冰面上，嘴对着泉水喝了两口，一股冰凉、略带几分甘甜的泉水直透肺腑，他不禁浑身一哆嗦，打了个冷战。他不敢再喝了，赶紧站起身来。小梁曾在林场当过护林员，对此早就司空见惯，他拿过水舀子，往水桶里舀水。由于泉眼小，水舀子伸不进去，小梁操起斧子，砍掉泉眼周围的冰包，扩大了蓄水面积，将水桶装满。

天色暗了下来，天边最后一抹晚霞也沉入了地平线，他们抬着水桶，回到车前。伙伴们燃起了篝火，篝火旁边堆积着倒木和干树枝，以备夜间燃烧。小梁从柴垛里找出了六根直径大致相等的粗树枝，用锯截成一米五长短，三根一组，用铁丝绑住一头，呈三角形立在火堆的两边，又找来一根十公分粗的树干穿过水桶的提梁，架在两端的三脚架上，将水桶架在篝火之上，不到二十分钟，水就烧开了。

汪洋张罗着将熟食烤热，韩世杰让大家把帐篷抬到篝火旁，一边烤火，一边吃喝。他们不时地往篝火里添柴，潮湿的树枝在火中烧得滋滋直响，在高温的炙烤下，枝杪上竟神奇地发出了嫩叶。通红的火光映照在人们脏兮兮的脸上，显得几分滑稽，好像马戏团的小丑一般。

此时，劳累了一天的人们顾不得那么许多，他们一边驱赶着身上的寒气，一边尽情地吃喝。大家相互说笑着，冲淡了野外宿营的艰苦，相反还感觉很新鲜。

夜渐渐深了，气温降到零下二十多度，旷野中寒气逼人，凛冽的寒风像无数锋利的钢针，朝人们身上肆虐而来。劳累了一天的同伴们围着火堆打瞌睡，又不时得被冻醒，他们裹紧棉衣，身子又往火堆旁靠近一点，再次入睡。汪洋打了一会儿盹儿就被冻醒了，他感到背后寒冷刺骨，而且手脚发麻，浑身直打哆嗦。此时，篝火即将燃尽，只剩下暗红的炭火。汪洋急忙起身添加烧柴，火又重新旺了起来。其他被冻醒的同伴没有起身，而是转过身来背对着火堆继续睡觉。汪洋坐在火堆旁，不时地添柴续火，为同伴取暖。远处不时传来动物的叫声和寒风的呼啸声，让他感到有些恐惧，可是细想一下，又释怀了，因为世上任何动物都怕火光，何况他们随身携带了一支韩世杰特意从林场护林队借的半自动步枪。汪洋虽然没有打过枪，却清楚射击的基本原理。汪洋怀抱着枪支为自己壮胆。此时他不但不害怕，反而希望有野兽光顾，他正好过把放枪的瘾。他睡觉本来就轻，平时看书又经常熬通宵，如今他更是无法入睡，索性从背包里拿出一本书，借着火光看了起来。他被书中的故事情节所吸引，暂时忘记了疲劳和寒冷。

时间一长，他再次被寒冷带回了现实，只觉背后冻得疼痛难忍，只好转过后背烤火取暖。汪洋的脑海里突然冒出了一句话："火烤胸前暖，风吹背后寒。"这首歌颂抗联战士的歌曲是他上学时学的，当时他对歌词只是感到新奇，对其含义并不理解，如今身临其境，他才体会到了其真正含义。

这一夜，汪洋几乎没合眼，除了看书，还不停地起身往火堆里添柴，其他人也都无法睡踏实，不时被冻醒，不住地来回转身取暖。有人冻得难受，一味地往火堆里添柴，还有人喝酒取暖。小梁的睡眠好，又有野外宿营的经验，他不管不顾，蜷曲着身子在火堆旁睡觉，实在冻得受不了了，就起身活动一下身体，再喝几口白酒，重新入睡。他不时发出鼾声，其他人非常羡慕他的野外生存能力。

拂晓，远处传来了汽车的马达声，去林场借配件的车回来了。司机知道夜里无法修车，就在林场住了半宿，凌晨动身往回赶。

汪洋带人抬来水，简单地准备了早饭。吃过饭后，韩世杰赶忙领着小梁和汽车司机去修车，汪洋领人将帐篷捆好装车。一切收拾利落，他们围着火堆烤火聊天。

修车的人不停地忙碌着，他们尽全力抢修，但是由于工具不全，外加天气寒冷，进度十分缓慢。他们从早上一直忙碌到中午，仍然没有修好。汪洋只好从车上取下炊具，领人做午饭。做好饭之后，他连喊了几次，修车的人都不肯停下来。他们为了抢时间，午饭都顾不上吃，可是进度却仍不理想，直到太阳偏西，才把推土机修好。

修车的人用雪洗了手，狼吞虎咽地吃完饭，天已经彻底黑了下来。韩世杰和大家合计了一下，觉得不宜连夜进发，一是黑暗中作业困难，担心推土机再出现故障，二是即使一切顺利，到达目的地后也无法安营扎寨，还是要在野外点火宿营。意见统一后，大家再次卸下帐篷，将取暖的干柴备足，就地宿营。由于没想到推土机会坏在路上，带的熟食已经吃完了，眼下的条件无法做菜，他们就用咸菜下酒，每人或多或少地都喝了点儿，主要是为了抵御寒冷。

晚上，汪洋依然效仿昨晚，坐在火堆旁看书，以打发漫漫寒夜。汪洋虽然精力充沛，但昨晚几乎是整夜未眠，此时倍感疲劳，看书时怎么也提不起精神，还不自主地打瞌睡。但他很快又被冻醒，前后转身烤着前胸和后背，不时站起来添火加柴。忍受着寒冷的煎熬，如此这般地折腾了一夜，好不容易盼到东方露出鱼肚白，他才解脱地舒了一口气。

连续两昼夜休息不好，汪洋的体力严重透支，感到头昏脑胀，浑身酸痛，四肢无力。他强打起精神，为大家准备了早饭，他却毫无食欲。

一切收拾妥当，韩世杰钻进推土机驾驶室，坐在小梁身旁亲自指挥。小梁小心仔细地推土开道，其他人紧随其后。“不怕慢，只怕站”，虽然行进缓慢，但是推土机没有再出现故障，他们一路前行，两个小时后，终于到达了目的地。这是韩世杰事先与森调队的同志考察好的宿营地，众人悬着的心放了下来。

汪洋和二保负责卸车，韩世杰派人到山坡砍伐搭帐篷的杨木杆。汪洋和二保卸完车，小梁已经用钢丝索带拖回一堆杨木杆。韩世杰指挥小梁用推土机靠山根推出一块平地，然后开始搭帐篷架子。汪洋的木工手艺再次派上了用场。他虽然头昏脑胀、身体乏力，但依然咬牙坚持搭建帐篷。他先按帐篷的尺寸锯了几根一米七的立柱，两根立柱上钉一根横梁，然后用两根长木杆从柱子的底部斜靠横梁，在两根木杆交叉处用铁丝捆牢，与横梁交接处固定住。他们连做了三个架子，汪洋指挥大家把架子竖起来，脊顶上用粗实的横梁固定，两边的立柱也用横梁固定，三个架子被连接成一体，再将立柱用斜拉杆加固，把细木杆打斜钉在顶部的横梁上，以六十厘米间距左右分开搭在两边立柱的横梁上，一座帐篷架子基本成型。为了保险起见，汪洋又在三道横梁上分别加固了立柱。然后，大家打开帐篷，按照帐篷设计的部位，将绳子一一系牢。

他们齐心协力，用了三个小时，一座长十二米、宽六米的帐篷搭建完毕。

接下来，汪洋领着人钉了两排通铺，支起用油桶改制的铁炉子，找来桦树皮点燃了干柴，炉膛里发出“噼噼啪啪”的燃烧声，帐篷里顿时暖和起来。不知不觉中，太阳已经偏西，其他人忙着解行李铺床，汪洋与做饭的王师傅在帐篷的一头支起了锅灶。锅灶是用厚铁皮提前预制的，只要安上炉筒子，就可以生火做饭。王师傅曾是部队的炊事员，今年三十多岁，个头不高，身体结实，性格急躁，说话干脆利索，干活手脚麻利。他“叮叮当当”地在案板上一阵忙活，热乎乎的饭菜很快便做好了。

可能是冻怕了，小梁仿佛和谁赌气似的，一个劲儿地往炉子里添柴，通红的火苗满炉膛的乱窜，发出“呼呼”的响声。奔腾的火焰不但烧红了炉子，还烧红了两节炉筒子，韩世杰担心烧红的炉筒子会引发火灾，赶紧喊他停下。

帐篷里的温度迅速提高，众人围坐在床铺上开心地吃喝，大家都脱掉了外衣，靠炉子跟前坐的几位头上冒出了汗珠。经过两日的野外宿营，大家饱受寒冷的煎熬，如今置身于温暖的帐篷之中，吃着热乎的饭菜，他们感到十分满足。

尽管室内的温度很高，汪洋还是感觉身上发冷，面对可口的饭菜也没有食欲。韩世杰见他不吃不喝、精神委顿、面色发黄，关切地问：“汪洋，你怎么提不起精神，也不吃不喝，是不是身体不舒服？”

“我身上发冷，头晕脑胀，没有食欲，可能是感冒了。”汪洋有气无力地回答。

“那你怎么不早说？赶紧吃药啊！”韩世杰一边说着，一边走到自己的床铺前，从背包里找出了几片感冒药，并端来开水，让他把药服下。之后又劝他说：“你再吃点东西，早点上床休息。”

“休息啥呀，我告诉你，感冒你就喝酒，只要你把酒喝好，我担保你睡一觉就好。”二保不以为然地劝道。

“你可拉倒吧，我没听说喝酒还能治感冒的，别听他瞎说。”小梁笑着反驳。

“你们别以为我信口胡说，我的话有一定的科学道理。酒是消毒杀菌的，你没看医院都用酒精消毒吗？”二保一本正经地说。

“医院用酒精消毒都是外伤，对其他疾病怎么能起作用？”小梁仍然坚持自己意见。

“不管是生病还是外伤，反正酒精能杀菌消毒。喝了酒身体是不是得吸收，吸收后就会杀死体内的病毒，你说喝酒对感冒有没有好处。”

“你别说，二保的话也有几分道理。汪洋，你就喝点酒试试，即使不起作用，也不会有副作用。”韩世杰赞同地点头相劝，其他人也跟着齐声附和。小梁见众人如此，不好意思地笑了笑，没再出声。

汪洋本来头晕恶心，不但没有食欲，更不想喝酒，但是，他又不好拂了大家的一片好意，勉强端起酒碗，表情痛苦地喝了一小口。

“我说你喝酒怎么跟咽药似的，来，咱们干一个。”二保见劝说起了作用，心里得意，端起酒碗相劝。汪洋刚才喝了一口酒，感觉胃里有些不舒服，听到要干杯，他为难地望着碗里的一两多酒，急忙摆手拒绝。

“真不给面子，敬你酒都不喝，看来咱们的关系以后没法处了。”二保端着碗，故意装出一副不高兴的表情。

汪洋是好脸面的人，性格比较豪爽，被他用话一将，不顾身体难受，毅然端起碗，态度坚决地说：“不就是喝酒吗，扯那么多没用的干啥？来，我先干为敬。”说完，他一扬脖，把碗里的酒一口喝光。

“好样的，你这个朋友我交定了。”二保跟着一饮而进。

汪洋喝下酒后，并没有感觉特别难受，又和其他人轮番喝了几碗。他由于感冒，又没休息好，故此不胜酒力，只喝了三两多酒，就觉得头重脚轻，天旋地转，把身不牢，说话也不连贯了，陷入了醉态当中。

众人见他如此，只好扶他上床休息，二保帮他铺好行李、脱去外衣。他钻进被窝，不到三分钟，就响起了鼾声。

汪洋从晚上六点开始呼呼大睡，当他醒来时，舒服地打了个哈欠，抻了一个懒腰，感觉除了有些头痛，身体其他部位已无不适，而且感到神清气爽，精力充沛。他抬腕看了一下手表，时针已指向了八点，他已在醉梦中足足睡了十四个小时。抬头扫了一眼，帐篷里空无一人，他赶忙起身，穿衣下床，想到外边看看同伴们在做什么。当他走出帐篷时，感觉阳光很刺眼，他揉了揉眼睛，看到同伴们正在继续搭建帐篷，他急忙走上前去。韩世杰见到他，关切地问道：“起来了，身体好点没？”

“好了，没什么事了。”他一边说着，一边上前帮忙。韩世杰拦住他，劝说道：“你的身体还没痊愈，先休息休息吧，别急着干活。”

“你看，我已经好了，真的没事了，你就别让我再休息了。”汪洋一边有力地挥动胳膊，一边大声地说，以此证明自己的病确实好了。

韩世杰望着精神状态明显好于昨天的汪洋，说道：“你别说，喝酒还真管用，真让二保说着了。”

“我什么时候说过瞎话啦！以后别在跟我犟了。汪洋，你的病多亏我了吧，打算怎么感谢我呀？”二保自鸣得意地问道。

“兄弟，我改日请你喝酒。”汪洋笑着回答。

“这才像朋友说的话，不过你可得整点硬菜，别拿小毛菜糊弄我。”

“看把你兴奋的，提起喝酒就高兴，你的工作什么时候能像喝酒那么积极就好了。”韩世杰笑着调侃道。

“哎，我说领导，你怎么这样评价我，除了窦娥，还有比我更冤枉的吗？再说了，有酒喝谁不高兴啊！你没听人说吗，‘酒是粮食精，越喝越年轻’，没菜喝酒也比干活强，何况还能治病呐！”二保的调皮话，把众人都逗乐了。

这时候，王师傅担水回来，见到汪洋，关切地问：“汪洋，你好些没？饭在锅里热着呢，你赶紧去吃吧。”

“没事了，谢谢你的关心。”汪洋刚起床时，没感到饥饿，经王师傅这一提示，顿时觉得肚里空落落的。于是，他一边向王师傅表示感谢，一边走到锅灶前，掀开锅盖，端出饭菜，大口地吃了起来。此时，他胃口大开，吃得肚皮溜圆，方才停下筷子。

吃饱后，汪洋的体力恢复如初。其实，他不舒服是疲劳过度、身体透支所致，由于吃了药，醉酒后又酣睡了十几个小时，缓解了疲劳。而且，在热被窝里还发了汗，加上他身体素质好，免疫力强，身体便得以快速恢复。

上午，他们又搭建了一座六米见方的帐篷，从中间用木杆和油毡纸隔开，一半当作厨房，一半当办公室兼宿舍。宿舍里一面钉了床铺，剩余的空地上放了一张办公桌，截了两个木墩子当板凳，床铺底下以及各个角落堆满了采伐的工具和物资。

韩世杰、汪洋以及王师傅住在指挥部里。采伐点建成后，其他参与采伐的人员陆续上山，采伐生产正式开始。

山场上的工作白天繁忙，夜晚略显寂寞。山场上的人们利用各种方式来消遣时间，他们有的喝酒长谈，有的打扑克娱乐，有的打麻将赌饭票。汪洋正好利用这宝贵的时间趴在床上看书、写东西，他的习作已接近十万字。由于自己的语文基础差，缺乏写作经验，故此写得很吃力，时常为了一个生字或词汇翻词典。可他却毫不气馁，信心十足地坚持写作，经常熬到凌晨两三点钟，而第二天还丝毫不耽误工作，他这种持之以恒的毅力让同事们折服。

韩世杰很欣赏汪洋，每天晚上尽量不去打扰他。这天，汪洋由于想起郝妍，有些心烦意乱，趴在床上苦思冥想却毫无灵感，在稿纸上写了划、划了又写，最后又赌气撕掉。他连撕了几张，索性扔笔不写了。

坐在他身边看书的韩世杰见他如此状态，就放下书，笑着问："怎么不写了？"

"今天不知怎么了，一点灵感都没有，真是气死人了。"汪洋神情低落地回答。

"虽然我不懂写作，但是我知道，无论做任何事情，都不可能一帆风顺，何况是如此艰辛的写作。你要摆正心态，不要急于求成，你没听过'欲速则不达'吗？我在年轻时也曾有过作家梦，却由于参加'文化大革命运动'放弃了理想，现在想起来真是后悔。"

"'文化大革命'真是坑死人，我的年纪小，'文化大革命'开始时还不到十岁，你的年龄正好赶上了，难免受影响。你参加了造反运动吧？"

韩世杰点了一支烟，表情凝重，语气深沉地说："说来惭愧，'文化大革命'开始时，我刚上高二，属于正儿八经的老三届，那时候年轻幼稚，头脑狂热，何止参加运动，还是造反派司令呢！今天只有咱们俩，我就把当初那些荒唐的事讲给你听听吧。

"运动开始时，我怀着好奇的心情跟着大伙儿去街上游行、贴大字报。随着运动的发展，我的革命热情不断高涨，那些跟在别人屁股后面游行、贴大字报已经无法满足我日愈膨胀的心了。我们几个平时要好的同学在一起商讨了一个晚上，第二天就成立了'井冈山造反司令部'。我的好友李树民改名李红卫，自任司令，我被任命为参谋长，其他几个同学分别任副司令等要职。说实话，我们成立造反组织，在很大程度上是抱着几分凑热闹好玩的心理，并没有想成什么气候。可是，由于我们思想狂热，敢想敢干，口号喊得响，大字报贴得勤，积极批斗‘走资派’，敢于冲击市委办公大楼，抢博物馆的文物，焚烧了戏剧团的道具。我们的声势越来越大，名声也越来越响。很快，我们的麾下就集聚了许多和我们一样思想激进、头脑狂热的人。随着规模不断壮大，我们的组织成了当地人数最多、影响力最大的造反组织，我也在一夜之间，从默默无闻的学生变成了叱咤风云、举足轻重的人物。

“可是，随着运动的深入，我们和另一派造反组织‘红星战斗队’在争夺领导权的问题上发生了严重分歧，形成了尖锐的矛盾，由原来的革命战友变成了仇敌。我们彼此都坚称自己最革命，双方唇枪舌剑，相互攻击，谁都不服谁。后来局势逐渐失控，由‘文攻’发展到‘武卫’，彼此大打出手，先是用拳头、刀棍，后来发展到动用枪支，使一场文化领域的‘大革命’演变成血腥的杀戮。

“武斗开始时，我们双方势均力敌，谁也没占多大便宜。就在双方打得不可开交、难解难分的时候，‘红星战斗队’得到了工人造反组织的支持，形势突然发生逆转，我们坚守的据点很快被攻破，我们为了避免遭受更大的损失，只好采取化整为零的战术，将人员分散隐蔽，保存实力，以便东山再起。

“我和李红卫还有一个副司令不甘心就这么失败，天真地想去北京找党中央告状，没想到有人走露了消息。对方得知了我们的计划，他们派出了大批人马，严密封锁了市内的火车站、汽车站，严加盘查我们的行踪。面对如此严峻的形势，我们不敢乘火车或汽车，只好怀揣着干粮，避开大道，改走山路，准备到铁路沿线去扒火车。万万没想到，在我们经过一个山口时，被隐蔽守候的人员逮了个正着，他们给我们戴上手铐，分别押上三辆汽车。我坐在最后一辆车上，碰巧开车的是我的邻居，他是个转业兵，富有正义感。当时驾驶室里只有我们俩，他悄声地跟我说：‘你们怎么这么轻易就被抓住了，你得赶紧想办法逃跑。一旦被押回去，肯定是凶多吉少。’我当时戴着手铐，被押在车里，根本无计可施，出于求生的本能，只好求他帮忙。他思考了片刻，低声告诉我：‘等一会儿会路过一个山坡，下坡时，我踩一下刹车，你就乘机跳车，朝相反方向往山上跑。由于惯性，车在坡上难以停住，等我滑到坡底，你早就跑远了，那时，他们想在茫茫的大山里找到你，谈何容易。’

“我当时感激万分，恨不得给他磕头，却又不敢多说话，害怕车上的人听见，只好把感激埋在心里。汽车行进了一段时间，果然来到了一个比较陡的山坡。当车缓慢地爬上坡，开始加速往坡下行驶时，他暗示了我一眼，我心领神会，他趁车速没起来时，踩了一下刹车，我顾不得多想，急忙打开车门，不顾一切地跳下车去。

“当我着地时，由于双手戴着手铐，行动不便，被惯力带了一个跟头。我顾不得伤痛，赶紧爬起来，玩命似的往山上跑，很快就消失在茫茫群山之中。

“车上的人发现我逃跑了，急忙大喊停车，由于山坡比较陡，车速又快，加上司机故意做手脚，汽车一直滑到坡底才停稳。那帮人从车上跳下来，气急败坏地质问他为什么不停车，司机无奈地说是由于下坡，车速快，如果强行停车，势必会翻到山沟里，弄不好会车毁人亡，他承担不了这个责任。那些人听他如此解释，也无话可说。他们想到山上去寻找，可是茫茫林海中要想找一个人，无疑是大海捞针，他们也只好作罢。

“我在好心邻居的帮助下侥幸逃过一劫。当时我逃进深山，担惊受怕地躲藏了三天，由于没有吃的，只好硬着头皮下山，摸到铁路沿线。我担心有人埋伏，躲在山里观察了半天，确认没有埋伏后，在深夜扒上了一列货车，逃到千里之外的叔叔家躲了起来。

“直到半年之后，在中央的指示下，军队派出宣传队制止了‘武斗’，全国实现了革命大联合，我才敢回家。回家后方才得知，李红卫以及那个副司令在被抓的当天晚上就被残酷地折磨致死。假如当初不是邻居的仗义相救，我也会落得与他们相同的下场，我后怕极了，骇得舌头伸出老长，半天缩不回去。

“经过这次劫难，我万念俱灰。我把自己关在家里，反省自己以前的所作所为，深感后悔和惭愧，从此不问世事。直到一年之后，毛主席发表‘五七指示’，号召广大知识青年上山下乡，我也随着下乡上山的大潮，来到甘河林业局，开始了新的生活。

“我先后当过养路工、泥水工，在农场开过拖拉机。总之，不管干什么工作，我都怀着赎罪的心理，心甘情愿地努力工作，以求得良心的安慰，没想到却获得了意外的回报。由于我在工作中不怕苦、不怕累，任劳任怨，赢得了领导和同事的一致好评，连续三年被选为‘林业局劳模’，还入党、提干，被任命为砖厂党支部副书记。想起以前的事，我真是后悔莫及。当年的教训对我来说，太深刻了，我也非常庆幸自己在生命攸关的时刻，遇到了好人搭救，幸免一死。同时，我也感到后怕，如果当初我们的造反组织没被打散，任由我们胡闹下去，说不定我们会闯出大祸。我现在感激当初那场变故，因为它彻底改变了我的人生，否则真不知道我会落到什么样的可悲下场。”

韩世杰用庆幸的语调结束了沉痛的话题。他的话给了汪洋巨大的震撼，没想到韩世杰的经历如此曲折，他的教训对自己也是一种启迪和帮助。

通过长时间的交往，汪洋与韩世杰之间建立了友谊，随着友谊的不断加深，他们成了无话不谈的好朋友。

第十七章

崭露头角

春节前夕，山场留下看守人员，其他人全部放假回家过年。汪洋将单位发放的猪肉、鱼、豆油等福利装了大半麻袋，准备带回家去，剩余的大米和面粉，以低于市场的价格卖给了个体饭店。如今粮油市场已经开放，他没有必要再往家里带细粮了，莫不如换成现钱更实惠。收拾完东西，他来到五金家电商店，用平日省吃俭用积攒的钱，买了一台十七英寸的上海牌黑白电视。去年回家过春节，看到弟弟妹妹去别人家看电视，他就萌生了给家里买一台电视的想法，如今了却了心愿，他觉得十分高兴。

忙到中午，回家的事基本就绪。他顾不上吃午饭，急忙前去找郝妍，结果门卫告诉他，郝妍去市文化宫接受相关领导审查春节演出的节目了。汪洋来到市文化宫，却苦于没办法进门。他在文化宫门前等了一下午，直到天黑，才从稀疏的人群中看到了分别半年之久的心上人。他按捺不住激动的心情，急忙上前大声喊道："郝妍。"

正和同事说笑的郝妍听到喊声，不由得一怔，寻声望去，看见了站在门口的汪洋，赶紧走了过来，把他拉到墙角处，颇感意外地问："你怎么找到这里来了？你不是上山了吗？什么时侯回来的？"

"快过春节了，山场放假，让大伙儿回家过年，我今天上午才下山。下午去宿舍找你，门卫说你在这里接受领导审查节目，我就来这里找你。没想到门口的警卫不让进门，我只好在门口一直等你到现在，总算把你等出来了。"汪洋面带微笑，几乎是用贪婪的目光看着郝妍。半年多不见，他发现郝妍比以前打扮得更加时髦了，此时他虽然有许多话要说，一时间却又觉得无从说起，只是望着郝妍一个劲儿傻笑。终于见到了日思夜想的心上人，他感到无比的幸福和满足。

“门卫告诉我说你来过，可是我这工作简直忙死了，整天四处演出，害得咱俩阴错阳差的，见一次面比牛郎织女还难！还害得你大冷天在外面等这么长时间。我好感动啊！怎么样，山上一定很艰苦吧？”郝妍语气温柔，亲昵地说。

“还行吧，没感觉怎么艰苦，就是长时间见不着你，心里想得慌。”汪洋一边表白心迹，一边情不自禁地上前拥抱，却被郝妍推开。她理智地说：“你别闹了，有什么话赶紧说，我晚上还要参加排练呢。”。

汪洋听她这么说，急忙收敛了自己的亲热举动，赶忙说道：“其实也没什么要紧的话，这么长时间没见到你，心里特别想你。另外，顺便告诉你，我明天回家过年。咱们一起出去吃顿饭吧。”

“不行，我不能陪你去了。我时间很紧，只有半个小时吃饭时间，你自己去吃吧。”郝妍看着手表拒绝了他的请求。

“既然现在没时间，那就等你审查完了咱们再聚。”汪洋理解地说。

“晚上更没时间。节目不知要审查到什么时候，然后还得陪市委及团里的领导吃饭，还要与相关人员商讨如何修改节目，说不定折腾到什么时候呢，你就别等我了。明天还要对节目进行彩排，休息不好怎么行呢。明天我一定抽时间去车站送你。”郝妍面有难色地对汪洋解释道，同时面带笑容，飞快地吻了他一下，说了一句“拜拜”就转身快步离去了。汪洋站在路边，望着郝妍匆忙远去的背影，回味着幸福的同时，又觉得意犹未尽，心里有一种说不出来的失落感。

列车开车时间是早晨八点十分，汪洋在朋友的帮助下，七点钟就来到了候车室。他这么早来，主要是想早点见到郝妍。他找了一个显眼的位置，在进出的人群中仔细地找寻着郝妍的身影。时间在焦急的目光和热切的期盼中一分一秒地流逝，汪洋望眼欲穿地一直等到开始检票也没有看到郝妍的身影。他无奈地随着人流走进站台，目光却仍在旅客中不停地穿梭，希望能看到郝妍。列车进站了，虽然临近春节，客流量比较大，上车的旅客都拼命想早点上车抢坐位，汪洋却一直拖延到最后。上车后，他又站在车门口向站台上张望，直到列车启动，他也没有看到郝妍的身影。望着身后渐渐远去的站台，他无奈地叹了一口气，提起随身携带的物品，在拥挤的缝隙中，费力地挤进了车厢。

车厢内不但座无虚席，连过道上都站满了人，汪洋找了个空隙把物品放下，自己坐在上面，从背包里取出一本小说，专心地看了起来。不一会儿工夫，他就进入了书中所描写的世界，几乎忘记了此时置身何处，也暂时忘记了郝妍爽约所带来的失望。

列车经过十几个小时的行驶，在茫茫夜色中驶进了家乡的站台。汪洋透过车窗，一眼就看到了前来接站的哥哥、弟弟以及妹妹的身影。

汪洋在兄妹的簇拥下回到了家，父母为他准备了一桌可口的饭菜，他们一家人其乐融融地围坐在一起吃饭。让他颇感意外的是，饭桌上多了一个美丽的倩影，她就是哥哥的女朋友，名叫刘琴。她是位美丽大方、活泼可爱的姑娘，由于她的到来，饭桌上平添了许多快乐的元素。他为哥哥由衷地感到高兴，并举杯祝他们幸福。

今年春节，对汪家人来说，比以往任何一个春节都高兴。全家人酒足饭饱之后，大多时间都聚在电视机前看节目，直到电视节目结束，他们才意犹未尽地关掉电视。接踵而来的喜事让全家人都沉浸在前所未有的欢乐之中。然而，父子相聚的天伦之乐和哥哥与恋人的亲密，让汪洋更加思念郝妍，他内心饱受相思之苦的折磨。他懒于去亲戚家给长辈拜年，也没有出门与同学相聚，而是把自己关在家中，看完电视就躺在床上睡觉。他也无心看书，心心念念只盼早点过完春节，好赶回去与郝妍相会。

本来汪洋春节放假到正月初七，可是在爱情的驱使下，汪洋以工作忙为借口，不顾家人的挽留，正月初五就匆忙登上了返程的列车。

回到甘河之后，汪洋第一时间就来到了郝妍的宿舍，结果被告知她放假在家。他有心前去家中找郝妍，可是考虑到自己从未登过她的家门，而且以前郝妍曾多次告诫过他，父母反对她过早谈恋爱，她和汪洋相恋，父母不知情，她担心一旦公开恋情，会遭到父母的强烈反对，所以不敢让汪洋去她家里。鉴于以上原因，汪洋不敢冒昧地去找郝妍，而是采取迂回战术，通过平日与她要好的樊桂兰为他传递信息，两人才得以相见。

两人见面后，郝妍首先就爽约的事向他赔礼道歉，说自己由于彩排，熬夜到凌晨才上床休息，没想到竟然睡过了头，错过了送站的时间。

听到她的解释，汪洋心里轻松了下来，由于寝室的同事都放假未归，为他们提供了约会的空间。他们在这临时属于他们的空间里，尽情地享受着爱情的甜蜜和幸福。

欢乐的时光总是十分短暂，随着假期结束，同事们前来上班，他们才不得不分手。汪洋送走了郝妍之后，当天下午便乘车返回山场，开始了紧张的采伐工作。

汪洋搞后勤工作可谓是轻车熟路，他充分利用运材车的便利条件，想方设法地调理山场的伙食。他买了便于存放的冻鱼和带鱼，买了几十只活鸡圈养在山上，还经常托彭宗元隔三差五地为山场购买新鲜蔬菜。彭宗元在采伐期间，临时担任山场材料员，经常往返于山场与单位之间。因为他的帮忙，山场的伙食搞得很好，不但经常吃鸡、鱼和肉，还能吃到难得一见的新鲜蔬菜，山场人员对汪洋的后勤工作都很满意。但也有人说伙食标准过高，担心他亏损，无法报账，可汪洋却依然我行我素。

这天上午十点多，他正在记账，帐篷外传来了彭宗元的声音："食堂的人呢？快点来卸菜。"汪洋闻声，急忙放下笔、合上账本，起身朝门外走去。彭宗元此时已经掀开门帘进来了，笑着对汪洋说："你倒清闲自在，我为了给你们食堂买菜，早饭都没顾上吃，把我饿坏了！赶紧给我做点好吃的，好好犒劳犒劳我。"

"好说，好说，想吃好的还不容易，无论是天上飞的、地上跑的，还是水里游的，咱们应有尽有，想吃啥尽管吱声，保证让你满意。"汪洋和他开玩笑说道。他们俩相处得十分融洽，平时说话很随便，时常开一些无伤大雅、富有幽默感的玩笑。

"你真是财大气粗，说话的底气这么足。我今天倒要看看，你能给我做出什么名菜！"彭宗元也笑着反击道。

"你怎么说出这种话，好像我吹牛似的。别人说这话还情有可原，难道你还不了解咱们的实力？"汪洋自信地说着，转身朝外边走去。

"你先别急，这是货物清单和发票，你让王师傅对一下数。"彭宗元拽住他，从兜里拿出几张的票据，递给汪洋。

"我是得好好看看，看你是否吃了回扣。"汪洋边看边和他逗闷子。

"这年头，无利不起早，没有好处，谁这么给你卖力气。"彭宗元煞有介事地反驳道。

这时，王师傅走了进来，他们停止了说笑，一起来到车旁，将车上的菜卸下来，又照清单对了一遍。验收无误后，王师傅在发票上签了字，以便他到财务报销。

时间在人们的忙碌中悄然溜走，转眼已到三月中旬，山坡上的积雪开始融化了，形成了无数条溪流，汇集到山下的小河里。河边泛起了堰流水，坚硬的冰面变得酥松了。随着天气逐渐变暖，采伐工作也接近尾声，山场人员开始逐步撤离。

随着下山日期的临近，汪洋的心也跟着慌乱起来。他平时忙于工作，减少了想念郝妍时间，倒没觉得怎么着急，如今下山在即，对她的思念反而愈发强烈。

汪洋忍受相思之苦，计算着日期，终于盼到了下山这一天。他和最后一批清林人员收拾好炊具，拆卸了帐篷后，乘车下山。此刻，他恨不得长出翅膀，早一点飞到日夜思念的恋人身旁。

回到单位的当天他就前去找郝妍，结果让他很失望，郝妍又到外地演出去了。他再次乘兴而来，败兴而归，感到十分沮丧。

汪洋从山场回来之后，由于没见到郝妍，心情比较烦躁，工作也有些散漫。本来下山就应该把伙食账结清，可是他一直拖了十几天。由于山场的伙食标准高，花销大，加上迟迟不报账，单位传出了一些风言风语，说他的伙食费超出了领导规定的标准，出现了亏损，无法报账，而且愈传愈邪乎，甚至传到了相关领导的耳朵里。韩世杰听到了传闻，他以领导和朋友的双重身份婉转地催促他赶紧报账。其实，汪洋早就听到了这些议论，心里有数，并没有把传言放在心上。如今韩世杰出面催促，引起了他的重视，赶紧承诺会尽快报账，并告诉他不必担心。

第二天刚上班，汪洋就拿着早就整理好的伙食账来到财会室。他的账目清楚，笔笔有宗，前后不到十分钟，就把山场采伐的所有费用算得清清楚楚了。

财务股长严文谨是个严谨正直的中年人，见汪洋如此有作为，禁不住感叹道："我做财务工作二十多年，从未见过像你算账这么明白的人。那些人根据什么说你的伙食账出现了漏洞，无法平账，真是不负责，信口胡说！"

谣言止于智者，财务股长的话不仅像一阵大风把流言蜚语刮地无影无踪，同时也让领导和同事对汪洋刮目相看，赞赏有加。

可能有人要问，伙食那么好，怎么还没超出伙食标准，难道他有什么非凡的才能吗？其实不然，他之所以没有超出标准，主要得益于他责任心强，而且没有私心，不贪不占，没有中饱私囊，更没有捞取不正当的灰色收入，而是把钱都花在了伙食上。买东西时，他先摸清市场行情，再讨价还价把价格压到最低。综合上述原因，他不仅节省了开支，还赢得了领导的信赖和同事的好评。

由于汪洋的出色表现，领导安排他当车队后勤管理员。众所周知，后勤工作比较烦琐，终日难得清闲。好在汪洋的能力比较强，把每日的大小事情都按轻重缓急处理得井井有条，工作干得很出色。

这天，他刚上班，韩世杰把他叫到办公室，手里拿着一份通知，笑着对他说："林管局《林海日报》来咱们局办通讯员学习班，为期七天。经过研究，决定派你和团委书记黄亚杰还有财会室的统计侯金萍一起参加学习。你赶紧把手头的工作交代一下，到局党委宣传部报到。"

对于喜欢文学的人来说，能有这样的学习机会，真是求之不得的好事，汪洋自然是满口答应，欣然前往。

当天上午，他们三人去林业局党委宣传部报到，下午正式开始学习。为学员们讲课的是《林海日报》的一位副总编辑，姓冯，四十多岁。还有一位年轻的佟科长，他在报社主要负责通讯报道。他们先后为学员们讲了新闻报道的重要性，还着重讲解了"新闻五要素"以及写作技巧和采访要领。

汪洋不但认真听讲，而且还做了详细的学习笔记。通过学习，他掌握了新闻写作的基本要领，对他日后的写作大有裨益。

学习到第五天，按照要求，学员们根据自己的意愿去寻找采访对象。有个别学员找不到采访对象，则由宣传部的同志指派他们去采访一些劳模或先进人物。

汪洋由于没有采访经验，开始也颇为踌躇。他也曾想去采访一些先进人物，又觉得众人都去采访，不但题材老化，而且没有影响力。于是，他决定另辟蹊径，找新颖的题材来写。可是，到底什么样的题材既新颖又有影响力呢？他在脑海里反复思考着。突然，灵光一闪，他想到了局团委和工会倡导在"五一"举办集体婚礼的号召，由于彭宗元决定报名参加，因此这件事在林业局内引起了很大的轰动。集体婚礼既是新兴事物，又是对传统婚礼的挑战，同时还避免了铺张浪费，倡导了移风易俗、喜事新办的新风。这个题材既新颖又有一定的影响力，因此，他决定选这个题材写报道。

拿定主意之后，汪洋直接来到了彭宗元的新房，这是单位分给他的家属宿舍，面积只有三十多平米。此时，彭宗元正和他的未婚妻郁金凤忙着布置新房，见汪洋来了，他们急忙停了下来。汪洋没有直接说明来意，而是以朋友的角度侧面了解了婚礼的筹备情况，以及对集体婚礼的看法。他根据彭宗元提供的相关资料，以读者来信的形式，撰写了一篇有关集体婚礼的报道，题目就叫《集体婚礼　移风易俗　利国利民》。

目前，甘河林业局团委和工会联合倡议在“五一”为婚龄青年举办集体婚礼。这一举措得到了广大婚龄青年的积极响应，截至目前，已有五对新人报名参加。笔者对其中一位进行了专题采访，他说：“我叫彭宗元，今年二十五岁，去年大学毕业，分配到甘河林业局工作。我与恋人是大学同学，我们早已超过结婚年龄，双方父母曾多次催促我们结婚。我的父母体弱多病，他们含辛茹苦地将我抚养成人，还省吃俭用地供我上大学，我实在不忍心再让父母为我的婚事而犯愁。

“虽然我们已超过结婚年龄，但由于经济原因，婚事只好一拖再拖，眼看美满的婚姻被经济条件拒之门外，我们倍感焦虑。恰逢局团委和工会联合倡议为婚龄青年举办集体婚礼，这对我们来说，真如久旱逢甘霖，解了我们的燃眉之急，我和恋人举双手赞成。目前，集体婚礼已在紧张的筹备之中，再过几天，我将和恋人牵手步入体面、热烈、幸福、别开生面的婚礼殿堂。我感谢局团委和工会圆了我的结婚梦，解决了我的难题。我们的新房只有一张床、一张桌子、两把椅子，唯一的奢侈品是我们用来学外语的盒式单喇叭录音机。新房虽然布置简单，但我们的内心却非常充实，对未来的生活充满了希望和信心。”

集体婚礼是一举多得的好事，解决了青年们的经济难题，提倡了移风易俗和节俭办婚事的社会主义文明新风。我们国家经历了十年动乱，国民经济已经到了崩溃的边缘。虽然十一届三中全会以来，通过全国人民的共同努力，国民经济有所好转，可是，与经济发达的西方强国相比，还有很大的差距，各行各业都要力行节约，反对铺张浪费。大操大办举行婚礼是一种严重的浪费现象，试想我国有十亿人口，每年结婚的人数以千万计，大办婚礼浪费的人力、财力、物力无法估算。无论从“四化”建设的大局，还是家庭生活的角度来衡量，大操大办婚礼都会造成巨大的经济损失和无谓的浪费。彭宗元是一名集体婚礼的受益者，他也提出倡议，希望广大婚龄青年打破陈规旧习，解放思想，杜绝大操大办婚礼，加入到集体婚礼中来。

我坚信，有各级领导的大力支持和有识之士的积极响应，此次集体婚礼一定能够圆满成功。同时，也希望集体婚礼这一利国利民、移风易俗、提倡节省、别致新颖的新生事物能够得以延续，发扬光大！

汪洋没有想到，他的这篇稿件受到了编辑的重视和好评，通过综合考评，他的稿件评为了第一名。在稿件评比会上，听闻自己的稿件被评为第一名，他感到非常意外，甚至怀疑自己听错了。当他从冯副总编嘴中数次听到自己的名字后，加之众人投来的羡慕目光，以及坐在自己身旁的同事对他表示了祝贺，他才确定这一切都是真的。他不由得心头一阵激动，手有些微微发抖，呼吸急促，面色通红，大脑有些麻木，好像做错了什么事似的。他低着头不敢看别人，也无法专心听冯副总编对稿件的讲评。

十几分钟之后，他的情绪才从亢奋中逐渐平静下来，他稳定了情绪，开始认真听取其他稿件的得失，认真做了笔记，以便从中汲取写作的知识和经验。

培训班结束的那天下午，主办单位为全体学员发了纪念品，并为获得头三名的人颁发奖品。汪洋得到了一支钢笔和一个精致的笔记本，而且，主办单位还当众宣告，他们将会把汪洋的稿件带回报社发表。汪洋因为这个意外的喜讯而心花怒放，表面却极力稳定情绪，生怕别人说他没有城府。尽管如此，他在上台领取奖品时，脚步还是有些机械，在接受奖品时，双手不由自主地发抖，表示感谢时，说话声音也有些颤抖，颁奖完毕后，全体培训人员照相留念，照相完毕后，学员们围在冯副总编的身边，向他讨教相关的写作知识。汪洋瞅准机会，凑到冯副总编跟前，双手捧着颁发给他的笔记本，语气谦恭地说："总编您好，麻烦您给我题个词，留个纪念。"

冯副总编抬头看到求字者是汪洋，欣然接过笔记本，在印有"《林海日报》第四期通讯员培训班，稿件评比第一名"的扉页上，挥笔写下了"勤学苦练，水滴石穿"八个字，并署名"冯革"。汪洋直到此时才得知冯副总编的名字，同时，他也把这寓意深远的题词当作日后写作的座右铭。

几天以后，集体婚礼在林业局礼堂举行，林业局主要领导前来参加并表示祝贺。

参加婚礼的五对新人及他们的亲属，还有单位的领导、同事、朋友纷纷前来祝贺。会场内外人头攒动，场面隆重热烈而充满温馨，五对新人胸佩红花，在欢快的乐曲声中手牵手走到前台。在团委书记王淑艳的主持下，新人们先后向亲人和来宾敬礼，然后每对新人相互敬礼。领导和来宾讲话后，举办单位为新人发放了结婚礼物，新人们还表演了节目。他们喜气洋洋，有的跳起了欢快的舞蹈，有的唱起了深情的歌曲。彭宗元和郁金凤演唱了黄梅戏《天仙配》选段《夫妻双双把家还》。他们练习了好几天，是有备而来，唱得有声有色，表演得十分到位。他们惟妙惟肖的表演赢得了在场人员的一片叫好声，把婚礼气氛推向了高潮。

婚礼结束后，汪洋把有关集体婚礼过程的内容写成报道，寄到《林海日报》编辑部，编辑部把汪洋寄来的稿件与冯副主编带回来的稿件一同刊登在《林海日报》上，并加了编者按，同期发表。

汪洋的名字出现在了报纸上，凡是看到报纸的人，都对他的文章给予了充分的肯定和好评。因为这件事，汪洋声名远播，名气大振，无论走到哪里，人们都对他投来羡慕的目光和由衷的赞扬。

面对接踵而来的赞扬声，汪洋的虚荣心得到了极大的满足，他沾沾自喜，有些飘飘然。不过，他并没有止步不前，而是利用闲暇时间，把他身边发生的一些典型事迹和先进人物写成报道，寄给《林海日报》编辑部。其中，《青山不老夕阳红》讲述了林业局退休老干部常年义务造林的先进事迹；《爱的奉献》述说了林业局一位普通职工，十几年如一日的精心伺奉瘫痪在床的爱人的感人事迹。对于林业局日常发生的一些典型事件，他也都不失时机地给予了报道。同时，他还利用自己的休息时间，废寝忘食、加倍努力地创作自己的作品，幻想有朝一日这些作品能够发表，他也能因此跻身作家的行列，实现自己人生中最大的梦想。

第十八章

情为何物

金秋时节是个收获的季节，你看那满山遍野的农作物，经过春风秋雨的吹拂和洗礼，在阳光的照耀和雨露的滋润下，经过发芽、开花，结果的漫长旅程，终于结出了累累硕果。这对于付出辛勤汗水、精心培育它们的人来说，真是莫大的喜悦和安慰。

在这个收获的季节，汪洋接到了何强即将结婚的喜讯，他和施玉芬经过了相识、相知、相爱的漫长过程，经过俩人的精心呵护和培养的爱情之花，终于收获了甜蜜的果实！

虽然汪洋的工作比较忙，但领导还是破例批给他一个月的假。他利用自己的手艺，为何强和施玉芬精心制作了一套样式新颖、精致美观的家具，另外还有一套沙发。他精湛的手艺受到大家的赞扬。

一年一度的冬季采伐工作又开始了，由于他在工作中勤勤恳恳、任劳任怨，又没有私心，深受领导的赏识和同事们的拥戴。在采伐工作开始前，经领导班子开会研究决定，由汪洋担任采伐小工队副队长，主管后勤工作。自从他担任副队长之后，他的工作热情更加高涨，把山场采伐工作安排得井井有条，有声有色。

元旦期间，汪洋收到了家中的来信，说哥哥将在春节前结婚，问他是否能提前回来，为哥哥制作家具。当时是采伐工作的黄金期，后勤工作十分繁忙，他数次请假，但都未获得批准。无奈之下，他只好给父亲写信说自己工作忙，领导不准假，并建议把哥哥的婚期推迟到春节以后。按规定，父母不在本地的职工，每四年享受一个月的探亲假，他可以利用探亲假的时间为哥哥赶制家具。汪洋很快接到了父亲的回信，父亲同意了他的建议，决定把婚期推迟到春节以后举行。

春节前夕，汪洋找领导申请探亲假，领导考虑到后勤工作的重要性，没有批准。后来，他数次找领导请假，外加副队长彭宗元主动提出兼任后勤工作，领导只好批准了。

汪洋回到家中，一天也没有休息，张罗着为哥哥做家具。他每天干到深夜，早上又早早起床，有时忙得脸都顾不上洗。他日夜忙碌赶工，大年三十中午停工，正月初三又开始动工。

一次，家人一起谈论哥哥的婚事，母亲关心地问他的个人问题，他把自己与郝妍的关系有保留地告诉了大家。所谓的保留，就是隐瞒了俩人已发生关系这一点。这话即使面对母亲，他也羞于出口，他只是告诉母亲，他们的关系非常融洽。母亲听后甚感欣慰，连忙劝说："既然如此，你怎么不把她带回来让我们看看呢？"

"妈，她也很想来看望你们，就是工作太忙，抽不出时间。以后有空，我一定会带她来的。"汪洋赶紧向母亲解释道。

"既然她各方面都很优秀，我劝你还是早点结婚吧，省去我和你爸爸惦记。"

"妈，我在外边工作顺利，又处了一个可心的女朋友，您还有啥不放心的？"汪洋语气轻松地劝慰母亲。虽然这么多年来，他在外边经历了许多坎坷和曲折，但他从不告诉父母，怕他们担心。每当父母问及他的生活状况，他也总是报喜不报忧。

"儿行千里母担忧，这么多年，你孤身在外，生活得再好，也不如家里享福啊。别的不说，万一有个头疼感冒，身边连个贴心的人都没有，你叫我们怎么能不惦念！假如你成了家，有媳妇在身边照顾，我们也就不这么惦记你了。"母亲说着说着，眼圈不由得发红了，其实她心里明白，儿子一定吃了很多苦，只是儿子懂事，怕她们惦记，故意不说罢了。

"妈，结婚还不容易，我一句话就能搞定，您就放心好了。"汪洋胸有成竹地说道。

"看把你能的，人家条件那么好，图你啥？"母亲心里高兴，脸上故意装出一副嗔怪的表情。

“她图啥？图你儿子英俊潇洒，外加有才，否则她也不会主动追求我啊。”汪洋自信地对母亲说。汪洋的话，虽然有几分夸大的成分，但作为母亲，心里还是由衷地为儿子感到骄傲和自豪。

汪洋饿了就吃，困了就睡，起来就忙个不停，前后用了二十多天，终于赶在假期结束前制成了一套精致的家具。

眼看婚期将近，父母及家人都劝汪洋参加完哥哥的婚礼再走，汪洋却不顾家人的劝说，带着缺席哥哥婚礼的遗憾，登车返回了甘河市。

回到单位的当天，领导就催促他上山。他连看望郝妍的时间都没抽出来，连夜赶往山场，投入到紧张、繁忙的采伐工作当中。

哥哥和何强相继结婚，那些年纪与他相仿的同学和同事也都先后成家，父母又多次来信催促，汪洋的心里萌生了结婚的念头。

但是说起结婚，他心里还是有些没底。由于彼此都很忙，他和郝妍见面的次数越来越少，而且每次见面的时间都很仓促，感觉相聚的时间太过短暂，还没等亲热够呢，就匆忙分手了。加上她的父母反对，至今汪洋也没有机会拜见未来的岳父、岳母，结婚的话题也就无从谈及。不过，他觉得结婚并不难，一是他们的感情非同一般，二是她的父母以前反对她早恋，可现在他们早就过了结婚的年龄，三是自己的家庭已经彻底改变了面貌，而且，自己在工作中虽然没做出什么大的成绩，但与同龄人相比，自己也算是个佼佼者。汪洋认为，不但她的父母没有反对的理由，就连郝妍恐怕对结婚也是求之不得，只是出于女性的矜持，难以首先开口罢了。想到这里，汪洋的底气足了起来，决定尽快找郝妍商量结婚的事儿。

他十分自信地来到郝妍的宿舍，准备与她商量结婚事宜，门卫依旧告诉他郝妍外地演出未归。汪洋失望地问她的归期，门卫不耐烦地说不知道。无奈之下，汪洋只好郁闷地返回单位。

汪洋连续去了两次，都没见到郝妍，都是由门卫告知并拒之门外的。近两年来，类似的情况时有发生，汪洋已习以为常。他十分理解郝妍的工作性质，作为文艺团体，到外地演出是常事，所以他也没多想。以往没什么重要的事，如今是商量结婚事宜，必须要见到她才行，于是，他打破常规，改变了寻找的时间和地点。以往他都是利用休息时间去找郝妍，因为郝妍曾多次叮嘱他，为了避免影响，不要在她上班时间去单位找她，有事也只能去宿舍找她。这次因为着急，他不顾郝妍的告诫，在星期一的早晨，径直来到文工团大门口，等候前来上班的郝妍。

他把自行车停在距大门十几米远的拐角处，站在那里伸长脖子、瞪大眼睛，朝大门口张望。上班时间到了，文工团门口进出的人多了起来，汪洋全神贯注，仔细地在行人中寻找，生怕自己一不留神让郝妍从他眼前错过。

时间一分一秒地过去，汪洋却没有看到郝妍，他失望地想到，郝妍会不会又去外地演出了。他觉得自己这么傻等也不是办法，于是，他踱步来到门口的收发室，礼貌地敲门询问："师傅，麻烦您一下，郝妍今天上班吗？她去没去外地演出？"

收发室值班的是一位四十多岁的中年人，此时正低头分发报纸，听到问话，抬头看了汪洋一眼，用例行公事的口气问道："请问你是她什么人，找她有什么事？"就在这时，一辆汽车从身后驶进院内，汪洋此时正和值班员说话，没有留意过往的车辆。他接着值班员话回答："我是她男朋友，找她有点私事。"

"男朋友，你叫什么名字？"值班员停下手里的活儿，用疑惑的眼神打量着汪洋。

汪洋对值班员的问话有几分反感，心想这个值班员真是多事，接待来访者怎么像查户口似的，你一个值班的，问那么多干啥。尽管心里反感，但有求于人，他还是耐着性子如实回答："我叫汪洋，请问她在不在？"

"汪洋？你是不是经常在《林海日报》上发表文章？"值班员听到他的名字，语气友好了许多，带着几分惊喜地问。他因为工作关系，每日与报纸打交道，没事时经常看报纸打发时间，故此对报纸上的新闻了解较多，也曾看到过汪洋写的报道。因为是本地新闻，他的印象比较深，并牢牢记住了汪洋的名字。

"写的不好，让您见笑了。"汪洋虽然没有正面回答，却变相承认了自己的身份。

"好，好样的！你文章写的很精彩啊！"值班员由衷地点头赞扬。

"师傅，请您告诉我，郝妍到底上没上班？"汪洋再次问及郝妍的去向。值班员刚才光顾着聊报道的事，差点忘了汪洋问话的目的，此时经他提醒，方才缓过神来，忙不迭地说："郝妍啊，这几天没去外地演出，在单位上班呢。早晨没见到她，估计等一会儿能来，你进屋等一下吧。"他的态度十分友好。

"谢谢，不进屋了，我就在外边等吧。"汪洋客气地谢绝了。他听闻值班员说郝妍近日没有去外地演出，心里不由得一阵高兴，满怀信心地站在大门旁等候郝妍的到来。

"哎，你看，从车上下来的不是郝妍吗？"值班员突然用手指着刚进来停在台阶前的小车说道。

汪洋急忙顺着他指的方向望去，只见郝妍已经从车上下来，手拎着提包，一边笑容满面地与车上的人挥手道别，一边往台阶上走。汪洋见状，急忙大声喊道："郝妍！"

郝妍有些惊愕地回过头来，看到汪洋朝她快步走来，赶紧挥手致意，与此同时，又摆手示意让小车开走。汽车按了一下喇叭，快速地驶出了大门。汪洋扭头瞥了一眼，看到开车的是一个长相英俊的帅哥，心里有点不是滋味。这时，郝妍已走下台阶，迎到汪洋的跟前。虽然她的脸上满是笑容，可语气中却带有几分责备："你怎么找到单位来了？影响多不好。"

"开车送你都不怕影响，我能给你带来啥影响？"汪洋没有回答她的话，眼睛望着远去的汽车，话里有话地说道。

"啊，那是我的同学，刚才上班途中恰好碰到我，顺便搭了一段顺路车。他连车都没下，对我有啥影响？"

"我是你名正言顺的男朋友，即使别人看到又能怎么样，真不知道你怕啥？"

"我不早就和你说过了吗？这文艺团体不比工厂，说道太多。我一个资历不深却过早成名的女孩子，容易引起别人的嫉妒。别看他们当面恭维你，其实心里不知怎么嫉妒呢，恨不得编造出一些无中生有的桃色新闻诋毁你的名声。我身陷是非旋涡，深知人言可畏，不得不防啊！好啦，咱们不说，你找我有什么急事吗？"郝妍把汪洋拉到墙角，向他解释道。

"我也知道你们这里人际关系复杂，可是我有事找你商量，宿舍又找不到你，只好找到这里了。你现在有时间吗？"

“现在是上班时间，我哪有时间啊。如果不是什么急事，等我下班以后再说，行吗？”郝妍面带笑容地征求他的意见。

“好吧，等你中午下班，咱们老地方见。”汪洋痛快地答应了，便转身离去。他们经常去迎宾楼吃饭，所以把那里称之为约会的老地方。

汪洋见时间尚早，来到大街上，随着购物的人群，在几个大型商场里转悠。十点多钟，他来到迎宾饭店，找了一个僻静的角落，坐了下来。

他点了几道郝妍爱吃的菜，告诉服务员先准备，等人来了再上菜。然后，他一边喝着茶水，一边在心里合计，不知郝妍对结婚的事什么态度。如果她同意结婚，自己就向单位的领导申请住房，然后请假去旅行结婚，旅行的地点他都想好了，就去北京。他从未去过北京，正好借结婚的机会，好好地游览一下首都的名胜古迹。她万一要是不同意结婚怎么办？自己该用什么办法说服她呢？他一会儿高兴，一会儿又忧虑重重，患得患失地反复盘算着。

下班时间到了，前来就餐的人多了起来。汪洋的眼睛一直望着门口，将近十二点，郝妍终于推门走了进来。汪洋急忙起身，迎上前去，郝妍站在那里四下张望，听到汪洋的呼唤，笑着朝他走过来。

郝妍如今在甘河市已是家喻户晓的名人，随着汪洋喊她的名字，就餐的人立刻认出了她，并对她投来了好奇的目光。众目睽睽之下，郝妍矜持地放慢脚步，面带微笑，不住地向大家挥手致意，从容地走到汪洋的身旁。

郝妍坐下后，汪洋吩咐服务员上菜，几道早已准备好的菜很快就摆到桌上。

“啊！这么丰盛，一定有事求我吧？拜托，先别说好吗？我没吃早饭，让我先吃点东西再说，以免影响食欲。”郝妍夸张地说着，高兴地吃了起来。

汪洋望着心上人吃得如此香甜，感到十分惬意，一种温馨、甜蜜、幸福的滋味萦绕在心中，他的脸上洋溢着抑制不住的笑容。

“哎，你怎么光看着不吃啊？”郝妍吃了几口，见汪洋满面带笑，看着自己吃喝，就亲热地夹了一块红烧排骨，放在他的碗里。

“我和你说了多少回，早饭一定要按时吃，时间长了会得胃病的。”汪洋一边吃排骨，一边关心地劝她。

“我也知道不吃早饭对身体不好，但没办法，我们每天演出到午夜，卸完妆回到宿舍已是凌晨，睡得太晚，早晨根本按时起不了床，更别说吃早饭了！”郝妍无奈地说。

“若是有人每天准备好早饭，按时叫你起床吃早餐，你乐意不？”汪洋望着她问。

“有人为我准备早饭，那敢情好啊！我求之不得，岂有不愿意之理。”郝妍高兴地回答。

“郝妍，咱们结婚吧，我保证你天天吃上早饭。”汪洋不失时机地说出了自己的想法，

“结婚！”郝妍十分意外地望着他，似乎没有理解他的意思。

“对，结婚，咱们结婚吧！”汪洋再次表明了自己的态度。

“你怎么突然想起结婚了呢？”

“我哥哥与何强大哥都结婚了，我的父母一再催我早点成家，说成家后，咱们相互有个照应，省着他们惦记。”

“其实咱们结婚不结婚都一样，反正我早就是你的人了。即使结了婚，咱们也无法像别人那样厮守在家中，你一年四季经常上山，不是采伐就是修路，我又经常去外地演出，过的依然是牛郎织女的生活，和没结婚有啥区别。”

“你说的是实情，可老人们却不这么想，他们只想儿女们成家，尽了做父母的责任，也就安心了。”

“结婚是件大事，必须时机成熟，你怎么能为了顺从老人的意愿，就盲目结婚呢？”郝妍理智地对汪洋说。

“咱们已经相处了三年多，感情融洽，情深意重，怎么能说时机不成熟、盲目结婚呢？”汪洋自信地说。

“你说的这些都对，可你想过没有，咱们之间虽然感情好，却没有征得双方老人的同意，何况，我的父母一直反对我早恋，至今还把我当成没搞过对象的纯情少女呢。如今让我贸然提出结婚，势必会遭到他们的强烈反对，你想，我们的婚事如果得不到老人的同意和祝福，那该有多么遗憾啊？！”郝妍说出了反对结婚的理由。

“你的话不无道理，哪家老人不希望自己的儿女找个理想的爱人，哪个老人不希望儿女有美满的婚姻，有好的归宿呢？你的父母反对你早恋是爱女心切，是出于你年纪小、涉世不深，怕你上当受骗。可是，如今你已经是成年人了，具有辨别是非的能力，老人怎么还会像以往那么反对呢？再说，我虽然不算优秀，但也说的过去，不至于给老人丢脸，他们不一定反对，说不定还会喜欢我呢。”

“若是像你说的那么乐观，我就不犯愁了。你不了解我的父母，他们对我的关爱近乎偏执，我是家里的独生女，他们从小把我视为掌上明珠，是含在嘴里怕化了，举到头顶把吓着。我若想要天上的星星，他们都不会给我月亮，完全可以用溺爱来形容。我上小学三年级，他们还坚持来回接送，我长大后，他们对我看得更紧，动不动就以死相逼，从不允许我结交异性朋友，更别说搞对象了。他们的一些老同事、老朋友，出于好心，为我介绍对象，他们都以我岁数小而回绝。鉴于他们的做法，根本不可能同意咱们交往，更别说结婚了。依我之见，咱们还是不要急于结婚，等我找机会慢慢地做通他们的思想工作，然后咱们再结婚也不迟，你说行不？”郝妍耐心地劝说。

“好吧，但不知你需要多长时间能做通老人的工作。”

“时间不好说，有可能一两年，也可能是三五年，反正你要有思想准备，耐心等待。”

“等多长时间无所谓，我只是担心，到时候他们对我仍然不满意，不肯接纳我，我该怎么办？”

“这我也不敢打保票，谋事在人，成事在天，到时候就看我们有没有缘分了。反正我是不敢违背他们意愿。汪洋，我说的都是实话，希望你能理解我的苦衷。”

汪洋见她把话说到如此程度，知道多说无益，只好中断了结婚的话题，带着满腹心事，强装笑脸，与郝妍吃完饭。由于郝妍急于上班，俩人只好分手，各自离去。

汪洋回到宿舍之后，躺在床上，望着天花板，想着心事。郝妍不赞成结婚，有她的苦衷，虽然她的地位发生了变化，汪洋却从未怀疑他们之间的感情。至于一些闲话，他也从不相信，因为他们的关系和别人有着根本的区别，他们虽然没有夫妻之名，却有夫妻之实，自己不能无端猜忌恋人不忠。按说他们的爱情是比较圆满的，偏偏她的父母从中作梗。自己今年虚岁已经二十六了，同龄的人早就结婚生子，而自己的婚姻却遥遥无期。郝妍让他耐心等待，等到什么时候才能出头呢？假如真如她所说，等上个三年五年也不是不可以，就怕到时候她的父母看不中自己，站出来反对他们的婚事，到那时自己该怎么办？与其等三年五载，莫不如现在就把窗户纸捅破，让她的父母知道女儿在与自己搞对象。即使他们现在反对，时间长了，随着他们对自己的了解逐渐加深，说不定会同意他们的婚事呢。自己总这么躲着也不是办法，得想办法和他们接触，让他们了解自己。再说了，不是自己夸口，凭着他的自身条件，郝妍嫁给他也不亏，自己要身高有身高，长相虽说算不上英俊，但也说的过去，而且自己喜欢文学，算是小有才气，在社会上也有一定的知名度，与郝妍堪称郎才女貌，天造地设的一对理想恋人，他们反对的理由何在？俗话说："人怕见面，树怕扒皮。"自己一定要想办法与她的父母见面。对，就这么办！他本打算马上去找郝妍商量此事，可又转念一想，万一郝妍不同意怎么办，莫不如先不告诉她，等自己见过她的父母，无论什么结果，相信她都会原谅自己的。万一她的父母同意，那就是皆大欢喜，她感激还来不及呢，怎么会埋怨。

汪洋是个敢想敢干、做事果断的人，只要是他认准的事，就会义无返顾地做下去，不管遇到什么困难，他都会坚持到底，决不半途而废。

他瞒着郝妍，悄悄地准备了见面礼。选了一个郝妍演出而她的父母在家休息的时间，来到郝妍家。郝妍家的住址汪洋早就知道，只是一直无缘登门拜访，如今冒昧前来，不知道未来的岳父岳母会对他什么态度，说不定一怒之下将自己骂出门去，那样的话，自己会很没面子。但是，为了爱情，他顾不得那么许多了，他做了充分的心理准备。饶是如此，他在临敲门时，心头还是止不住地砰砰乱蹦，神经紧绷，手不由自主地发抖。他深吸一口气，稳定了一下自己的情绪，毅然地举手轻敲房门。

随着"笃笃"的敲门声，一位中年妇女打开了房门，见到是陌生人，她用狐疑的眼光上下打量着这位不速之客，同时问道："请问你找谁呀？"

"阿姨您好，我叫汪洋，是郝妍以前的同事。"汪洋十分有礼貌地回答，此时他的心里反倒平静了下来。

"啊，你就是汪洋啊，知道，知道，来、来，快点进屋。"没想到郝妍母亲的态度竟会这么友好。其实他不知道，有关他与郝妍搞对象的事，郝妍的父母早就有所耳闻，郝妍的母亲还特意去单位看过汪洋，顺便了解他的各项情况。从汪洋的领导和同事口中，她了解到，汪洋是个聪明能干又很有才气的孩子，他们心里对汪洋很满意。尤其是他在通讯员培训班被评为第一名，他们又在报纸上看到汪洋写的报道，对他更是刮目相看，所以，她对汪洋表现得很热情。汪洋不知道内幕，看到郝妍的母亲对自己如此友善，心情相对放松了许多，他在郝妍母亲的引导下走进了屋。

“老伴儿，谁来啦？”从另一间屋子里走出一位年近五旬，举止很有风度的中年人，是郝妍的父亲。他急忙站直身子，语气谦恭地问候：“郝叔叔，您好！我叫汪洋，是郝妍以前的同事，冒昧造访，敬请见谅！”

“你别拘束，随便坐。”郝妍的父亲面带笑容，将他让到沙发上。

“汪洋，请喝茶。”郝妍的母亲端了一个冒着热气的茶杯，送到他的跟前。

“阿姨，谢谢您。”汪洋一边站起来双手接过茶杯，一边客气地道谢。

“来，吸支烟。”郝妍的父亲从桌上拿起烟，递给他。

“谢谢叔叔，我不会吸。”汪洋礼貌地谢绝。

“好！不吸烟好！我就烦吸烟的，烟味难闻死了。”郝妍的母亲接过汪洋的话茬。郝妍的父亲听后，笑了笑，没做声。

“汪洋，你今年多大年纪，家是哪里的？”郝妍的母亲与他聊起家常。

“我今年二十六岁，家在松嫩平原中部的谙达县。”汪洋如实地回答。

“你的父母做什么工作，家里都有什么人呐？”

“我的父亲原来在县煤炭公司工作，后来被打成‘右派’，下放到郊区农村劳动改造。母亲是家庭妇女，家里还有哥哥、姐姐，他们都已成家，还有一个弟弟和一个妹妹在上学。”汪洋详细地介绍了家庭基本情况。

“‘文化大革命’真是害死人，你父亲没有平反吗？”郝叔叔有些愤愤不平。

“我父亲如今已平反，但因身体原因，提前退休，哥哥接了班。”

“看来你的家庭负担比较重，你一定要多给家里一些钱，要孝敬父母，老人这辈子不容易！”郝妍的母亲好心地叮嘱他。

“阿姨，我知道，孝敬老人是中华民族的传统美德。古人云：‘百善孝为先。’一个人如果不孝敬老人，岂不是枉为人子。”汪洋由衷地回答。

“好，说的好！我就喜欢懂礼貌、孝敬老人的人。”阿姨笑着连连点头。

“汪洋，我在报纸上看到你经常发表文章，写得很有水平啊。”郝叔叔与他聊起了他写的报道。

“郝叔叔，我的写作水平还很低，让您见笑了。”汪洋心里高兴，嘴上却很谦虚。

“你不必谦虚，你写的报道不但题材新颖，而且文笔也很好。你一定要继续努力，坚持写下去，相信你一定会取得更好的成绩的。”郝叔叔在赞扬的同时，给予了鼓励。

“谢谢叔叔，我一定会加倍努力，坚持不懈地写下去，决不辜负您的期望。”汪洋说。由于郝妍的父母态度友善，汪洋先前的紧张情绪早已荡然无存。他和郝妍的父母亲切地交谈着，一点都没有拘束感，反而像多年未见的老相识。

“汪洋，你是不是与郝妍处对象了？郝妍知道你来家吗？”阿姨直截了当地问起了他与郝妍的关系。

“阿姨，事到如今，我就不瞒您了。我和郝妍已经相处三年了，按理说我早就应该前来探望二位老人，只是怕惹二老生气，所以才延误至今。”

“你看郝妍这孩子，既然相处了这么久，就应该告诉我们。不瞒你说，郝妍是我们的独生女，我们对她看管较严，更是反对她乱交朋友。但我们都是有文化、有素质的人，对于婚姻大事，我们还是比较开明的，尊重她自己的意见。我们不能跟女儿生活一辈子。俗话说得好：‘男怕选错行，女怕嫁错郎。’婚姻是关系到儿女终生幸福的大事，我们只是把其中的利害关系说清楚，至于想和谁交往或相处，那是她自己权力和自由，做父母的无权干涉。况且，她找的是你这么优秀的孩子，我们岂会反对。对了，你今天来有什么事情吗？”郝妍的母亲对汪洋很有好感，如今见汪洋亲自登门，心里感到很高兴，不但没有反对，反而十分友好。这样的结果实在出乎汪洋的意料，心里不由得暗自庆幸自己做法得当，也赞叹郝妍的父母开明，并非郝妍说得那么偏执，他心里的一块石头落了地。

听到郝妍的妈妈问自己的来意，汪洋的脸腾的一下红了。他停顿了一下才鼓起勇气腼腆地说：“叔叔、阿姨，我今天来一是来看望一下二位老人，同时也有个请求，就是希望你们能够接受我，我保证一辈子对郝妍好。”

“既然郝妍同意，我们当老人的没意见，你们就好好相处吧。至于以后什么时候结婚成家，你们自己商量，我们决不干涉。”郝妍的父亲表明了态度，郝妍的母亲点头表示赞同。

汪洋听了他们的话，大喜过望。此时，他对两位老人充满了感激之情，庆幸自己遇到这么通情达理的老人。他见大功告成，便心满意足地起身告辞了。两位老人理所当然地接受了他的礼物，把汪洋一直送出大门，还一再嘱咐汪洋，一定要常来家里玩，千万不要有顾虑，更不要把自己当外人。

汪洋满怀喜悦之情，满口答应着告别了热情的老人。他嘴里哼着欢快的歌曲，迈着轻盈的步伐，兴高采烈地回到了宿舍。

汪洋躺在床上，由于心情过于亢奋，难以入眠，他陶醉在甜蜜之中，满脑子想的都是郝妍。他心里反复盘算着如何向领导申请住房，如何去旅行结婚等相关事项。

第二天早上，他向单位领导递交了结婚住房申请，然后匆忙来到郝妍的单位，那位好心的值班员告诉她郝妍尚在外地演出未归。汪洋离开郝妍的单位后，径直来到表哥江群的办公室。此时，他心中的喜悦之情不断膨胀，促使他产生了与亲人和朋友共同分享幸福的欲望。兄弟俩见面之后，汪洋抑制不住心中的喜悦，把自己恋爱成功的喜讯告诉表哥，表哥向他表示祝贺，并关心地问他打算什么时候结婚。汪洋得意地说日期尚未确定，必须等郝妍演出回来，俩人商量后才能最后决定婚期。

俗话说：“人逢喜事精神爽。”这几天，汪洋始终沉浸在巨大的幸福之中，先后给哥哥和何强写信，告诉他们这一喜讯。另外，他又向韩世杰、彭宗元、巴建华等人讲了自己的恋爱经过，让朋友们分享着他的快乐。

一连数日，汪洋几乎天天都去打听郝妍的消息，期盼郝妍早日归来。经过度日如年的等待，汪洋终于从值班员口中得知郝妍已经返回的消息。

汪洋急匆匆地来到郝妍的宿舍，可是门卫告诉他郝妍不在。汪洋又马不停蹄地来到郝妍家，也没见到郝妍的身影，而且，她的父母尚且不知道她已经回来的信息。汪洋急于见到郝妍，无心与她的父母聊天，坐了十几分钟就起身告辞了。

按说汪洋没有必要如此迫切地找郝妍，等明天上班去单位找她也不迟。可是，他是个急性子，做事从来不愿意拖延，所以，他再次来到郝妍的宿舍，固执地站在大门外的墙角边，耐心地等候郝妍，以便让心上人尽早分享到他的幸福。

夜色渐渐深了，喧嚣的城市趋于平静，广袤的夜空中弯月如钩、星汉灿烂，不时有流星划过夜空。繁星闪烁着惊奇的目光，注视着这个久久等待恋人的痴情男儿。

汪洋站在夜色下，苦等了两个多小时，仍然没有见到郝妍。他不时地活动酸痛发麻的双腿，靠着爱情的激励，神情专注地坚持着。

直到午夜时分，他发现远处有一辆汽车闪着明亮的车灯疾驶而来，停在了大门前。汪洋借着大门口微弱的灯光，一眼就看出下车的人正是郝妍。他急忙喊着郝妍的名字，快步跑了过去。

听到汪洋的喊声，郝妍急忙答应了一声，颇感意外的看着汪洋。汪洋从远处就闻到她身上散发着一股酒味，急忙关切地问："郝妍，你怎么喝这么多酒呐？"

"你怎么在这里？怎么知道我喝酒了？我这帮同学真不是东西，说我从外地演出归来，要为我接风洗尘，我一高兴，就多喝了两杯。"郝妍摇晃着身子，指着送她的小车埋怨道。

"事情是这样的，我们同学聚在一起，大家高兴，都喝得差不多了，只有我比较清醒，挨个送他们回去。好了，见到你我就放心了。"郝妍的同学从车窗探出头来，对汪洋解释道。汪洋发现送她的人正是那天送她上班的小伙子，知道他是郝妍的同学，急忙感谢地说："谢谢你帮忙送她回来，我会照顾好她的。"

那个小伙子知趣地开车走了，汪洋搀扶着郝妍，想送她回宿舍休息，郝妍却死活不肯，拽着汪洋的胳膊大声嚷道："我不回宿舍，我要你陪我去喝酒。"

"郝妍，你已经喝多了，听我的话，先回去休息，明天再喝。"汪洋劝她说。

"不，我不休息，我就要喝酒，你不陪我就算了，我自己去。"说着，郝妍奋力挣脱汪洋的搀扶，转身朝大街走去。

汪洋拗不过她，只好快步追上她，搀扶着她来到一家通宵营业的酒店。

由于是午夜，酒店内就餐的人很少，偌大的店堂里显得空荡荡的。他们进来后，一位服务员迎了上来，态度友好地说："来啦，里面请。"

"有小包间吧？给我们安排一个。"汪洋问道。

“有，请跟我来。”服务员口中答应着，将他们领进一个不足十平米的小包间。

“请问二位，吃点什么？”他们落座之后，服务员把菜谱递过来，让他们点菜。

“她刚喝完酒，等一会儿再点菜，麻烦你先上个果盘，沏壶酽茶，最好里面放点糖，解解酒。”汪洋拦住服务员的话，用商量的语气说道。

“解什么酒，我根本就没喝醉！来，上酒。”郝妍挥舞着手臂大声说。

“大哥，喝茶不如醋加白糖解酒，是否给她兑一杯。”服务员看了一眼郝妍，转向汪洋小声地向他提出建议。

“也行，你就给兑一杯吧，多少钱都行。”汪洋低声答道。

“这是免费的，不收钱。”服务员说完，转身离去了。

工夫不长，服务员就托着托盘走了进来，托盘上放着一个果盘、一壶茶水，还有半杯兑了白糖的陈醋。汪洋接过来，想让郝妍喝了，可是郝妍却像受了冤枉似的，说：“汪洋，你以为我真喝醉啦？告诉你，我现在酒量大着呐！再喝个半斤八两都没事。”

“我知道你有酒量，但是你刚喝完，咱们先醒醒酒，一会儿我再陪你喝。”汪洋陪着笑脸，耐心地劝着。

“这还差不多。行，我先醒醒酒，一会儿咱们再较量。”说完，郝妍接过杯，像和谁赌气似的，一口气喝了下去。汪洋赶紧递给她一块西瓜，又倒了一杯茶水让她漱口。由于是刚沏的热茶，郝妍轻轻地吹了两下，浅啜了一口就放下了杯，一边吃着西瓜，一边任性地说：“服务员，点菜，上酒。”

“我来点菜吧，什锦罐头、老醋蜇头、西红柿拌白糖和熟食拼盘。”汪洋点了几道清淡的凉菜，然后又压低声音，要了一瓶低度葡萄酒，并且告诉服务员一个小时以后再上菜。服务员含笑点头，表示理解。

汪洋陪着郝妍，俩人一边聊天，一边喝茶，等待菜肴。由于汪洋事先吩咐了，服务员故意拖延时间，直到汪洋见郝妍清醒了，才让服务员上来酒菜。

郝妍晚上六点喝的酒，虽然喝的比较多，回到宿舍时确实有些醉了，可如今喝了醋，又喝了两杯酽茶，还经过这么长时间的消化，酒已经醒了大半。她不再吵着喝白酒，而是按照汪洋的意思，喝着低度的葡萄酒，和汪洋亲热地抱在一起，细斟慢酌，倾诉着心中的爱恋。他们一个柔情似水，一个情意绵绵，在这无人打扰的二人世界里，尽情地享受着爱情的幸福和甜蜜。

时间悄然流逝，不知不觉已至凌晨，置身于柔情蜜意中的情侣仍然不知疲倦，兴致盎然地诉说着绵绵不尽的情话。

“汪洋，你说实话，看不到我的时候，你想不想我？”郝妍撒娇地问。

“想！想得我没招没落的，想得我吃不下饭、睡不着觉。”汪洋实话实说。

“你真会说话，我有啥好的，值得你这么想？”

“你什么都好，你是我心中的维纳斯，是我的女神。有了你，我的生活充满阳光和快乐，充满了无尽的幸福和甜蜜！”

“你的话让我太感动了，就是不知道这番感人的话是发自内心的还是甜言蜜语哄我开心呢。”郝妍握着小拳头，在他的胸上轻轻地打了一下，开心地笑着说。

“我说的话都是发自肺腑的，我为自己有你这样美丽善良、善解人意的姑娘当终生伴侣而深感荣幸。”汪洋笑着向她表白自己的心迹。

“我相信你说的都是真心话，但世事难料，将来我们能不能走到一起尚且难说，又岂敢奢望终生相守。我看咱们现在就挺好的，高兴一天算一天，想那么远干嘛？”

“事在人为，只要我们真心相爱，一定会感动上天，也一定会步入神圣的婚礼殿堂。”汪洋信心十足地说。

“你能感动上天，但未必能感动我的父母，目前我们最大的阻碍是我的父母，他们这一关，是难以逾越的鸿沟。”

“你有所不知，我说的上天，就是你的父母，是我最敬爱的未来的岳父岳母。”汪洋喜形于色，得意地大声说。

“你能感动他们？打死我都不信！”郝妍不相信地连连摇头。

“你还别不信，我实话告诉你吧，我已经前去拜见过二位老人了，他们并没有你说的那么偏执，我看他们还是挺通情达理的！”

“什么？你去过我家，他们同意了我们的婚事？”郝妍沉下脸来，神情不悦地追问。

“是的，他们不但不反对，反而非常赞成，对我的印象也不错！”

“你净瞎胡闹，竟敢背着我去我家求婚，谁给你的权力，你征求过我的意见吗？我同意你去了吗？”没想到郝妍听后，竟然怒气冲天地大声质问。

“你干嘛发这无名火，难道我去你家拜见老人错了吗？”汪洋感到很委屈。

“错了！大错特错！事到如今，我对你实话实说吧。其实，不结婚不是我父母的原因，而是我不想这么早就结婚，我不想过早地背上婚姻这个沉重的包袱。你没听人说过‘婚姻是爱情的坟墓’吗？我目前还不想走进这座坟墓。我现在年轻貌美，事业有成，走到哪里都有人追捧。干我们这行的，年轻漂亮就是本钱，一旦成了家，就会失去吸引力，身价就会一落千丈，追捧你的人就会失去热情，转而去追捧别人。”郝妍把酒杯猛地往桌子上一顿，近乎于咆哮地向汪洋大喊道。

“按你的说法，难道搞文艺的一辈子都不结婚成家了吗？那你为什么还要和我相处！”汪洋不服气地反驳。

“这你就不懂了，处朋友和结婚根本就不是一码事！你没结婚时，可以爱世上任何一个人，所有人都有追求你的权利。一旦你结婚成家了，就打破了他们的希望，他们就会感到失落，会慢慢对你由失望转变为怨恨，对你失去热情，不在追捧你，你的知名度也会随之下降。没有人为你捧场，你的艺术之花就会凋零。可是，处朋友就不同，不管相处到什么程度，只要你不结婚，别人就不会介意，歌迷们还是会一如既往地追捧你，像咱们现在的关系，结不结婚还不是一回事吗？其实爱一个人，并不是只有结婚才是幸福，你说咱们现在在一起不幸福吗？现在西方就提倡只恋爱，不结婚，他们管这种做法称为‘性解放’。他们把命运掌握在自己手里，而不是交给其他人，他们始终掌握着追求幸福的权力，可以不受任何约束，可以和任何朋友交往，高兴就在一起玩玩，不高兴就一走了之，谁也不用为此买单，更不用承担责任。你说这有什么不好？”郝妍自以为是地阐述着自己的观点。

“我对你的想法不敢苟同，且不论性解放的利弊，就拿目前中国的国情来说，这根本就行不通。虽然经过改革开放，中国人的思想意识有了很大的提高，但东西方文化和思想意识还有着巨大的差异。我们打开国门是为了学习他们的先进技术和经验，而不是无论好坏都照搬。别的我不敢说，单拿性解放来说，在中国就行不通！”汪洋心里不服气，据理力争。

“看来你真的落伍了，没想到我们的思想意识竟然存在如此巨大的差异。我是经济独立的职业女性，我对婚姻和爱情有自己的见解和看法，我不会像家庭妇女那样，把自己的终生幸福交到一个男人手中。我追求新时尚、新生活，而不是受人摆布的农村小媳妇儿。你这种落后、陈腐的封建思想让我感到十分失望。”郝妍一脸失望的神情。

“你是不是酒还没有醒，故意和我开玩笑啊？”汪洋盯着她问。

“我既没醉，也不是和你开玩笑，这都是我内心的真实想法。至于你能否接受我的观点，我不强迫你。如果你想不明白，我们可以继续探讨。”

“咱们不必讨论这些无聊的话题了，你今天和我说句实话，咱们相处这么长时间，又有着非同一般的情侣关系，你是否打算与我结婚？”汪洋直截了当地问道。

“你怎么这么不开窍啊！我刚才的那番话你是真没明白还是装糊涂啊！若是我想和你结婚，又何必拿我的父母来搪塞你呢？你为什么非缠着结婚的事不放呢？我们现在的关系不好吗？依我看，没有婚姻的爱情更幸福，我们既不受家庭的羁绊，又充分享受爱情的甜蜜，这有什么不好？你能说我们之间没有爱情吗，难道只有结婚才是爱情吗？”

“我这个人无论是做事还是做人，以及对爱情的价值观，都是有道德底线的，我不想和你这么不明不白地混下去。你既然把话说得如此透彻，我也明白了你的意思，但我无法接受你的另类爱情，也决不会与你保持这种不明不白的关系。谢谢你曾经给我的幸福和快乐，但是我后悔不应该与你发生关系，玷污了你的贞节，更没想到会是这种结局。我对自己这不负责的行为感到内疚和后悔。”

“你真是个封建社会的卫道士。所谓的贞节观，是封建社会遗留下的腐朽思想，是统治和奴役妇女的枷锁。我弄不明白，凭什么男人就可以三妻四妾、寻花问柳、为所欲为，而女人却要坚守贞操、从一而终！你没什么可内疚的，当初是我主动与你发生关系的，我们两厢情愿，谁都不欠谁，更不用说什么负责的话。”

“我今天算是长见识了。我明确地告诉你，我们的关系到此为止！”汪洋毅然决然地表明了自己的立场。

“你不要这么激动，没必要把话说得这么绝情。你也要理解我的处境和苦衷啊！

既然你这么想结婚成家就等上我几年，到时候看情况再决定我是否能和你结婚。不过我不能给你任何承诺，不敢保证到时候肯定跟你结婚。我说你怎么这么想不开，非要哭着喊着结婚呢？即使咱们今生无缘做夫妻，我还是非常珍惜咱们之间的感情，希望咱们以后继续保持关系，不要去记恨和仇视对方。说句良心话，如果失去了你的友谊和关爱，可能会是我一生最大的遗憾。希望你不要忘记我，什么时候想我了，就来找我吧，我一定会像以前一样待你，决不会让你失望的！”郝妍情绪低落地说。

“道不同，不相为谋。做好朋友可以，你以后有什么困难尽管来找我，我一定竭尽全力帮你。至于感情方面，我不会认可你的想法，更不会再找你重温旧梦！我再重复一遍，我对爱情是有道德底线的。我祝你永远幸福快乐！”

汪洋本来是满怀希望来找郝妍报喜的，他做梦也没想到竟会是如此结果。郝妍的态度和言辞就像是在他滚烫的心上浇了一盆冷水，让他失望至极。他强忍着心中的痛苦，把郝妍送回宿舍，带着满腹惆怅，拖着疲惫的脚步，心灰意冷地往宿舍走。他想不明白，郝妍与他分开还不足两年，为什么变化这么大。以前的山盟海誓都到哪里去了？难道是自己错了？难道世上真的没有真正的爱情吗？难道书上和戏剧中所描写的生死不渝的爱情都是文人墨客杜撰出来骗人的吗？“问世间情为何物，直教生死相许。”为什么自认为美满的爱情，瞬间就会化作泡影，世间的事情可真是让人难以琢磨，真是自古多情空余恨啊！怪不得古代许多脍炙人口的爱情故事大多都以悲剧告终呢！

第十九章

知己朋友

这番大喜大悲的经历让汪洋始料不及，他的心理承受能力达到了极限，神经几近崩溃。一连三天，他万念俱灰地躺在床上，不吃不喝，不睡不眠，大脑一片空白，两眼发直地望着天花板。

领导和同事以为他生病了，纷纷前来探望，并张罗带他去医院检查。他却一声不吭，不予理睬。韩世杰摸了摸他的额头，见他虽然憔悴，却没有病态，便知道他得的是心病。可是，不管别人如何问询，他始终缄口不言。

其实，韩世杰和彭宗元已猜到他伤心的原因了，怕他想不开，彭宗元就住进宿舍陪他，并从家里拿来奶粉，为他补充营养，以免他身体透支。在朋友的一再劝说下，汪洋勉强喝了一杯。

夜深人静，在彭宗元百般劝说和开导下，汪洋终于开口说话了。他无比伤心地把他与郝妍的恋爱经过，以及因郝妍婚姻立场的改变，导致他们感情破裂的始末，毫无保留地叙述了一遍。

彭宗元听后，好心地开导说："其实，你不说我们也猜到是感情变故导致你如此伤心的。既然你们的关系已经破裂了，我就对你实话实说吧。其实，郝妍现在的名声不大好，追求她的人很多，整天有人请她吃饭喝酒，她还经常喝醉。据说与她有暧昧关系的人不止一个，说难听点，她就是大众情人。像她这种人，不是你想找的理想伴侣，她根本不会安心跟你过日子的，你也养不住她。这是众人皆知的道理，只有你自己被蒙在鼓里，真是当局者迷。以前你们相处得很好，我们都不好意思跟你说破，怕你承受不了这个打击，如今，关系破裂了，我看对你倒是一件好事。她既然不想和你结婚，我看你就死了这份心，放弃这段感情吧。‘长痛不如短痛，短痛不如不痛’，对你来说，这是个解脱，你想开点儿吧。像她们这种搞文艺的，即使你和她结婚了，也不会幸福的。她不值得你留恋，更不值得你如此伤心绝望！拿出点男子汉的骨气来，振作精神，重新开始。凭你的条件，还愁找不到称心如意的伴侣吗？”

好友的这番话犹如当头棒喝，让他如梦初醒，在心里重新审视自己的恋爱经过，觉得自己一开始就过于盲目。他是在仓促和被动中与她发生关系的，自己完全是被爱情所迷惑，过于自信，认为他们有了非同寻常的关系，就会顺理成章地步入婚姻的殿堂，没想到事与愿违，落到今天这个下场。按说他对郝妍拒绝结婚理应气愤才对，但他是个对感情很直着的人，此时只想着她的好，对于她的所作所为，无论如何也恨不起来。不得不承认，这次打击对他来说，无疑是致命的。他心灰意冷，对爱情不敢抱有任何奢望，对生活和工作也失去了热情。

翌日清晨，韩世杰早早就来到他的宿舍，为他带来了饺子。见他已从床上起来，就笑着与他开玩笑："你小子终于想明白了吧。我早就说过，你不会因为爱情受了挫折就一蹶不振的。如果真是这样的话，你就太没出息啦！你嫂子说，她要给你介绍一个好对象，你就准备请我们喝酒吧！"

"谢谢你们的关心，也谢谢嫂子的好意，兄弟我心领了。我现在不想处对象，以后再说吧。"汪洋婉言谢绝了朋友的好意。

尽管汪洋的内心非常纠结，面对朋友的奉劝和关心，他出于礼貌，表示接受劝说。但他心里还是放不下这段刻骨铭心的感情。他把失恋的痛苦深埋在心底，强打精神，开始了正常的工作和生活。但是，他的内心却饱受痛苦的折磨，情绪明显低落，面色阴郁，沉默寡言，仿佛变了一个人似的。

护林防火工作是林区工作的重中之重，林区的防火公路是否畅通，是防火工作成败的关键。因此，林区的各层领导对修筑防火公路都非常重视。

汪洋所在的基建工程处下辖房建队、砖厂、车队等生产单位。冬季采伐时，无论是房建队还是砖厂都一律上山采伐，车队不但负责冬季采伐运输的艰巨任务，同时还要兼顾夏季修筑和保养防火公路等任务。

汪洋失恋后，情绪低落，心情烦躁，平时处理完份内工作就躲在办公室里看看书或报纸，图个清静。

这天，他忙完工作，拿起书刚看了两页，桌上的办公电话就响了起来，汪洋急忙操起话筒，客气地问："您好，请问您是哪位？"

"是汪洋吧？我是办公室的老杨，沈处长让你到他的办公室来一趟。"

"沈处长找我？杨哥，你知道是什么事吗？"汪洋感到有些意外，由于与杨仪比较熟，故此向他打听原因。

"具体啥原因我也不知道，你就别打听了，去了不就知道了？"杨仪说完就挂了电话。汪洋心里带着疑问，快步来到沈处长的办公室。

"笃笃——"汪洋礼貌地轻声敲门。

"请进。"室内传来沈处长威严有力、富有磁性的声音。

"您好，沈处长，您找我？"汪洋推门进来，十分礼貌地点头问道。

"小汪啊，来，快坐下。"沈处长年近五旬，在林区工作将近三十年了。他身体健壮，四方脸，浓眉大眼，大鼻头，厚嘴唇，上唇蓄着浓密整齐的短胡须，面色黑里透红。他表情严肃，不苟言笑，虽然言语不多，说话却非常有分量。他的思维缜密，工作经验丰富，领导能力强，在职工中享有很高的威信，有一种不怒而威的震慑力，单位的职工在他的面前，都规规矩矩，不敢放肆。

汪洋对这位威严有加的领导心存畏惧，尽管沈处长对他很热情，他却依然很拘谨，规矩地坐在椅子上，等待沈处长问话。

"小汪，今天找你来，是与你谈一下工作变动的事。根据上级指示和单位的具体情况，经过领导班子的研究，决定成立一支专业的筑路队，负责夏季的筑路和养路工作。鉴于你的工作能力和表现，觉得你是合适的人选，决定由你担任筑路队副队长，主要负责生产以及后勤管理工作。我代表领导班子征求一下你的意见。"沈处长语调深沉、简单明了地说。

"沈处长，感谢组织对我的培养，我担心自己不懂修路架桥的业务，万一出现问题，岂不辜负了您对我的信任。"汪洋虽然对仕途不感兴趣，但是能够得到领导的重用和赏识，也是一件令人高兴的事。他也是个生活在现实社会中的普通人，每个人都有名利思想，他也不可能超凡脱俗。尽管他此时心里高兴，表面却显得很平静，带着几分不情愿的口气，说出了自己的担忧。虽然他说的都是实话，却包含了讨价还价的成分，也是变相向沈处长寻求承诺和庇护，日后万一出现什么差错，便于自己推脱干系。

“你不懂不要紧，可以边干边学嘛！人都是‘学而知之’，没有‘生而知之’的，实践出真知。上级调来一位懂业务的干部担任筑路队队长，还分来一个学土建的中专生给你们当技术员。再说，修山里的防火路也不是什么太难的事，何况‘世上无难事，只怕有心人’。凭你的聪明好学，一定能摸索出经验，尽快掌握相关技术的，你就放心大胆地去干吧，有什么一差二错的，我替你做主。”沈处长语气沉稳地开导并鼓励他。

听了沈处长的话，汪洋吃了一颗定心丸，免去了他的后顾之忧。于是，他赶紧站起身来，满怀感激地说：“谢谢您的关心和爱护，我一定好好向专业人士学习，尽快掌握专业技术，努力工作，决不辜负您的期望！”

“哎，这就对了嘛！我就欣赏你这股痛快劲儿！”沈处长露出了难得的笑容。之后，他又叫来一位三十多岁，身体瘦削，长方形脸，留着分头，眼睛细长，厚嘴唇尖下巴的人，他戴着一副近视镜，有几分书生气。

“来，你们认识一下，这是新调来的于光荣，这是汪洋。”沈处长为他们做了介绍。

他俩相互握手，各自说了几句客气话。然后，沈处长说：“下面我就筑路队的工作为你们做一下具体的分工。于光荣负责抓整体工作，外带技术指导，汪洋负责指挥生产、车辆管理以及后勤工作。希望你们以后精诚合作，互相学习，取长补短，把筑路工作搞上去，为单位创造出更多的利润。”

“请处长放心，我一定虚心向于队长学习，全力配合他的工作。”汪洋首先表态。

“汪队长，千万别客气，咱们互相学习。”于光荣也谦虚地说。看到他们相互敬重，沈处长的脸上再次露出了难得的笑容。

从沈处长办公室出来，他们又来到于光荣的办公室，对筹备工作和人员落实交换了意见。于光荣性格稳重，说话慢声细语，与汪洋的性格截然不同。俩人由于是初次见面，彼此都很尊重，探讨工作时，尤其是人员的具体安排，他都十分尊重汪洋的意见，这当然与他初来乍到，对人员不熟有关。但从他诚恳谨慎的态度来看，他也是个稳重务实的人。汪洋为能和这样的人搭班子共事感到满意和庆幸，对未来的工作充满信心。

汪洋回到车队后，与相关领导交代了工作，然后走马上任。同事们听说他擢升的喜讯，纷纷向他表示祝贺，要求他请客。恰逢林业局调整各单位领导班子，韩世杰被调到局办公室任副主任。彭宗元在选拔青年干部的民主选举中，以压倒多数的绝对优势脱颖而出，提升为副科级干部，分配到多布库尔林场担任副主任。相处多年的好朋友即将分开，彼此当然是难舍难分，他们利用下班时间，连续到饭店喝了几次酒，为朋友送行。他们回首往事，追忆友谊，激情满怀，展望未来。他们在酒桌上把酒言欢，高潮迭起，尽欢而散。

在工程处领导的大力支持下，筑路队的筹备工作很顺利，短短几天时间，相关人员和所需的机械设备就基本到位了。他们首先落实了具体人员，对设备进行检修，到林管局大修厂改制了三辆翻斗车。在此期间，于光荣和汪洋陪同局基建科的技术员，驱车前往他们所修的路段进行实地考察。

他们一行四人坐着吉普车，顺着起伏不平的山路行驶了五十余公里，来到了松嫩平原与大兴安岭交界的振兴农场。从振兴农场出来，往东北方向行驶了十余公里，来到一个岔路口，基建科的杜技术员对他们说："从这个岔路开始，就是咱们即将修路施工的起点。从这里往前延伸十四五公里，到达终点多布库尔林场。"

车沿着年久失修的山路继续前行，路面上到处都是凹凸不平的车辙，还有大小不一、长期碾压出来的深坑。汽车一路颠簸，左右摇摆，行驶艰难。大约行驶了五公里，一座三孔木桥出现在他们的眼前。这是一座危桥，本来平直的桥面已经呈现出严重的拱形，这是大自然的杰作。由于大兴安岭独特的地理条件对桥墩产生冻害，每年都会把桥墩抬高几十公分，随着桥墩逐年增高，桥身不断隆起，致使桥面形成了一米五左右的拱形。桥梁坏损严重，车辆已经无法通行，过往车辆只能在桥下艰难通过。

尽管这是一条十几米宽的无名小河流，却严重影响了交通。他们首先要解决这座危桥。因为天气已经变暖，解冻后，随之而来的就是防火期，如果到了防火期，车辆仍无法从桥上通行，就会直接影响护林防火工作。

实地考察之后，他们向沈处长汇报了情况，考虑到防火工作的重要性，他们当即决定，抓紧时间，务必抢在防火期前拆除危桥并重建，确保防火公路畅通。

对于汪洋和于光荣来说，建桥确实是个难题。汪洋根本不懂建桥技术，于光荣也只是在以前修路时看过别人建桥，自己没有亲自参加，也是个门外汉。但是，汪洋决定承担建桥工作不是头脑狂热，而是经过深思熟虑，而且特意拜访了建桥行家，详细地咨询了相关的建桥知识后，在心中有数的情况下主动承担建桥任务的。

经过精心筹备，所需的建桥物资基本备齐。于光荣和汪洋研究决定，由汪洋带领先遣人员前去建桥工地搭建帐篷，其他人员陆续到位。

早上八点多钟，汪洋带领先遣人员驱车赶往危桥。他们一路颠簸，中午时分顺利到达。他们在路边找了个合适的斜坡，将推土机从车上开下来。选了一块距河边二百余米，地势较高又相对平整的地方开始安营扎寨。由于他们常年上山采伐，搭建帐篷已经轻车熟路了，他们仅用了三个小时，一座帐篷就搭建完毕了。

他们把帐篷隔出三分之一的空间作为厨房，剩下的三分之二作为宿舍。汪洋指挥邓玉保和小梁搭建床铺，又吩咐炊事员准备饭菜，自己则驾车前往两公里外的振兴农场三连去拜访连队领导。汪洋考虑将来开始施工了，可能会有些困难无法预料，到时候一定会有求于附近的单位，因此现在有必要与相邻的农场领导搞好关系。他原本不喜欢摆弄车辆，但受工作环境影响，接触的都是机械车辆，耳濡目染，渐渐地对开车产生了兴趣，现在他已经能够熟练驾驶车辆了。

汪洋开车来到三连住地，经过好心人指点，他开车来到办公室门口，门边竖着“振兴农场三分场”的牌匾。在“文革”时，按照当时生产建设兵团的称呼，各个分场统称连队，“文革”结束后，体制进行了改革，已经把连队改为分场，但是当地人依然习惯原来的称呼。

办公室是一栋砖房，四周用木栅栏围成院落，汪洋走进办公室的走廊，里面光线比较暗，且空无一人。汪洋借着暗淡的光线，仔细辨认着办公室门上的字迹，找到了场长办公室。他礼貌地轻声敲门，随着敲门声，室内传来了“请进”的声音。汪洋推门进屋，见办公室里坐着两个人，一位年轻人正低头写字，另一位矮胖的中年人看着他问道：“同志，请问你有什么事？”

“您好，我是林业局工程处筑路队的，前来修危桥及道路。我们今天刚建点儿，特意来拜访各位领导，请各位以后多多关照！”汪洋客气地说明来意。

“好说，好说，请坐。请问您贵姓？”矮胖子站起身来，一边让座，一边问道。

按照当地的常规，对方用“贵姓”问你时，回答时都应在姓氏前加上“免贵”二字，以示尊敬。汪洋觉得俗气，他直接回答：“我叫汪洋，是筑路队的负责人。”听到汪洋的名字，那个一直低头写字的年轻人猛然抬起头来，仔细看了他一眼，一下子站起身来，惊喜地喊道：“汪洋！怎么会是你啊！”

汪洋定睛一看，竟是巴建华。他颇感意外地问：“建华，你怎么在这里？”

“我年初就调到这里工作了。来，我介绍一下，这是我的朋友汪洋，这位是我们三分场的书记蒋学斌。”由于彼此是熟人，他们之间少了一番客套，多了几分亲热。

“我中午就看到有人搭帐篷，没想到领头的竟是你。你别走了，晚上我为你接风。”巴建华拉着他的手亲热地挽留。

“谢谢！今天就免了吧，我那里的饭菜已经准备好了，我是特意来请你们过去喝酒的。”汪洋说明了的来意。

“那多不好，你到我们这里，第一顿饭理应是我们安排，尽地主之谊的。”蒋学斌也热情地说。

“我和建华是老朋友了，朋友之间没那么多讲究。蒋书记，我是诚心诚意过来请你们的，车就停在门口，你们不要再客气了。”汪洋说得十分诚恳。

蒋学斌还想谦让，而巴建华已经爽快地答应了：“蒋书记，既然他诚心相邀，咱们就别客气啦，改日咱们再请他。”

“真是盛情难却，我恭敬不如从命了。不过咱们说好了，改日我做东，你可一定要赏光啊。”蒋学斌见巴建华已经表态，只好点头答应了。

于是，他们仨人走出办公室。汪洋打开车门，巴建华把蒋学斌让进驾驶室，然后对汪洋说：“你和书记先走，我有点事情要处理，一会儿再去。”

“行，我先把书记送回去，等一下再来接你。”汪洋了解巴建华，他为人实在，绝不是托辞，所以尊重了他的意见。

“你不必来接了。处理完我骑马去。”巴建华摆手回绝。

“好，你一定要抓紧，别害我们久等。”汪洋不放心地叮嘱他。

“你放心吧，我尽量抓紧，时间不会太久的。”巴建华再次催他开车。

汪洋启动车辆，与蒋学斌先行回到帐篷。

此时，王师傅已经将菜肴安排妥当了。办公桌上摆放着烧鸡、香肠、猪肘子、酱牛肉等熟食，外加两个热菜，比较丰盛。

汪洋把蒋学斌让到帐篷里，请他坐在床铺上。汪洋掏出钥匙，打开自己床头的木箱，取出一包红双喜香烟，然后又照旧锁好。这只木箱是铁路列车段运送食品的专用箱子，箱子的四周包有铁角，两边安装了铁拉手，便于来回搬运，这是何强送给他的。汪洋在里面装着工具书和平时购买的文学书籍，以及收集的写作资料，还有一些贵重的钱物。这只箱子他走到哪里就带到哪里，在山上既能装贵重物品，又可以当写作的桌子，同时还要腾出些空隙，存放单位的账本、香烟等。他拆开香烟包装，取出一支递给蒋学斌，划着火柴为他点火，蒋学斌躬身立起，用手遮着将烟点着，表示尊敬。

他们一边闲谈，一边等待巴建华。约莫过了半小时，巴建华终于骑马来了。他把马拴在帐篷前的白桦树上，汪洋闻声出来迎他，俩人一起走进帐篷。

他们坐到桌子旁，王师傅拿来一摞小碗，分给每个人当做酒杯，又拿出一瓶北大仓白酒。汪洋往每人碗里都倒了一两酒，刚想开口劝酒，突然外边传来了汽车的喇叭声。

“二保，你去看看，谁来了。”汪洋端着酒碗吩咐道。

邓玉保答应着走出帐篷，随即听他喊道：“汪队长，是彭主任来了。”邓玉保的话音未落，彭宗元已掀开门帘走了进来。

“宗元，你怎么来了？“汪洋站起身来，有点意外地问道。

“听说你们在这里建点儿，我特意过来看看弟兄们。”彭宗元说话的工夫，已经来到桌子跟前。

“算你有良心，调走了还惦记这帮弟兄。”汪洋与他亲热地握手。

“看你说的，咱们兄弟是啥感情！我无论走到哪里，都会珍惜咱们的友谊的。”彭宗元动情地笑着回答。这时，巴建华和蒋学斌也站了起来，汪洋急忙为他们介绍：“来，宗元，我给你们介绍一下。这位是三分场的蒋书记，这就是我经常跟你提起的巴建华。”然后汪洋又指着彭宗元说：“他叫彭宗元，原来是我们单位的，现在是多布库尔林场的副主任。”彭宗元先与蒋学斌握手，客气地说：“您好蒋书记，幸会，幸会！”

“彭老弟年轻有为，一表人才，有幸相识，不胜荣幸。”蒋学斌也客气地回敬。

与蒋学斌客套过后，彭宗元握着巴建华的手说：“建华兄，久闻大名，今日有幸相会，深感荣幸！”

“宗元兄客气了，既然你是汪洋的朋友，也就是我的朋友，希望今后我们也能成为知己。再说，咱们是友邻单位，以后来往的机会比较多。改日到我们那里去玩，咱们兄弟好好聚聚，一来为汪洋他们接风，二来加深咱们兄弟的情谊！”巴建华向他发出邀请。

“承蒙兄弟看得起，我一定前去拜访！”彭宗元爽快地答应了。

“来，赶紧坐吧，咱们边喝边聊。”汪洋劝他们坐下，然后，端起酒碗，亲热地说：“能够和诸位朋友在此相聚，尤其是有幸结识蒋大哥，汪某深感荣幸！我提议，为了我们兄弟之间的感情，干杯！”在座的纷纷举杯，相互相碰，将酒一饮而尽。

汪洋又分别为他们斟酒，然后举碗提议：“好事成双，这第二杯，是增进友谊酒。我们远离单位，在野外作业，必定会遇到很多困难，以后还望蒋大哥和建华相助，我在此先行谢过。来，为了友谊干杯！”说完，汪洋依次和几位朋友碰杯后带头把酒喝干。其他人自然是积极响应，一饮而尽。

“来，我提一杯酒。我作为老大哥，有幸结识各位兄弟，我感到非常高兴。汪洋是建华的朋友，彭主任又是朋友加近邻，我和你们的陈书记也是老熟人，你刚调到这里工作，咱们之间要相互帮助，互通有无。我相信，有我们的感情为基础，会带动两家关系有新的起色。同时，我也代表建华表态，汪老弟，你们今后如果遇到什么困难，尽管说话，只要我们能帮上忙的，一定会鼎力相助。最后，祝我们的感情会越处越深，两个单位的关系越处越融洽！”蒋学斌举杯，实实在在地表态。

“谢谢蒋大哥！”汪洋和彭宗元一同起身致谢，与蒋学斌碰杯，共同把酒喝干。彭宗元拿过酒瓶，先为蒋学斌斟酒，又依次为巴建华、汪洋以及自己满上，然后举杯：“来，我敬各位一杯。我和汪洋既是同事，又是好朋友，昔日在山场吃饭，缺少餐具时，我们还曾共用过一双筷子，感情非常深。我十分敬重他的为人。你们二位可能不知道，他在文学方面很有造诣，经常在《林海日报》上发表文章，他还是《林海日报》举办的通讯员培训班的第一名。我参加集体婚礼的报道就是他写的，不知你们二位看过没有。另外，他现在在创作长篇小说。我为有这么优秀的朋友而骄傲。今天通过汪洋，有幸结识蒋大哥和建华，我更是倍感荣幸！希望我们今后如蒋大哥所说，彼此珍惜友谊。我相信，有我们的感情为基础，在互惠互利的原则下，一定会推动我们三家单位的关系呈现良性发展，为了我们的友谊和单位的兴旺发达而共同干杯！”彭宗元的话说得十分得体，不但增进了彼此的友谊，也无形中提高了汪洋的知名度。

“老弟，你这么年轻就有如此成就，真是令人佩服！来咱们哥俩单独干一杯。”蒋学斌用倾慕的眼神看着汪洋，举起酒碗相邀。汪洋自从与郝妍分手之后，经常借酒浇愁，以此来麻痹自己的神经，因此酒量见长。尽管此时他已有几分醉意，却摆出一副来者不拒的架势。他嘴上一再谦虚：“过奖，过奖。”心里却十分受用，潇洒地与蒋学斌碰杯，干净利索地把酒喝干了。

“今天真是三喜临门，一是结识了宗元兄弟，二是与汪洋兄相逢，三是祝贺汪洋兄在文学上所取得的成就。我已经在报纸上拜读过你的文章，确实有水平！适才听宗元兄说你在搞文学创作，我由衷地敬佩，并预祝你的作品早日发表。我提议，为咱们兄弟的友谊长存而共同干杯！”巴建华见蒋学斌对汪洋表示敬意，觉得自己很有面子，心里很得意。

“建华，今天新老朋友相会，咱们喝得如此高兴，你是不是应该唱首歌祝祝酒兴啊！”蒋学斌饶有兴致地提议，并对汪洋和彭宗元介绍说：“建华的歌儿唱得好，不亚于正宗的歌唱家，听他唱歌简直就是一种享受！”

“对呀，今天咱们兄弟相会，你还犹豫啥，赶紧一展歌喉吧。”汪洋兴奋地催促他，并与蒋、彭二人一起鼓掌。

“既然大家如此抬爱，我只好现丑了。我唱一首李光曦的《祝酒歌》给大家助兴。”巴建华站起来，拿起空酒瓶子当麦克风，放声高歌：“美酒飘香歌声飞，朋友啊请你干一杯……”

巴建华的嗓音宽厚纯正，唱得字正腔圆、抑扬顿挫，很是接近原唱，足以乱真。嘹亮的歌声响起，帐篷里鸦雀无声，所有人都被他的歌声所吸引，汪洋和彭宗元不由自主地随着音乐的节奏打起了拍子。他们听得如醉如痴，直到歌声结束，他们都没有反应过来，甚至忘记了鼓掌。

在他们的强烈要求下，巴建华又先后唱了《我爱五指山，我爱万泉河》、《赞歌》等五六首歌曲。酒逢知己千杯少，伴着巴建华美妙动听的歌声，他们兴致盎然，喝得高潮迭起，非常兴奋。

因为喝酒过了量，他们酒后还闹出了笑话。蒋学斌错穿了汪洋的鞋。因为，两双鞋颜色相同，他醉眼朦胧，分辨不清。他的脚没有汪洋的大，但是比汪洋的脚肥许多，他穿错鞋之后，虽然感觉有些夹脚，但他还以为是酒后脚浮肿呢。而汪洋把他们送走之后，感到有些挤脚，才发现有人穿错了鞋。

巴建华虽然酒量大，但由于大家轮番敬酒，散席时也是左右摇晃，立足不稳。他不顾众人反对，坚持骑马回去。当他走到自己家门口时，却闹出了笑话。他家的院门比较矮，门框低，人骑在马上根本就进不去，他以往回家，都是在大门口下马。此时，他抱醉而归，忘记了门框低这回事，骑马径直往院里走。那匹马通人性，也熟悉家，怕他撞到门框上，不听他的摆布，不肯进院。到了门口，马就强扭头向外走。巴建华住的是成栋的集体家属房，周围是用木杆夹起的栅栏，那匹马在他的驱赶下，绕着整栋家属房转了一圈，又回到了家门口。他还是打马往里走，马儿却依旧不肯，结果他又骑马绕了一圈。

他的爱人乌兰在分场小学当老师，此时正在家中做晚饭。刚开始时，她看到巴建华骑马到家门口没进来，以为他临时又去办事了，没有留意。可是当她发现丈夫骑在马上围着房子转了一圈又一圈，心里纳闷，忙出门去看究竟。当巴建华再次转回来时，她才发现他喝多了，赶紧上前将他扶下马，走进院内，那匹马此时才顺从地跟了进来。乌兰又好气又好笑，埋怨他不应该喝这么多酒，他却一再声称没有喝多，还硬说马儿不听使唤，死活不肯进家门。乌兰见他醉酒，知道与他理论不清，便不再做声，扶他进了屋，让他上床休息。然后，她出去求邻居小王，将马送回马厩。

第二天早晨，汪洋起床后，觉得四肢乏力，头脑发晕，刷牙时嗓子眼直呕。他知道是宿醉所致，就着咸菜喝了两碗粥，方才感觉舒服了一点。

早饭后，他领着手下的人员来到危桥旁，根据掌握的建桥原理和技术，照葫芦画瓢，照建桥的模式拟定了拆桥的计划。他先让人将残缺不全的桥栏杆拆掉，接着开始清理桥面土。由于桥面土碾压得很结实，用铁锹根本挖不动，他们只能用镐刨，进度十分缓慢。汪洋心里着急，脱去上衣，与众人轮番挥镐上阵，可是进度依然缓慢。他利用休息的间隙，冷静地思考了一下，让小梁回去把推土机开来。汪洋指挥他从桥头开始推土，这一招果然见效，不但省力，而且进度也大幅度提高了。

汪洋指挥小梁从桥头推到中间，为了避免出现危险，他让小梁掉转车头，开到桥对面，从另一侧往桥中间推。其他人跟在后面，清理残余的桥面土。仅用了一上午时间，他们就把桥面土清理干净了。

下午，他带着人开始拆除桥板。桥板是八公分的落叶松，固定桥板的是细钢筋加工的二十多公分的铁钉。由于铁钉年代久远，锈蚀得很严重，拆除桥板比较费劲。幸亏事先有专业人士指点，汪洋筹备工具时，特意托人从铁路部门购买了两根起道钉的专用撬棍。

汪洋和邓玉保各拿一根撬棍，用撬棍插进桥面板的缝隙中，后边用方木做支点，一齐用力撬，铁钉发出“吱吱哑哑”的声音，似乎很不情愿地从桥梁上被一个个拔出。这种专业撬棍简直就是铁钉的克星，使用起来既快又省力，大大缩短了工时，提高了工作进度。

正当他们忙碌时，巴建华骑马来到桥边，发现桥面土已经清理完毕，桥面板也拆除三米多了。他跳下马，大声对汪洋说：“你们工作效率可真快，不到一天时间就干了这么多活儿，真让人佩服！”

汪洋将撬棍交给旁人，顺着裸露的桥梁来到巴建华的身边，笑着说：“不抓紧进度不行啊！时间不等人。万一防火期前完不成工期，我负不起这个责任呐！”

“工期再紧也要劳逸结合，身体是革命的本钱嘛！你看都什么时候了，还不收工，累死人不偿命啊！”巴建华指着西方的晚霞笑着说。

“光顾干活了，没注意这天都要黑了，你有事吗？”汪洋抬起头看了看天色，说道。

“走，到我那里喝两杯去，我已经准备了酒菜，并给彭宗元打了电话，他说马上就到。你赶紧收工跟我走吧。”

“行，你先回去吧，我让他们收拾一下工具，随后就到。”因为是投缘的朋友，汪洋爽快地答应了下来。

巴建华骑马离开后，汪洋宣布收工，大家扛着工具回到了帐篷。汪洋独自驾车前去赴宴，来到分场村头，看到巴建华骑马在等他。在巴建华的引领下，俩人一起来到了他家。汪洋把车停在栅栏边，乌兰闻声从屋里迎了出来：“这就是汪洋兄弟吧？建华经常提起你，快点进屋吧。”

“这是你嫂子乌兰。”巴建华介绍道。

“嫂子您好，给您添麻烦了！”汪洋尊敬地问候。他从韩世杰口中已经得知了他们的恋爱经历，对乌兰的为人也非常敬佩，此时一见，不由得更加赞赏。乌兰身材苗条，长相漂亮，脸型酷似电影演员肖雄，果然美丽动人，名不虚传。乌兰性格开朗大方，早就知道巴建华与汪洋的关系密切，此时听了汪洋的话，她笑着摆手说：“你和建华是老朋友了，跟嫂子还客气啥？快，屋里坐。”

这时，蒋学斌从屋内迎出来，他已等候多时了。俩人见面后握手问候，相互谦让着走进屋。巴建华说了几句话，便转身出去接彭宗元了。乌兰为他们倒了茶，然后去厨房做菜。汪洋和蒋学斌一边喝茶聊天，一边等候彭宗元。

约莫等了十多分钟，门外传来了汽车声，彭宗元到了。乌兰迎门而出，汪洋和蒋学斌也随后迎到门外，他们彼此握手寒暄，一同回到屋内。

巴建华特意打电话把会计和保管员叫来陪酒，为他们相互作了介绍，同时告诉会计和保管员，今后只要汪洋有事求援，无论他和书记在不在场，都要开绿灯。保管员姓林，是位老实本分的人，不善于表达。女会计年轻貌美，性格直率，能言善辩。在酒桌上，她与乌兰一唱一和，轮番劝酒，气氛高潮迭起，欢声笑语不断，喝得十分尽兴。

几天之后，仨人又应彭宗元的邀请，到林场去喝酒，林场的主任和书记亲自作陪。由于与汪洋是一个系统的，他们对汪洋也有所耳闻，加上彭宗元先前的介绍，他们对汪洋都很敬佩。同时，他们与蒋学斌很熟悉，巴建华也曾见过面，所以大家都没有陌生感，酒喝得十分开心。由于汪洋负责开车，没怎么喝酒，而巴建华和蒋学斌喝得比较多，回来的路上，他们坐在车里醉意蒙胧的睡着了，一直睡到家才醒。

自此以后，汪洋和巴、蒋二人经常凑到一起喝酒，彭宗元也隔三差五应邀来相聚，他们之间的友谊迅速升温。汪洋、巴建华以及彭宗元仨人，年龄相仿、兴趣相同，再加上原来的感情基础，已经成了无话不谈的知己。

经过数日的艰苦努力，危桥的桥面板以及横、顺梁都已经拆除了，只剩下四排光秃秃的桥桩孤单地仰望着天空。汪洋每进行一道工序，就用心记下建筑的结构，以便建桥时如法炮制，照原样构建。

第二十章

男儿有泪

拆除危桥的工作接近尾声，于光荣带了三箱炸药以及雷管、导火索等爆破器材，同负责爆破技术的刘作海来到了建桥工地。刘作海曾在煤矿工作过，对爆破工作十分内行。

随着一声炮响，桥桩的爆破工作正式开始了。桥桩深埋在冻土层里，适逢解冻季节，地表的冻土已经逐渐融化。刚开始时，由于缺乏经验，钢钎打在发粘的冻土上，只是被啃下一小块粘泥，爆破工作进展缓慢。后来，他们逐渐掌握了打炮眼的经验，随着桥坑的不断深入，冻土层还来不及融化，冻得十分结实，钢钎打上去，几下就能震下一块冻土疙瘩。打炮眼的速度不断提高，加快了爆破的进度。

经过两天的摸索和艰苦努力，第一排桥桩终于被清除了。此时，河水已经解冻了，为了不让打好的桥桩坑里灌进水，他们趁热打铁，照原样制作了六根桥桩，桥坑的底部平放一根卧木，每根桥桩按相同的比例用细钢筋将底部加以固定。然后，用两块厚实的夹板，从两面交叉打斜拉板，斜拉板与每个桥桩接触点用螺栓固定。之后，他们用水平尺将桥桩测平，把横梁钻眼，用特制的粗刚钉把横梁钉在桥桩上，桥桩坑里填满石头，第一排桥桩基本就绪了。

众所周知，爆破工作十分危险，每当点炮前，汪洋都派人到桥头两边的安全地带，拿着三角红旗负责警戒，避免伤及过往车辆和行人。汪洋向他们下了死命令，没有命令不许擅自撤回，以防出现哑炮，伤及无辜。每当出现哑炮时，汪洋都会叮嘱大家耐心等待，总是超出规定时间后才带人前去排除哑炮。平时开会，汪洋也反复强调安全生产的重要性，提醒大家把安全放在第一位，增强了全体人员的安全意识。

开始爆破第二排桥桩坑时，河水已经开始流淌了，他们只好在上游叠坝围堰，将河水改道，让河水从施工完的第一排桥桩坑流过。围堰工作很繁重，他们用草袋子装土，再人工扛到河道上，叠坝之后，还要在外围堆积大量的土，防止堤堰渗水。同时，他们还在下游修建了临时便桥，供车辆和行人通行。

围堰和修建便桥费了他们好几天时间，天气一天天变暖了，虽然这对施工很不利，但他们只能面对现实。

完成准备工作后，他们再次投入到桥桩的爆破工作之中。挖掘桥桩坑的工作愈来愈艰难，他们清除淤泥，抓紧时间打炮眼，爆破后还要及时清理冻土块和原有的石块，然后再接着打炮眼。有时间隔时间长了，桥坑里的冻土化成了淤泥，他们在施工时，只能重新清理淤泥。他们就这样，每天在泥水中摸爬滚打，艰苦地进行施工作业。

这天中午，帐篷里来了几位客人，他们是林业局森林调查队的，前去林场进行森林调查。在林区有条不成文的规定，无论认识不认识，只要在野外有前来登门的人，都要招待吃饭，甚至留宿休息。何况，他们是本系统的职工，以前曾打过交道，彼此熟识，自然是好酒好菜的热情款待。

由于负责做饭的王师傅请假回家了，做饭的工作由小梁兼任。他每天起早为大伙准备早饭，上班时跟着大家一起到工地干活，中午和晚上提前回来做饭。虽然很辛苦，他却毫无怨言。

汪洋让小梁准备了饭菜，还特意从箱子里拿出香烟和好酒款待客人。喝酒的空隙，刘作海前来找他领雷管，汪洋拿出钥匙，让他自己开锁去取。刘作海取完后，将钥匙交还给汪洋。汪洋由于惦记工地施工安全，陪他们喝了两杯，就让于光荣继续陪酒，自己则赶往工地，投入到繁忙的施工当中。

第二天上午，当刘作海再次找他领雷管时，汪洋打开箱子去取。他对雷管管理很严，平时把雷管锁在箱子里，每次都按工作量发放给爆破手，以免丢失。可是这次，他找遍整个箱子也找不见剩余的一盒雷管。

他清楚地记得还存有一盒雷管，怎么会找不到呢？“你昨天拿走了多少个雷管？”汪洋着急地问站在身旁的刘作海。

“我只拿走上边零散的十二个，底下的整盒没动，咋地啦？”

“你拿的数对，是剩下十二个散的，可是整盒的找不到了，你说急不急人？”

“不会吧，我昨天拿的时候还看到有一整盒呢，怎么会不见呢？”刘作海说着话，也探头往箱子里看。

“就是的，我明明记得有一整盒，怎么说没就没了呢？哎，你昨天拿完后，箱子锁好了吗？”汪洋思考着问他。

“锁没锁箱子？我怎么没印象呢。哎呀，好像没锁！当时二保在外边喊我，我把锁头放在你的床铺上，还给你钥匙后，就急着去工地了，忘了锁箱子。”刘作海摸着脑袋回忆到。

“可我晚上回来时，箱子明明是锁着的，刚才你叫我拿雷管时我才开的锁。难道雷管自己长腿走了不成？”这时，于光荣听说雷管不见了，急忙走过来解劝说：“先别急，再仔细找找。”

“我已经把箱子翻了个底朝天了，什么东西都不缺，单单不见了雷管，你说怪不怪？”

“会不会是谁拿走了雷管，又把箱子锁上了？”刘作海猜疑。

“有这种可能，会是什么人干的呢？”于光荣表示同意。

“会不会是森调队的人？昨天他们还朝我要雷管来着，不过我没给他们。”刘作海为了证实自己的判断，说出了森调队曾向他要过雷管。

“森调队的？他们要雷管有什么用？”汪洋有些不解。

“他们说要用雷管去炸鱼。看来，肯定是他们干的。这帮人真不是东西！好吃好喝地招待他们，居然还偷东西，真不是人！”刘作海气愤地骂着。

“也怪我，昨天走时没有检查锁头，导致雷管丢失了，这多耽误事儿啊。万一他们拿雷管出了事可怎么办啊？”汪洋自我检讨地说。

“既然已是事实了，着急上火也没用，咱们还是想想办法，看如何尽快解决雷管的问题吧，以免耽误施工进度。”于光荣解劝地说。

“想什么办法？如果让单位送，最快也得明天，如果耽误一天，桥坑里就会积满淤泥。我记得上次去多布库尔林场，他们为了开江，曾用炸药爆破过冰排。他们一定还有剩余的，咱们不妨去借点儿，等咱们的送来再还给他们。”汪洋对于光荣说。

“行，就这么办，你赶紧去借雷管，在林场顺便给单位打电话，让家里尽快送雷管来。农场的电话得经过两个总机转，打一次电话太费劲。”于光荣着急地催促他。

汪洋喊来司机邹兴华，驱车前往林场去借雷管。

于光荣待他们走后，叫其他人到工地继续清理桥抗淤泥，并让小梁赶紧做饭，让大家提前回来吃午饭，等汪洋借回雷管，马上施工，以免耽误时间。

小梁点燃灶火，开始淘米做饭，却发现缸里没水了。他们吃的是河水，日常用水都是把铁桶绑在推土机上去河边拉。于是，他赶紧启动推土机，拉着水桶去河边拉水。因为当时的风比较大，小梁临走时还特意对于光荣说：“于队长，我去拉水，你替我看着点灶火，千万别跑火了。”

于光荣正躺在床上听录音机，听到小梁的话，信口答应道：“你放心去吧，我在家里呢，你还有啥担心的。”

小梁听了于队长的话，便放心地开车去拉水了。

于光荣躺在床上，闭着眼睛，听着邓丽君甜美动听的歌曲，感到心情舒畅，十分惬意。他完全沉浸在歌声带来的美感和享受之中。

邹兴华开着车，在凹凸不平的路面上艰难前行，颠簸了一个多小时才赶到林场。他们径直把车开到彭宗元的办公室门口，发现锁头把门。汪洋赶紧打听彭宗元的去向，有人说彭宗元在食堂吃饭，他急忙赶到食堂。

在食堂的小餐厅里，彭宗元正和书记及主任等人吃饭，见到汪洋，他们急忙起身邀他共进午餐。汪洋摆着手说：“我有急事，特来向你们求援，必须抓紧时间回去，就不在你们这里吃饭了。”

“有什么大不了的事，急得你连饭都顾不上吃了？再急的事情也得吃饭呐！”彭宗元笑着把他拉到餐桌边坐下。

“事情是这样的，本来我们准备的爆破器材足够用了，可谁知昨天森调队的人来我们帐篷吃饭，爆破手取雷管时忘记上锁了，结果雷管丢失了。现在打桥桩坑正处在关键时刻，修桥工地一旦停工，桥桩坑里的冻土就会融化，清理起来十分费力，我只好前来求援，看你们是否有剩余的雷管能暂借给我们，等家里把雷管送来了就还给你们。”汪洋向他们说明了来意。

“没问题，仓库里好像还有两盒。我马上告诉保管员，先给你们拿一盒用。”身材不高，梳着短发的陈主任首先表态。别看她是女同志，说话办事干脆利索，从不拖泥带水，行事风格不亚于男性。

“陈主任，谢谢你们！真是帮了我们大忙了！”汪洋十分感激。

“小汪，咱们都是一家人，你们的困难就是我们的困难，相互帮助是应该的，这么客气干嘛？”陈主任笑着说完，便吩咐人去仓库取雷管，同时对彭宗元说：“小彭，你告诉食堂，添两个菜，让他们吃了饭再回去。”

“陈主任，你别麻烦食堂了，我们真得很着急，就不在这里吃饭了。我现在还得给单位领导打个电话，把情况向他们汇报一下，让他们赶紧把雷管送来。”汪洋连连摆手谢绝。

“现在已经中午了，你回去也得吃饭啊。小彭，你先去陪汪洋打电话，回来时菜就做好了，吃了饭再回去，保证误不了事。”陈主任再次挽留。她考虑到汪洋与彭宗元原来是同事，还是好朋友，她与彭宗元在一个领导班子共事，生怕对汪洋招待不周，使彭宗元有想法，影响他们之间的工作关系，故此一再挽留。

彭宗元领着汪洋来到办公室，接通了沈处长的电话。汪洋向沈处长汇报了雷管丢失的大致经过，并请求单位尽快送雷管来。

打完电话，他们回到食堂，保管员却迟迟未到。原来，保管员回家吃饭去了，他家距办公室比较远，派去找他的人赶到他家时，他正在吃饭。他认为这不是什么大事，就打发人先回去了，他吃完饭才动身去仓库取雷管，如此一来，耽搁了工夫。汪洋虽然心里着急，可是保管员没送来雷管，他只好耐心等待。此时，食堂为他们端上来两个菜，再加上对方热情挽留，汪洋只好叫上邹兴华一道吃午饭。彭宗元提出喝点酒，因汪洋极力反对，只好作罢。

刚吃了半碗饭，保管员把雷管送来了。汪洋接过雷管，大致看了一眼，装进上衣口袋里。他加快了吃饭速度，打算尽快往回赶。这时，负责防火值班的护林队长巴特尔从外边跑过来，他推门而入，气喘吁吁地说：“汪队长，你们那里失火了！”

“我们那里失火了？”汪洋以为听错了，不相信地问他。

“对，就是你们那里。”巴特尔肯定地回答。

“你从哪里得到的消息？”彭宗元着急地问他。

“林业局防火办来的电话，他们从防火瞭望塔上看到的火情，根据方位判断，是你们的施工地点。他们已派出灭火队前来扑火了，并通知林场灭火队前去扑救。”巴特尔稳定了一下情绪，说明了具体情况。

在林区，火场就是战场，火光就是命令。当下，彭宗元就组织人员准备去灭火。汪洋更是焦急万分，顾不得与众人道别，三步并作两步地冲出门外。彭宗元在后面大声喊：“汪洋，你路上注意安全，我带扑火队随后就到。”汪洋嘴里答应着，一步跳上汽车，心急火燎地命令邹兴华以最快的速度往回赶。

汪洋一路上心急如焚，一再催促邹兴华加快速度。邹兴华尽最大的努力，在崎岖不平、布满坑洼的山路上快速前行。

车辆如同在惊涛巨浪中行驶的小舢板，上下起伏，左右晃动。邹兴华双手紧握方向盘，全神贯注地驾驶着汽车，汪洋抓紧驾驶台前的扶手，汽车颠簸起伏所产生的惯力把他的身体颠起又落下，猝不及防的激烈碰撞，撞得他浑身酸痛。可是，他们却毫不在意，只是拼命地加速，恨不得飞回住地。

当车行至较平整的路面时，邹兴华忍不住问道：“汪哥，我就纳了闷儿了，咱们刚离开一个多小时，怎么会突然着火呢？”

“工地不会有啥事，我看多半是做饭时不注意，引发了火灾。”汪洋说出自己心里的想法。

“按说做饭也不可能跑火啊。帐篷里那么多人，只要发现及时，是不会酿成火灾的。”

“唉！具体是什么原因，咱们无法猜测，不过我最担心的是放在帐篷里的两箱炸药。万一爆炸了，会造成人员伤亡，那麻烦可就大了。”汪洋此时分外担心同事们的安全。如果帐篷着火了，同事们一定会拼命扑救，一旦发生爆炸，他们岂能幸免。

“我好像听说过，如果没有雷管引爆，即使遇到火，炸药也只会燃烧，不会爆炸。”

“果真如你所说的，那真是不幸中的万幸，但愿不要出现大的灾祸！”汪洋依旧忧心忡忡。

他们一路疾驰，用了半个多小时就来到了距住地两公里远的山坡上。汪洋焦急地向住地望去，却没有看到预想中的火光和黑烟。他有些纳闷地说：“怎么回事？为什么没有火光和黑烟呢？”

“是啊！我也没看到，会不会是防火办错判了方位，根本就不是咱们这里着火啊？”邹兴华心存侥幸地说。

“不会吧！防火办对火情一向报得很准，不会出现如此低级的错误。”汪洋嘴上虽然如此说，但是心里还希望是一场虚惊。

随着距离的临近，他心里的最后一点希望被无情的现实打破了。呈现在眼前的是一片狼藉的火场，不但帐篷无影无踪了，就连帐篷架子也荡然无存。汪洋心头一沉，猛地蹦下车来，快步奔向火场。此时，大火已经基本扑灭了，火场内和边缘尚有多处明火快速向四外蔓延。

汪洋和于光荣碰面后，无暇问及起火的原因，立刻加入灭火队伍之中。除了单位人员参加灭火，三分场的职工及其家属在蒋学斌和巴建华的带领下，几乎倾巢出动，不顾危险前来救火。巴建华此时正开着推土机，沿着火场的边缘碾压着蔓延的火势，于光荣及蒋学斌在火场内指挥救火。

随后，彭宗元和巴特尔也带领林场扑火队赶到了，全力以赴投入到扑火行动之中。

紧接着，防火办的机动扑火队赶到了，沈处长也随车到达。大家齐心协力，迅速将火势控制住，拼力将明火扑灭，然后派人轮流看守火场，以防死灰复燃。

一场突如其来的大火在各方的全力扑救下，终于被扑灭了。说来真是万幸，这场火能够如此迅速的被扑灭，既得益于扑火人员的奋力扑救，还有赖于火场周边的地理条件。由于帐篷建在稀疏的白桦林中，前面临河，右边靠近公路，火势无法蔓延，最危险的是左边的树林、荒地和后边的三分场。由于三分场的领导率人全力扑救，致使靠近居民区的火势得到及时控制。左边的树林和荒地被巴建华用推土机推开一条隔离带，大火蔓延到隔离带后，可燃物和蔓延的空间有限，加上扑救及时、扑救的方法得当，大火及时被扑灭，没有酿成更大的火灾。

直到大火被彻底扑灭后，同事们回到被火烧毁的帐篷前，用木棍在灰烬中扒拉着，寻找各自的残存物品。汪洋这时候才想到自己的手稿，可是此时，装手稿的箱子早已没了踪影，周边到处散落着残缺不全的碎纸片。汪洋拣起来一看，正是自己呕心沥血，花费了数年心血，寄托了自己无限美好梦想的手稿，没想到竟会毁于一旦。他心疼万分，不由得悲从中来，失声痛哭。

他一边哭，一边捡拾残缺的手稿，同时也心疼被焚毁的工具书和他积累的珍贵资料。

听到他的哭声，大家都同情地围了过来，自发地帮他捡拾残破的手稿。巴建华等人一边帮他捡拾，一边劝他，汪洋却像没听见似的，毫无反应，依旧流着泪，机械地四下寻找手稿。

在众人的帮助下，残破的手稿很快被捡拾干净，送到汪洋的跟前。汪洋坐在地上，望着劫后余生、残缺不全的手稿，两眼发呆，面无表情，如同中了邪一般。人们以为他一定会把这些手稿珍藏起来，可是，没想到，他坐了一阵儿，竟然擦干眼泪，找来火柴，神情肃穆地点燃了手稿。巴建华和邓玉保等人急忙上前劝阻，他却歇斯底里地喊道：“你们少管闲事，我自己写的东西，想怎么处理就怎么处理，你们无权干涉！既然造化弄人，无法实现我的理想，我也就认命了。从此，我再也不写什么狗屁作品了，也不再幻想当什么作家了。”

他泪流满面地将手稿一张一张投进火堆里。众人见他如此失态，知道他是受到了强烈的刺激，伤心过度所致。此时，他根本听不进去劝，大家只好顺从他的意愿，眼睁睁地看着他将手稿投进火堆。残余的手稿烧完了，他竟像什么也没发生过似的，前去处理火灾的善后事宜。

沈处长刚才见汪洋手稿被焚而伤心欲绝，不忍心打扰他，如今见他的情绪趋于稳定了，就把他和于光荣叫到驾驶室，简单开了个碰头会。沈处长首先安慰了他俩一番，同时决定暂时停止施工。所有人员的行李和日常用品都毁于大火之中，必须回去重新准备。沈处长决定让于光荣带队返回，责成汪洋留守，负责处理善后事宜。

汪洋根据沈处长的意见，去三分场联系留守事宜。蒋学斌和巴建华对他是有求必应，不但答应给留守人员提供食宿，还主动提出把驻地安置在场区内。由于知青返城，农场内人去屋空，有许多闲置的房屋，正好让他们居住。他们还答应派人协助汪洋，把工地的机械设备全部撤到场区内。

汪洋向沈处长汇报了上述情况，沈处长当然十分满意，当即留下邹兴华、邓玉保和一辆汽车协同汪洋留守，并当面向三分场的领导表示感谢，然后带人返回。

汪洋等三人被蒋学斌和巴建华安排到值班室暂住，并备酒为三位压惊。汪洋的情绪不佳，根本没有食欲，面对如此的盛情，只好佯装笑颜，说了一些感谢话，勉强喝了两杯酒。蒋、巴二人知道他心情不好，也就没有劝酒。在酒桌上，他们又提起了失火的原因，汪洋这才根据他们的讲述，了解了火灾发生的始末。

原来，汪洋走后，小梁去河边拉水，让于光荣帮忙看着点儿火。当时于光荣躺在床上听录音机，由于他连日操劳，身心疲惫，听着听着竟迷迷糊糊地睡着了。

由于有风，烧的又是干柴，燃点高、火势旺，小梁临走时又在灶堂里添满了烧柴，灶里的火借着风的吸引力呼呼乱窜、火星四溅。风吹得火星溅到了帐篷上，点燃了帐篷，火势又快速向四周蔓延，刹那间，浓烟和火光将帐篷笼罩了。

半睡半醒的于光荣被浓烟薰醒了，神情恍惚中看到满是浓烟和火光，出于求生的本能，他不顾一切地翻身下床，从起火的相反方向冲出了帐篷。他跑出十几米远才停下脚步，惊魂未定地回头望，只见整栋帐篷已被烈焰吞噬了，发出了“噼里啪啦”的响声。望着眼前的情形，于光荣不由得一阵后怕，假如自己不及时醒来，此时恐怕已经葬身火海了。

邓玉保等人正在工地清淤，不知谁大喊一声：“不好了，帐篷着火啦！”工地上几乎所有人都随着喊声向帐篷望去，只见浓烟滚滚，火光冲天。邓玉保来不及多想，下意识地大声喊道：“着火啦！着火啦！大家赶紧回去救火啊！”众人在他的呼喊下，撇下工具，跑去救火。

这时，正在河边打水的小梁听到远处的喊声，急忙转身，发现帐篷已被浓烟和火光包围了。他顾不得多想，跳上推土机，掉转车头，加足马力，不顾一切地向帐篷冲去。

就在这时，随着一声沉闷的响声，一股黑烟冲天而起，一股强大的冲击波形成的热浪，将站在附近的于光荣推出好几米远，掀翻在地。这股圆柱形的黑烟在空中形成了一朵黑云，翻滚奔腾，飘向天际。

随着浓烟的升起，无数道火星儿飘向空中，犹如节日燃放的焰火，纷纷落在四周的树林中，将树木和枯草点燃，瞬间形成了一片火海。

巴建华和蒋学斌正从办公室往出走，听到沉闷的声响，惊异地举头张望，看到汪洋他们的帐篷方向着火了，便急忙喊人去救火。巴建华心急如焚，留下召集救火人员的蒋学斌，跳上马背，扬鞭催马向火场奔驰而去。

他策马来到火场时，火势正快速向四处蔓延开来。于光荣正在指挥人员救火，他们有的用铁锹，有的用树枝，有的甚至脱下衣服，冒着浓烟奋力扑打。

巴建华从马背上跳下来，想找东西参加救火，他看到停在一边的推土机，便疾步奔到车前，跳上驾驶室。由于小梁急于救火，顾不得熄火就跳下车了，此时推土机仍处在工作状态。巴建华以前开过汽车，转业到农场后，对农业机械也比较精通。他开动推土机，放下推土铲，绕开火场，在场区与火场之间推出了一条隔离带，以防火势蔓延，殃及场区。然后，他又顺着田间道，从远处迂回，绕着火场一直推到河边。这条防火隔离带将火势控制在了有限的空间里。

此时，蒋学斌已经带人赶到火场进行扑救了，随后，彭宗元也带着林场扑火队赶来，再加上防火办的机动扑火队，大家齐心协力，奋力扑救。巴建华机智果断，用推土机推开了一条隔离带，有效地控制了火势的蔓延，为扑灭大火提供了有利因素，最终将大火彻底扑灭，没有造成更大的灾难。

巴建华考虑汪洋家在外地，如今行李衣物焚毁殆尽，一时间难以筹措，就和爱人商量，把他们结婚的被褥送给汪洋一套。乌兰当即满口答应，并找出巴建华的几件衣服，一起送给汪洋。由于他俩的身材差不多，大小肥瘦正合适。说实在话，汪洋在这场大火中的损失比任何人都大，他本来就住单身宿舍，人走到哪里，东西就随身带到哪里，没想到一把无情的大火将他烧得一无所有，真是火烧当日穷。此时，巴建华送来被褥和衣服，无疑是雪中送炭。

因为彼此是好朋友，汪洋没有过多推辞，心怀感激地收下了。

汪洋本来是个意志坚毅、性格开朗的人，可失恋以来，他很郁闷，这次手稿被焚，对他的打击更大。自从火灾发生之后，他的情绪更加低落，始终苦着脸，没有一丝笑容，变得沉默寡言，总是一个人坐在角落里发呆。

火灾发生的第二天，巴建华带人，协同汪洋、邹兴华、邓玉保等人，开车来到工地，把所有的工具装上车，存放到三分场空置的房间里，推土机以及其他设备停放在场部办公室门前，由农场派人负责看管。处理完善后事宜，汪洋按沈处长临走时的旨意，乘车返回了单位。

单位的同事们早就得知帐篷失火、汪洋手稿被焚，以及他伤心大哭等事情，都暗自为他惋惜。为了让他减轻痛苦，早日从阴影中解脱出来，大家都好心相劝，希望他想开点。团委书记黄亚杰和财会室的侯金萍也装着跟没事儿似的，与他开着善意的玩笑，逗他开心。

黄亚杰笑着对他说："汪洋，都说新官上任三把火，你这把火烧得够大的啊，几乎整个甘河市都知道了。你还不知道吧，你如今可是家喻户晓的新闻人物了。"

"她的话一点也不夸张，电视里已经播了失火的事情，照这样看来，这也不是什么坏事，正好增加了你的知名度。再说了，火烧旺运，看来你的前途不可限量啊！"侯金萍也在一旁帮腔。若是往日，汪洋一定会反唇相讥，不会让她们逞口舌之快的。现在他却苦笑着说："求求你们二位，嘴上积点德，不要往我的伤口上撒盐了！"然后转身离去。黄亚杰和侯金萍望着汪洋的背影，不住地摇头叹息。

在办公室，他见到了于光荣，此时的于光荣已经恢复了常态，客气地与汪洋握手，然后他门一起前往沈处长办公室。沈处长对他很热情，亲自为他沏茶、让座。

沈处长听完汪洋善后处理的结果，连连点头。接着，汪洋心情沉重地说："沈处长，都怪我没有做好安全工作，给单位带来了如此严重的损失和负面影响，我感到非常痛心！"

"小汪，你就不要过于内疚和自责了。你要放下思想包袱，认真总结经验教训，在以后的工作中避免此类事故再次发生。我知道你这次损失惨重，生活上如果有什么困难尽管提，我一定帮你解决。另外，你要往宽处想，千万别钻牛角尖，要调整好心态，切莫影响正常工作。"沈处长语重心长地劝他。

“感谢您的关心和爱护，我今后一定会更加努力的工作，认真总结经验教训，绝不辜负您的厚爱。对于这次的事故，我甘愿接受上级的任何处罚。”汪洋无限感激地说。

“小汪，你这种勇于承认错误的精神很好，不过，你们都还年轻，人生的路还长着呢，如果背上污点，会影响你们的前途。我是单位的一把手，既然我用你们，就有义务保护你们。我已经跟上级领导明确表态了，有什么责任由我承担。上级领导通过研究，决定不追究领导责任，只是对当事人给予行政拘留处罚。”

“对当事人行政拘留？拘留谁了？”汪洋有些意外地转头问于光荣。

“小梁是做饭的，自然是当事人，理应受到处罚。”于光荣低声回答。

“小梁是当事人？你们这不是欺负老实人么？你们这么做事亏不亏心啊？！沈处长，你可能对具体情况不了解，我现在就给你说说。做饭的王师傅有事，请假回家了，小梁是临时替他做饭。小梁每日照常在工地工作，利用休息时间额外为大家做饭，他比别人多付出了辛苦和劳动，却落下行政拘留的下场，岂能不让人心寒！”汪洋情绪激动，愤愤不平地大声说。

“汪洋，你听我解释……”

“我不听！解释什么？事实胜于雄辩。咱们不能让好人受冤枉，那样群众会指着咱们脊梁骨骂娘的！”汪洋粗暴地打断了于光荣的话，不管不顾地高声叫喊。沈处长望着情绪激动的汪洋，又看了看于光荣，没有表态。显然，他不知道其中的详情。

“汪洋，你不要这么激动，我也知道小梁是冤枉的，我心里也不好受。但是，事情既然出了，上级也要追查责任，处长不忍心让咱们受处罚，总得有人站出来承担责任吧，只好委屈他了。”于光荣自知理亏地解释。

“我宁可替他蹲拘留所，也不想背负骂名！咱们做事要讲良心！要说责任，我们的责任比他大，我们不但要承担领导责任，同时还要承担直接责任。据说，小梁在拉水前，曾告诉你看好灶火。当时其他人都在工地上，失火时帐篷里只有你一个人，你说，这个责任由谁负？”汪洋气愤之下，不顾于光荣的面子，一股脑把其中的隐情全都抖落了出来。

于光荣听后，气得面色发紫，干张嘴说不出话来。

沈处长见状，知道汪洋所说不虚，心里也有几分生于光荣的气，但此时又不便批评于光荣，只好违心地替他解围："汪洋，你要冷静，注意团结。你说的情况我大致清楚，于光荣虽然有责任，但是为了咱们单位的声誉，只能大事化小了。假如将你们拘留，一是我于心不忍，二是影响太大，不利于你们今后的工作和前途。至于小梁的委屈，我心里有数，以后再给予补偿。事已至此，改变处理结果是不现实的，只能维持现状。"

"沈处长，我一向尊敬您，也把您视为长辈。我是个心直口快的人，我觉得，作为一名领导，做事要公平合理，要一碗水端平，不能厚此薄彼，更不能为了保全基层干部的面子就昧着良心去损害群众的利益。用他人的痛苦换取自己的名声，这种做法我认为不可取。在真理面前要人人平等，该谁的责任就应该由谁承担，这样才能赢得群众的拥护和爱戴。"虽然汪洋的语气有所缓和，内心却很不服气，对沈处长的印象也大打折扣。

"小汪，你说的我心里都明白。但是，你还年轻，棱角还没有磨平，还不懂人情世故。我是过来人，说句不中听的话，我走的桥比你走的路还多，我奉劝你遇事要冷静，一定要注意影响。你现在不是普通群众，而是一名基层干部，说话做事不要太任性，要有全局观念，要懂得下级服从上级的组织原则，这样你才能有所进步，否则前途堪忧。我这番话，是出于关心和爱护的角度，希望你能明白我的一片苦心。好啦，这件事就到此为止，你们俩合作得很融洽，希望不要因为这件事而产生隔阂。你们要抓紧时间做好筹备工作，尽快返回去继续工作，时间不等人啊！"沈处长的自尊心极强，这么多年来，还没有人敢在他面前如此放肆。虽然他心里有些不快，但他知道汪洋性格耿直，况且此事的确处理的有不妥之处，所以，他耐着性子，开导了汪洋一番。

从沈处长的办公室出来后，汪洋赌气地没有回办公室，而是赶到商店买了一条烟和几样罐头，去看守所看望小梁。

因为不是什么刑事案件，管教们对小梁的看管也不严，汪洋没费什么事就见到了他。小梁的情绪很低落，也很拘谨，眼圈发红地一再表示感谢。汪洋动情地说："小梁，我心里明白，此次事故的责任不在你，你这是代人受过。我们对不起你，让你受苦了！"

“汪队长，有你这句话，我这拘留所蹲得值了，我就是生于光荣的气，我是在替他受罪，他却像没事儿人似的，真他妈的不是东西。”小梁一边鸣不平，一边狼吞虎咽地吃东西。

探视的时间到了，汪洋临分手时对他说：“小梁，你有什么需要尽管说，我尽量去办。”

“我没啥需求，就是拜托你跟领导好好说说，想办法让我早点出去，这里真不是人待的地方。”小梁流着眼泪低声说道。汪洋心里十分难受，他知道这件事非常难办，但为了安慰他，还是点头答应为他想办法。

汪洋并没有食言，他去找沈处长，求他想办法让小梁早点出来。沈处长知道小梁是冤枉的，私下找公安局长求情。公安局长是个行事果断、疾恶如仇的人，他弄明白了事情的原委，便法外施恩，将原定十五天的拘留期改为七天，提前释放了小梁。

于光荣是个心胸狭窄之人，他在汇报事情经过时，为了保全自己的面子，对领导有所隐瞒，把小梁推出去当替罪羊，却没想到被汪洋当面揭穿，让自己颜面尽失。可是，他的城府比较深，表面上与汪洋一如既往，暗地里却心怀怨恨，耿耿于怀。尤其是小梁出来以后对汪洋充满感激，对他的态度却截然相反。于光荣本来对汪洋当面揭短心里有气，又见小梁对他不友好，更加迁怒于汪洋，以为是他从中挑拨，故此对他怀恨在心，打算伺机报复。

火灾不但给单位造成了经济损失，参与修桥的职工们也损失不小，因此，单位特意为每个员工补助了六十元钱。沈处长考虑汪洋的损失比较大，打算多给他点补助，可汪洋考虑到影响不好，没有接受。

沈处长也言而有信，对代人受过的小梁给予了一系列的补偿，不但给他补助了一百元钱，事后还破格给他办了机动车驾驶证。秋季运动会时，尽管小梁没有什么特长，还是让他参加了，得到了一套运动服。年底时，还给他涨了一级工资。

经过三天的紧张准备，汪洋带队重返建桥工地。按事先的约定，他们住进了三分场的空房。他们的到来，给这个原本平淡寂静的场区增添了许多快乐的元素。

由于意外停工，桥桩坑内堆积了大量的淤泥，清理起来十分困难。在汪洋的带领下，大家齐心协力想办法、献智慧，终于将淤泥清理干净，步入了正常的工作轨道。

随着阵阵爆破声，建桥工作进展很快。经过半个月的紧张施工，终于抢在防火期前竣工通车了。汪洋的心里长舒了一口气。

紧接着，他们投入到紧张繁重的修路工作当中。他们只有四台推土机、三辆翻斗车、一台自制的刮道机，还借了一台压路机，由于工程量大，而机械设备又不完善，汪洋和于光荣商量，实行人员两班倒班制，设备二十四小时轮转。于光荣负责白班，汪洋负责夜班。从表面看，白班的事情多，责任也大，可是白班每日都在路上，中午饭送到推土台上吃，遇到什么困难就往住地打发，让汪洋去解决。汪洋值完夜班，白天还要抽时间处理日常业务，负责修理出故障的设备。缺少零配件或油料供应不及时时，他还得去找巴建华借。而且，他还兼管后勤，有许多琐碎的事儿要张罗，因此，他每天只能睡五六个小时。好在他平日能熬夜，现在还能勉强坚持。尽管如此，由于连续熬夜，休息不好，他还是有些吃不消，眼圈发黑，脸庞消瘦，显得很憔悴。

由于他和巴建华的关系好，平日打交道多，巴建华和蒋学斌有了好吃的东西就叫于光荣和汪洋去，汪洋也时常请他们来吃饭，彼此相处得非常融洽。由于于光荣白天在路上，曾有几次中午巴建华请客没去成，他心生嫉恨，认为是汪洋故意撇开他，没把他放在眼里。因此，他侧面向领导反映说汪洋与巴建华来往，是为了搞私人关系。有一次，蒋学斌求援，要他们出趟车，去三十公里外的六分场搬家。蒋学斌原来在六分场工作，爱人在六分场卫生所工作，他调到三分场工作已经一年了，家属始终没有搬来。前段时间，他把爱人的工作调到了这边，故此求他们出车帮忙搬家。当时于光荣不在，汪洋考虑到这么长时间总是麻烦人家，这次人家开口求援，自己又力所能及，就满口答应了，并亲自跟着去帮忙搬家。

由于蒋学斌原来的同事热情挽留，他们吃了晚饭才回来，耽搁了汪洋值夜班的时间。于是，于光荣就给沈处长打电话，说汪洋丢下工作，私自开车出去喝酒，耽误了正常工作。沈处长听后很生气，但他考虑到，汪洋工作一向积极认真，偶尔犯错也在所难免，就把事情压了下来。沈处长没有过问此事，也没有去调查事情的具体原因，这样一来，反倒对汪洋不利。

汪洋不明就里，回来时还特意向于光荣汇报了此事，于光荣说："这点小事你就看着办吧，不必啥事都请示。"汪洋也就没有多想。

在他们的努力工作下，路面不断地向前延伸，当修至一段坡路时，汪洋和于光荣发生了争执。这段路现有的路基完好，路面也很平整，汪洋想在原有的路面上再撒上一层细沙石当路面即可，这样既省时又省工。而于光荣却固执地要按其他路面一样，先修路基，后撒路面。他俩争了个面红耳赤，却各持己见，谁也说服不了谁。最后，沈处长请来工程技术人员实地考察后，决定采取汪洋的意见。

于光荣虽然表面上接受了，心里却不服气，认为汪洋是故意和他过不去，便更加怨恨汪洋了。

这天，汪洋下了夜班后，处理完日常工作，就上床休息了。在睡梦中，他突然被人叫醒，发现是三分场的通信员小张。小张告诉他林海市转来的电话，说有急事，让他赶紧去接电话。

汪洋急忙起床，跑到巴建华的办公室接电话。电话是何强打来的，他告诉汪洋施叔叔病危，让他抓紧时间回来。

汪洋放下电话，急忙坐着后勤车来到修路现场找到于光荣。汪洋向他说明了情况，并向他请假。于光荣答应地十分痛快，让他赶紧收拾东西启程，还表示工作上的事有自己负责，让他尽管放心，也不用考虑时间问题。

汪洋心里非常感激，回到寝室收拾行装。于光荣特意让后勤车送他下山，可汪洋考虑影响，只是坐车到了振兴农场，就把车打发回去了。汪洋乘坐客车回到甘河后，直接去了火车站。

他万万没有想到，当他来到施叔叔家时，施叔叔已处于弥留之际，无法说话了。可他看见汪洋时，脸上却露出了难得的笑容，拉着汪洋的手久久不愿意放开。汪洋强忍悲痛，劝他安心养病，而施叔叔无力地摇了摇头，陷入了昏睡之中。以后的两天时间里，汪洋一直在病床前，陪伴施叔叔走完了人生最后一段时光。

施叔叔是在工作中突发重病去世的，单位领导特意照顾施家，安排正在读中学的施玉宇接班，到林管局当勤务员。施玉芳已经结婚成家，施玉梅刚从卫校毕业，分配到医院当见习医生。她处了男朋友，她与男朋友吴良是同学，已经相处将近一年的时间了。目前，她的男友在省城读大学，听闻施叔叔去世的噩耗，他们俩特意赶回来吊孝。吴良身材偏瘦，面目清秀，表现得十分清高，言谈举止中透出一种高人一等的优越感。他除了讨好丁阿姨和施玉梅，对其他人的态度很冷漠。施玉梅介绍他与汪洋见面时，汪洋礼貌地伸出手，想与他握手，没想到他只是点了点头就转身离开了，害得汪洋十分尴尬。施玉梅很生气，事后与吴良吵架，让他给汪洋赔礼道歉，吴良却不以为然，坚持不肯，还讥笑施玉梅的素质低，把小木匠当贵客。

汪洋在临别时，给丁阿姨留下了一些钱，一再劝慰丁阿姨保重身体，然后，与施家姐弟洒泪告别。

他前后共用了五天时间才返回工地，于光荣便在时间上作文章。他向沈处长打小报告，说汪洋只请了三天假，却超假不归。他一个人忙不过来，直接影响了工程的进度。

沈处长听后十分生气，认为汪洋没有责任心，在工程最紧张的时候抛下工作去办私事。但他考虑到，此时正是用人之际，而汪洋的自尊心极强，所以，他再次忍住，没有追究汪洋的责任。如此一来，沈处长对汪洋的看法有了改变，认为他还年轻，不定性，不堪重用。尽管汪洋也听到了一些风言风语，但他自认没有做错什么，所以没有多想，一如既往地全身心投入到工作之中。

经过半年艰苦漫长的施工，他们克服了种种困难，付出了辛勤的汗水，终于在金秋时节收获了劳动的果实。昔日那布满坑洼、高低不平的旧路在他们的辛勤劳作下，已经焕然一新，变成了平坦宽阔的沙石路。望着各种车辆和行人在路上穿流通行，汪洋心里充满了自豪感，他与众人开怀畅饮，尽情分享着成功的喜悦。

汪洋收获了事业的喜悦，同时还收获了真挚的友谊。他与巴建华的朝夕相处，奠定了他们终生友谊的基础。随着情谊的日渐加深，他们已是情深意重的知己朋友。

第二十一章

埋头苦干

完成修路任务后，经过短暂的休整，汪洋又带队投入到紧张的冬季采伐工作中。此时，他一心忙于工作，用工作的乐趣来冲淡失恋以及手稿被焚的双重打击。

冬季采伐是林区工作的重中之重，为了增加木材的产量，工程处领导决定设立两个采伐小工队，一队由于光荣负责，另一队由汪洋负责，两队相距五公里左右。出于好强和虚荣心，汪洋和于光荣暗中较劲，都想在产量上超出对方，于是，一场劳动竞赛无声地展开了。

汪洋和于光荣的工作作风截然不同，于光荣喜欢坐阵指挥，汪洋则喜欢深入第一线。他学会了使用油锯、驾驶集材车，山场的工作基本样样精通，哪里缺人手，他就出现在哪里。对于后勤工作，他抓得比较紧，一再告诫食堂管理员，一定要搞好食堂的伙食，做到合理调配，确保品种的多样性，尽量让大家吃好。在他的带动下，手下的员工们工作热情高涨，木材产量不断提高，整个山场的采伐工作进行地有声有色。

冬季天短，尤其是深山密林里，下午三点多天色就暗了下来。汪洋本打算利用这空闲时间重新开始写作，他也曾数次提笔尝试，但无奈心绪不佳，精神无法集中，大脑也一片空白，根本捕捉不到灵感，最后只好放弃。甚至在看书时，他的注意力也无法集中，经常溜号。每当看到描写爱情的章节，他就情不自禁地想到他和郝妍那令人难忘的甜蜜往事，但每当他从回忆中清醒过来时，就会痛苦万分、肝肠寸断，陷入无尽的痛苦之中而无力自拔。

为了排遣心中的痛苦和寂寞，他白天拼命工作，在山场上东奔西走，忙得不亦乐乎。晚上，邓玉保、刘作海及小梁等人经常陪他喝酒聊天，并煞费苦心地教他打麻将。他们几个按照事先的约定，由三个人陪他玩，一个人坐在一旁教他。陪他玩的三个人，无论牌好坏，一概不和，反而在他人的暗示下，汪洋需要什么牌，他们就打什么牌，一味地让汪洋和牌。结果，汪洋不是自摸就是别人点炮，赢得不亦乐乎，觉得非常有趣。他连续玩了几个晚上，很快就学会了玩麻将，并逐渐产生了兴趣，加入了打麻将的行列。

随着他赌技的不断提高，他却发现和牌的次数逐步减少，他感到不解，气得直骂。众人见他已经上瘾，就把众人相让的事告诉了他。他恍然大悟，嘴上骂他们不是东西，但心里还是十分感激朋友们的一片苦心。

汪洋不会玩麻将时，不但不参加娱乐活动，对扑克和麻将还特别反感，坚决反对用娱乐品进行赌博的行为。如今，他学会了玩麻将，态度也随之改变，觉得白玩不过瘾，也随着他们小打小闹地赌起饭票来。

现在，晚上没事时，他就参与到喝酒和打麻将当中。但是，他掌握玩的尺度和原则，一是杜绝赌博，二是掌握时间，每天玩到十点就必须休息，以免耽误第二天的工作。久而久之，他看书的时间越来越少，在酒精的麻醉下和麻将的诱惑下，他的注意力开始转移，积郁在内心的痛苦和烦恼也有所减轻，精神面貌发生了改变。

山场的采伐工作十分繁忙，每日大小事情不断，忙得他不可开交。这天上午，汪洋从山场检查回来，刚到帐篷，邓玉保就来找他。邓玉保现在是吊车司机助手，他进帐篷后，有些沮丧地对汪洋说："完了，吊车坏了，装不了车了。"然后蹲到炉子跟前，摘下手套烤手。

"哪儿坏了？严重不？"汪洋着急地站起来问他。

"起重装置坏了，吊杆无法升起。兰师傅正在修呢，他让我来告诉你一声。"

"这可真耽误事！走，我去看看。"汪洋快步走出帐篷，邓玉保紧随其后。此时，吊车司机兰师傅正忙着修车，由于气温在零下二十多度，他冻得浑身直哆嗦，手上沾满了机油，脸上蹭得黑一道、白一道的，变成了五花脸。

"坏得严重不？大约什么时间能修好？"汪洋俯身看着液压箱问他。

“液压泵坏了，我正在往下卸呢。今天恐怕不行了，这些运材车可怎么装啊？”兰师傅跺着冻麻的脚，忧心忡忡地说。

“你别太着急，安心修车，装车的事我想办法。二保，你赶紧笼堆火，让你师傅暖和暖和。”汪洋说完，吩咐挂吊绳的小张：“你马上去山场，喊清林的老李，就说我有急事找他们，让他们马上回来。”

“行，是让他们回帐篷，还是到楞场？”小张痛快地答应着，边走边问。

“回什么帐篷！让他们赶紧到楞场来。”汪洋生气地瞪了他一眼。小张不好意思地伸了一下舌头，做了个鬼脸，转身向山场跑去。

汪洋回到帐篷，把检尺员、食堂管理员等后勤人员召集起来，找出挂钩和肩杠，抬上事先预备好的跳板来到楞场。这时，小张已经把清林的五个人叫了回来。汪洋把挂吊绳的小张和小韩叫过来，带领他们用人力装车。

汪洋和身体健壮的老李抬头杠，他们六个人来到一根六米长、三十公分粗的原木前，老李大声地喊着号子：“哈腰挂呀。”汪洋和众人随声唱和：“嘿呦，嘿呦。”老李又喊道：“挺身起呀。”众人跟着：“嘿呦，嘿呦。”他喊一声，众人就跟着回应一声。“迈稳步啊——嘿呦，嘿呦。”“往前走啊——嘿呦，嘿呦。”“谁不使劲啊——死老丈母娘啊——嘿呦，嘿呦。”老李以前曾领头归楞，在林区，喊号的人经常用脏口或拿某个人取笑，以此来缓解人们的疲劳，人们也习以为常，无论领头的喊什么脏话，大家都跟着回应“嘿呦，嘿呦”。

在汪洋的带领下，人们轮番上阵。直径大的原木，他们就用八个人抬，直径小的就用六个或四个人抬，众人齐心协力，不到两个小时就装完了一车。他们稍事休息了一下，又开始装第二车。与第一车相比，第二车的速度明显慢了下来。人们刚开始装车，劲头大、力气足，并不觉得怎么累，但是，装第二车时，由于体能消耗比较大，有的人又是初次装车，时间一长，他们的肩头被压得红肿疼痛，抬木头的脚步也迟缓了许多。他们用了将近三个小时，直到下午一点多钟，才装完第二车。

人们拖着疲惫的脚步回到帐篷，连手都没顾上洗就操起筷子，狼吞虎咽地吃了起来。吃过饭后，他们懒懒地躺在床上，不想起来。汪洋虽然也感觉很疲劳，可是还有三辆车等着装车，他只好狠心喊大伙儿起来继续去装车。

汪洋和老李轮番喊号为大伙儿鼓劲，众人在他们的带领下，咬着牙坚持装完了第三车。此时，天色已经黑了下来，眼看还有两辆车没有装，而装车的这些人已经十分疲劳了，汪洋下令，山场所有的人，无论是油锯手还是集材驾驶员，一律上阵。他将人员分成两组，他和老李各带一组。他们两组同时开始装车，还提出了竞赛条件，哪个组先装完，山场免费招待喝酒，而后装完的那一组酒水自付。众人听见有免费招待，马上来了精神，他们高声喊号，加快脚步，比赛装车，生怕被对方落下。

这一招果然见效，尽管天色已黑，干活时看不清，但大家热情高涨，暂时忘记了疲劳，一门心思地拼命往前抢。他们只用了一个半小时，就先后把车装完了。虽然老李那组落后了几分钟，汪洋却没有履行竞赛条件，而是一视同仁，免费招待了全体人员一顿。其实，这都是他计划之内的。他之所以提出竞赛，是想调动一下大家的积极性。

元旦，林业局在位于采伐中心地带的红花尔基林场举行了新年招待酒会，慰问来自采伐生产第一线的基层领导。沈处长带领汪洋和于光荣前来参加酒会。汪洋在会上见到了韩世杰和彭宗元，好友相逢，自然十分高兴，他们聚在一起开心地说笑。招待会设在林场的食堂餐厅，虽然规模不大，但布置得很隆重。餐厅内外插着彩旗，门口挂着大红宫灯，棚顶上挂着彩灯，彩灯周围布满了拉花，正面墙壁上挂着“木材生产总结暨新年慰问大会”的横幅，桌子上铺着新台布，摆放着糖和水果。林业局五大班子的成员悉数参加，林业局党委书记包永春发表了热情洋溢的新年贺词，林业局局长郑宗盛总结了木材生产情况，表扬了成绩突出的单位，汪洋的小工队也在表扬之列。领导讲话完毕，林业局文艺宣传队表演了独唱、舞蹈、相声等丰富多彩的节目。

酒会准备得非常丰盛，凡是当地能搞到的菜肴一应俱全，酒是“八大名酒”之列的泸州老窖、古井贡酒等。林业局的诸位领导分别走到桌前，向来自生产第一线，被戏称为“各路诸侯”的基层领导敬酒，致以新年的问候。与会人员也纷纷站起来回敬，表示感谢。酒会的气氛十分热烈，领导敬酒之后，各桌间相互敬酒，然后大家又各自找关系好的朋友喝酒。汪洋、彭宗元和韩世杰三位好友聚在一起，推杯换盏，开怀畅饮，喝得十分高兴。

酒会直至午夜才结束，与会人员相互道别后乘车而去。汪洋带着几分醉意抢着驾车，可是由于醉酒，车子在路上曾有两次溜舵，幸好他及时把正，又加上山路两边是平坦的原野，才没有发生什么意外。

沈处长本来就对他酒后驾车有想法，只是出于礼貌没有制止他，如今见他出现溜舵现象，就乘机劝他将车交给司机，以免发生意外。汪洋因为酒精的作用，过于亢奋，有些忘乎所以，仍旧驾车前行。沈处长见他不听劝阻，心中不悦。于光荣见状，乘机火上浇油地说："汪洋，你怎么这么固执啊，沈处长的话都不听！你酒后驾车，万一出现事了怎么办？"

"没事，你们就把心放到肚子里吧，我保证不会出现任何意外。"

"汪洋，你工作上虽然有点成绩，但你不能骄傲，更不能一意孤行。听人劝，吃饱饭，如果你什么事都由着性子来，势必会摔跟头的！"沈处长的话虽然说得委婉，分量却很重，表情也很严肃。

沈处长的话就像给汪洋泼了一盆冷水，让他顿时清醒过来。他没有想到，沈处长竟然小题大做，把话说得如此严重。汪洋知道他话里有话，绝非只是开车的缘故。于是，他赶紧把车停在路边，把方向盘让给司机，自己闷闷不乐地坐在一旁。

车内的气氛顿时冷了下来，沈处长也觉得话说得有点过分，汪洋一时接受不了，就又把话拉了回来，半是劝解半是宽慰地说："汪洋，论岁数，我是你的长辈；论职务，我是你的领导。我无论说什么话，都是为了你好，你不要有什么其他想法。"

"沈处长，我知道我错了，不应该酒后驾车，您批评得对。"汪洋虽然心里不服气，但出于礼貌和尊敬，还是主动承认了错误。

"小汪，这也不是什么大事，过去就算了，以后注意就行了。"沈处长语气温和，显然，他是有意缓和气氛。然后，他又转了话题，问起了山场上的情况："冬季生产已经过半，你们俩干得都不错，据目前的进度来看，完成定额都不成问题，但你们不能满足现状，要挖掘潜力，想办法超额完成任务，而且超的越多越好，这才能为单位创造更大的利润。我估算了一下，在你们原定额的基础上，增加百分之二十的产量是完全有可能的，不知道你们是否有信心？"

"沈处长，我真服了您啦！您虽然不经常上山，但您对山场的情况却了如指掌。说实话，增加百分之二十的定额并不算多，只是，目前山场的困难很多，一是剩下的都是山头，增加了采伐的难度；二是设备差，集材车时常出故障，这在很大程度上影响了生产进度；三是人手不够，要想完成百分之二十的定额，就必须增加油锯手和集材车。如果您能帮我解决这些实际困难，我有信心完成任务。”于光荣善于溜须拍马，抢先表态赞成，同时又说出有一定的困难，为自己留有余地。这是他的精明之处，日后一旦完不成任务，他也会找理由来推脱责任。

“你说的这些困难我都清楚，只是目前咱们人手紧张，设备也都投入了生产第一线，一时间无法解决你的困难。我是问你们在现有的基础上，能否完成？”

“在现有的基础上，多完成百分之二十的定额难度比较大，但我会尽最大努力，争取完成任务，您就放心吧！”于光荣说话仍然留有回旋的余地。

汪洋没有考虑什么责任，而是一心考虑工作。他思考了一下，十分认真地表态：“沈处长，按目前的生产进度和山场储积量来说，超额百分之二十的问题不大，虽然存在一些困难，但我会想办法克服。我只是担心区域过大，会给清林工作带来一定难度，希望清林时给我增加人手，那样的话，我保证完成任务。”

“好，咱们就这么定了。为了鼓励员工的积极性，我们也搞点物质刺激，方案我已经拟定妥了。山场采伐的各道工序，无论是油锯手、集材车驾驶员，还是运材司机，凡是完成相应的定额任务，都给他们一定数额的奖金，同时还有优厚的奖品。我已经告诉后勤了，让他们去省城购买高级毛毯，当奖品发给大家。有时候，物质刺激比空喊口号管用的多。”

“沈处长，您太有创意了，真有水平！您刚才这番话，整理出来就是一篇好文章。能聆听您的教诲，我真是受益非浅！”于光荣不失时宜地继续拍马屁。

“你真会说话，我的水平没有那么高，只不过多年在领导岗位上，积累了一些经验而已。若说到写文章，还得首推汪洋，他才是名副其实的才子。”沈处长虽然嘴上谦虚，心里却觉得很受用。他此时借机赞赏汪洋，是为了消除刚才因驾车而产生的不愉快。

物质刺激果然管用，奖品方案一公布，员工们的工作情绪高涨了起来。大家都起早贪黑，想方设法去完成自己的定额。按照规定，如果小工队完不成任务，即使个人完成了也不给奖金和奖品。事关众人的切身利益，汪洋不敢掉以轻心。他知道运输是采伐工作的重点，如果不能将采伐的木材及时运下山，即使采伐的数量再多，也是白搭。按说在运输力量的配置上，他与于光荣不相上下，两个小工队的运输车辆不但数量相同，就连车况及驾驶员的技术也大致相等。不过，汪洋在运输上很下工夫，无论在什么情况下，都能保证及时装车。吊车出现了故障，他就组织人力装车，从没有让运材车在山场上过过夜。如此一来，他的运输量有所提高，渐渐地与于光荣拉开了距离。

在采伐工作接近尾声时，汪洋的清林工作出现了难题。由于增加了采伐数量，采伐的面积过大，而清林的人手少，致使清林工作陷入了困境。汪洋数次向领导求援，希望能加派人手，但由于生产人员短缺，没人可派，沈处长无奈之下，只好从各科室抽调了几名管理人员上山清林。这些科室人员长时间坐在办公室里，不擅长体力劳动，干活时体力不佳，又没有窍门，因此，虽然增加了人数，效率却不见增长。眼看着验收山场的日子越来越近，汪洋心急如焚，迫于压力，他只好压缩其他工序的人员，充实清林队伍，又动员了山场上的全体后勤人员，自己也亲自带队指挥清林。他和刘作海各使一台油锯，将粗大的树枝截成一米五左右，其他的人跟在身后，将散乱的树枝堆积成堆。由于他亲临现场，参加清林的人不敢偷懒，大家起早贪黑，每日工作将近十个小时，工作效率显著提高。连续奋战了十余天，他们终于顺利地通过了山场验收，在追加百分之二十的基础上，以超出了三百多立方米木材的优异成绩，圆满地完成了采伐任务。

于光荣虽然挖空心思，使出了浑身解数去努力完成生产任务，但事与愿违，最终差一百六十多立方米，没有完成追加的生产指标。整个小工队因没有完成任务而得不到奖励，手下的人都抱怨他。他自己也觉得没面子，就厚着脸皮去找领导，找出各种借口推脱责任，并要求领导给他们奖励。

通过领导班子开会研究，沈处长决定网开一面，不追究他们没有完成指标的责任，并对完成定额的人员单独给予奖励。

在表彰大会上，劳动模范和先进分子一个个披红带花，喜气洋洋地上台接受奖品。汪洋所领导的小工队由于超额完成生产任务，被评为“先进班组”，汪洋也得到了奖励。于光荣没有完成生产任务，本应该没有奖励，但领导为了不挫伤他的积极性，破格奖励了他一床毛毯。虽然得到了奖品，但他看到身为副手的汪洋披红带花、风风光光的，认为他抢了自己的风头，让他很难堪，就假托身体不舒服，愤恨地中途退场，连庆功宴会也没有参加。他感到了一种莫名的危机感，觉得有朝一日汪洋会取代自己。从此，他更加仇视这个潜在的对手了。

经过短期休整，筑路队又起程去修路了，这次他们承担的修路任务是远在一百公里外，奎勒河林场至新建的毕拉河林场之间的一段防火路。这段路全长三十余公里，根据地质条件和工程要求，需要建两座三孔木桥、数座单孔桥和十几个涵洞。

随着天气逐渐变暖，林区的防火工作正式开始了。由于近年开荒种地的人多了起来，人为火灾逐年增加，防火工作愈加艰难。为了保证防火公路畅通无阻，摆在他们面前的首要任务是尽快将桥建成。林业局党委下了死命令，要求他们必须在限期内通车。由于工期短，任务重，沈处长指示他们，将现有人员及设备一分为二，由汪洋和于光荣分别带队抢建桥梁，各自承担百分之五十的工程量。

于光荣修桥的地点在住地附近，领取任务后，他立既开始动工修桥，占尽了天时和地利。而汪洋修桥的地点需要纵深挺进十五公里。他们沿着以前从山脚下开辟出来的简易路，艰难行进到修桥的位置。

待他们安营扎寨完毕，开始动工时，于光荣已经施工两天了。眼看期限逼近，迫在眉睫，汪洋身先士卒，天不亮就领人施工，直到天黑才停工。他抡大锤、打炮眼，手磨出了血泡，血泡磨破后，钻心地疼，他却依然咬牙坚持。为了加快修桥的进度，在保证安全的前提下，他与刘作海商量，加大了炸药量。他不顾危险，不但与刘作海点导火索，还抢着排除哑炮。在他的带动下，工人们干劲十足，工程进展神速。

虽然工期短，但汪洋对质量却一丝不苟，每道工序都严格按工程标准施工，丝毫不敢马虎大意。经过夜以继日的艰苦努力，他们提前三天完成了建桥任务，一座崭新、结实、美观的三孔木桥在他们的努力之下落成了。

于光荣虽然占有天时和地利，也加班加点地工作，但他却不肯付出辛苦，只是在一旁指手画脚，冲工人们发火。工人们满腹牢骚，怨气冲天，每日只出工不出力，工程进度岂能快起来。

听闻汪洋竣工的消息，于光荣心里非常着急，因此，他一味的追求进度，质量却难以保障了。他费尽心机，不惜以扣压工资相威胁，严令工人们按期完工。在他的高压下，工人们在期限的最后一天赶完了工作，他才放下了心中的石头。

局长郑宗盛在沈处长和几个相关主管部门负责人的陪同下亲自来验收，看到于光荣修的桥，他面色严肃，没有表态。当他们一行人来到汪洋建的桥跟前，在桥上反复走了两回，对各道工序进行了严格检查后，郑宗盛面露喜色，连声叫好。

按照安排，负责验收的领导要去奎勒河林场吃午饭，沈处长挽留他们在帐篷里吃饭，并说刚好山上杀猪，为他们准备了饭菜，请他们吃完猪肉再走。郑宗盛由于对汪洋的工作很满意，心里高兴，痛快地答应了下来。

其实，为了接待验收的领导同志，汪洋特意做了准备。他提前杀了猪，还到附近的农场去买了鸡、鱼以及一些山珍野味，饭菜准备得很丰盛。

吃饭时，郑宗盛当着众人的面，举起第一杯酒，高兴地对汪洋说：“小汪，我对你的工作非常满意，来，咱俩单独干一杯！”

汪洋没想到局长会做出如此举动，受宠若惊。其他各位领导也颇感意外，惊讶地看着这场面。汪洋赶紧站起身来，他本想表示感激并干杯，可他看到沈处长与在座的领导都在看自己，心念一转，改变了想法。他十分感激地说：“感谢局长的厚爱，我虽然在工作中取得了一些微不足道的成绩，但首先是要归功于您的正确领导，同时，还要感谢沈处长的帮助和教导，以及在座各位领导的大力支持。我想借此机会，敬您和诸位领导一杯，以表达我的感激之情！”

“好、好、好，咱们共同干杯！”郑宗盛赞许地点了点头，愉快地接受了汪洋的建议。

“郑局长，感谢您对我们工作的支持以及各位领导的大力协助，我代表工程处敬您和各位领导一杯！”沈处长起身敬酒。接下来，其他领导也依次向郑局长敬酒。

郑宗盛今年四十七八岁，是文革前的大学生。他是从基层一步步走上领导岗位的，为人豪爽，性格直率，没有领导架子。他对汪洋的工作很满意，心中高兴，兴致勃勃地与众人一饮再饮。

他们刚喝了不长时间，郑宗盛看到刚刚撩下饭碗的工人们，既没用汪洋催促，也没有对他们进行具体布置，就各自抄起工具，井然有序地离开帐篷，前往修路现场。

郑宗盛见此情形，心中暗自叫好，加深了对汪洋的好感。

郑宗盛虽然和汪洋接触不多，印象却很深。自己曾在报纸上多次看到汪洋写的报道，知道他很有才气，没想到工作竟然也是如此出色。他对这个文武全才很欣赏，把他列入了重点培养的对象。酒至半酣，他再次举杯，寓意深长地对汪洋说：“小汪，我十分欣赏你的才干，希望你在工作中戒骄戒躁，好好学习，努力工作，好好磨练自己，为今后挑更重的担子做好准备。你以后遇到什么困难，尽管来找我，我一定尽力帮忙。来，咱俩喝一杯！”

“谢谢！谢谢您的知遇之恩！我今后一定更加努力的工作，绝不辜负您的期望！”汪洋十分礼貌地站起身来，感激万分地与他碰杯。能够得到局长的重视，让他感到非常荣幸，同时，他听明白了郑局长的潜台词，也从中扑捉到了擢升的信息。此时，他对自己的前途充满了希望，心中踌躇满志，欣喜万分。

从此以后，汪洋不但更加积极努力的工作，而且处处小心谨慎，生怕出现什么意外而影响到自己的前途。

七月初的一天上午，汪洋正指挥车辆在路上忙碌着，只见远处开来一辆小车，车驶到他们跟前停了下来。汪洋认出是林业局的车，开车的司机他曾见过面。车上下来一位妙龄少女，身穿粉色套裙，头戴遮阳帽，下穿浅色长筒丝袜，脚穿皮凉鞋。她的皮肤虽然有点黑，但容貌娇美，体形俊巧，透出一种与众不同的健康美。她来到人们跟前，面带含蓄的微笑，矜持地问：“请问，哪位是汪队长？”

“我是，请问您是谁？找我有什么事？”汪洋迎上前来，礼貌地问。

“您好！我是郑宗盛的女儿，叫郑冬梅。”她自我介绍着，同时，大方地伸出手与汪洋握手。

“啊——您是郑局长的女儿？！您好！您好！”汪洋颇感意外。

“汪队长，我弟弟大学放暑假，带回来一个女朋友，她没有来过大兴安岭，想到山里来看看。父亲让我来找您带我们领略一下大自然的风光。”

“小事一桩，我为你们当向导。”汪洋痛快地答应了。

这时，从车上下来一对年轻人，他们都戴着眼镜。郑冬梅把他们叫到跟前，指着汪洋给他们介绍：“这是汪叔叔，这是我弟弟和他的女朋友。”

“汪叔叔，您好，给您添麻烦啦！”她弟弟很有礼貌地与他握手。

“欢迎你们的到来，其实我比你们大不了几岁，别叫我叔叔了，叫大哥吧。”汪洋对他们的称呼感到有些别扭。

“不行，临来时，父亲特意叮嘱过，让我们称呼你叔叔，我们怎敢失礼。”郑冬梅郑重其事地解释道。

“既然如此，我恭敬不如从命了。咱们先到帐篷休息一下吧。”

“我们不累，不用休息，您先带我们去山里转转吧。”郑冬梅的弟弟抢先回答。

“好吧，你们稍等一下，我安排安排工作，然后咱们坐车往前走，到山根前再上山。”汪洋说完，回到工人中间，给他们安排了工作。他又让人回帐篷，告诉食堂准备饭菜。安排妥当后，他与郑冬梅等人一齐上车，向前开去。

“郑冬梅，你在什么单位工作？我看你很面熟，咱们好像在哪里见过。”在车上，汪洋问郑冬梅。

“我在财务科工作，我看你也有些面熟，只是一时想不起来了。”郑冬梅也若有所思地看着他。

“啊，我想起来了，去年元旦招待会你参加了吧？那个跳迪斯科舞的就是你！”汪洋拍着脑门看着她说。

“我参加了元旦招待会的慰问演出，舞跳得不好，让您见笑了。”郑冬梅有些不好意思地笑着回答。

“跳得很好，既时尚又新潮，很有特性。”汪洋肯定地夸奖道。

他们闲谈中，车子已经驶到了山脚下，他们一行人弃车登山。山上没有路，山坡上长满了荆棘和树木，汪洋在前边开路，众人在后面跟随。郑冬梅的裙子不时得被树枝挂住，汪洋不得不停下来帮她。郑冬梅弟弟的女友初次领略大兴安岭的风光，兴致很高，她在沿途采了一些野花，有粉红的杜鹃花、野玫瑰、紫罗兰，白色的芍药花，红色的百合花，金黄色的黄花、金莲花。她把这五颜六色的花编成花环戴在头上，并且掏出镜子，从各个角度照着，得意地摇头晃脑，做出滑稽的表情自我欣赏。经过费力的攀爬，他们终于登上了顶峰。站在顶峰向下观望，群山尽收眼底。夏天，大兴安岭的主旋律是绿色，高大挺拔的落叶松是这个绿色国度的最大家族，而白桦、白杨、柞树等都不过是小家碧玉。它们的品种不同，色彩各异，此时虽然穿上了绿色的衣衫，展现出来的却是不同的色彩层次，深绿、浅绿、黛绿、暗绿，放眼望去，到处都是苍翠欲滴，融为一片绿色的海洋。远处绿色的山坡上，盛开着五颜六色的鲜花，一簇簇、一片片，就像一块硕大的地毯，把大自然装扮得更加美丽。举目远眺，一条蜿蜒曲折的河流像洁白的哈达，延伸到遥远的天边。阵阵山风吹来，松涛激荡，挟山裹谷，轰鸣作响，时而如万马奔腾，排山而来；时而如海浪翻滚，势不可当。神奇的大自然宛如一幅美丽的风景画，呈现在他们的眼前。郑冬梅弟弟的女友由衷地赞叹道：“神奇的大兴安岭啊！你简直就是绿色的王国、美丽的花园！”

其他人在她抒情的词句中，受到了熏陶和感染。赞叹之余，郑冬梅突然对汪洋说：“汪叔叔，我早听说你是位才子，置身于如此美丽、神奇的大自然中，不会作诗的我都无法抑制抒情的冲动，你这位有名的才子怎么能无动于衷呢？你给我们作首诗吧，让我们也有幸聆听一下你的大作。”

“你别抬举我了，我不是什么才子，更不是诗人，只是爱好文学而已。我既不能出口成章，又没有即兴吟诗的本事，你就别让我在两位大学生面前出丑了。”汪洋不好意思地拒绝道。

“汪叔叔，谁不知道你在咱们局里才名远播，你就别谦虚了。”郑冬梅再次邀请道。汪洋听她如此捧他，心中不免得意，此时不在领导子女面前露一手，更待何时。于是，他稍加思索，带着几分卖弄，朗声吟咏道：“携友同游登高峰，极目远眺画廊中。云海缥缈林涛动，姹紫嫣红塞外情。”

“好！太好啦！”郑冬梅连声叫好，其他人也齐声夸奖。汪洋则连连摆手，谦虚道：“我的水平有限，只是信口胡诌几句顺口溜而已，让诸位见笑了。”

“咱们且不论你作诗的水平高低，单说这出口成章的才华就无人能比，你竟然还如此谦虚，真是让人敬佩。难怪我父亲对你的评价那么高！”郑冬梅赞叹地说。

他们在山顶逗留良久，尽情地饱览了大自然的风光，直到尽兴才下山。汪洋带他们回到帐篷，食堂的炊事员早已为他们准备好了可口的饭菜，汪洋陪他们用完餐后，他们意犹未尽地告辞回去。

在他们的辛勤劳动中，道路不断地向前延伸。到七月末，全线路基已经铺通，只剩洒路面验收了。眼看胜利在望，全体员工都非常高兴，盼望着早日完工。

谁知，天公不作美，从八月初开始，连降大雨，十几天不见太阳，天就像漏了似的，紧一阵慢一阵地下个不停。修路工作被迫停工，工人们被困在帐篷里，只能望雨兴叹。阴雨不但导致施工中断，给养供应也出现了困难。汪洋催促数次，终因路上泥泞难行，给养无法运送到山上。眼看着就要缺粮断炊，沈处长无奈，只好命令他们暂时撤回，待天气转晴再继续施工。

汪洋安排两名人员留守，其他人冒雨下山，他把敞棚车厢罩上篷布，让工人们钻进篷布里躲雨。由于路没有修好，又经过雨水长期浸泡，路面经不住车轮的碾压，车一上路，轮胎就被淤泥陷住了，好在有推土机在前边牵引，才将陷住的车了拽出来。汽车一路走走停停，行进的速度十分缓慢，二十多公里的路程，他们走了五个多小时。走出了这令人诅咒的泥泞路，他们来到了奎勒河林场，林场的领导为他们做了热乎的饭菜。由于前边的路况好，无需牵引，汪洋将推土机寄存在林场，继续前行。因为连降大雨，有些路段出现了泥坑，泥坑里满是淤泥，车轮时常被陷住。汪洋只好领人推车，有时车轮打滑，淤泥四处飞溅，他们的脸和衣服上都被溅上了许多泥点，但是，工人们顾不了那么多，喊着号子，一起用力将车推了出去。这段路程，平时只需三个多小时，而他们在雨中，从早上走到天黑，用了十几个小时才艰难地回到单位。

第二十二章

洪水无情

连日来，雨持续下个不停，上游河水猛涨，甘河的水位不断增高，已经超过了警戒线，防汛形势十分严峻。甘河地区防火防汛指挥部紧急增派人员加固大堤，为了落实责任制，他们把整个大堤包段落实到各单位，派人在大堤上严防死守，防范险情发生。

汪洋回到单位，还没有来得及休息，就被沈处长叫到了办公室。沈处长面色严肃地对他说："近日连降大雨，我地区防汛形势十分严峻，地区防汛指挥部下达了紧急命令，让各单位做好防汛工作，通知住在低洼处的家属撤离。单位还要抽调精干人员组成防汛队，前往河堤抗洪抢险。经研究决定，由你带队，负责抗洪抢险工作。"

"您放心，我保证完成任务。"汪洋毫不犹豫地答应了。

"我相信你一定不会给单位丢脸的，以你的能力，完成任务不成问题。但你要切记，到了河堤，一定要听从防汛指挥部的统一指挥，按照指挥部的统一部署，做好抗洪抢险工作。同时，要注意人员安全，切莫出现人身安全事故，毕竟洪水无情啊！"

"我一定注意安全，保证把所有人员安全带回来，您就放心吧！"汪洋语气坚决地向他保证。

汪洋带领筑路队全体人员以及从各部门临时抽调的人员组成的抗洪抢险队伍，冒雨赶到林业局负责的河堤，并到指挥部报到。局长郑宗盛给他分配了任务，并拍着他的肩膀关切地叮嘱："此次汛情十分严峻，你们的责任重大。事关人民群众的生命和财产安全，你们务必要高度重视，严防死守，千万不要出现纰漏。同时，要注意人身安全，千万不能出现意外伤亡事故。”

“郑局长，您放心，我一定注意安全，按照指挥部的指令，尽职尽责地完成任务。”汪洋坚定地回答，让郑宗盛感到很欣慰，他笑着连连点头，表示赞许。

汪洋带人沿着河堤来到划分给他们的地段，他顶着大雨，领着手下的人员用沙袋加固大堤。

风猛烈地刮，雨不住地下，河水不停地涨，他们早已被雨水淋透了，衣服上也粘满了泥巴。夜晚降临了，在风雨交加中，他们冻得瑟瑟发抖，但是，没有人退却，他们都在咬牙坚持着。

拂晓，汪洋和抢险队员已经连续奋战了二十个小时，大家的身体因劳累过度，已经严重透支。汪洋只好将人员分为两队，让他们换班休息。

河水不停地上涨，河床上的草地被淹没了，河边的矮树丛只剩下树梢，浑浊的河水无情地撞击着堤岸，在堤坝前形成一个个漩涡，泛起了堆堆白沫。汪洋在河堤上插了一根木棍，在上面刻上记号，定时对水位进行测量。他吃惊地发现，河水以每小时三公分的速度快速上涨，如果按这个速度，用不了几天，河水就会淹没大坝。何况，根据气象部门预报，近日将有洪峰到达，防汛形势异常严峻。面对这几十年不遇的洪灾，指挥部一边增派人员，日夜不停地加固大坝，同时也作好了最坏的准备，命令住在河边以及地势较低的居民火速撤离。

上午十点多，汪洋接到了指挥部的命令，距他们五百米远的河堤出现了决堤现象，让他们火速派人增援。

汪洋亲自带人以最快的速度赶到决堤处。河堤出现了一道十几米宽的决口，河水如脱缰的野马奔涌而出。抢险人员不停地往决口处抛掷石块，可转眼间石块就被肆虐的洪水冲走了。现场指挥人员见状，只好暂时停止抛掷石块，经过与相关专家商议，紧急抽调了人手，用铁丝编制成铁笼，装进大量的石头，然后用吊车放置到决口处。这个办法果然奏效，河水的流速逐渐缓慢了下来。

大坝决口的消息牵动着各级领导的心，林业局局长郑宗盛闻讯赶到现场亲自参与抢险。见河水的流速放缓，他赶紧指挥救援人员下河打桩，但由于洪水的冲击，打桩人员无法把牢木桩。眼看决口不断扩大，河水的流速也有所加快，如果不采取果断措施，一切努力将前功尽弃，后果不堪设想。这时，只听郑宗盛大喊一声："同志们，请跟我来，咱们用身体结成人墙，减少洪水的冲击，好让他们打桩。"随着喊声，郑宗盛冒着被洪水冲走的危险，奋不顾身地带头跳进了冰凉的河水里。汪洋见状，没有多想，毫不犹豫地紧跟着跳入水中。在他们的带动下，其他人也纷纷跟着跳到河里。尽管河水冰凉，冻得他们直打哆嗦，但此时他们已经顾不了那么许多了，他们相互挎着胳膊，在决口处形成了一道人墙，用身体挡住洪水。洪水减慢了流速，为打桩工作创造了时机。负责打桩的人员在他们的激励下，抓紧时间，奋力打桩。

时间在一分一秒地缓慢流逝，他们任凭洪水的冲击，咬牙坚持着，就像在水中扎下根似的，岿然不动。直到两个多小时之后，打桩完毕，人们才把他们拖上岸。经过两个多小时的浸泡，他们已经冻得面色发青、嘴唇发紫、身体僵硬、手脚不听使唤了。郑宗盛由于年纪较大，情况更为严重，被人救上岸时已经无法走动了。他被搀扶着坐在草袋堆上休息，有人劝他离开，他却吃力地摆手拒绝，有人拿来酒为他们驱寒，郑宗盛喝了几口，又休息了一阵儿，便重新投入了指挥封堵决口的工作中。经过抗洪队员们的不懈努力和艰苦奋战，他们终于在天黑前将决口成功堵住。

汪洋带领人员在河堤上连续奋战了三昼夜，指挥部考虑他们过度疲劳，及时调整了人员，让他们暂回单位休息。

就在甘河地区的防汛形势处在十分紧要的关头时，林业局却发生了一件令人意外的大事。

郑宗盛作为一局之长，面临着如此严峻的汛情，他不敢掉以轻心，连日来一直坚守在大坝上，全身心投入到紧张的防汛抢险工作当中。这天下午，他正在大坝上忙碌着，秘书突然向他报告，林管局白副书记带队前来检查工作，让他赶紧回去接待。

他闻讯后不敢怠慢，急忙坐车赶到招待所，见到了林管局党委白副书记及组织部相关部门的领导。此时，他们正与林业局党委书记包永春交谈，郑宗盛热情地与诸位领导握手，表示欢迎，然后又向他们汇报了汛情。当他准备进一步汇报局里的工作时，却被白副书记打断了。他说："不急于汇报工作，等明天开完会再谈。"

郑宗盛和包永春陪同白副书记到大坝视察了汛情，了解了防汛的相关情况，然后回到招待所参加欢迎晚宴。

招待晚宴在林业局招待所小餐厅举行，招待规格很高，山珍海味应有尽有，美酒佳肴样样俱全。包永春和郑宗盛轮番敬酒，表示欢迎，气氛十分融洽。

酒足饭饱之后，白副书记在包永春的陪同下，兴致勃勃地玩麻将。郑宗盛牵挂汛情，赶回了大坝，继续指挥抗洪抢险工作。

他在大坝上坚持了一夜，早晨八时整，赶回局里参加会议。当他两眼布满血丝，一身疲惫地出现在会场时，包永春已经陪白副书记等领导就座了。会议由郑宗盛主持，他先对白副书记及各位领导光临检查工作表示欢迎，然后请白副书记讲话。白副书记年近五旬，身材清瘦，举止儒雅。他在讲话前，习惯性地扫视了一下全场，意味深长地看了郑宗盛一眼，然后表情严肃地开口讲道："我们今天来到甘河林业局，主要是代表林管局党委，针对你们局的具体情况，对你们的领导班子进行局部调整，希望被调整的同志以大局为重，服从组织的决定。下面就由组织部副部长宣布任免令。"

郑宗盛听到白副书记的话，深感诧异，心想："既然上级党委要调整领导班子，按说他们应该征求自己的意见。自己作为一把手，竟然毫不知情，真是有悖组织原则。"

"根据林管局党委研究决定，任命包永春同志任甘河林业局党委书记兼林业局局长。免去郑宗盛林业局局长职务，任命郑宗盛同志为林业局总工办主任。"

郑宗盛听了任免令后，十分震惊。自己作为主要负责人，即使工作有调动，也应该按组织程序，事先进行谈话，征询意见，怎么会搞突然袭击呢？他气愤地站起身来，想质问他们这么做的原因，但转念一想，既然已经当众宣布了，再说什么都徒劳无益。于是，他强忍着气愤坐下了。他知道这一切都是在后面搞的鬼。包永春有背景，父母都在自治区任要职，他又年轻气盛，有恃无恐，虽然他到基层来任职，但纯属是镀金。由于性格使然，他在工作中我行我素，独断专行，根本不把郑宗盛放在眼里。郑宗盛为人正直，不拘小节，与他性格差异较大，工作作风也多有不同，在工作配合上难免出现矛盾。包永春耿耿于怀，多次找父母的老部下诉苦，诬蔑郑宗盛排斥打击他。有些领导听了他的一面之辞，信以为真，一再向主管领导反映情况，最终导致了这种不正常的结果。

郑宗盛年富力强，有文化、有魄力。他从基层做起，一步步走到领导岗位，工作中踏实稳重、任劳任怨。在他的领导下，甘河林业局的各项工作都搞得很出色，他是个非常称职的带头人，在广大干部群众中享有很高的威望。此时，听到他被贬职，大多数人都为郑宗盛鸣不平，可他们却无能为力。在散会时，人们都纷纷拥上前去，争相与他握手，用无言的方式对他表示同情和惋惜。

郑宗盛却表现地很豁达，散会后他没有找领导申辩，也没有回家，而是抛开个人得失，义无返顾地返回河堤，重新投入到抗洪抢险的工作当中。

由于防汛形势严峻，单位大部分人员都抽调到河堤上，留守人员所剩无几。汪洋回到单位，见人手紧，便不顾疲劳，主动要求留在办公室值班。

鉴于洪峰即将到达，他们按照指挥部的命令，对单位住在危险地段的职工家属进行动员，并派车辆帮助他们撤离。汪洋与其他领导一道，将撤离人员及家属进行妥善的安排。由于撤离的人员多，他们采取了灵活机动的安置办法，让撤离人员到亲友家暂住，实在没有亲友可投奔的，由他们统一安置。

有些人对汛情的危险性认识不足，觉得没什么大不了的，执拗地不肯撤离。汪洋和负责撤离的工作人员不厌其烦地反复做工作，对一些固执的老人，在劝说无果的情况下，采取半强制的方法，背起他们撤离。他们费了九牛二虎之力才完成了所负责区域人员的撤离工作。

回到单位已是晚上八点多，他们累得筋疲力尽，瘫软在椅子上不想动弹，只觉得睡意阵阵袭来，食堂为他们送来晚餐，大家却毫无食欲。汪洋迷迷糊糊地进入了梦乡，迷蒙中被一阵电话铃声惊醒。电话是沈处长打来的，告诉他洪峰将在明日凌晨到达，让他们做好准备，并叮嘱他们对所负责区域的撤离人员再次给予清查，千万不要出现遗漏。

接完电话，他召集相关人员，告诉他们洪峰即将来临的消息，并再次询问了撤离时是否有遗漏的现象，得到了肯定的答复后，他才放下心来。

由于牵挂汛情，尽管汪洋多日没有休息，此时却睡意全无。他与于光荣等人守在电话旁，等候洪峰到来的消息。众人对洪峰议论纷纷，于光荣却有些不以为然：“依我看，这次洪峰未必有那么严重。咱们这地方，虽然也曾发过洪水，可每次都不大，都没造成什么大的灾难，这次也不过如此，所以，我就没让家里人撤离。”

“于队长，你们家地势低，不撤离怎么行呢？你是没有到河边去看，这次洪水来势很凶，连河边的一些矮树都淹没了。上级领导一再强调汛情的严重性，我们绝对不能掉以轻心，我劝你赶紧派车把家属撤离出来吧。”汪洋忧虑地劝他。

“没事儿，你就把心放到肚子里吧。你岁数小，没见过发洪水，所以才如此恐惧。我经历好几次了，心里有数，没什么可怕的。上级领导之所以反复强调，八成是怕承担责任，故意耸人听闻，夸大汛情。”

“不管怎么说，我看还是认真对待的好，小心无大错，防范于未然嘛。安全起见，我劝你还是及早将家人撤离吧。”汪洋焦急地继续劝他。

“怎么你比我还着急，我说没事就没事。我已经安排好了，让你嫂子领孩子上了黑天棚。我们家是砖房，地基比较结实，我还为他们准备了水、黄瓜、麻花等食物，将梯子绑在房架子上，即使真的被洪水淹了，也没什么大碍，你就放心吧。”

“于队长，水火无情，人命关天，儿戏不得！二保，你赶紧带人去于队长家，把嫂子和孩子接出来。”汪洋见和于光荣说不通，果断地做主了。二保答应着领人出门。于光荣见汪洋如此坚持，知道他是出于关心的角度，也就不再坚持了，跟二保等人一起回家，将家属撤离到安全地带，妥善安顿下来。

凌晨，洪峰如期而至，肆虐的洪水卷着汹涌的波涛，夹杂着树木、家具等物品，从上游席卷而来。由于之前已经对大坝进行了增高和加固，大坝在洪水的冲击下安然无恙，经受住了洪峰的考验。

让人万万没有想到的是，在甘河的下游，距市区十几公里的二道桥出现了洪水倒灌的情况。二道桥地段的河床是甘河流域一条自然形成的支流，平时水量很少，干旱时经常断流，只有汛期时流量较大。由于二道桥地段从未出现过问题，所以人们就忽略了它。因为这次洪水的流量大、流速急，河床难以承受巨大的冲击，洪水就从二道桥这个缺口奔涌而出，无情地冲向市区，居住在甘河岸边和市区地势低的房屋被无情的洪水淹没了。

其实，从地理上看，二道桥地势平坦，洪水完全可以顺流而下，根本不会殃及市区。但由于煤炭运输，政府在煤矿至甘河东站的区域修了一条铁路，这条铁路正好从二道桥的下游经过，将二道桥拦腰截断。因为平时流量小，修建铁路时，工程技术人员根据历年来的水文资料，在铁路下修了几个涵洞泄洪。按常规来说，这几个涵洞泄洪不成问题，但由于近年毁林开荒现象严重，加上去年大兴安岭的一场大火导致森林植被破坏严重，造成了上游严重的水土流失。如此诸多因素，导致了这场百年不遇的洪水。

眼看洪水夹杂着杂物滚滚而来，淹没了道路，冲毁了低矮的房屋，卷走了来不及逃走的牲畜。洪水继续上涨，淹没了郊区，渐渐地涌入了市区。大水漫过了三马路，紧接着又漫过了二马路，而且还在继续上涨。

眼看整座城市就要被淹了，形势万分紧急。指挥部召集相关人员商讨对策，郑宗盛力主炸毁一段铁路专运线来紧急泄洪，尽管有人提出了反对意见，但指挥部经过紧急磋商，达成共识，决定采取郑宗盛的建议。

指挥部紧急调来了专业爆破人员，对有利于泄洪的地点进行爆破。随着一声巨响，铁路被炸开了一道几十米宽的口子，洪水顺势而下，市区的洪灾开始缓解，水位开始回落，洪灾得到了有效的控制。

早晨，汪洋跟随相关领导爬上了城市的最高点——北山。他登上防火用的瞭望塔，俯瞰整个市区，只见甘河边上和地势低洼的郊区房屋所剩无几，到处都是白茫茫的一片，景象十分凄惨。

这次洪灾使得无数人流离失所，无家可归。房屋被淹的人们，有的投亲靠友，有的由单位负责安排地方暂住，还有些人无处可去，纷纷拥进了火车站候车室。他们带着从水中抢出来的行李包裹，占据了候车室的所有空间。一场无情的洪灾冲毁了他们赖以生存的家园，使他们沦落成无家可归的难民。好在市政府及时采取了相应的救助措施，安排了他们的住处，安顿了他们的生活。

这场洪灾造成了巨大的经济损失，具体数字难以估量。

这场灾难，虽然是天灾，但也有人祸。其主要原因是主要领导对洪灾的认识不足，没有引起足够的重视，没有充分考虑到洪水倒灌的问题。如果早做准备，在洪水开始倒灌时就果断炸开铁路专运线，就可以大大降低城区受灾的情况，减少人民群众的经济损失。

洪水消退后，人们开始清理室内的物品，被淹的房屋里一片狼籍，家具及一些物品被冲得东倒西歪。工程处的地势较低，不但单位的院子进了水，连办公室内也进了六十多厘米的水。汪洋带领办公室人员着手清理淤泥和垃圾。卫生防疫部门派来人员对洪水淹过的地方进行消毒，对人员进行免疫检查。市政府采取了政府补助和灾民自救的双向措施，展开了灾后重建的工作。

这时，汪洋已得知了郑宗盛被贬职的消息，他在惋惜中感到有些愤愤不平，像郑宗盛这样正直务实的好干部，怎么说贬职就贬职呢？！难怪说朝里有人好做官，没想到现在也难改封建社会的陋习，他这样的好干部竟成了官场争名夺利的牺牲品，实在是让人心寒。汪洋有心前去探望，又觉得无法开口，思考再三，只好作罢。

无情的洪灾不但给城镇造成了巨大的损失，对野外的公路和桥梁也造成了一定的破坏。洪水过后，汪洋他们准备重返山上修路，这时，从林场传来了一个坏消息：洪水冲坏了数段路基，还冲毁了他们新架设的桥梁。

包永春听闻新建的桥梁被冲毁，心里非常生气，决定严肃处理。于是，他责成技术部门前去实地了解情况，沈处长陪同前往。结果发现，于光荣领队修的桥梁已被洪水冲得不见踪迹了，连桥桩都没剩下。从地理条件看，这里的洪水流量并不是很大，没想到整座桥竟然连根拔起。汪洋负责修建的桥梁，地理位置险要，洪水流量远远大于对方，遭受了洪水的强烈冲击，但只是桥身倾斜、桥面扭曲，桥头的一侧冲开一道深沟。

于光荣听说此事后，心里十分害怕，担心领导会追查他的责任，因此，他决定去找沈处长求情。这两年来，于光荣没事就往沈处长家跑，逢年过节还有礼物奉送，又加上他平日溜须拍马，善于揣摩沈处长的意图，对沈处长总是毕恭毕敬的，专捡沈处长爱听的话说，对沈处长作出的决定总是无条件的答应，所以，他很受沈处长的喜爱。

他来到沈处长家，沈处长马上就猜到了他的来意，沈处长本来就对他工作上的失误很生气，严厉地批评他：“我真不明白，你是怎么干的工作，居然整座桥被连根拔起了！你还有脸来见我？你真让我失望！”

面对沈处长的数落，于光荣连连点头，承认错误：“您批评得对，是我不好，惹您生这么大的气。您消消气，假如因我而气坏了身体，我的心永远不会安宁的。”

“你就是会说话，看在你真心悔过的份儿上，我就不和你生气了。可是，这件事影响太大，包永春年轻气盛，又是新官上任，急于出政绩，恐怕他听不进去我的话。这事本来就很棘手，若想推脱掉所有的责任，更是难上加难。”沈处长见他态度诚恳，火气逐渐消了。

“处长，您知道我一向尊敬您，甚至把您当成父亲看待，您一定要帮帮我啊，否则我的前途就完了。”于光荣带着哭腔说道。他了解沈处长吃软不吃硬，所以他在沈处长面前上演苦肉计，希望以此来打动沈处长。

“行了，挺大的人哭什么鼻子啊！你放心，我不会对你的事情袖手旁观的。容我想个两全其美的办法，既能让包永春满意，又不影响你的前途。”沈处长果然心软了，态度有所缓和。

“处长，您这么说我就放心了。其实，想个两全其美的办法并不难，反正现在桥已经被水冲走了，无法检验质量，咱们何不把责任全都推给洪水，说是灾害造成的损失，咱们也没有办法，您说对不？”于光荣把心中思考已久的想法和盘托出。

“有道理，面对洪水，谁都无能为力，咱们把责任推给洪水，这样你就不必承担责任了。可是，包永春已经放出话来，要严肃处理此事，岂能这样不了了之？”

“承担责任不成问题，现成的危桥摆在那里，上边如何处理，只能听天由命，看他的造化了。”

“这样一来，岂不把责任推给了汪洋。说良心话，汪洋建的桥，无论从哪方面说，都远远超过你。让他代你受过，是不是有点缺德啊？”沈处长虽然对汪洋有些不满，但对他的工作还是充分肯定的。

“您说的有理，我也承认，汪洋建的桥比我的质量好，这样就能经得起检验。如果上边继续追查，他们就会彻底检查质量，待到检查后，发现桥的质量没有问题，他们也就无法追查汪洋的责任。如此一来，岂不是两全其美，皆大欢喜。”

“如果真如你所说的，我就放心了。这件事本来就与汪洋无关，如果牵连到他，我于心何忍啊。当初我劝他担任副队长时，曾承诺对他负责，这样一来，我就放心了。看不出，你的鬼点子还真多，帮我解决了难题。希望你把聪明才智都用到工作中，这样我就更省心了。”解决了困扰已久的难题，沈处长心中高兴，态度也多云转晴了。

沈处长与技术科的熊科长关系密切，他特意给熊科长打电话，让他夸大洪水的流量和流速，把桥梁被冲走的责任推给了洪灾。因为是老熟人，又不是什么大事，熊科长自然满口答应了。

安排好之后，沈处长来到包永春的办公室，向他汇报相关情况，把桥梁被冲毁的责任推给了洪灾。包永春当时没有表态，事后又找熊科长了解情况，结果得到的情况与沈处长所说的相符。他本打算借此事大做文章，来个杀一儆百，以此树立自己的威信，没想到竟会是如此结果，他心里未免有些失望。但桥梁已经被洪水冲走，他只好无奈地接受了现实。

但是，他没有就此罢休，而是抓住汪洋所建的被洪水冲坏的桥梁说事。他在没有调查的情况下就认定桥梁被冲坏是人为因素造成的质量事故，并决定追查负责人的相关责任。

沈处长不同意处罚汪洋，曾找包永春反映情况，替汪洋开脱责任。包永春却固执己见，态度十分坚决，还批评他本位思想严重，欺骗上级，包庇部下。沈处长见形势不妙，便采取了明哲保身的作法，不再为汪洋辨护。最后，包永春责成他严肃处理此事，并把处理结果上报给林业局党委。

沈处长根据包永春的指示，召集领导班子开会，研究具体的处理方案。在会上，领导班子大多数成员都反对处分汪洋，觉得他冤枉，可沈处长却不敢违背包永春的旨意。他们反复讨论研究，决定对汪洋保留职务，降一级工资。可是，当沈处长把这个处理意见上报到局里，包永春却大为光火，他语言激烈地把沈处长好一通批评，并当即作出决定，免去汪洋副队长的职务，降一级工资。包永春让他召开工程处基层领导会议，宣读林业局党委的处理决定。

沈处长被逼无奈，只好按包永春的意见，召开了基层领导干部会议，他在会上说：“今天召集基层领导开会，主要是根据林业局党委的意见，对新建的桥梁毁坏事件做出相应的处理决定。说实在话，我们作为基层领导，不愿意自己的部下受处分，何况该同志有能力、有水平、有才华，工作一向是任劳任怨，而且成绩显著。但既然出了事故，就应该有人承担责任，我也是挥泪斩马谡，希望受处分的同志给予理解，端正思想态度。人非圣贤，孰能无过，只要你认真接受组织的批评，勇于改正错误，前途还是不可限量的。我们对犯错误的同志，历来实行‘惩前毖后，治病救人’的方针，容许犯错误，也容许改正错误。我相信，用不了多久，组织上一定会根据其工作表现重新启用的。下面，我根据局党委指示，宣布处理决定：汪洋作为领导兼建桥负责人，有不可推卸的责任。虽然这次洪水是造成事故的主要因素，但桥梁本身也存在一定的质量问题。故此，林业局党委决定免去汪洋副队长的职务，降一级工资。希望汪洋同志能够正确对待，不要灰心，更不要有思想包袱。”

汪洋听完处理决定，不由得心头火起，腾地一下站起来。他不管不顾地大声质问：“我承认，此次洪水将桥梁冲坏，我有一定的责任，也愿意接受一切处罚。可我有一事不明，不知当讲不当讲？”

“汪洋，你别激动，有什么话咱们会后再说。”沈处长见他情绪激动，急忙安抚他。

“我这个人性子耿直，有话愿意说到当面，不愿意背后搞小动作，更不会背后整人。我想说的话没有什么见不得人的！我不明白，为什么同样是遭受洪水，据说我建桥的地理位置，洪水的流量和流速都大于某些人建桥的地理位置。为什么被洪水连根拔起的桥梁的负责人不用受任何处罚，而我们仅仅因为桥被冲斜就要受到处罚，你们说这样做公平吗？为什么一样的事情却是两种处理方式？请问在座的诸位领导，你们能给我一个让人信服的解释吗？”汪洋越说越激动。在座的各位领导心里都知道汪洋委屈，甚至有人心里为他抱不平，所以，大家都瞥向沈处长，看他如何应付。沈处长看了众人一眼，沉思片刻，看着汪洋说：“汪洋，我们知道此次事故是个意外，也知道这么处理对你不公平，但这是局里的决定，我们下属单位无权反对，只能违心地服从。至于你质疑另一座桥的质量，我说句公道话，那座桥的质量不如你建的桥，但是如今，它已被洪水冲走，无法考证质量问题，也就无法去追究责任，只能不了了之。再说，你们都是我的左膀右臂，十个手指头咬哪个都疼，为今之计，我只能保一个算一个，不想处理更多的人了。这样，即可保持单位的形象，又可避免不必要的影响，希望你能理解我的苦衷。”

“我不理解，我认为，作为单位的主要领导，处理问题要秉公执法、公正廉明，要一碗水端平，不能存有私心，更不能欺上瞒下，厚此薄彼。”

“汪洋，请你注意说话的场合和分寸，不要信口开河。凭良心说，在这件事情上，我没有刻意去打击谁，也没有刻意去保护谁。我以前就告诫过你，不要以为工作中有点成绩就翘尾巴，那样的话早晚会摔跟头的，可你就是听不进去。这次给你处分，我看也是好事，能够让你头脑冷静一下，你不要以为自己多了不起，我看你与组织的要求差远了！”沈处长动气地驳斥他。

“我知道自己的能力与组织的要求有距离，但我心胸坦荡，能得到组织的任用是凭我自身的努力，脚踏实地积极工作得来的，既没有刻意专营，也没有托关系找门路，更没有请客送礼。我所差的就是没有与某些人同流合污！”汪洋越说越气，口无遮拦了。

“你……你……你这个年轻人真是不知天高地厚，简直不可理愈！散会！”沈处长气得脸色发青，气急败坏地宣布散会。他历来独断专行惯了，一向说一不二，没人敢当面反驳他，这种当众让他丢面子的事还是第一次发生。他不仅觉得没面子，也觉得自己的领导威信受到了挑战。从此，他对汪洋的看法有了本质的改变。

第二十三章

心灰意冷

汪洋被撤职后，沈处长对他的工作安排费了一番苦心。开始时，想把他一贬到底，到最艰苦的基层去工作。可他又考虑到这么做有些不妥，毕竟汪洋有一定的群众基础，而且很有号召力，把他分到基层，会让大家觉得自己卸磨杀驴，肯定会有人为他抱不平，如此一来，势必会影响自己的威信。他考虑再三，还是把他留在了后勤工作，反正机关人员这么多，也不在乎多他一个。他想，汪洋擅长写作，正好前一段时间，林业局党委宣传部下发通知，要求各基层单位每月必须撰写五份以上新闻稿件，如完不成任务，年底评“先进单位”时会扣分。自己正为此事发愁呢，干脆让汪洋去写新闻稿件，负责收发报纸和信件，这真是一箭三雕，既可以减少群众对自己的看法，又能降低汪洋的敌意，还能通过稿件提高单位的知名度，何乐而不为呢！他对自己的安排很满意。

尽管后勤工作很清闲，撰写新闻稿件又是轻车熟路，但是，汪洋的情绪依然很低落。让他百思不得其解的是，自己脚踏实地、任劳任怨，全身心得投入到工作当中，到头来却落个被免职的下场。以前常听人说官场险恶，自己却不以为然，如今，看看郑宗盛的遭遇和自己的下场，他对此是深有体会了。看来，上面若是没有人撑腰，只是凭自己的努力去干一番事业真是太难了，莫不如当个平头百姓，清闲自在。

这两年来，他还真是不顺，先是郝妍负心而去，后来帐篷失火，焚毁了自己辛苦创作的手稿，如今工作受挫，几年努力工作的结果竟然是无端被免职。接连不断的打击，让汪洋身心疲惫，心灰意冷，变得十分消沉。

由于情绪低落，又没有具体的工作，至于收发报纸和信件，其实以前都是门卫的工作。不知是出于对他的同情，还是有什么想法，门卫田大姐只让他收发了两天报纸和信件就全权代劳了。他现在的工作就是偶尔收集一些信息，隔十天半个月的写一份新闻稿，送到宣传部，就算完成任务了。生活规律的突然改变让他感到很不适应。几年来，汪洋一直工作在第一线，整天忙忙碌碌，不得消停，此时突然闲下来，让他觉得特别寂寞。这种寂寞让他感到窒息，他产生了强烈的向人倾诉的愿望。

这天上午，临近下班时，汪洋百无聊赖地坐在办公室，透过窗户望着天空中变幻不定的白云发呆。突然，田大姐在收发室大声喊他："汪洋，有人找你。"

汪洋闻声出来，只见表哥站在门口。他迎上前去，亲热地和表哥打招呼："表哥，你怎么来啦，找我有事吗？"

"没什么事，我约了几个朋友，走，跟我去喝酒。"江群也不问他是否有时间，带他走到路边停着的吉普车跟前，打开车门，让他上车。汪洋也没客气，径直钻进了车里。江群随后上车，麻利地开车就走。

"兄弟，我听朋友说你的工作出了点毛病，因为啥呀？"江群边开车边关切地问他。

"啥也别说了，我就是点儿背，其实根本不怨我，洪水把桥冲坏了，他们却把账算到我头上，你说让人生气不！"汪洋一提起被免职的事，气就不打一处来。

"你别来气，告诉我到底因为啥。谁敢欺负你，我来帮你摆平。"江群十分仗义地说。

"前些日子发洪水，把我负责建的桥冲坏了，他们硬说是我建的桥有质量问题。可是，别人建的桥连桥墩都被洪水连根冲走了，那个人却什么事也没有。那些当官的瞪眼说胡话，硬说我建的桥质量有问题，却对他的失职行为视而不见。都是因为他平时溜须拍马，经常给领导送礼，现在出事儿了，领导追查下来，他们就串通一气，拿我当替罪羊。你说这事儿气人不气人！"汪洋气呼呼地说。

"兄弟，你听我一句劝，别跟他们生气。如今这些当官的有几个清官啊！别看他们平时人五人六的，像个正人君子似的，其实他们背后什么事都干。他们除了想办法搂钱，就是吃喝嫖赌，满口仁义道德，却是满肚子的男盗女娼。现在的社会就这样，没办法，你就是把自己气死了也没用，要想开点儿。人活着就是要开心快活，当个小豆饼官有啥好？平时受苦受累、上挤下压不说，还要低三下四的看领导脸色，你说活得多累啊！”

“其实你说的这些我都懂，只是咽不下这口气。”

“兄弟，如今这社会，做什么事都只能睁一只眼，闭一只眼，不能太认真。什么理想啊、主义呀，统统都是骗人的鬼话。我算想开了，人活着要快快乐乐的，想干啥就干啥，何必为小事自寻烦恼呢？不过，话又说回来了，这件事确实让人气愤。兄弟，如果你真想当官，我可以找人帮忙，让你官复原职也不算什么难事。”江群自信地说。此时，车子已经驶进了市区，行人和车辆多了起来，他一边说着话，一边不时地按照喇叭，避让行人和过往的车辆。

“群哥，谢谢你的好意，我现在也想开了。你说的对，当个上挤下压的豆饼官是没劲，不如我现在自由自在。”

“你这么想就对了，人活着也就是短短的几十年，在历史的长河里只是短暂的一瞬间。你看山上的草，春天发芽，秋天枯萎，那就是人生的写照。所以说，人活着就要快乐，不要自寻烦恼，更不要刻意去追求什么东西，要学会享受生活，要自己找乐。兄弟，你以后没事多跟哥出来玩玩，我保证让你快快乐乐的，忘记所有的烦恼。”

“行，反正我现在的工作很清闲，有的是时间。”汪洋笑着满口答应，心情开朗了许多。

他们又说了一些闲话，车子在一家十分气派的酒店门前停了下来。

“到了，下车吧。”江群招呼汪洋下车。汪洋下车后，抬头看了看，只见门面高大气魄，不同凡响，上面赫然写着“甘河大酒店”几个镀金大字。

汪洋跟在表哥身后，走进了装饰豪华的酒店大厅，有好几个人上前与江群打招呼，其中，有酒店服务员，也有前来就餐的人。只见其中有一位年纪三十左右，身材修长，长相漂亮的美女，身着黑色套裙，白衬衣、黑领结，下穿黑色羊毛裤，脚穿一双长筒皮靴，看样子好像是前厅经理。她笑容可掬地上前打招呼：“群哥，您好，黑哥已经到了，在包厢等您。”

“啊，于经理，您好！他们在几号包厢？”江群很客气地问道。

“还是老地方，一号包房，请跟我来。”那个女经理做出一个邀请的动作，在前边引路。

“你去忙吧，不麻烦你了，我自己去算啦。”

“我不忙，领您去吧，能为群哥效劳，是我的荣幸！”女经理语气暧昧，撒娇地笑着答道。

他们俩跟在身后，朝侧面的包厢走去。汪洋边走边暗自赞叹：“真气派呀，我早就听说过这里是全市最高档的酒店，是集住宿、餐饮、娱乐于一身的高消费场所，但还从未来过。据说这里的价格昂贵，普通人一个月的工资，还不够在这里吃一顿饭，表哥把自己领到这里来吃饭，多费钱啊！”

表哥和于经理说笑着走到了包厢前，于经理推开房门，屋里的三个人已闻声站了起来，语气谦恭地与他打招呼。其中一个身材魁梧、皮肤黝黑、留着小平头的胖子高声大气地说：“群哥，你咋才来，想死我啦！”

“兄弟们，不好意思，让你们久等了。”江群双手抱拳，语气谦恭地说着。然后他又拉着汪洋，对在座的三位介绍：“哥儿们，我来介绍一下，这位是我的表弟，汪洋，在林业局工程处上班，以后请各位兄弟多多关照。”随后他又指着那位黑胖子介绍：“汪洋，你就叫他黑哥吧。”汪洋上前与之握手，礼貌地说：“黑哥，很高兴认识你，以后请多关照。”

黑胖子大大咧咧地说：“兄弟，你不必客气，我和群哥是交情过命的铁哥们儿。你以后有用得着我的地方尽管吱声，我一定舍命相帮。”

“这位是公安局的纪远，纪哥。”江群指着一位身着警服，长相英俊的年轻警官向他介绍。“纪哥您好！幸会，幸会！”汪洋与之握手，客气地寒暄。

“兄弟，客气啥，既然你是群哥的表弟，也就是我的兄弟，一家人不说两家话，咱们来日方长。”纪远很随意地回答。若不是他身着警服，很难让人联想到他竟会是位警官。

“他是杜立志，杜小子，你叫杜哥。”江群指着最后一位留着长头发的高个介绍道。

“兄弟，我不会说话，咱们不用客气，一会儿多喝几杯就啥都有了。”长头发抢先说。

“好，我听杜哥的。”汪洋点头表示赞同。

大家落座后，黑子拿出一盒红塔山，抽出一支递给汪洋：“来，兄弟，抽一支。”

“谢谢黑哥，我不会吸。”汪洋摆手谢绝。

“这年头还有不吸烟的，在我们朋友圈里你是第一个。”黑子笑着说。

“人家汪洋文质彬彬的，一看就是正经人，不像我们哥儿几个，吃喝嫖赌啥都会，五毒俱全。”杜小子在一旁打诨。

“说的也是，一个人得意啥就务啥，萝卜白菜个有所爱。”纪远也帮腔。

“你说的没错，就像你喜欢娘们儿一样，见了女的就走不动道。”黑子笑着反驳。

“我和你相比是小巫见大巫，你成熟的多早啊！论起来我应当管你叫师傅！”纪远讪笑着驳斥。

“你他妈的，别哪壶不开提哪壶，老子就那么点光荣历史，你老挂在嘴边。你好！挂小马子差点叫人开除啦。”黑子有些不快地瞪了纪远一眼。

“好啦，都别瞎闹了，你们俩见面就掐，说那些陈芝麻烂谷子的事干嘛，我看咱们还是抓紧时间喝酒吧。”江群正色解劝，俩人方才住口不言语。

这时，服务员端来两瓶精装西凤酒，她是个身材微胖、不高、长着两颗小虎牙、圆脸大眼的小姑娘。她笑容满面地向他们问好，随后菜肴也陆续端上桌，有烧鸡、菊花鱼、清蒸对虾、蜇头拌瓜丝、清蒸螃蟹、糖醋排骨、飞龙汤……总之是天上飞的、地上跑的、水里游的样样俱全，十分丰盛。

杜小子打开酒瓶，给在座的几位依次斟满，黑子对江群说：“群哥，开喝吧。”

“别价儿，今天你张罗吧。”江群笑着推辞。

“群哥，你在咱们兄弟中最讲义气，说话也最管用，你说咱们甘河地区，谁敢不给你面子。今天咱们兄弟相聚，头一杯酒必须你张罗，否则岂不坏了规矩。再说了，我这两下子你清楚，平时瞎白话行，到关键时候就掉链子，你就别让我在兄弟面前丢丑啦。”

“群哥，这头一杯酒必须你张罗，这是咱们的规矩。何况，今天初次与汪兄弟相聚，你不张罗，这酒怎么能喝出高潮呢？”纪远也在一旁相劝。

“群哥，咱们还是老规矩，你说话，我带头喝酒，你说咋喝就咋喝，我保证服从。”黑子拍着胸脯保证。

“好吧，既然兄弟们都这么说了，我就不推辞了。来，兄弟们，为了咱们兄弟的义气，也为了我表弟初次与各位兄弟相聚，咱们共同干一杯。”江群说完，黑子抢先举杯，一口喝干，并将酒杯倒过来，在众人面前晃了一下，以示自己喝干净了。

其他两位跟着江群，与汪洋碰杯后也将酒喝下。汪洋看着半两的酒杯，心里有些打怵，但见表哥等人均是如此喝法，自己只好效仿，把酒喝干了。

“兄弟，来，吃菜。”黑子夹了一个螃蟹，放在汪洋碗里。汪洋初次吃螃蟹，不知道吃法，怕人笑话，所以没有动筷，只是客气地致谢：“谢谢黑哥。”

“不客气，我们与你表哥是生死弟兄，你别抹不开面子，得意什么就可劲造。”黑子大大咧咧地劝他。

“来，兄弟们，好事成双，咱们再干一杯。”江群再次张罗干杯。

“好！来，干！”众人齐声响应，一起碰杯，然后各自喝干。

“群哥，今天与表弟初次相识，我也敬杯酒，表示一下敬意。”纪远客气地对江群说。

“兄弟，咱们之间客气什么，再说，我表弟也不是外人，没那个必要。”江群此时正夹起一只螃蟹，用手熟练地掀开上盖，放到汪洋的碗里，然后又告诉他如何识别母螃蟹。汪洋效仿表哥的吃法，有些笨拙地吃着螃蟹，好在没有人注意这些细节。

“群哥，虽然表弟不是外人，但是我们初次相识，最起码的礼节还是要有的，我必须敬表弟两杯，以示哥们儿之间的情分！”

“这个提议好，群哥，我们哥儿几个都有这个意思，分别敬表弟一杯。纪远说的对，表示一下哥们儿之间的情分。”杜小子紧跟着帮腔。

“既然弟兄们如此盛情，我就替表弟谢谢各位了。”江群起身，抱拳表示谢意。

“群哥，你干嘛呀？你的表弟就是我们哥儿几个的表弟，敬杯酒是理所当然的，还值得你如此客气？真是折杀小弟。”黑子赶忙起身说道。

汪洋见此情形，跟着站起身来，客气地说：“承蒙各位大哥的抬爱，小弟深感荣幸。我今天借花献佛，先敬各位大哥一杯，表达我的谢意。”

“好，好，说的好！来，咱们先干了这杯。”纪远带头响应，然后又拿过酒瓶，将每个人的酒杯斟满，说：“一家人不说两家话，咱们与表弟喝杯结识和加深感情的酒，祝咱们哥们儿的友谊像大兴安岭那么高，像甘河水那么长。”

轮到黑子敬酒时，他站起来大大咧咧地说：“我这个人是老母猪钻胡同——直来直去，不像纪远似的，老母猪磕碗碴——拽词儿。咱们山区喝酒就一个字——干！”他的话惹的众人一片笑声，纪远竟毫不气恼，笑着把酒喝干了。

接下来，杜立志举杯敬酒，其他人自然是碰杯干杯。彼此轮流坐庄后，黑子喝得兴起，见酒已经快要见底了，高声喊道：“服务员，再来两瓶酒。”“黑子，汪洋喝不了多少酒，我看就别上酒了，把剩下的酒喝了就差不多了。”江群劝阻着，摆手示意服务员把酒拿走。

黑子见状，赶紧说：“群哥，平时你说什么，弟兄们没有不听从的，今天和表弟初次相识，我们心里高兴，你就让我们喝个尽兴吧。”

江群听完黑子的话，只好任凭他把酒留下，他担心汪洋不胜酒力，就对其他几位说：“既然兄弟们如此开心，你们就尽情喝好吧，不过，汪洋的酒量有限，你们掌握着点，千万别让他喝醉了。”

“你放心吧，我心里有数，绝对不会让他喝高的。”由于天热，黑子已经脱掉了上衣，此时光着膀子，把胸脯拍得砰砰响。江群见此，也不好再说什么。黑子趁着酒兴，再次向汪洋邀请：“兄弟，咱们别干喝了，咱哥俩儿划几拳？”

“黑哥，不好意思，我不会划拳。”汪洋不会划拳，所以赶忙推辞。

“兄弟，你怎么不会划呢？”黑子看着他，似乎有些不相信。

“黑子，他真的不会，我看还是你们几个划吧。”江群帮着汪洋作证。

“今天主要是陪好汪洋，光咱们几个划有啥意思，得了，咱们改‘猜洋火头’吧。”黑子高声喊来服务员，让她拿来一盒火柴，从中拿出五根。汪洋对这个游戏也不懂，但他一想到刚才黑子那眼神，也就没好意思说不会，生怕表哥的朋友笑话他。虽然他没有表态，但由于底气不足，脸上的表情显得有些不自然。江群看他没出声，猜到他不熟悉这个酒令，就直接告诉他："其实猜火柴的游戏很简单，几个人玩，就用几个火柴杆儿，谁猜中谁喝酒，但不许猜别人猜过的数字，猜重了要罚酒，如果别人都猜不中，坐庄的人就自己喝酒。你听明白了吧？"

汪洋把表哥的话在心里大致过了一遍，基本掌握了游戏规则。于是，他痛快地答应着，参与到这个"猜洋火头"游戏之中。

只见黑子将五根火柴转攥在手中，双手背在身后，摆弄了几下，然后一只手握着火柴，伸到大家面前。首先猜的是江群，他看了黑子一眼，笑着说："我知道你小子没安好心，指定想算计我，我敢说你手里攥的不是一，就是五，可我偏不上你的当，我猜三。"

黑子笑了笑，说："算你走运，来，兄弟，该你了。"他说着把手举到汪洋的面前。汪洋是第一次玩这种游戏，心里反复衡量着五个数字，一时拿不准主意。他想起表哥刚才说不是一就是五，于是他就按照表哥的顺序，开口猜了个四，然后有些担心地看着黑子的表情。好在黑子只是笑着点了一下头，把拳头转向坐在汪洋身边的纪远。纪远歪着头，斜着眼打量着黑子，似乎想从他的表情中捕捉到什么信息，黑子却板着脸，让他捉摸不透。后来，他大概也是受江群的影响，张口猜了个二。黑子不动声色地对他说："你说准了？还改不改？现在改还来得及哦。"

这下纪远反到没了主意，他用手挠了挠头发，自言自语地嘀咕着："我的点儿不会这么背吧，第一个就让我猜中了？等等，让我再想想。不行，我不猜二啦，我猜五。"

"你确定吗？这回真的不改啦？"黑子依然毫无表情地追问。

"不改啦，打死我都不改啦！"纪远斩钉截铁地回答。

"那好，恭喜你，猜中啦！"黑子一脸坏笑地把手摊开，他的手里果然是五根火柴。纪远连呼上当，但也只好无奈地举杯喝酒，然后从黑子手里接过火柴，放在身后摆弄几下，举手让人猜。

挨着他右手边的是杜小子，他倒痛快，张开嘴就猜一，结果没中。轮到黑子了，他也不假思索，直接猜二，也没中。江群按照思路往下走，猜了个三，还是没有猜中。一连三个都没猜中，纪远不由得有些着急，他抱着最后的希望，把手伸向了汪洋。汪洋见前边的三个人都没有猜中，眼看就剩下四和五两个数字了，其他人是一、二、三按顺序往下排的，又想到上次就是五，这次没准还是五，因为刚才已经猜中了，别人不会想到还会是五的。于是，他就猜了四。

只见纪远把手一摊，脑袋一耷拉，沮丧地说：“我怎么这么倒霉呀！为什么受伤的总是我？”他的话引起了众人的一片大笑。

接下来，他们又继续猜，虽然其他人也猜中个一两次，但纪远却总是一路领先，不是猜中就是乌龙，反正是频频中奖，总是喝酒，一气之下，他索性弃权不玩了。

剩下的四个人见他弃权，觉得人少玩儿的没意思，也就跟着放弃了。黑子等人意犹未尽，就喝五吆六地划起拳来。其间，不时有人进屋敬酒，来的人基本都是给江群敬酒的，汪洋对这种乱哄哄的场面有些不适应，就借故上厕所，到大厅里闲逛。此时是下午两点多，已经过了饭点儿，大厅里显得空荡荡的。他找了个僻静的角落坐了下来，由于喝的有点过量，他打起了瞌睡。

不知道过了多长时间，他在迷糊中被表哥叫醒了。表哥关切地对他说：“怎么趴这儿睡着啦？是不是喝多啦？”“表哥，我没事，只是想出来透透气，没想到竟坐在这里睡着了。现在几点啦？”

“已经快三点啦，走，回包厢去，他们还等你喝酒呢，你到没到量啊？如果到量了，我就不让他们再陪你喝了。”

“虽然没到量，但也差不多了，再喝就要醉啦。”汪洋苦笑着说。

“那好，我心里有数了，不会让他们和你拼酒的。”

“表哥，这里的消费一定很贵吧，你的朋友可真有钱啊！”

江群听后笑了笑，说：“他们没什么钱，只是敢吃敢喝而已。”

“他们如果没钱，敢到这里来消费？”

“你是只知其一不知其二。他们虽然有钱，但成天出入高档消费场所，再有钱也不够他们胡造啊。且别说他们有钱没钱，反正他们是不会在这里花冤枉钱的！”

“咱们到这里吃饭，不花钱怎么行！难道有人让咱们白吃不成？”

“这话一时半会也和你说不明白，你不用管那么多了，只管吃好喝好就行了。一会儿不管发生什么事，你都不要出声，只装看不见。”

“你真的把我搞糊涂了。好吧，表哥，我听你的。”

他们回到包厢，里面的三个人还在划拳拼酒，他们手上不停地比划，嘴里也“八匹马呀”、“五魁首”、“六六六”、“全来到啊”的不停地高声喊叫。他们此时全都赤裸上身，黑子一只脚踏在椅子上，脸红脖子粗地和杜小子划拳。纪远由于饮酒过量，已经醉眼蒙胧了，但仍然坚持着和他们俩轮流划拳。见他们进来，黑子停下来，笑着问道：“兄弟，你看我们几个光顾着划拳了，慢待你啦。来，咱们哥儿几个共同整一个。”

众人喝下去后，杜小子抢过酒瓶，想给汪洋满酒，却被江群给拦住了，说：“哥儿几个的盛情，我表弟心领了，不过他的酒量有限，不能再喝了。”

“既然群哥说话啦，我们兄弟就恭敬不如从命了。我们也差不多了，咱们改日再聚。”黑子顺从地回答。

“还改日干啥，今天与汪老弟相会，是咱们哥们儿的缘分，今天晚上我做东，咱们继续喝个尽兴，来个一醉方休！哥儿几个意下如何？”纪远拦住黑子的话头，向他们提议。

还没等江群表态，其他两个人早已连声叫好，江群只好点头同意。

就在他们酒足饭饱，准备结账时，黑子不知道从哪里拿出一只苍蝇，放在菜盘里，然后高声大叫：“服务员，赶紧过来。”那个长着小虎牙的服务员闻声而来。“大哥，什么事呀？这么大火气！”

“你自己看，这是什么？”黑子怒气冲冲地指着盘子里的苍蝇质问她。

那个服务员俯身上前，仔细看了一眼，带着几分诧异说：“怎么会这样呢？大哥，对不起，实在对不起！”

“光对不起有什么用，去，把你们经理叫来。”

服务员出去不一会儿，前厅女经理就来到了包厢。她一进来就赶紧陪礼道歉：“各位大哥，对不起，是我们的服务不到位，请多包涵。”

“道歉的话你就不用说啦，你说我们来你这里喝酒，本来吃得很高兴，谁知竟然吃出了苍蝇，多恶心啊！你说怎么办吧？”黑子一边说，一边捂着肚子低头作呕。

“大哥，实在对不起，这个菜我们免单，另外的只收六折，你看行不？”

“不行！我们今天请的客人很重要，本来心情很愉快，可没想到却让这只苍蝇给破坏了。我们现在不但没了心情，而且都恶心地想吐，你说这精神损失怎么赔偿？”纪远在一旁帮腔。

“各位大哥，我也是生活所迫，出来做事不容易。再说，我的权力有限，大事做不了主。请你们高抬贵手，别难为我了！”女经理可怜兮兮地求情。

“既然你都说到这个份上了，我们也不难为你了，去把你们酒店经理叫来，我们和他说。”纪远起身来到女经理身边，一边说着，一边拍了一下她的肩，一脸坏笑，色迷迷地看着她。

“好吧，我这就去叫他。”女经理无奈地答应着，转身出去了。

不大工夫，女经理就和一位四十多岁、瘦高的男子走了进来，他进屋后，先抱拳施礼：“对不起！我给各位赔礼啦！”然后，他又把目光转向江群，笑着说：“江老弟，你到大哥这里来喝酒，怎么也不告诉我一声，我好陪你喝几杯。”

“大哥，我知道你忙，小弟怎好打扰。”江群有点难为情地说。

“你们到大哥这儿来喝酒是瞧得起大哥，大哥我高兴还来不及呢！江老弟，他们几个虽然我没有正面打过交道，但都是市面上混的人，早就见过。只是这位朋友有点眼生，麻烦你介绍一下，以后再见面也好有个照应，省着像今天这样，大水冲了龙王庙——自家人不认自家人。”

“好吧，既然他们几位你都见过，我就不一一介绍了。这位是我的表弟汪洋，在林业局工作。”说完，他又指着瘦高个对汪洋说：“这位是张经理，是咱们甘河地区有名的万元户。”汪洋起身与张经理握手，并寒暄了几句。

“对不起啊各位兄弟，今天所有消费算我的，只是搅了大家的酒兴，我心里感到不安。咱们换酒菜重喝，一来给各位陪礼道歉，二来祝贺与汪老弟相识，希望各位日后多多捧场。”张经理大气地提议。

“张大哥，谢谢你的好意，我看就不必麻烦啦。今天他们都喝多了，有不当之处，请多多海涵。咱们来日方长，后会有期！”江群说完，起身告辞，其他人也相继起身，走出了包厢。张经理和前厅经理一直将他们送到酒店大门口，才彼此握手告别。

他们上车后，黑子等人自鸣得意地放声大笑，只有江群与汪洋没有笑。汪洋虽然不认同他们的做法，但自己一直置身事外，自始自终没参与此事，所以没必要自责。

他们开车来到江群的宿舍，黑子进屋后就张罗打麻将，并和杜小子一起将桌子挪到床边，摆上麻将。他首先邀请汪洋："来，兄弟，扒拉几圈麻将。"

"黑哥，我玩得不好，你们玩吧，我看热闹就行了。"汪洋摆着手推辞。

"兄弟，我们今天主要是陪你，你不玩有啥意思？来，咱哥儿俩一把牌，输了算我的，赢了归你。"江群一边说着，一边强行拉着汪洋坐到桌旁。

"表哥，那多不好啊。你别担心，我有钱。"汪洋听表哥这么说，赶紧从兜里掏钱。他不能让表哥的朋友小瞧了自己。

"兄弟，咱们哥俩儿还分什么你我，你就拿这个钱玩。"江群把汪洋的钱强行塞回兜里，并把一沓钱放在汪洋身前。

汪洋只好听从表哥的安排，和他们玩了起来。没想到，他的手气很好，两圈下来，他前面就摞起了一大堆钱，这使他信心大增。

他们玩得兴起，直到天色暗了下来，纪远提出去吃饭，汪洋还有些恋恋不舍。他不好意思把赢来的钱揣进兜，想如数退回，众人却坚持让他收起来，说留着以后再玩。最后，由于表哥表态，加上黑子强行将钱塞进他的口袋里，他才勉强收下了。

晚饭的场所在粮贸大酒店，这也是江群他们单位——甘河市粮食贸易公司下属的酒店。

他们坐下不久，尚未上酒菜，只见一个年轻漂亮的女郎推门而入。她进门就大声嚷道："请什么高人贵客啊，非让老娘来作陪，还说是什么帅哥儿。我瞧瞧他是郭凯敏还是唐国强！"

"芳芳，怎么就你自己来啦，丽丽呢？"纪远站起身问道。

"你以为你是谁呀，让谁来谁就得来呀。我是看群哥的面子才来的，否则也和丽丽一样，猪八戒摔耙子——不伺候（猴）。"

"芳芳，你别瞎闹，让你俩来陪群哥的表弟是给群哥面子，合着还委屈你们啦？"黑子在一旁帮腔。

"你们跟我说这些有什么用，她的脾气你们又不是不知道？她不愿意来，我有什么办法！"许芳很委屈地大声嚷道。

"许芳，你看表弟虽然比不上电影明星，但也是一表人才。今天特意请你这个大众情人来作陪，也是给你面子。要我说，表弟这样的人物，别说让你陪酒，就是让你陪床，也绝对不委屈你。”黑子和她开着连荤带素的玩笑。

“你他妈的，狗嘴里吐不出象牙来！他这么好，怎么不让你妈和你妹子陪呢？”许芳丝毫不吃亏地反击。

“好啦，你们别闹啦，我来给你们介绍一下，这是我的表弟，汪洋，她是许芳。”江群打断了他们的玩笑，一本正经地为他们介绍。

俩人相互握手，说了几句初次见面的客气话，然后就各自落座了。纪远特意安排许芳坐在汪洋的身旁。酒菜很快就上齐了，这里的酒菜丝毫不比中午的逊色，都是一些山珍海味、鸡鸭鱼肉、名酒名烟。

他们喝酒还是老一套路数，彼此相互敬酒，轮番坐庄，与中午不同的是，增加了许芳这个美女，酒桌上的气氛高涨了许多。许芳一边和众人打情骂俏，一边不住地给汪洋添酒夹菜，照顾地十分周到。开始，汪洋还有几分拘谨，几杯酒下肚，他逐渐适应了这个场合。他利用余光偷偷打量身旁这位泼辣的女郎，她个头不高，一米六左右，偏胖，胖乎乎的圆脸，直鼻梁，一双水灵灵的大眼睛。她顾盼多情，化着浓妆，长相漂亮，打扮入时，但举止轻佻，显得很性感。

喝到后来，他们开始行令划拳，许芳巾帼不让须眉，凡是男士提出的酒令，她样样精通，兴致十足地和众人比拼酒量。

酒足饭饱之后，黑子提议去舞厅玩，于是他们驱车来到舞厅。他们带着几分醉意，摇摇晃晃地闯进舞厅，门口负责收门票的人一见到他们，好像矮了半节似的，不但不要门票，反而笑脸相迎，低三下四地请他们进去。

此时，舞厅里播放着邓丽君的《何日君再来》，舞厅内灯光摇曳，闪烁不定，舞池里的一对对青年男女正随着节奏，相互搂抱在一起，卖力地跳着舞。他们一行人径直走到舞池旁的椅子前，找座位坐下。

舞厅经理闻讯赶来，谦恭地和他们打招呼，并找来两个伴舞的陪他们跳舞。他们旁边的人，有的过来和他们亲热地打招呼，也有相当一部分人像躲瘟神似的躲到一边，有的甚至带着舞伴离去了。

一支曲子播放完，舞厅里的灯光明亮起来，舞厅里安静下来，有几个人过来与他们打招呼。灯光再次暗了下来，随着《美酒加咖啡》响起，人们又回到舞池翩翩起舞。许芳来到汪洋跟前，对他邀请道："汪大哥，我陪你跳。"与此同时，她弯腰伸臂，做了个邀请的姿势。汪洋从未跳过舞，赶紧起身，实话实说："对不起，我不会跳舞。"

"不会不要紧，我带你跳。跳舞其实很简单，一学就会！"她一边说着，一边不容分说地将他拉进舞池。汪洋乍一进舞池，心里很慌乱，手足无措，显得很狼狈。许芳抓起他的左手放在她的右肩上，用自己的左手抓住他的右手，右手搂着他的腰，同时还轻声告诉他："跳舞很容易学的，只要你跟着舞曲的节奏移动脚步、晃动身体就行了。你随着节奏跟着我跳就行了，'四步'最好学，进三步，退一步。来，随我走，迈步，迈步，再迈，退步，迈步……"汪洋随着她的口令，试探地挪动脚步，不提防地踩到了许芳的脚，她轻声"哎哟"一声。汪洋赶忙抱歉地说："不好意思，踩痛你了吧？我看还是别跳了。"

"没事，乍学跳舞的人都这样，跳一会儿就好了。别灰心，别急，注意节奏，心神合一，脚步随着节奏。对，对，就这样，好，迈步，迈，退步，迈，好！好！接着来。"在许芳的耐心指导下，汪洋慢慢地找到了感觉，已基本跟上了音乐的节拍。

一曲下来，他们回到座位上，只见表哥和黑子依旧坐在椅子上，纪远和杜小子已经不见了身影。他四下找寻，终于发现了他俩各自搂着舞伴，正兴高采烈地不知说着什么。

"怎么样，学会了吗？"江群笑着问。

"不行，我太笨了，总是踩她的脚。"汪洋不好意思地看了许芳一眼。

"他很聪明，也很有悟性，基本跟上了音乐的节奏，至于踩脚嘛，初学跳舞的都在所难免，不算啥事。"许芳对他感到很满意。

黑子在一旁逗趣地说："兄弟，你不知道吧，许芳是咱们的跳舞皇后。能得到她的夸奖，真是难得，看来你真得很有天赋。"

"黑哥，你过奖了，我有啥天赋啊，只不过是老师教得好。"汪洋看着许芳诚恳地说。

这时，舞曲再次响起，许芳又拉着汪洋的手走进了舞池，这回放的是《牧羊曲》。汪洋再次回到舞池，脑海里仔细地品味着许芳的话，并随着许芳的指点，慢慢地跟上了音乐的节奏，这次他能与许芳的舞步基本保持一致了，也尽量避免踩她的脚。第二支曲子下来，他已经掌握了跳舞的基本要领。

接下来，许芳又不厌其烦地教汪洋带她跳，并对他说：“你现在学得差不多了，应该学着带我跳。你没看舞厅里都是男的带着女的跳舞吗，这是跳舞的规矩。刚才为了教你跳舞，我只好带你跳，现在你应当学会带人跳了，否则会让人笑话的。”

初见成效，汪洋兴致大发，他们跳了一曲又一曲，直到许芳气喘吁吁的撒娇喊累，他们才停下来休息。许芳对他极为热情，不时地问这问那。跳着跳着，舞厅的灯光突然熄灭了，舞厅里漆黑一片，只有软绵绵的舞曲在黑暗中飘荡。此时，许芳的身子一软，竟靠在了他的身上，汪洋下意识地躲开身子，与她保持一定的距离，可她却再一次靠了过来，双手紧紧地将他搂住，嘴里发出撩人的喘息声，身体散发着性感的气息。她软绵绵的酥胸不停地摩擦和碰撞，撩拨得汪洋心猿意马，有些把持不住了。在酒精的作用下，他心头一阵发热，双手不自觉地将她搂住，像偷吃禁果的孩子生怕被人发现，睁大眼睛，在黑暗中四下观望，却什么也看不清，只听到周围传来阵阵粗重的喘息声。显然，其他人也没闲着，都在和舞伴亲热。既然众人都是如此，还有什么可担心的。随着负罪感的减轻，汪洋的心态变了，变得心安理得，觉得跳舞本该如此。

午夜时分，曲终人散，江群开车送他们回家。许芳问汪洋住在哪里，江群告诉她和自己一块回宿舍住，她才不情愿地下车回家了。

接下来的日子，汪洋过得是乐哉悠哉，表哥的朋友轮番请客，为汪洋消遣解闷。他很是羡慕表哥有那么多的朋友，不但有社会上的，还有政府部门、工商税务、公检法的，真是黑白两道，社会各阶层的都有。他们陪着汪洋，每日出入高档酒店，吃饱喝足后就打麻将赌博，晚上去舞厅跳舞。他们整天吃喝玩乐，花天酒地，特别开心。汪洋沉湎于此，心情不再郁闷了，觉得生活本该如此。对于工作，他已失去了以往的热情，只是偶尔点点卯，有时甚至三两天都不去单位上班。

刚开始时，表哥一直陪着他，后来遇到表哥有事而无法分身时，就由表哥的朋友陪他吃喝玩乐。随着与表哥朋友的交往，他的思想渐渐地发生了变化。开始时，他对他们的做法有些反感，可时间一长，他竟习惯了，觉得他们够朋友、讲义气，甚至产生了放弃工作，与他们一起混的想法。

第二十四章

真爱无价

一年一度的中秋节即将来临，汪洋自从离开家乡，就没有回家过过这个中华民族的传统节日。如今，工作受挫，无所事事，他更加思念亲人。于是，他向领导请假，简单收拾了行装，到银行取出自己的积蓄，准备回家孝敬父母。他到商店买了一些酒和月饼，以及送给家人的衣物，然后赶往车站，踏上了返乡的旅途。

父母和兄弟姐妹见他回来，心中自然十分高兴。母亲特意做了几个他爱吃的菜，一家人其乐融融地聚在一起，开心地喝酒聊天。汪洋将自己给家人买的礼物拿出来，分别送给他们。他想得很周到，不但父母和兄弟姐妹一个没落，就连嫂子和姐夫也都有礼物相送。

吃饱喝足后，哥嫂和姐姐都离开了，汪洋把自己带回来的钱交给了母亲。父母看着他省吃俭用攒下的钱，心里很不是滋味，告诉他一个人在外，千万别苦了自己。汪洋连连点头答应，并声称自己的生活很好，工作也很顺心。他不敢把自己工作受挫的事告诉父母，怕他们担心。夜已经很深了，妹妹也上床休息了，只有父母还不知疲倦地和他唠嗑。父母牵挂他的婚姻大事，话题自然而然地说到了他的婚事上。父亲关心地问他："你现在到底有没有女朋友？我和你妈都很惦记你的婚事，如果你那边没有合适的，我们在这边给你张罗一个。"

"爸妈，我现在虽然没有女朋友，但是你们别着急。不是那边没有合适的，也不是没人愿意跟我，而是我不想这么早成家。"

“你都二十七岁啦，和你年纪一般大的早就成家了，有的孩子都满地跑了！你怎么还说早，怎么还不着急啊！”母亲着急地抢过话头责备他。

“你妈说的对，你是不小了，即使按照国家的晚婚政策，你也超龄了。再说，你早点成个家，身边有个人照顾，我们也就放心了。”

“行，我听你们的，回去就抓紧找对象，争取早点成家，这样总行了吧？”

“嘿，这还差不多。回去以后一定要上心，你什么时候成家了，我们什么时候才能免去牵挂，否则，我们做梦都惦记你的婚事，你就让我们省省心吧！”母亲不放心地叮嘱他。

这时，补习功课的弟弟回来了，他已经连续两年高考落榜了。他的性格本来就很内向，加上接连落榜，情绪很低落，心理压力也很大。母亲赶忙为他热了饭菜，他没有做声，低头吃饭。以往他晚自习回来，还要学习一段时间，今天因为哥哥回来了，破例没有复习功课，而是和哥哥一起上床休息。他们哥俩很长时间没有见面了，要唠的话很多。汪洋问他：“我记得你的学习成绩还可以啊，怎么又没考上？”

“唉，别提了，不知道怎么回事，我一进考场就发蒙，会的题都答不上来，你说多气人！”弟弟语气低沉地说。

“你是怯场，主要是想法太多、压力太大。你只要放下压力，调整好心态，就会没事了。”汪洋帮他分析考场失利的原因。

“哥，你说的对，我也知道是这个原因。但是，你看咱们家的现状，哥哥姐姐都成家另过了，父母也老了，而且父亲的身体有病，失去了劳动能力，哥哥虽然很顾家，但毕竟他还要养家糊口。现在，全家几乎全靠你挣的钱支撑着，我是真没心情复习。大哥说他能帮我找一份工作，是大集体单位，你说我应不应该去？正好你回来了，帮我拿个主意。”

“你说的也有道理，咱家的经济状况你不说我也清楚，即使你考上大学，连学费都成问题。我虽然挣钱多点，可还要赡养父母，哪有多余的钱供你上学啊。现在这社会，干什么都一样，不一定非考学不可，我看不行的话，上班算了。”

“哥，我听你的，不复习了。干什么都是一辈子。”弟弟不假思索地答应。

汪洋万万没想到，他和弟弟的这番谈话，竟影响了弟弟一生。他是在工作受挫、爱情失意、心绪不佳的情况下，没有经过仔细的思考就草率地替弟弟做出了决定。他的这个决定，是在错误的时间、错误的地点，做出的错误的决定，以至他每每想起这个草率的决定，他就会难以释怀。

汪洋利用回家的时间，到昔日的同学家去看望他们。他首先来到柳刚家，他的母亲带着几分炫耀的口气告诉汪洋，柳刚由于表现突出，在部队入党提干了，外加他长相英俊，能说会道，又懂礼貌，不但受到了领导的器重，就连领导的爱人也相中了他。后来，他的主管领导把自己最心爱的女儿嫁给了他，他一下子平步青云，成了首长的乘龙快婿，从此他的仕途一帆风顺，一直提拔到正团，在部队干了一辈子。

汪洋还得知柳霞已嫁人了，她的丈夫是大庆市火车站的货运值班员，现在柳霞也调到大庆市火车站当售票员了。尽管汪洋对柳霞已经情断意绝了，可是乍一听到她嫁人的消息，他心里还是有一种怅然若失的感觉。

他来到包玉柱家，此时包玉柱已经调到大庆市石油管理局工作，并且与当初知青点的战友闫丽珍结婚了。恰逢他们夫妻中秋节放假回来探望父母。他们老朋友相见，自然十分亲热，俩人相互说着各自的情况。包玉柱说起大庆石油会战的各种壮观场面，汪洋向他述说大兴安岭林区的奇闻趣事，俩人聊得不亦乐乎。包玉柱的爱人小闫美丽漂亮，聪明贤惠，有些腼腆，不善言谈，对包玉柱言听计从。包玉柱和汪洋聊天，她则忙着递烟、沏茶倒水，然后就坐在一旁静静地听他们聊天，听到他们谈到有趣的事情时，她也会忍不住掩嘴而笑。

临近中午，汪洋起身准备离去，包玉柱夫妻及包阿姨则坚持留他吃午饭。由于关系很好，汪洋也没客气，痛快地答应了。闫丽珍亲自下厨炒了四个菜，汪洋和包玉柱老朋友重逢，心里特别高兴，俩人左一杯、右一杯，足足喝了一瓶六十五度的老白干。俩人都有了醉意，包玉柱仍然坚持让爱人拿酒，还要继续喝，但最终被闫丽珍劝止了。

从包玉柱家回来，汪洋倒在床上呼呼大睡起来，醉梦中，他被叫醒了。他揉了揉惺忪的醉眼，发现是周思远来看他，他急忙爬起床，俩人高兴地拥抱了一下，分别述说了这几年的变化。周思远也已成家，他的爱人是原来他下乡时那个公社的妇女干部，他本人前几年被分配到了工厂工作。俩人说了一会儿话，周思远将他拉到自己的家里。他住的是一座新建的砖房，面积约六十平方米，屋内摆放着一套家具，外带一套沙发，室内最显眼的位置摆放着一个二十一寸的大彩电和一个友谊牌洗衣机，门前停着一辆红色幸福牌摩托车。他们家院内的空地上扣着大棚，后院栓着五头奶牛，另外还有两头小牛，生活过得很富裕。

“思远，你真行啊，日子过得这么好！”汪洋夸道。

“行啥呀，也就马马虎虎，比上不足比下有余呗。”周思远谦虚地说。

“真有你的，你啥都不缺，还说马马虎虎，恐怕早就成万元户了吧？”

“那还差的远哩，说起来还得感谢现在的好政策，只要肯干，就能挣到钱。”

“你说的太对了，现在是改革开放，邓小平让一部分人先富起来，看来你就属于那部分先富起来的人。你快点跟我说说，你是如何富起来的？”

“其实也没啥好说的，想当初我原本想复习考大学，你知道我的学习成绩还可以，可没想到在高考前两个月时，你大叔却意外去世了。当时只有我一个人上班，一个月才挣二十八块六，你大婶有病，弟弟妹妹还正在上学，我当时觉得天都塌了。由于生活所迫，我只好忍痛放弃了高考。尽管如此，仅靠我的那点工资还是难以养家糊口，无奈之下，我只好利用晚上去乡下驮鱼，早上去市场批发给小贩子。刚开始，人家用摩托驮，我用自行车，每天往返五六十里地，整个晚上都无法睡觉，白天上班根本打不起精神，时常偷着睡觉。当时实行班组承包制，是计件工资，多劳多得，由于我工作时提不起精神，难免影响到大家的收入，久而久之，整个班组的人对我都有意见。我一气之下，主动停薪留职，自己回家单干。按照当时的规定，每个停薪留职的人，每天必须向单位交一块钱才能保留公职，说实在话，当时我这么做，虽然是被迫无奈，但也需要极大的勇气和魄力。后来，我看养奶牛挣钱，就利用倒卖鱼挣的钱，又向亲戚朋友借了一部分，找到了在奶牛队当队长的同学，买回来一大一小两头奶牛。俗话说：‘母牛下母牛，三年五个头。’我很幸运，那头母牛很填和人，三年来一直生母牛，光它就繁殖了五头牛，另外的那个育成牛还生了一头小牛犊，现在大小已经七头了，我的日子也总算是过起来了。别光听我说了，快点说说你的情况。”周思远一口气说完了自己的创业经过，才想起询问汪洋的情况来。

“我还是老样子，每天上下班，挣共产党的工资。”汪洋自嘲地答道。

“我不是问你这个，我是问你个人生活问题怎么样啦？”周思远笑着问他。

“哦，你问这个呀，我现在是掉井不挂下巴，一个人吃饱全家不饿。”汪洋风趣地回答。

“你也该考虑个人问题啦，省着老人惦记。我结婚时你父母还一个劲儿地念叨你的婚事呢。我记得你前两年不是处了一个女朋友吗，怎么没信儿了？你打算拖到什么时候啊！”周思远关切地问道。

“啊，那个早就吹了。我父母是很着急，可这就不是着急的事儿，总得遇到自己可心的，而且方方面面都合适的吧。我总不能上大道上拉一个女的就结婚吧？”

“你说的也有道理，但我看主要还是你自己不抓紧。你们林区那么大，优秀的姑娘一定也很多，就没有一个中意的？”

“你说的对，我回去一定抓紧，保证给你找一个称心如意的兄弟媳妇，这样总可以了吧？”汪洋笑着回答。

“这还差不多，我还以为没人肯嫁给你呢，后来我一想，也不可能啊，就凭我弟弟这样一表人才的，还愁找不着对象？！”周思远调侃道。

这时，周思远的爱人下班回来了，周思远忙介绍他们认识。他的爱人身材高挑，长相俊俏，穿着得体，举止大方，待人和气，俩人说话的工夫，她就麻利地做好了饭菜。周思远骑着摩托，将包玉柱夫妇请来，他们五个人围坐在一起，一边喝酒一边聊天。他们聊的话题不固定，时而回忆童年的往事，时而畅谈今天改革开放的大好形势，有时又各自说起奇文趣事。他们就这样无拘无束地交谈着，直到夜深人静，才恋恋不舍地互道珍重而别。

不知不觉中，汪洋的假期满了，他洒泪告别了家中的亲人，带着几分不情愿和无奈，蹬上了通往大兴安岭的列车。

自从前年帐篷失火，将他的手稿焚毁了，汪洋至今也没动笔写作过，但他看书的习惯却丝毫未改。他上车后，找到了座位，安顿好自己随身携带的物品，就从包里拿出一本《中国现代短篇小说选》，聚精会神地看了起来。不知道为什么，看着看着，他的眼睛就疼了起来，他把眼睛眯成一条缝，可是紧接着，他又开始头疼了。最近一段时间，已经多次出现这种情况了，而且他时常犯困，有时不知不觉就睡着了。他原以为是自己这段时间饮酒过量所致，所以没往心里去，现在又出现了这种情况，他只好无奈地放下书，伏在茶桌上休息。随着列车的晃动，他的意识逐渐模糊了，最后竟睡着了。当他醒来时，行程已经过半了，他急忙抬头望行李架，见自己的物品安然无恙，便放心地将头转到窗外，望着远处秋天的景色。此时，眼睛和头疼的症状消失了，他再次抄起书，认真地看了起来。大约过了一个多小时，刚才的症状又出现了，他被迫放下书，靠在座背上闭目养神。在接下来的旅途里，他时而凝视远方，时而闭目养神，直到下车都再没有碰书本。

回到单位后，这种症状一直没减轻，相反愈来愈严重，他虽然不把这当回事，但被迫停止看书让他很烦恼。星期天，他一个人在宿舍，百无聊赖地躺在床上。自从回来后，他一直没有和表哥联系，表哥的朋友不知道他回来，所以没有找他出去吃喝玩乐。他如今不能看书，只有寂寞地躺在床上。

就在他寂寞难捱、无所事事时，彭宗元突然推门而入，进门就大声说："都什么时候了，你还赖在被窝里！快起床。"

"你这个林场主任怎么当的？防火期间擅离职守，万一出了事，你可是吃不了兜着走！"汪洋依旧躺在床上说道。

"这就不用你操心啦，我回局里开会是领导指派的任务，出事也与我无关。不说这些了，快起来，跟我回家去，我带回来了一些狍子肉，咱们吃烤肉去。"他说着，上前一把掀开被子，再次催促他起床。

汪洋急忙翻身下床，麻利地穿好衣服，快速地洗漱完毕，跟着彭宗元走出宿舍。门口停着一辆崭新的越野吉普车，彭宗元告诉他："这是我们林场新接回来的，昨天坐它回来开会，今天我没让司机开车，而是亲自开车来接你，以示对你的重视。"他平日喜欢摆弄车，虽然当了林场主任，但这个爱好却丝毫不减，经常自己驾车到处跑。

"看把你高兴的，不就是接辆新车吗，臭显摆啥？"汪洋故意气他。

"我说你怎么回事，我是特意准备了好吃好喝的，亲自开车来接你，你不但不领情，反而埋汰我。"彭宗元依旧笑着说。

"我领啥情啊，你接我还不应该呀，如果我不捧你场，你家的肉怎么消化，光你们两口子吃有啥劲？一个人活着得有朋友，假如你有好吃好喝的，谁都不来和你分享，时间长了，肉变臭了，酒变酸了，你说该有多上火啊，是吧？！哈哈！”汪洋大笑着和他调侃。

“行啊，你的肚量比我想象的大多了。说实在的，我在山上听到你被免职的消息，上火了好几天。要不是因为工作太忙，我早就下山来看你啦。没想到你如此豁达，这我就放心啦！”彭宗元如释重负地看着他说道。

“我没事，我现在也想开啦。一个人无论做什么事情，都不能刻意去追求，一切都要顺其自然，别把利益得失看得太重，这样你就会变得豁达了。”

“你说的有道理，不，是有哲理。我算交对朋友啦！”彭宗元信服地直点头。

由于路不太远，他们说话的工夫，就已经来到了彭宗元的家门口。听到车的动静，郁金凤闻声迎了出来，面带笑容地把汪洋让进屋内。他们现在非常幸福，儿子已经两岁了，但因为他们忙于工作，没有时间照顾孩子，把孩子放在了奶奶家。孩子没在跟前，他们两个人生活得很轻闲。郁金凤在单位做事干脆利落，持家也是一把好手，室内的家具不但摆放地井然有序，并且还打扫地窗明几亮、一尘不染。

此时，她已经准备就续，桌子上除了半盆鲜红的狍子肉和一个烤盘，还有几个可口的下酒菜。他们坐定后，郁金凤点燃烤盘的固体酒精，彭宗元打开一瓶泸州老窖，将三个酒杯斟满。郁金凤也有几分酒量，他们经常在一起喝酒，彼此也就不再拘束了。他们吃着风味独特的烤狍子肉，彼此相互举杯，无拘无束地吃喝着。

很快，一瓶酒就见底了，彭宗元起身去拿酒，却被汪洋拦住了，他说：“不能再喝了，再喝就多了。”彭宗元怔了一下，有些不解地说：“咱们之间没有不了解的事儿，我还不知道你的酒量？今天怎么要熊了？”

“你听我说，不是我要熊，我最近不知是怎么啦，一看书眼睛和头就疼，而且还经常犯困，大概与连续喝酒有关，所以我不敢多喝了。”

“怎么会这样呢，我听说喝酒过量头疼，没听说眼睛疼啊，我想不可能是喝酒的原因。”彭宗元帮他分析。

“你说的症状不是喝酒引起的，好像是有什么毛病。你的虎口有没有发现颗粒状的疙瘩？”郁金凤若有所思地问他。

“那我倒没注意，你说的是这里吧？”汪洋用手摸着自己的虎口问她。

“对，就是那里，来，我摸摸。”郁金凤拿过他的手，用大拇指和食指摸着。

“哎，宗元，你来摸摸，我摸着怎么好像有小疙瘩呢？”郁金凤招呼在一旁的彭宗元。

彭宗元听她这么一说，虽然有些摸不到头绪，但还是赶紧去摸汪洋的虎口。他仔细地摸了摸，不由得问道：“肉皮里面是有两个活动的小疙瘩，不过不明显，如果不仔细摸，还真摸不出来。我没弄明白，他虎口上有无小疙瘩与他眼睛疼、头疼、犯困有什么关系？”

“我也说不明白，你还记得我二姨吧？”郁金凤问丈夫。

“怎么不记得，她不是得了脑囊虫病吗，你现在提她干嘛？”

“对，她是得了脑囊虫病。我之所以提她，是因为她得病时也是眼睛疼，头疼、嗜睡，而且虎口有小疙瘩。她有时正和你说话呢，就开始打呼噜了，还有的时候干家务都能趴在窗台上睡着了。后来，她到医院一检查，说是患了脑囊虫病，最后导致生活不能自理。多亏我二姨夫和她感情深，为了照顾她，姨夫辞掉了卫生局副局长的职务。我说这话没别的意思，只是因为汪洋的症状与我二姨的有些相似，所以我才担心。我劝你还是到医院检查一下吧。”郁金凤参照二姨的病症，说出了自己的想法。

“你别瞎说了，你二姨的病我见过，与汪洋的根本就不是一码事。你二姨是经常性发作，而汪洋只是看书才会出现这种症状，你说能一样吗？”彭宗元不以为然地驳斥她。

“汪洋，你瞧你这朋友，对你多够意思，我只是说症状有些相似，这家伙就跟我急了。汪洋，你说我的话有毛病吗？到医院检查一下有啥坏处？没病固然好，假如有病就赶紧治疗，以免耽搁了。”郁金凤有些委屈地说。

“呵呵，你们俩没必要为我的事闹意见，我听嫂子的，近日就去医院检查一下，这样总行了吧？小别胜新婚，宗元在林场好几个月没下山了，你们两口子亲近还来不及呢，怎么能闹意见呢？我是罪恶祸首，我向你们赔罪，自罚一杯，如何？”他们经常开玩笑，因此汪洋和他们如此逗趣。

“你可别逗了，我们都是老夫老妻啦，还亲近个啥劲。我倒是想问问你这个王老五，什么时候让我们喝你的喜酒啊？”郁金凤笑着回敬他。

“快了，也就是十天半个月的事儿，到时候保证让你喝个够。”

“你真能瞎说，现在连对象都没有，十天半月的就能结婚？”

“就凭我这风流倜傥、一表人才，难道找对象还用犯愁吗？你没见，我宿舍的门框都让人给挤歪了。”

“反正吹牛皮不用上税，你就使劲吹吧！”

“汪洋，说真的，你也该考虑一下个人问题啦，”彭宗元正儿八经地对他说。

“我知道你们俩是为我好，可是婚姻是要看缘分的，我想大概我的缘分还没到吧。”汪洋认真地回答。

“你说的也有道理，不过你要自己抓紧点，咱们这些朋友，就你还没成家了。”

“好的，我记住了，咱们哥们儿高兴，来，再整两杯。”汪洋端起酒杯动情地说。

彭宗元本来因为汪洋被免职，担心他着急上火，特意准备了酒菜陪他喝酒聊天。如今，见他情绪很好，主动张罗喝酒，自然是求之不得。他赶忙将酒杯斟满，又接着喝起来。

他们一边喝酒一边聊天，直到下午两点多才结束。汪洋本打算告辞，可彭宗元两口子死活不让走，他只好留下来。晚上，郁金凤又重备酒菜，他们接着喝酒，十分尽兴，直到晚上十点多，彭宗元才用车将他送回宿舍。

翌日，汪洋上班后，想起郁金凤的话，觉得她说得很有道理，同时，他自己的心里也有几分担忧。于是，他找领导请了几天假，揣着前两天开的工资，径直来到火车站，准备去林海市医院检查一下身体。

列车进站后，汪洋无意间看到了谌伟的身影。谌伟接替他父亲的班，直接分配到列车段工作。汪洋早就知道他是列车员，没想到今天竟会巧遇，更没想到他现在已经是软卧列车员了。当下，谌伟将他带到软卧车厢，处理完工作就过来陪他说话。谌伟问起他此行的目的，汪洋告诉了他自己的身体状况。谌伟说五三医院的医疗水平最高，并且他认识那里的一位医生，建议汪洋去五三医院检查。汪洋当即表示同意。

此次列车由省城直达林海市，到达林海市已是晚上七点多了。谌伟交接完工作，与汪洋一同回家。以前他们在一起工作时，汪洋曾多次吃住在谌伟家，谌伟的父亲性格内向，老实淳朴。他的母亲性格外向，说话利落，办事果断，家里的大事小情都是他母亲做主。老两口对汪洋的印象很好，对于他的到来表现地很热情。尤其是他母亲，见到汪洋就嘘寒问暖地说个不停，从他的工作到婚姻再到生活琐事，几乎都问了个遍。当听到汪洋还没有对象时，老人就劝他赶快找女朋友成家，同时还把谌伟准备结婚的消息告诉了他。还没等汪洋打听谌伟女朋友的情况，他母亲就稀里哗啦一顿说，把谌伟女朋友的情况讲述了一遍。汪洋从老人的嘴里得知，谌伟的女朋友是商场售货员，父母都在商场工作，她是家里的长女。老人还拿出照片给他看，说是人长得很漂亮，老人很满意。

晚上，汪洋和谌伟睡一张床，谌伟告诉他："我和女朋友是经人介绍的，由于我当时出门没在家，我父母先和她见了面。她能说会道，很会来事儿，处处讨好我妈，把我妈哄得非常高兴，当即就答应了我们的事。说实话，我对她没啥感觉，可是我妈同意，我即使不同意也拗不过我妈，也就只好随着她的心愿，和那个女的相处了。这不，我妈急的，现在就张罗让我们元旦结婚。"

"婚姻大事儿戏不得。如果你找个通情达理、善解人意、孝顺老人的伴侣，你就会幸福一生。假如你遇到一个胡搅蛮缠、不讲理、不孝顺的媳妇，你就会痛苦一生。老人不能跟咱们过一辈子，婚姻关系到一辈子的幸福，鞋合不合适只有脚知道，你不能光听老人的话，要自己拿定主意。我说话比较直，咱俩又是好兄弟，所以我才想啥说啥，希望你能理解。"汪洋诚恳地对他说。

"你说的话我理解，你也都是为了我好，换成别人还不肯说呢！我的女朋友现在看还行，对我以及我的父母家人都很好，至于将来会不会变就很难讲了，毕竟，没有发生的事谁都难以预料。在婚姻方面，我是比较相信缘分和命运的。"

"既然你觉得她还行，那就好好相处吧，我衷心地祝你们幸福！"

"你别光顾着祝福我，也要考虑考虑你自己的婚姻。你和郝妍彻底没戏啦？"

"你少提她，一提她我就生气。她和咱们的想法不一样，她开始还是很单纯的，后来地位和环境变了，人也就随着变了。她只是想和我保持男女关系，而不是想和我成家过日子。咱们是正经人，和她的想法截然不同。我们之间已经成为历史了。"汪洋有些愤恨地说。

“也是，当初我们就看她有点飘，可你铁了心要和她好，我们还能说啥，即使说了你也不会听。说实在话，你和她分开就对了，否则你这一辈子都不会省心的。”

“你说的对，我和她分手没什么可后悔的。”

接下来，他又打听以往那些同事的近况。谌伟告诉他林忠瑜和于颖已经生了儿子，其他人都陆续成家结婚，只有几个年纪小的还没成家。他们就这样聊着，直到凌晨方才休息。

第二天，他们来到五三医院，找到了谌伟的朋友——内科刘医生。谌伟是在当软卧列车员时认识他的，他对谌伟的到来很热情。谌伟向他说明了来意，他便详细询问了汪洋的症状，并免费为他化验血糖和尿，以及超声波的检查，最终也没有查出毛病。汪洋说出了自己的担忧，并让他看了自己虎口的小疙瘩。刘医生告诉他这只不过是脂肪瘤，没什么大碍，至于看书眼睛和头会疼，刘医生怀疑是眼睛有毛病，建议他去检查一下眼睛。于是，刘医生领着汪洋来到眼科，对眼科医生交代说：“张医生，这是我的朋友，麻烦你检查一下他的眼睛。”

张医生正忙着，听到刘医生的话，他赶紧停下，看了他们一眼，痛快地答应：“没问题，你去忙吧，我马上就给他检查。”刘医生对谌伟说：“我那边还有患者，就不陪你们了，等一会儿检查完告诉我一声。”

“谢谢您，刘医生！”汪洋客气地向他表示谢意。

“你不必客气，我和小谌是朋友，理应如此！”刘医生说完，转身离去。

张医生检查完手上的患者，招呼汪洋过去。他先问了症状，然后又检查了眼底。检查完，他对汪洋说：“根据你的症状和检查的结果，你可能患上了散光眼。”

“大夫，什么是散光眼，严重吗？”汪洋有些着急地问。

“散光眼是一种常见的眼病，主要是患者长期看书学习，尤其是与在光线暗、灯光摇晃不定的地方，或者是在运动中看书有关，长期的不良用眼习惯致使眼睛疲劳，轴距变位。你不用担心，这个病不严重，只要配一副度数合适的眼镜就行了。来，我给你测一下度数。”张医生说完，从医疗器械柜里拿出一个类似单孔望远镜的仪器，告诉他使用方法：“这是眼睛检测仪，根据自己视力需求来调整焦距，以看清视力表的清晰度为准。”

汪洋按照吩咐，分别检查了眼睛的度数和轴距，然后将检测仪交还给他。张医生看完后，提笔在处方上写下检测结果："右眼：散光+100，170°，近视100°。左眼：散光+100，10°，近视120°。瞳孔距离64。"

张医生写完后，将结果交给汪洋，并嘱咐："你按这个结果，找一个正规的眼睛店配副眼睛就可以了。我保证你以后看书再不会难受了。"

"张医生，谢谢您！给您添麻烦啦！"汪洋客气地说。

"你们是刘医生的朋友，还客气啥？"张医生谦和地回答。

他们从眼科出来，回到内科，见到刘医生，告诉他检查的结果。刘医生留他们吃中午饭，谌伟以有事为由，婉言谢绝了。从医院出来，他们来到商业街，找了一家规模较大的眼镜店，按照检测结果配了眼镜。自从配了眼镜之后，汪洋看书时，眼睛和头都不疼了。虽然是一场虚惊，但总算治好了眼病，他觉得不虚此行。

吃完中午饭，汪洋告别了谌伟的父母，前去看望林忠瑜。在路上，谌伟告诉汪洋："你别看铁路木器加工厂是大集体单位，效益却很好。林忠瑜不但入了党，还提升为生产调度，如今他在单位的地位仅次于厂领导。于颖在当保管员，他们两口子工作顺心，生活愉快，还有了宝贝儿子，现在他们是蜂蜜拌白糖——甜上加甜！"

"忠瑜头脑灵活，善于结交朋友，到哪里都错不了。"汪洋发自内心地夸奖。

他们一路说着话，来到了林忠瑜的单位，却被门口的门卫拦住，大声喝问他们找谁。听说是找林忠瑜，门卫马上降低了语气，客气地让他们进去，并告诉他们林忠瑜在二楼办公。

虽然木器厂的办公楼只有两层楼，面积也只有三百多平方米，布局却很合理。楼梯在外边，二楼的周边是一圈阳台，阳台的四周是一米多高的铁栏杆。林忠瑜的调度室在楼梯边，位置很好，视野开阔，站在调度室里，就能俯瞰到厂内的各个角落。他们刚走到楼梯口，林忠瑜已闻声迎到了门口，老朋友相见，自然是十分亲热。他的下属是一男一女，女的三十多岁，长相漂亮，留着披肩发，她见有人来访，赶紧起身为他们沏茶。男的向他们敬烟，林忠瑜兴奋地为他们做了介绍，就兴冲冲地去找厂长请假。他请好假回来后，向下属布置了工作，然后领着他们回家了。

林忠瑜住在单位的家属宿舍，结婚时汪洋曾经来过。他们刚进屋，于颖就背着孩子骑着自行车回来了。汪洋忙迎上前去接过孩子。孩子已半岁大了，长得虎头虎脑的，十分可爱。此时，他被汪洋抱在怀里，不但不认生，反而冲着汪洋直笑。

他们一边逗孩子玩，一边说着话。林忠瑜打听原单位人员的近况，汪洋则问了回来这些人的生活状况，于颖在厨房忙着做饭。只听厨房内锅勺叮当一阵响，一桌可口的饭菜端了上来。他们围坐在桌子旁，开心地吃喝着、笑谈着，其乐融融，格外高兴。

酒足饭饱之后，汪洋谢绝了林忠瑜夫妻的诚心挽留，起身告辞。他给孩子留下十元钱，他们夫妻说什么也不收，最后还是谌伟从中劝说："这是汪洋对孩子的一点心意，不收是不对的。"他们听后只好收下。他们夫妻抱着孩子，依依惜别地送出很远，直到汪洋他们的身影消失在夜色中，才返回家中。

从林忠瑜家出来，汪洋告诉谌伟，他要到亲戚家去看望一下，谌伟不便反对，只有同意。于是，俩人在一个匝道分手，谌伟回家，汪洋直奔何舅家。

此时，何舅、舅妈以及和平正在看电视，见到汪洋，他们都很高兴，纷纷上前与汪洋攀谈，舅妈更是亲热地拉着汪洋的手，问这问那地说个不休。由于怕影响别人看电视，舅妈把他叫到后屋和他唠嗑。舅妈先是问了他父母的身体情况，又问他的工作是否顺心，汪洋说一切都好。舅妈告诉汪洋："何敏已经有男朋友了，在供电局工作，是个中专毕业生，人老实本分，只是家境不是很好，他们准备元旦结婚。和平学习很好，如今上高二，考大学应该不成问题。何娟现在待业在家，你何舅托人给她找了两份临时的工作，她都不可心，整天与一帮没工作的同学在外瞎混，经常不着家。你说她一个女孩子，学坏了怎么办啊？现在全家人都跟着上火，你何舅被逼无奈，打算年底提前退休，让她接班，以免时间长了，她在外面学坏了！"

"舅妈，你别担心，何娟虽然任性，但她心里有数，她本质好，轻易不会学坏的，你就放心吧！"汪洋劝解她。

"你说的虽然有理，但是如今社会多乱呐，我就是对她放心不下，否则也不会让你何舅提前退休了。"汪洋见舅妈忧虑忡忡的，为了减轻她的忧虑，适时地转变了话题："舅妈，我大哥大嫂都好吧？""他们的工作和生活都很顺心，孩子也十分可爱，没啥操心的。现在，就是为你大嫂的妹妹操心。"

"我大嫂的妹妹不是都有好工作吗？她二妹妹已经结婚成家了，三妹妹不但工作好，还找了个大学生，有什么可操心的？”汪洋不解地问。

“可她操心就操在三妹妹身上了。她那个对象现在变心了，在学校又找了个女同学，把她给甩了。”舅妈气愤地说。

“我早就看她对象不是什么好人，势力眼，趾高气扬的。施玉梅也是的，分手就分手了呗，凭她的长相和工作，还愁找不到好对象？！”汪洋不以为然地说。

“他们之间不光是分手这么简单，最可气的是她如今已怀有身孕，她对象却不管不顾，还不认账，埋汰她怀了别人的孩子，你说气人不气人？！”舅妈愤愤不平地说。

汪洋与施玉梅的关系本来就很好，如今听说了她的不幸，心里十分生气。但是，在舅妈面前，他不便发泄，只好低头不语。

“施玉梅是个烈性女子，她岂能受了这个侮辱和打击。她气得不吃不喝，整日以泪洗面。你大嫂和家里人不放心，怕她一时想不开，整日陪着她，不敢大意。”

“舅妈，我就不陪你唠嗑了，我去看看她。”汪洋着急地对舅妈说。

“你去吧，她和你对脾气，你好好劝劝她，说不定她会听你的。”舅妈赞同他的意见，点头表示同意。

汪洋心急火燎地赶到施家。此时的施家已今不如昔，从前施叔叔在世时，他们家可以说是宾客盈门，络绎不绝。自从前年施叔叔去世后，家里少了顶梁柱，以往那些趋炎附势、溜须拍马的小人都退避三舍，家中早已变得冷冷清清了。除了施叔叔的几位老战友、老部下过年过节时会来探望丁阿姨，平时几乎没人登门，由此可见人情冷暖、世态炎凉。

丁阿姨见到汪洋，没说话就先落泪了。一年多没见，丁阿姨衰老了许多，虽然才五十出头，却已两鬓花白、面容憔悴。她眼角出现了鱼尾纹，眼袋也垂下来了，嘴角也现出了皱纹。她哭着问：“汪洋，你怎么来啦？”

“姑妈，您千万别上火，要保重身体！”汪洋也眼圈发红地劝说。

“唉，汪洋，你说出了这种事，我能不上火吗？”丁阿姨叹着气说。这时，何强和大嫂施玉芬闻声从里屋出来，何强问：“你什么时候来的，咋知道玉梅的事？”

“我昨天晚上到的，今天白天去办事了。刚才听舅妈说了三妹的事，就急忙赶了过来，她现在咋样了？”

“唉，别提了，整天躺在床上，不吃不喝，都急死人啦！”施玉芬红着眼圈告诉他。

“姑妈、大哥、大嫂，咱们一会儿再细唠，我先去看看她。”汪洋听到施玉梅目前的状态，心里十分焦急。

“好吧，我陪你去。”施玉芬说着就转身领着汪洋来到施玉梅的卧室。

施玉梅躺在床上，尽管身上盖着被子，依然能看到被子下面微微隆起的肚子。她面色苍白，神情憔悴，头发凌乱，目光呆滞，与以前那个性格开朗活泼、充满青春活力的倩影相比，简直判若两人。汪洋见她如此颓废，心头一阵颤栗，心疼的眼泪在眼窝里直打转。

施玉梅看见汪洋，眼圈一红，嘴角翕动着苦笑了一下，紧接着，伤心的眼泪就像开闸的洪水，顺着脸颊哗哗地往下流。汪洋看在眼里，疼在心上，泪水夺眶而出。站在一旁的施玉芬也止不住地伤心落泪。

他们就这样相对无语地哭了一阵儿，最后何强出面制止道：“好啦，都别哭了，光哭解决不了问题，还是让她冷静冷静，然后再想个妥善的办法。”

汪洋和施玉芬听何强说的有道理，赶忙止住了眼泪，只有施玉梅还伤心地落泪。汪洋掏出手帕，为她擦去脸上的眼泪，没想到施玉梅却抓住汪洋的手放声大哭。这让汪洋感到有些不知所措，急忙把求援的目光投向施玉芬。施玉芬明白他的意思，就对他说：“你们俩平时就谈得来，如今她伤心欲绝，见到你岂能不落泪。你就让她哭吧，把心里的委屈和伤心都哭出来，她心里会好受些。”

施玉芬的话让汪洋安下心来，他就这样陪着施玉梅。她在屋里哭，丁阿姨在屋外哭，何强和施玉芬听到她的哭声，赶紧到外边去劝说，生怕丁阿姨着急上火急出病来。

屋内只剩下他们俩，施玉梅才渐渐止住了泪水。汪洋见她情绪趋于平静，开口劝道：“玉梅，你千万要想开点，不值得为这样的人伤心。”

“哥，我不是为他变心而伤心，是恨自己有眼无珠，是为我看错了人而伤心！这个王八蛋毁了我一生，他花言巧语骗取了我的感情，骗取了我的童贞。我为他奉献了我的一切，还怀上了他的孽种，到头来他却移情别恋，爱上了别的女人，你说我怎么能咽下这口气！”

“玉梅，我能理解你的心情，既然事情已经发生了，我们总要去面对，总要想办法去解决。”江洋轻声地劝慰她。

“哥，我现在什么都没有了，青春、爱情、名誉、脸面，统统都被他毁了，你叫我拿什么去面对？怎么去想办法？你说我活着还有什么意思？！”

“天无绝人之路，你今年才二十多岁，人生的路才刚刚开始，说什么死呀活呀的，让姑妈听见该有多难过啊。一个人不能只为自己活着，要为生养自己的父母多想想，为关爱你自己的人考虑考虑，假如你真有什么三长两短，我们该有多伤心、多难过啊！你说一个人什么最重要？不是钱财，不是地位，更不是爱情，最重要的莫过于生命。我们是无神论者，不像那些信奉佛教、伊斯兰教的人，他们盼望着投胎转世，盼望来生来世。其实，人的生命只有一次，短短的几十年光阴在人类历史的长河中，只是一瞬间。人的生命就像青草一样，春天发芽生长，秋天枯萎，这就是生命的过程，这还不算那些因病夭折、意外伤亡的人，他们比正常人的生命更短暂、更可悲！世上的人无论富贵还是贫贱，都会珍惜生命，没有哪个人愿意放弃生命。无论什么事，都不能以生命做赌注。我承认，爱情是神圣而伟大的。古往今来，有许多为爱殉情的凄美爱情故事，不管是真实的还是杜撰的，都是两情相悦，爱得如胶似漆却被人为地分开，生离死别，无法相爱，才不得不采取极端的方式来表明忠贞不二的感情，以死来捍卫纯洁无瑕的爱情！你说你现在算什么，为了个忘恩负义、移情别恋的爱情骗子去死，值得吗？再说，爱情只是人生的一部分，你为什么这么偏激，非得认准他一个人呢？你现在不是什么都没有，你年轻漂亮、心地善良，这就是资本。而且，你还有关心爱护你的亲人和朋友，你还有什么想不开的，还有什么顾虑啊。你要振作精神，鼓起勇气，勇敢面对人生，开始新的生活。”

“哥，你的话说地明白透彻，我心里敞亮了许多，我是不应该这么偏激、这么傻！为他这种人去死真是不值得。可我就是咽不下这口气，我不能就这么便宜了这个陈士美，我要找他问个明白，他凭什么这么欺负我、侮辱我，凭什么不认肚子里的孩子！”说到孩子，施玉梅又忍不住嘤嘤地哭了起来。

“三妹，别再哭了。你说的对，是不能便宜他，应该找他问个明白，一个男子汉怎么能出尔反尔，对自己做出的事这么不负责任呢？！不过，你得听话，赶紧起来吃点东西，要为肚子里的孩子着想，毕竟，孩子是无辜的。再说，你现在身体这么虚弱，怎么去找他算账啊？”

施玉梅听了汪洋的话，心里感到很是安慰，情绪也平静了下来。她点着头说：“行，我听你的，我吃东西。”

此时，丁阿姨和何强等人在外屋听到了汪洋这一席话，不由得暗自高兴。他们没想到，脾气倔犟、伤心欲绝的施玉梅经过汪洋的开导，竟然会有这么大的转变，此时，他们对汪洋钦佩有加。听见施玉梅答应吃饭了，施玉芬赶紧热了一碗粥，端了一小碟咸菜，送到妹妹面前。施玉梅坐起身子，接过饭碗吃了起来。不一会儿就把粥吃完了，她的心情好了，胃口也就开了，一碗粥没有吃饱，但施玉芬考虑到她好几天没有吃东西，怕她的胃承受不了，就劝她等一等再吃，她顺从地点头同意。

见到女儿开始进食了，情绪也趋于稳定，一家人都特别高兴，尤其是丁阿姨，更是高兴得不得了。她见女儿听汪洋的话，便坚持让汪洋陪女儿说话，继续开导她。

过了一个多小时，施玉梅又吃了一碗粥。由于连日憋气上火，她没有吃东西，身体严重透支，此时两个眼皮直打架，与汪洋说着说着，就躺在枕头上睡着了。

见她睡熟了，汪洋蹑手蹑脚地出了屋，丁阿姨把他们叫在一起，商讨下一步该怎么办。施玉芬首先说道：“我看这件事只有依着玉梅，去找吴良问个究竟。”

“依我之见，去不去都没用，吴良现在是铁了心甩玉梅，即使找到他也是白搭，吴良是不会回心转意的，只能让玉梅更加生气。”何强吸着烟，理智地说出自己的看法。

“你说的有理，吴良是铁了心，可他总得对自己的骨肉负责吧！再说了，就凭玉梅的犟脾气，你不让她去，她能答应吗？说不定又会闹出点什么事情，到时候就更加难以劝说啦！”施玉芬说出了自己的担心。

“唉，真是愁死人了，明知道去找他不管用，可这孩子还不死心，非要去找他，这到底该怎么办哪？”丁阿姨一脸愁云。

“我说还是让三妹去找他，即使他不能回心转意，也必须为三妹肚子里的孩子讨个说法。他就算再绝情，总不至于对自己的骨肉也如此绝情吧。无论从人情道理还是法律角度，他都得对这个生命负责。”汪洋赞成施玉梅的想法。

“既然你们都同意去找他，那就去一趟吧。不过，你们别抱什么希望，弄不好会给玉梅带来更大的伤害！你们要有充分的思想准备。”何强将吸剩下的烟头用力地按熄在烟灰缸里，放低声音提醒他们，他是担心施玉梅听到。

“好吧，既然如此，我跟她一起去。我非得当面骂他一顿不可！”丁阿姨气愤地说。

“妈，省城那么远，得坐十几个小时的火车，你身体不好，就别去了，还是我陪她去吧。”施玉芬劝阻她的母亲。

“她现在怀有身孕，你一个人陪她去，我怎么能放心得下，万一有什么事情该怎么办啊！”丁阿姨担忧地说。

“妈的担忧也对，不过我要出乘，没有时间。不如让汪洋也跟着去，一来遇到什么难事可以出主意，二来玉梅听他的话，如果玉梅受到伤害，他可以解劝。不知你有没有时间？”何强转脸问汪洋。

“我有时间，我跟着去就是了。”汪洋痛快地答应了。说句良心话，他是从心底里不愿见那个令人讨厌的吴良，只是出于对施家报恩，出于对施玉梅的关心，他才义不容辞地应诺下来。

“这可太好了，你能跟着去，我就放心啦。”丁阿姨如释重负。

商量妥当后，丁阿姨留下施玉芬照看妹妹，让何强和汪洋睡在一个屋里，自己也回屋去休息了。她连日操心劳神，几天来一直没睡过个好觉，如今女儿安定下来了，去省城的事宜也商量妥当，她终于可以睡个放心觉了。

第二天早上，施玉梅开始正常进食，情绪也大有好转。由于她开始正常的吃东西、补充了营养，她的脸逐渐红润了。她当天就要动身去省城，不过，最终还是听从了大家的劝说，将养一下身体，过两天再走。

两天后，在母亲的一再嘱咐下，汪洋和施玉芬陪着施玉梅登上了开往省城的列车。

列车经过十几个小时的行驶，第二天早晨八点多到达了省城。他们下车后，汪洋提着物品，施玉芬照顾着妹妹走出检票口，在站前广场坐上了出租车。出租车司机按照他们说的地址，来到了位于学府路的省医科大学。

施玉梅曾经来过，他们没有费什么事就来到了吴良的宿舍楼，宿舍值班人员告诉他们学生都去上课了，寝室里没人。施玉梅想亲自去教室找吴良，施玉芬没有同意，她向妹妹问清楚位置后，前去找吴良。

等了十几分钟，只见吴良跟在施玉芬身后，神情有些慌乱，脸色阴沉地来到他们面前。施玉梅一见到他，气得浑身直哆嗦，泪水止不住往下流。吴良心里有愧，不敢正视施玉梅怨恨的目光，低声下气地施玉芬说："大姐，这里不是说话的地方，咱们还是到外边去吧！"

"不！不！我今天哪……哪儿都不去，就……就在这里把话说清楚。"施玉梅态度坚定地抢先回绝。

"大姐，咱们有事好商量，我求求您，别在这里说了，实在不行，到我的寝室吧。"吴良带着哭腔求情。

施玉芬见值班人员以及过往的人都朝他们这边看，觉得确实不妥，于是对妹妹说："玉梅，你听大姐的，咱们先给他留点面子，到他寝室去说，看看他到底什么态度。"

施玉梅听了大姐的话，没有做声，而是把目光投向汪洋。汪洋也觉得不宜在大庭广众之下谈论此事。这毕竟不是什么光彩的事，一旦吵闹起来，让人家笑话不说，吴良也会颜面扫地，即使他有心悔改，到时候只怕也会恼羞成怒，最终适得其反。因此，他赶紧对她说："玉梅，你别任性，听大姐的。"

他们来到了吴良的寝室，吴良让施玉梅姊妹坐在他的床上，拿过一把凳子让汪洋坐下，他则低头靠墙站着。施玉芬首先说话："吴良，我们此行的目的不言而喻，玉梅的现状摆在面前，你想撒手不管是不可能的，你必须对她们母子负责。"

"大姐，我也没想到会出现这种结果，是我对不起玉梅。可不可以请你们回避一下，我想单独和玉梅谈谈。"吴良没有正面回答，而是要求他们回避。

汪洋觉得他们应当单独谈谈，毕竟是相恋多年的恋人，而且有了身孕，他再绝情，也不会不管自己的骨肉啊！于是，他首先表态："行，我们暂时回避，希望你看在你们相爱多年，而且她还怀着你的亲生骨肉的情分上，心平气和地好好谈谈。但愿你们能化解误会，重归于好。”施玉芬听他说地有道理，点头同意。她对妹妹说：“玉梅，听你哥的话，和他好好谈谈，千万别发火！”

他们二人走出寝室，以为留下他俩单独交谈，事情会出现转机，没想到不到十分钟，屋内就传出了施玉梅的怒骂声：“吴良，这是人话吗？我今天和你没完！”

他们来不及多想，急忙推门而人。施玉芬对妹妹说：“怎么啦？我不是不让你发火吗？”施玉梅气得浑身颤抖，脸色铁青，愤恨地说：“我倒是不想发火，可他说地是人话吗？”

“你说什么了？把我妹妹气成这样。”施玉芬十分愤怒地质问吴良。吴良看了他们一眼，依旧低头不语。

“姓吴的，你怎么不说话？你哑巴啦？！有种你把刚才的话重复一遍！”施玉梅指着他的鼻子说。

吴良依旧低着头不言不语，施玉梅见状，气愤地骂道：“姓吴的，你他妈的纯粹是缩头乌龟，敢做不敢当！就你这样也配做男人？好，你不说，我替你说！他说我们俩性格不和，文化层次相差悬殊，在一起不般配。他还诬蔑我怀的不是他的孩子，还……还血口喷人，诬蔑我和我哥的关系，还说……”施玉梅看了汪洋一眼，不好意思再往下说了。

“姓吴的，你不要以小人之心度君子之腹！更不要欺人太甚！我告诉你，我和玉梅不像你想像的那么龌龊！”汪洋听闻吴良诬蔑他们之间的关系，不由得勃然大怒。

“姓汪的，你算什么东西，竟敢在我面前指手画脚、说三道四的。我告诉你，我就是不要她了，你有什么招吧？”吴良一反常态，气急败坏地训斥汪洋。他早就打算与他们摊牌了，他知道仨人来者不善，一定不会善罢甘休，而自己又理亏，事情无法拿到桌面上，莫不如撕破脸皮，胡搅蛮缠，甚至倒打一耙，拿汪洋和施玉梅的关系说事儿，往他们身上泼脏水，把水搅浑了好自己脱身。

“姓吴的，做人要讲良心，你这么做天理不容，是要遭报应的！”汪洋握着拳头愤恨地说。

“你少给我讲大道理，老子不吃这一套，你们俩之间如果没事，你激动啥？既然你这么心疼她，我干脆成全你们，把她让给你。你把她娶回去，这样你们一家三口就能团圆了，你也可以名正言顺地照顾她了，不必像现在这样，偷偷摸摸的不敢见天日。”

“姓吴的，你这个畜生！我和你拼命！”施玉梅听他往汪洋和自己身上泼脏水，再也控制不住情绪了，抄起身边的凳子，发疯般地向吴良的头上砸去。吴良见势不好，急忙往旁边躲闪，凳子砸空了，施玉梅收不住脚，身子向前扑去，重重地摔倒在地，头撞在了床头上，顿时鲜血直流，昏厥过去。

这一变故来得突然，让汪洋猝不及防，没有时间制止。此时，见她摔倒在地，鲜血直流，昏死过去，来不及多想，急忙上前将她抱起，一脚将门踢开，冲出走廊，跑下楼梯，不顾一切地朝学校的大门跑去。

施玉芬紧随其后，跟着汪洋冲出寝室。吴良则像傻了一般，呆呆地站在寝室内，好半天都没有醒过神来。

汪洋抱着施玉梅跑得气喘吁吁，浑身是汗。来到学校大门口，他拦住了一辆出租车，抱着昏迷不醒的施玉梅上了车，施玉芬紧随其后。汪洋心急火燎地告诉司机，让他以最快的速度赶往最近的医院。

司机见此情形，二话没说，一路鸣着喇叭，朝附近的医大附属第二医院疾驰而去。好在路途不远，大约用了七八分钟，他们就到了医院。还没等车停稳，汪洋就急忙打开车门，抱着施玉梅跑进医院，边跑边打听急救室的位置。由于着急，他心律加快、双腿发软，几乎迈不动步了，但他还是咬牙坚持着，以最快的速度把施玉梅送进了急救室。他一下子瘫倒在急救室外边的椅子上，半天动弹不了，已经虚脱了。

急救室里，医护人员在紧张地施救，汪洋和施玉芬则倾其所有，为她交了医疗费，然后焦急地守候在门外。这时，一位医生推门出来，汪洋和施玉芬迎上前去，问道：“大夫，病人怎么样，有危险吗？”医生打量了他们一眼，说：“患者的情况不太乐观，她头上的伤不算严重，只是皮外伤，主要是病人身体太虚弱，胎儿营养不良，加上患者受到了剧烈震动，导致胎儿流产，出现了大出血现象。幸亏送来的及时，否则就没希望了。现在我们正全力救治，可是血库里的血浆不够了，你们赶紧去验血，看谁和患者的血型相配，准备为她输血。这次能不能转危为安，血浆是关键啊！”

施玉芬听闻妹妹大出血，立刻哭了起来。她是护士，知道大出血的严重性。汪洋虽然不太懂，但从医生的语气和施玉芬的表情，他预感到情况很严重。此时，虽然他心里十分忧虑，但还是极力控制自己的情绪，拉着施玉芬来到化验室。

施玉芬她们是姊妹，血型相配很正常，没想到汪洋的血型也恰好相配。施玉芬给玉梅输了二百毫升，汪洋输了三百毫升，然后他们返回急救室门前等候消息。大约过了半个多小时，一个女护士推门出来，他们再次询问情况，护士说："流血基本止住了，但病人的身体太虚弱，需要继续用血浆救治。汪洋二话没说，立刻起身，打算跟护士去抽血。施玉芬怕他受不了，急忙制止："汪洋，你已经输了三百毫升，再输怕身体会吃不消的，咱们还是另想办法吧。"

"大嫂，我身体素质好，你就放心吧，保证没事。"汪洋自信地对施玉芬说完，头也不回地跟护士走了。在他的坚持下，又给玉梅输了三百毫升。尽管他脸色苍白、身体发软、头重脚轻，可他放心不下施玉梅，扶着楼梯，缓步来到急救室门口，焦急地等候消息。施玉芬心疼地看着他，眼泪止不住地流了下来。

经过三个多小时的抢救，施玉梅被推出急救室转往病房治疗，他们那颗悬着的心才稍微的安定下来。

第二天，施玉梅清醒过来，得知孩子没了，她就拒绝治疗，寻死觅活地拔掉了输液管，无论汪洋和施玉芬如何相劝，她都不听。施玉芬痛心疾首地说："你怎么这么固执，你不知道，为了救你，汪洋他受了多少苦！若不是他及时将你送到医院抢救，还为你输了六百毫升血，你的小命早没了！你想想你这样做，对得起他的一片苦心吗？！"

施玉梅听到姐姐的话，安静了下来，她感激地看了汪洋一眼，又低声哭了起来。

接下来的几天，施玉梅虽然接受了治疗，病情也有所好转，但她的情绪依然低落，整日闷闷不乐，甚至连话都懒得说，她是伤心欲绝，心如死灰。施玉芬看在眼里，疼在心上，她一再劝说，可犹如良药泼在顽石上——无济于事。施玉芬连着急带上火，嘴上起了好几个泡。汪洋痛心疾首，思考再三，决定采取果断措施，帮助玉梅彻底摆脱痛苦。

这天下午，施玉芬上街去买日用品，病房里只剩下他们俩，汪洋为她冲了一杯奶粉，她喝了两口，便摆手不肯再喝了。汪洋说："玉梅，你还是要想开一点，别钻牛角尖了。你没看到吗，大姐急得嘴上都起泡了！”

“哥，我也知道你们为我着急，可是，你说我现在的处境，怎么能不悲观失望呢，你说我的出路在哪里？”施玉梅伤感地问他。

“你听我说，人生没有一帆风顺的，总会遇到各种挫折和不幸。你要学会忘记，要把痛苦和不幸当做一场噩梦，统统忘掉，那样才能从痛苦中解脱出来。”

“哥，说句心里话，我原本打算把孩子生下来，跟孩子生活一辈子，可老天偏偏不睁眼，把我唯一的希望也无情地夺走了。如今，我的爱情没了，名誉没了，连孩子也夭折了，我这辈子什么都没有了。”

“玉梅，你别这么悲观，虽然你失去了爱情和孩子，但是，你还有亲人朋友的关心和爱护啊！”

“你别安慰我啦，我现在是声名狼籍，只能给人图留笑柄。我已经失去了重新开始生活的资格。至于亲人和朋友的关心和爱护，你们能关心我一时一事，难道还能关心我一生一世吗？”施玉梅望着他问道。

“玉梅，如果你愿意，我愿意照顾你一辈子！”汪洋脱口而出。虽然这个想法他已经在心中酝酿许久了，可冷不丁说出来，还是觉得有些唐突。不过，他转念一想，这正是自己要寻找的幸福，心里便感到十分坦然。

施玉梅惊呆了，她的眼睛里闪出一丝火花，脸上现出了难得的笑容，但很快就消失了。她幽幽地叹了一口气说：“哥，你就别安慰我了，这是不可能的。”

“玉梅，这是真心话，绝不是安慰你！”汪洋语气坚定地说。

“我感谢你在我最困难的时候给予我的帮助和关爱，但是，你不应该用自己一生的幸福来分担我的痛苦，你这是在可怜我。”

“玉梅，我是真心爱你的，从我第一眼看到你，我就喜欢上你了。”汪洋这句话决非杜撰，当初他们第一次见面时，他真得很喜欢她。

“即使这是真心话，我也不能答应，这样对你太不公平了！”

“我是真心喜欢你这个人，而不是什么其他因素。爱一个人要爱她的全部，不但要爱她的优点，同时也要包容她的缺点，更要理解她的痛苦和不幸。爱情是神圣而至高无上的，是不能参杂任何附加条件的。这没有什么公平不公平，只有愿意不愿意。

假如你没有现在的遭遇，我们在一起你会认为是公平的吧，可是谁敢担保一辈子幸福？谁敢担保后半生不出意外？如果我将来无心做错了什么事，你也会觉得不公平吗？”汪洋情绪激动，几乎是一口气说完这番话的。

汪洋的这番话深深打动了施玉梅，她激动万分地一把抱住汪洋，流着泪说：“汪洋，我也喜欢你。自从你来到我们家，我就把你当成偶像，无论你说什么话，我都喜欢听，无论你做什么事，我都觉得对。当时，我只是觉得好玩儿，没想到后来长大了，竟成了我的心事。我每次见到你都非常高兴，也曾多次在梦中见到你。后来听说你有了对象，我伤心极了，夜里躲在被窝里哭了好几回，可惜你不在跟前，不知道我的感受。再后来，我只好放弃了，加上当时吴良对我猛追不舍，还曾经下跪向我求婚，我才同意和他相处。没想到他是个人面兽心的小人，竟在我喝多酒时占有了我。呜——呜——都怪你！你为什么不早点说你爱我，否则，我也不会爱上这个畜生，更不会受到这么多伤害。我恨你，我恨你，恨死你了！”情到深处，她喜极而泣，抱着汪洋放声大哭，汪洋也陪着她暗自落泪。施玉梅把多日的委屈和不幸，以及心中的积怨都统统发泄了出来。随着情感的宣泄，她的心情趋于平静了。就在这时，施玉芬买东西回来，见她又哭了，不知就里，赶紧解劝：“你老哭啥呀，真拿你没办法。”

“大姐，你放心吧，从今往后，我不会再哭鼻子啦。”施玉梅一改常态，破涕为笑。

“汪洋，你真厉害，施了什么法术把她劝高兴啦？”施玉芬转头问汪洋。

“大姐，我们俩说好了，我要照顾她一辈子！你同意吗？”汪洋大方地说出了心里话。

“啊！你说啥？再说一遍，我没听错吧？”施玉芬被这意外的惊喜搞懵了。

“大姐，你没听错，不信你问玉梅。”

“玉梅，你跟大姐说实话，这到底是怎么回事？”

“大姐，这都是实话。可我总觉得对不住他，委屈他了！”

“我不是都说过了嘛！咱们之间根本不存在什么对不住和委屈，只有两厢情愿，只有真正的爱情！”

“哎呀，太好了！汪洋，大姐该怎么感谢你才好呢？”施玉芬高兴地有些得意忘形，不知该怎么表达心中的感激之情。她终于可以去掉心病，睡个安稳觉了。

都说人逢喜事精神爽，此话一点不假。自从汪洋向施玉梅表明了心迹，施玉梅的心情好了，病情也一天天好转，身体逐渐康复了。

汪洋考虑到自己离开单位时只说请几天假，如今已经过了一个星期，他特意到邮局给单位领导发了一封电报，称自己护理亲戚到省城治病，暂时不能回单位了，特向领导续假。

施玉梅治愈出院前夕，他们在一起商量如何对待吴良。施玉芬说："我的意思是找他算帐。因为他的过错，导致玉梅受到了这么多伤害，咱们不能便宜了这个混蛋。我都打听好了，如果咱们到学校去告他，他一准会受处分，说不定还会被退学。总之，他越倒霉，咱们越高兴，这是他害人害己的报应！"

施玉芬满以为妹妹会双手赞成，没想到施玉梅没表态，反而把目光投向汪洋，用征询的口吻问："汪洋，你的意见呢？"自从她和汪洋相爱后，她就没有再称呼他"哥哥"，而是直呼其名。

汪洋沉思了片刻，望着她们姊妹说："按理说咱们怎么做都不过分，毕竟是他伤害玉梅在先。可中国有句老话：'得饶人处且饶人。'咱们没必要和这个小人一般见识。再说，如今玉梅的创伤已经痊愈，咱们没必要再去揭她的伤疤。过去的就永远让它过去吧，就当玉梅做了一场噩梦。噩梦醒来是早晨，我们要忘记过去的不幸，珍惜现在的幸福，展望美好的明天！"

"好，我听你的。"施玉梅信服地点头，表示同意。

施玉芬见他们都是这个态度，也就不再坚持了，可她的心里却气不过。后来，她回到家里，还是给吴良的学校写了一封信，把他移情别恋、喜新厌旧的事情告诉学校领导。因为这封信反应的内容，学校要开除吴良，他花钱托人，疏通关系，才得以保留学籍。他的事在学校一时间传得沸沸扬扬，尽人皆知，他的女友愤恨地离他而去，他的名声也一落千丈。

第二十五章

贤妻良母

汪洋和施家姊妹回到林海市，丁阿姨闻知汪洋和玉梅相爱的事，自然是高兴万分。她本来对汪洋就很好，如今，汪洋又在女儿人生最低谷、最痛苦绝望时，抛弃世俗的观念，毅然与女儿携手，这是多么难能可贵的义举啊！她万万没想到，一场天塌般的大事却被汪洋化解，而她竟然一下子了却了两桩心愿，一是了却了女儿的痛苦，寻找到了终身的幸福，二是汪洋由侄子变成了女婿。虽然他们之间没有血缘关系，但她对汪洋的关心不亚于儿子，她也一直希望他能找到一个称心如意的爱人，有个美满的家庭。如今，她和汪洋是亲上加亲，一个女婿半个儿，她相信汪洋会比儿子还孝顺。这真是两厢情愿，皆大欢喜。

舅妈和何强听到这个喜讯，自然为他们感到高兴，舅妈夸他们是郎才女貌，天生一对。由于他和施玉梅的联姻，使原来没有血缘关系的三家人接续了血缘。他们的婚姻得到了所有亲人的祝福。

汪洋见施玉梅的身体已经康复，决定返回单位上班，施玉梅恋恋不舍地把他送上车，直到列车开走了，她才回去。

回到单位后，他向领导解释了续假的原因，单位领导对他很够意思，不但没有怪罪他，连工资也一分不少的照发。

汪洋给父母写了一封信，把他与施玉梅定亲的事告诉了他们。他在信中只是说施玉芬从中牵线搭桥，把自己的妹妹介绍给他。同时，他又把施玉梅的相关情况向父母介绍了一番，至于中间的是非曲折，他只字未提。套用曹雪芹在《红楼梦》中的话：“真事隐去，假语村言”。他这么做，并不是有意欺骗父母，主要是怕父母观念陈旧，对施玉梅的人品产生怀疑，使得日后不好相处。

冬季采伐来临了，汪洋考虑到将来结婚需要钱，而自己这么多年的收入除了买书和日常开销，基本上都用于赡养父母了，根本没有钱结婚。于是，他便主动去找沈处长，要求当油锯手，上山去采伐。因为冬季采伐任务重，油锯手短缺，对沈处长来说，这是求之不得的事儿，当即答应了他的要求。

汪洋又向沈处长提出自己准备结婚，要求单位分配公房。沈处长见他主动要求上山采伐，也想与他缓和关系，同时考虑到他已超过了晚婚晚育的年龄，就痛快地答应：“你安心上山去工作，房子的事由我想办法解决。”

“谢谢沈处长，我以前年轻气盛，对您多有冒犯，还望您海涵！”汪洋借此机会向他赔礼道歉。

沈处长大度地对他摆着手说：“过去的事就不必再提了，只要你以后好好工作，我就心满意足了。”

汪洋临上山前，回到林海市探望施玉梅，并带她去见谌伟和林忠瑜。谌伟也把他的未婚妻叫来，他们在林忠瑜家连吃带玩闹了一天。由于施玉梅为人实在，性格开朗，而且手脚勤快，他们第一次见面就抢着帮于颖做菜，饭后又帮着清洗餐具，他们对施玉梅都赞不绝口，汪洋心里感到十分高兴。

回到家中，施玉梅连夜为他准备了肉炒咸菜、油炸带鱼，让他往山上带。临行时，她还前去送站，一再嘱咐他要保重身体，注意安全。直到列车开走，她才回去。

汪洋上山之后，把精力全都投入到工作当中，他的采伐量一直遥遥领先。在采伐期间，施玉梅给他寄来一条亲手编织的毛线围脖、一副毛手套，还有一封充满关爱和思念之情的信，这些东西让汪洋感到特别幸福。

元旦前夕，沈处长到山场检查工作，吃饭时，他特意把汪洋叫来，同山场的负责人一起吃饭，并对他的工作成绩予以了充分肯定。同时，沈处长还告诉汪洋，房子的问题已经解决了，正好有一个职工调走，空出一套房子，他已告知主管领导留给汪洋了。

汪洋听说房子有了着落，心里非常高兴。他对沈处长的看法也有了很大的改变，不但不再恨他，反而对他十分感激。

由于山场工作忙，汪洋无法去参加谌伟和何敏的婚礼，就写信告诉施玉梅代表他去参加。施玉梅欣然前往，由于她说话得体，办事实在，亲朋好友对她都赞不绝口。

春节即将来临，汪洋提前与施玉梅说定，回老家过春节，同时，他写信告诉父母，春节带施玉梅回家。下山后，汪洋到单位领了工资，又找主管后勤的领导领到了房门钥匙。因为二保家与他的房子只隔一栋房，他喊来二保，帮他打扫房子。然后，汪洋又到银行把工资存了一部分，以备将来结婚用，其余的准备带回家过年。

他在山上时，托人买了飞龙、狍子肉，以及木耳、榛蘑等山货，准备带回家去。他原打算先去林海市，将准备的东西寄存在二保家，让二保到时候把东西帮他送到车上。他把自己的想法打电话告诉了施玉梅，施玉梅说："那多麻烦啊，不如我去甘河市找你，然后咱们一起回家。"汪洋说应该在年前看望她的母亲及亲属，施玉梅却说没有必要，反正年后他们还得回来，到时候再去看望他们也不迟。汪洋听她如此说，也就听从她的安排。

早晨八点多钟，彭宗元开着车，拉着汪洋和郁金凤来到车站接施玉梅。列车进站了，施玉梅提着一个大旅行袋随着下车的人流，吃力地朝出站口走去，汪洋在人群中找到了她的身影，急忙迎上前去。施玉梅见到汪洋，高兴地一把抓住他的胳膊，兴奋地蹦着脚说："汪洋，你来啦！"

汪洋伸手接过旅行袋，然后指着彭宗元夫妻介绍道："这是我的好朋友彭宗元，这是他的爱人郁金凤。"施玉梅急忙与他们握手，客气地说："我早就听汪洋说起过你们，今天有幸相识，我感到非常高兴。谢谢你们来接我！"

"汪洋和我们家宗元是特别要好的朋友，你还客气啥？想不到你这么漂亮，汪洋可真有福气呀！"郁金凤一边打量她，一边和她说笑。

"哪里，郁姐你才是美女呢！小妹自叹不如。"施玉梅大方地与她说笑。

"金凤，你别贫了，外边这么冷，有话回家再说吧。"彭宗元劝阻她的妻子。郁金凤笑着做了个鬼脸，然后亲热地拉着施玉梅的手朝出站口走去。

他们来到车跟前，汪洋坐在副驾驶座上，郁金凤和施玉梅则相互谦让着坐到后排。施玉梅对汪洋说："咱们的房子离车站远吗？我想去看一眼。"

"不远，步行也就十多分钟。我看你现在就不要去了，反正咱们晚上上车前还要回去取东西。"汪洋对她说。

"那好吧，我听你的。"施玉梅温柔地说。

由于临近春节，大街上车水马龙，随处可见置办年货的人。彭宗元全神贯注地驾着车，不停地鸣着喇叭。郁金凤和施玉梅亲热地拉着手，不停地说笑着，就像是多年未见的老朋友。

郁金凤进屋后，陪施玉梅说了一会话，扎上围裙去厨房做菜，施玉梅也跟过来帮忙。郁金凤因与她初次见面，不好意思让她干活，劝她回客厅休息，可是，劝了数次都不管用，只好作罢。她们俩在厨房里一边做菜，一边唠嗑，还不时传出欢笑声。

汪洋和彭宗元坐在沙发上，一边喝茶，一边看电视。听到厨房的说笑声，彭宗元满意地对汪洋说："哥们儿，恭喜你，找了个这么优秀的女朋友。"

"优秀啥呀，也就是一般人呗。"汪洋故意不说心里话。

彭宗元不满意地看了汪洋一眼，一本正经地说："我看你小子是乐懵了。你看人家个头差不多有一米七吧，人漂亮，体形又好，还这么开朗大方，一看就是有素质的人，你还敢说一般？你的眼光也太高了吧！如果她还算一般，世上还有优秀的人吗？"

"好，好，我不跟你犟，就算她优秀还不行吗？"汪洋脸上露出得意的笑容。

"嗨，这还差不多，说正经的，你们打算什么时候结婚？"

"还没最后定，从山场下来就接近四月份了，还得收拾收拾房子，准备一下结婚用品，最快也得'五一'前后了。"

"是应该好好筹备一下。婚期定准后提前告诉我们一声，到时候咱们好好热闹热闹。"

"我和她商量好了，她不想大操大办，我和她的家都不在这里，没有什么亲近的人。我们打算到时候只是在家请一些要好的朋友喝顿酒就行了。"

"也对，其实没必要大操大办，日子过得好坏与婚礼没有任何关系。大操大办既浪费又操劳人。你看我们是集体婚礼，日子过得不是也挺好吗！"彭宗元点头赞同他的想法。

他们唠嗑的工夫，郁金凤和施玉梅已经做好了饭菜。为了欢迎施玉梅初次登门，郁金凤早晨起床就开始准备了，去车站接她之前其实已经完成过半了。在施玉梅的帮助下，她们很快就做出了一桌丰盛的佳肴。

他们围坐在一起，郁金凤先说了几句欢迎、祝福之类的祝酒词，然后就开始轮番敬酒。施玉梅虽然和他们是初次见面，但她知道彼此的关系，便落落大方地吃喝，毫不避讳地说笑着。他们这顿饭吃了将近三个小时，喝了二斤酒，若不是考虑到他们晚上还要坐火车，郁金凤是决不会善罢甘休的。

晚上，彭宗元提前出门，来到汪洋分的家属房。施玉梅下车转了一圈，感到很满意。然后，他们将年货装上车，来到了火车站。车站的人很多，好在今天是何强出乘，他已经提前安排好了卧铺，故此汪洋二人没有去挤车门，而是毫不费力地直接从卧铺车厢上了车。

清晨，列车驶进了汪洋的家乡，他们提着物品走下车，迎面而来的是家中的亲人们。除了年迈的父母，其他人全部出动了。

在站台上，汪洋简单地为施玉梅介绍了家里人，弟弟妹妹接过他们手里的东西，大家相互簇拥着朝家中走去。

临近家门口时，远远就看到母亲的身影，在门口用手遮着阳光向他们眺望。汪洋眼睛一酸，急忙跑上前去，动情地喊了一声："妈！"施玉梅也紧随其后，亲切大方地叫了一声"妈"。这声"妈"叫得母亲情绪激动，声音颤抖，潸然泪下。

进屋后，施玉梅拜见了父母，又重新与哥哥、嫂子、姐姐、姐夫，以及弟弟、妹妹打了招呼。随后，她打开旅行袋，拿出精心准备的见面礼。她给父母每人准备了一套衣服，给哥哥和弟弟买了旱獭帽，给姐姐和妹妹买了时髦的围巾，还给小侄子和小外甥买了衣服和小披风，总之是人人有份。

下午，汪洋带着她走访了亲友。回来后，她不顾旅途的劳累，手脚麻利地下厨炒菜做饭，饭后又抢着收拾碗筷。晚上，父母生怕家中的条件差，她睡不习惯，可她却一点不嫌弃，兴致勃勃地和妹妹唠到很晚，睡得也十分踏实。

第二天，她忙着拆洗被褥、粉刷房屋，做着过年的准备。虽然她还没过门，表现到比过门多年的嫂子还实在。

除夕，施玉梅和嫂子、姐姐共同做了一桌丰盛的年夜饭，汪洋还特意用飞龙调了汤，施玉梅担心他做不好，在一旁指点。尽管汪洋也曾做过，但那时他是自己琢磨着做的，根本不懂得调飞龙汤的要领。此时，施玉梅见他笨手笨脚，调制的方法也不得要领，就抢过来亲手制作。她一边做汤，一边告诉汪洋："调飞龙汤不能往里面放油，不能放乱七八遭的调料，更不能放味精，否则就变味了。"她手脚麻利地做了一小锅飞龙汤。施玉梅把飞龙鸟的肉盛给了父母，又分别给每个人盛了一碗汤，大家都夸她做的飞龙汤比汪洋以前做的好喝。汪洋得意地说："她的手艺确实比我强，否则我会同意娶她吗！"全家人听了他的话，都说他臭美，施玉梅笑着张罗开饭，丝毫不介意他的话。

大年初一，她随着汪洋到亲友家拜年，回来后拿出柯达照相机为大家照相。她把全家人召集在一起，照了个全家福。由于她的到来，汪洋家的这个春节过得非常愉快，汪洋的父母更是高兴得合不拢嘴，逢人就夸儿媳妇好。父亲还特意把汪洋叫到一边，竖着大拇指夸道："这个孩子可真懂事，你这么多年在外边没有白闯，找回来这么好个媳妇！"

接下来的几天，周思远和包玉柱等人轮流请他们吃饭。施玉梅每到一家，都要买些礼品，有小孩子的，她还给孩子压岁钱。而且，每到一家，她都抢着帮女主人干活。她这么做，并不是想给人留下什么好印象，而是天性如此，性格始然。

欢乐的时光一闪而过，转眼过了正月初六，尽管他们在家还没呆够，但假期已到，只好打点行装，准备返程。父母为他们准备了两条当地特产的大胖头鱼，还有当地产的白酒等物品，让他们送给未谋面的亲家和何家。

临行时，施玉梅给汪洋的父母留了二百元钱。父亲拄着拐棍，在母亲的搀扶下，一直把他们送到大门口，一再叮嘱他们要常回家。施玉梅流着泪，一味地点头答应。他们走出很远了，母亲依然站在门口。尽管风儿吹乱了她的白发，泪水模糊了她的视线，儿女们的身影已经远去，她依然伫立在寒风中，为他们送行！汪洋回头望着父母的身影，心疼地流下眼泪。他想："真是可怜天下父母心。自己就是再努力一百倍、一千倍，也难以报答父母的养育之恩！人生在世，如果不孝顺父母，不尊敬老人，那真是猪狗不如，枉为人也！"

此时，施玉梅也一直在流泪，虽然才相处了十几天，但是，她已融入了这个朴实无华的家庭，她那善良的本性，使她与大家结下了浓厚的感情。

列车进站了，汪洋与施玉梅和家人洒泪而别，在一片珍重声中登上了返程的列车。

回到林海市，汪洋将父母的礼物分出一半留给施家，另一半送给何家。何舅及舅妈留他们吃饭，并叫了何敏两口子回来。新春佳节，亲朋好友相聚，场面自然是热闹非凡。

考虑到山场工作繁忙，汪洋只在林海市呆了两天，连谌伟和林忠瑜的家都没顾上去就匆匆赶回了甘河市。

回到单位的当天夜里，他就跟着运材车回到山场，投入到紧张的采伐工作当中。

春风送暖，冰雪融化，采伐工作顺利结束，汪洋回到单位后，依旧从事原来的工作。

他的婚期定于“五一”，从四月初他就着手筹备。彭宗元帮他要了一些经过烘干的木材，他重操旧业，自己动手做家具。他按施玉梅的意愿，做了一个衣柜、一个写字台、一张双人床，外带一个碗橱。他原本想做一个书柜，后来见时间不够，灵机一动，只做了半截书架，放在了写字台上。如此一来，既节省了时间，又节省了空间，一举两得。

临近婚期，施玉梅请假来到甘河。她除了帮着干一些力所能及的活，置办厨具及柴米油盐。由于俩人独处一室，彼此又情深意重，他们便顺理成章地住到一起，提前步入了婚姻生活。

尽管汪洋对施玉梅疼爱有加，也一再劝告自己不要去想施玉梅过去的情感纠葛。可是，出于男人对情感的自私和狭隘，他在做爱时，有时竟不由自主地去想象她和自己以外的男人做爱的情景。每当这个时候，他就会心灰意冷，兴趣索然。

直到有一天，他一觉醒来，发现施玉梅暗自哭泣，他惊讶地询问原因，可是施玉梅只是不停地哭泣。在他的追问下，施玉梅声音哽咽地说：“是我不好，是我对不起你，让你受委屈了，咱们还是分手吧！”

“你怎么突然说出这种话？”汪洋颇感意外地问她。

“我知道你对我以前的事心存芥蒂，还有解不开的疙瘩，我不怪你，都怪我不好，让你受到了伤害。”

“你别瞎想，我根本就没那么想过。”

“你就别骗我了。我知道你心里还有障碍，还过不去那道坎，趁我们现在还没有结婚，分手吧。我自己做的孽我自己受，没必要让你受到伤害。”

施玉梅的话深深刺痛了汪洋的心，他万万没想到，自己竟然这么浑，他的自私和狭隘竟会给她带来这么大的伤害。他当初本来是为了帮助她摆脱痛苦，同时也是打心里喜欢她、爱她，所以他才毅然决然地向她袒露心声。没想到，事到临头，他自己却依然抱着陈腐的观念不放。这都什么年代了，“男人三妻四妾，女人从一而终”的时代已经一去不复返了。自己光想别人的过错，难道自己就那么纯洁、那么高尚吗？当初，自己和郝妍不是也有过肌肤之亲吗？而此时，自己却如此自私，只想到自己的感受，却没有想到她的感受，这如何对得起她的一片真情？又如何对得起施家对自己的恩情？想到这里，他神情凝重地说：“玉梅，是我不好，是我一时想不开，让你受委屈了！我对不起你！”

“汪洋，身体的创伤容易治愈，心灵的创伤却难以治愈，我不想让你一辈子都生活在阴影里，这样我心里会不安的。”

“玉梅，我们有幸走到一起，是上天对我们的垂爱和眷顾，也是我们前世的缘分。你没听过吗，前世五百次回眸，才能换来今生的擦肩而过。今生能够得到你，是我一生最大的幸福。你不必如此自责，其实，我在感情上也有对不起你的地方。当初，我和郝妍也发生过不正当的关系，照理说，我也应该自责，而你的心里也应该有障碍。因此，你说我们还有必要再为过去的事情而自寻烦恼吗？我们要忘记过去，把握现在的美好生活。我向你保证，从今往后，我一定抛弃杂念，彻底摆脱狭隘自私的阴影，不会再让你受到任何伤害。今生今世，我都会一如既往，永远爱你，永不变心！”汪洋将爱人紧紧地搂在怀里，神情激动地说出肺腑之言。

施玉梅再次被他的真诚所感动，她破泣为笑。俩人情绪激动，在床上你恩我爱，缠绵不休，直至情到深处，同时达到高潮，才告一段落。

汪洋自从消除了心中的芥蒂，再加上施玉梅的善解人意，他们的感情愈来愈深，至于闺房之乐、床笫之欢，自然是如胶似漆，美满和谐。

汪洋以最快的速度做完了家具，又做了一张餐桌和几个凳子。施玉梅除了料理家务，还亲自粉刷了房屋，又把地板刷了一遍油漆，新房算是收拾妥当了。

表哥得知他们“五一”结婚，特地前来祝贺。表哥本不打算告诉他的朋友们，可是，不知道大家是从哪里听到的消息，纷纷前来祝贺，还凑份子给汪洋买了一台二十一寸的彩色电视机作为贺礼。

“五一”到了，汪洋和施玉梅的婚礼如期举行。婚礼很简单，既没有举行仪式，也没有办酒席。为了答谢前来道贺的朋友们，施玉梅从邻居家借了一张桌子和若干凳子，在客厅里安排了两桌饭菜。她准备亲自下厨，却被郁金凤等人强行拦住，说今天是她大喜之日，不能干活，就由她们代劳了。

前来祝贺的人都是汪洋的好朋友，除了巴建华、彭宗元夫妻，还有韩世杰、蒋学斌夫妇，另外还有二保、小梁等人。表哥也领着一帮朋友抬着电视前来祝贺。

临近中午，谌伟和林忠瑜也特意赶来参加婚礼，尤其让汪洋感到意外的是，郝妍也和樊桂兰一起来了。郝妍不知是出于什么想法，特意打扮地很漂亮。还没等汪洋介绍，郝妍就抢先笑着说道：“我叫郝妍，是汪洋的同事，也曾是他的女朋友。不过，我们有缘无份，否则，今天就没有你什么事啦。好了，不开玩笑了，我祝你们新婚幸福，万事如意，心想事成！”

施玉梅乍听到郝妍的名字，不由得怔了一下，但她马上就面带微笑、大方得体地说：“哦，原来你就是郝妍啊。汪洋对我说起过你，谢谢你来参加我们的婚礼！”

“妹妹，你真有福气，不过姐姐提醒你，别高兴地太早了。得到了人却不一定得的到他的心，而且，世上没有卖后悔药的！”郝妍越说越不像话。

“郝大姐，你放心吧，我相信他会一辈子对我好的。再说，我从不做后悔的事，更不会辜负你的期望。对不起，您先喝茶，我要去招待一下其他的客人。”施玉梅说完，转身去招待樊桂兰等人，把郝妍晾在了一边。如今，郝妍在甘河地区也算是名人了，由于受到众人的追捧，无论到哪里，她都是中心人物，因此，她总有高人一等的优越感。她今天是带了复杂的心情前来参加他们的婚礼的，她精心打扮了一番，就是想抢施玉梅的风头，想让施玉梅难堪，可是没想到，施玉梅竟然以柔克刚，她自己却讨了个无趣。按理说她既然不想和汪洋结婚，就不应该再嫉妒汪洋结婚，可是，感情这种事又有谁能说清楚啊。她虽然无意与汪洋结婚，但她对汪洋的感情却很深，内心也充满了矛盾和纠结。如今，她听说汪洋要结婚了，心里想的都是汪洋平时对她的好，她内心很痛苦，就像是自己心爱的东西被人抢走了似的。她此时的心情真应了那句名言："得到的不知道珍惜，失去的才知道珍贵。"

汪洋见来的人多，就请邻居严涛来帮忙，在他家里安放了一桌酒席。严涛的父亲就是那位对汪洋有好感，夸他算账利落的会计股长严文谨。严涛早就听父亲夸过汪洋，此时他们又住邻居，严涛怎会不应。

汪洋原本打算让二保、小梁、谌伟、林忠瑜以及郝妍、樊桂兰、严涛还有他的爱人小李坐在严涛家，可是表哥却坚持领着他的朋友们去了。江群说他的朋友们酒性不好，说话粗鲁，怕影响了婚礼的气氛，汪洋只好听从了表哥的意见。

汪洋安排巴建华、彭宗元、韩世杰、蒋学斌、谌伟、林忠瑜以及二保、小张等人一桌，安排几位夫人陪郝妍、樊桂兰和小李一桌。虽然是家宴，但是饭菜很是丰盛。

汪洋生怕慢待了表哥的朋友，特意让严涛陪着他们，他和施玉梅也首先向表哥的朋友们敬酒，表示感谢。然后，他们才回来向另外两桌敬酒，众人说说笑笑，十分开心。席间，众人推荐郝妍唱歌，郝妍想，刚才碰了施玉梅的软钉子，此时自己正好出风头发泄一下。于是，她站起身来，很有风度地摆了一个姿势，笑容可掬地来了个开场白："今天是我们最亲爱的人结婚，我献上一首歌，《迟来的爱》，以表达我的心情。"然后，她用略带伤感的声音，开口唱了起来。

她唱这首歌的目的不言而喻，是想发泄一下她内心的感受。汪洋害怕施玉梅有想法，担心地看了她一眼，而施玉梅只是会心一笑，根本没放在心上。

郝妍的歌唱得确实很好，歌声一停，立刻响起一片掌声。郝妍在掌声中找回了面子，也找回了自信，在众人的要求下，她又站起身来，另有含义地唱道："你爱我一千倍，我爱你一万倍，失去了你的爱，才知道爱的珍贵……"

她的歌声一响，在坐的都明白她的用意，目光投向汪洋和施玉梅。只见汪洋蹙紧眉头，面露愠色，施玉梅却依然面带微笑，给大家添酒夹菜，待到郝妍唱完，她带头鼓掌。众人见她如此大度，也都放心地跟着鼓掌。巴建华的爱人乌兰性子比较直，她早知道汪洋和郝妍谈过恋爱，由于郝妍变心他们才分手的，如今人家结婚，你来搅和什么！于是，她开口说道："今天是汪洋和施玉梅的大喜之日，咱们都是来为他们祝福的，不是来找晦气的，我希望大家都明智点，别破坏了今天的气氛。郝妍听她这么一说，眉头一拧，刚想开口反击，巴建华赶紧站起来解围："诸位，今天是汪洋和施玉梅的大喜之日，我们都由衷地为他们感到高兴，也衷心地为他们祝福，我想这也是各位朋友的心愿。为了表达我们的祝福，歌星郝妍已经唱了两首歌。我虽然不是什么歌星，但也想用歌声为他们送上最诚挚的祝福！"说完，他唱了一首《小白杨》。他是蒙古族，自幼受父辈的熏陶，歌儿唱得很好，一点不亚于正牌的歌星。他的歌声赢来众人热烈的掌声。巴建华的这番话在情在理，接着又唱歌，不但没有给郝妍发作的机会，也让她有所收敛。巴建华唱完后，又主动邀请郝妍合唱了一首《敖包相会》，他们的歌声再次赢得了热烈的掌声。

表哥的那些朋友虽然在另一间房子，但有表哥和严涛相陪，汪洋和施玉梅又不时前来敬酒，喝得也十分尽兴。他们与彭宗元等人相比，无论是人品还是学识，以及社会地位，都相差甚远，而且说话随便，举止鲁莽。听到郝妍唱歌，他们都想过去闹哄一番，由于江群没有表态，他们也不敢胡闹。巴建华为了不给郝妍发作的机会，就主动邀请郝妍跟他一起为江群和他的朋友们唱歌。郝妍开始有些不情愿，后来在谌伟、林忠瑜、樊桂兰等人的劝说下，与巴建华一起为表哥的朋友唱了两首歌。表哥的那些朋友虽然都不是安分守己的人，但由于今天江群在场，他们丝毫不敢放肆。

经过这番折腾，婚宴接近了尾声，林忠瑜和谌伟等人轮番向郝妍敬酒。面对昔日的同事，郝妍自觉理亏，也只好偃旗息鼓，无心再闹下去。

尽管婚礼简单，但众人推杯换盏，相互敬酒，喝得十分高兴。

席终人散，众人相继离去。郝妍喝醉了，在樊桂兰的搀扶下，踉踉跄跄地往外走，汪洋和施玉梅在后面相送。郝妍醉眼蒙胧地对施玉梅说："妹子，汪洋是个好人，可惜我没有珍惜，你可别犯同样的错误啊！"

施玉梅见她喝多了，也没打算和她计较，施玉梅不但不恼，反而笑着回答："郝姐姐，我一定吸取你的教训，保证一辈子对他好！绝不会让你失望。"

"那就好，那就好。"郝妍再次碰了钉子，自我解嘲地边说边走。汪洋见她喝醉了，让彭宗元开车将她及樊桂兰送回去。

“汪洋，不是我说你，你让她来干啥？”乌兰望着郝妍的背影，生气地说。

“我没告诉她呀，不知道她听谁说的。”汪洋一脸无辜地回答。

“你家小施真有涵养，说话婉转得体，不跟她计较。若不是建华拦着我，我今天非得好好损她几句，让她无地自容。一个臭卖唱的，有啥可得瑟的！”乌兰一边夸奖施玉梅，一边气愤地说。

“苏姐，不管她说啥，毕竟是来参加我们婚礼的，我总得给她留点面子不是。对于这种人，我们没必要和她一般见识。”施玉梅大度地说。

“你们俩别唠了，快点把屋子收拾一下，餐具都是借谁家的，趁着现在人多，赶紧帮着送回去。忙乎一天啦，早点收拾完好休息。”郁金凤在屋里喊她们。

郁金凤和乌兰帮着施玉梅送完餐具、收拾好屋子后才离去。尽管婚礼简单，但是他们都觉得非常幸福。

婚后十几天，施玉梅就回去上班了。后来的日子，她也只能利用星期天或节假日来和汪洋团聚。虽然聚少离多，但他们的感情却日愈加深。后来，施玉梅怀孕了，汪洋心疼她，不让她来回跑，他只要一有时间就去林海市看望她。

转眼间，春节再次来临，由于施玉梅怀孕，无法回家过年了。她让汪洋去邮局给父母汇款，同时还寄去包裹，里面是她为父母和家里人购买的衣物。

经过十月怀胎和产前的阵痛，施玉梅于农历二月初二清晨，顺利产下一个八斤多重的胖小子。汪洋初为人父，喜悦之情溢于言表。施玉梅目不转睛地看着孩子，好像怕谁给抢走似的。

彭宗元和郁金凤闻讯赶到医院，郁金凤抱过孩子高兴地说：“你们是龙年得龙子，又是龙抬头的生日，这孩子的命一定很好。你看他多好看啊！你们是怎么生的啊，这孩子尽挑了你俩的优点。喂，给孩子起名字了吗？想叫什么名字啊？给孩子起名字可有讲究，这里的学问老大了。汪洋，你这么有才，准备给起个什么名字？”

“就你说道多，名字就是个代号，叫什么都一样，只不过是长辈们望子成龙，在名字上寄托他们的期望而已。”彭宗元笑着说。

“我赞成宗元的想法，没必要为名字劳心费神。既然他属龙，又是清晨生的，我看干脆就叫清辰得了。玉梅，你说呢？”汪洋转头征求妻子的意见。

“清晨，是不是有点简单啊？”施玉梅思考着说。

“我说的这个“辰”，不是早晨的“晨”，而是十二属相，辰龙巳蛇的“辰”。“清”字也很有讲究，“清”寓意“清白”、“清雅”，希望他长大以后能够清清白白做事，实实在在做人。而且，“辰”也代表龙的意思，我们都是龙的传人嘛，这个名字还正好与他的属相和生日相吻合。”汪洋向他们解释。

“听你这么一解释，还有些道理。行，就按你的意思，我儿子就叫汪清辰，小名叫辰辰。”施玉梅欣然同意。

“我看这个名字很有意义，小名也很好。”没等汪洋表态，郁金凤就抢先表示赞同。

“宗元，你以为如何？”汪洋征求好朋友的意见。

“很好，这个名字经你这么一解释，显得很有意义。”彭宗元笑着表示同意。

“好，既然大家都没意见，那他就叫汪清辰了。”汪洋对这个名字也很满意。

汪洋自从有了娇妻和爱子，日子无忧无虑，他心满意足，整天和朋友吃喝玩乐，有时玩到深夜，有时甚至彻夜不归。施玉梅劝说数次他都听不进去，依旧我行我素。

有一天，他与朋友喝完酒，又玩了大半宿麻将，直到凌晨才回来。他敲了几下门，施玉梅为他打开门便转身回到了屋里。

“哎，你怎么都不问一声就开门呢？如果是坏人怎么办？”汪洋问她。

“咱们都生活这么长时间了，难道我还听不出你的声音啊！”施玉梅自信地回答。

“咳，真有你的。我真幸福，找了一个这么有心的媳妇！”汪洋满意地说。

“这么晚了，你一定饿了吧，我给你热点饭菜吧。”施玉梅关切地问他。

“我不饿，你就别操心啦，赶紧睡觉吧。”汪洋一边说着，一边脱衣服。

“我不困，你陪我聊聊天好吗？”施玉梅看着他说。

“都老夫老妻啦，还有啥好聊的。我困了，赶紧睡吧。”汪洋笑着对她说。

“汪洋，我不是和你闲聊，而是有正经话要对你说。”施玉梅一本正经地说。

“好，好，你有什么事尽管说吧，我洗耳恭听。”汪洋笑着回答。

“汪洋，自从咱们结婚以后，尤其是有了孩子之后，我发现你变了……”

“你别胡说，我哪儿变了？我不还是我吗？”汪洋有些着急地打断了妻子的话。

“在我印象里，你是个有上进心、有才气、有理想、有抱负的人。记得咱们结婚前，你给我写信时，还写了一首情诗，我现在还记得很清楚：‘松柏青挺耐岁寒，梅花傲雪陪姣妍。青山不老春常在，江河百曲终归蓝。’你在诗里不但自比青松，还把我喻成梅花，歌颂青松和梅花别具一格、不惧严寒的进取精神，同时还借诗明志，把自己的理想和追求比喻成百折不回的长江大河，无论遇到什么艰难险阻，都会义无返顾地奔向大海，决不回头，更不会半途而废。当时，我身受感动，我的好朋友小耿看我情绪激动，好奇地问我原因，我炫耀地把诗读给她听，她对你赞不绝口。我还得意地告诉她，你不但会作诗，而且还能写小说，我的同事们都说我有眼光，找了一个才华横溢、有上进心、勇于进取的好丈夫。我听后，感到无比自豪，觉得自己是世界上最幸福的人！”

“你说这些话是什么意思？难道我对你不好？难道你现在的生活不幸福吗？你看咱们现在什么都不缺，你还有啥不满足的？”汪洋不理解地问她。

“汪洋，你的学问比我大，知识面比我广，我辩不过你，不过我知道，每个人的思想意识不一样，世界观不同，对幸福的追求也不同。有人认为吃喝玩乐就是幸福，也有人觉得生活富裕、物质享受是幸福，还有人以为夫妻恩爱、家庭美满是幸福。不错，这些确实都属于幸福的范畴，但一个人活在世上，不能只贪图享受，要有自己的理想和追求。像你现在这样，整天和所谓的朋友混在一起，吃喝玩乐，不干正事，你说你能有什么前途？”

“我现在算把这个社会看透了，没有人或者离开钱，什么事都别想办成，我现在对前途已经心灰意冷，不抱任何希望了。”汪洋为自己的所作所为辩解道。

“你曾经对我说过，人生没有一帆风顺的，总会碰到艰难曲折，一个人不能因为怕摔跟头就不学走路了吧。我说句话你别不高兴，我看表哥交的那些朋友不是什么好人，都说‘物以类聚，人以群分’，在社会上与人交往要‘近君子，远小人’。正所谓‘近朱者赤，近墨者黑’，跟啥人学啥人。像彭宗元、巴建华、韩世杰以及蒋学斌，他们都是正经干事业的人，你跟他们在一起我一百个放心！可表哥那帮朋友不同，你和他们在一起混，只有坏处，没有好处！不是我说你，你现在已经迷失了生活的方向，丧失了做人的准则，整天只知道吃喝玩乐，满足于现状，好坏不分、是非不辩，而且不思进取，你当初的理想追求、雄心壮志都哪去啦？”

“玉梅，我知道你说这些话是想激发我努力上进的斗志，我可以听你的话，继续写作，这也是我终生追求的目标，可是你不能阻止我和表哥的朋友交往。虽然，表哥的朋友社会地位低了点儿，素质差了点儿，做事鲁莽了点儿，但是他们讲义气、够朋友，既不偷又不抢，你凭什么说人家是坏人？”汪洋为表哥和他的朋友辩护。

“他们是好还是坏，我不想与你争辩，但是，他们肯定不是什么正经人，跟咱们不是一路人，我劝你还是尽量少跟他们来往。再说了，你如果想继续写作，就应该改变现在的生活规律，你每天这样早出晚归的怎么能行。”

“你放心，我说话算话，明天就开始着手准备写作的事儿。但是，必要的社交活动我还是要应酬的。”

“好，我尊重你，但是，你要合理利用时间，该写作时写作，该应酬时应酬。”施玉梅满意地说。

汪洋果然言而有信，第二天就开始准备写作的事宜了。他对文学创作情有独钟，从童年时期就幻想当一名作家，只不过因后来的种种原因几度中断。再后来与施玉梅结婚生子，由于爱情甜蜜、生活幸福，他也就过起了知足常乐的安逸日子。再加上受表哥朋友影响，使他的思想意识发生了变化，也就暂时忘却了文学梦。现在，被施玉梅唤醒，他也意识到自己现在的状态是在虚度光阴。自己以前总是抱怨没有时间，现在却把大把的时间浪费在吃喝玩乐上！若不是施玉梅的及时提醒，他还不知要混到什么时候。他嘴上不说，心里却十分感激妻子，暗自庆幸自己找到了一位体贴入微、明辨是非的好妻子。

从此，他重新开始了写作，而且，这对他来说是件有乐趣的事情。施玉梅每天尽心竭力地支持他写作，承担起抚养孩子和全部家务的担子，好让他一门心思写作。如此一来，他应酬的时间相对少了，对于邀约也是能推就推。

这天中午，汪洋与表哥的朋友们喝酒时，他们破例没有多喝，还说晚上要去打猎。汪洋从未参加过狩猎，更别说夜猎了，他很想跟着他们一起去尝试一下，黑子等人也愿意带他去，表哥却坚决反对，执意用车把他送回家。

汪洋对此很不理解，在车上与表哥赌气，一言不发。表哥见他如此，就笑着说：“真生气啦？都快三十岁的人啦，怎么还像个小孩子！”

“表哥，不就是打猎吗，有什么大不了的！他们都同意带我去了，你为什么坚决反对呢？”汪洋依然没好气地问表哥。

“兄弟，你消消气，听我慢慢跟你说。你和我们这帮人接触了这么长时间，难道没看出他们都是不务正业的人吗？你说他们整天游手好闲、吃喝嫖赌、不干正经营生，和他们混在一起能有什么好处？！我劝你还是与他们保持一定的距离为好。”

“他们不是你的朋友吗？你怎么这样评价他们啊？”汪洋不解。

“他们是我的朋友不假，可我对他们的做法很厌恶，但是，他们对我有恩，在我最艰难的时候帮助过我，人做事要讲良心，不能过河拆桥呀。”

“按理说他们只不过是在社会上霸道了一点儿，也算不上什么坏人啊？”

“兄弟，你是知其一不知其二。他们要不算坏人，世上就没有坏人啦！他们干的坏事可以说是丧尽天良，天理难容的。一旦败露，枪毙他们都不为过。”

“他们到底做了什么违法的事情啊？”

“兄弟，不是我不相信你，而是为了你好，我不想连累你。你最好什么都别问，自己心里有数就行了，省着日后受到牵连。”

“表哥，我相信你，不过我还是不明白，你既然知道他们在干坏事，为什么还和他们混在一起啊？难道你不怕日后受牵连吗？”

“一言难尽啊。我现在已经身陷其中，满身是嘴也说不清楚了。再说，我也不能做对不起朋友的事，人家毕竟对我有恩。兄弟，今天这些话事关重大，你千万要替我保密，切不可告诉任何人。”

“表哥，你别这么悲观。常言道：‘清者自清，浊者自浊。’你既然已经意识到自己走错了路，就应该及早回头，浪子回头金不换嘛！”

“晚了，一切都太迟了。世界上没有卖后悔药的，我这辈子最后悔的就是认识了这帮朋友，为了达到自己有一份工作的理想，不惜牺牲了自己的人格和……”他突然停了下来，似乎有什么难言之隐。片刻之后，他表情十分忧郁。

“好了，不说这些让人追悔莫及的往事了。兄弟，我千不该万不该，就是不应该介绍你认识我的这些朋友！也怪我当时考虑不周，没想那么多，只是看到你工作不顺心，情绪低落，想帮你排遣一下苦闷，带你出来散散心，现在看来是大错特错！在整个林区，只有咱们俩是最亲近的人，我既然已是大错铸成，又怎么能眼看着你被拖下水，重蹈我的覆辙呢！兄弟，你千万要记住我的话，以后不经我的同意，千万不要和他们单独来往，更不能参与他们的任何活动。我今天说的都是掏心窝的话，你千万要记住！”

汪洋没理由不相信表哥的话，他想追问这些人到底做了什么坏事，但他了解表哥的性格和为人，他是不会轻易做出对不起朋友的事的，就算自己追问，他也不会说的。所以，汪洋没有继续追问，而是郑重地回答：“我一定听你的话。不过，你也别太悲观了，你是讲义气、重感情的人，咱们哥们儿从来都是凭良心做事的，没有刻意去坑人、害人！都说苍天有眼，如果苍天真的有眼，一定会帮你早日解脱心中的痛苦。”

“兄弟，你不要为我担心，我是自作自受，即使受到什么惩罚，也是罪有应得。我现在已经心灰意冷了，现在只能是混一天算一天，稀里糊涂混春秋。”

他们一路说着话，不知不觉中，到了汪洋的家，表哥没有下车，而是用力地与他握手告辞。汪洋伫立在门口，目送表哥渐行渐远。表哥的这番话让他感到震惊和后怕，同时也对妻子更加敬佩。她早就警告过自己，表哥的朋友不是好人，当时自己还不服气，跟她辩解，现在看来她真是有先见之明。同时，他也感激表哥及时告诉他真相，使自己彻底认清了他们这帮人讲义气背后的罪恶。从此，他多了一桩心事，就是为表哥的处境而担忧。

自从那天起，汪洋不但与表哥的朋友断绝了往来，还毅然决然地戒了酒。他在心里暗自发下誓言，如果小说不发表，他这辈子就不再饮酒。

从此，他开始了艰苦而漫长的文学创作之路。

施玉梅休完了半年产假，带着孩子回单位上班，她的母亲身体还算硬朗，可以帮助她照看孩子。每到节假日，施玉梅都抱着孩子，带上为汪洋准备的食品，去与汪洋团聚，帮他清洗衣物，收拾房屋卫生。

施玉梅不辞劳苦，无论春秋冬夏，不管刮风下雨，还是冰天雪地，她都无怨无悔地穿梭在甘河市与林海市之间。她倾注了一个妻子的全部心血，默默地支持丈夫的写作。

第二十六章

苦中有乐

每当提到作家这个职业，大多数人都会肃然起敬，充满崇拜之情，都会把作家这个名词与“才高八斗”、“学富五车”联系在一起，更有人羡慕作家的工作轻松自在、名利双收。其实不然，没有从事过这个行业的人，很难想像创作者的苦恼与艰辛，尤其是对汪洋这种文化底蕴差、文学水平低的人来说，更是难上加难。他既没有写作经验，又没有很多的生活经历，仅凭着对文学的爱好，凭着自己的满腔热忱，便不管不顾地一头扎进了这个行业，其中的艰辛就更是不言而喻了。

汪洋首先遇到的难题是故事情节的整体构思。由于他写作的题材几乎都是模仿其他人作品，完全是凭空想像、闭门造车。因此，他既没有完整的写作提纲，又缺少真实的故事情节，只是边写边想。有时，为了设计一个故事情节，他苦思冥想，却还是想不出一个令人满意的情节；有时，为了正确表达一个意思，他写了一大堆废话，却还是无法表达明白；有时，为了寻找一个恰当的形容词，他不得不搜肠刮肚、绞尽脑汁；有时，为了一个生僻字，他不得不放下笔去翻阅字典；有时，遇到拿不准的词和那些知其然而不知所以然的词汇，他也只好在无奈之下，继续求助于词典。

写作需要灵感，有灵感时，写起来就如同滔滔不绝的江水，来势迅猛，无法阻挡；没有灵感时，就好似干涸的河床，一滴水都挤不出来。有时因为心情不好或疲劳而导致没有灵感，他写了撕，撕了又写，一晚上连几句像样的话都写不出来，而稿纸却撕了一地。有时候来了灵感，他却由于表达能力不佳或遇到生僻字，而不得不去翻阅辞典，可是，等他返回头继续写时，却早已错过时机，灵感消失的无影无踪了。

经过艰苦的探索和努力，他终于摸索、总结出一些写作经验。每当灵感来临时，他不顾一切地用草稿纸来纪录下内容，即使遇到拿不准的词汇和生僻字，也把它们丢弃在一边，不去想它，等到最后再一起去整理。如此一来，他的写作速度加快了，写起来也感觉得心应手，顺畅多了。

尽管经验不足，写作水平有限，汪洋却没有丝毫退却，他每天熬到深夜，甚至通宵达旦。他信心百倍、近乎疯狂地拼力写作，饿了就啃几口干馒头或用开水泡剩饭，就着咸菜对付一顿，困了就和衣睡一会儿，然后再继续写。由于长期熬夜，睡眠不足，他的眼圈发黑，眼睛里布满血丝，脸色灰暗，头发零乱，身体也瘦了一圈。

施玉梅每次来看他，都会十分心疼地劝告他注意身体，不要过度劳累。他虽然每次都满口答应，过后却依然我行我素，不肯停歇。施玉梅苦谏无功，只好在营养上下功夫，她省吃俭用攒下钱，给他买了奶粉、糕点等营养品，以备他晚上熬夜时食用。同时，她还特意求邻居严涛和他的爱人小李帮忙照料汪洋的饮食。严涛和小李是热心肠，他们不但经常帮汪洋做饭、烧开水，还时常叫汪洋去他家吃饭，对此，汪洋和施玉梅都心存感激。

一天午夜，汪洋正在灯下伏案写作，突然传来的一阵敲门声将他的思路打断了。他起身走到门口，大声问道："谁呀？"门外的人回答道："我们是公安局的，查夜。"

听说是公安局的来查夜，汪洋放心地打开门让他们进来。来的是两个身着警服的警察，一个身材高挑、体形偏瘦，一个中等身材、体形健壮。他们进来后，瘦高个首先问："这么晚了，你怎么还不休息，在干什么？"

"没干什么。"汪洋看了他们一眼答到。

"没干什么？你写的是啥东西？"另一个警察看着桌上的纸笔问他。

"哦，我写封信。"汪洋觉得没必要跟他们说那么多。

"写信？能让我看看吗？"高个警察似乎有点不相信他的话。

"啊，好吧，既然你们执意要看就看吧。"汪洋有些不情愿地将手稿递给他。

高个警察拿过来仔细地看了几眼，又抬头看了汪洋一眼，颇感意外地说："你这也不是信哪，分明是在写小说！”

“谈不上是小说，只是习作。”汪洋谦虚地说。

“啊，小说，我们看看行吗？”中等身材的警察也好奇地凑过来。

“还不成熟，没啥看的。不过，既然你们想看就看吧。”汪洋有些勉强地答应了。

他们俩看了一页又一页，嘴里还不停地夸奖：“好，太好啦！”

“过奖，这只是初稿，还不完善。”汪洋听到他们夸奖自己的作品，尽管嘴上谦虚，心里却很受用。

他们一连看了十几页，才意犹未尽地放下手稿。中等身材的警察敬佩地说：“你叫什么名字？在哪个单位上班？真了不起，居然能写小说！”

“我叫汪洋，在林业局上班。”汪洋如实回答。

“哦，汪洋。你是不是经常在报纸上发表文章？我听说过你，只是咱们不是一个系统，无缘见面。来，我们认识一下，我叫巴日虎，他叫敖英子，今天有幸与你相识，我们感到很高兴。”高个警察介绍完自己，又指着同伴介绍。

“幸会，幸会，来，请坐。”汪洋说着，拿过凳子请他们坐下。接下来，他们又围绕小说聊了起来，一直聊了十多分钟，他们才起身告辞。

临行时，巴日虎意犹未尽地说：“我们有任务在身，不便多谈，以后有什么事尽管去局里找我们，如果需要什么素材，我们也可以帮忙，千万别客气。”

“谢谢，如果以后有需要，我一定求你们帮忙。”汪洋见他们如此热心，连忙表示感谢。

送走了两位深夜到访的警察，汪洋心里觉得很兴奋。尽管他们不是出版社的编辑，也不是什么业内权威人士，但他们是汪洋的第一位读者，他们的夸奖自然让汪洋兴奋不已，信心大增，更加坚定了他写作的信心。

这两位警察的深夜来访其实是另有隐情。有人向他们举报说新搬来的这个人与社会上的人关系密切，而且屋子的灯每晚都亮到深夜，有时甚至彻夜不熄，让人觉得很反常。恰好那些和他接触过的人此时正涉嫌一个重要的案子，警方正在对他们展开调查。因此，警方怀疑他也涉嫌此案，故此借查夜之名前来探听虚实。没想到他们看到的和想象的大相径庭，还意外遇到了一位文学创作者，这不但让他们解除了对汪洋的怀疑，也让他们对汪洋产生了由衷的敬佩。

就在汪洋埋头写作期间，甘河地区发生了一件惊天动地的大事。甘河地区地处大兴安岭南山麓，南边与松嫩平原接壤，背靠大兴安岭山脉，境内山峰连绵，沟壑纵横，森林密布，河流沼泽不尽其数。有些沼泽地由于常年淤积，形成了大面积的泥潭，除了冬季冰冻，其他季节根本无法通行，就连灵活的獐狍、野鹿也不敢通过，怕一不小心陷入泥潭，招至灭顶之灾，故此，这些地方被人们称为“死亡地带”。由于这边地理条件复杂，气温适宜、土地肥沃、地域辽阔、地广人稀，从二十世纪初叶，就有怀着各种梦想的人陆续来到这里。他们有的采伐木材，有的持枪狩猎，有的跑山采山货，还有的开荒种地。有一些发财心切的人利用这得天独厚的地理条件，种植罂粟，割制鸦片。新中国成立后，党和政府采取措施，加大了打击力度，彻底杜绝了种植罂粟、贩卖鸦片的犯罪活动。

七十年代后期，随着森林的开发和铁路的建成通车，山外的人不断涌入，这里的人口急剧增加。他们有逃避计划生育的，有开荒种地的，有在逃的犯罪人员，也有越狱潜逃的罪犯，社会成分十分复杂。尤其到了八十年代，随着改革开放的不断深入，境外的一些贩毒分子为了牟取暴利，与国内的一些不法分子相互勾结，干起了贩卖毒品的犯罪活动。国内的一些人发财心切，为了牟取暴利，不惜铤而走险。他们利用沼泽地形成的天然屏障，躲在人迹罕至的密林深处，种植罂粟，干起了贩卖毒品的勾当。

甘河地区公安局侦查到他们的犯罪活动，抽调精干的侦查人员，组织了强有力的缉毒队伍，严厉打击种植和贩卖毒品的活动。

他们在进行打击贩毒活动的同时，加大了缉毒的宣传力度，打击贩毒活动的传单遍布城市的大街小巷和乡镇农村，打击贩毒行动形成了人人喊打、到处举报的大好局面。另外，他们在交通要道设卡堵截，防止毒贩将毒品偷运出境。同时还派出侦查人员和飞机进行空中侦查，多角度、全方位地对贩毒分子实施打击。

在强大的宣传和打击力度下，贩毒分子接连落网，他们有的是在运送毒品途中被发现的，有的是在交易时当场被捉，有的是被堵在家中被抓住的，还有的是在山上种植罂粟，被飞机侦查到踪迹，空降缉毒人员将其搜捕归案的。

汪洋一开始并没有把缉毒的事情放在心上，觉得此事与自己无关，可是，随着与表哥的联系中断，他回想起表哥曾经对他说过的话，进而，他猜测表哥与他的那帮朋友极有可能是在贩卖毒品，他不由得焦急万分。在担心表哥的同时，他也暗自庆幸，若不是施玉梅与表哥的及时劝阻，他说不定已被贩毒分子拉下水，稀里糊涂地干起贩毒的勾当了，真是“家有贤妻，丈夫不摊横事”，他更加敬佩自己的妻子了。

年底，整个甘河地区都在流传，说是包括表哥在内的贩毒团伙在外地交易时被一网打尽了。汪洋为表哥感到惋惜和痛心，好几天寝食难安，无心写作。

因为惦记表哥，汪洋去了公开审判贩毒分子的会场，杜小子、纪远以及许芳等人，还有团伙的一些其他犯罪人员都悉数受到了法律的制裁，但是在现场，他却没有看到表哥，这让他心里既欢喜又担忧。

后来，他想到巴日虎和敖英子，便去公安局找他们探听消息。见到汪洋，巴日虎赶紧和他握手，高兴地说：“汪洋，你怎么来了，有什么事需要我帮忙吗？”

“我想和你打听点事，不知道你是否有时间？”

“有，你跟我来，到我办公室去说。”巴日虎把他让到办公室，为他沏茶倒水，十分热情。

“我来找你是想打听一下有关贩毒团伙的事。”汪洋开门见山地说。

“怎么，你对这个案子感兴趣，是想收集素材写小说吗？”巴日虎好奇地问他。

“也有这方面的想法，但是今天是想询问一下，你们对案情是否还需要保密？”

“现在已经结案了，不需要保密。你想问哪方面的内容？”

“我想打听一下有关江群的事情，他是我表哥，你能告诉我吗？”

“啊，江群是你表哥呀！要说你这个表哥还真算可以的，他虽然身陷贩毒团伙之中，但他却不死心塌地的为他们卖命，他只是为了讲义气，帮朋友的忙，而且还对非法所得分文不取，并在他未婚妻以及咱们公安干警耐心细致的思想工作下，认清了毒品的危害性，毅然反戈，戴罪立功，协助公安干警将贩毒团伙一网打尽，还在破案过程中负了伤。他的立功表现争取到了宽大处理，免于追究刑事责任。这对于他来说，也是最好的结局了，你就放心吧。”

“啊，原来如此！太好了！说实话，我还真是为他担心呢。听你这么一说，我就放心啦，谢谢你！”巴日虎的一席话，让汪洋放下心来，同时也为表哥的明智选择而感到高兴。

“顺便问一下，在公审大会上怎么没看到那个钱黑子？”

“是那个叫钱亚民的吧？他的绰号叫黑子。他在运送毒品时，因为碰到仇家黑吃黑，被人开枪打死了。他这是罪有应得。”巴日虎解气地告诉他。

汪洋担心表哥的伤势，心里十分着急，施玉梅也放心不下，于是，他们决定去医院探望他。当他们乘坐火车来到救治表哥的医院时，却扑了空，被告知表哥已伤愈出院，跟随未婚妻到北京去将养身体了。他们有心前去北京看望表哥，但苦于没有详细地址，只好作罢。虽然没有看到表哥，但他仍然为表哥感到高兴与自豪。

免除了表哥的牵挂，汪洋静下心来继续写作，每日除了上班就是琢磨如何把作品写好，几乎断绝了与外界的联系。

这天晚上八点多钟，他正埋头写作，突然听到一阵敲门声。他以为是邻居有事找他，就起身把门打开，没想到郝妍带着一身酒气，有些失控地走了进来。

“郝妍，你怎么来了？”汪洋有些诧异地问她。

郝妍径直走进里屋，屁股重重地坐在床上，斜着眼睛看着汪洋说：“我怎么就不能来，我想你了，就来看你，难道不行吗？”

汪洋见她喝醉了，没有回答，而是起身给她倒了一杯开水，并在里面放了一勺白糖和少许的醋，想让她醒醒酒。没想到他把杯子端到她面前时，她没有接杯子，而是乘机抓住了他的手。“郝妍，你别这样，我是结了婚的人，而且已经有孩子了。”汪洋急忙挣脱出来，将水杯放在桌子上。

“我不管，我就喜欢你。结婚了有什么大不了的，我早就是你的人了。”郝妍仰脸倒在床上，不管不顾地说。

“郝妍，那都是过去的事了，此一时彼一时。虽然当初我们有过肌肤之亲，但是我们却无缘走到一起，而且责任不在我身上。现在，事过境迁，说这些话已经没有任何意义了。总之，我们之间没有缘分，我希望你自重些，让人看到影响不好。”

“我不怕什么影响，咱们之间怎么没有缘分？我们虽然没有结婚证，但有夫妻之实！结婚证算什么呀！不就是一张纸吗？再说，我一个没结婚的姑娘都不在乎这些，你一个大男人怕什么？”

“郝妍，以前是以前，现在是现在，这是两码事，你不能混为一谈。我劝你还是理智点，喝杯水醒醒酒，早点回去休息。”

“我不要醒酒，也不想回去，我就想和你在一起。以前都怪我有眼无珠，那么轻易地就放弃了你，也辜负了你的爱。自从和你分手以后，我就后悔了。我以为咱们有了那种关系，而你又是个重情义的人，满以为过一段时间你还会来找我，没想到你竟如此绝情，竟然和别人结婚了。我告诉你，你结婚那天，我本来打算大闹一场，把你们的婚礼搅黄了。可是你老婆竟然不跟我计较，还对我以礼相待，让我闹不起来。你知道吗，当我从樊桂兰嘴里得知你即将结婚的消息时，我的心里有多痛苦吗？参加完你的婚礼，我也曾无数次劝自己把你忘掉，可是，爱是无法轻易忘记的。我恨自己，恨自己当时太任性，恨自己太幼稚，不懂得什么是真正的爱情，把到手的爱情又拱手让给了别人，我简直就是天底下头号大傻瓜！”郝妍声泪俱下地诉说着。

汪洋被她的真情告白所打动，他默默地坐在那里，没有说话。他的脑海里浮现出他们以前在一起时那些美好而甜蜜的记忆。

见汪洋低头不出声，郝妍以为他被说动了，心里暗自高兴。她用撒娇的口吻说：“汪洋，你把水杯递给我，渴死我了。”

汪洋此时还没有从回忆中醒过神来，他顺从地端起水杯送到她面前，郝妍故意不接杯，而是张嘴等着汪洋喂，汪洋没有多想，下意识地把水杯送到她的嘴边。郝妍探头喝了两口，然后突然起身，将汪洋死死抱住，仰脸张嘴想亲吻他。汪洋吃了一惊，赶紧往外挣脱，他说：“郝妍，你千万别胡来，我不能答应你的要求。我不能和你苟合，那样我就没脸去见玉梅了。你快撒手，我急眼了！”汪洋边说，边用力将她推开，躲到了一旁。

“汪洋，想不到你竟会如此无情，难道你把我们以前的感情都忘了吗？你是不是认为我这样很下贱？其实，我对你投怀送抱是因为我发自内心的爱你啊！你为什么对我如此冷酷无情，拒我于千里之外。我不明白那个施玉梅有什么好，竟让你这样死心塌地守着她。难道我不如她美，不如她漂亮吗？”

“郝妍，这不是美不美的事。我和她是同甘共苦的夫妻，我们有共同的向往和追求，我们彼此信任，我不能，也绝不可能做出伤害我们之间感情的事情。这就是我的真实想法，也是我做人的道德底线，我无论到什么时候，都绝不能超越这个道德底线。”

郝妍听完汪洋这番话，没有做声，而是低声哭起来。其实，她今天并没有喝醉，她是因为想念汪洋，因此喝了点儿酒，想借着酒劲和汪洋表白自己的感情，也想借此试探一下他们两个是否还有重归于好的可能。如今见他态度如此坚决，郝妍知道一切无望了，怎能不伤心落泪呢！汪洋见她安静下来，乘机劝道：“郝妍，我知道你是真心的，也理解你此时的心情，但一切为时已晚，我们这辈子注定有缘无分，只能做好朋友了。我向你保证，如果以后你有什么事情需要我帮忙，我都会竭尽全力去帮助你。好了，时间不早了，你也该回去休息了。”

在汪洋的劝说下，郝妍哭着起身跟他走出门，由于担心她醉酒，汪洋拦了一辆出租车，将她送到宿舍，然后才放心地回到家去。

事后，汪洋将事情的经过，原原本本地告诉了施玉梅，施玉梅对此很感动，也很同情郝妍，她特意抽时间做了饭菜，将郝妍请来吃饭。郝妍被她的宽宏大量深深感动了，也感到愧疚和自责。吃完饭后，她们躲在小屋里了聊了很长时间，聊的具体内容，就连汪洋也不知道，但她们一定聊得很投机，因为她们从此成了要好的朋友。

寒来暑往，花开花落，转眼汪洋的儿子已经三岁了。他从呱呱落地就一直跟着妈妈辗转于甘河与林海之间，先是由妈妈用毛毯背着，后来用手牵着，如今竟然能满地乱跑了，还能用稚嫩的声音喊着“爸爸”，亲热地扑到他的怀里，缠着他讲故事。儿子有着强烈的求知欲，总是没完没了地问他各种问题。汪洋由于埋头写作，对儿子平常的细微变化感觉不大，如今望着满地乱跑的儿子，感觉很突然，也觉得很愧疚。他为了自己的理想，把抚养孩子及操持家务的重担全都推到爱人身上，根本没有尽到一个丈夫和父亲的责任。

于是，只要是爱人和孩子回来，他总是抽出时间陪孩子嬉戏玩耍，陪他们母子逛街，还亲自下厨。一家人其乐融融，尽情地享受着天伦之乐。

经过艰苦而漫长的努力，汪洋的处女作已经截稿了，望着倾注了自己全部心血，历时三年完成的足有半尺厚的手稿，汪洋兴奋不已，百感交集。尽管他对自己的作品还不是很满意，觉得有很多瑕疵，与优秀的文艺作品相比，还有一定的差距。但是，“丑媳妇难免见公婆”，他还是决定去出版社碰碰运气，同时也想检验一下自己的写作水平。万一侥幸能够发表，也不辜负自己的努力和爱人的良苦用心。

别看汪洋自幼喜欢文学，又埋头写作，但他对出版的事宜一无所知。他听说如果出版社有关系或熟人，就会降低出版的难度，可是他把能想到的亲属、朋友都想了一遍，也没有想出谁与出版社有关系。

就在他苦于没有门路时，巴建华和彭宗元的到来给他带来了希望。巴建华已经调回机关工作了，他举家从农场搬了回来。他和汪洋、彭宗元三人早已是无话不说的知己朋友，由于近年来汪洋忙于写作，彭宗元和巴建华不忍打扰他，所以相聚的时间少了。如今，听说他的作品已经截稿，两人便急忙赶来祝贺。

恰逢施玉梅和孩子在家，汪洋又见到两位老朋友，心里十分高兴，三个人无拘无束地聊了起来，施玉梅赶紧为他们准备酒菜。

望着陆续端上来的菜肴，巴建华拿起酒瓶，倒了满满一杯酒，笑着对汪洋说：“喂，我说你的作品已经完成了，这回总该开戒了吧？”

“建华，你不会这么健忘吧？我当初说的是作品出版了才能喝酒，现在没出版，我不能自食其言啊。”汪洋将杯推开，再次重复自己的诺言。

“我说你怎么这么教条，把誓言看得那么重？我知道你当初戒酒是为了激励自己，现在已经完成了，又何必跟自己较劲呢。既然都写出来了，出版还不是早晚的事儿。”巴建华半是宽慰，半是劝解。

“你们不知道，虽然我现在写完了，但是能否出版还是个未知数。我一定要坚守诺言，如果作品不出版，我决不饮酒。”

“汪洋，今天咱们高兴，一是祝贺你的作品截稿，二是咱们兄弟好久没有在一起相聚了，我看你就破例，少喝点酒吧。光我们俩喝，多没意思啊。”彭宗元也劝他。

“宗元、建华，咱们都是知己朋友，你们了解我的性格，就不要逼我了。”

“我们家汪洋个性强，一向是讲感情、重承诺的，你们都是他的好朋友，就尊重他的意愿吧。”施玉梅适时出来为丈夫解围。

彭宗元和巴建华见汪洋执意不喝，施玉梅也为他说情，就不再相劝，于是，他们俩喝酒，汪洋则用开水相陪。由于汪洋不喝酒，他们俩也没有兴致了，他们的话题自然而然又转到小说出版上来。

“你打算什么时候去出版？”巴建华关心地问。

“我现在就想出版，可是，谈何容易。”

“现在差在哪儿了？是你自己没信心，还是出版社有问题？”

“两者兼而有之，我对自己的写作水平没有信心是一方面，但是关键是看出版社有没有关系，如果有关系那就容易多了。说实话，我现在就是为此事犯愁。”

巴建华听了汪洋的话，想了想说道：“我有位远房表哥好像是在咱们呼盟文化局工作，据说还是个领导。我回去问问父母，他们应该是知道表哥的情况。”

汪洋听闻，面露喜色：“呼盟文化局的领导？那也行啊！他们跟出版社都是一个系统的，彼此都有联系，若是领导就更好啦，帮助说句话保证管用。你回去赶紧问问，不行我跟你一起去一趟。”

“行，回去我就问，你就听我的信吧。”巴建华痛快地回答。

第二天，巴建华告诉汪洋，他已经问过父母了，表哥确实在呼盟文化局工作，而且是副局长。父亲已经与表哥通了电话，表哥答应帮忙，让他们带着书稿过去一趟。汪洋听后心里既高兴又忐忑，他既盼望此次能够成功发表，但又害怕书稿被退回。但是，无论如何，他也要去试试。于是，他着手准备相关事宜，准备和巴建华一同前往。

两年来，汪洋只顾写作，不去上山采伐，挣不到计件工资，只能靠单位那点基本工资生活。好在施玉梅所在医院效益还行，不但按月开工资，而且还有奖金。但他们的工资收入仍然无法满足家庭的开销。他们即要赡养父母，又要抚养孩子，而且，孩子正处在生长发育期，需要营养。汪洋长期处于脑力劳动、体能消耗过大的状态，也需要补充营养。面对这些必须的花销，施玉梅只能精打细算，想方设法地合理安排生活开支。她对自己非常苛刻，几年来没有买过一件新衣服，甚至不敢与同事逛街，害怕同事笑话自己舍不得花钱。但是，对汪洋找人发表作品，她却大力支持，毫不吝啬地拿出一千元钱。这是她平时积攒下以备急用的钱。汪洋见她把家里的积蓄全部拿了出来，担心家里没有生活费，试图留下一部分，她却坚持说："人家都说穷家富路，出门在外，钱少了不行，万一遇到什么突发情况怎么办？再说，你跟巴建华一起去，无论吃饭还是住宿，都不能太寒酸了。这一千元钱是我提前为你预备的，你就放心去吧，不必为我们娘俩担心。但愿此行天遂人愿，小说能够得以发表，完成你的心愿。"

望着每天省吃俭用，身体日渐消瘦，衣着打扮过时，而又善解人意的妻子，汪洋心里十分难受，心疼的差点流出眼泪。

施玉梅为他们准备了车上吃的食物，她从市场买回生牛肉和鸡爪，做成酱牛肉和酱鸡爪，买了一些干豆腐、黄瓜、青椒，还特意炸了辣酱，腌制了朝鲜族辣白菜。二保是朝鲜族，施玉梅结婚后不久，特意向他母亲请教，学会了制作朝鲜咸菜的技术。施玉梅每年都要腌制几样朝鲜咸菜，汪洋的朋友都夸她心灵手巧，腌制的水准与真正的朝鲜族人相比毫不逊色。

汪洋告别了妻子，怀着美好的愿望，与巴建华登上了开往呼伦贝尔的列车。巴建华声称自己是借用出差的机会，旅差费能够报销，他还提前购买了卧铺票。

在车上，俩人聊了一会儿，巴建华觉得没意思，就找出带的食物，张罗着喝酒。他劝汪洋："我真服你了，你说你没事戒什么酒啊！想当年咱们在一起喝酒时，多痛快啊！再说，小说能不能发表跟喝不喝酒有什么关系？我劝你还是别戒酒了，你说过年过节、平时来个亲戚朋友啥的，你不陪着喝酒，多不礼貌。你还得少喝点酒，哪怕喝啤酒也行啊。啤酒根本不算酒，我看你今后干脆喝啤酒得了。"他说完后，不等汪洋表态，急忙起身去餐车，买回几厅啤酒，不由分说地打开了瓶，硬逼着汪洋陪他喝酒。

说实话，汪洋乍一开始戒酒时，确实有点馋酒，而现在已经习惯了，对酒已经没有爱好了，只是觉得自己不饮酒，招待亲戚朋友时确实有些别扭，好像慢待人家似的。巴建华这么一劝说，他觉得喝点啤酒也是个办法，既不违背诺言，又能陪亲朋好友尽兴，岂不是一举两得的好办法！再说，如果此去小说侥幸得以发表，自己还有什么必要戒酒呢。于是，他同意陪巴建华喝啤酒，巴建华自然是十分高兴。汪洋陪他喝了一厅啤酒，感觉有些头晕。他长期戒酒，身体失去了酒精的承受能力，因此有些不胜酒力。巴建华劝他再喝一厅，他却死活不答应，执意要爬到卧铺上去休息，巴建华只好作罢。现在，他心里很高兴，汪洋戒酒数年，却在自己的劝说下开始饮酒，他觉得很有成就感。其实，他劝汪洋饮酒并非是为了让他陪自己消遣旅途的寂寞，而是心痛好友。汪洋每天把自己关在屋子里，过着如同苦行僧的生活，几乎断绝了与外界的联系，生活单调而乏味，假如劝他少喝一点酒，以后朋友聚会就可以强拉他去参加，让他的生活增添一些乐趣。这是巴建华劝汪洋喝啤酒的真实意图，也是好朋友的一片苦心。

他们在车上吃第二顿饭时，巴建华又撺掇汪洋喝了一厅啤酒，把汪洋喝啤酒的“规矩”确定下来，他才满意地去休息。列车在林区行驶了一夜，清晨，到达了海拉尔市。

下车后，他们找了一家中等规模的宾馆，汪洋要去登记住宿，巴建华将他拦住，再次声称自己是出差，可以报销，并抢先付了住宿费。其实，他所谓的“出差”完全是借口，他清楚汪洋目前的经济状况，想独自承担旅费，又怕汪洋不肯，只好骗他说自己是出差，旅费可以报销。汪洋信以为真了，便不与巴建华争抢着花钱了。登记完毕，他们来到房间，先是洗澡冲凉，然后去吃早餐。

早餐之后，他们带上手稿，来到文化局。在大门口，他们被门卫拦住：“喂，同志，请问你们有什么事？”

“我找巴图，我是他的亲戚。”巴建华对门卫说。

“哦，你找巴局长啊？来，在这里登记。”门卫听闻是副局长的亲戚，态度立马改变了，非常客气地把他们领进门卫室，让他们进行登记。

登记完毕，门卫告诉他们巴图办公室的具体位置。他们来到三楼，找到了巴图的办公室。巴建华抬手敲门，随着敲门声，屋内传来了“请进”的声音，他们推门走了进去。

巴图四十多岁，中等身材，体形健壮，有些秃顶，长相富态。巴建华赶紧上前说：“大哥，我是巴建华。”巴图赶紧站起身来，亲热地说：“建华呀！什么时候到的，怎么不提前给我打个电话，我让司机去接站啊。”

“六点多到的，怕你没时间，没有给你打电话。”巴建华指着汪洋对表哥介绍：“大哥，这就是我的好朋友，汪洋。”

巴图热情地与汪洋握手，汪洋急忙客气地说：“巴局长，您好！给您添麻烦啦！”

巴图非常实在地对汪洋说道：“你不必客气，我和建华是实实在在的亲戚，你就叫我大哥好了。”说完，他拿起桌上的香烟，递给他俩。汪洋摆手客气地说：“谢谢！我不吸烟。”巴建华接过来一支，掏出打火机点着了。巴图又关心地问巴建华：“你们吃早餐了吗，住处安排了吗？”

“吃过了，住处也安排完了，你就不用惦记了。”巴建华如实回答。

“啊，那就好，我姑妈和姑父身体都好吧？”巴图问。

“他们都很好，时常念叨你和舅舅舅妈，并让我向两位老人问好！”巴建华不失礼数，代父母向巴图的父母问好。

双方互相问候之后，就把话题转到了汪洋的小说上。巴图问汪洋：“你的小说是什么题材，多大篇幅？”

“是侦探方面的，二十多万字。”汪洋一面回答，一面从提包里拿出手稿，送到巴图面前。巴图见到半尺多厚的手稿，颇感意外地说：“啊！这么多字呀，都怪我在电话里没听清楚，我以为是两三万字的中篇呢。咱们盟里没有出版社，只有一家杂志社，出版一份双月刊，叫《草原牧歌》，每期都发表几篇中短篇小说，还有一些诗歌和散文。假如你是中篇小说就容易多了，我跟他们编辑说一下，即使稍差一点，让他们帮你修改一下，都可以发表。”

“这么说，我的小说在咱们盟里没有希望发表了？”汪洋焦急地问他。

“也不能这么说，咱们虽然不发表长篇小说，却可以在《草原牧歌》上连载。这么办吧，你们一会儿就去杂志社，去找杨编辑，我已经和他打过招呼了，不过我说是中篇，具体事宜再和他详细谈谈。我上午九点有个会议，不能陪你们了，让我的司机送你们过去。”

“大哥，不用了，我知道杂志社就在附近，走着去就行了，你忙吧，我们现在就去。”巴建华说完，就和汪洋往门外走。巴图在身后送他们，同时又叮嘱道：“建华，谈完一定回来找我，中午咱们一起吃饭，谈出个什么结果咱们见面再说。”

巴图将他们送到门口，问清了他们的宾馆和房间，然后才转身回去。

汪洋和巴建华离开文化局，直奔杂志社。文化局与杂志社距离很近，步行不到十分钟。来到杂志社，巴建华对门卫说："同志，您好，我们是来找杨编辑的，请问他在几楼办公？"门卫打量了他们一眼，然后说："杨编辑在二楼办公，你们上楼后向左拐，第一个门就是。"

他们上楼后，找到编辑室，见到了杨编辑。杨编辑四十出头，中等偏瘦的身材，肤色黝黑，胡须杂乱。他穿着一件黄夹克，胸襟上有几处污渍，衣背上也揉搓出几道皱褶，看样子很长时间没有换洗了。皮鞋的后跟和鞋尖磨得发白，应该是好长时间没有擦鞋油了，给人的印象很邋遢。在汪洋的想像中，编辑应该是不苟言笑，戴着眼镜的老学究，看到杨编辑的形象，汪洋心里有些失望。说实话，若不是在编辑部见到他，打死也没人相信他是个文化人。

"您好！请问您是杨编辑吧？"汪洋十分有礼貌地问道。

"是的，你们有什么事？"杨编辑抬头看着他们。

"杨编辑，我们是巴局长介绍来的。"

"哦，我知道了，他前几天来过电话，请坐吧。"杨编辑没有动身，用手指着沙发让座，然后说："手稿带来了吧？拿给我看看。"

汪洋赶紧把书稿递上，他接过书稿，意外地说："怎么这么多，不是说中篇吗？""杨编辑，是这样的，巴局长在电话里没听清，是长篇，不是中篇。"汪洋赶紧补充。

"对不起，我们是杂志社，不是出版社，出版不了长篇小说，你们请回吧。"杨编辑连手稿看都没看，就对他们下了逐客令。

"杨编辑，巴局长也对我们说了，咱们杂志社无法出版长篇小说，但他说让您看看我的作品，如果觉得还行，麻烦您帮忙修改一下，用连载的形式，分期在《草原牧歌》上发表。您先给看看，行吗？"汪洋恭敬地说出了巴图的想法。

"既然如此，那——好吧。你们把手稿先放在我这儿，我今天抽空先看看，你们明天再来吧。"杨编辑很勉强地答应了。

从编辑部出来，巴建华生气地说："表哥给找的是什么人呐？牛皮烘烘的。不就是个破编辑吗，有什么了不起的，你瞧他那副带搭不理的样子，真叫人生气。"

"建华，别跟他计较，咱们现在是求人家办事，看人家的脸色是正常的。"汪洋压住火气劝慰他。

若按巴建华的意思，现在就去巴图的办公室，汪洋见时间尚早，提议先回宾馆，等快到下班点儿再去文化局。巴建华觉得有理，同意先回宾馆休息。

他们躺在床上，巴建华很快就响起了呼噜，而汪洋心里有事，无法入睡。从杨编辑的态度来看，他心里愈发没底了。他本来就对自己的作品没把握，现在又担心杨编辑是否会帮忙。就在他满腹忧虑、患得患失时，突然传来了敲门声。汪洋起身开门，看到巴图站在门口，赶紧请他进房间来。这时，巴建华也醒了，他翻身坐起来，巴图看着他笑着问："累啦？一定是在车上没休息好。你们见到杨编辑了吧，他怎么说？"

"见到了，他没说啥，只是把手稿留下了，说先看看，让我们明天再去。"巴建华揉着眼睛回答。

"我了解杨编辑这个人，他是中学语文教师出身，性格耿直，不善于交际。他做得对，必须要先看手稿，否则无法判断作品是否优秀。先不说了，走，吃饭去，车在下边等着呢。"他们随着巴图来到楼下。"汪洋、建华，你们想吃点什么？"巴图征求他们的意见。

"大哥，随便吃点啥都行，你不必费心。"汪洋客气地说。

"别呀，你们来了，大哥一定要招待好。你们想吃什么尽管说，千万别客气。"

"大哥，来咱们草原了，吃点有草原特色的吧。"巴建华不客气地说。

"草原特色无非是手把肉、涮羊肉、烤肉和烤全羊，若想吃烤全羊必须去草原上的蒙古包，那里的正宗，今天只能吃涮羊肉、手把肉或烤肉了，你们喜欢吃什么？"巴图再次征求他们的意见。

"我看还是烤肉吧。"巴建华说，汪洋也点头同意。于是，巴图就让司机把他们拉到市里一家有名的烤肉馆。

在酒桌上，巴图和巴建华喝白酒，汪洋喝啤酒。巴图频频举杯敬酒，十分高兴。汪洋的一瓶啤酒很快就见底了，在巴图的盛情劝说下，汪洋又启开一瓶啤酒，但他故意放缓了速度，陪他们喝酒聊天。草原上的烤肉别有风味，诱人食欲，巴图的热情好客让人感激，尽管汪洋心里惦记着出版的事，没有兴趣饮酒，但见巴图和巴建华情绪高涨，不断举杯畅饮，他也只好举杯相陪。他们一直吃喝了两个多小时，方才尽兴。

从饭店出来，巴图送他们回宾馆休息。

晚上，巴图约了几个朋友作陪，去当地一家知名的火锅店吃涮羊肉。酒桌上，宾主频频举杯，相互敬酒。尽管汪洋一再推辞，依旧喝啤酒，但他心里暗自埋怨自己，悔不该听从巴建华的劝说，答应喝啤酒，如今再想推辞，却为时已晚。人家是一片盛情，而自己又有求于人，唯恐拂了人家的一片好意，汪洋也只能尽力相陪了。

酒足饭饱后，他们来到舞厅，巴建华和巴图舞跳得非常好，好在汪洋曾经学过，才不至于太过尴尬。他们一直跳到午夜，又去吃烤羊肉串。巴图为了陪汪洋，没有喝白酒，而是用啤酒相陪。盛情难却，汪洋只好勉力奉陪。喝了两瓶啤酒之后，巴图还想劝酒，汪洋却已经现出醉态，摇摇晃晃地走到一旁去呕吐。他长期不饮酒，酒量已经大打折扣了，身体再也无法承受过量的酒精，致使啤酒喝多了也会醉倒。巴图见他确实不胜酒力，也就适可而止，不再劝酒了。

酒终人散，巴图送他们回到宾馆时已经凌晨两点多了。巴图让司机开了一个房间，他就陪着巴建华和汪洋住在了宾馆，没有回家。

第二天早上，巴图陪他们俩吃过早餐后去上班，汪洋和巴建华如约来到杨编辑的办公室。杨编辑起身让坐，给他们各沏了一杯茶，比昨天的态度热情多了。他拿出汪洋的手稿，直截了当地说："我知道你们着急，刚才巴局长还来电话过问此事，既然你们是巴局长的亲戚，咱们就没必要客气了，我这个人性子直，说话不会拐弯，就有什么说什么了。我昨天晚上看了你的手稿，想问你几个问题，请你如实告诉我。"

"好的。有什么问题尽管问。"汪洋看着他回答。

"你以前出版过长篇作品吗？"

"没有，这是我的第一篇习作。"

"以前是否发表过中短篇小说？"

"没有，只是在《林海日报》上发表过通讯报道。"

"这就难怪了，我只看了两个篇章就猜到你没有写过长篇作品。我再问你，在开始创作前，你是否体验过生活，有没有可以参照的实际案例？"

"没有，我只是凭借自己的想象，以及平时听到的一些案件，经过艺术加工编撰而成的。"

“我刚才说了，我说话比较直，你们又是巴局长的亲戚，我就开诚布公地说了，希望你不要见怪。通过你的作品，我看出你在文学上没少下工夫，尤其是在故事情节的设计和景物描写上，都很到位，也用了很多成语、典故以及一些谚语和歇后语，这些都很难得。你基本上具备了一个作家的潜质，可以说你有文学创作的天赋。但是，你缺少作家最根本的一条——生活经验，而且你也没有去体验过生活，只是凭着对文学的爱好，一个人闷在屋里，脱离实际生活，仅凭想像写，你说这样能写出好作品吗？你忘了文学创作最起码的常识，那就是文学作品来源于生活，但高于生活，没有生活就没有创作的源泉。同时，你的作品还有一个缺欠，就是作品的结构不紧凑，对心里活动描写的不到位，有些形容词用的不恰当，甚至有些与所描写的意思相左，另外，语法修辞上也有错误，还有一些错别字和语言不精炼的毛病。就你目前的状况来看，你还不具备一个作家的条件，我劝你不要急于求成，不要着急写长篇的作品，你要从最基本的做起，先写一些短篇或中篇作品。最主要的是要有实际的生活经验，要体验生活，要写自己熟悉的东西，切不可凭空想像、闭门造车，这是文学创作者的大忌。我很遗憾地告诉你，你的手稿还不成熟，还有许多瑕疵，我不能帮你发表。”别看杨编辑其貌不扬，说起话来却是一针见血。

“杨编辑，您批评得太对了，我也知道自己的作品还不成熟，需要加强锻炼，可是我不甘心，我花了好几年心血写出来的作品就这样胎死腹中。我如果按您的意见回去好好修改一下，还有出版的希望吗？”

“世界上的事情没有绝对的，你如果修改，不是没有可能发表。但是，我劝你还是从最基本的做起，你舍不得放弃这部作品，我能够理解，毕竟你花费了几年的心血，不想放弃是正常的。不过，我劝你不妨先放一段时间，先写一些短小的作品，等你成熟了，回头再看这个作品，就会明白我的意思了，到时候再看你是否还满意这部作品，是否还舍不得。”

“谢谢您，杨编辑，太感谢您了！我听您的劝告，回去一定按您说的去做，同时，我也希望经常听到您的教诲和指点。”

“你不必这么客气，培养和发现文学新人是我们做编辑的职责，这是我的名片，你收好，你把你的联系方式也告诉我吧，这样便于我们联系。我已经给你准备了两本有代表性的《草原牧歌》，上面有两篇作品是刚刚步入文坛的新人发表的作品，我已经对其作品做了批注，请你抽时间阅读一下，说不定对你的文学创作会有所启迪。真诚地希望你为我们投稿，我也一定会竭尽全力帮助你的。你不必灰心，每个文学创作者都会经历这个过程，我坚信，只要你不断努力，坚定决心，持之以恒，你会成为一名优秀的作家！”杨编辑转身从书架上拿出两本《草原牧歌》送到汪洋的手上。

“杨编辑，谢谢您的鼓励，我一定不会让您失望的！”汪洋感激地对他表明自己的决心。

从杂志社出来，巴建华担心汪洋会着急上火，劝他说：“汪洋你别上火，也别完全相信他说的话，俗话说：‘人挪活，树挪死。’咱们不必在一棵树上吊死，再想想别的办法，找大一点的出版社去看看，说不定会有编辑看好你的作品。这叫‘东方不亮西方亮’，你没听古人说吗，‘不愿文章中天下，只愿文章中考官’。每个人的眼光不一样，审美观念不同，看问题的角度更是各有不同。”

“建华，你不必劝我，我没事的。杨编辑说的对，我在创作过程中确实存在他所指出的毛病，别看杨编辑其貌不扬，他对文学的见解却有独到之处，具有真才实学，真是‘与君一席话，胜读十年书’啊！我回去之后，一定好好总结经验，努力克服自己的不足，不再好高骛远，而是脚踏实地，从最基本的做起。我相信，只要付出努力，就一定会有所收获的，有志者事竟成！我就不相信，我不能成为一名优秀的作家，将相宁有种乎？！”汪洋此时已经彻底看清了自己的不足，同时也重新看到了希望。巴建华见他已经走出了误区，认识到自己作品的症结所在，不再为他担心，反而感到高兴。

第二十七章

笔耕不辍

尽管小说遭到否决，汪洋的心里很不是滋味，有一种悲怆的失落感，正可谓“乘兴而来，败兴而归”。但他从杨编辑的谈话中得到了启发，知道自己的作品还有很大的差距，也知道了其中的症结所在。他暗下决心，回去以后一定要改变急于求成的想法，要脚踏实地，从点滴做起，练好基本功，打下扎实的文学基础，积累文学创作的经验，认真收集素材，待时机成熟后，再动手创作长篇作品。如此一想，他不但没有上火，反到觉得轻松和释然了。

由于作品没能发表，汪洋也无心呆下去了，打算尽快返回，巴建华理解他的心情，同意了他的想法。他们从杂志社出来后，直奔车站，查看返程的车次。恰好当天下午四点就有返程的列车，而且还有卧铺，他们赶紧买了车票。

巴图听说小说没能通过，深感惋惜，觉得自己没有尽到责任，再次给杨编辑打电话，询问是否还有补救的办法。杨编辑在电话里阐明了观点，说明不能发表的具体原因。面对杨编辑坚定的否决态度，巴图也无能为力，只有接受现实了。他知道汪洋一定很沮丧，就提出要去草原吃手扒肉，让汪洋散散心。

由于他们已经决定返回了，汪洋婉言谢绝了他的盛情。巴图心里觉得过意不去，一再挽留，直到巴建华拿出车票，他才不再坚持。

中午，巴图找了一家高档酒店，为他们送行。酒店的包厢很宽敞，富丽堂皇，还有卫生间和卡拉OK。这里不仅是设施一应俱全，菜肴也十分讲究，有烤羊腿、炒驼峰、酱鹿肉、清炖达赉湖鲫鱼，外带飞龙汤，他们喝的是马奶酒。还有身着蒙古服装的姑娘为客人献哈达、敬马奶酒、唱蒙古歌曲。汪洋不喝白酒，即使是姑娘敬马奶酒，他也是用啤酒代替。

他们边喝边唱，还不时受到蒙古族姑娘的邀请来跳舞。他们一直吃喝到三点多才结束。

巴图一直送他们到车上，并让司机买了一大堆的食品带到车上吃。巴图送给他们每人一把精致的蒙古刀和一顶酷似美国西部牛仔的蒙古帽，另外还有一些奶酪、牛肉干、马奶酒和海拉尔香肠等草原特产。列车即将开动，巴图与他们握手道别。

汪洋由于喝多了酒，列车开动后就爬到卧铺上呼呼大睡。他被巴建华叫醒时，已经是晚上八点多了。因为他们中午光顾着喝酒，没有吃主食，汪洋确实感觉有点饿了。他从卧铺上下来，看见巴建华在桌上摆着烧鸡、红肠、酱牛肉等食品，巴建华打开了一瓶白酒，还为汪洋准备了啤酒。巴建华一再劝说，汪洋却死活不肯喝啤酒，只是吃了一些面包和熟食就重新回到卧铺上休息去了。巴建华见他的态度如此坚决，只好自斟自饮，因为独自喝酒没兴趣，他只喝了二两多，又把为汪洋启开的啤酒喝了，随便吃了点主食，然后就躺下休息了。

第二天早晨醒来，他们都觉得没有胃口，就没有吃早餐。上午九点多，列车到达了甘河，他们下车后，径直来到汪洋家。见到他们，施玉梅颇感意外，随即猜到此行一定徒劳无功。她什么都没有问，只是忙着为他们准备饭菜。巴建华拦住她，说：“你不必忙活了，我们剩下了很多吃的，你归置一下就行了。施玉梅把他们带回的食物切割装盘，又炒了两个热菜，拿来白酒杯。巴建华起身取了一个啤酒杯，打开从车上带回来的啤酒，将酒杯斟满，说道：“嫂子，你也喝点吧。”

“建华，你别给我倒酒，我刚吃过，就不陪你了，你自己喝吧。”施玉梅急忙推辞道。

“嫂子，你还不知道吧，汪洋已经开始喝啤酒啦！”巴建华得意地告诉她。

“怎么会呢？你的小说发表了？”施玉梅有些疑惑地问汪洋。

“小说没发表，喝啤酒确是事实。”汪洋觉得没有必要隐瞒，当下就把自己喝啤酒的经过大致告诉了施玉梅。

“其实酒这东西，少喝点对身体有好处，当初你戒酒时，我就不赞成。你说过年过节还有平时来个亲戚朋友什么的，你什么也不喝，像个清教徒似的，多尴尬啊！我之所以没说你，是怕打击你的积极性，现在你喝啤酒，正好是个折中的办法，来人去客用啤酒相陪，既不违背你的诺言，又能陪客，真是一举两得！”施玉梅善解人意地表示赞同。

汪洋一面陪巴建华喝酒，一面把有关小说没能发表的原因，大概告诉了妻子。施玉梅听完，尽管心里觉得有些失望，但她怕丈夫心里难受，同时也担心丈夫会放弃写作，便没有责备他，相反勉励了他一番。

自此，汪洋一改往日的做法，将被杨编辑判了死刑的手稿放在一边，按照杨编辑的忠告，开始寻找题材，写一些短篇小说以及散文诗歌，然后把稿件寄给杨编辑，征求他的意见。杨编辑根据汪洋作品的质量，提出修改意见，汪洋再按他的要求进行修改。经过汪洋的不懈努力和杨编辑的悉心指导，汪洋根据以前写过的报道《爱的奉献》修改成的短篇小说终于在《草原牧歌》上发表了。虽然只有寥寥数千字，但这毕竟是自己的处女作。望着有自己署名的刊物，他心花怒放，激动万分，他的辛勤耕耘终于有了收获。

虽然稿费只有区区几十元钱，他却觉得无比珍贵，将其珍藏了起来。

1991年7月1日，中国共产党建党七十周年，为了纪念这个伟大的历史时刻，党中央发出指示，要求在全国范围内举行庆祝活动。

全国上下一齐响应，中央领导和著名学者都纷纷发表署名文章，纪念伟大的中国共产党走过的辉煌历程。《草原牧歌》按照中央的部署，向全盟发出通知，要求各界人士撰稿，纪念建党七十周年。汪洋幸运地接到了约稿通知，他怀着无比激动的心情，写下了一组散文诗《光辉的历程》，以庆祝中国共产党诞生七十周年。

忆往昔，七十年前的今天，

神州大地千疮百孔，血迹斑斑。

为了挽救灾难深重的祖国，

为了解放水深火热的人民，

一批革命先驱、中华民族的优秀儿女，
挣脱了旧制度的枷锁，
冲破了黎明前的黑暗。
毅然举起反帝反封建的大旗，
将革命的火种遍地点燃。
伟大的舵手啊！指引着南湖的航船，
绕过无数急流、暗礁、险滩——
义无返顾地奔向胜利的彼岸。
凭着坚定不移的共产主义信念，
开创了人类历史进程的新纪元。

二七年，一场腥风血雨的屠杀，
断送了轰轰烈烈的北伐革命。
无数革命烈士的鲜血，
唤起共产党人的觉醒！
必须掌握枪杆子，武装夺取政权！
真正的革命者怎怕流血牺牲？
震惊中外的“八一”枪声，
拉开了武装起义的序幕，
敲响了蒋家王朝的丧钟。
黄洋界上的炮声，
开创了农村包围城市的土地革命。
英勇善战的红军啊！如神兵天降，
围剿之敌闻风丧胆、草木皆兵。
苏维埃政权映红了半壁河山，
革命事业蓬勃发展，气贯长虹！

"九一八"硝烟未尽，
察哈尔上空布满战云。
抗日军民同仇敌忾雪国耻，
反动派坚持攘外必先安内。
故土沦丧全不顾，
兴兵百万剿红军。
暮蔼沉沉航向偏"左"，
北上抗日旗帜鲜明。
力挽狂澜拨迷雾，
遵义城头旭日升！
围追堵截何所惧，
万水千山任纵横。
泸定天险轻飞渡，
雪山草地亦从容。
攻关夺隘驰骋两万五千里，
红军长征千秋万代留美名！

西安古城、志士兵谏，
清华池畔，"伍豪"雄辩。
卢沟桥炮声震中外，
八路军奋勇上前线。
平型关大捷倭寇胆寒，
持久战鸿猷科学论断。
从太行山到华北平原，
从江南水乡到苏豫皖，
游击健儿神出鬼没歼倭寇，
顽固派屡次反共破坏抗战。

"皖南事变"同室操戈，

江南一叶，千古奇冤！

浴血奋战八年整，

祖国光复万民欢。

血肉长城无坚不摧映日月，

抗战英灵千古永垂照河山！

欢庆胜利的锣鼓尚未停息，

和平的曙光已被枪炮打断。

蒋介石背信弃义撕毁协议，

毛泽东运筹帷幄千里决战。

得道多助，失道寡助，

人民战争，威力无边。

辽沈、平津、淮海三大战役，

雄师逐鹿，所向披靡。

假谈真打末路穷途耍诡计，

真心和平八项条件有诚意。

凭险隅守长江图半壁，

百万雄师破浪歼残敌。

孤岛偏安独夫民贼空悲戚，

华夏欢腾领袖群伦开盛世。

众望所归人才济一堂共商国是，

旭日东升人民共和国巍然屹立！

胜利的歌声唱遍了大江南北，

建设社会主义号角响彻天地。

医治创伤，百废俱兴新气象，

装点河山，祖国到处换新装。
从北大荒粮仓到黄海之滨的钢城，
从“萨尔图”的油田到戈壁滩的“马兰”，
在这片古老神奇的土地上，
到处呈现欣欣向荣的景象。
雄壮的乐曲在太空回响，
尖端科学在宇宙间飞翔。
顺应潮流迎来了改革开放，
挣脱束缚万众一心奔小康。
伟大的党啊！肩负着中华民族的希望，
伟大祖国啊！日新月异更加繁荣富强。
大江东去，带走了无数沧桑岁月，
千秋功罪，留与后人评说！

这是汪洋第一次尝试创作散文诗，对于格律不太懂，只是他平常读的比较多，日积月累，摸索出了一些经验，这还真是应了古人的那句话：“熟读唐诗三百首，不会作诗也会吟。”没想到，经过杨编辑的修改，这组散文诗竟然在《草原牧歌》上发表了。这下，他的信心更足了，连续写了几个短篇小说，在杨编辑的帮助下，均予以发表。

新年前夕，杂志社发来邀请函，通知他去开创作人员座谈会暨表彰大会，汪洋欣然前往。会上，他获得了文学创作二等奖，并得到了五百元奖金。由于这次大会的全部费用由杂志社承担，汪洋基本没花钱。

他想起施玉梅为了操持这个家，为了支持他写作，省吃俭用过日子，几年都没有买过穿戴，他心里感到很愧疚。如今，自己得了奖金，还有累积的稿费，加起来已经一千多了，他决定用这笔钱给妻子买点衣物。他在商场转悠了半天，精心为妻子挑选了一双棕色高筒皮靴和一件深蓝色羊毛绒大衣，又给儿子买了一件人造毛大衣和一双小靴子，还有一件飞机玩具。这是他第一次给妻儿买衣物和礼物，他没有购物经验，挑选的衣服样式也很平常，虽然不是流行的时髦商品，却结实耐用。

他一直担心自己购买的衣物妻子会否满意，没想到当她看到他买的衣物时，十分高兴，连声夸奖他会买东西。她存放着舍不得穿，还准备过年拿出来穿。望着妻子高兴的神情，汪洋感到很满足。

临近春节，妻子和儿子穿上他买的新衣服回到了家乡。此时，儿子已经四周岁了，不但长相酷似父亲，就连一些生活习惯都与父亲十分相似。例如汪洋喜欢背手走路，他也背手走；汪洋喜欢读书写作，他也十分喜欢书籍。他们如此相像，除了遗传基因所致，也是自幼耳濡目染，受到了熏陶。

大姑给了他二十元压岁钱，他跟小哥哥去逛街，却用十元钱买了一本精装的《金刚葫芦娃》，还缠着父母读给他听。全家人都夸他聪明好学，与众不同。

回到林海市后，有一次，他让大姨给他读书。大姨读的时候，错把“栅栏”读成“姗栏”，他却问大姨：“大姨，你不识字啊？”

大姨看了他一眼，问他：“咋的啦，你怎么这么说大姨呢？”

“大姨，你读错了，我妈读的是‘栅栏’，你却读成了‘姗栏’。”

“哎哟，你这孩子记性可真好！把全书的字都背下来了！是的，大姨真不认识这个字。”大姨不好意思地笑着说。

从此，他每天放学后，都会先完成作业，然后再干其他的事情。久而久之，他养成了良好的习惯。

在学前班学了一个星期，施玉梅发现儿子的嘴唇上生了个水泡，便问他是怎么回事，他的回答让施玉梅颇感意外，他说：“妈妈，我上火了。”

“为什么事情上火呀？”

“人家学习都好，我学习不好，就上火了呗。”

施玉梅对儿子的好学和上进心十分高兴，她鼓励儿子说：“儿子，你别上火，其实你很聪明，只要你用心学习，我保证，不超过两个月你就能撵上他们。”

“真的吗？我真能撵上学习好的同学？”

“能，你一定能撵上他们。”施玉梅用坚定的口气鼓励儿子。

她的话对儿子很有帮助，儿子从此更加努力的学习。果然，不到一个学期，他就赶上了班里学习好的同学，待到学前班毕业时，他的学习成绩在班级已经是第一名了。

上小学后，他的学习成绩也一直名列前茅，还经常得到奖状和奖品。有一次，何强问他：“辰辰，你长大后想干啥呀？”他不假思索地回答：“上大学，去北京，出国。”他的回答让何强十分惊讶，赞叹道：“都说三岁看小，七岁看老，此话一点不假。这个孩子有志气，将来一定错不了！”此后，每当提起这个话题，何强都对汪清辰赞不绝口，夸他有出息、有志向。他非常喜欢上学，每天早早就到学校了，回家后总能及时完成作业。出于儿童的天性，他十分喜欢看动画片和《鞠萍姐姐讲故事》等幼儿节目，有时他还一边写作业一边看电视。施玉梅告诉他：“辰辰，你不能一边看电视一边写作业，这样既影响你写作业，又影响你看电视，一心不可二用。放学回家后，你第一件事就是写作业，写完作业再玩儿或者电视。如果确实想看电视，就先看电视，再写作业。”

有一次，家里来人吃饭，汪洋带他到附近的小卖店去买食品，他买了几根火腿肠、一瓶鱼罐头、一瓶水果罐头、一包五香花生米、几瓶啤酒，还有一袋薯片、两瓶娃哈哈、一袋膨化食品。算账时，卖货的大姐嘴里叨咕着每样食品的价格，然后累计相加，最后收了他三十二元钱。大姐算账时，辰辰在一旁眨巴着小眼睛，用心地听她说着每样食品的价格，当听到大姐说共计三十二元钱时，他冷不丁地说：“爸爸，不对，她多收了两角钱。”

卖货的大姐惊奇地看了他一眼，赶紧又算了一遍，然后笑着说道：“哎呦，这个孩子记性可真好，刚才我疏忽了，真差了两毛钱。”

“大姐，没事的，两角钱就算啦。”汪洋客气地说。

“大兄弟，别价，虽然两毛钱不算啥，但是，难得你儿子这么小年纪竟这么聪明。就凭他的聪明劲儿，我也不能就这么算了。来，孩子，这两毛钱给你，另外，大妈再奖励你两根奶油雪糕。”卖货大姐用赞赏的口吻说着，并用手拍了拍他的脑袋。

淘气是儿童的天性，汪清辰也不例外。他与邻居的小朋友打架，而且经常占上风，施玉梅知道后，教育他说：“儿子，你不能和小朋友打架。”

“妈妈，没事，我能打过他们。”他以为妈妈在担心他吃亏。

“儿子，和小朋友打架是不对的，你要和他们好好玩，千万不能和他们打架。打架的孩子不是好孩子，你说，你是愿意做好孩子还是坏孩子？”施玉梅谆谆善诱地教导儿子。

“妈妈，我想做好孩子，我再也不跟他们打架了。”儿子向妈妈保证。从此，他果然再也没有和小朋友打过架。

刚上小学时，由于孩子小，家与学校有一公里的距离，施玉梅每天既要上班，又要抽时间接送儿子，十分辛苦。

有一天中午，她有事耽误了时间，放学时间过了十几分钟她才起身去接儿子。她刚出门口，就意外地看见儿子回来了。她急忙说：“儿子，妈有点急事耽误了，你怎么自己回来了？”

“妈妈，您以后不用接我了，我认识路，自己能回来。”

“儿子，认识路也不行，路上车那么多，还要穿两条马路，你太小，自己走妈不放心。”

“妈妈，你放心吧，我过马路时，先站在路边看好了，有车我就不过，没车时再快点跑过去。”

“行，儿子，妈同意让你自己上学，不过你千万注意安全，路上不要贪玩，放学后赶紧回家，不要和陌生人说话。还有，即使遇到认识人叫你，也不能跟他走，记住了吗？”

“妈妈，我知道了，我们老师都告诉我们了，上学的路上要注意安全，遇到有人给吃的东西不能要，有人领你去玩也不能去。”

“好儿子，这妈就放心了。”施玉梅见儿子这么懂事，心中十分高兴。尽管她嘴上答应不接送儿子上下学，可心里还是放心不下，一连跟踪了儿子好几天，见儿子果然不贪玩，过马路时又很谨慎，她才彻底放心了。

儿子也时常淘气，有时候因为儿子淘气，汪洋故意吓唬他说：“你如果再不听话，我就不让你上学啦。”他听完后信以为真，害怕地对妈妈说：“妈妈，爸爸说不让我上学了，你说怎么办哪？”

“儿子，只要你听话，不再淘气，爸爸是不会不让你上学的。”

“妈妈，我一定听话，保证不淘气了。”儿子像个小大人似的回答。

何强的儿子何晓扬比汪清辰大三岁，学习成绩不好，何强经常用汪清辰做正面教材，说：“你看看小弟弟，再看看你！说不让他上学了他就吓够呛，你可倒好，若不让你上学，保证你是乐得够呛。”

汪洋每当听到人们夸自己的儿子，他都非常高兴，同时他也暗自感激妻子教子有方，庆幸自己找了一位如此贤惠的妻子。

随着汪洋的短篇小说相继发表，创作长篇小说的想法又萦绕在他的心头。经过一年多的磨练，他感到有了几分把握，便找出了尘封一年多的手稿，想重新修改一下，再去出版社碰碰运气。

他把手稿仔细地审阅了一遍，惊奇地发现，原来他认为说得过去的手稿，竟存在如此之多的硬伤。无论是故事结构，还是写作技巧，都让他感到很不满意，就是想修改都觉得无从下手。他思考再三，只好又无奈地将手稿收藏起来。

通过这件事情，汪洋对杨编辑更加信服，崇拜的五体投地。

既然原来的手稿判了死刑，他只有另辟蹊径了。可是，要想找一个长篇小说的题材，谈何容易！

就在他因为寻找不到题材而苦恼时，表哥回到了甘河。他比原先胖了一些，皮肤也白了。兄弟俩几年未见面，而且其中又经历了许多曲折，所以他们俩见面时倍感亲切。

“表哥，自从听说你出事后，我就十分惦记你，还特意和玉梅到医院去看望你，没想到你已伤愈出院了。快说说，这几年你去了哪里，现在干什么呢？”汪洋急于了解表哥的情况。

“我现在已经结婚了，家安在了北京。你嫂子上班，我做点生意，还有了一个女儿，一切都很好。”江群带有几分得意地告诉他。

“在北京安家了？太好了！听说嫂子是个搞科研的，对你情深意重，彼此分离八年多又走到一起的，真让人感动。”

“你嫂子可不是一般人，她对我岂止是情深意重啊，可以用天高地厚、再生父母来形容！没有她就没有我今天的一切，没有她我早就完了，即使不被枪毙，至少也要被判重刑，是她的爱情给了我力量，是她的深明大义让我彻底认清了那帮朋友的所作所为！在她的感召下，我从罪恶的泥淖中拔出腿来，在险境中绝处逢生，才有了今天这一切。她不但是我的爱人，更是我的救星！我们的爱情经历，简直可以写一部小说了。”江群感慨万分地称赞自己的妻子。

“表哥，吉人自有天相，你为人诚实，心地善良，理应得到幸福。你先坐一下，我去弄几个菜，咱们边吃边聊。”汪洋说完，骑着自行车来到农贸市场，买了几样熟食和酒水。回到家里，他将熟食切好装盘，端到桌子上，表哥喝白酒，他用啤酒相陪，兄弟俩一边喝酒一边聊天。

酒过三巡，菜过五味，他们都有了醉意，表哥问起了他的写作情况：“兄弟，你的小说怎么样啦，出没出版？”

“唉，一言难尽啊。我花费了三年心血，没想到竟被编辑判了死刑！”汪洋叹着气说。

“兄弟，你别灰心，做什么事都不会一帆风顺的，失败是成功之母，大不了重头再来。”表哥鼓励他。

“表哥，我没有灰心，还在继续写作，并且还发表了一些短篇小说和散文诗。可是，我还是想写长篇的，只是苦于没有好的题材。”

“哦，原来如此。能够发表短篇小说和诗歌也不简单，说明你的写作水平已经达到了一定的程度。兄弟，我告诉你一个秘密，其实我也喜欢文学，也幻想着写点什么东西，可我的性格不行，喜动不喜静，坐不住。我也尝试了几回，都没能坚持下来。其实，文学创作是个苦差事，既要有文学水平，又要有耐性，这点我就比不上你。说到题材，我倒有一个，不知你是否感兴趣？”

“是什么好题材，快点讲给我听！”汪洋大喜过望，急忙问道。

“这个题材就是我参与贩毒的犯罪事实。我想以自己的亲身经历告诫人们要珍惜生命，远离毒品。我原打算亲自来写，但现在看来是无法实现了，索性就拜托你帮忙写出来，也了却我一桩心事。”

“表哥，快把你的经历讲给我听，我一定尽最大的努力，实现你的愿望，决不会让你失望的。”

“这话还得从头说起，自从那年我在家乡，因为有人欺负我弟弟，我一时冲动将人打晕。我当时误以为他死了，吓得连夜出逃，东躲西藏，到处流窜，辗转来到了大兴安岭林区。我躲在深山老林中，靠出苦力挣钱养活自己。直到两年后，我意外得到了消息，被我打的人没死，当时只是昏厥过去了，原来这都是一场虚惊。我躲在没人的地方大哭了一场，并以最快的速度回到家中与亲人相见。由于在家没事做，我又重新返回林区，名正言顺地做临时工。有一次，因为运材车半路抛锚，我连夜赶回山场取汽车零件，没想到途中却遇到两伙人在山路上打架。我好心相劝，没想到一方仗着人多势众，怪我多管闲事。我出于义愤，就和他们动起手来。你知道我曾经学过武功，那帮人根本不是我对手。被我搭救的那几个人对我十分感激，他们留下了我的地址，没几天就开车将我接下山，还好吃好喝地款待我，并介绍我认识了一位风云人物。”

说到这里，表哥突然停了下来，神情显得有些痛苦。他端起酒杯，一口喝干，然后又重重地叹了一口气，凝神沉思了片刻，似乎有什么难言之隐。然后，他语气沉重地继续说：“我认识了这位风云人物，是我一生中最大的遗憾，也是我一生中最大的失败。每当想起那段痛苦、屈辱、肮脏、龌龊的往事，我就会痛苦万分，追悔莫及，无法原谅自己。我把这段不光彩的、令人难以启齿的痛苦经历深深地埋在心底，除了对爱人坦白过，从未对任何人讲过。你既是我的兄弟，又是因为写作需要，我就忍痛告诉你真相吧！”表哥停顿片刻，继续讲道。

“这位风云人物就是前几年被判死刑的梅岚，她当时是民政局副局长，丈夫是公安局副局长，后来提升为政法委副书记。她与我一见面，就答应帮我办理农转非户口，同时还答应为我安排工作。当时，我非常感激她，她还特意请我去家里吃饭。在酒桌上，她对我十分热情，又是劝酒，又是夹菜。我因为有求于她，又见她如此热情，就多喝了几杯。没想到她在我的水里放了兴奋剂，并在我醉酒状态下与我发生了不正当关系。当我清醒后，觉得羞愧难当，失声痛哭。

“事后，我本打算与她断绝一切往来，没想到她如此神通广大，几天时间，她就为我解决了户口，还安排了正式工作。你知道，这两样是我梦寐以求的东西，也是关系到我一生的命运和前途，我在这个十字路口徘徊许久，踟蹰不定。后来，我想到反正都已经大错铸成，即使不要这两样东西，也是于事无补，索性就破罐子破摔，答应与她保持不正当关系。我在学校上高中时，有一位青梅竹马的初恋女友，我们曾经海誓山盟，誓愿终生结为夫妻。没想到造物弄人，后来发生了一连串的事情，致使我们之间越走越远。直至与梅岚发生了关系，我自觉无颜面对她，只好采取逃避的办法，含泪给她写了一封绝交信，然后断绝与家人和外界的联系，整天过着醉生梦死的生活。后来，有幸与你相遇，我总算有了一个亲人。至于他们贩毒的事情，我开始并不知情，只是出于朋友义气，从侧面帮他们做了几次买卖。后来，我知道他们是在贩毒，但一切都晚了，我已经深陷其中无法自拔了！我曾多次参与他们的贩毒活动，具体的有用假钞骗取高氏父子的毒品，后来在他们分钱时发现了，超近路将钱黑子等人截住，是我和纪远等人冒充警察将他们解救出来。我还利用保卫科长的身份屡次帮他们运送毒品。至于详细情况，一时半会儿也说不清，等我回去后，把详细情况以及整个破案经过都整理出来寄给你，便于你写作。我能有今天，全仗我的爱人心胸开阔，她不但原谅了我的所有过错，还苦口婆心地做我的思想工作，让我认清了毒品的危害性和贩毒的严重性，在她的开导和劝说下，我幡然醒悟，帮助公安局揪出了幕后指挥的梅岚，并将贩毒团伙一举抓获。公安干警为了破获此案，派出侦查员巧妙地打入贩毒团伙做卧底，最后，那名侦查员为了救我而壮烈牺牲了。这是我一生中最大的痛苦，我的良心也因此备受折磨，令我不得安宁。唯一令我欣慰的是你没有参与其中，你当初不明白真相，打算跟我们一起去打夜猎，其实，我们是借打猎的名义运送毒品。如果当时你参与进来，就无法脱身了，也会成为一名贩毒分子，那样我岂不是害了你！好啦，我就大致说这些，等我回去以后，把所有的经过都整理出来，尽快寄给你。”

表哥的这番话让汪洋感到非常震惊，他为表哥所遭受的磨难而伤感，同时也为他的明智抉择而自豪。

表哥是回单位办理停薪留职手续的，办完之后就匆忙返回北京了。大约过了一个月的时间，汪洋接到了表哥寄来的特快专递，他把自己的所有经历都整理出来了，而且十分详细。汪洋仔细阅读后，对十分满意，并着手准备写作的相关事宜。

他在写作之前，深入到公安局去体验生活，并走访了当初亲自参与破案的干警，详细地了解了破案经过。巴日虎等人不但热心讲述了破案经过，还为他提供了案例以及破案时留存的照片，同时还提供了一些其他的刑事案例供他参考。

当他采访到现任公安局副局长、原缉毒队队长安航时，安航为他提供了一个特别的案件。安航是一个十分沉稳且不苟言笑的人，闻知汪洋是为了写作而进行采访的，就欣然说道：“关于侦破贩毒案件的始末，巴日虎已经详细告诉你了，我就不再絮烦了。我给你提供一个比较经典的刑事案件，说不定对你的创作有益。前几年，我们曾破获了一起‘白骨’案，是林场护林队员巡护时发现的。发现时，现场只有一副骷髅骨架和一套残破变色的运动服，以及后来在附近山坡树林中找到的一把木工斧子。除此之外，现场没有留下任何其他的证据，破案难度可想而知。后来，经过干警们的仔细摸查走访，终于找到了斧子的主人。他是一位有着三十多年党龄，参加过土改的老共产党员。他的斧子是女婿在端午节杀猪时借去的，买完猪肉回来时，他曾去找女婿要过斧子，女婿说在买猪肉回来的路上不慎丢失了。当时，老人听说自己的斧子是在行凶现场附近找到的，便联想到自己的女婿整天游手好闲，不务正业，还与社会上不三不四的人来往。他担心女婿与凶杀案有关联，亲自上门问女婿，女婿却一口否认。他又想到读初中的儿子当天曾跟姐夫一起去卖肉，就把儿子叫到一边盘问。他对儿子说明此事的利害关系，儿子终于说出了事情的原委。那个死者就是他女婿用斧子砍死的，斧子是他作案后在慌乱之中丢掉的。作案后，他对内弟威逼利诱，不但给了他一些钱，还威胁说他若把事情说出去，就杀了他们全家及姐姐。儿子害怕家人受到伤害，只好替他姐夫隐瞒真相，按照姐夫教的话去欺骗家人。

“老人从儿子的口中得知了真相，一夜未眠，经过激烈的思想斗争，这位老人竟然大义灭亲，带着儿子去投案自首，并举报了女婿杀人的罪行。

“这个案子尽管与其他的杀人案件大致相同，但是，能够像这样大义灭亲的老人却很少见。都说‘虎毒不食子’，我们在以往的案件侦破当中，经常碰到故意隐瞒、知情不举的人。他这种深明大义、不徇私情的精神与那些故意包庇罪犯的人相比，更显得难能可贵。你不妨将这个特殊的案例穿插到小说中去，对那些抱有侥幸思想，故意包庇罪犯的人来说，也有一定的教育意义。我不懂文学创作，我也只是个建议，至于可行与否，请你自己斟酌。”

“谢谢！感谢你们的帮助和建议，我回去后一定仔细斟酌。”汪洋连声道谢。

第二十八章

夙愿得偿

由于历年来采伐量过大，自然资源逐渐减少，植树造林工作又进展缓慢，故此，大兴安岭地区的生态环境遭到了严重破坏，林业的经济状况急转直下。为了保护生态环境，党和国家领导人及时调整了林业政策，全面启动了天然林保护工程，林业形势发生了根本性变化，以前以采伐为主，现在却是只造林不采伐。如此一来，靠林业为生的企业都很萧条，许多单位连工资都发不出来，最严重的企业拖欠职工工资已长达半年之久。严峻的经济形势迫使林业企业缩小编制，裁减人员，汪洋也在裁减的名单之列。下岗职工为了生存，纷纷自找门路，有的求亲靠友，借钱买车跑运输，有的倒卖服装，有的开饭店、旅店，有的卖菜，还有的收山货。总之，大家是八仙过海，各显其能。

汪洋下岗后，没有了生活保障，为了节约开支，施玉梅劝他暂时离开甘河，到林海去和他们一起住，这样既免的她两头跑，又能照顾汪洋的生活起居，更有利于他写作。他们只把贵重物品带走了，剩余的家具等生活用具连同房屋，一起出租给他人。

巴建华和彭宗元听闻汪洋要搬到林海市去住，都心有不舍。施玉梅回来收拾东西时，他们两家都前来帮忙，并各自设酒为他们送行。韩世杰、蒋学斌等人也闻讯赶来，请他们去饭店吃饭，在酒桌上，他们回忆往事，心情都很激动。汪洋对他们的深情厚谊十分感激，也为自己有幸遇到这些知己朋友而感到骄傲和自豪。

巴建华和彭宗元开车将他们送到林海，施玉梅在饭店款待了他们，以表达他们夫妻的感激之情，没想到，彭宗元却抢先结了账。临分手时，他们都很激动，彼此拥抱，洒泪而别。

以前一起下乡的知青们听闻汪洋搬回来居住的消息，纷纷前来看望他，并提出要为他接风。汪洋只答应了林忠瑜和谌伟的邀请，对其他的人一概婉言谢绝。他此时根本无心吃喝，心里只有他的文学创作，他不想浪费自己的宝贵时间。

岳母希望他们可以住在家里，可是，施玉梅觉得弟弟已经结婚了，而且与母亲共同生活，如果自己一家人也搬进来，关系不好相处，怕时间长了发生矛盾。当初，施玉梅自己带着孩子住在家里和现在的情况不一样。同时，她也担心住在这里会影响汪洋创作，所以不顾母亲的挽留，决定搬出去住。如此一来，他们又增加了一笔开支。汪洋没有经济来源，他们一家三口只能靠施玉梅的工资维持生计。汪洋看到别人做生意赚了钱，又看到妻子省吃俭用，一个人操劳太辛苦，于心不忍，因此，他提出要做生意。可是，施玉梅却断然拒绝了，劝他不要多想，安心写作。

汪洋怀着感激之情，以饱满的热情，全身心投入到创作之中。他上午写作，下午休息，每天夜里都写到凌晨，有时灵感来了，思路如泉涌般喷发，就干脆熬通宵。由于他写作太过投入，满脑子都是他的作品，几乎忘掉了身边的一切，澡不洗、头发不理、胡子不刮，弄的跟野人似的。节假日他不放在心上，就连天气变化、季节更替都仿佛与他无关。他现在的状态，真是应了苏东坡的那句话："不知今夕是何年。"

寒来暑往，花开花落，汪洋潜心创作了两年，几易其稿，数次更名，终于创作了一部二十五万字的长篇小说。截稿那天，他心情激动，感慨万分，如释重负的倒头大睡，妻子叫他吃饭都喊不醒。他一觉睡了将近二十个小时，睡醒后胃口大开，尽情地饱餐了一顿，然后理发、洗澡，带着妻子和儿子去逛街。儿子高兴地拉着他的手，脸上洋溢着幸福的笑容，不停地问这问那，兴奋得如同过年。望着兴奋不已的儿子和满面笑容的妻子，汪洋心里很难受，他这几年忙于写作，把所有的事情都推给了妻子，自己没能尽到做丈夫和父亲的责任，心里十分愧疚。他暗暗发誓，将来自己成功了，一定要加倍报答妻子的一片爱心，补偿对儿子欠缺的父爱。

数日后，汪洋带上手稿，揣着妻子省吃俭用为他积攒的费用，怀着无限的希望，踏上了通往自治区首府的列车。

他平生第一次来到呼和浩特，虽然觉得陌生，却倍感亲切。他对这座历史悠久、驰名中外的塞外名城仰慕已久。他从相关书籍中得知，美丽的呼和浩特就像一颗璀璨的明珠，镶嵌在内蒙古草原上。它背靠蜿蜒巍峨的大青山，南临滔滔的黄河和黑河，青山绿水环抱，景色雄伟秀丽，而且自古以来就是祖国北部边疆的文化发源地。这座城市在历史上是联系内地与西域以及外国的重要通道，也是军事要塞，是北疆最大的物资贸易集散地，是集政治、经济、文化、军事、交通、贸易、金融为一体的中心地域。长期以来，汉族与匈奴、鲜卑、突厥、契丹、女真、蒙古等各民族相继在此地生息共处，开拓疆土，他们以呼和浩特平原为历史舞台，创造出绚丽多彩的物质文明和精神文明。

汪洋下车后，由于不熟悉环境，他没有往市区走，而是在车站附近找了一家价格便宜的小旅店。然后，打听到出版社的地址后，他带上手稿，前往出版社。

几经周折，他终于找到了出版社。走进出版社的接待室，接待室的一位戴着眼镜、四十多岁的女同志，态度友善地问他："同志，你有什么事？"

"大姐，您好！我有一部书稿想出版，不知哪位负责。"汪洋客气地说明了来意。

女同志打量着他问："什么书稿？是长篇的还是短篇小说集？"

"是长篇的。"汪洋郑重地回答。

"好吧，请你登记一下。"女同志指着桌子上的来访纪录，让他登记。

登记完毕后，她告诉汪洋编辑部的位置。汪洋按照她的指点，怀着忐忑不安的心情来到三楼的编辑部。

他走进编辑部，见到一位年近五旬的中年人正伏案审阅稿件。汪洋客气地上前问道："老师您好，请问您就是编辑吧？"

"是的，请问你有什么事？"他抬起头问道。

"我有一部书稿想出版，是您负责吧。"

他站起身来，放下稿件，礼节性地与汪洋握手、让坐，然后例行公事地问："是我负责，请问你的书稿是哪方面的题材？具体什么内容？有简介吗？"

"缉毒方面的题材，是根据大兴安岭林区公安局破获的种植和贩卖毒品的实际案例创作的长篇小说，二十五万余字，书名是《警世箴言》，这是简介。"此时，汪洋的心情反倒平静了下来，没有了顾虑和担忧，用简练的语言介绍了作品，并从提包里拿出书稿，送到编辑面前。同时，他还递给编辑一沓公安局提供的照片，并补充道："这是当地公安局为我提供的缉毒工作的照片。"

他接过书稿和照片，先看了一下简介，又看了几张照片，似乎很有兴趣地问道："您贵姓，在什么地方工作？"

"我叫汪洋，在甘河林业局工作，这是我的身份证。"汪洋为了证实自己的身份，掏出身份证递给他，并礼貌地问道："老师，请问您贵姓？"

"我姓乌，我的老家是呼盟扎兰特旗的，咱们是老乡。"

"乌老师，想不到竟与您是老乡，真是太巧了！请问您是什么民族？"汪洋显得很兴奋，有意和他拉近关系。

"我是蒙族，你呢？"乌编辑饶有兴趣地与他攀谈起来。

"我是汉族，不过我出生在蒙族地区，可惜我不会讲蒙语！"

"我的蒙语也不是很好，现在城市里一般都讲汉语，只有回到家乡才讲蒙语。"可能是出于同乡的关系，他的态度显得很亲热，主动询问书中相关的故事情节。汪洋对此求之不得，尽量挑选精彩之处，绘声绘色地给他讲述。他认真地听着，不时得点头称是。见他很感兴趣，汪洋的情绪受到了极大鼓舞，足足讲了半个多小时，直到有人进来，才意犹未尽地停下来。

乌编辑了解了大概的故事情节，然后问他："你以前发表过作品吗？"

"我以前写过一个长篇的，但是由于硬伤太多，被《草原牧歌》的杨编辑给毙了。后来，在他的帮助和指导下，我发表了一些短篇小说和诗歌。另外，我还是《林海日报》的通讯员。"

"很好，《草原牧歌》我知道，杨编辑我也认识，他是个正直严谨、一丝不苟的人，在他的把关下，《草原牧歌》办得很出色。你有幸得到他的指点，对你的文学创作会有很大的帮助和提高。"

"您说的太对了！我没有受过高等教育，只读过十年制高中，而且还赶上了动乱年代。后来，我仅读过山西大学举办的'刊大'。我的知识很有限，文学基础很差，只是自幼喜欢读书，凭着对文学的爱好积攒了一些知识和写作经验。我的写作经验不足，作品也很不成熟，还请您给予批评指正。”汪洋谦虚地诉说了自己的经历，并对自己没有接受过正规的高等教育而感到有些难为情。

乌编辑听后，不以为然地说：“文学创作并不一定要有很高的学历，主要是看你是否有写作天赋和实际生活经历。古今中外，自学成才的著名作家很多，比如高尔基、尼古拉·奥斯特洛夫斯基，还有中国的吴运铎、高玉保等。他们都没受过高等教育，却都写出了脍炙人口的文学作品，尤其是高尔基，还是俄国的大文豪呢！你能持之以恒，坚持写作，实属不易。因为我还没仔细看你的书稿，不敢妄下定论，且不论你的创作水平如何，就凭你能创作出二十五万字的作品，这精神实在可嘉。不过，我建议你把书名改一下，《警世箴言》与《三言二拍》相似，容易让读者产生误会。”

乌编辑的这番话，让汪洋深受感动，急忙谦虚地说：“乌老师，您过奖了，我只是个初学者，怎么敢与那些名人相比呢？至于书名，我一定遵照您的意思，回去好好想想，看改成什么书名合适，也请乌老师在审稿时帮着斟酌一下，帮我题个书名。至于书中的不足之处，还望乌老师不吝赐教。”

乌编辑听后连连摆手，说：“你不必客气，帮助作者修改稿件是我们做编辑的职责所在。我虽然没有看你的书稿，但从简介看，你的作品确实不错，而且缉毒题材又很受重视。况且，这是咱们林区第一部反映缉毒方面的作品，照我看，你的作品出版的希望很大。只不过现在出版社走向市场经营，目前，由出版社直接出版的作品很少，难度也很大。相反，个人出资出版却相对容易。至于你的作品能从哪个渠道出版，现在还无法下定论。你先把书稿留下，待我审稿后再作定夺。另外，你把通讯地址和联系方式留给我，便于咱们日后联系。”

“行，乌老师，拜托了，您多费心。我把联系方式写在了稿件上，如果您方便的话，请把您的联系方式告诉我，便于以后向您讨教！”

“您太客气了，讨教谈不上，咱们互相学习吧。”乌编辑谦虚地说着，从抽屉里拿出一张名片递给汪洋。汪洋双手接过来，仔细看了一眼，然后珍藏在钱包内。

时间过得很快，不知不觉中，他们已经交谈了一个多小时。由于担心影响乌编辑的工作，汪洋知趣地起身告辞：“乌老师，您也很忙，我就不多打扰了。”他们相互握手，乌编辑则亲热地将他送到大门口，再次与他握手道别。

乌编辑的话让汪洋深受鼓舞，让他看到了出版的希望。他对美丽的青城倾慕已久，早就想饱览一下草原风光和名胜古迹，现在需要等待乌编辑的消息，无事可做，他决定趁此机会尽情游览一番。

他本想去一趟成吉思汗陵，但他听说那里距呼和浩特有数百公里远，只好打消了这个念头。他去游览了有“漠南第一将军衙署”之称，有数百年历史的将军衙署。接下来，他又参观了著名的大召和席力图召。翌日清晨，汪洋出发前往故有“青冢”之称的昭君墓。最后，他去呼市附近的草原游玩了一天，他在草原上漫步，尽情欣赏着草原的美景。

五天后，汪洋如约定来到了出版社，乌编辑对他说：“我已经审阅完毕了，你的书稿很好，只需做局部的修改即可出版。目前，有两种方案供你选择，一种是个人出资发行，这种方案可以马上出版，另一种则是由出版社发行，给你付稿酬，这样难度比较大，必须报请出版社领导开会讨论决定，需等很长时间，至于能否出版，还要看领导研究的结果。选择哪种方案，你自己定夺。另外，你的书名想得怎么样了？”

汪洋虽然盼望作品早日发表，但自己的经济条件有限，只能采取第二种方案了。他说：“乌老师，我目前没有资金自费发表，只能选择第二种方案了。至于书名，我想改为《代价》或《诱惑》，您觉得哪个比较合适。”

“《代价》还有《诱惑》，这两个都行，都很贴近主题，不过还是有点平淡。你书中讲述了很多黑社会的事情，我看不如叫《黑色诱惑》吧，让人觉得有一股神秘感，你说呢？”

“《黑色诱惑》？！这个书名很有创意，不但黑社会是黑的，鸦片也是黑色的，从字面上解释，‘黑’表示坏、恶毒，象征反动。行，就叫《黑色诱惑》！书名就这么定了，我拜托您在开会研究时帮忙美言几句。”

“我看好你的作品，一定会阐明观点的，这点你不用担心。只是不知道什么时候能开会讨论。你不仅要等很长时间，而且结果也无法预测，你要有充分的思想准备。”

“等待没有问题，结果如何我也有思想准备，您就放心吧。只是给您添麻烦，我于心不安。不知您是否有时间，咱们出去吃顿饭。”汪洋发出邀请。

"谢谢，你不必客气了。再说，你来到此地，我理应尽到地主之谊，我请你吃饭才对。"

"那怎么可以呢，您为我的作品劳心费神，我实在过意不去，还是我请您吧。"

"我早就说过，为作者服务、审阅稿件是我们编辑分内的事，不用感谢。今天，咱们只论老乡关系，你我能在异地他乡相遇，也是一种缘分，谁花钱不重要，重要的是同乡情意。晚上下班后咱们一起去吃饭。"乌编辑痛快地答应了。

汪洋从出版社出来，心里很高兴，也很满意。自己的作品虽然不能马上发表，但通过了编辑的审阅，说明作品的质量过关，也证明了自己的努力总算没有白费，没有辜负妻子的一片苦心。

下午，汪洋特意拨通乌编辑的电话，电话铃响了几声，话筒里就传来了乌编辑的声音："您好，请问您是哪位？"

"乌老师，我是汪洋，我想征求一下您的意见，晚上您想吃点什么？"

"你定吧，我吃什么都行。"

"乌老师，您别客气，想吃什么尽管说。"

"那就吃火锅吧，不知你是否喜欢吃？"

"行，我也喜欢吃火锅。乌老师，我对这里不熟，您点一个上档次的火锅店。"

"不用去档次太高的酒店，我看咱们就去鸿宾楼吧，那里既上档次又实惠，你看行不？"

"行，就去鸿宾楼。不过我还得麻烦您一下，去鸿宾楼怎么走？"

"你打车来，离你住的地方不算远，打车也就十元左右，出租车司机一般都知道。"

"好的，我知道了，乌老师，我打车去单位接您吧。"

"不用，这个酒店离我这边很近，我下班后直接去就行。你五点半到酒店就行了。"

"好，咱们一会儿酒店见。"

汪洋放下电话，向旅店老板打听鸿宾楼的具体位置，旅店老板很详细的告诉他路线，并说不太远，走路三十分钟就到了。他准备走路过去，这样既节省，又可以顺便熟悉一下市区的环境。

他边走边打听，同时还记着走过的标志性建筑，五点就来到了鸿宾楼。这是一座两层楼的火锅店，规模还算可以。汪洋进去后，看了一下菜单，价位不算贵，环境也很好。他先定了桌，然后到门口等候乌编辑。

不到十分钟，乌编辑拎着一个提兜走了过来，汪洋急忙迎上去，接过他的提兜，发现里面是一瓶宁城老窖，另外还有六瓶青岛啤酒。

“乌老师，您怎么自带酒水呀？酒店允许吗？”汪洋担心地问他。

“这里允许自带酒水。”他们一边说话，一边走进酒店，来到定好的桌前坐下。

“乌老师，您喜欢吃什么尽管点，千万别客气。”汪洋把菜单递给他。

“好，我点。两个小清水锅，两盘羊肉、两盘肥牛、一盘羊百叶，再来一个菜筐、一个水晶粉皮、一盘山药。”乌编辑点好菜，对汪洋说：“这里的羊百叶很好吃，你一定要好好尝尝。”

“乌老师，您再点几样。”

“行了，这些足够咱们俩吃了，点多了浪费。”乌编辑实在地说。

“好吧，服务员，你抓紧时间上菜。”

工夫不大，两个烧酒精的小火锅和他们所点的菜陆续端了上来。乌编辑打开白酒想为他斟酒，汪洋急忙声称自己不会饮酒，乌编辑礼让了一番，见他一再推辞，就不再勉强他。乌编辑倒了一杯白酒，汪洋倒了一杯啤酒，就着热气腾腾的火锅，相互碰杯喝了起来。

他们边吃边聊，都是一些文学方面的话题，交谈地十分投机。汪洋为了陪乌编辑，喝了足有三瓶啤酒，乌编辑的酒量很好，喝了将近四两白酒，又陪着汪洋把剩余的三瓶啤酒喝光才算完毕。

汪洋到吧台结账，结果被告知已经结过了。汪洋急忙问了消费的钱数，想把钱还给他，可是乌编辑却百般推辞，说什么也不肯收，说自己既是老乡又是大哥，理应招待他。汪洋虽然有些过意不去，但见他如此诚心，只好尊重他的意见，怀着感激的心情与他握手道别。

他们分手后，汪洋来到火车站。为了节省钱，他没有买卧铺票，而是买了次日上午九点半的硬座票，然后返回旅店休息。

第二天早晨，汪洋吃过早餐，打电话向乌编辑告别，并对他昨晚请吃饭的事致谢。乌编辑告诉他回去不要着急，一有消息就会马上通知他。

打完电话，他收拾好随身的物品，退房离开旅店，又到附近的商店买了一些食品准备在路上吃，然后，他前往火车站等车。

汪洋在候车室等了二十多分钟，候车室的广播开始播放通知："旅客同志们，由呼和浩特发往海拉尔的1814次列车现在开始检票了，乘坐1814次列车的旅客请到检票口检票进站。"

车站的播音在旅客中间引起了一阵骚动，人们纷纷提着物品拥向检票口。汪洋急忙站起来，拿着提包，随着拥挤的人流通过检票口，快步走进站台。

此时，列车已经停在了站台上，旅客们按照自己的座位号找到各自的车厢，排队上车。汪洋上车后，找到自己的座位，把物品放在行李架上，等候开车。

大约十分钟后，列车缓慢地启动了。列车逐渐加速，很快驶出了车站，把整座城市丢在身后。汪洋坐在车窗前，望着逐渐远去的城市轮廓发呆。虽然他是初次来到呼和浩特，但在离别之际，心里却有些恋恋不舍。如今，自己的作品有望在这里出版，自己的理想就要得以实现，致使他对这座美丽的城市有了一种特殊的情结。

车厢渐渐地安静下来，旅客们有的互相闲聊，有的趴在茶桌上小憩，有的用餐饮酒，有的向车窗外张望，还有个别旅客脱下鞋子，将脚放在对面的座席上，散发出难闻的脚气味，加上极个别的旅客在车厢内吸烟，致使车厢内空气浑浊，弥漫着一股难闻的味道。

邻座的两位年轻人一上车就开始喝酒，旁若无人地胡吹乱侃，还不时地偷着吸烟。汪洋不吸烟，因此对烟味很敏感，也很反感，碍于这是公共场合，自己不便出面制止，他就采取迂回的方式劝阻："兄弟，车厢里禁止吸烟，万一被列车员或乘警发现会罚款的。"

其中一位赶忙将烟掐灭，另一位则满不在乎地说："没事，乘务员不管，乘警轻易不到车厢里来。"

"兄弟，别存侥幸心里，万一被乘警看到就麻烦了。"汪洋继续劝阻他。

“行了，你就别抽了，出门在外还是少找麻烦。”他的同伴也劝他，并强行熄灭了他的烟。

汪洋见计谋得逞，心里很痛快，就从提包里找出一本《古文观止》，聚精会神地读着。尽管他已经多次阅读此书，对书中经典名句倒背如流，可是每当读到“落霞与孤鹜齐飞，秋水共长天一色”、“物华天宝，人杰地灵”、“先天下之忧而忧，后天下之乐而乐”等脍炙人口的名句时，他的心中总会泛起遐想的涟漪，为古人的聪慧睿智而赞叹不已。

中午，他简单地吃了点东西就又接着看书，时间在读书中飞快地消逝，不知不觉已是暮色降临，车厢内的灯光亮了起来。由于被书中的精彩篇章所吸引，汪洋对外界的变化浑然不觉，仍然心情愉悦地遨游在知识的海洋里，尽情地享受着读书带来的快乐。

“同志，这个座位有人吗？”听见有人高声问话，他的思路被从书中拉回了现实，他想都没想，下意识地回答：“没有。”那位中年旅客友好地冲他点头一笑，说了声：“谢谢！”便把东西放在行李架上，挨着他坐了下来。

由于长时间的看书，他的眼睛有些胀疼，头有些晕。他站起身来，在过道上活动身体，以此解除身体的疲劳。

就在这时，一位三十多岁的男子满脸通红、嘴里喷着酒气、里拐外斜地走了过来。汪洋见状，赶紧侧身躲闪，没想到那个醉汉竟蛮横地说：“你为什么挡道？”

醉汉态度蛮横，汪洋心里有些生气，但他还是抱着息事宁人的态度，忍着火气解释：“你看这不是能过去吗？我没挡你的道啊。”

谁知那个醉汉非但不听解释，反而高声骂道：“我看你是活的不耐烦了，挡我的道不说，还敢和我犟嘴！你等着瞧，看我怎么收拾你！”醉汉骂骂咧咧地转身回去。

那位刚上车的旅客见此情景，好心劝他：“你赶紧回座位坐下吧，省着他回来找你麻烦。”

“不会的，我又没招惹他，他有什么理由找我麻烦？”汪洋以为事情已经过去了，也没把这位好心旅客的话放在心上，依然站在过道上没动。

不一会儿，那个醉汉带着两个年轻人，嘴里高声叫骂着奔了过来。其中一个身体健壮、剃着光头的小伙子高声大骂：“他妈的，是谁吃了豹子胆，欺负到咱哥们儿头上来了，我看是活腻了，想找死呀？我正想杀人呢！急眼了我连警察都一起杀，我看谁敢挡我。”

另一个身材瘦削、肤色白净的小伙子也跟着骂道：“对，谁欺负咱们，咱们就杀了他，内蒙的人想欺负咱们黑龙江的人，门儿都没有。”

汪洋从未见过这种场面，被对方的气焰吓得不知所措，心想：“自己怎么这么倒霉，竟会遇到一伙亡命徒，他们竟敢在大庭广众之下公开叫嚣要杀警察，真是疯狂到了极点！”汪洋被他们嚣张的气焰吓傻了，有心想躲开，却腿脚发软，不听使唤了。这时，那个三十多岁的醉汉奔到他的跟前，手里攥着一把水果刀，对着他的大腿刺了一刀，汪洋感觉大腿根部一阵发麻，一股液体顺着大腿往下流。与此同时，另外两个一边高声叫骂，一边殴打他。此时，汪洋顾不得伤痛，急忙摘下眼镜装在口袋里，他担心打破的镜片伤及眼睛。尽管毫无反抗，但出于本能，他一边往后躲闪，一边下意识地辩解：“哥们儿，我也没招惹他呀，你们打我干啥？”

那几个人根本不听他解释，一边高声怒骂，一边对他拳脚相加，汪洋一味地退却，从车厢中间一直退到车厢连接处，被堵在了车门口，无处躲避。就在这时，一个穿红色羽绒服的姑娘冲了过来，她挡在汪洋与对方中间，对那几个行凶者高声喊道：“你们几个喝酒了就了不起了？！人家根本没招惹你们，你们干嘛打人？”

“没招惹？他挡道就不行！我今天让他尝尝厉害，看他以后还敢不敢挡道。”那个年纪大的醉汉不依不饶地骂着。

那个高个光头也凶狠地骂道：“他妈的，这家伙刚才还犟嘴呢！我非把他制服了不可。”

那个瘦削的也不甘示弱，一边伺机挥拳打他，一边骂道：“就你这熊样，还敢招惹是非，跟我们作对！真是找死。”

汪洋见有人劝阻，他赶紧借机赔礼求饶：“哥们儿，今天是我错了，我给你们陪礼道歉。”

“你看，人家都陪礼道歉了，我求求你们别打了！喝点酒尽惹事。”那个姑娘气愤地劝阻。这时，列车员也赶过来劝说：“哥儿几个，消消气，都是出门在外的，谁和谁都没深仇大恨，拉倒得了。”汪洋没想到列车员如此软弱。

车厢的旅客见他们如此嚣张，都面露不平，纷纷站了起来。有几位农民工更是气愤不过，他们挤过围观的人群来到跟前，对他们怒目而视。那几个行凶者有些心虚，也可能是姑娘的劝说起了作用，他们骂骂咧咧地离去，回到座位上继续喝酒。

汪洋浑浑噩噩地回到座位上，感觉大脑一片空白。若不是伤口的疼痛，他真怀疑方才是做了一场噩梦。待他情绪稍微稳定了，再回想起刚才难堪的一幕，不由得愤恨万分，感到既憋气又窝火，满腔的怨恨无处发泄。

他起身来到厕所，解开腰带检查伤势，虽然伤口不足一厘米，却流了很多血，把内裤都浸透了。出门在外，他没有及时换洗内裤，担心内裤不卫生导致伤口感染，因此，他用力将内裤撕破，丢进便池里，用卫生纸敷住了伤口。

处理完伤口，他来到乘务室，向列车员讲述了事情的经过，想让他主持公道。列车员却劝道："这帮亡命徒咱们惹不起，既然你的伤势不严重，我看就算了吧。亏是吃了，没出大事就算万幸啦！"

列车员的态度让他大失所望，就像被泼了一盆冷水，让人更加心寒。他的心情沮丧到极点，心痛远远超过了腿上的伤痛。他们如此嚣张，车上竟没人敢管，甚至连警察也避而不见。以前常听人说什么"警匪一家"、"蛇鼠一窝"，还有人说警察和歹徒相勾结，甚至参与分赃，现在看来，这些人极有可能与车上的警察有关系，否则不会这样有恃无恐。看来，自己只有自认倒霉了，以免招致更大的麻烦。

他怀着极度的失望和无助回到座位上，那几个农民工好心地来到跟前，为首的是个留着小平头的小伙子，他关切地问："大哥，你的伤不要紧吧？"汪洋感激地说："没啥事，谢谢你们！""他们也太欺负人了，难道你就甘心受人欺负？"

汪洋苦笑了一下，无奈地说："兄弟，我长这么大，从没跟人打过架，再说，我孤身一人，不是他们的对手，不甘心又能如何。"

"大哥，如果你想找他们报仇，我们帮你，他们简直欺人太甚！"

"谢谢你们的好意，亏是人吃的，我自认倒霉！"汪洋心有余悸地谢绝了他们的好心。望着几位农民工兄弟的背影，汪洋心中百感交集。面对众人投来的各种目光，他感到羞愧难当，颜面无存。他担心那帮人回来找麻烦，便站起身来，从行李架上取下了提包。邻座的中年人关切地问："你干什么去？"汪洋顺口回答："我去找乘警报案。”说完，就转身朝餐车方向走去。

其实，汪洋并非真想去报警，只是为了保全自己的面子。那伙人如此凶狠，连警察都无法制服他们，万一把他们惹急眼，反而会给自己带来更大麻烦。万一他们跟踪自己下车，了解到自己的家庭住址而前去报复怎么办？那样的话，不但他自己遭殃，还会伤及家人。他抱定息事宁人的态度，在紧靠餐车的7号车厢找了个座位，他想，如果他们再来找麻烦，自己也好就近向警察求救，警察总不至于看着歹徒欺负人而坐视不管吧！

大约过了三十分钟，开始验票了，两位乘警协同列车长逐个查验旅客的车票。当他们来到汪洋跟前，汪洋的思想斗争很激烈，几番鼓起勇气，想向乘警报案，寻求他们的保护，却欲言又止。在犹豫中，他看着警察从视线中渐渐远去。

查验完车票，车厢内恢复了平静，此时已是夜晚了，大多数旅客都趴在茶几或背靠座席打瞌睡，汪洋平白无故地受到了这么大的屈辱，心中愤恨难平，苦脸皱眉地生闷气，哪还有心思睡觉。

就在他有苦无处诉、有冤无处申的时候，一位年轻的乘警来到他身边，仔细打量了他几眼，然后态度和蔼地说：“请你跟我到乘务室来一趟，我想了解点情况。”汪洋见警察同志主动来找他，不由得心头一热。看来，警察已经知道了自己的遭遇，否则他不可能找自己了解情况。当下，他不再犹豫，跟着乘警来到乘务室。

“请问，你是从13号车厢过来的吧？”乘警开门见山地问他。

汪洋仔细打量着乘警，他身高一米七左右，略显单薄，脸上棱角分明，双目炯炯有神，眉宇间透出一股英气，显得很是精明干练，还带着乘警长的臂章。汪洋仿佛见到了久违的亲人，之前的犹豫和误解瞬间消失，他如实把自己的遭遇诉说了一遍。了解完情况，乘警长十分气愤，他查看了汪洋的伤势，并找来药品，对汪洋进行了简单救治，气愤地说：“这帮歹徒简直太嚣张了，真是胆大妄为、目无法纪！”然后，他又放缓口气，带有几分责备的语气说：“你怎么不报案呢？我是到13号车厢验票时，听列车员反映的情况。我已经挨个车厢找了你两个来回了，直到刚才才根据列车员描述的体貌特征找到你。”

“我也曾想过报案，但又有些犹豫和担心，故此没有报案。”汪洋吞吞吐吐、模棱两可地回答。当着警察的面，他怎么好意思说出自己的顾虑呢。

这位精明的乘警立刻就猜到了他的想法，语重心长地说："你有什么可忧虑的？是不是看他们太嚣张，担心我们制服不了他们，因此不敢报案？你多虑了，我们铁路警察的职责就是为广大旅客服务，打击列车上的各种刑事犯罪，处理各种突发的暴力事件，保障旅客生命财产安全。如果所有人都像你一样，受到伤害却忍气吞声，岂不助长了坏人的威风！那样的话，他们将会变本加厉，致使更多人受到伤害。同时，还会让那些坏人逃脱法律的制裁，逍遥法外，继续做恶，给社会安宁带来更大的隐患。"

他的这番话让汪洋肃然起敬，更对刚才自己的误解感到汗颜。

他把汪洋领到软卧车厢，召集另外两位乘警，一个年近四十，身体修长、体形健美，另一个三十出头，体格健壮。他们对案情做了详细的笔录，同时要求他中途下车，到医院接受治疗。汪洋见伤势不严重，自己也急于回家，谢绝了他们的建议。

做完笔录，他们要求汪洋前去指认人犯。他踌躇再三，顾虑重重地说："我不想和他们正面接触，万一他们以后知道了我的家庭住址，对我实施报复怎么办？"

"我们会对你的信息保密的，再说，他们都被抓住了，想报复也没有机会，你就放心吧！"乘警长耐心地做他的思想工作。

"我还是不去为好，列车员认识那几个坏人，让他指认不就行了。"汪洋固持己见。

"好吧，我们尊重你的意见。你在这里安心等待，我们自己想办法，无论如何也要把他们绳之以法。"乘警长说完，带着同伴前去执行抓捕任务。

汪洋坐在包厢里，心里既感慨又愧疚，铁路乘警为了伸张正义，不但主动找到自己，并且不惧安危，挺身前去抓捕歹徒，自己却只考虑个人安危，不肯配合他们的工作，自己这么做是不是太懦弱、太自私了？难道他们就没有亲人吗？他们的家人不怕歹徒日后报复吗？

正当汪洋反思自己的行为时，包厢外传来了乘警的声音，乘警长推门进来，他用商量的口气对汪洋说："我们抓到了那三个歹徒，你能否去辨认一下，刚才因为抓错了人，引起了家属的吵闹，影响很不好！"

"行，我跟你们去，有你们给我撑腰，我还有什么可怕的。"汪洋痛快地答应了，跟他来到餐车。此时，几名歹徒已从醉酒中吓醒了，他们戴着手铐，耷拉着脑袋，畏缩地蹲在地上，早已失去了刚才飞扬跋扈的嚣张气焰。在乘警的喝令下，他们慌恐不安地抬起头，和汪洋对视时，他们露出慌乱和恐惧的目光。汪洋勇气倍增，理直气壮地上前指认："就是他们几个。"

这一刻，汪洋感到了正义的力量，觉得扬眉吐气，十分解恨！他心里的屈辱也随之消失，感激之情油然而生。警察的形象在他的心中陡然高大了起来。

处理完相关事情，乘警长与列车长沟通，为汪洋安排了卧铺。尽管时至午夜，汪洋躺在卧铺上却辗转反侧，毫无睡意。这次亲身经历给他上了生动的一课，彻底推翻了对警察的误解。尽管在警察队伍里有个别人犯了错误，也有个别败类知法犯法，影响了人民警察的光辉形象，但是，我们不能一叶障目，不能把个别现象看成普遍现象，更不能用道听途说的传言丑化警察的形象。他们肩负着保卫国家和人民生命财产安全的职责，履行着党和人民赋予他们的神圣使命！可是，他们也是有血有肉、有七情六欲的人，他们也有父母、爱人、儿女需要关爱，也需要履行做儿子、爱人、父亲的责任。他们牺牲了个人情感，把博大无私的爱毫无保留地奉献给祖国和人民，假如没有他们的严格执法，没有他们的无私奉献，怎能有今天这长治久安的社会秩序？怎能有人民安居乐业、社会繁荣稳定的大好形势？

在遐想中，汪洋进入了梦乡，当他醒来时，已是阳光明媚的早晨。他的情绪已经从昨晚的噩梦中彻底解脱出来了。

回到家中，他把车上的遭遇以及乘警为他伸张正义，将行凶的歹徒绳之以法的经过告诉给妻子，妻子既心疼又气愤，同时对乘警同志的高度负责赞不绝口。当她听说出版社的编辑已经认可了书稿，让他回来等消息时，更是激动万分，向丈夫表示祝贺。

为了表达感激之情，汪洋决定给呼和浩特乘警支队写一封感谢信：

感谢信

尊敬的呼和浩特乘警支队：

我是呼盟的一名旅客，9月13日乘坐1814次列车由呼和浩特返回甘河市，我坐在13号车厢69号座位。晚上八时许，我站在过道上，一位醉酒男子从我身旁经过，他醉醺醺地说我挡了他的道，我当时辩解了一句，他就带着两个同样醉酒的年轻人叫骂着赶过来，用水果刀刺伤了我的大腿。他们一边高声叫骂着要杀人、杀警察，一边对我进行殴打。他们一直将我打到车厢连接处，气焰十分嚣张。幸亏一位穿红衣服的女同志及时阻拦，极力相劝，列车员也帮着劝解，我违心地向他们赔礼道歉，他们才喋喋不休地骂着离去。

事后，担心他们再次找我麻烦，我只好远离是非之地，离开原来的车厢，挪到紧靠餐车的7号车厢。我心中愤恨难平，曾想找乘警报案，但我对歹徒的嚣张气焰感到恐惧，担心万一警察制服不了歹徒，歹徒们必定迁怒于我，反过来找我麻烦，所以，我只好忍气吞声，自认倒霉，放弃了报案的想法。

然而，乘警长尚晋中同志在查验车票时得知了此事，他以对人民负责的态度，几经周折找到我，详细地了解了情况后，毅然带着另外两名乘警来到13号车厢，将三名行凶的歹徒绳之以法。我非常感谢这三位乘警同志，他们以高度负责的精神，在我受到伤害时挺身而出，及时抓捕了行凶的歹徒，履行了人民警察的职责，惩治邪恶，伸张正义，致使行凶的歹徒受到了应有的惩罚。

通过此事我深深地体会到"人民警察为人民"的真正涵义。我衷心感谢尚晋中等三名乘警，他们无愧于"人民警察"的光荣称号，无愧于党和人民赋予的神圣使命，他们是广大旅客最值得信赖的警察，也是新时代最可爱的人！

一名普通旅客

1996年9月20日

汪洋写完感谢信，又复制了一份，分别寄给内蒙古日报社和呼和浩特铁路乘警支队。后来，《内蒙古日报》刊登了感谢信，呼和浩特乘警支队对尚晋中等三名同志给予了嘉奖和表彰。

等待是一种企盼，更是一种煎熬，等待是希望与失望并存的载体，如果不经过亲身的经历，是无法体会到等待的滋味的。

等待伊始，汪洋的情绪处在亢奋中，他的步履轻盈，嘴上时常哼着小曲，脸上流露出抑制不住的笑容。他抱着几分炫耀的心情，把这一喜讯告知向他打探消息的亲朋好友们，他也得到了亲友们的吹捧和祝贺，他的虚荣心得到了极大的满足。

可是，随着时间的推移，出版社迟迟没有消息，他的心也由热变凉，由亢奋逐渐变得低落，陷入了患得患失的苦恼之中。

漫天飘洒的雪花送走了金色的秋天，伴随着遥遥无期的等待，汪洋的心情愈来愈坏，时常烦躁不安，生活规律也有所改变。平日喜欢的名著也吸引不了他的注意力，他每天只是看电视或睡觉，而对于一些社交活动，他也采取回避的态度，以免亲朋好友问及出版事宜时他无法回答，好似做了亏心事，无颜面对江东父老。

由于长时间等不到出版社的消息，一些亲朋好友的态度也发生了变化。林忠瑜对他说："现在出版社出书就是为了赚钱，搞文学创作这么清苦，即使有幸出版了，也未必能够名利双收。如今一切向钱看，已经没有多少读者喜欢文学作品了，与其劳心费神搞创作，莫不如下海经商实惠些。你看咱们返城的这些知青，他们有的开饭店，有的开旅店，有的倒腾服装，差不多都发财了，你说你这么大个男人，整天呆在家里靠老婆养活，也不是长久之计啊。"

谌伟也好心的劝说："如今著书立传已经过时了，出版业走向市场经营，若想出版，必须自费，在改革开放的经济大潮中，许多作家和学者都改行下海经商去了。咱们这些名不见经传的小人物却依旧痴心不改、苦心创作，这岂不是不识时务，得不偿失吗？"

面对朋友的善意相劝和遥遥无期的等待，汪洋也曾扪心自问，自己是否过于偏执，自己的想法是否偏离了的现实。他也一度萌生了下海经商、挣钱养家的念头，但是，妻子的态度却异常坚定。她苦口婆心地劝说道："我没你的学问高，也讲不出什么大道理，但我知道，一个人做事要有恒心，何况你现在还没到山穷水尽的地步，你的作品已经得到了编辑的认可，只是等待出版的消息而已。你不必苦恼，更不要有其他想法。这么多年来，咱们过惯了清贫日子，难道还急于下海经商、赚钱养家吗？你现在什么都别想，耐心等待，决不能半途而废，功亏一篑！你自幼喜欢文学，著书立传是你一生的理想，如今已经看到了希望，距成功只有一步之遥，岂能轻言放弃！至于别人怎么评价，你不必介意，正所谓'仁者见仁，智者见智'。每个人的生活方式不一样，文化程度不一样，看问题的角度不同，想法也不一样。古往今来，人们都是以成败论英雄，一个人在没有成功前，尤其是事业受挫、生活潦倒落魄时，总会招致他人的轻蔑和讥笑，甚至恶语中伤，把人贬低的一无是处，即使是优点也会说成缺点。而一旦获得成功，他们的态度就会来个一百八十度转变，不惜用任何华丽的语言去恭维、奉承，把错的都能说成对的，这就是世俗的偏见、人性的可悲。再说，人生的道路崎岖坎坷，做任何事情都不会一帆风顺。正所谓'梅花香自苦寒来，宝剑锋从磨砺出'，失败是成功之母，有志者事竟成！这些大道理你比我明白，我只知道，坚持到底就是胜利。古往今来，有多少人因为意志不坚定，在最后关头选择放弃，致使多年的心血付之东流而悔恨终生！”

爱妻的一席话犹如当头棒喝，将汪洋从迷茫中唤醒。他不再犹豫彷徨，发誓要把艰苦和磨难当成动力，一如既往地坚持文学创作，决不辜负爱妻的厚望！人生苦短，几十个春秋如昙花一现，转瞬即逝，身后只有荒冢一座，湮没在历史的沉埃中。纵观中华民族五千年文明史，祖先留给后人的金银财宝、高楼大厦都无法长存于世，唯一流传至今的只有中华民族灿烂的文化。文化是人类的精神食粮，是人类进步的阶梯，是中华民族的瑰宝。自己有幸跻身于文学创作的行列，要把文学创作当成终生追求的目标，无论遇到什么挫折，无论付出多大代价，自己都会义无返顾，努力创作出精品，为子孙后代留下一份精神财富，无愧于人，不枉此生！

自此，汪洋精神开朗，恢复了昔日的豁达和乐观，脸上重新露出了笑容，仿佛天更蓝了，水更绿了，脚下的路更宽广了。虽然他仍需等待，但等待的意义截然不同，已经把消极的等待化为了积极因素，生活起居恢复了正常，生活也充实许多。他对书稿再次进行了梳理，写出了详细的修改计划，并根据旅途经历，写了一部中篇小说《神圣的使命》，还写了一个短篇小说《等待》，寄给了《草原牧歌》，均得以发表。他在闲暇时仍旧读书、练习书法，陶冶自己的情操，充满信心地等待着。

汪洋一直等到了万物复苏的春天，终于盼来了乌编辑的电话。他在电话里说明了原委："由于出版社每年出版的作品有一定的数额限制，去年你来时，我们的指标已经用完，今年的指标刚下来不久，出版社的领导开会研究后，已经同意出版你的《黑色诱惑》了。并希望你能尽快赶到出版社，商谈出版事宜。"

听闻作品通过审批，出版在即，汪洋激动万分，喜极而泣，他语无伦次地一再向乌编辑表示感谢。他放下电话，赶紧把这一喜讯告知爱妻，是爱妻的默默支持和鼓励，他才有机会获得今天的成功，最高兴、最幸福、最有资格享受成功喜悦的人是他的爱妻！

巴建华、彭宗元以及林忠瑜、谌伟等人得知了汪洋作品即将出版的消息，都携妻带子地前来祝贺，施玉梅特意请假相陪。在酒桌上，巴建华首先提议："今天是个特别的日子，汪洋潜心创作的作品终于得以发表，我们向他表示热烈的祝贺！他为了创作，真可谓历尽千辛万苦，如今终于苦尽甘来，终成正果。我们向他表示祝贺的同时，还有一个不情之请，就是让他兑现自己的诺言，开戒喝白酒，你们是否赞成我的建议？"巴建华话音未落，就赢得了众人的响应，他们纷纷劝汪洋开戒喝白酒。

汪洋动情地说："我非常感谢在座的各位朋友前来为我祝贺，今生有幸结交你们，是我的荣幸，更是我一生的财富，我将铭记你们对我的帮助和支持。但是很抱歉，我今天不能满足你们的要求了，只能用啤酒向诸位敬酒。"

"你何必这么死教条呢？既然出版社已经同意出版了，就说明你的作品已经成功了，怎么还用啤酒糊弄我们？！不行，今天大家这么高兴，你一定要喝白酒！咱们兄弟今天来个一醉方休，不醉不归。"林忠瑜笑着帮腔。

"你们都是我最知心的朋友，说心里话，其实我不喝白酒的原因，也是基于当初的诺言。如今，我的作品虽然侥幸通过审批，但是我还需要下苦功去修改，努力把自己的作品打造成精品。自己的处女作有幸发表，只是文学创作之路的第一步，今后不管遇到任何艰难曲折，我都会毫不动摇、义无返顾地走下去，这不仅是我的理想，也是我爱人对我的期望。说句良心话，没有我爱人施玉梅的理解和支持，就没有我的今天。她既是我的爱人，也是我的良师益友，我为自己能够娶到这样的爱人而感到骄傲和自豪。另外，这部作品还有许多不足之处，还要下功夫去修改，现在还不是把酒庆功的时候。再说，通过这几年的戒酒，我已经对白酒丝毫不感兴趣了，所以，我打算从今往后，把白酒彻底戒掉，否则会影响我今后的写作，也希望你们能够理解我的苦衷，原谅我的不敬。我再次向你们——我最亲爱的朋友们表示歉意和感谢，来，干杯！"汪洋说完，站起身来，举起啤酒向众人敬酒。众人见他执意如此，只好尊重他的选择，不再强求他喝白酒。他们纷纷站起身来，互相碰杯，把酒喝干。

第二天，施玉梅特意安排车辆领众人到野外游玩。车子沿着防火公路向山里进发。大兴安岭的五月乍暖还寒，虽然山顶上的积雪尚未融化，但是公路两旁山坡上的兴安杜鹃已经迎着料峭的寒风、踏着厚厚的积雪傲然绽放了。你看山坡上那盛开的一片片紫红色的杜鹃花，宛如一朵朵灿烂的彩霞，开遍了山野。紫红色的花朵争奇斗艳、万紫千红，这别具一格的景色令人赞叹，真是“春来杜鹃花似海，报春使者踏雪来”。

绘制这幅早春美景的兴安杜鹃既没有牡丹的雍容华贵，也不像梅花那样受人追捧，它在百花园里默默无闻，却以自己独特的生存方式生长在素有“高寒禁区”之称的大兴安岭。在如此恶劣的环境下，它饱经冰雪严寒的侵袭，无怨无悔地坚守着自己的信念，毅然决然地去追求自己的理想，默默无闻地体现着自身的价值，它是大兴安岭报春的使者，把平凡而又高贵的美丽带给人间！

面对如诗如画的美景，汪洋心情激动。他望着与乌兰、郁金凤等人开心说笑的妻子，感慨万千，他心中就像波涛汹涌的大海，久久难以平静。虽然文学创作是汪洋毕生的梦想，但是在追求梦想的道路上，却倾注了妻子全部的心血和汗水。他聪明贤惠的妻子不但承担起全部家务和抚养儿子的责任，解决了他的后顾之忧，而且还在他犹豫彷徨、即将放弃之时，给予他勉励和支持，使他坚定信心，消除杂念，专心致志地搞创作。在他饱尝了痛苦和艰辛之后，如今天遂人愿，否极泰来，终于获得成功，这一切都应首先归功于爱妻。

汪洋追今抚昔，心潮澎湃，灵感闪现，吟诗一首：

追 梦

四十春秋逝若飞，
忠孝节义总相随。
梦里常抱生花笔，
醒时迟滞案积灰。
贤妻勉励再进取，
华章问世醉心扉。
晚成大器莫为晚，
于无声处听惊雷！